ख़ज़ाने की खोज

ख़जाने की खोज

पहेलियों की एक रोमांचक दुनिया और शैलचित्र का रहस्य

रविन्द्र प्रताप वर्मा

GenNext Publication

ख़ज़ाने की खोज

ISBN : 978-93-8022-247-9
मूल्य : 250/-
भारत सन् 2014 में प्रकाशित
जेन्नेकस्ट पब्लिकेशन,
23, मैन अंसारी रोड, दरियागंज
नई दिल्ली–110002
Phone : 23282060, 23261060
ई–मेल : gennext@hotmail.com

टंकण कार्य: शुभम प्रिंटर्स, दिल्ली
मुद्रित: जी. प्रिंट प्रोसैस, दिल्ली

विषय-सूची

आभार

आज जब ढ़ाई साल की मेहनत के बाद मेरी किताब पूरी हो गई है। इस पावन मौके पर सबसे पहले मैं ईश्वर को धन्यवाद करना चाहूँगा जिनके आर्शीवाद से मेरी यह मनोकामना पूर्ण हुई। उसके बाद मैं अपने माता–पिता को धन्यवाद कहना चाहूँगा जिन्होंने मुझे जन्म दिया और अब तक के सभी फर्ज पूरी जिम्मेदारी से निभा रहे हैं। इसके आलावा मेरा संपूर्ण परिवार जिनके प्यार और समर्थन से मैं यहाँ तक पहुँचने में कामयाब हुआ। इस शुभ मौके पर अपने दो छोटे भाई रोशन, सोनू और एक प्यारी बहन रेनू और जीजा श्री शिवम कुशवाहा के सहयोग के लिए मैं आभारी हूँ। अपने छोटे भाई सोनू वर्मा को विशेष धन्यवाद जिसने मेरे लिए एक लैपटाप की सुविधा उपलब्ध्द कराई इस कहानी को हिन्दी में टाईप करने के लिए। अपने छोटे भाई सरीखे विद्यासागर मौर्य का मैं बहुत आभारी हूँ जिन्होंने कहानी का कुछ शुरुआती हिस्सा टाईप किया है। हालांकि इस कहानी के ज्यादातर हिस्से को मैंने खुद से ही टाईप किया है।

इस किताब को प्रकाशित करने में उचित सहयोग करने के लिए अपने प्रकाशक वी पी गर्ग और ज्ञान बुक्स के सभी सदस्य गण के प्रति मैं आभार व्यक्त करना चाहूँगा। डा0 अरुन लाल श्रीवास्तव का मैं बहुत ही आभारी हूँ जो मेरे बड़े भाई सरीखे हैं। इन्होंने ने ही मेरी कहानी को सबसे पहले पढ़ा और अपना बहुमूल्य सहयोग मुझे दिया था। कापीराईट संबंधी जानकारी मुहैया कराने के लिए मैं शैलैंद्रजी का बहुत आभारी हूँ। सिविल इंजिनियरिंग प्रयोगशाला के मेरे मित्र गण विनय दूबे, शिल्पी मोइत्रा, रितु मेशराम, रामबालक और प्रयोगशाला स्टाफ शंकर रामजी और हिरालालजी को मेरा उत्साहवर्धन करने के लिए बहुत–बहुत धन्यवाद। बनारस हिन्दू विश्वविद्यालय के मेरे सहपाठी सुजीत और आशुतोष मिश्रा का विशेष धन्यवाद जो अक्सर मेरी कहानी के बारे में उत्सुक रहते थे। इस मौके पर मैं खासतौर से सुजीत का जिक करना चाहूँगा जो बेहद हठी और हर वक्त उत्साहवर्धन करने वाले हैं। इस कहानी को लेकर उनमें कमाल का जोश और उतावलापन था। इस मौके पर कालेज के अन्य सहपाठी संजय राम, दिनेश, देवेंद्र और आलोक पांडे के बहुमूल्य सहयोग के लिए जरुर याद करना चाहूँगा। मेरे कमरे के पड़ोसी रहे विवेकजी के प्रोत्साहन को भी जरुर याद रखना चाहूँगा।

इस कहानी को लेकर सबसे ज्यादा रोमांचित मेरे नवोदय विद्यालय के दोस्त हैं। मेरे अनन्य मित्र संजय पाल, अभिषेक तिवारी, चंदन बेदी, सत्येंद्र प्रसाद, रामराज, शैलेंद्र शास्त्री, प्रगति, पृथ्वी, अमित, कष्ण मुरारी, विजय राय, प्रमोद, श्रवण, सुनिल, राजाराम, शंकर दयाल। मेरे सभी मित्रों को उनके प्यार और समर्थन के लिए बहुत–बहुत धन्यवाद। और सबसे अंत में मैं अपने पाठकों का धन्यवाद करना चाहूँगा। जो मुझे और भी लिखने के लिए प्रेरित करेंगे।

प्रारंभ से पहले

उन्होंने अपनी खोजबीन शुरु कर दी थी। जल्द ही उन्हें इस बात की जानकारी हो गई कि प्राचीन कामरुप राजाओं की सभ्यता का पता एक पुरातत्वविद् ने कई साल पहले लगाया था। जो वहाँ उन पहाड़ियों के उस पार रहता था। अभिनीत ने झल्लाकर कहा, "धत् तेरी की। एक और पहाड़ की चढ़ाई करनी होगी। पिछले दो दिनों से हम लगातार चल रहें हैं।" प्रोफेसर ने अभिनीत को सांत्वना दी और कहा, "बस थोड़ी देर और, हम मंजिल के बेहद करीब हैं। हम वो करने जा रहें हैं जो आज तक किसी ने नहीं किया। हम पहेली को उसके आखिरी अंजाम तक पहुँचाकर ही छोड़ेंगे। इसके लिए फिर से सबका साथ चाहिए। हम मंजिल के बेहद ही करीब हैं। इतने पास आकर हम पीछे नहीं लौटेंगे।"

प्रोफेसर खुद भी काफी थक चुके थे। लेकिन अपनी इस थकान को अपने चेहरे से नहीं आने देना चाहते थे। अरमान और अनन्या भी काफी थक चुके थे पर कोई भी इस बात को जबान से नहीं आने देना चाह रहा था। अनन्या की साँस फूल रही थी लेकिन खुद को काफी असहज महसूस करने के बावजूद उसने कहा, "हाँ प्रोफेसर! हमें जल्द ही चढ़ाई शुरु करनी चाहिए। मौसम का मिजाज भी तेजी के साथ बदल रहा है।" अरमान ने अभिनीत के कंधे पर हाथ रखकर उसको सांत्वना देने की कोशिश की, "बस थोड़ा सा समय लगेगा, इस पहाड़ पर चढ़ाई करने में।"

सभी ने एक जोश के साथ पहाड़ पर चढ़ाई करनी शुरु कर दी थी। लेकिन अब एक–एक कदम ऊँचाई पर चढ़ना भारी प्रतीत हो रहा था। सभी के होंठ तेजी से सूख रहे थे। शरीर की सारी ताकत जैसे किसी ने निचोड़ लिए हो। किसी के मुँह से कोई भी शब्द बाहर नहीं निकल रहा था। पैरों में जैसे जंग लग गई हो और जिसकी वजह उनमें एक कदम आगे बढ़ाने की भी ताकत न बची हो। साँसों के साथ दिल की धड़कनें भी तेज। उनके मस्तिष्क में सोचने भर की ऊर्जा भी नहीं रही होगी। फिर भी सभी के कदम स्वतः ही आगे बढ़े जा रहे थे। कोई भी हार मानने को तैयार नहीं था। प्रोफेसर का आत्मबल और इच्छाशक्ति कुछ ज्यादा था और उनका ध्यान पूरी तरह से अपने लक्ष्य पर टिका हुआ था इसलिए प्रोफेसर को अपनी थकान का पता नहीं चल रहा था। लेकिन वह इस बात को जान गये

थे कि अरमान, अभिनीत और अनन्या में थोड़ी सी भी ताकत नहीं बची है। सबसे खराब बात मौसम का मिजाज भी पूरी तरह से बदल चुका था। आसमान में बादल गड़गड़ा रहे थे और चमक के साथ बिजलियाँ भी। प्रोफेसर की यह सोच जल्द ही यकीन में बदल गई जब अभिनीत और अनन्या चक्कर खाकर गिर पड़े। प्रोफेसर और अरमान उस ओर आगे बढ़े। प्रोफेसर ने अभिनीत और अनन्या को अपनी गोंद में उठा लिया और कहा, "क्या हुआ? अपनी आँखें खोलो। देखो मेरी ओर।" लेकिन उन दोनों में से किसी ने भी कोई जबाब नहीं दिया। प्रोफेसर ने उन दोनों की आँखों की पुतलियों को खोलकर देखने की कोशिश कि की उन्हें क्या हो गया है? उनकी हालत कितनी बुरी है? "शायद इनके शरीर में पानी की ज्यादा कमी आ गई है। इनके स्नायुतंत्र पूरी तरह से शिथिल हो चुके हैं।" अरमान तुरंत अपने डिब्बे का पानी उनके मुँह में गिराने लगा लेकिन सारा पानी उनके मुँह से बाहर की तरफ गिर रहा था क्योंकि वो दोनों पूरी तरह से अचेत हो गये थे। ऐसा लग रहा था कि शायद उनकी आँखें फिर कभी न खुले। प्रोफेसर और अरमान का दिल बैठ गया था। उन्होंने अभिनीत और अनन्या को पास ही स्थित एक पेड़ के सहारे लिटा दिया। प्रोफेसर और अरमान गमगीन मुद्रा में वहीं पड़े एक पत्थर पर मुँह आमने–सामने करके बैठ गये।

प्रोफेसर ने अरमान से पूछा, "क्या तुम अब भी आगे बढ़ने की ताकत रखते हो?" अरमान ने निराश होकर कहा, "नहीं प्रोफेसर! अब और नहीं। हमारा सफर खत्म हो चुका है। मुझमें एक कदम बढ़ाने की भी ताकत नहीं है। मेरे दोस्त अभिनीत और अनन्या आज मेरी वजह से अपनी आखिरी साँसें गिन रहे हैं। उन्होंने अपना वचन आखिरी दम तक निभाया जब तक की होश में रहे बिना किसी शिकायत के। आज इनकी ये हालत मेरी वजह से हुई है। अब ऐसा लगता है जैसे मेरे ऊपर और भी बोझ बढ़ता जा रहा है। मेरे लिए वो दोनों एक अच्छे दोस्त रहे पर मैं उनके लिए एक अच्छा दोस्त नहीं बन सका। मुझे उन्हें इन सबमें घसीटना ही नहीं चाहिए था। अब तो मैं इन दोनों का भी कर्जदार हो गया। मेरे पास ज्यादा समय भी नहीं है कि मैं अपने कर्ज के बोझ को कुछ हल्का कर सकूँ। आज मुझे पक्का यकीन हो गया की कोई भी इन पहेलियों को नहीं सुलझा सकता। मौत आखिरी अंजाम हैं इन पहेलियों का। ये एक सच है जिसे स्वीकारना ही होगा।

मेरे पूज्यनीय माता–पिता को
समर्पित

कहानी के बारे में कुछ विशेष

''खजाने की खोज'' एक कल्पित कहानी है। कहानी में वास्तविकता लाने के लिए आसाम और उत्तर–पूर्व के कई स्थानों और उसके इतिहास से जोड़ा गया है। खजाने की यह कहानी आधारित है कुछ कल्पित पहेलियों और शैलचित्रों पर। इस कहानी का किसी व्यक्ति और घटना से कोई भी संबंध नही है। इस कहानी में पहेलियों के संर्दभ में कई जगह सही तथ्य देने का प्रयास किया गया है। जबकि कुछ तथ्य महज लेखक की कल्पना पर आधारित है। यह कहानी बेहद ही रोमांचक है जो की खोज पर आधारित है। और कहानी में चित्र खुद की कल्पना के आधार पर बनाया गया है।

1 श्रापित स्वर्ण–प्रतिमा का स्पर्श

शाम का समय था। सूरज शायद डूबने की कोशिश कर रहा था। इसी के साथ किसी की ज़िदगी में ग्रहण लगने वाला था। अरमान अग्निहोत्री अपनी माँ पायल अग्निहोत्री के साथ दिल्ली के एक फ्लैट में रहता था। अरमान की उम्र सोलह साल, लम्बाई पांच फुट सात इंच, स्वस्थ और सुंदर शरीर, रंग गोरा, आँखें बड़ी–बड़ी, आकर्षक और सौम्य चेहरे वाला, लेकिन स्वभाव से बेहद शरारती। अक्सर उसकी वज़ह से उसकी माँ को खरी–खोटी सुननी पड़ती थीं। उसकी माँ शहर में ही नौकरी करती थी। वह पत्रकारिता क्षेत्र से जुड़ी हुई थीं। उनके ऊपर काम का बोझ ज़्यादा था इसलिए अक्सर शाम को देर से घर आना होता था। उस शाम अरमान घर में अकेला था। उसकी माँ किसी ज़रुरी काम से शहर को गई हुई थी। आज उसके मन में अचानक से एक सवाल कौंधा कि नीचे के बेसमेंट का कमरा हमेशा बंद क्यों रहता है? और सबसे पहले जिस दिन हमने इस घर में क़दम रखा था उस दिन माँ ने ऐसा क्यों कहा था कि बेसमेंट की ओर कभी मत जाना, शायद इसी में हम सब की भलाई है। इस कमरे की एक चाभी माँ हमेशा अपने गले में बाँधकर रखती हैं। आखिर क्यों? तभी अरमान का ध्यान मेज़ पर पड़े अपनी माँ के पर्स पर चला गया। अरमान ने मन ही मन कहा, पता नही माँ को आजकल क्या हो गया है? बाज़ार करने निकल पड़ती हैं और वह भी बग़ैर पर्स के। अरमान अपनी माँ के पर्स को खोलकर देखने लगा। पर्स में कुछ खुले पैसे, सोने की एक चेन, कुछ कागज़ात और एक चाभी थी, जो कि काफ़ी पुरानी हो चुकी थी। उस चाभी का रंग धुंधला पड़ गया था। कई जगहों पर चाभी में छोटे–छोटे छिद्र उभर आए थे जो कि ऐसे प्रतीत होते थे जैसे वह चाभी भी इंसानों की तरह वृद्ध होती चली जा रही है। अरमान ने मन ही मन कहा, यह तो बेसमेंट की चाभी लगती है। और उसे उठा ली। आज उसके क़दम अनायास ही बेसमेंट की तरफ़ बढ़ने लगे थे।

बाहर आसमान में हल्के–हल्के काले बादल छाये हुए थे। पानी बरसने की संभावना धीरे–धीरे प्रबल हो रही थी। इसलिए घर के अंदर कुछ अंधेरा–सा

प्रतीत हो रहा था। अरमान ने बेसमेंट का दरवाज़ा खोला जो कि वर्षों से बंद पड़ा हुआ था। अंदर की तरफ़ काफ़ी अंधेरा था। इसलिए वह टार्च जलाकर धीरे-धीरे सीढ़ियों से उतरकर नीचे की तरफ़ जा रहा था। मन में एक अंजान भय समाया हुआ था जिसे वह पहचान नहीं पा रहा था। अब वह बेसमेंट के कमरे में घुस आया था। कमरे में बेहद घना अंधेरा था जैसे कि घोर अंधेरी काली रात। उस कमरे में घुसकर उसे ऐसा लग रहा था जैसे वह जहन्नुम में आ गया हो। अंदर ही अंदर उसे काफी बेचैनी महसूस हो रही थी। अरमान ने टार्च जलाकर इधर-उधर देखा। मकड़ियों ने उस पूरे कमरे में जाले बना रखे थे। पूरा फर्श धूल से सना हुआ था ऐसा लग रहा था कि मानो वर्षों से कोई इधर आया ही नहीं। पास पड़ी लकड़ियों का गट्ठर, नारियल की मोटी-मोटी रस्सियाँ, लोहे और टीन के टुकड़े इधर-उधर बिखरे हुए। एक अजीब-सी खामोशी जैसे पूरे कमरे से आ रही हो। अरमान के मन की जिज्ञासा बढ़ती जा रही थी और डर भी। आखिर इस कमरे में ऐसी क्या चीज हो सकती है जिसकी वज़ह से माँ ने मुझे इधर आने से मना किया था? उसने सामने के दरवाज़े पर टार्च जलाई, दरवाज़े पर एक ताला लटका हुआ था। उस दरवाजे के किनारे-किनारे पर नीचे की तरफ चीटियों ने बांबी बना लिया था। दीमक ने दरवाजे को काफी हद तक खोखला कर दिया था। दरवाज़े के पेंट छूटकर नीचे गिरे हुये थे। उसकी स्थिति पूरी तरह से जर्जर लग रही थी। अरमान ने पास पड़े लकड़ियों के गट्ठर में से एक मज़बूत लकड़ी उठाई और उसे दरवाज़े पर ज़ोर से दे मारा। चिर्र-चिर्र और कड़ाक की अवाज़ के साथ ताला पूरी सिटकनी के साथ जमीन पर गिर चुका था। अरमान ने पैर से दरवाज़े पर जोरदार धक्का मारा। तेज धक्का लगने से वह दरवाज़ा तो खुल चुका था लेकिन तेज झटके की वज़ह से दरवाजे पर जमीं धूल हवा में फैल गई थी, जिसकी वजह से पूरा कमरा धूल से पट गया था। धूल से बचने के लिए अरमान ने अपना पूरा चेहरा कपड़े से ढँक लिया और उस कमरे के अंदर प्रविष्ट हो गया।

कुछ समय पश्चात् जब उसने सिर से कपड़ा हटाया, तो सामने पड़ी चीज को देखकर वह हैरान था। यह तो प्राचीन संदूक है। अरमान मन ही मन ही बुदबुदाता है, लकड़ी की तख्ती की बनी एक प्राचीन संदूक जिस पर अद्‌भुत नक्काशी की हुई थी। दाहिनी तरफ़ के किनारे को चूहों ने काफी हद तक खोखला कर दिया था। संदूक को देखने के बाद अरमान के मन में उसे खोलने की उत्सुकता जगी। वह कमर के बल झुका और अपने दोनों हाथों से ढकेलकर संदूक के ऊपरी हिस्से को नीचे की तरफ़ गिरा दिया। अब वह संदूक के अंदर सामने पड़ी हुई चीज को देखकर हैरान था। अरमान मन ही मन बुदबुदाया, ऐसी चीज मैंने पहले कभी नहीं देखी। यह तो वाकई

में जैसे कोई करिश्मा हो। एक चौकोर आकृति ठीक तारे के जैसी और इतनी बड़ी कि हाथ फैलाने पर वह पूरी तरह से हाथ में आ जाये। शुद्ध सोने की बनी हुई, उसकी मोटाई तकरीबन तीन सें.मी, उसके बीच में अरस्तू का चित्र गुदा हुआ था और किनारे की नक्काशी कुछ अलग ढँग से थी। उसकी चमक से अरमान की आँखें चौंधि .याँ जा रही थी। कुछ पल के लिए वह अवाक् रह गया था। यह चीज़ क्या हो सकती है? उसने मन ही मन कहा। उसके मन में हज़ारों उलझनें पैदा हो गई थी ठीक वैसे ही जैसे कोई आदिमानव आज की दुनिया में आ जाये और हर चीज को ग़ौर से घूरने लगे। इसी उलझन के साथ उसके हाथ स्वतः उस प्रतिमा पर चले गये। किनारों से छूते हुए जैसे ही उसके हाथ अरस्तू के गुदे हुए चित्र पर गया। अचानक ही एक करिश्मा हुआ। एक रहस्यमयी धुँयें का गुबार और दिव्य प्रकाश उस प्रतिमा से बाहर की तरफ़ आने लगा था। उस प्रकाश को देखकर अरमान की आँखें स्वतः ही बंद हो गई थी।

पूरा माहौल रहस्यमय लग रहा था। आँखों के आगे जैसे कुछ समय के लिए अंधेरा छा चुका हो। थोड़े समय के बाद वह दिव्य प्रकाश और वह रहस्यमयी सा

दिखने वाला धुआं गायब हो चुका था और एक अदभुत डिजाइन में ढ़ाला हुआ कार्ड जमीन पर गिरा हुआ वह कार्ड चौकोर आकृति में था जिसके चारों कोने अर्द्ववृत्ताकार थे। उस पर सुनहरी स्याही से कुछ लिखा हुआ था। अरमान ने जैसे ही उस कार्ड को उठाया, तभी उसको माँ की चीख सुनाई दी। इसी के साथ डर की वजह से वह कार्ड उसके हाथ से छूट पड़ा। ''यह क्या कर दिया तुमने अरमान'' उसकी माँ ने गुस्से में कहा।

''मैं तो बस उस चीज़ को जानने का इच्छुक था कि आखिर बेसमेंट के कमरे में क्या है?'' अरमान ने सहमी हुई आवाज में कहा।

पायल ने कहा, "तुम्हें नहीं मालूम अरमान कि तुमने क्या कर दिया?" अरमान की माँ की इस आवाज में शांत स्वर और गहरी पीड़ा झलक रही थी। यह कोई साधारण सोने की चीज़ नहीं है। जब कोई इंसान लालचवश आकर इस स्वर्ण-प्रतिमा को छूता है तो इसके स्पर्श से ही पहलियों का सौदागर जागृत हो जाता है और फिर शुरु होता है पहलियों का कभी न रुकने वाला सिलसिला। इन पहेलियों पर राज चलता है पहेलियों के सौदागर का जो कि एक जल्लाद है। डर और दहशत का प्रतीक है वो। उसके सीने में दिल नहीं है। वह किसी को भी माफ़ नहीं करता। बाहर से सोने की यह प्रतिमा जितनी ख़ूबसूरत लगती है। यह उतनी सुन्दर नहीं है। इसकी बदसूरती का तुम अंदाज़ा भी नही लगा सकते हो। दरअसल तुम पहेलियों के सौदागर के जाल में बुरी तरह से फँस चुके हो। यह कोई साधरण पहेली नहीं है। दरअसल यह मौत की पहेली है जो अब तक कइयों को निगल चुकी है। मैंने तुम्हे इसके बारे में कभी नहीं बताया क्योंकि मुझे डर था कि जिज्ञासावश एक दिन शायद तुम यहाँ तक न पहुँच जाओ। आख़िर उस डर को तुमने हकीकत में बदल दिया। एक बार शुरु होने के बाद ये पहेलियाँ कभी भी नहीं थकतीं। ये पहेलियाँ कभी भी नहीं रुकतीं, ये सिर्फ़ चलती रहती हैं जमीन से आसमान तक, आसमान से नरक के द्वार तक। ढूँढो इन पहेलियों के जवाब और वह भी सिर्फ़ तीन दिन में वर्ना मौत को गले लगा लो क्योंकि इन पहेलियों पर राज करने वाला पहेलियों का सौदागर कोई भी मौक़ा नहीं देता। मौत आख़िरी अंज़ाम है इन पहेलियों की जिससे आज तक कोई नहीं बच पाया। पहेलियों की इस दुनियां के आगे मौत भी बौनी पड़ जाती है। ज़िंदगी का हर लम्हां ख़ौफ और दहशत का पर्याय बन जाता है। जो इसमें फँसने वाले को चैन से सोने नहीं देता है। इन पहेलियों के हल में छुपा है एक खजाना। जिसके लिए बहुत लोगों ने कोशिश की और अपनी जानें गवां दीं और आज तुमने इस ख़जाने के लिए अपनी ज़िंदगी दांव पर लगा दी अरमान।

अरमान ने सकपका कर कहा, "न न...नहीं। मुझे खजाने-वजाने के बारे में कुछ भी पता नहीं, मैं तो बस...।"

पायल ने एक गहरी आह भरी और दुखी स्वर में कहा, "अब वापस आने का कोई रास्ता नहीं बचा है अरमान। बस इसी बात से मैं बेहद दुःखी हूँ। तुमने मुझे बहुत ही निराश किया है। इसे मैं अपनी गलती कहूँ कि मैं एक पल के लिए बेसमेंट की चाभी घर भूल गई या तुम्हारी बदनसीबी जो तुम्हें यहाँ तक खींच लाई है। आज से तकरीबन 14 साल पहले तुम्हारे पिताजी ने इस पहेली को सुलझाने की कोशिश

में अपनी जान गवां दी। कोई नहीं जानता उन्हें, वो खो गये इस मौत की पहेली में या फिर हमेशा के लिए मिट गये। कई साल तक उनकी याद में आँसू बहाती रही, दिल में एक गहरी वेदना अभी भी मौज़ूद है। वक़्त के साथ जख़्म कुछ हद तक भर गये थे पर तुमने उस जख़्म को फिर से ताज़ा कर दिया। उस वक़्त अक्सर मेरे मन में ख़्याल आते थे कि मैं अब जान दे दूँ, पर बहुत मुश्किल से मैंने खुद को संभाला तुम्हारे लिए। काफ़ी ख़्वाहिश थी, तुम्हारे पिता की तुमसे कि तुम एक दिन एक अच्छे और बड़े पुरातत्त्वविद् बनोगे। उनकी एक और इच्छा थी कि मैं तुम्हें इतना प्यार दूँ कि तुम्हें कभी भी अपने पिता की कमी महसूस न हो। बहुत प्यार करते थे तुमसे वो इसलिए उन्होंने तुम्हारा नाम अरमान रखा। हमारे दिल के अरमान, पर वह अब काँच की तरह टूट चुका है। अंजाने में ही सही तुमने मौत को बुला लिया है अरमान। अब मेरी ज़िन्दगी में अंधेरे पन्नों के अलावा कुछ भी नही बचा।''

''न..... नहीं माँ,'' अरमान ने दुःखी स्वर में कहा।

पायल ने निराश होते हुए कहा, ''अब शायद इस शब्द को पुकारने वाला कोई भी नहीं बचा। मैंने तुम्हें कितना समझाया अरमान कि तुम्हारी शरारतें एक दिन तुम्हें बहुत बड़ी मुश्किल में फँसा देंगी और आज तुमने अपने ही पैरों पर कुल्हाड़ी मार ली। यही वो घर है जिसने पहले मुझे इस जिन्दगी की सारी खुशियाँ दी और वक़्त के साथ उसे छीन लिया। मुझे आज भी याद है अपने पति का चेहरा, वह कितने बेचैन और व्याकुल थे जब उन्होंने पहेलियों की इस दुनिया में कदम रखा था। वो सारी बातें आज भी मेरे जेहन में बिलकुल ताजीं हैं और सालों बाद तुमने भी वही ग़लती दोहरा दी जिसे पहले तुम्हारे पिताजी ने किया था। अब मेरे अंदर इतना सार्मथ्य नही बचा कि मैं अपने बेटे को भी उसी मौत की पहेली में तड़प-तड़प कर जान देते देख सकूँ। इसलिए मैं जा रही हूँ इस घर से दूर, बहुत दूर हमेशा हमेशा के लिए तुम्हे छोड़कर अरमान।''

''रूक जाइये माँ...'' अरमान ने आँखों में आँसू लिए हुए कहा। वह हाथों से अपनी माँ को रुकने का इशारा करता है।

''अब कुछ भी नहीं हो सकता। बहुत देर हो चुकी है।'' पायल ने दुःखी स्वर में कहा, ''रामू काका गाड़ी निकालिये, अब वापस गाँव चलते हैं।''

''और अरमान बेटवा,'' पायल के ड्राईवर रामू काका ने आश्चर्यपूर्वक पूछा। पायल सिर्फ़ इतना ही बोल सकी, ''अब वह कभी भी वापस नहीं आ पायेगा।'' इसी के साथ पायल की आँखों से तेज़ अश्रुधारा बह निकली।

''इसका मतलब ?'' रामू काका ने फिर पूछा।

"उसने उस श्रापित स्वर्ण-प्रतिमा का स्पर्श कर लिया है। मौत की पहेली एक बार फिर से शुरु हो चुकी है।" पायल ने उदास स्वर में कहा। रामू काका कुछ पल के लिए अवाक् रह गये और सिर्फ़ इतना ही बोल सके, "फिर से! लेकिन इस घर का क्या होगा?" पायल ने निराशा भरे स्वर में कहा, "अब शायद यह घर भूतही हवेली में तब्दील हो जायेगा और लोग डर की वजह से इधर कभी आयेंगे ही नहीं।"

2 पायल का अतीत

अरमान की माँ वापस गाँव को जाने लगी थीं। आँखों से आँसू झरने की तरह बह रहे थे। दिल टूटता हुआ प्रतीत हो रहा था। पायल को ऐसा महसूस हो रहा था जैसे उसके दिल पर हज़ारों कीलें एक साथ चुभाई जा रही है। पता नहीं मैं यहाँ पर क्यों चली आयी? मेरी मति को क्या हो गया था? मैंने अपने सास-ससुर की बातें क्यों नहीं सुनी? क्या, आज जो मेरे साथ हुआ है, यह सब उन बड़े-बुजुर्ग की बात न मानने का ही नतीज़ा है। हे भगवान! ये मेरे साथ क्या किया? पहले मेरे पति को मुझसे छीनना काफ़ी नहीं था जो मेरे बेटे को भी मुझसे छीन लिया। अब मैं कैसे जीऊँगी? मेरा कुछ भी नहीं रहा इस दुनियां में। मेरा भाग्य इतना मलिन क्यों है? इस तरह के न जाने कितने सवाल पायल के मन में उभर रहे थे। पायल बार-बार खुद को ही दोष दे रही थी। कभी-कभी ऊपर वाला बहुत बेरहम हो जाता है पर नियति का होना तो तय ही होता है। पायल कार की खिड़की से बाहर की तरफ़ देख रही थी। सड़क के किनारे-किनारे पेड़, मकान और खेत तेज़ी से पीछे भागते प्रतीत हो रहे थे। धीरे-धीरे पायल का मन अतीत की गहराइयों में गोता लगाने लगा था। पायल सोच रही थी कि बीते दिनों की ख़ूबसूरत यादों के अलावा इस ज़िंदगी में अब कुछ भी नहीं बचा। पिछली यादें दिलो-दिमाग में ताजा होने लगी थी। अतीत की बातें पायल की आँखों के सामने उभर कर सामने आने लगी थी।

एक छोटा परिवार

नैनीताल के पास बसा एक ख़ूबसूरत गाँव रघुनाथपुर। गाँव के पास ही जंगल और ख़ूबसूरत पहाड़ियाँ थीं। महेंन्द्र अग्निहोत्री अपनी पत्नि पल्लवी अग्निहोत्री और बेटा विशाल अग्निहोत्री के साथ सुखपूर्वक रहते थे। महेन्द्र अग्निहोत्री एक मध्यम्वर्गीय किसान थे। जिनके पास 12 बीघा जमीन और रहने-खाने की पूरी आज़ादी थी। इसके साथ-साथ उनका एक छोटा-सा व्यापार भी था। महेंद्र अग्निहोत्री की उम्र 50 साल, शरीर लम्बा व चौड़ा, ऊँची कद काठी, बड़ी-बड़ी मूछें, गोल चेहरा व स्वभाव से विनम्र और थोड़ा हठी थे। वह पुराने ख़्यालात के व्यक्ति थे इसलिए छोटी-छोटी बातों पर कभी उग्र हो

जाया करते थे। उनकी पत्नी पल्लवी अग्निहोत्री एक सीधी-सादी और शांत महिला थीं। प्रतिदिन पूजा-पाठ करना उनके सात्विक स्वभाव का हिस्सा था, पर कभी-कभी उनकी तुनकमिज़ाज़ी उनके सात्विक स्वभाव पर भारी पड़ती थी।

विशाल अग्निहोत्री तकरीबन 20 साल का आकर्षक युवा, बेहद शांत और गंभीर, कर्मठ, चेहरे पर सदैव मुस्कान बिखरे हुए। पूरा परिवार खुश और सम्पन्न था। सभी की जिंदगी मजे से कट रही थी। एक दिन विशाल के घर पर एक समारोह का आयोजन हुआ। घर को बहुत ही अच्छी तरह से सजाया गया। तारों जैसी रोशनी की झिलमिल चमक, गीत-संगीत से सजी हुई महफिल। घर में एक अनोखे तरह की चहल-पहल और व्यस्तता थी। किसी के पास एक मिनट रुककर किसी से बातचीत करने की फुर्सत तक नहीं थी। इस समारोह में विशाल के काफी सगे-संबंधी शरीक हुए थे। विशाल सभी का आवभगत करने में जुटा हुआ था। इसी में एक व्यक्ति थे ईशानचंद जो कि विशाल के पिता के मित्र थे। वह एक इतिहासकार थे। विशाल इस समारोह में पहली बार उनसे मिला। वैसे विशाल उनको ज़्यादा समय तो नही दे सका। लेकिन बहुत कम ही वक़्त में उन्होंने अपनी बात को बहुत ही सलीके से पेश किया। कुछ लोग अपनी बात को कम शब्दों में बहुत ही असरदार तरीके से कहने में माहिर होते हैं। वह सज्जन भी कुछ उसी तरह के थे। उन्होंने विशाल को इतिहास और पुरातत्त्व से जुड़ी कई रोचक बातें बताईं। उनकी बातें विशाल को काफ़ी दिलचस्प लगीं। उन्होंने विशाल को एक प्राचीन लिपि दिखाई जो कि धातु के एक ताम्रपत्र पर गुदी हुई थी। उन्होंने इस लिपि को पढ़ने के कुछ आसान तरीक़े के बारे में भी बताया। विशाल उसे एकटक निहार रहा था। लेकिन एक टक घूरने के बाद भी उसने कोई भी प्रतिक्रिया नहीं दी क्योंकि वह उसे समझ में नहीं आ रहा था। समारोह खत्म होने के बाद सभी लोग अपने-अपने घरों को चले गये। सभी के चले जाने के बाद विशाल ने अपने पिता से ईशानचंद का जिक्र किया और कहा, "मैंने आपके मित्र ईशानचंद की बातें सुनीं, मुझे वो बड़ी ही दिलचस्प लगीं। उनकी बातों में जैसे एक आकर्षण था जो मुझे अपनी तरफ आकृष्ट कर रहा था।" महेंद्रजी ने अपना रौब जमाते हुए चिढ़ते अंदाज़ में कहा, "दिलचस्प-विलचस्प कुछ भी नहीं है। हर कोई अपने कार्यक्षेत्र की बातें तो बढ़ा-चढ़ाकर कहता ही है। हमें अपनी खेती-बाड़ी और व्यापार देखना है।" विशाल ने खीझकर कहा, "ठीक है, इसमें इतना चिढ़ने जैसा क्या है?" और वहाँ से चला गया। इस बात को बीते हुए दो-चार दिन ही हुए थे कि एक ऐसी घटना घटी जिसने विशाल की सीधी-सादी चली आ रही जिंदगी को एक नई दिशा दे दी।

विशाल जिस गाँव में रहता था वहाँ से कुछ ही दूर पास की पहाड़ी में पत्थरों पर एक प्राचीन शिलालेख मिला। पूरा गाँव वहाँ पर जुटा हुआ था क्योंकि दिल्ली

से कुछ पुरातत्त्वविद् भी वहाँ पर आये हुये थे। जितने मुँह उतने तरह की बातें हो रहीं थीं। तरह-तरह के कयास लगाये जा रहे थे। कोई कह रहा था कि इस जगह अब बड़ा–सा गुबंद बनेगा। तो कोई कह रहा था कि ये लोग पहाड़ में सुरंग बनायेंगे। विशाल भी वहाँ पर मौजूद था। उसने भी उस प्राचीन शिलालेख को ग़ौर से देखा और उसके बारे में जानने की उत्सुकता दिखाई। उसने वहाँ मौजूद पुरातत्वविदों से पूछा, ''इस शिलालेख में क्या लिखा है?'' उन पुरातत्वविदों ने विशाल के सवालों में कोई भी दिलचस्पी नही ली और ख़ामोशी के साथ अपने काम में तल्लीन रहे। विशाल ने जिद की और अपने सवाल को दो-तीन बार दोहराया। तब एक पुरातत्त्वविद ने गुस्से से झिड़का, ''सालों लगते हैं इन शिलालेखों का मतलब समझने के लिए। और तुम अनपढ़ गवांर लोग इसे जानकर क्या करोगे? वैसे भी यह सब तुम्हारे काम की चीज नही है? हटो यहाँ से, हमें यहाँ पर कुछ काम करने दो।''

उन्हें गुस्से में देखकर विशाल कुछ भी नहीं बोला। आसपास में गाँव के अपने लोगों की वजह से वह खुद को बेहद ही शर्मिंदा महसूस कर रहा था। उस पुरातत्त्वविद् की बात विशाल के दिल में घर कर गई थी। ज़िंदगी में इंसान अगर कुछ बेहतर बनता है तो पहले उसके सपने देखता है और फिर उसके लिए जी तोड़ मेहनत करता है। मगर कभी-कभी अनचाहे हालात आपकी ज़िंदगी को काफ़ी हद तक संवार देते हैं। यह कुछ ऐसा होता है जिसके बारे में आपने कभी सपने में भी नही सोचा होता है। कुछ दिनों के अंतराल पर हुई इन दो घटनाओं से विशाल की जिंदगी में एक बदलाव लाया। उसने मन ही मन निश्चय किया चाहे कुछ भी हो जाए वह भी उनके तरह ही एक बड़ा इतिहासकार बनेगा।

विशाल जब घर आया तो उसका मन अशांत था। घर के कामों में उसका मन नही लग रहा था। एक दिन उसने अपने दिल की बात अपने पिताजी के सामने रखी। महेंद्रजी पुराने ख्याल के आदमी थे इसलिए इस बात को सुनकर अचानक भड़क गये। ये सब फिज़ूल की बातें तुम्हारे मन में कहाँ से आतीं है? हमारी खेती-बाड़ी और कारोबार को कौन संभालेगा?

विशाल ने शांत भाव में कहा, ''कल तक मेरी जिंदगी एकदम साफ-सपाट चल रही थी। शुरु से यही ख्याल था कि बड़ा होकर खेती-बाड़ी और अपना व्यापार संभालना है। पर अब इसमें दुविधा आ गई है। अब ऐसा लगता है जैसे मुझे अपनी जिंदगी का मकसद मिल गया है। मेरे कुछ सपने जागृत हो गये हैं। ये व्यापार, खेती-बाड़ी आप ही संभालिए। ये सब मुझसे नही होगा। मुझे अब एक बड़ा इतिहासकार बनना है। इसके लिए मैं दिल्ली जाऊँगा।''

महेंद्रजी ने अपने बेटे पर ताना मारा और कहा, ''पर इतिहासकार बनना कोई महुआ तो है नहीं जो समय होते ही टपक कर गिर जाएगा।'' विशाल ने अपनी

बात जोर देकर कही, ''हाँ, पता है। मैं इसके लिए जी तोड़ मेहनत करूँगा। वैसे भी यह आपकी नहीं मेरी समस्या है। आपको एक बात नहीं मालूम है। इंसान का रुझान जिस तरफ़ हो जाता है, उसके लिए वो चीज़ आसान हो जाती है।'' महेंद्रजी ने कहा, ''मुझे तो ये कोई बेवकूफी लग रही है।''

''कम ही लोग होते हैं जो कोई काम ठान कर करते हैं ज्यादातर तो ज़िंदगी की अंधी दौड़ का हिस्सा होते हैं।'' विशाल ने एक बेहद ही सटीक लाइन बोला, इस वाक्य से उसकी आँखों में एक विश्वास झलक रहा था। ऐसा लग रहा था जैसे इस एक लाइन ने उसके चेहरे का नूर क़ाफी हद तक बढ़ा दिया हो। उसके अंदर कुछ करने की अंतर्निहित शक्ति जैसे जागृत हो चुकी हो। विशाल के इस जवाब के सामने उसके पिता निरुत्तर हो गये। इतना विश्वास और जुनून उन्होंने आज विशाल के चेहरे पर पहली बार देखा था वह विशाल की मंशा भाप गये। इसलिए उनकी आवाज स्वतः ही दब गई।, ''ठीक है, अगर तुमने कुछ करने की ठान ही ली है तो यह अच्छी बात है। अब मैं तुम्हे नही रोकूँगा। मुझे पता है तुम्हारे बगैर मुझे खेती-बाड़ी और व्यापार करने में परेशानी होगी। लेकिन तुम वो करो जिसको करने पर तुम्हें खुद पर नाज हो और मैं भी तुम पर गर्व कर सकूँ।''

''इसका मतलब आप मेरी बात मान गये।'' अचानक से विशाल खुश होकर बोला और रोमांचित होकर अपने पिता के गले लग गया।

''कभी-कभी मुझे ऐसा लगता है कि तुम्हें समझ पाना मेरे लिए इतना मुश्किल क्यों है?'' इसी के साथ महेंद्रजी की आँखों में खुशी के आँसू छलक गये। विशाल ने प्यार भरे लहज़े में कहा, ''मैं कोई गणित या विज्ञान की गुत्थी नही, मैं तो आपका बेटा हूँ और मुझे समझना शायद इतना भी मुश्किल नहीं।'' महेंद्रजी ने मुस्कुराकर कहा, ''हाँ।''

बाप-बेटे में आपस में सहमति बन चुकी थी। इतने में विशाल की माँ पल्लवी भी वहाँ पर आ गईं। कुछ बातें उन्होंने भी सुन लीं थीं। विशाल के कुछ कहने से पहले ही वो बोल पड़ी, ''मुझे पता है तुम अब यहाँ नही रहोगे। हर माँ की यही ख़्वाहिश रहती है उसका बेटा हमेशा उसी के आँखों के सामने रहे पर दुनिया में ऐसा संभव नहीं हो पाता।'' विशाल मुस्कुराया और कहा, ''माँ, मैने धीरे-धीरे करके पुरातत्त्वविज्ञान में गहरी रूची जगाई है। यही मेरा सच्चा धन है, इसीलिए मै आगे की पढ़ाई के लिए दिल्ली जाना चाहता हूँ। मैं दिल्ली जाकर अपने इस धन में और भी वृद्धि करना चाहता हूँ। अपने सपने को जीना चाहता हूँ। यह बगैर आपके आशीर्वाद के पूरा नहीं होगा। कल जब मैं कामयाब होकर लौटूँगा तो आपको मेरे ऊपर फख्र होगा। जब लोग मेरी मिशाल देंगे तो आप उस वक्त गर्व से कहेंगी वह मेरा बेटा है।'' इतना कहकर विशाल अपनी माँ के आँचल में छुप गया। पल्लवीजी ने विशाल की पीठ को सहलाते हुए कहा, ''ठीक है, जरूर जाओ।

मेहनत करो और अपने सपने को जिओ। मेरी तरफ़ से तुम्हें पूरी छूट है बस, गलत संगत में मत पड़ना।'' विशाल ने अपनी माँ को आश्वासन दिया और कहा, 'ज़रूर!' विशाल ने दिल्ली जाने के लिए अपना पूरा सामान रात भर में पैक किया। नई उम्मीद के साथ एक सुहानी सुबह हुई। अब वो दिल्ली जाने के लिए पूरी तरह से तैयार था। विशाल ने जाने से पहले अपने माता-पिता के चरण स्पर्श किये। विदाई की इस बेला में विशाल की माँ की आँखों मे आँसू आ गये थे। विशाल ने कहा, ''अगली बार जब मैं घर आऊँगा तो आपकी आँखों में खुशी के आँसू होंगे।'' विशाल की बात का असर पल्लवीजी को हो गया। आँसू पोंछते हुए और मुस्कुराकर कहा, ''जाओ, तुम अपने उद्देश्य में सफल हो।'' विशाल वहाँ से दिल्ली चला आया।

होशंगाबाद की पहाड़ी में शैलचित्र का मिलना

दिल्ली आकर विशाल ने एक प्रतिष्ठित कॉलेज में दाखिला लिया। यहाँ आकर उसने खूब मेहनत की और जल्द ही प्रोफेसरों का चहेता बन गया। पाँच साल तक कॉलेज की पढ़ाई के बाद विशाल ने शोध में दाखिला लिया। अब वह प्राचीन लिपियों को पढ़ सकने में कुछ हद तक सक्षम था। शोध के दौरान विशाल की मुलाकात मनीष से हुई। अक्सर साथ-साथ रहने से जल्द ही दोनों में अच्छी जान पहचान हो गई थी। मनीष ने विशाल से पूछा- शोध में आने का विचार कैसे आया?

''पुरातत्वविज्ञान में मेरा रुझान मेरे पिताजी के एक करीबी मित्र की देन थी। समय के साथ मेरी रुचि में अरमानों के पंख लगने लगे और मैं अपने सपने को साकार करने दिल्ली चला आया।'' मनीष ने कहा, ''आपके चेहरे पर आत्मविश्वास कुछ ज्यादा है, जो आपके कर्मों के उच्च्य गूंज को झलकाता है।'' मनीष ने विशाल के बारे में जानने की और अधिक उत्सुकता दिखाई और फिर पूछा-पुरातत्त्वविज्ञान और इतिहास में आपको क्या पसंद है?

विशाल ने कहा, ''मुझे प्राचीन कालीन इतिहास में मौर्य काल और गुप्तकाल ज़्यादा पसंद हैं। उनकी संस्कृति, कला, रहन-सहन, व उनके व्यवसाय मुझे काफ़ी पसंद हैं। प्राचीन लिपियों के बारे में गहराईपूर्वक अध्ययन करना, मेरी गहन रूचि का विषय है। वैसे अगर शिल्पकला की बात की जाये तो मुझे गुप्तकालीन शिल्पकला ज्यादा पसंद है। किसी महान विद्वान के शब्दों में, ज़िंदगी तो हर इंसान जीता है, पर इंसान को अमर इतिहास ही बनाता है। या फिर अतीत के बारे में किसी महान विद्वान का कथन है, ''हम अतीत को जितना ही जानेंगे, हमारा भविष्य उतना ही बेहतर होगा।'' मनीष ने एकटक विशाल की ओर देखा और मुस्कुराकर कहा, ''लगता है मुझे आपसे दूरी बनानी होगी क्योंकि आपके विचार, आपसे कुछ ज्यादा ही ऊँचे लगते हैं।''

"आप के अनुसार नारियल के पेड़ की तरह," विशाल ने कुछ सोचकर मज़ाकिया लहजे में कहा और फिर हँसकर अपनी दिली बात जाहिर कर दी, "इतने भी ऊँचे नहीं हैं।" फिर दोनों हँसकर अपने हास्टल में चले गये। प्रो. रामचन्द्र मिश्र जो विशाल और मनीष को प्राचीन लिपियों पर शोध कराते थे। उन्हें कुछ जानकार सूत्रों से पता चला कि कुछ शैलचित्र भोपाल के दक्षिण पूर्व होशंगाबाद जिले में पहाड़ियों के पास मिले हैं। उन्होंने फ़ौरन मनीष और विशाल को बुलाया और कहा कि अपने विभाग के दस-बारह लोगों की टीम को इकट्ठा करना है। होशंगाबाद की पहाड़ियों में कुछ शैलचित्र' मिले हैं। हमें जितनी जल्दी हो सके, वहाँ पर जाने की पूरी तैयारी कर लेनी चाहिए। मनीष और विशाल ने इस बात की सूचना अपने विभाग के कुछ अन्य लोगों तक पहुँचा दी। जल्द ही होशंगाबाद की यात्रा के लिए चौदह लोगों की एक टीम बन गई थी।

शैलचित्र' गुफाओं की दीवारों पर किसी प्रकार की टूटी-फूटी लिखावट, आकृतियाँ या कुछ संकेत चिह्न होते हैं। यह पूरे संसार में जगह-जगह पर पाये जाते हैं। पुरातन लोग अपनी संस्कृति व कला को पत्थरों या गुफाओं की दीवारों पर प्रदर्शित करते थे। इस तरह की कलाकृतियाँ प्राचीन काल की कला और संस्कृति व उनके सोचने के ढंग को प्रदर्शित करती हैं। कई जगहों पर ऐसी आकृतियाँ, लिखावट या संकेत चिह्न रंग-बिरंगे होते हैं जिन्हें पिक्टोग्लिफ् कहते हैं। आमतौर पर ये कुछ विरल गुफाओं में मिलते हैं। कहीं-कहीं पर नदियों के किनारे मुहाने पर या फिर खुले पत्थरों पर भी ऐसी कुछ आकृतियाँ मिली हैं जिन्हें चट्टानों पर खुरचकर बनाया गया है।

अगले दिन होशंगाबाद की यात्रा शुरू हो गई। शुरूआती सफर दिल्ली से भोपाल तक ट्रेन से जाना था। भोपाल से होशंगाबाद दक्षिणपूर्व में स्थित है, इसलिए आगे का सफर बस से तय करना था। होशंगाबाद शहर नर्मदा नदी के किनारे स्थित है। लेकिन पुरातत्त्वविद् टीम को होशंगाबाद शहर से कुछ दूर पहले ही उतर जाना था। वहाँ से तकरीबन चार किलोमीटर का रास्ता पैदल ही जंगलों से पार करना था और कुछ सफ़र पहाड़ियों पर चढ़कर तय करना था। वहीं पर शैलचित्र मौजूद थे। सब कुछ पूर्वनिर्धारित था इसलिए पूरी टीम को भोपाल पहुँचने में कोई दिक़्क़त नहीं हुई। जल्द ही पुरातत्त्वविभाग की टीम होशंगाबाद शहर से कुछ दूर अपना पड़ाव डाल चुकी थी। यहाँ पर एक चरवाहे को जंगल में रास्ता दिखाने के लिए पहले से ही रख लिया गया था। वह चरवाहा आगे-आगे चल रहा था, बाकी सभी लोग उसके पीछे-पीछे चल रहे थे।

14 लोगों का दल था लोग परिचय के मूताबिक आपसी बातचीत में मशगूल थे। ठीक वैसे, जैसे एक पूरा परिवार कहीं पिकनिक पर जा रहा हो, बच्चे बच्चों

के साथ एक अलग झुंड में, महिलाओं का एक अलग समूह बन जाता है और पुरुषों का अलग। प्रोफेसर मिश्र ने उस चरवाहे से पूछा, ''यहाँ के जंगल काफी घने लगते हैं। ऊँचे-ऊँचे, साल, सागौन के वृक्ष हैं। यहाँ पर कौन-कौन से जानवर पाये जाते होंगे ?'' उस चरवाहे ने उत्तर दिया, ''आमतौर पर यहाँ बारहसिंगा, जंगली सुअर, मोर, जंगली भेड़िया, लंगूर, लोमड़ी और कुछ जहरीले साँप पाये जाते हैं।''

प्रोफेसर मिश्र ने फिर उस चरवाहे से पूछा, ''तो फिर यहाँ डरने जैसी कोई चीज़ नहीं है। शेर और भालू के बारे में क्या ?'' उस चरवाहे ने कहा, ''शेर इधर कभी नहीं आता, पर हमारा सामना कभी-कभार भालू और भेड़िये से हो जाता है। लेकिन यहाँ 14–15 लोगों का दल है, इसलिए डरने जैसी कोई बात नहीं। फिलहाल तो हमें बस जंगली साँपों से डरना चाहिए।'' तभी विशाल ने कौतूहलवश एक जानवर की तरफ इशारा करते हुए मनीष से पूछा, ''वो कौन सा जानवर है?'' तभी वह जानवर तेज़ी से झाड़ियों की तरफ़ जा छुपा। मनीष ने लम्बी साँस लेते हुए कहा, ''पता नहीं! लगता है, किसी जीवविज्ञानी को भी अपने दल में शामिल कर लेना चाहिये था।'' इधर प्रोफेसर मिश्र उस चरवाहे से बातचीत करने में मग्न थे। उन्होंने चरवाहे से पूछा-तुम्हारा क्या नाम है? उस चरवाहे ने उत्तर दिया-बनवारी लाल साहब। प्रोफेसर मिश्र ने फिर सवाल किया-तुम कहाँ रहते हो और यहाँ इस शैलचित्र के बारे में तुम क्या जानते हो?

बनवारी लाल ने कहा-मैं यहीं पास के गाँव मे ही रहता हूँ और हम लोग अक्सर इन पहाड़ियों के इर्द-गिर्द घूमते रहते हैं, हम कई सालों से इसे इन गुफाओं में देख रहे हैं। हम अनपढ़ लोग क्या जाने, ये क्या चीज है? गाँव के कुछ लड़कों ने अनजानवश कुछ आकृतियों के ऊपर आढ़ी-तिरछी रेखाएं खींचकर उन्हें बिगाड़ दिया है। एक दिन हमारे मुखियाजी को इसकी भनक लग गयी और उन्होंने किसी को भी वहाँ पर फटकने से मना कर दिया और पुलिस में जाकर इसकी सूचना दे दी।

''तुम्हे मालूम है, इन शैलचित्रों के साथ छेड़-छाड़ करना एक अपराध है।'' प्रोफेसर मिश्र ने कहा। बनवारी लाल ने कहा, ''मुझे क्या पता साहब, यह इतना कीमती हो सकता है। हम लोग तो अनपढ़-गंवार हैं।'' प्रोफेसर मिश्र ने कहा, ''ठीक है, आगे से ध्यान रखना।'' बनवारी लाल ने कहा, ''जी साहब।'' तकरीबन चार किलोमीटर का रास्ता घने जंगलों को पार करके सभी लोग एक पहाड़ी के करीब आ चुके थे। बनवारी लाल ने हाथ से इशारा करते हुए कहा, ''वो सामने जो कंदरा दिखाई दे रही है, शैलचित्र वहीं पर हैं। चढ़ाई का रास्ता उबड़-खाबड़

और कुछ जगहों पर यह बेहद खतरनाक हैं, इसलिए सभी लोग संभलकर पहाड़ी पर चढ़ेंगे।''

ऊपर चढ़ने से पहले प्रोफेसर मिश्र ने भी सभी को एक जगह एकजुट किया। प्रोफेसर मिश्र उस दल में सबसे ज़्यादा सीनियर और अनुभवी आदमी थे और एक तरह से वहाँ सभी के मुखिया भी थे। इसलिए ऊपर चढ़ने से पूर्व उन्होंने सभी को ख़तरे के बारे में आगाह किया, ''आप सभी लोग संभलकर ऊपर चढ़ाई करेंगे और अपना ध्यान ख़ुद ही रखेंगे। यह ज़्यादा सही रहेगा कि किनारे के पेड़ों के सहारे आप ऊपर की तरफ़ आगे बढ़े। इस चढ़ाई के दौरान आप लोग हँसी -मज़ाक नहीं करेंगे।'' इस तरह से प्रोफेसर मिश्र ने सभी को हर ख़तरे के बारे में आगाह किया और अपने कुछ अच्छे और बुरे अनुभव सभी के साथ साझा किया। दुर्गम चढ़ाई पार करके आख़िरकार सभी उस छोटी सी गुफा के पास पहुँच गये जहाँ पर शैलचित्र मौजूद थे। आख़िरकार सभी ने राहत की साँस ली। प्रोफेसर मिश्र ने सभी को संबोधित करते हुए कहा, ''हमें हमारी मंजिल मिल चुकी है, इन पत्थरों पर थोड़ा संभलकर चलना। थोड़ी सी लापरवाही हमें मौत के मुँह में ले जा सकती है। आपको तो पता है, आपका काम क्या है? जल्दी से अपने-अपने काम में लग जाइये हमें वापस भी जाना है।'' एक छोटे से बक्से में पुरातत्त्वविज्ञान से जुड़े कुछ औज़ार थे। उसमें से विशाल और मनीष ने ब्रश निकाल लिया उनके साथ और भी लोग थे। सभी ने दीवारों पर धूल से सने हुये उस शैलचित्र को ब्रश से साफ़ करना शुरू कर दिया। ब्रश से साफ करने के बाद उस पर पानी की बौछार मारी गई। अब शैलचित्र साफ-साफ दिखाई दे रहा था। कई शैलचित्रों को बनाने में चिकनी और महीन मिट्‌टी का इस्तेमाल किया जाता था जिसमें मैंगनीज और आयरन की मात्रा पायी जाती है। मैंगनीज की उपस्थिति शैलचित्र का रंग गाढ़ा कर देती है तो आयरन की उपस्थिति उसको लाल रंग प्रदान करती है। पानी की बौछार करने से शैलचित्र आर्द्रता ग्रहण कर लेते है जिससे कि कुछ समय के लिए उसमें एक चमक आ जाती है। हालांकि पानी का ज़्यादा इस्तेमाल शैलचित्र को ख़राब भी कर देता है।

प्रोफेसर मिश्र ने कहा, ''इस तरह के शैलचित्र होशंगाबाद से सटे हुए रायसेन जिले में भीमबैठका में भी मिले हैं। आप सभी उससे वाक़िफ हैं, इन दोनों में काफ़ी समानता लग रही है।'' डिजिटल कैमरे से उसकी तस्वीर उतारी गई। वहाँ पर कंदरे के अंदर गलियारे से सटी हुई एक छोटी सी जगह थी। वह जगह बाहर से कटी हुई थी। मतलब वहाँ से बाहर की कोई भी चीज़ नहीं दिखाई दे

रही थी। वह एक एकांत जगह थी। लेकिन एकांत होने के बावज़ूद वहाँ पर सूरज का हल्का-हल्का प्रकाश आ रहा था और वहाँ भी इस तरह के शैलचित्र मौजूद थे। इन प्राचीन कलाकृतियों को ढूँढ़ना, और दिलोजान से जीना विशाल का सपना रहा था। हर इंसान के अपने कुछ खास शौक और जुनून होते हैं पर कुछ लोग किसी खास मकसद के लिए ही बने होते हैं। उनमें किसी चीज के प्रति कमाल की लगन होती है और इस तरह की लगन उस व्यक्ति को उच्च मानसिक स्तर की ओर ले जाती है। प्राचीन कलाकृतियों के प्रति विशाल में वो हुनर और लगन मौजूद था। वह शांत व स्थिर होकर उन शैलचित्रों को एकटक निहार रहा था जैसे कि वह पूरी दुनिया को भूलकर उसमें डूब चुका हो। उसने अन्तर्मन की गहराई से अपने दाहिने हाथ से उन शैलचित्रों का स्पर्श किया। उसको उन शैलचित्रों में एक जिंदादिली का एहसास हो रहा था। कुछ पल के लिए वह भूल गया कि वह एक इंसान है। उसे ऐसा लगा जैसे वह भी उन शैलचित्रों का एक हिस्सा है। उनकी तरह वह भी उन दीवारों में कैद है। उनकी बातों को वह महसूस कर सकता है। तभी मनीष का प्रवेश हुआ, उसने विशाल को उन शैलचित्रों में डूबा हुआ पाया। मनीष विशाल के इस शौक से अच्छी तरह से वाकिफ था। वह इस वक़्त विशाल की चुप्पी नही तोड़ना चाहता था, लेकिन तब तक उसकी ज़बान फिसल गई।

''क्या हम बाहर की तरफ घूमने चलें?''

''इस वक़्त मैं माफ़ी चाहूँगा,'' विशाल ने मनीष की तरफ घूमकर कहा, ''मैं कुछ वक़्त इन्हीं शैलचित्रों के साथ अकेले में बिताना चाहता हूँ।'' मनीष ने कहा, ''ठीक है, कोई बात नहीं। मैं अभी बाहर चला जाता हूँ। दखल देने के लिए माफी चाहूँगा।'' इतना कहकर मनीष बाहर की तरफ निकल गया। बाहर में प्रोफेसर मिश्र के दिमाग़ में कई योजनाएं चल रही थी। वह इस बात की तैयारी में जुटे थे कि इस जगह को पुरातत्त्व की दृष्टि से कैसे विकसित किया जाए? कितना ख़र्चा आयेगा? चट्टानों के किनारों-किनारों पर किस तरह से घेरा लगाया जाए कि किसी को यहाँ तक पहुचने के लिए ज्यादा दिक़्क़त न हो? विशेषज्ञों की टीम आपस में सलाह-मशविरा कर रही थी। सभी लोग आपस में बातचीत करते हुए जंगलों के रास्ते वापस जाने लगे थे। इधर विशाल शांत व स्थिर होकर उन शैलचित्रों में खोया हुआ था। थोड़ी देर में जब उसकी तंद्रा टूटी, तो वह इधर-उधर देखने लगा। उस कंदरा से बाहर आकर देखा तो बाहर कोई भी न था। बाहर किसी को न पाकर उसका दिल धक् से रह गया। तुरन्त ही वह व्याकुल हो उठा। उसके दिल की धड़कनें तेज़ हो गयीं। पहली बार इस तरह की मुसीबत से विशाल

का सामना हुआ था। ऐसी स्थिति में कोई भी परेशान हो सकता है, ख़ासकर जब पहली बार वह इस तरह के हालात से सामना कर रहा हो। गौर करने वाली बात है, इस हालत के लिए कोई और नहीं बल्कि उसके खुद के शौक और जुनून ही जिम्मेदार थे। अब इस जंगल में उसे समझ में नहीं आ रहा था कि वह अकेला क्या करे? वहीं पर रुककर किसी के वहाँ आने का इंतज़ार करे या फिर आगे बढ़े। रुकने का विचार आते ही वह खुद को बेहद तनावग्रस्त महसूस कर रहा था। इसलिए उसने आगे बढ़ना ही उचित समझा। इस जंगल में उसको जितना रास्ता याद था, वह आगे बढ़ने की कोशिश करने लगा। हालांकि वह कुछ दूर तक तो जा ही सकता था। एक बात तो तय थी कि उसका विश्वास अब डगमगा चुका था। भय उसके शरीर में किसी रोग की भांति प्रवेश कर चुका था और वह इस बात से वाकिफ हो चुका था कि वह जंगल में रास्ता भटक चुका है।

डर से सामना भी तभी होता है जब परिस्थितियाँ विपरीत हो और आप अकेले हों। डर एक ऐसी चीज है, जिसे शब्दों में व्यक्त नहीं किया जा सकता। डर एक नकारात्मक ऊर्जा होती है जो हमारे सोचने समझने और निर्णय लेने की शक्ति पर पूरी तरह अपना नियंत्रण कर लेती है। धीरे-धीरे डर विशाल के दिल में अपना पांव पसारते जा रहा था। विशाल ने एक गहरी साँस भरी और अपने डर को काबू में करने का प्रयास किया। दिल ही दिल वह खुद को तसल्ली देने लगा कि मैं इस जंगल से जरूर बाहर निकल जाऊँगा। ईश्वर मेरे साथ है।

इधर प्रोफेसर मिश्र और अन्य विशेषज्ञ अभी भी आपस में सलाह-मशविरा कर रहे थे। हालांकि जंगल में वे काफ़ी आगे आ चुके थे कि तभी अचानक मनीष को ख्याल आया। अरे! विशाल तो वहीं पर रह गया है। उसने फ़ौरन इस बात की सूचना प्रोफेसर मिश्र को दे दी कि विशाल दल के साथ नही है। प्रोफेसर मिश्र यह सुनकर अचानक घबड़ा गये। उन्हें विशाल के ऊपर बहुत ही खीझ आयी और वहीं पर अपना गुस्सा बाहर निकालने लगे। यह लड़का तो बहुत ही नालायक व मूर्ख है। पता नहीं दल से अलग होकर क्या कर रहा है? इतना समझाने के बाद भी उस पर कोई असर नहीं हुआ। इतनी बड़ी बेवकूफी कर गया, खुद का ख्याल भी नही रख सकता। अब प्रोफेसर मिश्र के सामने यह समस्या थी कि इन घने जंगलों में विशाल को कैसे ढूँढ़ेंगे?

कुछ विशेषज्ञ कहने लगे, इन घने जंगलों में कोई मोबाइल नेटवर्क भी नहीं आ रहा है। समझ में नहीं आता कि क्या करें? जंगल बहुत बड़ा और घना है और हम सबके लिए अनजान है। अंधेरा होने में सिर्फ़ तीन घंटे ही बचे हैं और हमें अभी

भी जंगल में काफी सफर तय करना है। इसलिए हमारे सामने काफी कशमकश की स्थिति है। हम सब उसकी तलाश भी नहीं कर सकते हैं। प्रोफेसर मिश्र काफी चिंतित दिखाई दे रहे थे। वो अपने सिर पर हाथ रखकर वहीं पेड़ के नीचे बैठ गये। कुछ देर सोचने के बाद आख़िरकार प्रोफेसर मिश्र ने बनवारी लाल को वापस उस पहाड़ी की तरफ भेजा और सभी लोग वहीं पर बैठकर उसके लौटने का इंतजार करने लगे। तकरीबन दो घंटे के बाद बनवारी लाल वापस आया। सभी लोग बनवारी लाल के चेहरे पर हताशा देखकर माजरे को समझ चुके थे। वह अकेला ही उनकी तरफ़ चला आ रहा था। बनवारी लाल भी सभी की मंशा को भांप गया।

बनवारी लाल ने सभी को दिलासा दी और कहा, ''आप लोग चिंतित मत होइये। मैं आप सभी लोगों को यहाँ से सुरक्षित बाहर निकालकर, पास ही अपने गाँव जाकर कुछ लोगों को विशाल की खोज में लगा देता हूँ। फिलहाल तो मुझे एक ही रास्ता दिखाई दे रहा है। मुझे आप सभी को यहाँ से सुरक्षित बाहर निकालना ही होगा।'' प्रोफेसर मिश्र निरूतर थे। वह कश्मकश की स्थिति में पड़े हुए थे कि अब क्या करें? उन्होंने विशाल को ढूँढ़ने के लिये तो हर संभव प्रयास किया था। लेकिन अब उनके पास कोई भी उपाय नहीं था। उन्हें मन ही मन विशाल पर काफ़ी गुस्सा आ रहा था। चारों तरफ खामोशी छाई हुई थी। तभी पुरातत्व विशेषज्ञ टीम में से एक ने कहा, ''आप धीरज रखिये प्रोफेसर! विशाल हमें जल्द मिल जायेगा। बनवारी लाल सही कह रहा है। सबसे पहले हमें इस जंगल से बाहर निकलना होगा। यह हमारे और विशाल दोनों के हित के लिए सही होगा।''

सभी लोगों ने इस बात पर अपनी सहमति जताई और बनवारी लाल के कहे अनुसार जंगल से वापस लौटने लगे। इधर विशाल का बुरा हाल था। वह पश्चिम दिशा से आगे की तरफ़ बढ़ता जा रहा था क्योंकि उसे इतना याद था कि शैलचित्र रोड से पूर्व की दिशा में था या तो उत्तर पूर्व या फिर दक्षिण पूर्व में। इसी को आधार मानकर वह पश्चिम दिशा में आगे की तरफ़ बढ़ता जा रहा था। मगर अनजान रास्ता होने की वजह से मन में शंका भी हो रही थी कि कहीं वह जंगल के बीचो-बीच तो नहीं घुसता चला जा रहा है। तिरछी धूप, पथरीले व कांटो से भरे रास्ते पर अकेले चलने में विशाल को काफ़ी थकान महसूस हो रही थी। अकेले चलने वाले को समूह में चलने वालों की तुलना में ज़्यादा थकान महसूस होती है क्योंकि समूह में होने पर आपसी बातचीत थकान पर भारी पड़ती है। लम्बे से लम्बा सफ़र भी छोटा प्रतीत होता है। आख़िरकार विशाल एक पेड़ के पास स्थित पत्थर पर बैठ गया। कुछ समय आराम करने के बाद विशाल वहाँ से आगे चल पड़ा।

ऊँचे-ऊँचे पेड़, पक्षियों का कोलाहल, झींगुरों की आवाजें, हवा की सनसनाहट, शांत व खामोश जंगल, डरावने साँपों व जंगली जानवरों का भय विशाल को साफ़ महसूस हो रहा था। सबसे बड़ी चिंता यह थी कि थोड़ी ही देर में शाम होने वाली थी। एक अंजान घने जंगल में एक रात जंगली जानवरों के साथ बिताना। ऐसा सोचकर कोई भी इंसान सिहर उठे। फिर भी विशाल ने अपने डर को काबू में रखा। मुश्किल भरे सफर पर अकेले ही चल पड़ा। जैसे-जैसे दिन ढलता जा रहा था, उसे रास्ता और भी बोझिल महसूस हो रहा था। दिल में कहीं न कहीं संदेह के बादल मंडरा रहे थे तो आँखों में उलझन। थकान की वजह से उसके चेहरे पर शिकन पड़ती जा रही थी जो उसके डर को और फैलाने का काम कर रही थी। अब उसका विश्वास धीरे-धीरे अविश्वास में बदलता जा रहा था। आखिरकार वह थक हार कर फिर एक पेड़ की छांव में बैठ गया शायद किसी मसीहा के इंतजार में। कोई आये और सही रास्ता दिखाये। ऐसी कहावत है जब सारे रास्ते बंद हो जाते हैं तो ईश्वर कोई न कोई रास्ता ज़रूर खोल देता है। उसकी उम्मीद के ख़ातिर आख़िरकार भगवान को भी झुकना पड़ा। कुछ देर के बाद अचानक विशाल की आँखों में चमक आ गई जब दूर हाथ में लाठी लिए हुये एक वृद्ध दिखाई दिये। विशाल ने फ़ौरन आवाज लगाई, "जरा रूकिये तो।" और अपनी पूरी ताक़त लगाकर उस ओर दौड़ पड़ा। जब वह वृद्ध के पास पहुँचा तो वह तेज़ी से हाँफ रहा था। उसके पूरे शरीर में तीव्र कम्पन हो रहा था। वह बोलने की कोशिश कर रहा था पर उसके मुख से कोई भी शब्द बाहर नही निकल पा रहा था। काफी कोशिश करने के बाद भी वह कुछ भी न बोल सका। उस वृद्ध ने पीछे मुड़कर विशाल की तरफ़ देखा। विशाल पसीने से तर-बतर था। चेहरे पर चिंता की लकीरें थीं। वह तेज़ी से हाँफ रहा था। उसके पूरे शरीर में कंपकपी दौड़ रही थी जो उसके डर को प्रतिबिम्बित कर रही थी। उसकी स्थिति देखकर ऐसा लग रहा था मानो कोई व्यक्ति रेगिस्तान में कई दिनों का प्यासा हो।

उसकी उलझन को देखकर वृद्ध ने कहा, "डरो नहीं, लगता है शहर से आये हो और इस वीरान जंगल में रास्ता भटक गये हो।" विशाल मुश्किल से सिर्फ़ इतना ही कह सका 'हाँ।' थोड़ी देर में स्थिर होने पर विशाल अपनी पूरी कहानी उन वृद्ध महोदय को सुना दी। उन वृद्ध महोदय ने हाथ से इशारा करके बताते हुए कहा, "तुम यहाँ से दक्षिण-पश्चिम की दिशा में चले जाना तुम्हें मुख्य सड़क मिल जायेगी। तुम्हे यहाँ से जल्दी बाहर निकलना होगा। अंधेरा होने वाला है और तुम्हारे साथ के सभी लोग भी तुम्हें ढूँढ़ ही रहे होंगे।"

विशाल ने कहा, "शुक्रिया, बहुत-बहुत शुक्रिया! इस घने जंगल में रास्ता दिखाने के लिए।" वृद्ध के बताये रास्ते पर चल कर विशाल जंगल से बाहर मुख्य सड़क पर आ गया था। विशाल को पता था कि मुख्य सड़क से, जहाँ जंगल के

अंदर आये थे वह जगह थी औली मोड़। दरअसल वह औली मोड़ से 1 किमी पहले ही मुख्य सड़क पर निकल आया था। मुख्य रोड पर बराबर गाड़ियाँ चलती रहती थी, इसलिए कुछ लोग सड़क पर मिल गये। उनसे पूछकर विशाल औली मोड़ की तरफ़ चल दिया। उसे दिल ही दिल इस बात का आभास हो रहा था कि सभी लोग यहीं पर उसका इंतज़ार कर रहे होंगे। और हकीक़त भी यही था। सभी लोग इसी मोड़ पर बेसब्री से विशाल का इंतजार कर रहे थे। इधर बनवारी लाल ने कुछ लोगों को विशाल की खोज में लगा दिया था।

विशाल को सामने से आता देखकर सभी ने राहत की साँस ली। सभी लोग खुश हुये सिवाय प्रोफेसर मिश्र के। उन्होनें सभी के सामने ही विशाल को ख़ूब डांटा व फटकारा। विशाल शांतिपूर्वक डाँट को सुनता रहा। कुछ देर बाद जब प्रोफेसर मिश्र का गुस्सा काफूर हो गया, तब विशाल ने विनम्रतापूर्वक अपनी गलती के लिए माँफ़ी मांगी। थोड़ी देर बाद वहाँ से सभी लोग सकुशल वापस दिल्ली लौट आये।

विशाल का इंटरव्यू

वापस दिल्ली पहुँचने पर मनीष ने विशाल से सवाल किया। ''आखिर उन शैलचित्रों में ऐसा क्या था जनाब कि आपने ने अपना होश ही खो दिया। मैं कभी सोच भी नहीं सकता था कि ऐसा भी हो सकता है।'' विशाल ने नम्र लहजे में अपनी ग़लती को स्वीकारते हुये कहा, ''कुछ भी नहीं। मुझे पता है, मैंने सभी को काफ़ी निराश किया। आप सभी लोग मेरी वज्ह से काफ़ी परेशान हुए। मैंने इस तरह के शैलचित्र पहले कभी नहीं देखे थे। मुझे खुद पर बहुत अचंभा हुआ, जब मैंने ख़ुद को जंगल में अकेला पाया। मेरे जुनून, मेरा शौक, मुझे ऐसी जगह पर छोड़ देंगे, यह मुझे अब भी यक़ीन नहीं हो रहा है। कुछ देर एक–टक देखने के बाद मुझे ऐसा प्रतीत हुआ जैसे वह मुझे अपनी तरफ़ खींच रहा है। जब मैंने अपने दाहिने हाथ से उन शैलचित्रों का स्पर्श किया तो मुझे ऐसा लगा मानो मैं भी उनका हिस्सा हूँ, और फिर मैं अन्तर्मन की गहराईयों में खोता चला गया।''

मनीष ने हँसकर कहा, ''चलो भगवान का शुक्र है कि आप जंगल से वापस अकेले लौट आये। मुझे तो यह किसी करिश्मे से कम नहीं लगता है। ऐसा महसूस होता है, आगे से मुझे आपकी कुछ ज़्यादा ही निगरानी करनी होगी। इस तरह के शौक मैंने आज तक किसी भी इंसान में नहीं देखे। वैसे एक बात मुझको नहीं समझ में आ रही है, मैं इसे क्या कहूँ, शैलचित्र के प्रति दीवानगी या फिर कोई बेवकूफ़ी।'' विशाल ने मनीष की उलझन सुलझा दी और कहा, ''शायद दोनों।''

''वैसे आपके लिए मेरे पास एक बुरी ख़बर है।'' मनीष ने कहा और विशाल के मन में एक संशय पैदा करता है, ''प्रोफेसर मिश्र ने कहा है कि आप शैलचित्र

के तह तक जाइये और पूरी जानकारी इकट्ठा करिये, परसों टीवी चैनल व मीडिया वाले इस शैलचित्र के बारे में आपसे जानना चाहेंगे।'' विशाल ने घबराकर कहा, ''न... नहीं इंटरव्यू, मीडिया, ये सब मुझसे नहीं हो सकता। मैं मीडिया वालों के सारे सवालों के जवाब नहीं दे पाऊँगा। अभी मेरे ज्ञान का स्तर इतना उच्च नहीं है कि मैं उनके सारे सवालों के जबाब दे दूँ। क्या कोई दूसरा उपाय नहीं है?'' मनीष ने एक गहरी आह भरी और कहा, ''फिलहाल तो नहीं है, एक शख़्स जो इन शैलचित्रों में इतना तल्लीन हो जाये कि उसे पता ही नहीं कि उसका दल यहाँ से चला गया है। उससे बेहतर कौन हो सकता है, शैलचित्र के बारे में जवाब देने के लिए? बेहतर यही होगा कि शैलचित्र के बारे में पूरे तथ्य इकट्ठा करिए। परसो इंटरव्यू है और धीरे-धीरे आपका समय खत्म होता जा रहा है।'' विशाल ने फिर पूछा, ''यह सब क्या मुझे अकेले में करना पड़ेगा?'' मनीष ने कहा, ''हाँ, बिलकुल अकेले! समझ लो सजा के तौर पर।''

विशाल ने प्रत्युत्तर में कहा, ''ठीक है, मैं कोशिश करता हूँ मीडिया वालों का अच्छे से सामना कर सकूँ।'' अगले दिन कालेज के पुरातत्त्वविभाग के आगे मीडियाकर्मियों की भीड़ लगी हुई थी, विशाल के ऊपर सवालों की बौछार हो रही थी।

मीडियाकर्मी- ये शैलचित्र क्या हैं?

विशाल – शैलचित्र एक तरह की पत्थरों पर या फिर गुफाओं की दीवारों पर कुछ गोदने या उकेरने की कला है। आमतौर पर ये दुर्लभ जगह पर पाये जाते हैं, जहाँ इनका संरक्षण प्रकृति के जरिये होता है। घने जंगलों में, गुफाओं में, कहीं-कहीं पर नदियों के मुहाने पर। शैलचित्र किसी प्रकार के दुर्लभ चित्र, भित्ति, लेख, संकेत चिह्न या आकृतियाँ कुछ भी हो सकते है जो समकालीन सभ्यता और संस्कृति को दर्शाते हैं। अभी एक मीडियाकर्मी के सवाल के जबाब पूरे नही हुए थे कि दूसरे, तीसरे और चौथे मीडियाकर्मी अपने-अपने प्रश्नों के साथ तैयार थे। विशाल के उत्तर के साथ-साथ उनके प्रश्नों की भी बौछार बहुत ही तेज़ी के साथ हो रही थी।

मीडियाकर्मी-ये शैलचित्र कहाँ-कहाँ पर पाये गये हैं?

विशाल-ये शैलचित्र पूरे विश्व में पाये गये हैं। मुख्यतः उत्तरी अमेरिका की उताह झील के पास नेवादा, कोलोरैडो, टेक्सास, कैलोफोर्निया, इसके अलावा यूरोप के कुछ देशों जैसे ब्रिटेन, फ्रांस, जर्मनी, अफ्रीकी देश जैसे नाइजीरिया, मिस्त्र, सहारा के मरूस्थल, आस्ट्रेलिया और भारत इत्यादि।

मीडियाकर्मी- ये किस तरह के चित्र हो सकते हैं?

विशाल–आमतौर पर ये खगोल विज्ञान से जुड़े किसी तरह के चित्र जिसमें सूर्य, चंद्रमा, तारे और पृथ्वी हों या तो जानवर जैसे हिरन, शेर, साँप, बिच्छू व आदमी, या तरह–तरह के बर्तन या पुराने जमाने के पत्थर के औजार के चित्र या तो आड़ी–तिरक्षी रेखाएं जैसे प्वाइंटस, विभिन्न आकृतियाँ जैसे कि वृत्त, पैराबोला इत्यादि।

मीडियाकर्मी– भारत में ये शैलचित्र कहाँ–कहाँ पर मिले हैं?

विशाल– ये भारत में कुछ जगहों पर पाये गये हैं, जैसे कि मध्य प्रदेश के रायसेन जिले में "भीम बैठका।" शैलचित्र की दृष्टि से भारत में यह जगह काफ़ी प्रसिद्ध है। इसके अलावा एडक्कल गुफा केरला में, कोल्लूर तमिलनाडु में, भी पुरातत्त्वविद् की दृष्टि से काफ़ी प्रसिद्ध हैं। कई मीडियाकर्मी एक साथ सवाल करने में लगे थे। उसी भीड़ में से एक लड़की उचक–उचककर कुछ बोलने का प्रयास कर रही थी। वह अभी पत्रकारिता क्षेत्र से नई–नई जुड़ी हुई थी इसलिए उसे कुछ सूझ नहीं रहा था कि वह कौन सा सवाल पूछे? आखिर में उसने भी एक सवाल पूछ लिया। "क्या आप लोगों को और कोई काम नहीं है, पूरी ज़िंदगी इन पत्थरों पर कुछ चित्रों को खोजने के अलावा।"

विशाल ने विनम्रतापूर्वक कहा, "सोचिए अगर हम इन्हें नहीं खोजते तो आप भी यहाँ पर इकट्ठे नहीं होते और एक बात मैं यहाँ स्पष्ट कर देना चाहूँगा कि ये साधारण चित्र और चिह्न नहीं हैं। ये इतिहास के खोये हुए पन्नों की तरह है जो अतीत को और भी महत्त्वपूर्ण और मूल्यवान बनाते हैं।" उस लड़की ने फिर सवाल किये, "मेरे ख्याल से तो यह काम बहुत ही बोझिल भरा और अरुचिकर होता होगा कि जंगल में कुछ चिह्नों के लिए भटकना।" इस तरह के प्रश्न से विशाल को कुछ झुंझलाहट हुई, लेकिन उसने विनम्रता से दो टूक जबाब दिया। "आपको यह बोझिल भरा और अरुचिकर लगता होगा। पर किसी इतिहासकार के लिए इन शैलचित्रों को ढूँढ लेना एक बहुत ही बड़ी उपलब्धि होती है।" इसी के साथ और कई सवाल मीडिया वालों ने एक साथ किये। विशाल ने जोर देकर कहा। कृपया आप एक–एक करके सवाल कीजिए ताकि मुझे सहूलियत हो आपके प्रश्नों के उत्तर देने में और आपको भी सहूलियत हो आसानी के साथ प्रश्नों के उत्तर जान लेने में।

मीडियाकर्मी–हमारी सरकार इस दिशा में क्या कर रही है?

विशाल–हेरिटेज संरक्षण एक्ट के अर्न्तगत कुछ इंटरनेशनल एजेंसियां भी हैं, जो इन चित्रों और चिह्नों के संरक्षण के लिये फंड देती हैं। भारत में इनकी देखरेख आर्कियोलॉजिकल सर्वे ऑफ इंडिया के पास है और इनके संरक्षण के लिए संविधान में कुछ धारायें भी हैं।

मीडियाकर्मी-इन चिह्नों से हमें इतिहास के बारे में कैसे जानकारी मिलती है?

विशाल-एक उदाहरण से मैं आपको समझाता हूँ मान लीजिए हमें किसी गुफा में घोड़े पर बैठे हुए आदमी का चित्र मिलता है तो यह चित्र इस ओर इशारा करता है कि उस समय की संस्कृति और जीवन शैली में घोड़े का अस्तित्व आ चुका था। इस तरह से हम इतिहास को दो भागों में बाँट सकते हैं। एक समय जब मनुष्य के जीवनकाल में घोड़े का अस्तित्व आ चुका था और दूसरा समय घोड़ों के मनुष्य के जीवनकाल में आने से पहले। एक इतिहासकार ग़ौर करता है उस घोड़े की बनावट शैली पर, अगर यह किसी समूह विशेष द्वारा बनाई गई है और उस तरह की शैली कही और पर मिलती है। तो उसके आधार पर एक इतिहासकार यह पता लगाता है कि उस समूह विशेष का फैलाव कितना था? घोड़े की उपस्थिति यह भी साबित करती है कि इंसान अपनी जरूरतों के लिए पशुओं को पालतू बनाने लगा था, उसकी निर्भरता इन पशुओं को पालतू बनाने की तरफ़ बढ़ती चलती जा रही थी और वह उच्च सभ्यता की ओर अग्रसर हो रहा था। लेकिन बहुत से ऐसे भी चिह्न मिलते हैं, जिनके बारे में इतिहासकारों के मत में काफ़ी भिन्नता होती है। कई बार इन चिह्नों की सही पहचान न होने की वज़ह से किसी प्राचीन सभ्यता के बारे में जानकारी इकट्ठा करना मुश्किल काम होता है।

मीडियाकर्मी-इन शैलचित्रों के बारे में सही निर्धारण कैसे किया जाता है?

विशाल- इन शैलचित्रों के बारे में सही निर्धारण के लिए कार्बन-डेटिंग का उपयोग किया जाता है, पर कई परिस्थितियाँ ऐसी आती है जिसमें यह विधि ज्यादा कारगर नहीं है। रंगों की उत्त्पत्ति के आधार पर भी कुछ रंग-बिरंगे शैलचित्रों की उम्र का सही-सही निर्धारण किया जा चुका है।

मीडियाकर्मी-अभी-अभी होशंगाबाद में जो शैलचित्र मिले हैं, उसके बारे में आप क्या कह सकते हैं ? विशाल- हमारी खोज जारी है, और विशेषज्ञों की टीम को लगता कि ये तकरीबन 30,000 वर्ष पुराने हैं और यह भीमबैठका में मिले शैलचित्रों से काफ़ी मेल खाते हैं।

मीडियाकर्मी- आप शैलचित्र के बारे में आम जनता को क्या संदेश देना चाहते हैं?

विशाल-मुख्यतः आस-पास के क्षेत्रीय लोग जो इन प्राचीन चित्रों और चिह्नों को अज्ञानवश नुकसान पहुँचा देते हैं, जैसे कि इन ऐतिहासिक धरोहरों को मिटाना, खरोंचना या इसके ऊपर कुछ लिखना। कभी-कभी कुछ खजाने के खोजी इन्हें अपने स्वार्थ के लिए उपयोग करते हैं। इतिहास में वैनडालों (जर्मन

बारबेरियनों) ने गुफाओं के बहुत से चिहनों को नष्ट कर दिया था। ये शैलचित्र हमसे बहुत कुछ कहना चाहते हैं, शायद एक कहानी हमारे पूर्वजों के बारे में, हमारे अतीत के बारे में जिसे अभी कहा जाना बाक़ी है। इसलिए हर इंसान को इन ऐतिहासिक धरोहरों की हिफ़ाज़त के लिए संकल्पित होना चाहिए।

सभी मीडियाकर्मियों ने विशाल को धन्यवाद दिया और अपने-अपने काम पर लौट गये। इधर विशाल भी अपने हास्टल में वापस आ गया। हास्टल में वापस आने पर मनीष ने विशाल से उसका हालचाल पूछा, ''कहिये, कैसा रहा इंटरव्यू?'' विशाल ने मनीष के प्रश्नों में कोई दिलचस्पी नहीं ली और बिना मन से ज़वाब दिया, ''फंदे पर लटकना ज्यादा आसान है बजाए कि मीडिया के सवालों का जवाब देने से।'' मनीष ने कटाक्ष किया, ''तो क्या अब फंदे पर लटकना है?'' विशाल ने कहा, ''मेरा मतलब वो नहीं था, पर भगवान से प्रार्थना है कि दुबारा मेरा मीडिया वालों के साथ सामना न हो।'' इतना कहकर विशाल सोने चला गया।

पायल की होशंगाबाद यात्रा

अगले दिन की नियमित दिनचर्या को पूरा करके विशाल कॉलेज की तरफ़ जा रहा था। तभी पीछे से लड़की की आवाज़ सुनाई दी, ''ज़रा सुनिये तो।'' विशाल ने पीछे मुड़कर देखा तो एक लड़की दौड़कर उसकी तरफ़ ही आ रही थी। लम्बा कद, गोरा रंग, काले घुंघराले बाल थोड़े अस्त-व्यस्त, सुंदर नैन व नक्श, गोल-मटोल चेहरा, सुदंर होंठ, माथे पर बिंदी, लाल शमीज और सफेद शल्वार पहने हुये एक पूर्ण भारतीय नारी। उसने लाल शमीज के ऊपर काले रंग का एक कोट पहने हुआ था। विशाल ने अपने दिमाग़ पर जोर देकर सोचा, इस लड़की को मैंने कहाँ देखा है? तभी अचानक मस्तिष्क में बिजली कौंधी और उसे सब याद आ गया। ''पहचाना मुझे'' उस लड़की ने कहा और हाथ मिलाने के लिए हाथ आगे की तरफ़ बढ़ाया। विशाल ने तीखे स्वर में कहा, ''हाँ, आप लोगों को कोई कैसे भूल सकता है? आप लोगों को तो बेतुके सवाल पूछने में बहुत ही मज़ा आता है।'' उस लड़की ने अपना बचाव किया और कहा, ''हमेशा नहीं, पर कभी-कभी ऐसा हो जाता है। दरअसल उन मीडियाकर्मियों के बीच आपका ध्यान अपनी तरफ आकर्षित करने के लिए जानबूझकर ऐसे बेतुके सवाल पूछे थे। मेरा इरादा आपके दिल को ठेस पहुँचाने का बिलकुल भी नहीं था। वैसे भी पत्रकारिता के क्षेत्र में मैं अभी नई-नई हूँ।'' विशाल ने कटाक्ष किया, ''तो आपके नये होने का खामियाजा भी हम लोगों को ही भुगतना पड़ेगा।'' उस लड़की ने शर्म से झेंपते हुए कहा, ''मैं अपनी ग़लती के लिए माफ़ी चाहूँगी।'' विशाल ने एक–टक पायल की शर्म से झुकी हुई आँखों को देखा और कहा, ''चलिए आपको माफ़ी मिल गई।'' उस लड़की ने कहा, ''शुक्रिया, इसका मतलब आपको पता चल गया कि मैं एक

पत्रकार हूँ।'' विशाल ने कहा, ''वैसे मैं पत्रकारों से दूर ही रहना चाहता हूँ। लेकिन कहिये, आपका मुझसे मिलने का क्या औचित्य है?''

''मेरा नाम पायल शर्मा है।'' उस लड़की ने खुशी से चहकते हुए कहा।

''कहिये पायलजी, मैं आपकी क्या मदद कर सकता हूँ?'' पायल ने मुस्कुराते हुये कहा, ''मैं आपसे कुछ बात करना चाहती थी, अकेले में। क्या आप मुझे अपना कुछ वक़्त दे सकते हैं?'' विशाल ने हामी भर दी, ''ठीक है, आज शाम चितरंजन पार्क स्थित काफ़ी शाप में आपसे मिलता हूँ।'' पायल ने विशाल को धन्यवाद कहा और वापस अपने काम पर चली गई। शाम को पार्क स्थित कॉफी शाप पर पायल विशाल का बेसब्री से इंतिज़ार कर रही थी। कुछ देर बाद पायल के कंधे पर किसी ने पीछे से हाथ रखा। पायल ने पीछे की तरफ मुड़कर देखा तो सामने विशाल खड़ा था। विशाल ने कहा, ''कहीं मुझे आने में देर तो नहीं हो गई।'' पायल ने एक हल्की मुस्कान भरी, ''ज्यादा नहीं, बस इतनी देर में मैंने दो कप कॉफी पी ली।'' विशाल ने कहा, ''ओह! तब तो मैं माफी चाहूँगा। लगता है मैंने वाक़ई देर कर दी।'' और फिर विशाल पायल के सामने वाली कुर्सी पर बैठ गया। थोड़ी ही देर में बातों का सिलसिला चल पड़ा।

पायल ने विशाल से पूछा, ''आपको पुरातत्वविज्ञान में आने की क्यों सूझी?'' विशाल ने अपनी दोनों कोहनियों को टेबल पर टिकाया और पार्क के किनारे स्थित घनी झाड़ियों पर एक दृष्टि डाली। कुछ पल के लिए वह अपनी पुरानी स्मृतियों में खो जाता है। थोड़े देर में ही विशाल ने अपना मुँह पायल की तरफ़ फेरा और कहा, पुरातत्त्व विज्ञान में आने के पीछे मेरे पिताजी के एक घनिष्ठ मित्र का हाथ था। एक पार्टी के दौरान मैं उनसे मिला और उनकी बातचीत से काफी प्रभावित हुआ। उन्होंने इतिहास और पुरातत्त्व विज्ञान से जुड़ी कई अनोखी बातें मुझे बतलाई। उन्होंने कुछ प्राचीन वस्तुएं जैसे सिक्के व पुरातन लिपियाँ मुझे अध्ययन करने को दिया। उन प्राचीन सिक्कों और लिपियों के बारे में अधिक से अधिक जानकारी के लिए इतिहास के पन्ने पलटता चला गया और इस तरह अतीत से मेरा जुड़ाव गहरा होता चला गया। अपनी बात खत्म होने पर विशाल ने पायल की तरफ़ देखा और पूछा, ''और आपका पत्रकारिता के क्षेत्र में कैसे आना हुआ?''

पायल ने गहरी आह भरी और कहना शुरू किया। इस कार्यक्षेत्र में मैं अपनी इच्छा से नहीं आई। दरअसल अपने माता और पिता के दबाव की वजह से आयी। मैं अपने माता-पिता की इकलौती संतान हूँ और मेरे पिता भी इसी कार्यक्षेत्र से जुड़े हैं। हाकी मेरा पसंदीदा खेल था। मैंने अपने स्कूल से खेलते हुए कई मेडल भी जीते हैं। लेकिन एक दिन फाइनल मैच में क्षेत्ररक्षण करते समय गेंद मेरे सिर पर लग गयी और मैं बेहोश हो गई। जब आँखें खुली तो मैंने खुद को हॉस्पिटल में

पाया। चार टाँके लगे थे सिर में। उस दिन मेरे पिता ने मुझे ख़ूब डाँटा व फटकारा और इसी के साथ मेरे हाकी खेलने पर रोक लग गई। न चाहते हुए भी मजबूरन मुझे हाकी को अलविदा कहना पड़ा। मेरे पिताजी जो ख़ुद एक पत्रकार थे, उन्होंने अपनी पहचान की बदौलत मुझे इस क्षेत्र में काम दिला दिया। यह काम मुझको बहुत ही बोझिल और उबाऊ लगता है। ख़ैर जो हुआ सो हुआ अब काम तो करना ही पड़ेगा। विशाल ने गहरी साँस ली और कहा, "इसका मतलब हम दोनों की ज़िंदगी एकदम उल्टी है जैसे पृथ्वी के दो विपरीत ध्रुव। वैसे काफ़ी दिलचस्प है आपकी कहानी।" पायल ने कहा, "सो तो है, और फिर पायल की बातों का सिलसिला चलता रहा। पायल बोलती रही बिना कुछ सुने और बिना रुके। मेरे बॉस बहुत ही खड़ूस इंसान हैं, हमेशा मुझे डाँटते रहते हैं। कहते हैं, न्यूज नहीं तो वेतन नहीं। अभी-अभी मैं इस क्षेत्र में नई हूँ और मेरे ऊपर इतनी बड़ी जिम्मेदारी लाद दी है। अब आप ही बताइये इसमें ग़लती किसकी है?" विशाल ने पायल को तसल्ली देते हुए कहा, "आपके बॉस की। मेरे ख़्याल से आपके ऊपर अभी इतना भी बोझ नही लादना चाहिए।" विशाल के इस समर्थन ने पायल के मनोबल को और बढ़ा दिया था। पायल ने अपनी बात जारी रखी। मैं अक्सर ऑफिस ठीक समय पर ही पहुँचती हूँ। पर अगर कभी-कभार थोड़ी-सी भी देर हो जाये तो बॉस आफिस के गेट के सामने खड़े हो जाते हैं, मेरे इंतजार में। पता नहीं किस जन्म की खुन्नस है मुझसे। कभी-कभार गलती हो जाए तो थोड़ी बहुत रियायत मिलनी चाहिए, पर नहीं। सबकी डाँट का कोटा मुझे ही पूरा करना पड़ता है। अब आप ही बताइये, "इसमें गुनाहगार कौन है?" विशाल कुछ पल के लिए सोचता रहा और फिर अपनी गर्दन ऊपर से नीचे की तरफ हिलाई, "आपके बॉस।"

विशाल कुछ बोलने की कोशिश कर रहा था, पर तभी पायल ने बिना रुके अपनी बात कहनी शुरू कर दी। एक बार की बात मैं आपको बता रही हूँ। हमारी पूरी टीम किसी वी. आई. पी. का इंटरव्यू लेने गई थी और बॉस ने मुझसे कहा, "जल्दी से कैमरा लेकर आ जाओ। और मैं जैसे ही तेज़ी से कैमरा लेकर आ रही थी मैं गिर पड़ी। कैमरा तो बच गया पर कैमरे की जगह बॉस के कड़वे रवैये से मैं घायल हो गई। अब आप ही बताइए कोई जानबूझकर तो नहीं गिरता है। उस दिन मुझे बहुत बुरा लगा। पायल ने मासूमियत भरे लहजे में विशाल से फिर पूछा "अब इसमें गलती किसकी?" विशाल को पायल की बातें काफ़ी बोझिल महसूस हो रही थी। इसलिए पायल को जल्दी से चलता करने के लिए विशाल ने त्वरित उत्तर दे दिया, "हमेशा की तरह आपके बॉस की। मुझे तो ऐसा लगता है कि आपके बॉस की आपसे कोई जातीय दुश्मनी है, जैसे की चूहे की बिल्ली से।" इस बात पर पायल बहुत ही खुश हुई। ज्यादातर लोग अपने बॉस का नुक्स निकालने में माहिर होते हैं और जब समर्थन मिलता है तो खुशी का कोई ठिकाना नही होता।

पायल अपनी बात जारी रखते हुए आगे बोलने की कोशिश कर रही थी, तभी विशाल खड़ा हो गया और बीच में ही बोल पड़ा। आपकी बातें बहुत ही प्यारी हैं, लेकिन मैं समझता हूँ थोड़ा बहुत मौका मुझे भी मिलना चाहिए। पायल ने शर्म से झेंपते हुए कहा, ''हाँ, ठीक है।'' विशाल ने कहा, ''मैं सारी बातें भुलाकर सीधे मुद्दे पर आता हूँ। मुझसे आप क्यों मिलना चाहती थीं?'' विशाल के एकाएक उठाये गये इस सवाल से पायल अवाक् रह गई और सीधे मुद्दे की बात उठाई, ''अभी होशंगाबाद में जो शैलचित्र मिले हैं, मैं वहाँ जाकर कुछ फोटोग्राफ इकट्ठा करना चाहती हूँ और उस शैलचित्र की वीडियोग्राफी भी करना चाहती हूँ अपने बेहतर कैरियर के लिए। मैं जानती हूँ इसमें आपका कोई भी लाभ नहीं है। लेकिन आप मेरी मदद करिये प्लीज।'' एक विश्वास और उम्मीद के साथ पायल ने विशाल की तरफ़ देखा। विशाल ने स्पष्ट स्वर में कहा, ''मैं आपकी भावनाओं की क़द्र करता हूँ, लेकिन उन शैलचित्रों तक पहुँचने का रास्ता घने जंगलों व दुर्गम पहाड़ियों से होकर जाता है। मुझे नहीं लगता कि आपको वहाँ पर जाना चाहिए, वह भी किसी अजनबी के साथ।''

''आप अब तो अजनबी नहीं हैं। आधे घंटे से मैं आपसे बात कर रही हूँ। अब तो हमारी जान पहचान भी हो चुकी है और इस आधे घंटे में हमने एक दूसरे से काफ़ी कुछ सीखा है।'' विशाल ने अपनी बातें जोर देकर कही, ''आप बात को समझने की कोशिश करिये। मैं अभी भी कह रहा हूँ, वहाँ अकेले जाना ठीक नहीं है। पिछली बार 14 लोगों का दल हमारे साथ था।'' और इसी के साथ विशाल वापस चलने के लिए उठ खड़ा हुआ। पायल ने विशाल का हाथ पकड़ लिया और कहा, ''जरा सुनिये! सिर्फ़ यही फोटोग्राफ्स हैं, जो मेरे कैरियर को बचा सकते हैं और इस पत्रकारिता के क्षेत्र में मेरी अच्छी छवि बना सकते हैं। अगर मैं उन शैलचित्रों की फोटोग्राफी और वीडियोग्राफी न कर पाई तो मुझे इस नौकरी से हाथ धोना पड़ेगा। आप ना मत कहियेगा प्लीज।'' इन बातों के साथ पायल की उम्मीद और भी बढ़ गई। इस बार विशाल चाहकर भी मना नहीं कर पाया।

''अच्छा ठीक है, सफ़र के लिए अगला सोमवार कैसा रहेगा?'' विशाल ने पायल को सलाह दी। पायल को तो बस काम बनने से मतलब था इसलिए उसने तुरन्त कहा, ''ठीक ही रहेगा।'' विशाल ने कहा, ''इस बीच काफ़ी व्यस्तता चल रही है। तो आप अगले सोमवार शाम छह बजे ठीक दिल्ली स्टेशन पर मिलिए।'' पायल ने कहा, ''शुक्रिया, मैं आपका यह एहसान कभी नहीं भूलूंगी। क्यूँ न एक कप और काफ़ी पी ली जाए, इस नई जान-पहचान के नाम।'' विशाल ने अपनी हामी भर दी, ''हाँ, क्यूँ नहीं, इतना हक़ तो मेरा बनता ही है।'' काफ़ी की हल्की चुस्की लेने के बाद विशाल वहाँ से चला गया।

विशाल जैसे ही अपने हॉस्टल में पहुँचा। मनीष ने सवाल की बौछार शुरू कर दी, "क्या बात है जनाब, इससे पहले तो आप समय से कमरे में आ जाते थे? आज देर कैसे हो गई?" विशाल ने कहा, "कुछ खास नहीं! बस ऐसे ही कुछ छोटा-मोटा काम था।" मनीष की उत्सुकता तुरन्त बढ़ गई क्योंकि विशाल से वह अच्छी तरह से परिचित था। विशाल एक सीधा-सादा इंसान, जिसे अपने काम के अलावा किसी और चीज़ में कोई भी दिलचस्पी नहीं। सुबह कालेज के लिए निकलना और शाम को समय से आ जाना। बगैर किसी काम के किसी और से एक शब्द भी नहीं बोलना। इसलिए मनीष ने विशाल की मंशा भांप लिया। क्या यह शख़्स जान सकता है कौन सा छोटा-मोटा काम? विशाल ने कहना शुरू किया। दरअसल उस दिन जब मैं मीडिया वालों के सारे सवालों का जवाब दे रहा था तो उसमें एक लड़की ने कुछ बेतुके सवाल पूछे थे। आज उसने मुझसे माफ़ी माँगी। उसका बॉस उससे ख़ुश नहीं रहता है, इसलिए वह शैलचित्रों पर कुछ वीडियो बनाकर अपने बॉस को प्रभावित करना चाहती है। वह चाहती है, होशंगाबाद में जो शैलचित्र मिले हैं, मैं उसे वहाँ तक ले जाऊँ।

विशाल के इस बात को सुनकर मनीष का मन प्रफुल्लित हो गया और वह ख़्वाबों की दुनियां में जैसे बिना पंखों के ही उड़ने लगा। आख़िर मैं तुम्हें एक ख़ूबसूरत लड़की मिल ही गई। एक लड़की के साथ, वह भी मध्य प्रदेश के हरे-भरे जंगलों में, और तो और बरसात के इस ख़ूबसूरत मौसम में। "जब अकेले में दो जवाँ दिल मिले, प्यार के रंग के कुछ फूल खिले।" मनीष का मन मचल उठा और शायरी फूटने लगी। बहुत जल्दी तुमने उस लड़की को पटा लिया। विशाल ने झल्लाये हुए स्वर में कहा, "ओह हो! यह अपनी शायरी बंद करो, वह कोई दोस्त-वोस्त नहीं है। मैं बस उसे शैलचित्र दिखाऊँगा और फिर हम वापस आ जायेंगे। भरोसा नहीं है तो आप भी साथ आ सकते हो।" मनीष ने कहा, "नहीं! बिलकुल भी नहीं और शायराने अंदाज में ही जवाब दिया, "क्यूँ बनूँ कबाब में हड्डी, दो जवां दिलों के बीच में। हम तो वो शख्स हैं जो दो लड़ियों को जोड़ते हैं।" मनीष ने फिर पूछा-वहाँ पर जाने का प्रोग्राम कब है? विशाल ने कहा, "मैंने उससे कह दिया है कि इधर बीच मैं काफ़ी व्यस्त हूँ अगले सोमवार को चलेंगे।" मनीष ने जोश में आकर कहा, "व्यस्त! वह भी मेरे रहते, मैं तेरा काम अभी से संभालता हूँ। तू उसको बोल कि मैं कल पूरी तरह से फुर्सत में हूँ कल ही चलना है। तुम नहीं जानते इन लड़कियों को, एक सप्ताह में इनका विचार कब बदल जाए?" कल शब्द सुनते ही विशाल अचानक से घबड़ा गया, "कल! नहीं, वह क्या सोचेगी। अभी मैं खुद को बहुत व्यस्त बता रहा था और अचानक से फुर्सत में कैसे आ गया?" मनीष ने एक मज़बूत तर्क पेश किया और कहा, "देखो भाई, इंसानों को प्यार में और जानवरों को खाने में बिलकुल भी देर नहीं करनी चाहिए। पता

नहीं कब किसकी नज़र इन पर पड़ जाए। तुम उस लड़की का मोबाइल नं. मुझे दो, मैं उससे अभी बातें करता हूँ। इस क्षेत्र में मेरा बहुत ही पुराना अनुभव है।'' विशाल ने हकलाते हुये कहा, ''नहीं! नहीं! मैं तुम्हारी बातों में नहीं आने वाला हूँ। अगर मैं तुम्हारे अनुसार चला तो कल मेरी मौत निश्चित है।''

अचानक ही मनीष ने अपना लहज़ा बदला और नहले पर दहला मारा। ''प्यार में मरने वालों को जन्नत मिलती है दोस्त और हमारे नसीब में यह सब कहाँ है? मेरे ख्याल से तुम ही एकमात्र शख़्स हो जो उस जंगल में भटकने के बाद भी अकेला वापस चला आया और वह तुम्हीं हो जो उस शैलचित्र तक पहुँचने का दूसरा रास्ता जानता है। आख़िर इन सबके पीछे भी कोई न कोई कारण तो ज़रुर होगा। बागों में अनायास फूल नहीं खिला करते। कोयल अनायास ही नहीं कूका करती। यह सब होना, बसंत के आगमन का संकेत होता है।''

''उफ्! लगता है तुम अपनी बात मनवाकर ही रहोगे,'' विशाल ने कहा, ''ठीक है, मैं ही उस लड़की से बात करता हूँ। लेकिन अब मैं तुम्हारी ज़ुबान से एक शब्द नहीं सुनना चाहता हूँ।'' विशाल ने बुझे मन से पायल को फोन किया, जैसे ही पायल ने फोन उठाया ''पहचाना मुझे'' यह आवाज़ आई। ''कौन हैं आप।'' पायल ने धीमे स्वर में पूछा। विशाल ने उसे अपनी पहचान बताई, ''मैं विशाल हूँ, कल मैं पूरी तरह फुर्सत में हूँ, हम कल ही होशंगाबाद के लिए रवाना होंगे।'' यह सुनकर पायल भी अचानक से चौंक गई, ''इतनी जल्दी फुर्सत में हो गये आप।'' विशाल ने कहा, ''मैंने सोचा आपका काम पहले कर देना चाहिए। वैसे इस भाग-दौड़ भरी ज़िन्दगी में हमेशा कुछ न कुछ तो लगा ही रहता है, फिर फुर्सत के क्षण निकालना मुश्किल होता है।'' पायल को इससे बेहतर और क्या चाहिए था? उसका काम जितनी जल्दी निकल जाए उतना ही बढ़िया था। इसलिए वह तुरन्त तैयार हो गई, ''यह तो मेरे लिए ख़ुशी की बात है।'' विशाल ने कहा, ''तो फिर कल शाम 6 बजे दिल्ली स्टेशन पर मिलिए। ठीक है, मैं फोन रखता हूँ।'' इतनी बात कहकर विशाल ने फोन रख दिया और मनीष की तरफ देखकर कहा, ''हो गई ना तुम्हारी वाली बात।'' मनीष ने खुशी से उछलते हुये कहा, ''हाँ, हो गई। एक बात तुमको याद रखनी चाहिए कि मैंने ही तुम दोनों को मिलाया है। यह एक एहसान है दोस्त। मैं जानता हूँ, एक दिन इसके लिए तुम मुझे जरुर धन्यवाद कहोगे।'' विशाल ने रुंआसे स्वर में कहा, ''मुझे समझ में नहीं आ रहा है कि मैं क्या याद रखूँ, यह कि तुमने हमें मिलवाया है या जानबूझकर मुश्किल भरे हालात में फँसाया है। पता नहीं कल का दिन कैसे गुज़रने वाला है?'' इतनी बात कहकर विशाल वहाँ से चला गया।

विशाल की अगली दिनचर्या सामान्य रही। आज वह अपना काम जल्दी से

निपटाने की कोशिश कर रहा था ताकि शाम को पूर्वनिर्धारित कार्यक्रम के अनुसार समय से दिल्ली के रेलवे-स्टेशन पर पहुँच जाये। जैसे तैसे अपना काम निपटाकर विशाल दिल्ली के रेलवे-स्टेशन पर पहुँचा, जहाँ पायल पहले से ही यात्री प्रतीक्षालय में विशाल का इंतजार कर रही थी। विशाल को देखते ही पायल के चेहरे पर चमक आ गई थी। उसने विशाल को अपनी बगल में बैठने का आग्रह किया। ''लगता है कि मैंने आपको काफ़ी पहले ही बुला लिया,'' विशाल ने कहा।

''मेरे पास करने को कुछ ज्यादा काम नहीं था, इसलिए मैं यहाँ पे चली आई।''

''हाँ, ठीक है, पर अकेले किसी का इंतजार अक्सर काफी बोझिल भरा होता है, खासकर रेलवे-स्टेशन पर।'' पायल ने प्रत्युत्तर में कहा, ''ख़ैर, अब तो आप आ ही गये, एकाध घंटे में ट्रेन भी आ ही जायेगी। तब तक क्यूँ ना थोड़ा बाहर घूम लेते हैं।'' विशाल तुरन्त खड़ा हो गया, ''हाँ, सुझाव अच्छा है। कुछ तो बोरियत दूर होगी।'' थोड़ी देर के लिए विशाल पायल के साथ रेलवे-स्टेशन के बाहर घूमने लग जाता है और पायल को शैलचित्रों तक पहुँचने के रास्तों के बारे में बताता है। देखिए हमारी ट्रेन सात बजे है, जो सुबह पांच बजे भोपाल पहुँचती है। वहाँ से हमें होशंगाबाद के लिए बस पकड़नी होगी जो कि भोपाल से दक्षिण पूर्व में है। हमें होशंगाबाद से कुछ पहले एक जगह है, औली मोड़ वहाँ पर उतरना होगा। पिछली बार हमारे साथ 14 लोगों का दल था और रास्ता दिखाने के लिए पास ही के गाँव का एक निवासी था। इस बार सिर्फ़ हम दो लोग हैं, लेकिन मैं शैलचित्रों तक पहुँचने का एक दूसरा रास्ता जानता हूँ, हम उसी से चलेंगे। इस बात पर पायल ने अपनी सहमति जताई, ''ठीक है, मुझे तो सिर्फ़ उन शैलचित्रों तक पहुँचने से मतलब है, रास्ता कोई सा भी हो। थोड़ी देर बाहर टहलने के बाद दोनों फिर से रेलवे-स्टेशन पर आ गये। वहाँ से उन्होंने भोपाल के लिए ट्रेन पकड़ी। अगले दिन सुबह ट्रेन भोपाल पहुँच चुकी थी। वहाँ से बस द्वारा विशाल औली मोड़ से थोड़ा पहले ही उतर गया। जहाँ से आगे का सफर घने जंगलों के रास्ते से तय करना था। विशाल और पायल दोनों पैदल ही उन घने जंगलों में अपने गंतव्य की ओर आगे बढ़ने लगे। पैदल चलने के साथ-साथ उनका आपस में बातचीत का सिलसिला भी जारी था। विशाल ने कहा, ''इतनी जल्दी मुझे यहाँ दूसरी बार आने का मौका मिला आपकी वजह से।'' पायल ने पूछा-तो क्या इस बार यहाँ आकर आपको अच्छा नहीं लग रहा है?

''नहीं! ऐसी कोई बात नहीं है। मैं तो यहाँ बार-बार आना चाहूँगा।'' पायल विशाल के कुछ और बोलने से पहले बीच में ही बोल पड़ी, ''पर मैं बार-बार यहाँ आपके साथ नहीं आने वाली।'' विशाल ने सिर झुकाकर हौले से कहा, ''जानता

हूँ, आप बार-बार मेरे साथ नहीं आ सकतीं। हालांकि मेरे कहने का यह मतलब नहीं है कि मैं बार-बार यहाँ आऊँगा। इस दुनिया में फुर्सत किसे है जो अपना काम छोड़कर यहाँ बार-बार आये। वह तो बस एक अतिशयोक्ति थी जो कि मुँह से निकल गयी। सच कहूँ तो ये जंगल, पहाड़ियाँ, पेड़-पौधे, ये पगडंड़ियां, इन सभी में एक अपनापन सा लगता है। अगर मैं बार-बार यहाँ आऊँ तब भी मेरा मन इस जगह से नहीं भरेगा।'' सुबह का समय था। इसलिए पैदल चलने में उन दोनों को ज़रा भी दिक्क़त महसूस नहीं हो रही थी। जंगल की उन सुनसान पगडंडियों पर बड़ी-बड़ी घास उगी हुईं थीं जिस पर ओस की छोटी-छोटी बूदें गिरी हुईं थीं। इसलिए आगे बढ़ने के दौरान विशाल के पैंट का निचला हिस्सा और पायल की शलवार नीचे से गीली हो गई थी। जंगल में ऊँचे-ऊँचे साल और सागौन के वृक्ष ऐसे प्रतीत हो रहे थे जैसे सामने कोई दानव खड़ा हो। उस शांत जंगल में ठण्डी हवा और पक्षियों की चहचहाहट शकुन देने वाली थी। लेकिन कहीं-कहीं पर उबड़-खाबड़ रास्ते सफ़र को मुश्किल ज़रुर बना रहे थे।

विशाल ने पायल से पूछा-क्या इससे पहले आपको जंगलों और पहाड़ों का कोई अनुभव है ? पायल ने कहा, ''हाँ, यही पास में ही सतना जिला है। जहाँ मध्य प्रदेश में सबसे ज्यादा पहाड़ और घने जंगल हैं। सतना जिले से 70 किमी दक्षिण में एक गाँव है, मुबारकपुर। जहाँ मेरे मामाजी रहते हैं। जब मैं छोटी थी। तो अक्सर यहाँ पर आया करती थी। तब मुझे गाँव जाने से पहले घने जंगलों से होकर गुज़रना पड़ता था, जो कि बेहद डरवाना होता था। काफ़ी अरसा हो गया है, अपने मामाजी के घर गये, आज भी मैं उन पलों को मिस करती हूँ।'' विशाल ने फिर पूछा-हाकी खेलने के अलावा और कौन कौन से शौक हैं आपके? ''बहुत सारे हैं, जैसे कि कुछ अच्छी किताबें पढ़ना, संगीत, तैराकी करना, तरह-तरह के पकवान बनाना और सबसे बड़ा शौक लोगों को तंग करना ख़ासकर अपने मम्मी और डैडी को। विशाल ने कहा, ''तो इसी शौक की वजह से आप ने उस दिन मुझसे कुछ बेतुके सवाल पूछे थे।'' पायल शर्म से झेंपते हुए बोली, ''वह तो बस ऐसे ही।'' विपरीत लिंग से परस्पर बातचीत करते हुए कब वक़्त कट जाता है ये पता ही नहीं चलता, खासकर तब जबकि आपकी जान-पहचान बिल्कुल नई हो। यह बातचीत का प्रभाव था या मानवीय चूक कुछ दूर ऐसे चलते हुये विशाल एक जगह आकर रूक गया और कुछ सोचने लगा। पायल ने विशाल से पूछा-क्या हुआ? और आप रूककर क्या सोच रहे हैं? विशाल असमंजस की स्थिति में पड़ गया, ''अगली बार जब मैं इन रास्तों से आया था तो रास्ते में पलाश के पेड़, सूखा पीपल का पेड़ और कई जगह पर बांस के झुरमुट थे पर हम इतनी दूर आ गये। मुझे इनमें से कोई भी पेड़ दिखाई नहीं दिया। अब तक तो उबड़-खाबड़ पहाड़ी भी आ जानी चाहिए थी पर आयी क्यों नहीं ? विशाल मौन होकर कुछ सोचने

की कोशिश कर रहा था। विशाल को थोड़ा परेशान देख पायल ने पूछा- क्या हुआ ? विशाल ने कहा, "लगता है, हम जंगल में रास्ता भटक गये हैं।" पायल डर से सकपका गई। किसी चीज में त्वरित लाभ दिखाई पड़ना इंसान के स्वभाव में होता है। और इस लाभ में वह कई अन्य महत्त्वपूर्ण पहलू पर बिलकुल भी ग़ौर नहीं करना चाहता है। बाद में वही पहलू उसकी राह में सबसे बड़ा रोड़ा बनता है। प्रकृति में अक्सर वो चीजें घटित होतीं हैं जिनके बारे में इंसान ने पहले से नहीं सोचा होता है। जब आप जैसा सोचते हैं, वैसा नहीं हो पाता तो वो वाकई में एक दुःखद स्थिति होती है। वैसे पायल की हालत इस वक़्त बुरी हो चुकी थी। उसने सपने में भी इस चीज की कल्पना नहीं की होगी। कुछ देर पहले तक विशाल के साथ वह बिलकुल सहज स्थिति में थी। लेकिन अब वह सहजता संदेहात्मक स्थिति के घेरे में आ गई थी। अंदर से उसकी रुह कांप गई। उसने लड़खड़ाती हुई आवाज में कहा, "भटक गये, नहीं! यह कैसे हो गया?" विशाल ने कहा, "पता नहीं, यह कैसे हो गया?" विशाल का यह उत्तर पायल को बिलकुल अटपटा और गैरज़िम्मेदराना लगा। उसके दिल की धड़कनें बढ़ी हुई थी। उसके पैरों तले ज़मीन खिसक चुकी थी। पायल ने डर-डरकर सहमी हुई आवाज़ में कहा, "जंगल में इस तरह से भटकना, शैलचित्र तक पहुँचने का जो इरादा एक सप्ताह बाद बना था उसे तुरन्त बना लिया आपने! कहीं आपकी नीयत में खोट तो नहीं है, कहीं आप इस जंगल में मेरे साथ...।"

विशाल बात काटते हुए बीच में बोल पड़ा, "क्या! ये कैसी बातें कर रही हैं आप ? मैं रास्ता भूल गया। हर इंसान से गलतियाँ होती हैं, मुझसे भी हुई। मुझे लगा कि मुझे रास्ता याद है और मैं आसानी के साथ शैलचित्र तक पहुँच जाऊँगा, पर अब यक़ीन हो गया है कि मैं ग़लत था। पिछली दफ़ा जब मैं इस जंगल में अकेले फँसा था, तो एक वृद्ध आदमी ने मुझे बाहर निकलने में मेरी मदद की थी।" पायल ने झल्लाकर कहा, "क्या कहा आपने? पहली बार भी आप इस जंगल में भटक चुके हो। ओह, यह किस मुसीबत में मैं फँस गई? मुझे समझ में नहीं आता कि आप लोग इस जंगल में शैलचित्र खोजने आते हो या रास्ता भटकने। पता नहीं मेरी मति मारी गई थी जो आप जैसे नौसिखिये की बातों में आ गई, आगे से कभी ऐसा काम नहीं करूँगी। मुझे किसी भी शैलचित्र की कोई भी विडियोग्राफी नहीं करनी है। मुझे किसी भी तरह इस जंगल से बाहर निकलना है बस।" इतना कहकर पायल गुस्से से चिल्ला उठी और अपना पैर ज़मीन पर पटकने लगी।

विशाल ने शांत भाव से कहा, "जब तक मैं शैलचित्र दिखाने में आपकी मदद कर रहा था तो आपको बहुत अच्छा लग रहा था। अब जब मैं ग़लती से रास्ता भटक गया तब मैं नौसिखिया हो गया। शैलचित्र तक जाने का इरादा आपका था

और इसके लिए मैंने मना भी किया था। मैंने अपने सारे काम छोड़कर आपकी मदद को हाथ बढ़ाया था, क्योंकि मुझे लगा शायद मेरी एक छोटी सी मदद से अगर आपके कैरियर का भला हो सकता है तो मुझे इससे कोई हर्ज़ नहीं है। अच्छी किताबें, अच्छे संस्कार और अच्छे विचार हमें इसी के लिए प्रेरित करते हैं।'' पायल ने ऊँची आवाज़ में कहा, ''ठीक है, जो हुआ सो हुआ। अब हम इस जंगल से बाहर कैसे निकलेंगे?'' विशाल ने शांत भाव से कहा, ''यही तो सोचने की कोशिश कर रहा हूँ।'' पायल निराश होकर एक पेड़ के नीचे बैठ गई। अब दोनों खामोश हो चुके थे और चुप्पी का माहौल छा चुका था। विशाल चिंतित था कि अब हम इस जंगल से बाहर कैसे निकलेंगे? तो पायल को अपने आप पर ही बहुत गुस्सा आ रहा था। काफ़ी देर तक दोनों में से किसी ने कुछ भी नहीं बोला। आख़िरकार पायल ने चुप्पी तोड़ी और कहा, ''आप उस ऊँचे वाले पेड़ पर चढ़कर देखिए, शायद कोई रास्ता दिखे।'' विशाल का कभी पेड़ पर चढ़ने का कोई अनुभव भी नहीं था। लेकिन पायल को मना नहीं कर सका। ''ठीक है, मैं कोशिश करता हूँ।'' विशाल पेड़ पर चढ़ने की कोशिश करने लगा। अभी वह थोड़ा ही ऊपर चढ़ा था कि पेड़ की टहनी जिस पर विशाल ने पैर रखा था टूट गई और इसी के साथ विशाल जमीन पर गिर चुका था। ''ओह, ये क्या हुआ?'' इतना कहकर पायल उस ओर दौड़ी। कम ऊँचाई होने के कारण कुल्हे के बगल गिरने से ज्यादा चोट तो नहीं आई, लेकिन विशाल उठ नहीं पा रहा था। कुछ हल्की खरोंच पैरों में भी लग गई थी। घुटने थोड़े छिल गये। इसलिए विशाल कराह रहा था। पायल ने सहारा देकर विशाल को पेड़ के पास बिठाया। विशाल ने एक लम्बी और गहरी साँस ली और कराहते हुए कहा, ''काश! मैं भी थोड़ा शरारती व नटखट होता, तो शायद आज पेड़ से इस तरह न गिरता।''

विशाल को चोटिल देखकर पायल थोड़ी नर्म हुई, ''आपकी इस हालत के लिए मैं ही ज़िम्मेदार हूँ। अच्छे कैरियर की चाह में मैंने आपको ज़बरदस्ती घसीट लिया। पता नहीं किस अशुभ घड़ी में मेरे मन में ऐसा विचार आया। आज ज़िंदगी में पहली बार इस तरह के मुश्किल हालात का सामना कर रही हूँ, पता नहीं आगे क्या होने वाला है?'' इतना कहने के बाद पायल की आँखों से आँसू छलक पड़े। विशाल ने भावुक होकर कहा, ''जंगल की शेरनी की आँखों में आँसू। पिछली बार जब मैं इस जंगल में रास्ता भटका था तो वो मेरी बेवकूफी थी और उस बार किस्मत अच्छी थी कि मैं इस जंगल से बाहर निकलने में कामयाब हो पाया था। मुझे ऐसा लगा जैसे कि मैंने कोई नया रास्ता ढूँढ़ लिया हो पर अब समझ में आ रहा है, वह सिर्फ एक बेवकूफी थी। ताज्जुब की बात है पता नहीं क्यों इस जंगल में मैं दूसरी बार रास्ता भटक गया। भरोसा रखिये, मैंने आपको शैलचित्र तक ले जाने का वायदा किया था जो कि पूरा न हो सका। मैं किसी भी तरह से आपको

इस जंगल से बाहर निकालूँगा।'' पायल ने एक उम्मीद भरे स्वर में पूछा, ''पर यह कैसे सम्भव है?''

विशाल ने अपनी आँखें ऊपर तरेरी, ''ऊपर देखिये, गौरैया पक्षियों का एक समूह। आमतौर पर ये इंसानों के बीच में रहती हैं, लेकिन जंगल पास होने की वजह से भोजन की तलाश में इन जंगलो में आ जातीं हैं। मेरे ख्याल से गाँव यहीं आस–पास ही होना चाहिए। इनके उड़ने की दिशा हमें इस जंगल से बाहर निकलने की दिशा बतायेगी।'' पायल ने कहा, ''उनको उड़ने में अगर सांझ हो गई तो। हम सांझ का इंतिजार नहीं कर सकते। शाम को इस घने जंगल में रूकना, सिर्फ ऐसा सोचकर कर ही कंपकपी हो जाती है। हे भगवान! तू ही कोई रास्ता दिखा ना।'' विशाल धीरे–धीरे कोशिश करके उठ गया और बोला, ''क्यों न हम धीरे–धीरे आगे की तरफ बढ़ें और वैसे भी यहाँ रूककर किसी मदद का इंतिजार करना ठीक नहीं है।'' पायल ने इस बात पर सहमति जताई, ''हाँ, हमें आगे की तरफ बढ़ना चाहिए।'' कुछ दूर आगे जाने के बाद विशाल एक जगह जाकर रूक गया। वह झुककर मौन होकर कुछ सोचने लगा। पायल भी वहीं पर रूक गई और विशाल से पूछा–क्या हुआ ? विशाल ने कहा, ''वही तो पता करने की कोशिश कर रहा हूँ। ये जमीन पर पड़े निशान गाय या घरेलू मवेशियों के झुंड के लगते हैं।'' पायल ने फिर पूछा, ''तो इससे क्या साबित होता है?''

''इसका मतलब इस वक्त दिन के तकरीबन 10 बज रहे होंगे और सुबह के समय पशुओं का झुंड भोजन की तलाश में जंगल की तरफ जाता है। और ये निशान जंगल की तरफ बढ़ते जा रहे है, अगर इसके विपरीत दिशा में चलेंगे तो जल्द ही गाँव मिल जायेगा।'' पायल ने खुशी से कहा, ''हाँ, यह ठीक है।'' बस फिर क्या था। पायल और विशाल पशुओं के खुर चिह्न को पकड़कर आगे की तरफ बढ़ने लगे। थोड़ी ही दूर आगे जाने पर चिह्न धुंधला पड़ गया था। आगे की मिट्टी कठोर और घास–फूस से भरी थी, इसलिए चिह्न पूरी तरह से गायब हो गये थे और किस्मत को भी पायल व विशाल का जंगल से बाहर निकलना मंजूर नहीं था इसलिए वे चिह्न जहाँ खत्म हुए थे, वहाँ से दो रास्ते बाहर निकले हुये थे।

पायल ने विशाल से पूछा–अब क्या करें ? ''वही तो मैं सोच रहा हूँ।'' विशाल वहीं बैठकर कुछ सोचने की कोशिश कर रहा था। बहुत बड़ी असंमजस की स्थिति में पहुँच गया हूँ। समझ में नहीं आता, आगे कौन सा रास्ता जाएगा? पायल और विशाल अभी आपस में बातचीत कर रहे थे कि तभी सामने से एक भेड़िया उनकी तरफ़ आता हुआ दिखाई दिया। विशाल ने घबराकर कहा, ''वह भेड़िया हमारी तरफ़ आ रहा है। जल्दी से पेड़ पर चढ़ जाइये। डर की वजह से विशाल अपनी

चोट को भूलकर तेजी के साथ पेड़ पर जा चढ़ा। उसने अपने दाहिने हाथ के सहारे से पायल को भी एक दूसरी टहनी पर चढ़ा दिया जो उसकी टहनी से थोड़ा नीचे थी। पेड़ के नीचे भेड़िये को देखकर पायल और विशाल दोनों की घिग्घी बंधी हुई थी। विशाल तो डरा हुआ था, पर पायल का डर से और भी बुरा हाल था। पुरुषों की तुलना में औरतों में डर का असर ज्यादा होता है। वह थर-थर कांप रही थी। वह भेड़िया भी वहीं पेड़ के नीचे बैठ कर उनकी बाट जोह रहा था। इधर पायल और विशाल उस भेड़िये के वहाँ से खिसकने का इंतजार कर रहे थे। पायल का भाग्य आज कुछ अच्छा नहीं था, वह जिस डाल पर बैठी हुई थी। वहाँ पर ढेर सारी चीटियाँ थीं, जिन्होंने पायल को काटना शुरु कर दिया। उनकी काट से बेहाल पायल का संतुलन बिगड़ गया और वह भेड़िये के ठीक सामने गिर पड़ी। जैसे ही भेड़िया पायल की ओर लपका। पायल की जान खतरे में देखकर विशाल में अचानक से तीव्र उत्तेजना पैदा हुई। अचानक से उसमें साहस आ गया और वह भी भेड़िये के सामने कूद पड़ा। विशाल ने पास ही में पड़ा हुआ डंडा उठाया और भेड़िये पर टूट पड़ा। विशाल का रौद्र रुप देखकर वह भेड़िया वहाँ से भाग चुका था।

भेड़िये के वहाँ से भाग जाने के बाद भी विशाल के रोम-रोम में अभी भी सनसनी दौड़ रही थी। धीरे-धीरे वह कंपन चला गया लेकिन विशाल अभी भी दहशत में था। उसे पायल की ज्यादा फ़िक्र थी क्योंकि वह उसी की वज्ह से इस जंगल में फँसी हुई थी। विशाल ने विनीत भाव से कहा, "माफ़ करियेगा। मेरी वज्ह से शायद आज आपकी जान चली गई होती। पता नहीं ऐसा कैसे हो गया? मैं अब भी यक़ीन नहीं कर पा रहा हूँ कि मैं दुबारा इसी जंगल में रास्ता भटक चुका हूँ। क्या वाकई में मेरी याददाश्त इतनी कमजोर है?" पायल अब विशाल के अहसान तले लद चुकी थी। उसने झुकी हुई आँखों से कहा, "नहीं, आपकी याददाश्त कमज़ोर नहीं है। कभी-कभार हर इंसान से गलतियाँ हो जाती हैं, और वैसे भी आपने मुझे शुक्रिया अदा करने का मौक़ा ही नहीं दिया। मैं तहे दिल से आपका शुक्रिया अदा करती हूँ।" विशाल ने कहा, "इसमें शुक्रिया अदा करने की कोई ज़रुरत नहीं है। इस वक़्त आप मेरी ज़िम्मेदारी हैं। मैंने कभी सपने में भी नहीं सोचा था कि मैं इतनी बड़ी मुसीबत में फँसने जा रहा हूँ।" पायल का लहज़ा कुछ मज़ाकिया हो गया था। उसने मुस्कुराकर कहा, "मुसीबत से क्या मतलब? जंगल में हम रास्ता भटक गये, यह मुसीबत है या फिर मैं मुसीबत हूँ आपके लिए।" विशाल ने कहा, "नहीं, आप नहीं। आपको छोड़, बाक़ी जो घटना घटित हो रही है वह तो मुसीबत ही है।" पायल अचानक से गंभीर हो गई और कुछ पल पहले हुई घटना को गंभीरता से बयाँ करने लगी। ज़िंदगी में पहली बार आज मैंने मौत को इतने करीब से देखा। मेरे सारे रोंगटे खड़े हो गये थे। ऐसा लग रहा था,

जैसे की आज मेरा अन्त हो जायेगा। वह भेड़िया मेरी तरफ़ लपकने वाला ही था, पर आपने सब कुछ संभाल लिया।'' विशाल ने कहा, ''नहीं, मैंने कुछ भी नहीं संभाला। यही ईश्वर की मर्ज़ी थी। मेरे ख्याल से हमें आगे बढ़ना चाहिए, क्योंकि अभी भी हम जंगल में फँसे हुये हैं।'' यद्यपि विशाल को चलने में तकलीफ़ हो रही थी, फिर भी एक डंडे के सहारे विशाल धीरे-धीरे चल रहा था। कहीं कहीं पर विशाल अगर लड़खड़ा जाता तो पायल उसे सहारा दे देती थी। इस तरह दोनों आगे बढ़ रहे थे। पायल ने कहा, ''कंगाली में आटा गीला,'' यहाँ पर यही चरितार्थ हो रहा है हमारे लिए। पता नहीं हमारे साथ आज क्या होने वाला है?''

''कंगाली नहीं, फिर भी आटा गीला। यह कहावत हमारे लिए ज्यादा उपयुक्त है,'' विशाल ने कहा। अभी विशाल ने अपनी बात पूरी भी नही की थी कि तभी अचानक बारिश की बूंदे पड़ने लगीं। धत् तेरी की, अभी एक मुसीबत से हमें पूरी तरह निजात नहीं मिली कि तब तक दूसरी मुसीबत ने दरवाज़ा खट्खटा दिया। पायल ने कहा, ''अब क्या करें? लगता है हम पर मुसीबतों का पूरा पहाड़ टूटने वाला है। अपशकुन पर अपशकुन हो रहे हैं। मुझे तो बहुत ही डर लग रहा है।'' विशाल ने पायल को ढाढस बंधाया और कहा, ''डरने की ज़रुरत नहीं है। हालात चाहे कितने ही बुरे क्यों न हों, हमें अपना हौसला कभी नहीं छोड़ना चाहिए। कोई न कोई रास्ता जरूर मिलेगा, भरोसा रखिये ईश्वर पर।''

इधर बारिश तेज़ हो गई थी। पायल और विशाल बारिश से बचने के लिए एक पेड़ की ओट में छुप गये। पायल ने कहा, ''अगर आज शाम तक मेरी बात मेरे मम्मी-डैडी से नहीं हुई तो वे बहुत ही परेशान होंगे। यहाँ मोबाइल का नेटवर्क भी नहीं आ रहा है कि हम किसी को अपनी मदद के लिये बुला सके। बहुत मुश्किल से झूठ बोल कर यहाँ पर आई हूँ।'' विशाल ने पायल का हौसला बढ़ाया और कहा, ''उम्मीद रखिये, शाम होने से पहले हम यहाँ से ज़रूर बाहर निकल जाएंगे। इधर बारिश रूकने का नाम ही नहीं ले रही थी। जैसे-जैसे दिन बढ़ता जा रहा था। पायल की बेचैनी भी बढ़ती जा रही थी। इधर विशाल चुपचाप नीचे पड़ती बारिश की बूंदों को बड़े ध्यान से देख रहा था। अचानक विशाल ने कहा, ''मेरे दिमाग़ में एक तरीक़ा सूझा है। प्रकृति हमें कब से बाहर निकलने के रास्ते की तरफ़ इशारा कर रही है, पर हमने ही अपनी आँखों को बंद कर रखा है।'' पायल ने झल्लाये हुए स्वर में कहा, ''इतनी बारिश में, कौन सा रास्ता? मुझे तो कुछ समझ में नहीं आ रहा है।'' विशाल ने कहा, ''वह सामने जो संकरा रास्ता दिखाई दे रहा है। उसमें पानी का बहाव बहुत ही तेज़ है। मेरे ख्याल से वह आगे जाकर जरूर किसी छोटी नदी में गिरता होगा वर्ना इस जगह के पास काफ़ी पानी इकट्ठा हो गया होता। जिधर संकरे रास्ते का बहाव है वह जगह थोड़ी नीची और ढलान पर है। मेरे ख़्याल से यहाँ आसपास छोटी नदी होने का एक पर्याप्त

सबूत है।" विशाल ने अपनी जेब से एक मानचित्र निकाला। अक्सर मैं कही जाता हूँ तो उस जगह का एक राजनैतिक मानचित्र मेरी जेब में पड़ा रहता है। जिसमें नदी, पहाड़ और छोटे-मोटे शहर निरुपित रहते हैं। यह मेरे स्वभाव में है लेकिन अभी तक यह कभी भी काम में नहीं आया। लगता है आज यह हमारे लिए काफ़ी कारगर सिद्ध होने वाला है। विशाल ने नक्शे को पूरा खोला और उसमें एकटक देखकर कहा, "नर्मदा नदी यहाँ से दक्षिण में है और यह संकरा रास्ता भी दक्षिण की तरफ जा रहा है। इसका एक ही मतलब है। यह छोटी नदी जरुर नर्मदा में ही गिरती होगी। यहाँ इस मानचित्र के अनुसार दक्षिण में एक कस्बा दिखाई दे रहा है। कोई भी कस्बा या संस्कृति अक्सर नदियों के किनारे ही बसी होती है। इतिहास तो कम से कम यही कहता है। इस तरीके से हम बाहर तो निकल जायेंगे पर ईश्वर से प्रार्थना है कि रास्ता ज्यादा लम्बा और कठिनाई भरा न हो।"

पायल ने कहा, "यह तो मेरा सौभाग्य है कि मैं किसी इतिहासकार के साथ हूँ, जिसके सारे समाधान भी ऐतिहासिक ही हैं। मुझे लगता है आप सही सोच रहे हैं, अब हमें बिल्कुल भी देर नहीं करनी चाहिये।" बस फिर क्या था उन्होंने पानी के बहाव को देखते हुये उस संकरे रास्ते का पीछा करना शुरू कर दिया। जल्द ही उन्हें जैसी उम्मीद थी एक छोटी नदी मिल गई। उन्होंने नदी को पकड़कर आगे बढ़ना शुरु कर दिया। थोड़ा दूर आगे जाने पर विशाल ने पायल से पूछा-क्या आपको कोई आवाज़ सुनाई दे रही है?

पायल ने ध्यान से सुना और कहा, "यह तो ऐसा लग रहा है, जैसे ऊँचाई से पानी गिर रहा हो।" बस फिर क्या था पायल और विशाल नदी के रास्ते उस आवाज़ की दिशा में बढ़े। वे जैसे-जैसे आगे बढ़ रहे थे आवाज बढ़ती जा रही थी। विशाल ने कहा, "यह जलप्रपात है।"

"हाँ, वही है।" पायल ने विशाल का समर्थन किया। थोड़ी ही देर में वे दोनों जलप्रपात के पास पहुँच चुके थे। जलप्रपात को देखकर पायल और विशाल इस बात को भूल गये कि वो जंगल में रास्ता भटक चुके हैं। उनके दिल में जल्द ही बाहर निकलने की उम्मीद बढ़ चुकी थी और आँखों में चमक आ गई थी। विशाल ने उत्साहित होकर कहा, "चलो इस जलप्रपात को देखकर कुछ तो सुकून मिला।"

"हाँ, वाकई इस बुरे दिन में कुछ तो अच्छा रहा।"

"मैं आपको शैलचित्र तक तो नहीं ले जा पाया। पर अगर आप इस जलप्रपात के कुछ फोटोग्राफ ले लें तो आपके बॉस को थोड़ी तसल्ली जरूर मिलेगी।" विशाल ने कहा और मज़ाकिया लहजे में पायल को छेड़ता है। यहाँ पर इन पत्थरों पर मैं लिख देता हूँ, इस जलप्रपात को खोजने का श्रेय पायल शर्मा को दिया जाता है। इससे आपको भी थोड़ी-सी खुशी मिलेगी।

"हाँ, शायद। पर पायल और विशाल दोनों का नाम हो तो मुझे ज़्यादा खुशी होगी।" पायल ने कहा और फिर पायल ने अपने कैमरे से जलप्रपात के कुछ फोटोग्राफ खींचे।

उस जगह कुछ वक्त व्यतीत करने के बाद विशाल ने कहा, "हमें अब चलना चाहिये।" पायल ने कहा, "हाँ, और चलने के लिए तुरन्त ही उठ खड़ी हुई।" विशाल और पायल ने उस नदी के किनारे-किनारे चलना जारी रखा। जल्द ही उनकी उम्मीद विश्वास में तब्दील हो गई, जब विशाल को कुछ ही दूर पर एक कच्चा मकान दिखाई पड़ा। पायल की ख़ुशी का कोई ठिकाना नहीं रहा। विशाल ने ख़ुश होते हुये कहा, "वो देखिये, एक कच्चा मकान! अब हम बाहर निकल चुके हैं।" जब वे दोनों पास गये तो बाहर एक अधेड़ उम्र की महिला घर के सामने झाड़ू लगा रही थी। तभी विशाल ने उक्त महिला से पूछा-सुनिये हम जंगल में रास्ता भटक गये हैं। कृपा करके आप हमें इस जंगल से बाहर निकलने का रास्ता बताइये।

उस अधेड़ उम्र की महिला ने एक पतले कच्चे रास्ते की तरफ इशारा किया। पायल और विशाल ने तुरंत ही उस कच्चे रास्ते को पकड़ लिया। दोनों जल्द ही भोपाल होशंगाबाद नेशनल हाईवे पर पहुँच चुके थे। वहाँ पहुँच कर पायल ने भगवान का शुक्रिया अदा किया। विशाल ने कहा, "अच्छा हुआ कि हम शाम होने से पहले ही जंगल से बाहर निकल गये वर्ना आज पता नहीं क्या हो जाता? कुछ ही देर में पायल और विशाल भोपाल जाने वाली एक बस में सवार हो गये। बस में बैठ कर उन्हें ऐसा लग रहा था जैसे नर्क की यात्रा करके अभी-अभी स्वर्ग में आये हों। पायल ने कहा, "अब जाकर मेरी जान में कुछ जान आई।" विशाल ने कहा, "मुझे माफ कर दीजिये। मेरी वज़ह से आज आप को काफ़ी मुश्किलों का सामना करना पड़ा और आपका काम भी पूरा नहीं हो पाया।" पायल ने कहा, "नहीं, माफ़ी तो मुझे मांगनी चाहिए। आप मेरे लिए कितना कुछ कर रहे थे पर मैं कुछ पलों के लिए स्वार्थी हो गयी थी। इसमें ज़्यादा कुसूरवार मैं ही हूँ।" विशाल ने बातचीत के प्रवाह को मोड़ा, "खैर जो हुआ सो हुआ। एक बात तो मैं कहना चाहूँगा कि आप बहुत बहादुर हैं, वर्ना कोई भी लड़की खासकर अजनबी के साथ किसी शैलचित्र के लिए जंगल में नहीं जाना चाहेगी। वैसे जंगल से सही सलामत वापस लौटने के बाद काफ़ी सुकून मिल रहा है।" पायल ने कहा, "ज़िंदगी की सच्ची कीमत का पता तब लगता है, जब हम मुश्किल भरे हालात में फँसे हुए हों और हर पल उससे बाहर निकलने का जुगाड़ तलाशते हों। आज मैं इस सच्चाई से रूबरू हुई।"

विशाल ने प्रत्युत्तर में कहा, "हाँ, ज़िंदगी के बारे में यह एक सच्चाई है। जब हम अपनी सामान्य ज़िंदगी जी रहे होते हैं, तो यह बहुत ही बोझिल और उबाऊ

लगती है। हर दिन सुबह से शाम तक वही दिनचर्या। वैसे मुझे ज्यादा अच्छा तब लगता है जब मेरे आसपास चार-पाँच लोग घेरकर मेरी ख़िद्मत पूछते हैं। बातों का सिलसिला चलता रहा और जब खत्म हुआ तब तक दोनों भोपाल पहुँच चुके थे। फिर वहाँ से उन्होंने दिल्ली के लिए ट्रेन पकड़ी। अगली सुबह वे दिल्ली में थे। पायल ने विशाल से पूछा-अब आप क्या नया करने वाले हो? विशाल ने जवाब दिया, "नया कुछ भी नहीं, बस वही रोजमर्रा की भाग-दौड़ भरी जिंदगी।" पायल ने फिर पूछा-तो फिर आप दुबारा मुझसे कब मिलेंगे ? विशाल ने शरारती लहजे में जबाब दिया, "आप जब याद करें, यह बंदा हाजिर है।" अपने घर जाने से पहले पायल ने एक मुस्कान भरी और कहा, "मैं आप को अलविदा एक ही शर्त पर ही कहूँगी।" विशाल संशयपूर्ण स्थिति में आ गया, "कौन सी शर्त?" पायल ने विशाल की आँखों में प्यार भरी नज़र से देखा और कहा, "शनिवार की शाम मैं ख़ाली हूँ। उस दिन मैं फिर उसी कॉफ़ी शाप में आपके साथ कॉफ़ी पीना चाहूंगी।" विशाल ने प्रत्युत्तर में कहा, "हाँ, क्यों नहीं?" इसी के साथ विशाल ने पायल से अनुमति ली।

पायल और विशाल का मिलन

विशाल किसी तरह लड़खड़ाते हुए हॉस्टल में पहुँचा। विशाल को देखकर उसका दोस्त मनीष खुशी के साथ उछल पड़ा और सवालों की बौछार शुरू कर दी। तो कैसा रहा सफ़र? जंगल में उसके साथ घूमना कैसा लगा? तुमने उसको शादी का प्रस्ताव दिया कि नहीं। पूरी यात्रा का सारांश जल्दी से बताओ। विशाल का मुँह लटका हुआ था। उसने अनमने से जवाब दिया। तुम सारांश सुनना चाहोगे तो सुनो, ना तो हम शैलचित्र तक पहुँच पाये और न ही प्यार-व्यार का कोई चक्कर है। सफर बहुत ही ख़राब रहा। मेरे पैर में चोट लग गई। जंगल में दूसरी बार मैं रास्ता भटक गया और वो भी एक सप्ताह के अंदर। ये तो भगवान की असीम कृपा और अच्छी किस्मत थी कि हम दोबारा वहाँ से बाहर निकलने में किसी तरह कामयाब हो गये। तो यह रहा सारांश। बहुत ही ख़राब और घटिया। मनीष का ध्यान विशाल की चोट पर गया। उसने सहारा देकर विशाल को उसके पलंग पर बिठा दिया और वह भी उसके बगल में बैठ गया। मनीष ने उत्सुकतावश सहानुभूति जताते हुए विशाल से पूछा- आखिर यह सब कैसे हो गया? और तुम चोटिल कैसे हो गये? विशाल ने गहरी आह भरी, "मत पूछो यार! पेड़ से गिर गया था। यह कहो कि ज्यादा ऊँचाई नहीं थी, वर्ना मैं यहाँ तक आ ही नहीं पाता।" मनीष ने जानबूझकर विशाल को थोड़ा परेशान करने के लिए पूछा- वैसे पेड़ पर चढ़ने के लिए कहा किसने था? विशाल ने झल्लाकर कहा, "उफ़ अब बस भी करो, तुम्हें सब पता है। इस बार जंगल में रास्ता भटकना वाकई में एक बहुत बड़ी बेवुकूफ़ी वाली बात रही।" मनीष ने कहा, "छोड़ो इन सब बातों को, आओ पहले मैं तुम्हारी मरहम-पट्टी कर दूँ। मनीष ने विशाल की मरहम-पट्टी की और

सहारा देकर उसको बिस्तर पर लिटा दिया। जाते-जाते कमरे का दरवाजा बंद करते हुए, मनीष ने एक शायरी कस दी।

जो मौका गया है, हाथ से छूटकर,
दूर तक ना जा पायेगा रुठकर।
उसे तो आना ही पड़ेगा,
बस हौसला ना हार टूटकर।।

इस शायरी ने विशाल के ख़ून की गर्मी बढ़ा दी, ''दिन का कोई तो वक़्त होगा, जब तुम्हारी शायरी तुमसे दूर हो जाये। मैं काफ़ी थका हुआ हूँ, इजाज़त मिले तो सो जाऊँ।'' मनीष ने कहा, ''इजाज़त है! अब आपको को आराम करना चााहिए। मैं आप से कल बात करता हूँ।'' विशाल ने आहिस्ते से कहा, ''शुक्रिया।''

थोड़े ही दिन में विशाल के घाव भर गये। इधर कुछ दिनों से विशाल का अपने काम में मन नहीं लग रहा था क्योंकि उसके दिल के किसी कोने में बेसब्री से शनिवार का इंतज़ार था। जल्द ही शनिवार का दिन आ पहुँचा। तय समय के अनुसार दोनों पार्क स्थित कॉफ़ी शाप में मिले। विशाल ने बातचीत का सिलसिला आगे बढ़ाया, ''कहिये आप कैसी हैं? और आप के बॉस का क्या हाल है?'' बॉस का ज़िक्र होते ही पायल के चेहरे पर मुस्कान छा गई। ''मैं तो ठीक हूँ।'' पायल ने मुस्कुराते हुए कहा और लेकिन अचानक ही पायल के हाव-भाव में खीझ पैदा हो गई, ''बॉस, वह कभी ठीक नहीं हो सकते। आदत से मज़बूर हैं बेचारे।'' पायल ने अपने बॉस का मज़ाक़ उड़ाया। विशाल ने जानबूझकर पायल को छेड़ने के लिए शैलचित्र का जिक्र छेड़ा, ''दोबारा शैलचित्र देखने के बारे में क्या ख्याल है?'' पायल ने अपने दोनों हाथ ऊपर उठाये और नकारात्मक स्थिति में गर्दन हिलाते हुये कहा, ''शैलचित्र! ना बाबा ना। भविष्य में कभी कोई शैलचित्र नहीं देखूँगी।''

विशाल ने पायल का मन टटोलने की कोशिश की, ''तो क्या, शैलचित्र से इतनी ज़्यादा नफरत हो गई है।'' पायल ने भयभीत होते हुए कहा, ''शैलचित्र से नहीं, उस जंगल से नफ़रत हो गई है। जब भी उस जंगल का ज़िक्र आता है। दिल में एक खौफ़ पैदा हो जाता है।'' विशाल ने कहा, ''अच्छा ठीक है। मैं बात को इधर-उधर न घुमाकर, सीधे मुदद्दे पर आता हूँ अपने स्वभावानुसार। क्या आप मेरे साथ नैनीताल की सैर करना चाहेंगी?'' पायल इस बात के लिए बिल्कुल भी तैयार नहीं थी कि एकाएक फिर कहीं जाने का कार्यक्रम बन सकता है। इसलिए एकदम मिले इस प्रस्ताव पर क्या प्रतिकिया दें इस बावत पायल को कुछ सूझ नही रहा था। वह उलझन में पड़ गई और इधर-उधर देखने लगी। मन में कुछ हलचल हो रही थी, पर होंठ शांत थे। विशाल ने पायल की मंशा को समझ लिया। माफ कीजिएगा अगर मैंने कुछ ग़लत कहा। अगर आपका इरादा नही है, तो इस

बात को हम यहीं पर खत्म करते हैं। तभी अचानक पायल बोल उठी, ''ठीक है, मैं चलने के लिए तैयार हूँ।'' अगले दिन ही दोनों नैनीताल के सफ़र पर निकल पड़े। वहाँ जाकर दिन भर एक दूसरे के साथ बिताया और खूब मौज-मस्ती की। शाम को वे दोनों झील के किनारे घूम रहे थे। ठंडी हवा चल रही थी। मौसम बहुत ही खुशनुमा था। बागों में विभिन्न प्रकार के फूल खिले हुए थे। विशाल ने अपने मन की बात पायल से कही, ''मैं आपसे छुप-छुपकर और नहीं मिल सकता। यह हमारी आख़िरी मुलाक़ात है।'' विशाल की इस बात से पायल अवाक् रह गई। उसके चेहरे का रंग बदल गया था। पायल ने सहमी आवाज़ में कहा, ''आखिर मेरी ग़लती क्या है?'' विशाल ने पायल का हाथ थामा और चूमते हुए कहा, ''मैं आपको पसंद करता हूँ और आपसे शादी करना चाहता हूँ। उस दिन जब मैंने मीडिया वालों के सवालों के जवाब देकर अपने कमरे पर लौटा तो मैंने भगवान से प्रार्थना की थी कि दोबारा किसी मीडिया वाले से मेरी मुलाकात न हो। लगता है भगवान ने मेरी उल्टी प्रार्थना सुन ली। आज उसने मेरे लिए एक पत्रकार को ही मेरा हमसफर बनाकर भेज दिया। उस दिन मैंने कहा था कि स्वभावानुसार हम दोनों पृथ्वी के दो विपरीत धुव्र हैं जो कभी मिल नहीं सकते। हमारे कार्य करने की शैली बिल्कुल एक दूसरे के विपरीत। लगता है उस दिन मैंने ग़लत कहा था। अब भी समझ में नहीं आता कि हम दोनों कैसे मिल गए?'' विशाल की यह बात सुनकर पायल शर्म से झेंप गई और मुस्कुरा कर कहा, ''यह समझने के लिए तो पूरी जिंदगी पड़ी हुई है।''

विशाल ने पायल से पूछा-तो ऐसी मुस्कान का मतलब हाँ होता है। पायल ने उस बात पर ध्यान न देते हुए कहा, ''मुझे तो पता नहीं।'' पायल ने अपनी आन्तरिक सहमति दे दी थी।

जल्द ही विशाल ने पायल से शादी कर ली। शादी बेहद सामान्य तरीके से दिल्ली में हुई, जिसमें वधू पक्ष के ज्यादातर लोग थे। जिसमें पायल के माता-पिता, सगे संबंधी और अन्य लोग शामिल थे। वर पक्ष की तरफ़ से विशाल के माता-पिता, कुछ दोस्त, खास मेहमान और सगे-संबधी ही शरीक हुए क्योंकि गाँव से हर कोई दिल्ली नही आ सकता था। हालांकि विशाल के माता-पिता इस शादी से बेहद ही खुश थे। पर इस बात की कसक सभी को महसूस हुई। इसलिए शादी के अगले दिन ही गाँव में उन्होंने बहुत बड़ी पार्टी का आयोजन कर रखा था। घर को अच्छी तरह से सजाया गया। कहीं पर कोई भी कमी नहीं नज़र आ रही थी। इस पार्टी में भी पायल के सभी सगे-सम्बन्धी भी शरीक हुए थे। जब विशाल और पायल मंच पर आये, तो उनके साथ फोटो खिंचवाने का तांता लगा रहा। विशाल का क़रीबी दोस्त मनीष भी उस पार्टी में शरीक हुआ था। मनीष ने जानबूझकर कुछ पुरानी बातों का ज़िक्र छेड़ा और कहा, ''उस दिन, कुछ तो ऐसा ज़रुर हुआ

होगा तुममें और पायल के बीच में, वर्ना ना ही पायल से तुम्हारी शादी हुई होती और ना ही आज इस पार्टी का आयोजन होता। तुमने जरूर मुझसे कुछ छिपाया है।'' विशाल ने मनीष का संशय दूर किया, ''हाँ, उस दिन मैंने पायल की एक भेड़िये से जान बचाई थी और उसे जंगल से सही सलामत बाहर निकाला था। इसलिए मैंने उसके दिल में थोड़ी सी जगह बना ली थी। हम छिप-छिपकर मिलने लगे, फिर मैंने एक दिन उसके सामने शादी का प्रस्ताव रखा और इसलिए आज तुम यहाँ पर हो। मैं अगर इस बात का ज़िक्र तुम्हारे सामने छेड़ता, तो मुझे तुम्हारी उस बेकार-सी शायरी को सुनना पड़ता, आमतौर पर जिसे मैं नहीं सुनना चाहता।'' मनीष ने विशाल से कहा, ''सब मिलाकर यही बात मैं कहना चाहूँगा कि, तुम दोनों को मिलवाने में मेरा काफ़ी योगदान रहा है। तुम्हें याद है ना।''

विशाल ने अपना मुँह मनीष के कान के पास ले जाकर कहा, ''हाँ, अच्छी तरह से याद है। आप तो मेरे इश्क के मसीहा हो, फरिश्ता हो, सब कुछ हो। भगवान आपको भी किसी से मिला दे।'' मनीष ने प्रत्युत्तर में कहा, ''मिला चुका है दोस्त, शायद आपको पता नहीं है।'' विशाल ने धीमे से कहा, ''इतनी बड़ी बात तुमने मुझसे छिपाई।'' मनीष ने कहा, ''इसमें छुपाने जैसा कुछ भी नहीं है। आपने कभी मुझसे पूछा नहीं, सो मैंने आपको कभी बताया ही नहीं।'' विशाल ने नम्र लहजे में कहा, ''मुझे माफ़ करना। आपके इतने करीब होते हुए भी मैं यह सच न जान सका, क्योंकि अक्सर मैं ख़ुद में ही व्यस्त रहता था। दूसरों के बारे में ख़ासकर किसी की निजी जिंदगी के बारे में मैंने कभी दिलचस्पी नहीं ली।'' मनीष ने उत्सहित होते हुए कहा, ''ख़ैर, अब सब ठीक है। अब तो हम एक ही स्तर पर आ चुके हैं।'' विशाल के साथ-साथ पायल ने भी कहा- हाँ, हाँ, क्यों नहीं? इस अवसर पर सबसे ज्यादा ख़ुश थीं विशाल की माँ। वह ख़ुशी से पागल हो गईं थीं। उनके पैर ज़मीन पर ही नहीं पड़ रहे थे। वह सगे-संबधियों में एक के बजाय दो-दो साड़ियाँ बाँट रही थीं। और तो और वह गाँव वालों में एक-एक पैकेट मिठाई के डिब्बे की जगह, चार-चार मिठाई के पैकेट ऐसे बाँट रही थीं, जैसे मिठाइयाँ और साड़ियाँ पेड़ों पर उग रहे हों।

यह सब देखकर विशाल के पिता महेंद्रजी से रहा नहीं गया, आख़िरकार वो बोल उठे, ''इतनी फ़िजूलख़र्ची करने की क्या ज़रूरत है? काम तो एक साड़ी और एक पैकेट मिठाई के डिब्बे से भी चलाया जा सकता है।'' इस पर विशाल की माँ पल्लवी गुस्से से भड़क गयीं, तुनक कर बोली, ''आज आप कुछ भी न बोलें, यह हमारे इकलौते बेटे की शादी है। इसलिए आज मैं जी भरके अपनी मनमानी करूँगी।'' विशाल के पिता ने कहा, ''जैसी आपकी इच्छा मोहतर्मा।'' सब-कुछ ठीक-ठीक से बीत चुका था। सुहागरात की घड़ी आ गई थी और पायल सुहाग की सेज पर बैठकर विशाल का इंतजार कर रही थी। तभी विशाल का कमरे में

प्रवेश हुआ। विशाल के आने की आहट पायल को लग चुकी थी। वह पायल के एकदम क़रीब बैठ गया और उसका घूंघट उठाते हुए कहा, ''आपकी खूबसूरत और मोहक आँखें, होंठों से छलकती ये मादकता, माथे का अप्रतिम सौंदर्य, सुंदर नाक, कानों से नीचे की तरफ लटकता झुमका कहीं मुझे पागल ना बना दे। एक सच बात कहूँ आज आप बिल्कुल परी लग रहीं हैं। मैं बहुत खुशनसीब हूँ कि मुझे आप जैसी ख़ूबसूरत और अच्छी पत्नी मिली।'' पायल ने प्रत्युत्तर में कहा, ''मैं भी आपको पाकर बहुत खुश हूँ। जंगल में आपके साथ बिताये हुए एक दिन ने हमें एक दूसरे के साथ हमेशा के लिए जोड़ दिया। उस दिन जब आपने कहा कि हम जंगल में रास्ता भटक गये। तब मुझे लगा कि मुझसे बहुत बड़ी भूल हो गई है। पर आज मुझे लगता है उस जंगल में रास्ता भटकना जैसे मेरे लिए वरदान साबित हो गया। अब जब मैं उन पलों को याद करती हूँ तो खुद को बेहद सौभाग्यशाली मानती हूँ।''

''हाँ, कभी-कभी हमें जिस बात पर सबसे ज्यादा पछतावा होता है। बाद में वही पल सबसे ज़्यादा महत्त्वपूर्ण और यादगार बन जाते हैं। आज मैं आपको एक अनमोल तोहफा देना चाहता हूँ। यह कहकर विशाल ने पत्थरों की एक छोटी-सी माला निकाली। यह महँगा तो नहीं पर बहुत ही कीमती है। यह तकरीबन 2500 साल पुराना है। इस माला के हर एक पत्थर पर प्राचीन भाषा में गुदा हुआ है- ''एक दूजे के लिए'' आज से यह अमानत मैं आपको सौंपता हूँ। इसका उपयोग प्राचीनकाल के कबीलों के लोग अपनी शादियों में करते थे। उनका मानना था कि यह पत्थर पति-पत्नि में प्यार को बढ़ाता है और बुरी ताक़तों से उनकी हिफ़ाज़त करता है। उनका यह भी मानना था कि पति-पत्नि की रूह इस पत्थर में बसती है। जो शादी के बाद उन्हें एक कर देती है।'' इतना कहकर विशाल ने पायल के गले में वह पत्थरों की माला पहना दी। पायल ने कहा, ''शुक्रिया, मैंने भी किसी महँगे तोहफे की उम्मीद नहीं की थी। मैं चाहती थी की वो तोहफा कुछ अद्‌भुत हो। मुझे नहीं लगता कि इससे बेहतर भी कुछ हो सकता है और क्योंकि इसमें प्यार के सच्चे और उच्च मूल्य निहित हैं। फिर दोनों ने एक अच्छी रात बिताई।

जल्द ही वो दोनों गाँव से वापस दिल्ली आ गये। विशाल और पायल एक अच्छी ज़िंदगी जी रहे थे। एक दिन विशाल ने पायल को कहा, ''आज मैं आप को एक जगह ले चलता हूँ।'' पायल ने उत्सुक हो पूछा, ''कहाँ पर?'' विशाल ने पायल से कहा, ''अपनी आँखें बंद करिये।'' विशाल पीछे से पायल की दोनों आँखों पर हाथ रखकर उसे एक जगह ले आया। थोड़ी देर बाद पायल ने आँखें खोलीं और कहा, ''ये कहाँ आ गये?'' विशाल ने कहा, ''यह हमारा नया घर है। अभी-अभी इसको लिए हुए कुछ ही दिन हुए हैं।'' पायल ने आश्चर्य से कहा, ''यह हमारा घर है।'' उसके इस शब्द में आश्चर्य के साथ-साथ ख़ुशी का भी समावेश

था। उसने आँखें फाड़कर घर के एक-एक कोने की तरफ़ निगाह दौड़ाई, ''आपको इतने पैसे ख़र्च करने की क्या जरूरत थी?'' विशाल ने पायल के पीठ पीछे से उसकी कमर पर अपने दोनों हाथ रखे और अपना पूरा बल उसके कंधे पर देते हुए कहा, ''पायल अग्निहोत्री को उधम मचाने के लिए वह घर छोटा था। इसलिए मजबूरीवश यह बड़ा घर लेना पड़ा।'' पायल ने शरारत भरे लहजे में पूछा, ''मैं उधम मचाती हूँ क्या ?'' विशाल ने कहा, ''कभी-कभी हाँ, कभी-कभी ना।'' पायल अचानक से गंभीर हो गई और कहा, ''सच कहूँ तो मेरा घर आप हो, दिल में चाहे कितनी भी उलझने क्यों न हो, आपको देखते ही दूर चली जाती हैं। मुझे आप से कुछ भी नहीं चाहिये। सिवाय कुछ मीठे बोल के, कुछ मीठे पल और कुछ वक्त आपकी ज़िंदगी से।''

विशाल की डायरी और पायल के दु:खद दिन

पायल के और विशाल के दिन ख़ुशी से बीत रहे थे। एक दिन पायल ने एक बच्चे को जन्म दिया। उस दिन विशाल की ख़ुशियों का ठिकाना न रहा। पूरे परिवार वालों की तरफ़ से बच्चे के जन्म की बधाईयाँ मिलनी शुरू हो गईं थी। सलाह पर सलाह मिल रहे थे जैसे कि बच्चे की परवरिश कैसे करनी है? कब कौन सा टीका लगवाना है? कौन सा दूध बच्चे के लिए सही रहेगा। माँ को कौन सा टॉनिक चाहिए। वह माँ का दूध कब और कैसे पीयेगा इत्यादि। वो सारे कुछ सही और कुछ फ़िज़ूल सलाह जो एक इंसान के दिमाग़ में आते हैं वो सभी पायल को मिल रहे थे। हर कोई उस बच्चे को प्यार से दुलारने के लिए लालायित था। विशाल ने पायल से अपनी ख़ुशी ज़ाहिर की। आज आपने मुझे इतनी बड़ी ख़ुशी दे दी है कि मैं क्या बताऊँ मेरा मन कर रहा है कि मैं हवा में ऊड़ूं। सबसे ऊँची चोटी को छू लूँ। आज जैसे मेरे सारे अरमान पूरे हो गये। ओह! मेरे मन में एक अच्छा विचार आ गया। पायल ने विशाल से पूछा- क्या? विशाल ने कहा, ''इसका नाम रहेगा अरमान! क्यूँ यह कैसा रहेगा?'' पायल ने एक पल के लिए सोचा और कहा, ''अरमान अग्निहोत्री! यह नाम हमारे लड़के के लिए बहुत अच्छा रहेगा।'' इस ख़ुशी के मौके पर विशाल के माता-पिता भी कुछ दिनों के लिए दिल्ली में आ गये थे। उन्होंने अपना काफ़ी वक़्त अपने पोते के साथ व्यतीत किया। हर इंसान की ज़िंदगी में बहुत कम ही ख़ुशी के क्षण आते हैं। इस धरती पर इंसान की सारी मेहनत सिर्फ़ उन ख़ूबसूरत क्षणों को जीने के लिए होती है। इंसान सिर्फ़ उन्हीं पलों के सहारे अपनी पूरी ज़िंदगी काट लेता है। या सिर्फ़ उन्हीं पलों को जीना चाहता है। विशाल की ज़िंदगी में अब सब कुछ सामान्य हो चला था। कुछ दिन साथ रहकर उसके माता-पिता महेन्द्र और पल्लवी भी वापस अपने गाँव को लौट चुके थे।

पायल और विशाल का बेटा, अरमान अब दो साल का हो चुका था। इधर बीच विशाल कुछ परेशान सा रहने लगा था। पायल ने इस बात को बारीकी से ग़ौर किया और एक दिन मौक़ा देखकर उसने विशाल से पूछा–मैं देखती हूँ आजकल आप कुछ परेशान से रहते हैं। विशाल ने बात को दबाने की कोशिश की और कहा, ''कुछ भी तो नहीं है।'' विशाल के चेहरे का अंदरूनी रंग पायल ने पकड़ लिया और कहा, ''मैं पिछले कुछ दिनों से आपकी हरकतों पर ध्यान दे रही हूँ। आपके बर्ताव में अजीब सा बदलाव आ रहा है। आजकल आप गुमसुम सा क्यों रहते हैं? इस तरह का रवैया मैंने आपमें कभी नहीं देखा। पहले इससे हर वक्त आप ख़ुश रहते थे। लोगों को प्यार से गले लगाते थे? लेकिन कहाँ गया वो सब... '' आखिरी शब्द बोलते–बोलते पायल का गला भर आया। विशाल ने अस्पष्ट तौर पर कहा, ''कुछ भी तो नहीं, सब ठीक है।'' इस जबाब से पायल के चेहरे पर उदासी छा गयी थी क्योंकि उसे लग रहा था कोई गंभीर बात हो गई है जिसे विशाल जानबूझकर उससे छुपा रहा है। उसने भर्राई हुई आवाज़ में कहा, ''कुछ भी ठीक नहीं! आप ना तो वक्त पर घर आते हैं, ना ही ठीक से भोजन करते हैं, और ना ही मुझसे कुछ बात करते हैं। हर वक्त गुमसुम से एकांत में रहते हैं, ना सोने की फ़िक्र है ना जागने की, आप को जाने क्या हो गया है? किस बात की चिंता आपको खाये जा रही है? आजकल मुझे बुरे–बुरे सपने आ रहे हैं। ऐसा लगता है जैसे मेरे ऊपर कोई भारी विपत्ति आने वाली है। किसी बड़े अपशकुन का भान हो रहा है। मुझे ऐसा क्यूँ लग रहा है, जैसे कि आप मुझसे दूर होते जा रहे हैं।'' विशाल बेहद गंभीर था। उसके हाव–भाव की मुद्रा में एक परिवर्तन आ गया। न चाहते हुए भी कुछ बातें उसके जबान पर आ गई, ''हाँ, पायल मैं आपसे दूर होता जा रहा हूँ। इससे ज्यादा कुछ भी नहीं है मेरे पास कहने को। लगता है आप को मुझे भूलना ही होगा।'' इतना कहकर विशाल कमरे के अंदर चला गया और अंदर से दरवाज़े की सिटकनी बंद कर दी। इस बात से पायल को बेहद ही दुःख हुआ क्योंकि विशाल ने पहली बार पायल से इस तरह का बर्ताव किया था। उसकी आँखों में स्वतः ही आँसू आ गये। दिल पसीज रहा था, चाहते हुए भी दबी ज़ुबान से कोई भी शब्द बाहर नहीं आ रहा था। दिल में जैसे भूचाल आ गया हो। उसे समझ में नहीं आ रहा था कि आख़िरकार यह क्या हो गया? मेरी खुशियों को इतनी जल्दी किसकी नज़र लग गयी? आख़िर क्या बात है, जो विशाल को मुझसे दूर करती जा रही है। इस तरह के हज़ारों सवाल पायल के मन में उभरने लगे थे।

अगले दिन विशाल जब घर से बाहर गया तो देर रात तक नहीं लौटा। इधर पायल की बेचैनी बढ़ती जा रही थी। वह कमरे में इधर से उधर चहलकदमी कर रही थी। जब पायल से न रहा गया तो विशाल के दोस्त मनीष को फोन लगाया, लेकिन मनीष का फोन बंद था। पायल का बुरा हाल हो गया था। मन में सिर्फ नकारात्मक भाव उभर रहे थे।

समय बीतने के साथ-साथ बेचैनी और डर भी बढ़ता जा रहा था। जब पायल से न रहा गया, तो उसने अपने माँ-बाप को बुला लिया। अपनी माँ और पिताजी को देखकर पायल उनसे लिपट कर जोर-जोर से रोने लगी। ''क्या हुआ बेटी'' उसके पिता ने पूछा। पायल रोते हुए बोली, ''विशाल का कोई पता नहीं, आजकल उनको पता नहीं क्या हो गया है? अक्सर गुमसुम से रहते हैं, चौबीस घंटे से ज़्यादा वक़्त गुज़र गया है, लेकिन उनका कुछ भी पता नहीं है।'' पायल के पिता ने कहा, ''घबराओ नहीं, सब ठीक है। रोते नहीं, हम अभी पुलिस थाने में रिपोर्ट दर्ज करा देते हैं। मुझे लगता है कही यह अपहरण का मामला तो नहीं है।'' पायल ने अपने माता-पिता के साथ मिलकर विशाल के गुम होने की रिपोर्ट पुलिस थाने में दर्ज करा दी। पुलिस विशाल की खोजबीन में लग गई। पर काफ़ी समय व्यतीत होने के बाद भी पुलिस के हाथों विशाल के बारे में कोई ठोस सुराग हासिल नहीं हुआ। समय बीतता जा रहा था, विशाल की याद में पायल के आँसू थम ही नहीं रहे थे। 'खुद को होश में संभालो पायल' तुम्हें सब्र से काम लेना होगा। तुम्हें अरमान की भी देखभाल करनी है। पायल के माता-पिता ने उसको समझाया। विशाल को गायब हुए दो-तीन सप्ताह गुजर चुके थे। रो-रोकर पायल का बुरा हाल था। उसके मन में बार-बार सिर्फ़ एक ही सवाल आ रहा था आख़िर बात क्या थी? एक शाम पायल घर में अकेली उदास बैठी हुई थी, तभी किसी ने दरवाज़ा खटखटाया। पायल ने दरवाज़ा खोल कर देखा तो सामने मनीष खड़ा था। चेहरा उतरा हुआ, गर्दन झुकी हुई, बाल अस्त-व्यस्त, कपड़े अजीब हालत में थे। पायल ने दबी ज़ुबान से आँखों में आँसू लिए मनीष से पूछा-क्या हुआ मेरे पति को, कहाँ हैं वो? प्लीज मुझे बताइये। मनीष ने रुधे हुए गले से कहा, ''वो आपसे बहुत प्यार करता था। बहुत अरमान थे आपके लिए उसके दिल में। यह उसकी डायरी है। इसमें आपको हर सवाल का जवाब मिल जायेगा।'' इतना कहकर मनीष फफक कर रो पड़ा और डायरी पायल को दे कर वापस चला गया। पायल ने उदास मन से डायरी को खोला और बुझे मन से पढ़ना शुरू किया।

मेरी प्यारी पत्नी पायल,

मैं जानता हूँ जब आप इस डायरी को पढ़ रही होंगी, तब आपके मन में हजारों सवाल उठ रहे होंगे, दिल टूटा रहा होगा, आँखों में झिलमिल आँसू होंगे, चेहरे का नूर जा रहा होगा। कुछ दिन पहले आपने मेरे अंदर भारी बदलाव महसूस किया था। मैंने इसे छुपाने का बहुत प्रयत्न किया, लेकिन सच कभी तो सामने आना ही था। दरअसल मैंने एक बात आप से छुपाई थी। अभी हाल ही में मुझे आसाम के जंगलों में जाना पड़ा था। क्योंकि वहाँ पर एक पुरातत्त्वविद् ने आसाम की एक खोई हुई सभ्यता को ढूँढ़ निकाला था। कुछ दुर्घटना हो जाने के कारण वहाँ कई सालों से काम ठप्प पड़ा था। खुदाई में कुछ पुरातन कलाकृतियाँ मिली थीं। हमारी पुरातत्त्व विभाग टीम को लगा कि यहीं आस-पास

खुदाई करने पर कुछ कलाकृतियाँ और मिल सकती हैं। इसलिए मेरा वहाँ पर जाना ज़रूरी था।

उस शाम खुदाई का काम मेरी देख-रेख में चल रहा था। अगले दिन मुझे वापस दिल्ली लौटना था। उस शाम को एक मज़दूर जमुनादास मेरे पास आया और उसने मुझसे कहा, "एक बात बताऊँ साहब।" मैंने उससे पूछा-कौन सी बात। तब जमुनादास ने कहा, "आप ने जादुई ख़ूनी स्वर्ण-प्रतिमा के बारे में सुना है जो बिलकुल सोने की बनी है। मैंने सुना है, जो कोई भी उस प्रतिमा को लालचवश छूता है। उस प्रतिमा के स्पर्श से ही कोई आत्मा बाहर आ जाती है और इसी के साथ एक कार्ड बाहर आ जाता है और उस पर पहेलियाँ लिखी होती है। अगर आप ने तीन दिन में उसके उत्तर दे दिये तो ठीक है अन्यथा मौत हो जाती है। उन पहेलियों पर राज करता है, पहेलियों का सौदागर। लोग कहते है जो उसकी सारी पहेलियों के सही जवाब दे देता है, वह बहुत बड़े खजाने का वारिस बन जाता है।"

मैंने जमुनादास से कहा, "मुझे पागल समझ रखा है क्या?" मैंने उसकी बात की अनदेखी की। तब उसने मुझे एक पुराना टूटा-फूटा घर दिखाया और कहा, "वह रहस्यमय स्वर्ण-प्रतिमा इसी घर में है। इधर कोई भी नहीं आता क्योंकि सब कहते हैं, उस प्रतिमा में कोई भटकी हुई आत्मा है।" मैंने उससे कहा, "क्यों पागलों जैसी बातें कर रहे हो। चलो चलकर उस स्वर्ण-प्रतिमा को देखते हैं।" जमुनादास ने कहा, "यह घर सालों से खाली पड़ा है। आस-पास के लोग भी इसी के चलते अपना घर-बार छोड़कर चले गये हैं। इस घर का इतना ज्यादा खौफ है कि इस के चारों तरफ़ से सौ मीटर के दायरे में भी कोई नहीं आता। लोग इसे जहन्नुम से भी बुरा समझते हैं। आपस की बोलचाल में भी इस घर का ज़िक्र अपशकुन माना जाता है।" मैंने कहा, "तब तो मैं जरूर जाऊँगा और मैं उस घर की तरफ़ बढ़ने लगा।" तभी जमुनादास मेरे पैरों पर गिर पड़ा और कहने लगा, ऐसी ग़लती मत करियेगा साहब। आज तक इसे छूने वाला जिंदा नहीं बचा है और कल आप अपने शहर दिल्ली जा रहे हैं। इसे छूना बिलकुल भी उचित नहीं है। मैंने कहा, "ठीक है, मैं नहीं जाऊँगा और वापस जंगल के रेस्ट हाउस में सोने चला गया। पर मुझे नींद नहीं आ रही थी, मेरा ध्यान बार-बार उसी रहस्यमय प्रतिमा की तरफ़ जा रहा था। मैंने सोचा कि भोले-भाले गाँव वालों को डराने के लिए किसी ने जान बूझकर जादुई स्वर्ण-प्रतिमा की धारणा को गढ़ा होगा। क्यूँ न मैं चलकर रात को सच्चाई का पता लगाऊँ। उस वक़्त तकरीबन रात के 12 बज रहे थे। चाँदनी रात थी, इसलिए उस घर के पास पहुँचने में ज़्यादा दिक़्क़त नहीं हुई। उस घर के चारों तरफ़ चहारदीवारी थी, उसके ऊपर लोहे के बाड़ लगे हुए थे। उस चहारदीवारी को फांदकर मैं घर के अंदर चला गया। लोहे की राड से मैंने घर

का ताला तोड़ा और घर के अंदर प्रविष्ट हुआ। घना अंधेरा होने की वजह से घर बेहद डरवाना लग रहा था। मैंने टार्च जलाई तो चीजें जहाँ की तहाँ बिखरी हुई थीं। पूरे घर को मकड़ियों के जालों ने घेर रखा था।

अंदर के एक कमरे से प्रकाश आ रहा था। मैं आगे की तरफ़ बढ़ा, कमरे के अंदर का नज़ारा देखकर मैं हैरान हो गया। ऐसी चीज़ जिसे मैंने पहले कभी नहीं देखा था। तारे की संरचना में ढली एक प्रतिमा जो कि बिलकुल सोने की बनी हुई थी। उसके केन्द्र में पृथ्वी के अंदर अरस्तू की अदभुत नक्काशी गढ़ी हुई थी। वह अद्भुत नज़ारा था, रहस्यों से भरा हुआ, सोच से भी परे। उसकी चमक से मेरी आँखें आकर्षित हो रही थीं। मेरे हाथ अनायास ही उधर की तरफ बढ़ने लगे थे। जैसे ही मेरे हाथ ने उस प्रतिमा को स्पर्श किया, धुएं का एक गुब्बारा उठा, और अचानक से मेरी आँखें बंद हो गयी। थोड़ी देर बाद जब मेरी आँखें खुलीं तो एक कार्ड नीचे गिरा हुआ था बाहर आया जिस पर लिखा था। तुम्हारी आत्मा मेरे कैद में है तुम्हारी जान तभी तक सलामत रहेगी जब तक तुम पहेलियों का सही उत्तर देते रहोगे और हर पहेली का हल ढूँढ़ने के लिए 'सिर्फ तीन दिन' हैं। अगर तुमने सभी पहेलियों को सुलझा लिया तो तुम बन जाओगे विशाल ख़जाने के मालिक दुनिया के सबसे अमीर। अब न यकीन करने वाली जैसी कोई चीज़ ही नहीं थी।

शुरू में मैंने सोचा कि इस अद्भुत चीज़ को जब मैं आपको दिखाऊँगा, तो आपको बहुत ख़ुशी होगी। पर वह सब जो हुआ तो था, वह वाकई में कभी भी नहीं भूला सकता था। अब यक़ीन हो गया कि मेरी ज़िंदगी दांव पर लग चुकी है। इसलिए मैं आपको इस प्रतिमा से दूर रखना चाहता था। इसलिए जानबूझकर इस तथ्य को आपसे छुपाना पड़ा। इस बक्से को मैंने किसी ख़जाने के लिए नहीं खोला था। यह सब अंजाने में हो गया। अगले दिन जब मैं दिल्ली आया तो वह पहेलियों की स्वर्ण-प्रतिमा भी मेरे साथ थी। उसे मैंने बेसमेन्ट के अंदर कमरे में ही छुपा कर रख दिया। अब मेरे सामने उस पहेली से बाहर निकलने का एक ही रास्ता था किसी तरह सारी पहेलियों का हल ढूँढ़ करके लाया जाय। इसलिए मैंने अपनी सारी ताकत झोंक दी। इसमें अपने दोस्त मनीष को भी शामिल कर लिया। हर पहेली का वास्ता किसी दुर्गम जगह और कठिनाई भरे रास्तों से ही था। क़दम-क़दम पर मौत से सामना होता था और तब धीरे-धीरे यक़ीन होने लगा कि कोई भी इन पहेलियों को नहीं सुलझा सकता। मौत आख़िरी अंजाम है, इन पहेलियों का। मेरे अंदर आपके खोने का डर बैठता चला गया और इस पहेली में मेरा वज़ूद मुझे ख़त्म होता दिख रहा था इसलिए मेरा बर्ताव आपके प्रति बहुत रूखा हो चला था। मेरी सब्र और मेरी सोच जवाब देने लगी थी। मैं जानता था पहेली में आज तीसरा और आख़िरी दिन है और मेरे पास कोई भी जवाब नहीं। इसलिए शायद आज आख़िरी दिन था मेरा। मैं जानता था एक न एक दिन इस बात का पता आपको चल ही जायेगा।

तब तक शायद मैं इन पहेलियों में हमेशा के लिए खो जाऊँ। इस स्वर्ण-प्रतिमा के स्पर्श का एक ही मतलब है, ''न थमने वाला मौत का सिलसिला।'' अब आपका फर्ज़ है, उस बेसमेंट के कमरे में हमेशा के लिए ताला लगा दीजिए और हो सके तो इस घर को हमेशा के लिए छोड़ दीजिए। शायद इसी में अरमान और आपकी भलाई है। मेरे बहुत अरमान थे आपके और अरमान के साथ ज़िंदगी बिताने को पर ज़िंदगी में हर किसी के अरमान पूरे नहीं होते, मैं अब भी आपको बहुत प्यार करता हूँ और हमेशा करता रहूँगा। मैं इस लम्बे जीवन काल में आपको बहुत पहले ही छोड़ कर जा रहा हूँ, हो सके तो मुझे माफ कर दीजियेगा।

आपका विशाल

डायरी पढ़ने के बाद पायल के ऊपर दुःखों का पहाड़ टूट पड़ा। उसके आँसू थम ही नहीं रहे थे। मुँह से अनायास ही निकल पड़ा, ''यह क्या किया आपने?'' जुदाई का ग़म पायल को बर्दाश्त नहीं हो रहा था। दिल में एक गहरी टीस थी जो बार-बार उभर कर बाहर की ओर आ रही थी। जल्द ही विशाल के पहेली में खो जाने का पता उसके माता और पिताजी को भी हो गया। चारों तरफ ग़म के बादल छा चुके थे। विशाल की माँ दहाड़ें मार-मार कर रो रही थी। और उसके पिता उसका नाम लेकर बार-बार बेहोश हो जा रहे थे। इंसान की ज़िंदगी एक रास्ते की तरह है जिसमें विभिन्न पड़ाव आते रहते हैं। कभी जब हम खुशियों के पड़ाव पर होते हैं। तो लगता है ज़िंदगी कितनी ख़ूबसूरत और अच्छी है। पर किसी अपने के खोने से यही ज़िंदगी बेहद तकलीफ़देह हो जाती है। या यों कहें नर्क से भी बदतर हो जाती है। पायल के माता-पिता भी इस दुःखद घड़ी में पायल के साथ थे। सभी मिलकर पायल को सात्वना दे रहे थे। विशाल के पिताजी ने ख़ुद को संभालते हुए पायल से कहा, ''चलो बेटी वापस गाँव चलते हैं। यह जगह रहने लायक नहीं रही अब।'' पायल ने दुःखी स्वर में कहा, ''इस जगह से उनकी यादें जुड़ी हुई हैं, मैं इसको छोड़कर कहीं नहीं जाना चाहती।'' पायल का दुःख-दर्द उसके माता-पिता से देखा नहीं जा रहा था। इसलिए वो पायल की दूसरी शादी करना चाहते थे, पर पायल ने मना कर दिया और अरमान के सिर पर हाथ फेरते हुए कहा, ''मेरा बेटा है न, इसी के साथ पूरी ज़िंदगी काट लूँगी। उस समय अरमान की उम्र 2 साल की थी।'' वक़्त का एक ख़ूबसूरत पहलू यह है कि यह हर जख़्म को भर देता है। समय बीतने के साथ-साथ दुःख स्वतः कम हो जाता है लेकिन स्मृतियाँ बनी रहती हैं। इस घटना के कुछ दिन बाद पायल ने धीरज से काम लिया। उसने दूसरों की नज़र में खुद को ऐसा दिखलाया जैसे कि कुछ हुआ ही न हो। पायल ने अपने सास-ससुर को वापस गाँव भेज दिया। महेंद्रजी और पल्लवीजी उदास मन से गाँव लौट रहे थे। उन्हें यक़ीन ही नहीं हो पा रहा था कि उनका बेटा अब इस दुनियां से जा चुका है। इधर पायल कुछ समय से दिल्ली में ही अपने माता-पिता के साथ रहने लगी थी।

विशाल के ग़ायब हुए काफी दिन बीत गये। हर किसी ने यह मान लिया था कि उसकी मौत हो चुकी है। अब सब कुछ सामान्य सा होने लगा था। पायल अब इस बात की आदी हो चुकी थी कि उसका पति इस दुनियां में नहीं रहा। पायल की ज़िंदगी अब फिर से पटरी पर लौटने लगी थी। एक दिन पायल ने अपने पिता से कहा, ''अब मैं वापस अपने घर जाना चाहती हूँ। आख़िरकार वह घर भी तो हमारा ही है, और दिल्ली में ही हैं। मैं सोच रही थी कि मैं आप पर और बोझ न बनूँ और वहीं रहकर अरमान की देखरेख करूँ और अपनी नौकरी भी करूँ।'' पायल के पिता ने कहा, ''ठीक है, बेटी वैसे तो इस हालत में जाना ठीक नही है, पर पूरी ज़िंदगी ऐसे नहीं काटी जा सकती। नौकरी भी करनी है और अरमान की देखरेख भी। अगर तुम्हें लगता है कि तुम वहाँ जाकर अच्छी गुज़र-बसर कर सकोगी, तो तुम्हें ज़रूर जाना चाहिए। मैं आपके साथ हूँ बेटा, जब भी मुझे फुर्सत मिलेगी मैं आपके पास आ जाया करूँगा। यह घर तो बरसों से तुम्हारा था और तुम्हारा ही रहेगा। इस घर से तुम्हारी छोटी-छोटी शरारतें जुड़ी हुईं हैं। मुझे याद आता है, जब तुम छोटी थी तों हमें कितना तंग करती थी. ...।'' इतना बोलते-बोलते पायल के पिता की आँखें नम हो गईं। पायल भी उनसे लिपटकर रोने लगी। थोड़ी ही देर में पायल ने ख़ुद को संभाला और अपने माता-पिता का आशीर्वाद लेकर दिल्ली स्थित अपने घर में आ गई। वह फिर से अपने कामकाज में लग गई, लेकिन काम में मन ही नहीं लग रहा था। ज़िंदगी की डगर कभी फूलों भरी होती है, तो कभी काँटों भरी। पर चलना तो दोनों पर ही पड़ता है। अक्सर ज़िंदगी में कई बार ऐसा होता है न चाहते हुए भी बोझिल मन से आपको काम करना पड़ता है। पायल इस बात से वाक़िफ थी कि ज़िंदगी तो जीना ही पड़ेगा, ख़ुद के लिए ना सही, पर अपने बेटे अरमान के लिए। फिर भी जैसे-तैसे पायल रोज ऑफिस जाती और अरमान को हमेशा अपने साथ रखती। उसे देखकर ही पायल को थोड़ी बहुत तसल्ली मिलती। वह अक्सर अरमान में ही अपने पति का अक्स ढूँढ़ने का प्रयत्न करती।

एक रात पायल सो रही थी, तभी उसे लगा कि जैसे उसने विशाल को फिर से पा लिया हो। वह विशाल से लिपटकर खूब रो रही थी। उसने विशाल से पूछा-कहाँ चले गये थे आप? विशाल ने कहा, ''मैं हमेशा से ही आपके पास हूँ और आगे भी रहूँगा।'' पायल ने पूछा-आपको पता है मैं आपके बग़ैर कैसे जी रही थी। विशाल ने कहा, ''ख़ुद को संभालो पायल, समय के साथ ख़ुद को ढालना ही पड़ेगा। इस घर को छोड़कर दूर चली जाओ, हमेशा और हमेशा के लिए, मैं एक छूटा हुआ काम पूरा करने के लिए ही आया हूँ.... और इसी के साथ विशाल पायल से दूर होता जा रहा था। पायल ने विशाल को अपनी बाहों में भरने के लिए अपने हाथ फैलाये, ''नहीं मत जाइये। कहाँ जा रहे हैं? मुझे अपने से दूर मत करिये, कृपया रूक जाइये...।'' आधी रात को पायल की नींद टूटी। यह कैसा

अजीब सा स्वप्न था? पायल एक झटके से उठकर बिस्तर पर बैठ गई। अगली सुबह जब पायल उठी तो सबसे पहले उसने अपना इस्तीफा तैयार किया। आज ऑफिस पहुँचते ही पायल ने अपने बॉस को अपना इस्तीफा सौंपते हुए कहा, "अब आप को मुझसे और शिकायत नहीं होगी।" उसके बॉस ने पायल के अंदर छिपी भावनाओं को समझ लिया, "शिकायत और तुमसे, कोई शिकायत नहीं पायल। मैं तुम्हारी भावनाओं को अच्छी तरह से समझ सकता हूँ। इस वक़्त तुमको नौकरी की सख़्त जरूरत है। अक्सर हर बॉस अपने नीचे के कर्मचारी पर बहुत धौंस जमाता है। मानता हूँ मैंने भी तुम्हें बहुत डाँटा व फटकारा पर यह सब हर बॉस को करना पड़ता है कभी इच्छा से तो कभी अनिच्छा से। शायद यही एक तरीका था मेरे पास तुमसे अच्छा काम लेने के लिए।"

बॉस की सहानुभूति से पायल बिफर पड़ी। उसका दर्द बाहर आ गया, "मेरा मन नहीं करता अब काम पर आने के लिए। मैं यहाँ से दूर जाना चाहती हूँ।" उन्होंने पायल को बहुत ही सलीके से समझाया, "तुम्हारी आँखों में जो गम है वह साफ़ झलकता है पायल। मेरे ख़्याल से तुम्हें अपना फर्ज अदा करने और विशाल की कमी पूरी करने के लिए वापस गाँव जाकर अपने सास-ससुर की देखभाल करनी चाहिए। अभी तुम्हें बहुत लम्बी ज़िंदगी जीनी है। शुरूआत में नौकरी छोड़कर कुछ वक़्त तो अच्छे से बिताया जा सकता है। पर थोड़े समय बाद ही तुम्हें इस नौकरी की ज़रूरत महसूस होगी। जैसे-जैसे अरमान बड़ा होगा, उसकी जरूरतें भी बढ़ेंगी। मेरा सुझाव है क्यों न मैं तुम्हारा स्थानांतरण नैनीताल में ही कर दूँ। ताकि तुम वहीं पास के गाँव में रहकर अरमान और अपने सास-ससुर की अच्छे से देखभाल कर सको।" पायल को अपने बॉस का यह सुझाव काफ़ी उचित लगा। आप ठीक ही कहते हैं, मैं भी कितनी नादान थी। अक्सर आपकी शिकायतें इधर-उधर किया करती थी। तब मुझे आप में दिल ही नज़र नहीं आता था। मुझे आज पता चला कि आपका दिल कितना बड़ा है!

"ठीक है, मुझे तुमसे कोई शिकायत नहीं,। अपना ख्याल रखना और अपनी ज़िम्मेदारी को अच्छी तरह से निभाना।" प्रत्युत्तर में उन्होंने सिर्फ़ इतना कहा और पायल का स्थानांतरण नैनीताल कर दिया।

पायल ने अपने सामान को सुव्यवस्थित किया और उसी दिन नैनीताल के लिए रवाना हो गई। पायल को अपने गाँव रघुनाथपुर पहुँचने में आधी रात हो गई थी। घर पहुँच कर पायल ने दरवाज़ा खटखटाया। घर के अंदर विशाल के माता-पिता सो रहे थे। रात को पल्लवीजी ने जब दरवाज़ा खटखटाने की आवाज़ को सुना तो उनके मन में विचार आया कि इतनी रात को कौन हो सकता है, हम बदनसीब से मिलने वाला? महेंद्रजी अपनी चारपाई से उठे और दरवाज़ा खोला।

पायल को दरवाज़े पर देखकर महेंद्रजी भौचक्के रह गये। सिर्फ़ इतना ही कह सके, "बहू, तुम इस वक़्त।" महेंद्रजी और पायल की बातचीत सुनकर पल्लवीजी बिस्तर से उठीं और पायल के गले लिपटकर रोने लगी और कहा, "तुमने अपने इस घर में आने में इतनी देर क्यों कर दी पायल ? बेटे के चले जाने के बाद यह घर वीरान हो गया था। पर शायद तुम्हारे और अरमान के आ जाने से घर की खुशियाँ फिर से लौट आयें।" पायल को देखकर महेंद्रजी की आँखों में आँसू आ गये थे जो थोड़ी सी खुशी और गम दोनों के बने हुए थे। पोते को देखकर महेंद्रजी ने उसे गले लगा लिया। अगली सुबह एक बदलाव के साथ हुई। हर किसी की अधूरी–सी ज़िंदगी में अब एक उम्मीद की किरण दिखाई देने लगी थी। महेंद्रजी और पल्लवीजी के लिए अरमान एक उम्मीद की किरण था। पायल को भी अपनी नौकरी के अलावा सास–ससुर की देखभाल करने का मौक़ा मिल गया। महेंद्रजी को जैसे ही पता चला कि बहू का तबादला नैनीताल हो गया है, सो पायल के लिए उन्होंने एक गाड़ी और एक चालक की व्यवस्था कर दी, शहर से गाँव रोज आने–जाने के लिए। अब पायल की ज़िंदगी फिर से पटरी पर लौटने लगी थी। वह गाँव से रोज़ शहर जाकर दिन–भर अपना काम करती और शाम को घर आकर सास–ससुर और अरमान के साथ वक़्त बिताती। अब उसकी ज़िंदगी अच्छी तरह गुज़र रही थी। अरमान धीरे-धीरे अब बड़ा हो रहा था। लेकिन उसके अंदर वो खूबियाँ नहीं थीं जो उसके पिता में थी विनम्र, शालीन, हंसमुख शांत मिजाज़ और कर्मठ। उसका स्वभाव बिलकुल अपने पिता के विपरीत था शरारती, झगड़ालू, तंगमिजाज़, अकर्मठ। दादा–दादी के लाड़–प्यार ने उसे काफ़ी हद तक बिगाड़ दिया था। गाँव में ही अरमान के बहुत से दोस्त हो गये थे। इसलिए वह स्कूल की छुट्टी होते ही उनके साथ हो लेता था। फिर घर कब लौटना है इसका कोई पता नहीं। अक्सर इन्हीं सब बातों को लेकर पायल उसे डाँटती–डपटती रहती थी, लेकिन उसके दादा और दादी बीच-बचाव कर देते। अब अरमान की उम्र तकरीबन 14 साल की हो गई थी। वह निर्भीक, तेज़तर्रार व हम उम्र के लड़कों का नेता बन गया था। कई और भी लड़के थे, जिन्हें अरमान व उनके साथियों से जलन थी।

अरमान की शरारतें

बसंत का मौसम चल रहा था। दिन न ज़्यादा गरम था, न रातें ज़्यादा ठंडी। बागान फूल से आच्छादित थे, तो खेतों में सरसों की फ़सल लहलहा रही थी। भला इस मौसम का लुत्फ कौन नहीं उठाना चाहेगा। बच्चों के लिए इससे बेहतर कौन सा वक़्त हो सकता है खेलने के लिए। यह मौका अरमान के दोस्त कब चूकने वाले थे। खुले मैदान में वे क्रिकेट खेल रहे थे। तभी किसी ने ज़ोरदार शाट दे मारा। बॉल गाँव के ही एक युवक महेश के घर में गिरी। महेश स्वभाव से झगड़ालू

और ईर्ष्यालु था। उसे अरमान और उसके साथियों से जलन थी। वह हमेशा उनको नीचा दिखाने की कोशिश करता था। इसलिए उसने बाल ले ली और अरमान के दोस्तों को डांट कर भगा दिया। सभी ने अरमान से जाकर इसकी शिकायत कर दी क्योंकि सभी उसे अपना नेता मानते थे। अरमान ने कहा, ''आज की रात हम लोग उसे सबक सिखायेंगे।'' अरमान के एक दोस्त सूरज ने पूछा-लेकिन कैसे? अरमान ने कहा, पता नहीं। लेकिन अब वह आगे से किसी को परेशान नहीं करेगा। चाँदनी रात थी। आसमान बिलकुल साफ़ था। चंद्रमा का प्रकाश धरती पर ऐसे प्रतीत होता था जैसे पानी के अंदर मोती चमक रहा हो।

अरमान के दिमाग में एक शरारत सूझी। वह अपने दोस्तों को साथ लेकर महेश के घर आ गया। उस रात महेश घर के बाहर ही चारपाई डालकर सोया हुआ था। अरमान ने कहा, देखो, हम सभी लोग मिलकर इसे चारपाई सहित उठाकर तालाब के किनारे पीपल के पेड़ के पास छोड़ देते हैं। सभी साथियों ने 'हाँ' में 'हाँ' मिलाई और महेश को चारपाई पर सोये हुए ही उठाकर पीपल के पेड़ के पास ले जाने लगे। अरमान ने कहा, ''कहीं ये रास्ते में जग तो नहीं जायेगा।'' उसके एक दोस्त सूरज ने कहा, ''यह तो कुंभकर्ण का मामा है, सोये हुयें में यह हरगिज़ नहीं उठ सकता चाहे कोई भारी भरकम सी चीज़ ही इसके शरीर पर गिर जाए। ''तब तो यह हमारे लिए बहुत अच्छी ख़बर है।'' अरमान ने उत्साहित होकर कहा। इस बात को सोचकर कि आज उसके साथ क्या होगा? अरमान के सभी दोस्त अपनी दबी हुई हँसी हँस रहे थे। अरमान और उसके दोस्त उसे तालाब के किनारे पीपल के पेड़ के पास छोड़कर आ गये। इधर आधी रात हो चुकी थी। शांत चाँदनी रात में झींगुरों की आवाज़ें स्पष्ट सुनाई दे रही थीं। रात को अचानक हवा का बहाव तेज़ हो गया। पीपल के पत्ते तेजी से खड़खड़ाने लगे। पत्तों के हिलने से कभी उसका चेहरा पत्तियों से ढ़क जा रहा था, तो कभी उसके चेहरे पर चंद्रमा का सीधा प्रकाश पड़ रहा था। कुछ देर तक उसके चेहरे पर कभी प्रकाश तो कभी अंधेरा छा जाने से महेश की आँख अचानक खुल गई। आँख खुलने पर पीपल का पेड़ देखते ही डर से उसकी घिग्घी बंध गई। उसे समझ में नही आ रहा था कि वह यहाँ कैसे पहुँच गया? चारों तरफ सन्नाटा पसरा हुआ था, इसलिए वह डर से काँपने लगा। डर के मारे वह जोर-जोर से चिल्लाने लगा। भूत! भूत! और तेज़ी से गाँव की तरफ़ दौड़ने को तैयार हुआ तभी अचानक चारपाई से उतरते ही वह गिर पड़ा क्योंकि जिस जगह पर उसने पैर रखे थे वह जगह समतल के अपेक्षाकृत थोड़ी–सी नीची थी और उसका दिमाग़ डर की वजह से इसको भांप नहीं पाया था।

''कोई बचाओ मुझे। कोई बचाओ मुझे।'' यह कहता हुआ महेश वापस अपने घर की तरफ़ भागा और घर पहुँचकर ही उसने चैन की साँस ली। अभी भी वह

भयाक्रांत था। उसका दिल अभी भी तेज़ी से धड़क रहा था। शरीर ऐसा प्रतीत हो रहा था जैसे किसी को हाईवोल्टेज बिजली का तेज़ झटका लग गया हो। उसके शरीर में अभी भी सनसनी दौड़ रही थी। दिमाग पूरी तरह डर से जकड़ा हुआ था। वह समझ गया कि यह किसकी करतूत है? अगले दिन ही वह इस बात की शिकायत को लेकर अरमान के घर पहुँच गया। इस के लिए पायल ने अरमान को बहुत डाँटा। डाँट खाकर अरमान कुछ दिन तक शांत बैठा रहा, लेकिन एक बार नटखट स्वभाव का रंग जिसके ऊपर चढ़ गया हो। वह भला डाँट खाकर कब तक चुप बैठ सकता है?

एक दिन अरमान अपने साथियों से बातचीत कर रहा था। आज उनकी बातचीत का मुख्य विषय था, सेठ झोलाराम। सेठ झोलाराम की किराने की दुकान थी जो कि गाँव में जाते ही तीन घर के बाद पड़ती थी। सेठ झोलाराम स्वभाव से कंजूस व बदमिजाज़ थे। बात-बात पर क्रोध करना उनकी आदत थी। वह चीजों को महंगी बेचने के अलावा फायदे के लिए कुछ चीजों में मिलावट भी करते थे। उनकी चर्चा अक्सर गाँव वालों के बीच चलती रहती थी। लेकिन आज उनकी चर्चा अरमान और उनके साथियों के बीच हो रही थी। "जानते हो अरमान भईया, वो जो सेठ झोलाराम है, वह समान बेचने में बहुत झोलझाल करता है।" अरमान के एक दोस्त डबलू ने कहा। अरमान ने कहा, "चलो आज हम इनका ही झोलझाल करते हैं।" बस फिर क्या था? अरमान के दिमाग़ में एक शरारत सूझी। उसने अपने सभी दोस्तों को इकट्ठा किया और उनके कान में कुछ फुसफुसाया और फिर सभी पहुँच गये सेठ झोलाराम के दुकान के पास।

उन्होंने पूरी योजना बना ली थी कि क्या और कैसे अपने मिशन को *अंजाम* देना है? अरमान का एक दोस्त सूरज सेठ झोलाराम की दुकान के पास जाकर खड़ा हो गया। वह बारी-बारी से सभी सामानों के भाव पूछता था और बीच-बीच में उचक-उचक कर दुकान के अंदर झाँकता था। काफ़ी देर तक वह ऐसा करता रहा। आख़िरकार सेठ झोलाराम का सब्र टूट गया और उन्होंने चिल्लाकर कहा, "क्या है रे, तू बार-बार सामानों के भाव पूछकर अंदर क्यूँ झाँक रहा है।" सूरज ने कहा, "कुछ नहीं सेठ जी वह तो बस ऐसे ही।" सेठ झोलाराम कुपित होकर बोले, "क्या ऐसे ही?" सूरज ने कहा, "आपकी मालकिन कितनी अच्छी हैं, और आप है कि हमें सभी सामान महँगी कीमत पर देते हैं। पर वह तो बहुत भोली और अच्छी हैं। आधी कीमत पर ही सारे सामान दे देती हैं।" इतना सुनते ही सेठ झोलाराम का पारा सातवें आसमान पर पहुँच गया, "भाग यहाँ से, बड़ा आया है आधी कीमत पर सामान लेने। मेरी पत्नी तो यूँ मुझसे भी बड़ी कंजूस है।" थोड़ी देर बाद अरमान के दोस्त एक-एक करके आने लगे उन्होंने वैसा ही बर्ताव किया जैसा कि सूरज ने किया था।

ऐसा कहा जाता है बार-बार झूठ भी एक तरीके से बोला जाए तो कुछ समय बाद वह सच प्रतीत होने लगता है। अब सेठजी जी के मन में शंका घर कर गई और वह तुरन्त घर के अंदर गये और बिना सोचे-समझे अपना गुस्सा पत्नी पर उतारने लगे। तू मेरी दुकान को तहस-नहस कर देगी। ग्राहकों को आधे दाम पर सामान बेचती हो। सेठजी के बेवज़ह पैदा हुए इस अड़ियल रवैये से उनकी पत्नी को खीझ आ गई। बस फिर क्या था, मियाँ-बीबी में तक़रार शुरू हो गयी। अरमान अपने साथियों के साथ दूर खड़ा होकर हँस रहा था। कुछ ही देर में सेठ जी अंदर खाना खाने चले गये और उनकी जगह उनकी पत्नी दुकान पर बैठ गयी। तभी अरमान वहाँ पर पहुँच गया। वहाँ पहुँचते ही उसने कहा, ''नमस्ते सेठानीजी! कहिये और सब मज़े में है।'' सेठानीजी ने बेमन से कहा, ''हाँ, सब ठीक ही है।''

''सुना है, आजकल सेठ जी की तबीयत कुछ गड़बड़ चल रही है।'' अरमान ने अनभिज्ञता से कहा। सेठानीजी ने गुस्से भरे लहज़े में कहा, ''नहीं! ऐसा कुछ भी नहीं है।''

अरमान ने कहा, ''अरे कल बड़कूलाल मिले थे। वह कह रहे थे कि सेठ जी कल से ही आधे दाम पर अपना सारा सामान बेच रहे हैं। आप को पता है हमारे कुछ दोस्तों को उन्होंने मुफ़्त में ही समान दे दिया है। इसलिए मैंने सोचा कि क्यों न सेठ जी से मिल लिया जाय।'' सेठानीजी ने मुँह में बदबुदाते हुए कहा, ''अच्छा तो यह बात है। वही कहूँ आज अचानक इनको क्या हो गया है, जो इस तरह मेरे ऊपर लाल- पीले हो रहे हैं? खुद तो चोरी और इल्ज़ाम मेरे माथे पर। अभी बताती हूँ इनको।'' अरमान ने जानबूझ सवाल किया, ''क्या हुआ, आप कुछ बोल रही हैं क्या?'' सेठानीजी गुस्से से बोली, ''नहीं! तुम जाओ यहाँ से। सेठानीजी गुस्से से उबलते हुए घर के अंदर गई और सेठ जी के ऊपर बरस पड़ी। घर के अंदर ज़ोर-ज़ोर से चिल्लाने की आवाज़ें आ रही थीं। थोड़ी ही देर बाद सेठ जी और सेठानीजी दोनों दुकान पर बैठ गये। उन दोनों के चेहरे गुस्से से लाल थे और उनके मन में एक ही सवाल था कि देखे अब कौन आता है, आधे दाम पर सामान लेने के लिए। यह सब देखकर अरमान और उसके साथी दूर से हँस रहे थे।

उधर प्राइमरी स्कूल के एक टीचर गड़पत रॉव कुछ सामान खरीदने बाज़ार जा रहे थे। तभी रास्ते में अरमान ने उनको रोककर कहा, ''मास्टर साहब सुनिये तो, अगर आप सामान खरीदने बाजार जा रहे हैं तो पहले सेठ झोलाराम के पास जाइये। आज वह आधे दाम पर सामान देंगे क्योंकि आज के दिन वह हमसे एक बड़ी शर्त हार चुकें है और यह बात किसी को नहीं मालूम। सेठ जी जितना पैसा बोले, आप उसका आधा दे दीजिये और चुपचाप वहाँ से खिसक लीजियेगा।'' मास्टरजी ने जोश में आकर पूछा-क्या यह सच है? अरमान और उसके साथियों

ने एक स्वर में चिल्लाया, "बिलकुल सच"। बस फिर क्या था इससे अच्छा मौका कहाँ मिलेगा? मास्टरजी पहुँच गये सेठ झोलाराम की दुकान पर। काफी सामान खरीदने के बाद फिर सेठजी से दाम पूछा। सेठजी ने कहा, "380 रूपये।" मास्टर जी ने 190 रूपये निकाले और वहीं रखकर आगे चलने लगे। सेठजी ने खड़े होकर कहा, "अरे, पूरे पैसे तो दीजिये मास्टर साहब।" पूरे पैसे! पागल हो गये हैं क्या? आप तो अरमान से एक बड़ी शर्त हार चुके हैं इसलिए आज तो आप आधे दाम पर ही सामान देंगे। "आधा दाम!" सेठ जी गुस्से से तिलमिलाये और मास्टरजी को पकड़कर सेठजी और सेठानीजी ने जमकर धुनाई कर दी। यह सब देखकर अरमान और उसके साथी जोर-जोर से हँसने लगे। सेठजी की नज़र उन पर पड़ गई और डंडा लेकर उनकी तरफ़ दौड़े। सेठ जी का रौद्र रूप देखकर सभी भाग खड़े हुए। सेठजी ने अरमान की इस हरकत की शिकायत उसके घर जाकर कर दी। अरमान को एक बार फिर डाँट खानी पड़ी बस गनीमत यह थी कि उस वक्त उसकी माँ वहाँ पर मौजूद नहीं थीं।

उस शरारत की घटना हुए अभी कुछ ही दिन हुए थे कि एक और शरारत अरमान के दिमाग़ में सूझ गई, जब वह अपने साथियों के साथ स्कूल जा रहा था। वह स्कूल समय से बहुत पहले पहुँच गया। उस वक़्त कोई भी शिक्षक वहाँ पर मौजूद नहीं था। वहाँ जाकर उसने सभी लड़कों को इकठ्ठा किया और सभी को संबोधित करके कहने लगा, "बड़े दुःख के साथ आपको सूचित करना पड़ रहा है कि हमारे प्राचार्य श्री जानकीलाल जी अब इस दुनिया में नहीं रहे। अतः आप सभी लोग उनकी मृत्यु पर दो मिनट का मौन रखेंगे और शांतिपूर्वक अपने-अपने घरों को चले जायेंगे। बस फिर क्या था। कुछ मिनट मौन रखकर सभी ने बैग उठाये और अपने-अपने घरों को जाने लगे। रास्ते में स्कूल के ही एक शिक्षक मिल गये। इस तरह बच्चों को एक झुंड में घरों की तरफ जाते देख वो बहुत ही हतप्रभ हुए। उन्होंने लड़कों को रोकते हुए पूछा-तुम सब कहाँ जा रहे हो? लड़के अपनी मस्ती में चले जा रहे थे। समूह में से एक लड़के ने कहा, "मास्टर साहब, आपको मालूम नहीं हमारे प्रधानाचार्य श्री जानकीलाल जी अब नहीं रहे इस दुनिया में।"

"अरे मूर्खों, वो तो हमें रास्ते में मिले थे। किसी ज़रूरी काम से बाज़ार जा रहे थे। थोड़ी ही देर में आ जायेंगे। रूको! रूको!" मास्टर साहब गुस्से से चीखे। मास्टर साहब की चीख का असर किसी बच्चे पर भी नहीं पड़ा। सब मस्ती में सिर हिलाते हुए घर को चले गये। अगले दिन अरमान पिटाई के डर से घर से स्कूल के लिए निकला तो ज़रुर लेकिन स्कूल न जाकर कहीं और चला गया। आज हेडमास्टर साहब का गुस्सा सातवें आसमान पर था। उन्होंने पूछा, "किसने मेरे मरने की झूठी ख़बर फैलाई।" सभी ने अरमान का नाम लिया। जल्द ही हेडमास्टर साहब को पता चल गया कि वह लड़का आज आया ही नहीं है। आज मैं उसे

ज़रूर सबक सिखाऊँगा। ऐसा कहकर हेडमास्टर साहब अरमान के घर को जाने लगे थे। तभी किसी ने इस बात की खबर हेडमास्टर साहब के घर पहुँचने से पहले ही अरमान को दे दी। अरमान पास के ही एक बगीचे में छुप गया था। अरमान ने कहा, ''धत् तेरी की, आज तो मर गये।'' वह फटाफट हेडमास्टर साहब के घर आने से पहले ही अपने घर पहुँच गया। उसने दादा और दादी को घर से बाहर निकालकर किसी दोस्त से कहलवा कर घर में ताला लगवा दिया। उस वक़्त पायल ऑफिस गयी हुईं थीं। अरमान अपने दादा और दादी का हाथ पकड़कर घर के पीछे स्थित बगीचे में ले गया, ''आइये न दादा और दादी जी मैं आपको एक चीज़ दिखलाता हूँ।'' महेंद्रजी और पल्लवी को अरमान का यह रवैया बिलकुल अटपटा लगा लेकिन वो दोनों अरमान के साथ हो लिए। एक जगह ले जाकर अरमान ने अपने दादा और दादी से कहा, ''तुम हमें क्या चीज़ दिखलाना चाहते हो?'' अरमान ने प्रसन्न मुद्रा में कहा, ''देखिये मैंने रेत पर कितना सुन्दर घर बनाया है?''

रेत पर बने एक ख़ूबसूरत घर ने महेंद्रजी का ध्यान आकर्षित किया, ''वाह अरमान, तुम तो बहुत अच्छे कलाकार हो।'' पल्लवी जी ने भी हाँ में हाँ मिलाई। अरमान ने उन्हें उलझाने की कोशिश की और कहा, ''आपको पता है, हमारे हेडमास्टर साहब कहते हैं, ज़िंदगी जीना भी एक कला है और इस कला को सीखना भी एक कला है। कला से ही कला का उद्गम है। तभी अरमान के एक दोस्त बंटी ने अरमान के कान में फुसफुसा कर कुछ कहा, ''हेडमास्टर साहब तुम्हारे घर के सामने ही खड़े हैं, जाने का नाम ही नहीं ले रहे हैं। लगता है आज तुम गये काम से।''

तभी महेंद्रजी के कान खड़े हो गये और उन्होंने कुछ बातें सुन लीं। ''हेडमास्टर साहब कहाँ खड़े हैं?'' अरमान ने बात बदल दी, ''खड़े नहीं दादा जी, अड़े हुए हैं। हेडमास्टर साहब इस बात पर अड़े हुए है गाँव के अपने इस स्कूल को बेहतर बनाना है। ख़ैर वो सब छोड़िये, 'हाँ तो, मैं कहाँ पर था? कला से ही कला का उद्गम है। कला का कला में ही संगम है। कला को जीना भी एक कला है...। तभी बंटी एक बार फिर अरमान के कान में फुसफुसाया, ''आज तेरी धुनाई पक्की है।'' महेंद्र जी ने अरमान से पूछा-तुम्हारा दोस्त इस तरह की हरकतें क्यों कर रहा है? पल्लवीजी ने भी इस बात पर गुस्सा जाहिर किया और कहा, ''क्या पक्की है?'' दादी के सवाल का अरमान के पास कोई जवाब नहीं था। अचानक से वह इधर-उधर देखने लगा और अनायास ही उसके मुँह से निकल पड़ा, ''हेडमास्टर साहब की शादी पक्की है।'' महेंद्र जी आश्चर्य से चौंके और कहा, ''शादी! वह भी इस उम्र में।'' पल्लवी जी गुस्से में बड़बड़ाई, ''हेडमास्टर साहब सठिया गये हैं क्या? चार-चार बच्चें हैं फिर भी मन नहीं भरा उनका। दूसरी शादी

करने जा रहे हैं।'' कुछ वक़्त के लिए अरमान के दादा और दादी इसी बात में उलझ गये कि हेडमास्टर साहब इस उम्र में क्या करने जा रहे हैं। शादी के बाद इस समाज में उनकी क्या इज़्ज़त रह जायेगी? अरमान भी इस बात से खुश था कि दादा और दादी आपस में उलझे हुए हैं।

तभी बंटी एक बार फिर आया और अरमान के कान में फिर से कुछ फुसफुसाने लगा। अब की बार अरमान ने उसके कान में कुछ कहा और फिर बंटी चला गया। इस बार महेंद्रजी से न रहा गया। यह तुम्हारा दोस्त बार-बार तुम्हारे कान में क्यों फुसफुसा रहा है? अरमान ने कहा, ''आज उसका मौन व्रत है, इसलिए आज वह केवल फुसफुसा सकता है बोल नहीं सकता। अक्सर वह इस तरह का व्रत रखता है।'' महेंद्रजी ने गुस्से से कहा, ''अब बहुत हुआ, मैं जा रहा हूँ घर की तरफ। ऐसा लगता है कि दाल में कुछ काला है।'' अरमान फिर से उनको उलझाने की कोशिश करने लगा। इधर मास्टरजी अरमान के घर के सामने ही इधर उधर टहल रहे थे। तभी अरमान का एक पड़ोसी श्याम लाल आया। उसने हेडमास्टर साहब को नमस्कार किया और उनका कुशल क्षेम पूछा। हेडमास्टर साहब ने उन महोदय से पूछा, ''इस घर के लोग ताला लगाकर कहाँ चले गये हैं।'' श्याम लाल ने कहा, ''ये लोग तो बाबा धाम के दर्शन करने काशी चले गये हैं। क्यूँ क्या हुआ मास्टर साहब?'' हेडमास्टर साहब गुस्से से झल्लाये लेकिन कुछ भी नहीं बोले। तुरन्त ही वह साईकिल उठाकर फिर से स्कूल की तरफ जाने लगे। इधर अरमान के दादा और दादी घर को वापस आये तो सारी चीजें यथावत हो चुकी थीं। अब जाकर अरमान ने चैन की साँस ली और उसके मुँह से अचानक निकल पड़ा, ''बच गये।'' इस बार महेंद्रजी से न रहा गया और पूछ बैठे, ''सच-सच बताओ, क्या बच गये? ऐसा लगता है जैसे तुम हमसे कुछ छुपा रहे हो।'' अरमान ने हँसकर कहा, ''नहीं, कुछ भी नहीं। अभी-अभी मेरे दोस्त बंटी ने मुझे इस बात की खबर दी है कि हमारे हेडमास्टर साहब बाजार जा रहे थे कि अचानक से रास्ते में गिर पड़े, उन्हें थोड़ी बहुत चोट लगी। लेकिन भगवान का शुक्र है कि बगल में एक गड़्ढ़ा था, उसमें गिरने से बच गये।'' महेंद्रजी ने संशय भरी निगाह से अरमान की तरफ़ देखा और कहा, ''मुझे तुम्हारी बातों में एक बनावटीपन लग रहा है। कहीं तुम हमें बेवकूफ तो नहीं बना रहे हो?'' लेकिन अचानक ही उनका लहजा बदल गया, ''चलो अगर ऐसा हुआ है तो अच्छा ही हुआ।''

''क्या ख़ाक अच्छा हुआ। दो-चार दाँत टूटते, एकाध फ्रैक्चर होता तब जाकर कहीं अच्छा होता। ऐसे हेडमास्टर के साथ ऐसा ही होना चाहिये।'' पल्लवी जी ने तैश में आकर कहा।

इधर हेडमास्टर साहब वापस स्कूल की तरफ जा रहे थे कि रास्ते में पायल अपनी कार से घर वापस आ रही थीं। पायल ने हेडमास्टर साहब को देखकर

गाड़ी रूकवाई और गाड़ी में से बाहर आ गईं। पायल ने हेडमास्टर साहब को नमस्कार किया और पूछा, "कहिये कैसे हैं आप! और इधर आप गाँव में कहाँ वापस जा रहे थे?" हेडमास्टर साहब पायल को देखकर आश्चर्यचकित हुए, "अरे आप यहाँ! मैं तो आपसे ही मिलना चाहता था लेकिन आपके घर पर तो ताला लगा हुआ था। आपके किसी पड़ोसी ने कहा कि आप सभी लोग परिवार सहित बाबा धाम काशी दर्शन करने गये हैं।" पायल ने आश्चर्य से कहा, "क्या?" पायल कुछ पल के लिए अवाक् रह गई। जल्द ही पायल की समझ में आ गया था कि अरमान ने ज़रुर कोई शैतानी की होगी तभी हेडमास्टर साहब मुझे खोज रहे हैं। इसलिए उन्होंने पूछा- क्या हुआ? क्या मेरे बेटे ने फिर से कोई शरारत की है? हेडमास्टर साहब गुस्से से बोले, "सिर्फ़ क्या हुआ? अरे आपके लाड़ले ने मेरे मौत की झूठी ख़बर फैलाकर एक दिन पहले पूरे स्कूल में छुट्टी करा दी। आज मैं जहाँ भी जा रहा हूँ लोग कह रहे हैं, कहीं आप भूत तो नहीं। हमने सुना है कल ही आप की मौत हो गई। उसने मेरा जीना हराम कर दिया है।" पायल ने शांत और गंभीर स्वर में हाथ जोड़कर माफ़ी माँगते हुए कहा, "मैं वाकई उसकी हरकतों के लिए शर्मिंदा हूँ और इसके लिये माफ़ी मांगती हूँ। आगे से आपको उसके द्वारा कोई भी तकलीफ़ नहीं होगी।" पायल के इस नम्र बर्ताव से हेडमास्टर साहब कुछ शांत हुये, "पायल जी, मैं आपके और आपके ससुर जी की बहुत इज़्ज़त करता हूँ इसलिए मैं ख़ामोश हूँ। आगे से अगर उसने ऐसी कोई हरकत की तो, मैं उसे स्कूल से बाहर निकाल दूँगा।" ठीक है पायल जी, अब मैं चलता हूँ। पायल ने भी हेडमास्टर साहब से विदा ली और वापस अपने घर को आ गई।

पायल जैसे ही घर पहुँची देखा कि सभी लोग अपने-अपने कामों में व्यस्त हैं। अरमान किताब लेकर पढ़ने का नाटक कर रहा था जो आमतौर पर सभी शरारती बच्चे करते हैं। पल्लवीजी ओखाली में कुछ-कूट रही थीं तो महेंद्रजी बागवानी के कुछ काम कर रहे थे। पायल गाड़ी से उतरकर सीधी अरमान के पास गई और पूछा-आज तुम स्कूल से जल्दी कैसे लौट आये? "वह क्या था न... आज हमारे हेडमास्टर साहब के सिर में दर्द था। इसलिए उन्होंने जल्दी से छुट्टी कर दी।" अरमान डरते हुये बोला। पायल ने अरमान के मंसूबे को भांपने की कोशिश की और कहा, "सिर्फ़ तुम्हारी या पूरे स्कूल की। मैंने सुना है कि तुम्हारे हेडमास्टर साहब की मौत हो गयी है।"

"ग़लत सुना है आपने, यह सब तो एक अफवाह है। पता नहीं, किस गधे ने ऐसी अफवाह फैलाई है।" अरमान ने बड़े ही मासूमियत स्वर में कहा। पायल ने भी अनभिज्ञ होकर कहा, "वह गधा तो तुम भी हो सकते हो।" अरमान ने हड़बड़ाकर कहा, "कहा, "न... नहीं, मैंने यह सब नहीं किया है।" पायल ने फिर पूछा-आज तुम स्कूल क्यों नही गये? अरमान ने सहमी हुई आवाज में कहा, "गया

तो था पूछ लीजिये न दादा जी से।" महेंद्रजी को पायल का कड़ा रुख बेहद ही अटपटा लगा, "क्या हुआ पायल? आज यह स्कूल तो गया था।" महेंद्रजी ने अरमान का समर्थन किया। अब पायल का स्वर और भी कड़क हो गया था। पायल ने कड़कते हुये स्वर में कहा, "घर से ज़रूर गया था स्कूल, लेकिन स्कूल में नहीं गया था। कल ही इसने हेडमास्टर साहब की मौत की झूठी खबर फैलाकर स्कूल में छुट्टी करा दी थी और आज डाँट खाने की वज़ह से स्कूल ही नहीं गया। और तो और जब हेडमास्टर साहब इसकी शिकायत करने हमारे घर आये तो इसने पहले ही आप लोगों को बाहर निकालकर घर में ताला लगवा दिया और पड़ोसियों से कहलवा दिया कि पूरा परिवार काशी दर्शन करने गया है। अगर मेरे घर वापस आते समय हेडमास्टर साहब से मुलाकात नहीं होती तो यह मुझे भी बेवकूफ बनाता।"

इस बार पायल के कड़क स्वर में तेज़ गुस्से का भी समावेश था। हर लफ़्ज के साथ पायल का गुस्सा बढ़ता जा रहा था। कितना झूठ बोलोगे? कितनों को धोखा दोगे? कितनों की शिकायत तुम्हारी वजह से मुझे सुननी होगी? इतना कहकर पायल ने एक जोरदार चांटा अरमान को दे मारा और फिर पायल गुस्से में पागल होकर अरमान को मारती जा रही थी। "बस करो पायल" पल्लवीजी ने बीच-बचाव किया। पायल ने झल्लाये हुये स्वर में कहा, "यह सब आप लोगों के लाड़-प्यार का ही नतीजा है। अभी से ऐसी शिकायतें आ रही हैं। पता नही आगे इसकी वज़ह से क्या-क्या सुनना पड़ेगा? तुम्हारे पिता जी जितने सभ्य, शालीन व विनम्र थे, तुम बिलकुल उनके विपरीत मूर्ख और नालायक हो। कितना ऊँचा सपना था उनका कि तुम्हें एक बहुत बड़ा पुरातत्त्वविद् बनाना है। अच्छा है, वो आज जिंदा नही हैं, वर्ना तुम्हारी इन हरकतों से उन्हें कितनी ठेस पहुँचती।" इतना कहते हुए पायल तेज़ी से अपने कमरे में चली गई। एकाएक घर में सन्नाटा छा गया। ऐसा लग रहा था, मानो सब कुछ थम गया हो। महेंद्रजी और पल्लवीजी कुछ पल के लिए अवाक् रह गये थे। अरमान अपनी जगह पर खामोशी से खड़ा था। पायल के अपने कमरे में चले जाने के बाद अरमान के दादा और दादी उसे प्यार से समझा रहे थे। कुछ देर तक प्यार से समझाने के बाद वो भी अपने कमरे में चले गये।

थोड़ी देर बाद जब पायल का गुस्सा शांत हुआ तो वह कमरे से बाहर आयी। उसने देखा कि अरमान अपनी जगह पर शांति से खड़ा था। तब पायल अरमान के पास गई और प्यार से उसके सिर पर हाथ फेरा। आओ कुछ देर मेरे पास बैठो। फिर पायल ने अरमान को प्यार से समझाना शुरू किया। तुम इस तरह की हरकतें क्यों करते हो जिसकी वज़ह से मुझे शर्मिंदा होना पड़ता है? आओ, मैं आज तुम्हें एक कहानी सुनाती हूँ। हिमालय प्रदेश में एक राजा हुआ करते थे चित्रसेन। उनके

दो बेटे थे, कुशु और विशु। कुशु बड़ा बेटा था तो विशु छोटा। कुशु स्वभाव से विनम्र व समझदार था, तो विशु बचपन से ही नटखट व शरारती था। विशु से अक्सर प्रजाजन प्रताड़ित रहते थे। वह आये दिन नई-नई शरारतें करता रहता था। वह एक दिन राज्य से बाहर बर्फ़ पर अकेला ही खेल रहा था कि अचानक से उसके दिमाग़ में शरारत सूझी। उसने बर्फ़ को खोदकर एक गहरा गड्ढ़ा कर दिया और उसके ऊपर से हिमालयन घास-फूस और कुछ हल्के-फुल्के बर्फ के टुकड़ों से उस गड्ढ़े को ढँक दिया। उसने सोचा कि जब कोई उस गड्ढ़े मे फँसकर उसके आगे हाथ जोड़कर बाहर निकालने की गुज़ारिश करेगा, तब वह उसके लिए बहुत ही आनंददायी पल होगा। थोड़ी देर बाद कुशू अपने छोटे भाई को तलाश करते हुये आया। वह घोड़े पर सवार होकर तेज़ी से अपने भाई की तरफ़ आ रहा था।

अपने बड़े भाई को अपनी तरफ़ आते देख विशु जोर से चिल्लाया, "इस ओर मत आना भाई।" लेकिन घोड़े की गति तेज़ थी। अचानक रूकने से कुशु उस गड्ढ़े में गिर पड़ा। कुशु उस गड्ढ़े में फँस गया था। विशु उसकी ओर मदद के लिए आगे बढ़ा। लेकिन तभी अचानक तेज बर्फीला तूफान आ गया और कुशु का उस गड्ढ़े में ही कब्र बन गयी। विशु इस घटना से बहुत डर गया और वापस अपने घर जाने की हिम्मत नहीं जुटा सका। वह जंगल में दर-दर भटकता रहा। उसकी ज़िंदगी भिखारियों से भी बदतर हो गयी थी। वह जानता था कि उसकी शरारतें ही उसके भाई की मौत और उसकी ऐसी हालत के लिए जिम्मेदार हैं। इसलिए ऐसी कहानियाँ हमें यही सीख देती हैं कि एक अच्छी ज़िंदगी जीने के लिए छोटी-मोटी शरारतें जो एक सीमित दायरे के अंदर हैं, वो जायज हैं। लेकिन कभी-कभी हमारी शरारत करने की आदतें, हमें इतनी बड़ी मुश्किल में डाल देती हैं, जिसकी बंहुत भारी क़ीमत चुकानी पड़ती है। और तो और कभी-कभी नुकसान इतना बड़ा हो जाता है कि पूरी ज़िंदगी खत्म हो जाने के बाद भी उसकी भरपाई नहीं की जा सकती है। अब अरमान का मन कुछ हल्का हो गया था।

अरमान ने ग्लानि से युक्त भावपूर्ण दृष्टि से पायल की तरफ़ देखा और कहा, आज मुझे पिताजी की बहुत याद आ रही है। वह कैसे दिखते थे? पायल ने प्यार से अपना हाथ अरमान के सिर पर फेरा और कहा, "बिलकुल तुम्हारी तरह। पर वो तुम्हारी तरह शरारती नहीं थे। वो सीधे-सादे, सच्चे और नेक दिल इंसान थे। मैंने बहुत लोगों में पुरातत्त्व को जानने और समझने की दिलचस्पी देखी है। लेकिन तुम्हारे पिता सबसे हटकर थे। वो इन चीजों में इतने तल्लीन हो जाया करते थे कि उन्हें पता ही नहीं चलता था कि वो इस दुनिया में मौजूद भी हैं। उनमें कमाल का हुनर था प्राचीन लिपियों को पढ़ने और उन गहरे *अल्फाज़ों* का मतलब निकालने का। वो इन चीज़ों को मन की गहराई से महसूस करते थे और उसमें

जीते थे। प्राचीन चीजों को इकट्ठा करना जैसे कि सिक्के, मूर्तियाँ और पत्थर के औज़ार उनके पसंदीदा शौक थे। जाते-जाते उन्होंने मेरे ऊपर एक बहुत बड़ी जिम्मेदारी लाद दी, तुम्हें भी वैसा बनाने की। लेकिन तुम्हारी इन शरारत भरी हरकतों को देखकर नहीं लगता कि मैं यह ज़िम्मेदारी कभी पूरी कर पाऊँगी।'' अरमान कुछ पल के लिए एकदम से भावुक हो गया था। उसने अपनी गलती स्वीकार करते हुये कहा, ''ठीक है माँ, मैं आज से आपके कहे अनुसार चलूँगा और कोशिश करूँगा अपने पिता जैसा बनने की। देखिएगा एक दिन आपको मेरे ऊपर गर्व होगा।'' पायल ने प्यार भरे लहज़े में कहा, ''मुझे तो पहले से ही अपने बेटे पर गर्व है। कितना अच्छा होता अगर तुम इस तरह की शरारतें करना छोड़ दो।'' अरमान ने आश्वासन दिया, ''आगे से आपको मेरी ओर से कोई भी शिकायत नहीं मिलेगी।'' पायल ने अरमान के सिर पर हाथ फेरा और प्यार से गले लगा लिया।

जनवरी का महीना चल रहा था। गाँव के बाहर ही एक तालाब था, जहाँ पर पर्याप्त जगह होने के कारण धान की कटाई और मड़ाई के बाद पुआलों को वहीं पर इकट्ठा किया जाता था। उस तालाब के पास एक मंदिर था और उसके इर्द-गिर्द कई तरह के सजावटी पेड़-पौधे भी थे जो उस जगह का प्राकृतिक सौन्दर्य बढ़ाने का काम करते थे। इसलिए लड़कों का झुंड अक्सर उसके पास मँडराता रहता था। आज के दिन अरमान अपने दोस्तों के साथ वहीं पर मस्ती कर रहा था। सभी मिलकर कागज़ की एक पतंग बना रहे थे। ''देखो ज़रा, इस पतंग के किनारे वाला भाग कुछ ज्यादा ही चौड़ा है। क्यों न हम इसे माचिस की तीली से थोड़ा सा भाग जला देते हैं।'' ऐसा कहते हुये अरमान ने माचिस की तीली निकाली और किनारे वाले भाग के पास से कागज़ के हिस्सों को जलाने लगा। अरमान के हाथ में गोंद लगा हुआ था, जिसकी वजह से तीली उसकी उँगली में चिपक गई। आग धीरे-धीरे उसकी उँगली की तरफ बढ़ने लगी था। अरमान ने अँगुली के पास आ रही लौ से बचने के लिए अँगुली को झटक दिया। माचिस की जलती हुई तीली उससे छिटककर दूर पुआल के पास जा गिरी। तब जाकर उसने चैन की साँस ली।

इधर तीली सूखे पुआल के ढेर पर गिर पड़ी थी, इसलिए वह धूँ-धूँ करके जलने लगा। धीरे-धीरे आग की लपटें काफी विशाल होती जा रही थी। पुआलों में आग लगी देखकर सारे बच्चे वहाँ से भाग खड़े हुये। वहाँ पर गाँव के ही काफी लोगों के पुआलों का ढेर लगा था जो कि रात के अंधेरे में छोटे-छोटे पहाड़ प्रतीत होते थे। सारे पुआलों का ढेर एक दूसरे से सटा हुआ था, इसलिए आग तेज़ी से फैलती जा रही थी। चारों ओर चीख पुकार मच गई। पूरे गाँव का ध्यान आग को बुझाने पर चला गया। काफी मशक्कत करने के बाद गाँव के लोगों ने आग पर काबू पाया। तब तक गाँव के कई लोगों के पुआल का ढेर पूरी तरह से आग में

स्वाहा हो चुका था। इस आग लगाने का पूरा इल्ज़ाम अब अरमान के ऊपर आ चुका था। अरमान ने कभी सोचा भी नहीं था कि इतना बड़ा हादसा हो सकता है एक छोटी सी गलती से। अरमान के घर के बाहर गाँव वालों की भीड़ लग चुकी थी। लोग सारा इल्ज़ाम अरमान को ही दे रहे थे। अरमान के दादा और दादी सभी को समझाने की कोशिश कर रहे थे।

अरमान को बेकसूर साबित करने के लिए महेंद्रजी ने अपनी बात रखी, ''देखिये जो हुआ भूले से हुआ। निश्चित रहिये, मैं सबके हर्जाने की भरपाई कर दूँगा। यह मैं वादा करता हूँ।'' गाँव के ही एक सज्जन ने कहा, ''आपके बेटे की करतूत से पूरा गाँव आहत है। अक्सर उसकी शैतानियाँ हमारे लिए मुश्किलें खड़ी कर देती है और यह आग उसने जानबूझकर लगाई है।'' पल्लवीजी ने भी अरमान को बचाने की कोशिश की, ''मानती हूँ कि अरमान ने बहुत शैतानियाँ कीं हैं, लेकिन यह आग अनजाने में ही लगी है, इसमें उसका कोई भी कसूर नहीं है।'' गाँव के ही एक दूसरे व्यक्ति ने पूछा–हम यह कैसे मान लें कि यह आग उसने जानबूझकर नहीं लगाई है। अक्सर वह इस तरह की शैतानियाँ करता रहता है। कभी किसी लड़के को पीपल के पेड़ के नीचे सुला देता है। तो कभी हेडमास्टर साहब के मरने की झूठी अफवाह फैला देता है, तो कभी लाला जी को भरमा देता है। अभी से ही यह ऐसी करतूस कर रहा है तो बाद में यह न जाने क्या–क्या करेगा। अभी बातचीत का सिलसिला चल ही रहा था कि पायल भी अपने घर पर पहुँच गई। तभी एक व्यक्ति पायल से उलझ जाता है। बताइये पायल जी हमें कब तक आपके बेटे की प्रताड़ना को सहना होगा। आज तो उसने हद कर दी तालाब के पास पुआल के ढेर को ही उसने आग के हवाले कर दिया।

पायल शांत और खामोशी से खड़े अरमान के पास गई और पूछा–बोलो क्या तुमने आग लगाई है? अरमान ने कहा, '' हाँ, आग मुझसे ही लगी है, पर यह सब मैंने...। ''बस! अब आगे कुछ भी बोलने की ज़रूरत नहीं है।'' पायल ने कहा। महेंद्रजी ने जोर देकर अपनी बात कही, ''देखिये जो होना था हो चुका है, पर कृपा करके आप इस बात को बतंगड़ बनाने की कोशिश मत करिये। मैं आपके नुक़सान की दोगुनी कीमत दे दूँगा पर आप मेरे पोते पर इस तरह से इल्ज़ाम मत लगाईये। गाँव के ही एक व्यक्ति ने कहा, ''आपके पास बहुत दौलत है, आप हमें चार गुना पैसे भी दे सकते हैं। बात यह है कि हमें आप से कोई हर्जाना नहीं चाहिए, पर क्या आप इस बात की गारंटी ले सकते हैं कि आप का पोता आगे से ऐसी कोई हरकत नहीं करेगा।'' कुछ देर के लिए माहौल शांत हो चुका था। चुप्पी तोड़ते हुए पायल ने कहा, ''देखिये मेरे बेटे की वज़ह से आप लोगों को काफ़ी मुश्किलों का सामना करना पड़ा। बचपन से लेकर अब तक वह अक्सर कोई न कोई शैतानी

करता रहा है। पर आज उसने जो किया है। मैंने इसकी कल्पना कभी भी नहीं की थी। अब आप को अरमान की वजह से कभी कोई तकलीफ़ नहीं होगी क्योंकि मैं उसको लेकर हमेशा के लिए दिल्ली जा रही हूँ।'' महेंद्रजी अवाक रह गये। ''दिल्ली, न...नहीं बेटा।'' पल्लवीजी ने कहा, ''ये तुम क्या कह रही हो पायल? न. ...नहीं! मैं तुम्हें वहाँ पर नही जाने दूँगी।'' पायल ने कहा, ''मुझे मना मत करिये, मैं गाँव वालों को जवाब देते-देते थक चुकी हूँ। अब मेरे सामने एक ही रास्ता है, मैं वापस दिल्ली जाऊँ।'' धीरे-धीरे भीड़ छँट चुकी थी। महेंद्रजी ने पायल को समझाया, ''जल्दबाजी में यह फैसला लेना बिल्कुल भी ठीक नही हैं। दिल्ली जाना तुम्हारे लिए हितकर नहीं होगा। मुझे डर है कि कहीं वह अपने पिता के नक्शेकदम पर न चल पड़े। क्या होगा अगर वही हादसा फिर से हो जाय?''

पायल ने अरमान को अपने कमरे में जाने को कहा। अरमान उठकर अपने कमरे में चला गया। फिर महेंद्रजी और पल्लवी जी की बात पायल से होने लगी। पल्लवीजी ने कहा, ''सालों बाद तुम वहाँ जाकर कैसे रह पाओगी? तुम्हें तो मालूम है कि, वह पहेलियों वाली जादुई स्वर्ण-प्रतिमा तुम्हारे कमरे के तहखाने में ही है। उसके किस्से और जादुई ताक़त के बारे में तुम मुझसे बेहतर जानती हो। अरमान बहुत ही चंचल है, कहीं वह उस प्रतिमा के पास चला गया, तो तुम्हारा क्या होगा ? क्या तुमने इसके बारे में सोचा है।'' पायल ने कहा, ''अरमान के प्रति आपकी सजगता और चिंता जायज़ है। पर मैं उसे अपनी आँखों के सामने बिगड़ता हुआ भी तो नहीं देख सकती। मुझे पता है, अगर वह यहाँ रहा तो उसकी शरारत भरी हरकतें दिनों दिन बढ़ती जायेंगी। लोग भी उसकी शरारतों से आजिज आ चुके हैं। वह यहाँ रहकर कभी भी अपने पिता के सपनों को पूरा नही कर सकता। आप लोग फिक्र ना करिये। मैं उसका पूरा ख्याल रखूँगी, और इस बात की नौबत ही नही आयेगी कि, वह कभी उस तहखाने तक पहुँच पायेगा क्योंकि उसकी एक चाभी मैं हमेशा अपने पास रखूँगी। कभी भी उस चाभी को खुद से अलग नहीं होने दूँगी। अरमान अब तो बड़ा हो चुका है। मेरे ख्याल से वहाँ के माहौल का असर उस पर पड़ेगा, तो वह सुधर सकता है। अब उसे कॉलेज की पढ़ाई करनी होगी, इसलिए मैं समझती हूँ की शायद यह ठीक ही रहेगा। कभी न कभी तो अपने घर को लौटना ही पड़ेगा। सिर्फ डर की वजह से तो पीछे नहीं हटा जा सकता। दिल्ली में अपना घर है, अपने जान पहचान के लोग हैं। आप फिक्र मत करिये, सब कुछ ठीक हो जायेगा। अबकी बार, अगर वह दिल्ली से वापस आयेगा तो आप सभी को उसमें काफी बदलाव देखने को मिलेगा।'' महेंद्रजी पायल की बात से संतुष्ट और प्रभावित हुये, ''ठीक है बहू, जैसा तुम उचित समझो। लेकिन वहाँ जाकर बेहद सतर्क रहना।''

दिल्ली वापसी

अगली सुबह दिल्ली जाने की पूरी व्यवस्था हो चुकी थी। पायल अपना सामान पैक कर रही थी। लेकिन अरमान के चेहरे पर उदासी का भाव था। उसने कहा, ''माँ, मैं दिल्ली नहीं जाना चाहता। आप को तो पता है कि वह आग मैंने जानबूझकर नहीं लगाई थी। वह सब अंजाने में हो गया था।'' पायल ने कहा, ''ठीक है, मानती हूँ कि वह आग तुमने जानबूझकर नहीं लगाई। पर तुम्हारा स्तर गाँव वालों की नजर में काफी गिर चुका है। कल को तुम किसी टूटी-फूटी झोपड़ी के पास खड़े रहो और वह स्वतः ही गिर जाये। तब भी लोग तुम्हे ही दोष देंगे क्योंकि शरारतें करना तुम्हारा अतीत रहा है अरमान। हर इंसान को अपने किए हुए कर्मों की सजा कभी न कभी तो चुकानी ही पड़ती है। मैं कहूँगी, 'दिल्ली चलो!' एक नया रास्ता तुम्हारा इंतज़ार कर रहा है। एक नई मंजिल तुम्हारे सामने खड़ी है और तुम्हें एक नया मौका मिला है, सपनों की एक नई ऊँचाई को छूने का। ख़ुद को बेहतर साँचे में ढालने को। हर किसी की जिंदगी में ऐसे सुनहरे मौके नही आते अरमान। तुम्हें भगवान का शुक्रिया अदा करना चाहिए, तुम्हें ये मिला है और तुम्हें इसे नही खोना चाहिये। हम यहाँ इस गाँव से निकलकर एक अच्छी जिंदगी जियेंगे। जब तुम दिल्ली से वापस आकर गाँव वालो से पुनः मिलोगे तो वो तुम्हारी इज्जत करेंगे। उनके दिलों में तुम्हारे प्रति सम्मान बढ़ जायेगा और सबसे बड़ी बात, तुम्हें एक दिन अपने पिता का सपना पूरा करना है। तुम्हें एक अच्छा पुरातत्त्वविद् बनना है। अब बताओ तुम्हारे पास इससे बड़ी कोई और वजह है यहाँ रूकने की और दिल्ली न जाने की।

अरमान अपनी माँ के तर्क से संतुष्ट हुआ और कहा, ''ठीक है माँ, फिर मैं चलूँगा।'' दिल्ली जाने की तैयारी पूरी हो चुकी थी। जाने से पहले महेंद्र जी ने पायल को काफी कुछ समझाया और अंत में कहा, ''अपना और अरमान का ख्याल रखना बहू।'' पायल ने प्रत्युत्तर में कहा, ''जी बाबूजी। आप भी अपना ख्याल रखियेगा।'' पल्लवी जी ने अरमान को गले लगा लिया और एक अच्छी नसीहत दी, ''आगे की पढ़ाई अच्छे से करना और अपनी माँ को बिल्कुल भी तंग मत करना।'' फिर पायल और अरमान ने भीनी आँखों से महेंद्रजी और पल्लवीजी से विदा ली। पायल अरमान को साथ लेकर दिल्ली आ गयी। काफी साल के बाद पायल ने दिल्ली स्थित अपने फ्लैट का दरवाजा खोला। अरमान ने अनभिज्ञतावश पूछा- यह घर किसका है? अरमान ने ऐसा इसलिए पूछा क्योंकि वह इसके बारे में अभी तक नहीं जानता था। पायल ने धीमी आवाज में कहा, ''हमारा अपना घर है।'' यह बात सुनकर अरमान को काफी आश्चर्य हुआ। उसने अपनी माँ से पूछा-दिल्ली में हमारा इतना बडा घर है, पर आपने मुझे कभी इसके बारे में नहीं बताया। पायल कुछ पल के लिए भावुक हो गई। इस घर से जुड़ी पुरानी यादें

फिर से ताजा हो गयीं। पायल की आवाज में एक भारीपन आ गया, "क्योंकि कभी-कभी कुछ बातें बतलाना जरुरी नहीं होता। ये आपके दिल के पुराने जख्मों को कुरेदती हैं। मैं इसके बारे में तुम्हें बतलाना जरूरी नहीं समझती थी। पर मैं इस बात से भी वाकिफ थी कि समय के साथ एक न एक दिन तुम्हें इस घर के बारे में पता चल ही जायेगा। तुम्हारे पिताजी ने इस घर को खरीदा था जब हमारी नई-नई शादी हुई थी। इस घर से मेरी सुहानी यादें जुड़ी हुई है। तुम्हारे पिता की मौत के बाद यह घर मुझे काटने को दौड़ता था। कितनी अकेली और उदास हो गयी थी मैं इस घर में। इसलिये मैंने इस घर को हमेशा के लिये छोड़ दिया। अब हम इस घर को फिर से रहने लायक बनायेंगे।" पायल ने अरमान के सिर पर प्यार से हाथ फेरा। तभी घर में पायल के ड्राइवर रामू काका प्रविष्ट हुये। घर की स्थिति को देखते हुए बोले, "यह घर तो बहुत डरावाना लग रहा है।"

वह घर काफी अरसे से खाली पड़ा हुआ था इसलिए मकड़ियों ने चारों तरफ जाले बुन रखे थे। पूरे फर्श पर धूल की मोटी परत जमीं हुई थी। दरवाजे और खिड़कियों की लकड़ियाँ बरसात के पानी की वजह से कई जगह से सड़ चुकी थी। दीवारों में सीलन पड़ी हुई थी, तो कई जगह से पानी रिस-रिस कर घर में आ रहा था। धातु के बने समान जैसे खिड़कियाँ और रोशनदान जंग से रंगरेज थे। इस स्थिति को भाँप कर रामू काका ने व्यंग्य कसा, "मैडम यह सामान यही पर रख दें या वापस गाँव जाने का इरादा है।" पायल ने गंभीर स्वर में कहा, "हम वापस गाँव नहीं जायेंगे। हम माँ और बेटे मिलकर फिर से इस घर को चुस्त-दुरुस्त बनायेंगे।" बस फिर क्या था? पायल और अरमान दोनों मिलकर घर को साफ-सुथरा करने लगे। तभी पायल की नजर विशाल की फोटो पर चली गई। वह फोटो लेकर गौर से उसको देखने लगी और धीरे-धीरे उसके ऊपर की धूल साफ करने लगी।

तभी अरमान एक कमरे से चिल्लाता हुआ पायल की तरफ आया और कहा, "देखिये माँ, मुझे पिताजी की डायरी मिली है।" अचानक से पायल का दिल धक से रह गया। उसने अरमान से तुरंत ही उस डायरी को छीन लिया और पूछा-सच-सच बताओ, कहीं तुमने इस डायरी को तो नहीं पढ़ा? अरमान को अपनी माँ का यह बर्ताव बहुत ही अजीब लगा। उसने सहज लहजे में गर्दन हिलाते हुए कहा, "नहीं, मैंने एक लाइन भी नहीं पढ़ी।" पायल ने सरसरी तौर पर उस डायरी के सभी पेज जल्दी-जल्दी में पलट दिये। आखिर में डायरी के अंतिम पन्ने पलटने के साथ ही कागज का एक टुकड़ा जमीन पर गिर गया। पायल जहाँ पर खड़ी होकर उस डायरी के पन्ने पलट रही थी, उसके बगल में ही अँगीठी धधक रही थी। पायल ने उस डायरी को जलती हुई अँगीठी के हवाले कर दिया। अरमान ने आश्चर्यचकित होकर पूछा-ये क्या किया आपने? क्या आपको पिताजी की इस डायरी से लगाव नहीं था?

"नहीं! ऐसी बात नही है। मुझे इस डायरी से बेहद लगाव है। पर यह डायरी मेरे दिल को बहुत ही ठेस पहुँचाती है। मेरे दुःखद अतीत को याद दिलाती है। बीती हुई ऐसी दुःखद यादें जो हमें दुःख पहुँचाये, हमारे वर्तमान को नष्ट करे, उसे दूर करना ही बेहतर होता है। जिंदगी सिर्फ खूबसूरत यादों और जज्बातों के सहारे नहीं काटी जा सकती।"

अरमान नीचे झुककर गिरे हुये कागज का टुकड़े के उठा लेता है। ऐसा लगता है इस पर कविता की कुछ पंक्तियाँ लिखी हुईं हैं। क्या इससे भी आपको एतराज़ है? अरमान ने पायल से पूछा। "नहीं, मेरे बच्चे," पायल ने कहा, और अपनी दोनों बाहों को समेटकर अरमान को अपने सीने से लगाती है। और प्यार से उसके चेहरे को चूमती है। उस कविता को मैंने ही लिखा है। यह मैंने तब लिखा, जब मैं तुम्हारे पिता के मरने के बाद उदास और अकेली हो गई थी। पायल ने अरमान से उस कागज़ के टुकड़े को ले लिया और पूछा-क्या तुम मेरी लिखी कविता को सुनना चाहोगे? अरमान ने उत्सुक होकर पूछा-क्या आप कवितायें भी लिखती हैं? पायल ने कहा, "हाँ, कभी-कभी। पर मुझे कविता लिखने का शौक कभी भी नहीं रहा। वैसे विपरीत परिस्थितियों में जीने का ये अच्छा सहारा होतीं हैं। अच्छा ठीक है, तो सुनो मेरी कविता। जिसका शीर्षक है 'याद'।"

कितना मुझे तड़पाते हो तुम?
हर लम्हॉ याद आते हो तुम।
दिलो-दिमाग से जाते नहीं।
कभी सामने आते नहीं।
कर गये जो वादे इस जहाँ में,
छोड़ चले तन्हाँ, हमें इस जहाँ में।
ज़िंदगी, ज़िंदगी ना रही अब,
बस गम की परछाईयाँ हैं, इस जहाँ में।
सब कुछ है खोया-खोया सा,
मुश्किल है समेटना, इस बिखरी जिंदगी को।
बस विरह के दर्द हैं, इस जहाँ में,
हर ख़्वाब, हर स्वप्न में आते हो तुम।
कितना मुझे सताते हो तुम?

कविता के खत्म होने के बाद अरमान ने कहा, "आप ने बहुत अच्छी कविता लिखी है। क्या मैं आप से एक बात पूछ सकता हूँ।" पायल ने कहा, "जरूर पूछो।" अरमान ने मासूमियत भरे लहजे में पूछा-क्या पिताजी आप को बहुत प्यार करते थे? पायल ने मुस्कुराकर अरमान की तरफ देखते हुये कहा, "हाँ, वह हम दोनों को बहुत चाहते थे पर नियति को यह मंज़ूर नहीं था।" अरमान ने उत्सुकता

से कहा, "मैं उनके बारे में और भी बहुत कुछ जानना चाहता हूँ। मुझे उनके बारे में और भी कुछ बातें बताइये ना। जैसे कि उनकी पसंद और नापसंद। मुझे पता है उनकी इतिहास और पुरातत्त्वविज्ञान में गहरी रूचि थी। वह रूचि सिर्फ़ किताबों तक ही सीमित नहीं थी। अचानक से अरमान का ध्यान अपने पिता से हटकर खुद पर टिक जाता है। पर मुझे समझ में नहीं आता कि मैं उन जैसा क्यूँ नहीं हूँ? अरमान ने मायूस होकर अपनी माँ से पूछा।

पायल ने प्यार भरी आँखों से अरमान की तरफ देखा और कहा, "जानते हो तुम उन जैसे क्यों नही हो, क्योंकि तुम अलग हो और तुम्हारी इस प्रकृति में एक विशेष जगह है। जिसे तुम्हारे अलावा कोई भी नहीं भर सकता। तुम्हारे हँसने का ढ़ंग, तुम्हारे रोने का ढंग, तुम्हारे सोचने का तरीक़ा और हर काम को अपने तरीके से अमल में लाने का ढ़ंग। यही चीज़ तुम्हें औरों से अलग करती है। तुम्हें खुद को औरों से कमतर कभी नहीं आँकना चाहिए। हर इंसान का अपना कोई न कोई मज़बूत पक्ष होता है, तो कुछ कमजोरियाँ भी होती हैं। इंसान के आस-पास का माहौल ही काफ़ी हद तक उसको बदलने के लिए ज़िम्मेदार होता है। मैं उम्मीद करती हूँ इस नये माहौल में तुम्हें खुद को बेहतर बनाने का पूरा अवसर मिलेगा।" पायल की सकारात्मक बातों से अरमान का आत्मविश्वास बढ़ जाता है। उसने कहा, "क्या मैं वाकई में अलग हूँ।" पायल ने विश्वास भरे लहजे में कहा, "हाँ, वाकई में। पर तुममें एक छोटी सी कमी है।" अरमान ने कहा, "यही कि मैं अलग होने के साथ साथ नटखट और शरारती भी हूँ।" पायल ने कहा, "नहीं! अभी तुम्हारा मन स्थिर नहीं है और जब तुम्हारा मन स्थिर हो जायेगा तो तुम्हारी शरारतें और नटखटपन स्वतः ही दूर हो जायेगा।"

अरमान ने उत्सुक होकर फिर पूछा-क्या आपको अब भी पिताजी की याद आती है? पायल ने कहा, "हाँ, उस वक़्त, जब करने को कोई काम नही होता है और मन तनाव से मुक्त होता है। मुझे अब भी याद है, जब पहली बार मैंने उनके मरने की ख़बर सुनी, तो ऐसा लगा मानो मेरे पैरों तले ज़मीन ही खिसक गई हो। आँसू रूकने का नाम ही नहीं ले रहे थे। खुद को ऐसे हालात में संभालना काफ़ी मुश्किल काम था। मुझे समझ में नहीं आ रहा था कि मैं क्या करूँ और तुम्हारे निर्वहन का दायित्व भी मेरे ऊपर था। इतने सालों में मेरी आँखों के आँसू तो सूख गये लेकिन जख़्म अब भी ताज़ा लगते हैं। उनकी याद तो अक्सर आती रहती है।" अरमान अपनी माँ की बातों को गंभीरतापूर्वक सुन रहा था। बात ख़त्म होने के बाद अरमान ने कृतज्ञ होकर कहा, "आप ने मेरे लिये कितनी मुश्किलें उठायी हैं और मैंने सिर्फ़ आप को निराश ही किया है।" पायल ने अरमान को प्यार से गले लगाते हुये कहा, "कोई बात नहीं, तुम्हें ही देखकर तो मैंने अपने मुश्किल वक़्त गुज़ारे हैं। पर अब सब कुछ ठीक है।" अरमान अपनी माँ की भावनाओं में बह

जाता है। उसने अपनी माँ को भरोसा दिलाया कि मैं आपकी अपेक्षाओं पर ख़रा उतरने की पूरी कोशिश करूँगा । और मैं बेहतर बनने की कोशिश करूँगा, बिलकुल अपने पिताजी की तरह।

पायल ने कहा, "एक बात और बताना चाहूँगी तुम्हें।" पायल ने दृढ़ होकर कहा, "मैं तुम्हें सावधान करना चाहूँगी कि नीचे बने बेसमेंट के बारे में कभी सवाल मत करना और ना ही उधर की तरफ़ कभी जाना सपने में भी नहीं। बस इसी में हम सब की भलाई है।" अरमान ने कहा, "ठीक है, मैं उस ओर कभी नहीं जाऊँगा।" पायल ने बेसमेंट के उस कमरे में ताला लगा दिया और जिसकी चाभी पायल हमेशा अपने गले में पहनती थी।

अरमान की अनन्या और अभिनीत से मुलाकात

कुछ ही दिनों की मेहनत के बाद पूरा घर रहने लायक हो गया था। जल्द ही पायल ने अरमान का दाख़िला दिल्ली के एक कालेज में करा दिया। अरमान का कॉलेज में पहला दिन था। अरमान ग्रामीण पृष्ठभूमि से था और वहाँ पर उसके कई साथी थे, जो अरमान के दिल्ली आने से बिछड़ गये थे। अरमान के लिये दिल्ली का रहन-सहन, तौर-तरीक़े, बात-व्यवहार नया था। वह दिल्ली में खुद को अकेला और असहज महसूस कर रहा था। इसलिए मन ही मन डरा हुआ था कि यहाँ के लोग कैसे होंगे? उनका बर्ताव कैसा होगा। पता नहीं अच्छा होगा कि बुरा। इस तरह से न जाने कितने सवाल उसके मन में घूम रहे थे? इसी सब सोच में कालेज के पहले दिन वह डरा सहमा हुआ सा जा रहा था कि अचानक वह एक लड़की से टकरा गया। वह लड़की भी अरमान को देखकर सहम गई, लेकिन फिर गौर किया कि लड़का उससे भी ज्यादा डरा हुआ है। तो फौरन उसने रौब जमाना शुरू किया, "शर्म नहीं आती, एक सीनियर लड़की को धक्का मारते हुये, चलो मुर्गा बनो और मुझसे माफी माँगो।" अरमान सहमा हुआ था इसलिये फौरन मुर्गा बनकर माफ़ी मांग ली और फिर वहाँ से चलता बना।

अभी वह कुछ आगे बढ़ा था कि वहाँ कुछ लड़कों का समूह आपस में बात कर रहा था। तभी अरमान ने बहुत ही विनम्रता से पूछा-मैंने आर्ट्स कालेज मे नया-नया दाखिला लिया है। इतिहास की कक्षा कहाँ चलती है? तब उन लड़कों के समूह में से एक लड़के ने कहा, "यहाँ से सीधा जाओ, थोड़ा आगे चलने के बाद बायीं तरफ एक गली मिलेगी उधर मुड़ जाना। फिर सीधे आखिरी वाले कक्ष में चले जाना। और सुनो, किसी और से बिल्कुल भी मत पूछना क्योंकि लोग हमारे जैसे सीधे नहीं हैं।"

अरमान ने उनको धन्यवाद किया और फिर उस लड़के के बताये हुये गंतव्य पर पहुँच गया। वहाँ पर एक कमरा था, जिसमें ताला लगा हुआ था और उस रूम

के ठीक सामने लेडीज बाथरूम था। अरमान उस कमरे के पास खड़ा होकर किसी और के आने का इंतज़ार कर रहा था कि थोड़ी ही देर में एक लड़की आई। उसने अरमान से पूछा–क्या तुम लेडीज बाथरूम में पेशाब करने आये हो? अरमान ने सिर हिलाकर कहा, ''नहीं! मैं तो यहाँ पर इतिहास की क्लास करने आया हूँ।'' इस बार लड़की का स्वर और भी कड़क हो गया था। ''क्या लड़कियों के बाथरूम में इतिहास की कक्षा चलती है।'' अरमान ने हकलाकर कहा, ''आप गलत समझ रही हैं, मैं तो इस कक्षा के खुलने का इंतज़ार कर रहा हूँ।'' तब उस लड़की ने झल्लाकर कहा, ''मुझे पागल समझा है क्या? कमरे के ऊपर लिखा हुआ है, ''स्टोर हाउस'' और इतना बड़ा ताला यहाँ पर लटका हुआ है। तुम्हें यह दिखाई नहीं देता। यह ताला तो यहाँ सालों से लटका हुआ है और यह तभी खुलता है जब कालेज की पढ़ाई बंद होती है।''

अरमान की नजर कमरे के ऊपर लिखे बोर्ड पर गई, जिस पर लिखा हुआ था, ''स्टोर हाउस।'' अरमान घबड़ा गया और बोला, ''धत् तेरी की! यह कौन सी मुसीबत में फँस गया।'' इतने में लड़की ने कहा, ''भागो यहाँ से। शर्म नहीं आती, पता नहीं कहाँ–कहाँ से चले आते हैं, लेडिज़ बाथरूम में क्लास करने।''

अरमान उधर से तेजी से भाग खड़ा हुआ और एक जगह रूककर खुद को स्थिर करने की कोशिश करने लगा। वह तेजी से हाँफ रहा था। माथे से पसीना चू रहा था, तभी पीछे से किसी ने हाथ रखा। अरमान एक बार फिर डर गया। ''घबराओ नहीं, लगता है कि आपने कालेज में अभी नया–नया दाखिला लिया है।'' उस लड़के ने पूछा। अरमान ने कहा, ''जी हाँ, कालेज में मैं अभी नया–नया हूँ।'' मैंने जब कुछ लड़कों से यह पूछा कि इतिहास की कक्षा किधर चलती है, तो उन्होंने मुझे लेडीज बाथरूम की तरफ़ भेज दिया। उस लड़के ने अरमान की तरफ हाथ बढ़ाया और कहा, ''मेरा नाम अभिनीत अग्रवाल है। मैं भी आपका सहपाठी हूँ।'' अरमान ने भी अपना हाथ आगे की तरफ़ बढ़ा दिया, ''शुक्रिया! मैं अरमान अग्निहोत्री। मुझे आप से मिलकर बहुत ख़ुशी हुई।'' अभिनीत ने कहा, ''चले अपनी कक्षा की तरफ।'' अरमान ने कहा, ''हाँ, हमें चलना चाहिये।'' वे दोनों जल्दी ही कक्षा में पहुँच गये। कक्षा में पहुँचकर एक लड़की को देखकर अरमान चौंक गया। अभिनीत ने पूछा, ''क्या हुआ?'' अरमान ने कहा, ''यह तो वही लड़की है, जब मैं इससे टकरा गया तो इसने मुझे मुर्गा बना दिया और खुद को सीनियर बता रही थी। पर यह भी प्रथम वर्ष की ही छात्रा है।'' अभिनीत ने कहा, ''वह इस कक्षा की सबसे शरारती लड़की है 'अनन्या देसाई'। मेरे ख्याल से उससे दूर रहने में ही भलाई है। फिर भी आओ मैं तुम्हें उससे मिलवा देता हूँ, वह मेरी दोस्त है।''

अभिनीत ने उस लड़की का नाम पुकारा 'अनन्या'। अनन्या ने पीछे मुड़कर देखा और अभिनीत के पास दौड़ी चली आई। उसने अभिनीत से हाथ मिलाया और पूछा-कैसे हो तुम? अभिनीत ने कहा, "मैं तो अच्छा हूँ, पर मैं तुम्हें किसी से मिलवाना चाहता हूँ।" अभिनीत ने अरमान की तरफ इशारा करते हुये कहा, "ये है अरमान, हमारे ही कक्षा के एक नये विद्यार्थी। इन्होंने अभी हाल ही में दाखिला लिया है।" अनन्या ने मुस्कुराकर कहा, "इनसे तो मैं मिल चुकी हूँ। कहीं मैंने तुमको ज्यादा देर के लिये मुर्गा तो नहीं बना दिया।" अरमान ने प्रत्युत्तर में कहा, "तो क्या यहाँ नये लोगों का ऐसे ही स्वागत किया जाता है।" अनन्या ने अपना लहजा बदला और कहा, "बस कुछ खुशनशीब लोगों को ही ऐसा सौभाग्य प्राप्त होता है। इसलिए तुमको ज्यादा उदास होने की जरूरत नही हैं। तुम्हें तो खुश होना चाहिए, क्योंकि तुम ख़ास खुशनसीब लोगों की जमात में शामिल हो।"

"उदास तो नहीं हूँ। लेकिन तुम्हारे साथ की पहली मुलाकात मुझे हमेशा याद रहेगी।" अनन्या ने एक मज़बूत तर्क पेश किया, "पहली मुलाकात को कुछ खास होना चाहिये। तभी तो वह यादगार बनती है।" अरमान ने कहा, "पहली मुलाकात तो यादगार बन गई, क्यों न अब दोस्ती भी हो जाय।" ऐसा कहकर अरमान ने अपना हाथ अनन्या की तरफ़ बढ़ा दिया। अनन्या ने अरमान में कोई भी दिलचस्पी नहीं दिखाई। कुछ देर तक एकटक घूरने के बाद उसने कहा, "दिल्ली में पैसे कमाना आसान है, घर बनाना आसान है, पढ़ाई करना आसान है, लेकिन दोस्ती आसान नहीं।"

अरमान ने अपना हाथ वापस खींच लिया, "इसका मतलब आप लोगों को मैं पसंद नहीं आया।" अनन्या ने कहा, "देखो आजकल तो कही भी दाखिले के लिये प्रवेश परीक्षा देनी पड़ती है। अगर पास हो गये तो कालेज में दाखिला हो जाता है, नहीं तो बाहर। ऐसे ही हमारे साथ दोस्ती के लिए तुम्हें फेट पास करना होगा। खुद को हमारे दोस्ती के लायक साबित करने के लिए दिये जाने वाला एक टेस्ट।" अभिनीत ने भी अनन्या की इस बात का समर्थन किया, "दोस्ती के लिये तो देना ही पड़ेगा।" अरमान काफ़ी उधेड़बुन में पड़ गया, "क्या कोई विस्तार से मुझे इस फेट के बारे में बतायेगा?" अनन्या ने कहा, "फेट का मतलब होता है, **FET (Friendship Eligibility Test)** इसका पहला चरण है। "कुत्तों के साथ दौड़।" अरमान ने चौंककर कहा, "क्या?"

अनन्या ने कहा, "चौंको मत, अभी मैंने पूरी बात नहीं की। देखो यह दौड़ 100 मीटर की होगी, जिसमें तुम कुत्तों के बीच में रहोगे और हम सभी लोग कुत्तों के पीछे रहेंगे। हमारी टीम का काम रहेगा, हम ईंट व ढेलों से कुत्तों को पीछे से दौड़ायेंगे और 100 मीटर पर एक लाइन खिंची रहेगी, अगर कोई भी कुत्ता जिसे हम पीछे से दौड़ायेंगे, उसने लाइन को तुमसे पहले पार कर लिया तो तुम हार

जाओगे। अगर कुत्तों से पहले तुम उस लाइन को पार कर लोगे तो तुम्हारी जीत होगी। अगर तुम हारोगे तो दूसरे दिन भी अपनी क़िस्मत आज़मा सकते हो। पूरा मिलाकर तीन मौके हैं, तुम्हारे पास ख़ुद को साबित करने के लिये। यह पहला चरण है। अगर तुम इसे पास कर जाते हो तो दूसरे और अंतिम चरण में तुम आ जाओगे। इस चरण में तुम्हें भिखारी की एक पोशाक और एक कटोरा मिलेगा। फुटपाथ हो, बस स्टैंड हो या रेलवे स्टेशन दिल्ली की कोई भी जगह अपनी मर्जी से चुन सकते हो। तुम भीख माँगो, नाटक करो, नौटंकी करो, पागलपन करो जो जी में आये करो। तुम्हारा उद्देश्य होगा 3 घंटे में 100 रूपया इकट्ठा करना और तो और हम दूर से तुम्हारी हरकतों पर नज़र रखेंगे। इसमें एक दिन में बस एक ही बार मौका मिलता है और लक्ष्य को पूरा करने के लिए जितना दिन चाहो उतना दिन तुम ले सकते हो।" बात खत्म होने पर अनन्या ने खुद को गौरवान्वित महसूस किया और कहा, "लगता है तुम्हे फेट का पूरा नियम समझ में आ गया है।" फेट का पूरा नियम समझते ही अरमान के पांव उखड़ गये। उसने दबी हुई आवाज़ में कहा, "पहले चरण के द्वारा तुम मुझे सीधा हॉस्पिटल में भेजना चाहते हो और दूसरे चरण में मुझे पूरा भिखारी बनाने का इरादा है। वैसे दोस्ती बनाने के इतने कठिन तरीके ईजाद किसने किये हैं?" अनन्या और अभिनीत ने एक साथ हाथ ऊपर किया और एक स्वर में प्रसन्नता जाहिर करते हुये कहा, "हम दोनों का हाथ है।"

"मैंने अपनी शरारतों से बहुतों को परेशान किया है। लगता है आज मेरी बारी है। ठीक है, मैं इस टेस्ट को पास करने की कोशिश करता हूँ।" अरमान ने अस्पष्ट और ऊपरी तौर पर कहा। अनन्या ने मुस्कुराकर कहा, "बहादुर लगते हो वर्ना शर्त बताते ही कितनों की हवा निकल जाती है।" अरमान ने कहा, "ठीक है, मैं अभी चलता हूँ।" अनन्या चहककर बोली, "बेशक ख़ुशी के साथ जाओ।" अरमान जब घर पहुँचा तो उसका चेहरा लटका हुआ था। उसकी हालत देखकर पायल ने कहा, "लगता है कालेज का पहला दिन अच्छा नहीं रहा।" अरमान ने कहा, "बिल्कुल भी अच्छा नहीं रहा माँ। पता है क्या हुआ मेरे साथ? अपनी कक्षा को खोजते-खोजते मैं एक लड़की से टकरा गया तो उसने मुझे मुर्गा बना दिया और मुझसे माफी मांगने को कहा और सबसे बड़े दुःख की बात है कि वह अपनी ही कक्षा की लड़की थी। पायल ने हँसते हुये कहा, "और क्या हुआ?"

अरमान ने अपनी बात फिर कहनी शुरू कर दी। जब मैं वहाँ से आगे बढ़ा तो कुछ लड़कों का समूह आपस में बात कर रहा था। जब मैंने उनसे पूछा कि इतिहास की कक्षा कहाँ चलती है तो उन्होंने मुझे लेडीज बाथरूम में भेज दिया। वहाँ भी एक लड़की ने डाँटा और अच्छा-खासा लेक्चर सुनाया। अच्छा था वहाँ से जल्दी निकल आया वर्ना आज मेरी अच्छी-खासी पिटाई हो गई होती। पायल ने फिर हँसते हुये कहा, "शुरू में माना कि नये लड़कों को थोड़ा तंग किया जाता है, लेकिन बाद में सब कुछ ठीक हो जाता है।" अरमान ने कहा, "यहाँ पर कुछ

भी ठीक होने वाला नहीं है। आप को पता है कक्षा के कुछ लोगों ने मेरे लिये 'कुत्तों के साथ दौड़' आयोजित किया है। मैं तो सोचकर ही दहशत से काँपा जा रहा हूँ कि यह किस तरह की दौड़ होगी और अगर इसमें गलती से जीत हो गई तो मुझे पूरा का पूरा भिखारी बनाने की योजना है। मेरे लिए भिखारी की एक ड्रेस और एक कटोरा पहले से ही संभाल कर रखा हुआ है। आने वाले कई दिन मुझे आसमान में सिर्फ़ काले बादल नजर आ रहे हैं। मैं फिर से कालेज नहीं जाना चाहता।

मुझे अब भी याद आता है अपना गाँव, अपना घर, अपने लोग, अपनी मिट्टी, दादा और दादी। इन सबमें कितना अपनत्व है। वहाँ के लोग भले और अच्छे हैं। पर यहाँ के लोग स्वार्थी और मतलबी हैं। इन्हें दूसरों की फ़िक्र नहीं है। हम सिर्फ़ उनके लिए मनोरंजन का एक जरिया हैं बस। मैं तो कहता हूँ अपना पूरा सामान बांधकर वापस गाँव चलते हैं और आगे की पढ़ाई वहीं से पूरी करते हैं। पायल ने अरमान की बातों को ध्यान से सुना और जब अरमान की बात खत्म हो गई तो पायल ने अरमान को प्यार से समझाना शुरू किया।

तुम्हें मालूम है हर इंसान बस फूलों पर चलना चाहता है। पर ऐसा इंसान इन फूलों का महत्त्व कभी नहीं समझ पाता। लेकिन जब तुम काँटों पर चलकर फिर फूलों पर चलोगे, तो तुम्हें असीम आनंद की अनुभूति होगी। ठीक वैसे ही तुम्हे बारिश की फुहार का असली आनंद तब आयेगा, जब तुम तेज धूप में चल कर आओगे। तुम वही सीधी-सादी आसान सी ज़िंदगी जीना चाहते हो। एक अच्छी ज़िंदगी जीने के लिए बहुत कुछ सीखना पड़ता है। ज़िंदगी के ख़ूबसूरत पहलू हमारे आत्मविश्वास को बढ़ाते हैं। हममें सकारात्मक बदलाव लाते हैं। जैसे कि किसी मैच को जीतना, या फिर कोई बड़ी परीक्षा पास कर लेना या फिर अपने लक्ष्य को हासिल कर लेना। तो वही ज़िंदगी के तमाम बुरे अनुभव हार, निराशा, गम इन सबसे भी गहरे में वाक़िफ होना चाहिए। क्योंकि बुरे वक़्त पर सही निर्णय लेना इंसान को और भी बेहतर बनाता है। बुरे वक़्त ज़िंदगी के दायरे को और भी बढ़ाते हैं। ये हमे एक बेहतर सांचे में ढ़ालना सिखाते हैं। जिंदगी के कुछ अनछुये पहलुओं से भी वाक़िफ कराते हैं। इसलिए मेरे ख्याल से ज़िंदगी के हर पहलुओं का अनुभव होना चाहिये सुख, दुःख, खुशी, गम, हार, जीत, प्यार और कड़वाहट, शायद तभी तुम जिंदगी के फैसले सही ढंग से ले सकते हो।

पश्चिम के विचारक इमर्सन ने कहा है। ''उधर नहीं जाना चाहिए जिधर जाने की राह हो, हमेशा नई राह बनाने की कोशिश करें और अपनी छाप छोड़े।'' आज तुम्हारे फैसले में डर की झलक साफ़ दिखाई दे रही है। जब इंसान पीछे हटना चाहता है तो डर सिर्फ़ एक वज़ह बन जाती है। पर तुम डरने के लिए नहीं हो। ना ही दुनिया में ऐसी कोई चीज़ है जो तुम्हें डरा सकती है। एक पत्थर पूरी

ज़िंदगी वैसे ही पड़ा रहेगा। ना ही धूप का उस पर असर पड़ता है ना ही छॉव का। ना ही वारिश का, ना ही जाड़े का उसे एहसास है। पर पेड़ों को देखो बरसात में वो तेज़ी से बढ़ने लगते हैं। फिर पतझड़ का मौसम शुरु हो जाता है जब उनकी सारी पत्तियाँ झड़ जाती हैं। उनकी सारी रौनक ख़त्म हो जाती है और फिर बसंत के मौसम में फिर से उनमें एक नया जीवन प्रारंभ हो जाता है। एक नई उमंग जग जाती है। इसी तरह अगर तुम पत्थर की तरह रहोगे तो तुममें कोई भी अंकुर नहीं फूटेगा। तुममें कोई भी स्फुटन नहीं होगा। तुममें एक नया एहसास कभी भी नहीं आ सकेगा। तुम्हें परिस्थितियों के अनुसार बदलना ही होगा। अभी तक तुम शरारतें करते थे लोगों की शिकायत हमारे पास आती थीं क्योंकि इससे लोगों का नुक़सान होता था और तुम्हें खुशी मिलती थी। अब उनको शरारतें करने दो तुम सिर्फ़ बस शिकार बनकर उनका दिल जीतो। इससे उनका मनोरंजन होगा लेकिन इसके ज़रिये तुम उनके दिल में धीरे-धीरे खास जगह बना लोगे। कभी-कभी जानबूझकर हारना जीतने से कई गुना बेहतर होता है।

पायल ने अरमान के माथे को प्यार से चूमा और कहा, ''आओ, आज मैं तुम्हे एक कविता सुनाती हूँ। कविता का शीर्षक है 'मुश्किलें'।

जब मुश्किलों से हैं मुँह मोड़ते,
तो लड़खड़ाये ये ज़िंदगी।
जब करते हैं सामना इसका,
तो खिलखिलाये ये ज़िंदगी।
जब पलट जाते देख मुश्किलों को,
तो तड़फड़ाये ये ज़िंदगी।
जीत जाते करके सामना अगर,
तो मुस्कुराये ये ज़िंदगी।

पायल की कही बात और कविता का पूरा असर अरमान पर पड़ा। अरमान ने कहा, ''आप एक अच्छी कवयित्री हैं, उससे भी बेहतर आप एक अच्छी माँ हैं। ठीक है माँ, मैं अब सोने जा रहा हूँ आप भी सो जाइये।'' पायल ने कहा, ''शुभरात्रि!''

अगले दिन जब अरमान कालेज गया तो उसके चेहरे पर आत्मविश्वास झलक रहा था। उसकी तरफ देखते हुये अनन्या ने कहा, ''लगता है तुम हमारी प्रतियोगिता के लिये पूरी तरह से फिट और तैयार हो।'' अरमान ने उत्सुकतावश कहा, ''तुम्हें कैसे पता?'' अनन्या ने कहा, ''तुम्हारे चेहरे का नूर आज कुछ ज्यादा ही चमक रहा है।'' अरमान ने प्रत्युत्तर में कहा, ''मैं कुत्तों के साथ रेस करने के लिए तैयार हूँ बस तुम्हें बताना है कब और कहाँ?'' इस पर अभिनीत ने कहा, ''कल

तक तो तुम्हारा मुँह लटका हुआ था और आज अचानक इतनी शक्ति कहाँ से आ गयी? कहीं तुमने कोई जड़ी बूटी तो नहीं पी ली। ख़ैर जो भी हो कालेज खत्म होने के बाद, कालेज के बाहर जो खाली जगह है वही पर आ जाना। तब तक हम और अनन्या कुछ आवारा कुत्तों को ढूँढ़ते हैं। देखते हैं तुम्हारी जड़ी-बूटी में कितनी ताक़त है?'' कुछ ही देर में कालेज ख़त्म हो गया। तयस्थिति के अनुसार काफी लोग इस रोचक मुकाबले को देखने के लिए जमा हो गये थे। वह जगह जहाँ से रेस शुरू किया जाना था। वहाँ से 100 मीटर की दूरी पर एक लाइन खिंची हुई थी, जहाँ पर कुछ लड़कों का समूह खड़ा था। वहाँ पर अरमान को कुत्तों से पहले पहुँचना था। रेस शुरू हो चुकी थी, कुत्तों को पीछे से एक गोल घेरे में घेरकर पत्थर मारकर और डंडों से दौड़ाया जा रहा था। हालांकि पत्थरों और डंडों की मार से कुत्ते विचलित होकर इधर-उधर भी भाग रहे थे। एक भीड़ उनके पीछे दौड़ रही थी इसलिए उनका आगे बढ़ना लाज़िमी था। यही कारण था कि कुत्तों में एक बौखलाहट और बेचैनी भी थी। अरमान भी तेज़ी से भाग रहा था कि मैदान में थोड़ी फिसलन होने की वजह से अचानक अरमान का पैर फिसल गया और वह एक कुत्ते के ऊपर गिर पड़ा। कुत्ता बौखलाया हुआ था इसलिए उसने अरमान की जांघ के पास काट लिया। सभी दौड़े-दौड़े अरमान के पास आये। उसे तुरन्त ही एक हॉस्पिटल ले जाया गया जहाँ उसे तीन सुईयाँ लगवानी पड़ी। अरमान दर्द से चीख रहा था पर उसके चेहरे पर शिकन नहीं थी।

अनन्या अरमान के बगल में बैठी हुई थी। उसने एक चिढ़ भरे स्वर में कहा, ''मुझे नहीं लगता कि अब तुम दुबारा इस प्रतियोगिता में भाग लेने की कोशिश करोगे। चाहो तो तुम पीछे हट सकते हो। तुम्हें लगेगा कि हम सब तुम्हारा इस्तेमाल अपने मज़े के लिए कर रहे हैं। शायद तुम यही सोच रहे होगे।'' अरमान ने दृढ़ होकर कहा, ''नहीं! अगर यह रेस एक दिन पहले हुई होती तो शायद अब तक मैं पीछे हट गया होता क्योंकि कल तक इसके लिए मैं तैयार नहीं था। अब मैंने फैसला ले लिया है मैं पीछे नहीं हटूँगा। इससे पहले तुम मुझे तैयार रहने को कहते थे पर आज मैं तुम्हें कल की रेस के लिए तैयार होने को कहता हूँ। मैंने ज़िंदगी में आगे बढ़ना सीखा है, पीछे हटना नहीं। हाँ, अगर रेस कुत्तों के साथ होगी तो हॉस्पिटल तो आना ही पड़ेगा।'' अरमान के इस साहस भरे कदम पर अभिनीत मन ही मन बुदबुदाता है, ''मुझे नहीं लगता यह किसी टेबलेट का असर होगा। फिर भी स्वागत है तुम्हारा हमारी इस फेट प्रतियोगिता में।'' दूसरे दिन फिर से सभी लोग इकट्ठे हुये। लेकिन कुत्तों के काटे जाने के बावजूद भी अरमान जोश से भरा हुआ था। इस बार की रेस में अरमान ने कुत्तों को बिल्कुल भी मौका नहीं दिया और रेस जीत लिया। अरमान को सभी सहपाठियों की तरफ़ से बधाईयाँ मिल रही थी। अभिनीत ने कहा, ''कुछ तो बात है तुममें, वर्ना तुम्हारी

जगह कोई और होता तो वह अब तक कब का मैदान छोड़ गया होता।" अनन्या ने कहा, "साधारण तो नहीं लगते तुम। चाहे जो भी हो लेकिन तुम बहुत ही हिम्मत वाले और बहादुर हो। जीत के लिए बहुत-बहुत बधाई। उम्मीद है फेट के अगले चरण के लिए तुम जल्द ही फिट हो जाओगे। अब कल मिलते हैं।" अरमान ने कहा, "जरूर मिलेंगे।" यह कहकर अरमान अपने घर को चला गया।

अगले दिन जब अरमान कालेज गया तो वहाँ पर अभिनीत और अनन्या पहले से ही अरमान का बेसब्री से इंतज़ार कर रहे थे। अरमान को देखते ही अनन्या का चेहरा खुशी से खिल उठा। अनन्या ने कहा, "यह हमारे फेट का आखिरी चरण है। इसमें 3 घंटे के लिए तुम्हें दिल्ली का कोई भी स्थान चुनना है। जहाँ से तुम्हें 100 रुपये इकट्ठा करना है। यह रही भिखारियों वाली तुम्हारी ड्रेस और यह एक कटोरा। उस दिन अरमान के मन में कुतुबमीनार के पास भीख माँगने का विचार आया। अरमान ने भिखारियों की ड्रेस को पहन लिया जो जूट के बोरे का बना हुआ था। अरमान जल्द ही कुतुबमीनार के पास पहुँच गया भीख माँगने। लेकिन आज उसकी किस्मत अच्छी नहीं थी। एक पुलिस वाला आया और उसने अरमान को यह कहते हुये भगा दिया कि शर्म नहीं आती ऐतिहासिक स्थल पर भीख माँगते हुये। उस दिन तय सीमा तक अरमान ने मुश्किल से 10 रूपये ही इकठ्ठा कर पाये। अरमान की इस हालत पर अनन्या ने कटाक्ष किया, "कोशिश तो अच्छी थी, पर कामयाबी हाथ से फिसल गई। कोई बात नहीं अभी तो बहुत अवसर हैं।" इस पर अरमान ने कहा, "कितनी दूर से मैं दिल्ली में पढ़ने और कुछ बनने आया था। पर आज क्या हालत हो गई है मेरी? अब मुझे डर लग रहा है कहीं फेट के इस आखिरी चरण को पूरा करते-करते भिखारी ही न बन जाऊँ।" अनन्या ने अरमान को थोड़ी दिलासा दी कि ज़िंदगी का क्या है वह आज नहीं तो कल पटरी पर आ ही जायेगी। वैसे कल के बारे में क्या सोचा है? कहाँ पर बैठकर भीख माँगना है? अनन्या ने बात के प्रवाह को मोड़ने की कोशिश की। आज की मिली निराशा से अरमान असंतुष्ट था इसलिए झल्लाते हुये बोला, "कल की बात मैं कल ही बताऊँगा। तुम तो मुझसे ऐसे बातें कर रही हो जैसे कि मैं सचमुच का भिखारी हूँ। अभी तो मैं जा रहा हूँ। मुझे डर लग रहा है कि कहीं मेरी माँ ने मुझे ऐसे हालत में देख लिया तो मेरा कचूमर निकाल देगी।" अगले दिन अरमान ने जामा मस्जिद के पास भीख माँगने का निर्णय किया। लेकिन आज वह एक जगह बैठकर भीख माँगने के बजाय घूम-घूम कर भीख माँग रहा था। आज उसके भीख माँगने का अंदाज़ भी निराला था। एक लड़की को देखकर अरमान उसकी तरफ़ गया और बोला, "ऐ सीमा! इसमें कुछ पैसे डाल दो।" भिखारी के इस तरह के रवैये से वो लड़की हैरत में पड़ गयी। "मेरा नाम सीमा नहीं है, चलो भागो यहाँ से।" उस लड़की ने कहा। अरमान उसके पीछे पड़ गया, "मैं जानता हूँ आप का नाम आरती

है। अब तो इसमें पैसे डाल दीजिये।'' यह भिखारी तो मेरे पीछे ही पड़ गया है। यह कहते हुए उस लड़की ने झट से कुछ रूपये उसके कटोरे में डाल दिये उस भिखारी से पिंड छुड़ाने के लिए। अरमान वहाँ से आगे बढ़ा तो एक पीले शर्ट वाले आदमी को देखकर कहा, ''ऐ पीले शर्ट वाले भाई, इसमें कुछ पैसे डाल दो।'' उस पीले शर्ट पहने हुये आदमी ने अरमान को घूरा और कहा, यह किस तरह का अजीब भिखारी है। यह लो पैसे और चलते बने यहाँ से। अरमान वहाँ से आगे बढ़ा तो एक औरत को देखकर उसने कहा, ''भोली आंटी, जरा इसमें कुछ पैसे डाल दीजिये।''

अरमान की यह तरकीब काफ़ी हद तक कामयाब रही लेकिन आज भी तय समय-सीमा तक केवल 80 रुपये ही इकठ्ठा कर पाया था। दूसरी बार भी नाकामयाब होने पर अनन्या ने दहला मारा, ''अगर तुम पढ़ने में सफल नहीं रहे तो भिखारी के पेशे से जुड़ सकते हो।''

अभिनीत ने दो टूक आगे की बात कह दी, ''उस्ताद भिखारियों की बारीकी भी तुममें आ चुकी है।'' अरमान ने कहा, ''मजाक उड़ा लो मेरा, केवल आज भर ही तुम मुझ पर हँस सकते हो। कल मैं 3 घंटे में 100 रूपये जरूर इकट्ठा कर लूँगा। अगले दिन जब अरमान कालेज आया तो उसने मन ही मन एक योजना बनायी। उसने तय किया की आज वह भीख नही माँगेगा। आज वह कनाट प्लेस पर बैठ गया। कुछ देर तक शांत भाव से सभी लोगों को वहाँ से आते-जाते देखता रहा। अचानक एक चालीस साल की औरत को देखकर उस ओर तेज़ी से भागा। उनके पैरों पर गिर कर के कहने लगा। मै लुट गया मेरी बहना। मैं लुट गया। वह औरत अचानक सकपका गई और बोली कौन हो तुम? अरमान ने कहा, ''पहचाना नहीं, मैं तुम्हारा भाई हूँ। आज दुनिया वालों ने मेरी यह हालत कर दी। मेरा सब कुछ लूट लिया गया। अब तुम ही मेरी आखिरी उम्मीद हो मेरी प्यारी बहना।'' उस औरत ने अरमान को जोर से डांटा, ''तुम तो एक भिखारी हो। तुम मेरे भाई हो ही नहीं सकते। चलो भागो यहाँ से।'' इस पर अरमान चिल्ला चिल्लाकर कह रहा था। ''देखो दुनिया वालों 100 रूपये के लिये यह कलयुगी औरत अपने भाई को भूल गई। हे भगवान! ऐसी निष्ठुर बहन किसी को मत देना। मेरी प्यारी बहना, तुम्हें यह क्या हो गया है? क्यों अपने भाई को नहीं पहचान पा रही हो?'' काफ़ी भीड़ इकठ्ठी हो गई थी वहाँ पर। लोग आपस में कानाफूसी कर रहे थे। कैसी बहन है, जो अपने भाई को नहीं पहचान रही है। कुछ लोग यहाँ तक बोल रहे थे कि इस बेचारे की ऐसी हालत के लिए यह औरत ही जिम्मेदार है।

भीड़ में से एक आदमी ने कहा, ''ये गंवार औरत अपने भाई को अपने साथ ले जा। यहाँ पर इतना बखेड़ा खड़ा करने की ज़रूरत नहीं है।'' अपने आसपास

इतने लोगों को घिरा देखकर उस औरत का मनोबल गिर चुका था। उसने घबराकर पर्स से 100 रूपये का नोट निकाला और अरमान को देते हुए बोली, "कृपा करके मेरा पिंड छोड़ दो।" पैसे लेकर अरमान धीरे से वहाँ से खिसक लिया। कुछ ही दूर पर अनन्या और अभिनीत खड़े होकर अरमान की इस हरकत पर जोर-जोर से हँस रहे थे। अरमान को अपनी तरफ़ आता देखकर अभिनीत ने कहा, "बहुत अच्छा हंगामा खड़ा किया है। मानना पड़ेगा, तुम्हारा जादू आख़िरकार चल ही गया।" अनन्या ने कहा, "तुममें नाटक करने का भी एक अच्छा हुनर आ गया है। सच बात तो यह है कि फेट जैसी कोई चीज है ही नहीं यहाँ। बातों ही बातों में हमने इसे बना दिया।" अनन्या ने फेट का सब सच उगल दिया। अभिनीत ने मुस्कुराकर अनन्या की अधूरी बात पूरी की, "और बातों ही बातों में हमें एक मुल्ला भी मिल गया।" अनन्या ने गंभीर होकर कहा, "इस शानदार जीत के लिए बहुत-बहुत बधाई।" ऐसा कहते हुये अनन्या ने अरमान को गले लगा लिया। अरमान ने आश्चर्य प्रकट करते हुये कहा, "मुझे तो लगा कि हर शख़्स को शायद इससे गुज़रना पड़ता है।" अभिनीत ने कहा, "अभी हमारी बात ख़त्म नहीं हुई। तुम इसे पास करने वाले पहले और आख़िरी शख़्स हो। मुझे नहीं लगता कि तुम्हारे बाद शायद हमारे द्वारा बनाये गये फेट को कोई पास करने की कोशिश करेगा। अब तुम मेरे अच्छे दोस्त हो।" यह कहकर अभिनीत अरमान के गले लग गया। अब तीनों एक अच्छे दोस्त बन गये थे और जल्द ही कालेज में प्रसिद्ध हो चुके थे, "ट्रिपल A" के नाम से।

"ट्रिपल A" का मतलब था अरमान, अभिनीत और अनन्या। कालेज का हर क्षेत्र, चाहे वो पढ़ाई का क्षेत्र हो या फिर खेल का मैदान या रंगमंच की हसीन दुनिया। "ट्रिपल A" की अहमियत हर जगह बढ़ी हुई थी। अरमान, अभिनीत और अनन्या की दोस्ती इतनी पक्की हो गई थी कि अभिनीत और अनन्या का आये रोज अरमान के घर पर जाना हो गया था। पायल भी अब इस बात से खुश थी कि अरमान का मन यहाँ पर लग रहा है। अब पायल को महसूस हो रहा था कि यहाँ के माहौल का अनुकूल असर अरमान के ऊपर हो रहा है। वह सुबह बहुत जल्दी उठ जाता था और उसे कालेज जाने की बहुत ही हड़बड़ी रहती थी। उसमें हुये इस तरह के बदलाव को देखते हुये पायल ने कहा, "पहले तो तुम कालेज जाने के डर से भागते थे। हर दिन कालेज न जाने के नये-नये बहाने खोजते थे। कहो, अब क्या हुआ?" अरमान ने कहा, "आप सही थी माँ। अगर मैं उस दिन डर की वज़ह से पीछे हट गया होता तो शायद आज जैसी खूबसूरत जिंदगी मैं कभी भी नहीं देख पाता। आप ने मुझे सही रास्ता दिखलाया, पर इसके लिए मुझे भी बहुत ही पापड़ बेलने पड़े।" पायल हँसते हुये, "शुरूआत में नये लोगों के साथ सामंजस्य बनाने में थोड़ी-बहुत तकलीफ होती है, पर अब सब कुछ ठीक हो गया

ना।'' अरमान ने कहा, ''हाँ माँ, अब सब कुछ ठीक हो गया। मैं अब कालेज के लिए निकलता हूँ।'' पायल ने कहा, ''ठीक है जाओ, लेकिन कालेज में लोगों के साथ अच्छे से पेश आना।''

''ट्रिपल A'' की शरारतें

यहाँ आकर अरमान के दिन अच्छे से कटने लगे थे। नये दोस्तों के साथ कब सुबह होती थी और कब शाम यह पता ही नहीं चलता था। हर दिन मौज-मस्ती के नये तरीके ढूँढ़ना यही अरमान और उसके दोस्तों का काम हो गया था। इसलिए हर रोज़ शरारतों का होना अब आम हो गया था क्योंकि तीनों की दोस्ती एकदम से गाढ़ी हो चुकी थी। शरारतपन सिर्फ़ स्वभाव में नहीं होता बल्कि वक़्त में भी होता है। शरारत कोई बुरी चीज़ नहीं है बशर्ते इससे किसी का नुकसान न हो। लेकिन कोई भी शरारत नुक़सान के विभिन्न पहलुओं को देखकर नहीं करता। यह तो सहज रुप में घटित हो जाता है जहाँ कालेज के दौरान चार नटखट लोग मिल जाते हैं जिनके विचारों में काफ़ी समानता होती है। उस समय सारे अच्छे विचार दरकिनार कर दिये जाते हैं और मौज-मस्ती करना ही उनकी पहली प्राथमिकता होती है। वक़्त के साथ अरमान के अंदर शरारत का रंग धीरे-धीरे अपनी पकड़ मजबूत बना रहा था। लेकिन पायल इससे बेखबर थी क्योंकि कालेज की शरारत तो सिर्फ़ कालेज में ही रह जाती थी और उन तक कभी नहीं पहुँचती इसलिए पायल को लगता था कि अरमान में कुछ सकारात्मक बदलाव आ रहा है, पर ऐसा नहीं था। एक दिन अरमान और अभिनीत आपस में बात कर रहे थे तभी अनन्या भी वहाँ पर आ गई। अभिनीत ने पूछा, ''क्या बात है अनन्या? क्या तुम ठीक हो?'' प्रत्युत्तर में अनन्या ने कहा, ''मैं ठीक नहीं हूँ। दरसल कमलेश नाम का कोई लड़का है जो फोन करके बार-बार मुझे शादी का प्रस्ताव दे रहा है। रात में उसने मुझे कई बार फोन किये। उस लड़के को मैं जानती तक नहीं। समझ में नहीं आता, उसको मेरा सेलफोन नम्बर कैसे मिल गया? अनन्या की बात सुनकर अरमान इधर-उधर देखने लगा। अभिनीत ने अरमान से पूछा-तुम इधर-उधर क्यों देख रहे हो? अरमान ने अनन्या से कहा, ''एक गलती हो गई है अनन्या।'' अनन्या ने अरमान से पूछा-क्या गलती हुई? अरमान ने ऊबी हुई आवाज में कहा, ''दरअसल उस लड़के को तुम्हारा सेलफोन नम्बर मैंने ही दिया है।'' अनन्या गुस्से से तिलमिला उठी और उसने अरमान का कॉलर पकड़ लिया और बोली, ''जान से मार दूँगी तुम्हें, अगर मेरा सेलफोन नम्बर किसी को दिया तो। अभिनीत ने भी अनन्या का साथ दिया और बोला, ''कमीने को छोड़ना नहीं अनन्या।'' इस पर अरमान ने कहा, ''कॉलर तो छोड़ो अनन्या। यह सब मैंने जानबूझकर नहीं किया है। वह ग़लती से मेरे मुँह से निकल पड़ा था। एक मिनट

रूककर पूरी बात तो सुन लो।'' अनन्या गुस्से से बोली, ''सिर्फ़ एक मिनट है तुम्हारे पास अपनी बात कहने के लिये।''

कैसे-कैसे दोस्त मिले हैं, बिना गला दबाये बात ही नहीं करते। अरमान ने एक गहरी साँस ली, अपने हाथ से गले को सहलाया और अपने कॉलर को ठीक किया। उसने अपनी बात कहनी शुरु कर दी। जिस कमलेश की तुम बात कर रही हो, वह मेरे घर से तकरीबन 20 मीटर के फासले पर रहता है। उससे मेरी कोई ज्यादा घनिष्ठता तो नहीं है, बस हल्की-फुल्की जान पहचान है। पिछले हफ्ते मैं अपनी माँ के साथ एक शादी में गया था। मेरी माँ अपनी एक दोस्त के साथ बात करने में मशगूल थी। उनके दोस्त की एक लड़की थी काजल, वह भी शादी में आई हुई थी। जो दिखने में बेहद ही ख़ूबसूरत थी। माँ की दोस्त की लड़की होने के नाते मैंने भी काजल से कुछ बातचीत कर लिया। संयोगवश कमलेश भी उस पार्टी में उपस्थित था उसने मुझे काजल के साथ बातचीत करते हुये देख लिया था।

उसका दिल काजल पर आ गया इसलिए उसने मेरे ऊपर दबाव बनाना शुरू किया कि मैं उसके घर का पता और सेलफोन नम्बर ले लूँ। मैंने कहा, ''यह सब मुझसे नहीं होगा।'' आखिरकार वह लड़का हाथ धोकर मेरे पीछे पड़ गया। तब मैंने झल्लाकर उससे कह दिया कि तुम चलो मैं उसके घर का पता और सेलफोन नम्बर लेकर लेता हूँ। शादी से मुझे और मेरी माँ को लौटने में तकरीबन 12 बज चुके थे। मैं थककर सोने जा रहा था कि तभी वह लड़का कमलेश आ धमका और उस लड़की का सेलफोन नम्बर और घर का पता माँगने लगा, तब मैंने टालमटोल करने की कोशिश की और कहा, ''सुबह आ जाना।'' और फिर मैं सोने चला गया। वह सुबह 4:30 बजे आकर ही मेरा दरवाजा खटखटाने लगा। मुझे बहुत गुस्सा आ रहा था कि कौन है जो इतनी सुबह-सुबह मेरी नींद हराम कर रहा है, घर का दरवाजा खटखटाकर। जब मैंने दरवाज़ा खोला तो देखा कि वही कमलेश खड़ा था। एक तो नींद पूरी नहीं हुई थी ऊपर से उसका चेहरा देखकर मेरा तो दिमाग खराब हो गया। मुझे देखते ही उसने कहा, ''सेलफोन नम्बर और घर का पता मिला क्या? देखो उस लड़की की ख़ातिर मैं रात भर नहीं सो सका। अब तो मेरी मदद कर दो भाई।''

मुझे बहुत ही गुस्सा आ रहा था, पर मैंने उसे अपने चेहरे पर आने नहीं दिया। ठीक है नोट कर लो आखिर तुमने इसके लिए काफ़ी मेहनत किया है। मैं पूरी तरह होश में भी नहीं था इसलिए मैंने उसको कोई ग़लत पता और एक सेलफोन नम्बर दे दिया। कुछ देर बाद जब मेरी तंद्रा टूटी तब ख्याल आया कि मैंने ग़लती से तुम्हारा सेलफोन नम्बर उसको दे दिया है। अब तुम्हीं बताओ इसमें मेरा कोई

कसूर है क्या ? इस पर अनन्या ने कहा, ''तुम्हारा कोई कसूर नहीं है, सारा कसूर तो मेरा है जो मैंने तुम पर विश्वास किया।'' इतना कहकर अनन्या अरमान की गर्दन दबाने लगी।

अरमान ने अनन्या से विनती की, ''कृपया मुझे छोड़ दो, मुझे एक मौका दो। मैं तुम्हें इस मुसीबत से छुटकारा दिला दूँगा।''

''बोलो! जल्दी बोलो, जो कुछ तुम्हें बोलना है।'' अनन्या ने अरमान की गर्दन दबाते हुये कहा।

''गर्दन से हाथ हटाओगी तब तो कुछ बोलूँगा।'' अरमान ने अपना पक्ष रखा। अनन्या ने अरमान की गर्दन से हाथ हटाया, ''अब बोलो।'' अरमान ने फिर एक गहरी साँस ली और कहा, ''पता नहीं कैसे-कैसे दोस्त मिले हैं, बिना गर्दन दबाये बात ही नहीं करते हैं। देखो मेरे दिमाग़ में एक अच्छी योजना है। मैं जैसा कहता हूँ तुम वैसा ही करना।'' अनन्या ने कहा, ''मुझे क्या करना होगा?''

''तुम उसे फोन करो और बोलो, मुझसे प्यार करते हो तो जहाँ और जब बुलाऊँगी तुम आ जाओगे।''

''नही! अब मैं तुम्हारी बातों में नही आने वाली हूँ।'' अनन्या ने अरमान को चेताया, ''ख़बरदार जो इस तरह की हरकत की।'' अरमान ने अनन्या के कान में कुछ फुसफुसाया तो अनन्या इस काम को करने के लिए तैयार हो गई। अरमान के कहने पर अनन्या ने कमलेश को फोन लगाया, ''हाय कमलेश, मैं सालों से प्यार की तलाश कर रही हूँ, और तुमने मेरी तलाश खत्म कर दी। बोलो मैं जब भी तुम्हें बुलाऊँगी, क्या तुम मेरे पास चले आओगे।'' उधर से आवाज़ आई, ''जब से मैंने तुमको देखा है। मेरी रातों की नींद ही गायब हो गई है। मेरे स्वप्नों में सिर्फ़ तुम्हारी ही तस्वीर बसी हुई है। मुझे ऐसा लग रहा है, जैसे सदियों से मुझे तुम्हारा ही इंतिज़ार है।'' अनन्या ने कहा, ''तो फिर ठीक है, आज उस इंतिज़ार को खत्म कर देते हैं। आज रात 11 बजे रायल कालेज के पीछे स्थित पार्क में आ जाना मुझे तुम्हारा इंतिज़ार रहेगा।''

अरमान ने कहा, ''चलो हम लोग मिलकर अपनी व्यवस्था पूरी कर लेते हैं। आज बहुत ही मज़ा आने वाला है।'' इधर कमलेश समय से पहले ही पार्क में पहुँच कर उस लड़की का इंतज़ार करने लगा। काफ़ी रात होने लगी तो उधर से आवाज आई, ''मेरी आवाज सुनकर चले आओ।'' कमलेश लड़की की इस आवाज़ को सुनकर चौकन्ना हो गया और आवाज़ की दिशा में चलने लगा। कमलेश ने कहा, ''तुम सामने क्यों नहीं आ रही हो ?'' अनन्या झाड़ियों में छिपकर बोल रही थी। ''मैं तो बस तुम्हें अचम्भित करना चाहती हूँ। जिधर से मेरी आवाज़ आ रही है, बस उस दिशा में बढ़ते चले आओ।''

कमलेश जिस ओर चलता जा रहा था, उधर आगे बढ़ने पर सुनसान और अँधेरा था। कमलेश ने चलते हुये ही कहा, ''क्या तुम्हे अँधेरे से डर नहीं लगता?'' इस पर अनन्या ने कहा, ''मैं तो अँधेरे में ही पली और बढ़ी हूँ, तो फिर अँधेरे से क्या डरना?'' कमलेश ने उस लड़की की मनःस्थिति को समझने का प्रयास किया, ''मैं समझ सकता हूँ, तुम्हारी परेशानी। तुम्हारे कस्बे में बिजली की कटौती शायद कुछ ज़्यादा होती होगी।'' अनन्या ने एक रोचक उत्तर दिया, ''दरअसल मैं जहाँ रहती हूँ, वहाँ बिजली है ही नहीं।'' कमलेश ने कहा, ''तब तो यह और भी बुरा है।'' और वह धीरे-धीरे आगे बढ़ता हुआ एक कब्रिस्तान के पास आ पहुँचा था। कमलेश ने घबराकर कहा, ''अब तो सामने आ जाओ।'' प्रत्युत्तर में अनन्या ने कहा, ''मैं कैसे सामने आ सकती हूँ? मैं तो इस कब्र में बंद हूँ। अपने पीछे स्थित कब्र की तरफ देखो।'' कब्र को देखते ही कमलेश की सिट्टी-पिट्टी गुम हो गई। अचानक सारा प्यार एक पल में ही उड़न छू हो गया। उसने घबराकर हकलाहट भरी आवाज में कहा, ''क्या तुम मर चुकी हो?'' अनन्या ने कहा, ''किसने कहा कि मैं मर चुकी हूँ। अगर मैं मरी हुई होती तो तुम्हें कैसे याद करती? और मैंने कहा भी कि मैं अंधेरे में ही पली और बढ़ी हूँ। तुम्हें पाकर आज मेरे प्यार की तलाश पूरी हो गई है। आ जाओ, मैं तुम्हें गले लगाने को व्यग्र हूँ। इस कब्र के अंदर आ जाओ।''

इतना सुनते ही कमलेश की घिग्घी बँध गई। वह धीरे-धीरे काँपते हुए स्वर में बोला, ''बहुत बड़ी ग़लती हो गई मुझसे, जो मैं इधर आ गया। अब कृपा करके मुझे जाने दो। मैं इस कब्र के अंदर नहीं आ सकता।'' अनन्या ने कमलेश को धमकाते हुये कहा, ''तो फिर ठीक है, मैं ही इस कब्र से बाहर आ जाती हूँ।'' अनन्या के इतना कहते ही कब्र तेज आवाज़ के साथ फट गई। कब्र के पास स्थित पेड़ पर अभिनीत और अरमान एक चट्टान लिये हुये बैठे थे, जैसे ही अनन्या ने अपने शब्द खत्म किये। उन्होंने फौरन उस चट्टान को कब्र पर गिरा दिया। अनन्या के इतना कहते ही वह बिजली की तेज़ी से भाग खड़ा हुआ।

इधर अरमान, अनन्या और अभिनीत अपनी कामयाबी पर फूले नहीं समा रहे थे। अनन्या ने हँसते हुये कहा, ''आज ख़ूब मजा भी आया और मेरी समस्या भी ख़त्म हो गई।'' अभिनीत ने कहा, ''वैसे एक बात तो माननी ही पड़ेगी। ये सब काम सिर्फ़ तुम्हारे ही दिमाग़ की उपज है।'' अरमान ने कहा, ''हाँ, मेरा दिमाग़ सारी खुराफातों का घर जो है। पर अब काफ़ी रात हो चुकी है, हमें घर चलना चाहिए।'' फिर सभी ने एक दूसरे से विदा ली। और वापस अपने-अपने घर आ गये।

इधर अरमान के घर देर से पहुँचने पर पायल नाराज़ हो गई और इसका कारण पूछा। अरमान ने कहा, ''मैं अपने दोस्तों के साथ कुछ ज़रूरी काम पूरा कर रहा था।'' अरमान के चेहरे से एक अंदरुनी मुस्कान बाहर की तरफ़ फूट रही थी, जिसे वह दबाने की कोशिश कर रहा था। पायल ने अरमान के इस रंग को पकड़ लिया और कहा, ''झूठ बोल रहे हो तुम। तुम्हारे चेहरे का रंग तो कुछ और ही बता

रहा है। सच-सच बताओ तुम कहाँ थे?'' तब अरमान ने सारी बात अपनी माँ से कह दी। अरमान की बात ख़त्म होने पर पायल ने कहा, ''तुम्हें उसके साथ ऐसा बर्ताव बिलकुल भी नहीं करना चाहिये था। मान लो अगर वह कमजोर दिल वाला होता, तो तुम लोगों की इस हरकत से उसकी जान भी निकल गई होती। अगर वह ग़लत था तो तुम्हें अपनी बात शांतिपूर्वक और मर्यादित ढंग से रखनी चाहिए थी।''

अरमान ने दो टूक में कहा, ''जिंदगी मौज-मस्ती करने के लिए ही तो है। थोड़ी बहुत मौज-मस्ती कर लिया तो इसमें क्या ग़लत है?'' पायल ने एकटक अरमान को देखा और गंभीर होकर कहा, ''अभी तुम अपने पैरों पर खड़े नहीं हो। जब तुम अपने पैरों पर खड़े हो जाओगे, तब तुम्हें समझ में आयेगा कि जिंदगी जिम्मेदारी का नाम है, मौज-मस्ती का नहीं।'' अरमान ने कहा, ''ऊफ् फिर से शुरु, इस वक्त मैं कुछ भी सुनने की स्थिति में नहीं हूँ। मुझे नींद लग रही है और मैं सोने जा रहा हूँ।'' इतना कहकर अरमान अपने कमरे में सोने चला गया। पायल को अरमान की शरारतों से ज्यादा किसी और चीज से डर था। उसे डर था कहीं उसकी शरारतों भरी जिज्ञासा का रुख बेसमेंट के कमरे की तरफ़ न चला जाए। एक पुरानी कहावत है खाली दिमाग शैतान का घर होता है। इसलिए पायल अपने इस अंदरुनी डर को दूर करने के लिए अरमान पर काफ़ी पैनी नज़र रखती थी। वह चाहती थी कि अरमान का बर्ताव सीधा-साधा और सरल हो, मन स्थिर हो और वह अपने लक्ष्य की ओर अग्रसर हो। इसलिए वह छोटी से छोटी गलती को भी नज़रअंदाज़ नहीं करना चाहती थी। छोटी-छोटी बातों पर भी पायल उसे झिड़क देती थी। इसलिए अरमान अब अपनी माँ की डांट खाने का आदी हो चुका था सो कभी-कभी वह पायल की बात को नज़रअंदाज़ कर देता था। चूंकि अरमान और पायल दोनों उम्र के दो अलग पड़ाव पर थे। दोनों के सोचने और काम करने के तरीक़े में जमीन और आसमान का फ़र्क था। पायल के ऊपर अरमान के परवरिश की एक बड़ी ज़िम्मेदारी थी तो अरमान के पास जिम्मेदारियों से अंजान मौज-मस्ती की अलग दुनिया थी। उसे अपनी मौज-मस्ती ज्यादा प्यारी थी।

एक दिन अनन्या के किसी दूर के रिश्तेदार ने उसे एक दुर्लभ किताब भेंट की जो कि आसामी भाषा में थी इसलिए अनन्या का ध्यान आसामी भाषा सीखने पर चला गया। उसने इस किताब का जिक्र अरमान और अभिनीत से भी किया। अरमान और अभिनीत ने उस किताब को हल्के में लिया, ''तुम्हें तो पता है कि हमें किताबों से बहुत एलर्जी है इसलिए इसे हमसे दूर ही रखो। वैसे भी यह हमारे किसी काम की नहीं है, क्योंकि यह दूसरी भाषा में है।'' अनन्या ने उन्हें उस किताब की हकीकत बतलाने की कोशिश की, ''यह ख़जाने के बारे में एक दुर्लभ किताब है।'' अरमान ने अनन्या की बात को अनसुना करते हुये कहा, जब तुम्हें खजाना मिल जाये तो हमें बता देना। मैं और अभिनीत ख़जाने की हिस्सेदारी करने वहाँ पर पहुँच जायेंगे, समझ में आया। ''तुम दोनों बेवकूफ़ों से तो बात करना ही

बेकार है।'' अनन्या ने खीझते हुये कहा। अनन्या ने उस किताब को गंभीरतापूर्वक लिया। उसके लिए आसामी भाषा सीखने लगी। वह हर बात को गंभीरतापूर्वक जानने और समझने की कोशिश कर रही थी। अरमान और अभिनीत अक्सर अनन्या की इस बात को लेकर मजाक उड़ाया करते थे। एक दिन अरमान ने कहा, ''मुझे नहीं लगता तुम्हारे जैसा बेवकूफ कोई दूसरा होगा। मेरे ख़्याल से तुम अपना वक़्त बेकार की मनगढ़ंत कहानियों में लगा रही हो जिसका ना ही कोई वजूद है ना कोई अस्तित्व।'' अभिनीत ने भी कटाक्ष किया। मुझे समझ में नहीं आता कि ऐसी बेकार की किताबें कौन लाकर तुमको देता है? इन सब बातों से अनन्या का विश्वास डगमगा जाता था। एक दिन अनन्या ने इस किताब का जिक्र पूरी कक्षा में इतिहास के शिक्षक के सामने कर दिया। अनन्या ने पूछा, ''सर, मुझे आसाम की एक दुर्लभ किताब मिली है, जिसमें प्राचीन राजाओं के ख़जाने का जिक्र है और उस ख़जाने तक पहुँचने का रास्ता है किसी जादूई चीज़ में मौजूद है। क्या यह संभव हो सकता है?'' इतिहास के उन शिक्षक महोदय ने कहा, ''इतिहास साक्ष्यों और दस्तावेज़ों में यक़ीन रखता है, किसी जादू टोने में नहीं। बेहतर होगा तुम अपना ध्यान पढ़ाई की ओर लगाओ। और हाँ, अगर जादू में यक़ीन है तो तुम्हें हैरीपाटर के स्कूल में दाखिला लेना चाहिए।'' इस पर अरमान ने व्यंग्य कसा, ''यह जादू करेगी पेंसिल और रबड़ से, क्योंकि इसके पास तो जादू की छड़ी भी नहीं है।'' इसी के साथ पूरी कक्षा एक साथ खिलखिला कर हँस पड़ी। अनन्या सिर्फ़ गुस्से का घूंट पीकर रह गई। उस टीचर ने उस किताब के बारे में उत्सुकता दिखाई और पूछा, ''और क्या क्या था उस किताब में।'' अनन्या ने कहा, ''प्रकृति के पाँच तत्वों में से चार तत्व, चार अलग अलग चाभियाँ हैं, पाँचवें तत्त्व की। एक जादुई चीज है जो कि माध्यम है ख़जाने का, और भी कई रहस्य उससे जुड़े हुये हैं।'' उस टीचर ने कहा, ''देखो अनन्या तुम अपना वक़्त और ताक़त दोनों ही बेकार के कामों में लगा रही हो। दरअसल ख़जाने के बारे में किताबों में इसलिए लिखा जाता है कि लोग उस ओर आकृष्ट हो। इतिहास कम से कम इन फ़िज़ूल की बातों में यक़ीन नहीं रखता। बेहतर यही होगा कि उस किताब को जला दो या फिर किसी कुएं में फेंक दो।'' कक्षा समाप्त हो जाती है। अनन्या नाराज़ होकर चली जाती है। अभिनीत ने कहा, ''घबराओ नहीं। कल वह फिर वापस आ जायेगी। एक दो दिन में खजाने का भूत उसके सिर से गायब हो जायेगा।'' अगले दिन इतिहास की कक्षा चल रही थी। एक प्रोफेसर इतिहास पढ़ा रहे थे कि अचानक उनकी नज़र अरमान पर चली गई। उन्होंने अरमान को खड़ा किया और पूछा-तुम नीचे ताका-झाँकी क्यों कर रहे हो ? जरा बतलाओ कि फाह्ययान भारत कब आया था? अरमान ने कुछ सोचकर कहा, ''कुछ शताब्दी पहले।'' ''कितनी शताब्दी पहले?'' प्रोफेसर ने फिर पूछा। अरमान ने हकलाहट भरी आवाज़ में कहा, ''उस वक़्त तो मैं पैदा नहीं हुआ था, तो इसका जबाब मुझे कैसे पता होगा?'' इस जवाब से पूरी कक्षा खिलखिला पड़ी। प्रोफेसर ने कहा, ''अब तो पैदा हो गये

न। चलो बेंच पर खड़े हो जाओ और तब तक खड़े रहोगे जब तक तुम्हारी अक्ल ठिकाने नहीं आ जाती।'' प्रोफेसर ने इसी क्रम में एक और लड़के को खड़ा किया और पूछा, ''बताओ फाह्ययान के भारत आने का क्या उद्‌देश्य था?'' वह लड़का कुछ सोच रहा था कि पीछे से आवाज आयी, ''तम्बाकू खाने के लिए।'' पूरी कक्षा में एक बार फिर हँसी का फौव्वारा छूट पड़ा। प्रोफेसर की निगाह उस लड़के पर पड़ चुकी थी जिसने ऐसा कहा था। अभिनीत तुम भी अपने बेंच पर खड़े हो जाओ। अरमान और अभिनीत को दंडित देख अनन्या कब चुप बैठने वाली थी। उसने कहा, ''आप इन दोनों को ज्यादा देर तक खड़ा नहीं कर सकते क्योंकि बाहर खड़ी सूर्पणखा मैडम कब से अपनी कक्षा का इंतज़ार कर रही हैं।'' बाहर खड़ी मैडम ने इस बात को सुन लिया था, इसलिए उन्होंने कक्षा में घुसते ही अनन्या को बाहर कर दिया। और प्रोफेसर ने कक्षा से बाहर जाते हुये अरमान और अभिनीत को भी बाहर कर दिया था। अब तीनों कालेज के बाहर आ चुके थे। ''समझ में नहीं आता कि अब हम क्या करें?'' अरमान ने कहा। अभिनीत ने कहा, ''क्यों न पार्क में चलकर थोड़ा सैर-सपाटा कर लें?'' अनन्या ने खुशी जाहिर करते हुये कहा, ''हाँ, यह ठीक रहेगा। इस वक़्त घर पर भी नहीं जा सकते वर्ना हजारों सवालों के उत्तर देने होंगे।'' अरमान ने उत्सुक होकर पूछा-हजारों सवाल मतलब? अभिनीत ने कहा, ''जैसे की क्या, कब, इतनी जल्दी कैसे आना हुआ इत्यादि?'' अनन्या ने कहा, ''हाँ, वही तो मैं बताना चाह रही थी।'' तीनों आपस मे बातचीत करते हुये जा रहे थे कि अनन्या का पैर एक जगह ओट लगने की वजह से फँस गया और वह गिर पड़ी। ''खुदाई करने वाले कहीं पर भी जमीन खोदकर चले जाते हैं।'' अरमान ने अनन्या का हाथ पकड़कर उठाते हुए कहा। दिनभर पार्क में इधर-उधर घूमने के बाद सभी अरमान के घर पर आ गये। अरमान ने घर पहुँचते ही अपनी माँ को पुकारा, ''माँ, कहाँ हो आप?'' पर अंदर से कोई आवाज़ नही आई। अरमान ने कहा, ''लगता है मेरी माँ घर में नहीं हैं। शायद पड़ोसी के यहाँ गई हुई होंगी। हद है, उन्होंने घर का दरवाजा भी खुला छोड़ रखा है।'' अरमान, अभिनीत और अनन्या आज के दिन हुये पूरे घटनाक्रम को आपस में सुना-सुनाकर खूब हँस रहे थे। थोड़ी देर बाद पायल घर के अंदर बरामदे में से बाहर निकली और कहा, ''मैंने तुम्हारी सारी बातें सुन ली हैं अरमान।'' पायल को देखते ही अभिनीत और अनन्या ने एक साथ कहा, ''नमस्ते आंटी! हम लोग जा रहे हैं अरमान।'' और यह कहकर वे घर से बाहर निकल गये। वो दोनों जान चुके थे कि अब अरमान को फटकार पड़ने वाली है, इसलिए समय रहते ही वो दोनों वहाँ से खिसक लिए पायल ने अरमान से कहा-आज तुम्हारे शिक्षक से मेरी बात हुई तो उन्हाने कहा कि आपका लड़का किसी ग़लत संगत में पड़ चुका है। वह अपने भविष्य के प्रति लापरवाह है। किसी भी प्रश्न के बेढंगे उत्तर देता है। और तो और जो काम तुम अभी करके आ रहे हो। उसे भी मैंने सुन लिया है। तुम इस तरह की हरकतें क्यों करते हो, जिससे कि तुम दूसरों की नजर में गिर

जाओ। अरमान ने झल्लाकर कहा, "क्यों आप मेरी ज़िंदगी के पीछे पड़ी हुई हैं? मैं अपनी ज़िंदगी को बहुत ही हँसी खुशी गुज़ारना चाहता हूँ। मैं चाहता हूँ कि जब मैं अपनी ज़िंदगी में पीछे पलटकर देखूँ तो मुझे यह पछतावा न हो कि मैंने अपनी ज़िंदगी ऐसी ही ख़ाली गुज़ार दी। शिक्षक मेरे दोस्तों से चिढ़ते हैं, वे बहुत ही उबाऊ व बेकार हैं, इसलिए तरह-तरह की नसीहतें देते रहते हैं। उन्हें मेरे दोस्तों से जलन है। मैं अब बड़ा हो चुका हूँ। अब आप को मेरी फ़िक्र करने की ज़रूरत नहीं है।" पायल ने कहा, "यह कैसे हो सकता है कि मैं तुम्हारी फ़िक्र न करूँ? माँ और बेटे के रिश्ते आत्मिक होते हैं, सिर्फ़ तुम्हारे इतना कह देने से कि मैं तुम्हारी फिक्र न करूँ, क्या इससे मुझे तसल्ली मिल जायेगी? तुम्हारे ऐसे शब्द सिर्फ़ मेरे दिल को ठेस पहुँचा सकते हैं, मेरे स्वभाव को नहीं बदल सकते क्योंकि मैं तुम्हारी माँ हूँ। घर आने में तुमको ज़रा भी देर हुई तो अनायास ही मन में हजारों सवाल उठने लगते हैं। थोड़ी सी भी तकलीफ़ तुमको होती है तो उससे मेरी पूरी नींद ही खराब हो जाती है। तुम्हारे द्वारा उठाया गया हर एक क़दम सही दिशा में जा रहा है या नहीं, इसका उत्तरदायित्व मेरे कंधे पर है। मेरी एक ही चाहत है, तुम एक बेहतर इंसान बनो। इसलिए तुम्हारे द्वारा की गई हर शरारतों और गलत आदतों से मुझे डर लगता है। कहीं यें तुम्हें तुम्हारी मंजिल से दूर न कर दें। मुझे डर है कि इसकी जड़ें तुम्हारे मस्तिष्क के अंदर कहीं अपनी गहरी पैठ न बना ले। यह शरारत करने की लत तुम्हें ऐसी जगह न भेज दे जहाँ से तुम्हारा वापस लौटना मुश्किल हो। तुम्हारे लिये मेरी बातों को नज़र-अंदाज करना बेहद आसान है, पर मेरे लिए तुम्हारे द्वारा चुने गये गलत रास्तों को नज़र-अंदाज करना उतना ही मुश्किल है। इसलिए कहती हूँ वापस लौट आओ, अभी तुम बड़े नही हुये हो, सिर्फ़ बड़ा होने का भ्रम पाल लिया है, नहीं तो एक दिन ऐसा आयेगा कि वापस उसी दिशा में लौटना सिर्फ़ एक गहरी चाह बनकर रह जायेगी।" अरमान ने दृढ़ होकर कहा, "मुझे समझ में नहीं आता कि आप मुझे लेकर बेवजह क्यों परेशान करती रहती हैं? भगवान ने मुझे भी एक दिमाग़ दिया है। इसलिए मुझे भी यह पता है कि क्या सही है और क्या गलत है? मैं अपनी ज़िंदगी के फैसले खुद कर सकता हूँ, आपको इतना डरने की जरूरत नही है।" पायल ने गंभीर होकर कहा, "तुममें जितना जोश है, उससे कहीं ज्यादा अनुभव की कमी है। तुम जिसे अक्लमंदी समझ रहे हो दरअसल में वह नादानी है। जिंदगी एक आईने की तरह है जिसे तोड़ना जितना आसान है उसे फिर से वापस जोड़ना उतना ही मुश्किल है। तुम्हारी हरकतें तुम्हें एक दिन बहुत बड़ी मुसीबत में फंसा देगी जहाँ से वापस लौटना नामुमकिन होगा। उस दिन तुम अकले पड़ जाओगे, बहुत अकेले। अरमान ने प्रत्युत्तर में कहा, "गलत कह रही हैं आप। मैं किसी भी मुसीबत में नहीं फसूँगा, अगर फँस भी गया तो अपनी अक्लमंदी से बाहर भी आ जाऊँगा।" पायल ने शांत स्वर में कहा, "क्या तुम वाकई में अक्लमंद हो? जब तुम छोटे थे तो मैंने तुमको अंगुलियाँ पकड़ कर चलना सिखाया। सही और ग़लत का फ़र्क़

करना सिखाया। हाँ, तुम वाकई में अब बड़े हो चुके हो। अब मुझसे कहाँ सीखोगे? अब तो तुम मुझे ही सिखाओगे।''

उस रात अरमान और उसकी माँ के बीच काफी बहस हुई। थोड़ी देर बाद अरमान अपने कमरे में चला गया। उसके अपने कमरे में चले जाने के बाद पायल बरामदे में कुर्सी पर अकेली बैठी हुईं थीं। आज उनका मन बेहद ही अशांत था। कुछ पल के लिए वह बराबर घूम रहे पंखे को एकटक निहार रही थीं। कई विचार उसके मन में घूम रहे थे। कुछ देर बाद पायल को प्यास महसूस हुई तो उन्होंने बगल में टेबल पर रखे पानी के गिलास का पानी पी लिया। इससे उसने खुद को तृप्त महसूस किया। आज पायल के दिमाग में इस घर से जुड़ी पुरानी यादें ताज़ा हो रहीं थीं। अचानक पायल का ध्यान गले में लटकी उस चाभी पर गया जो कि बेसमेंट के दरवाज़े की थी। वह बेसमेंट सालों से बंद पड़ा हुआ था। पायल ने पहली बार उस चाभी को गले से बाहर उतारा और उलट-पलट कर बार-बार उस चाभी को ग़ौर से देखने लगी। वह चाभी जैसे पायल की किस्मत पर हँस रही हो। अचानक पायल के मन में ख़्याल आया। ऐसा लगता है कि इस चाभी की ताक़त बढ़ती जा रही है। कोई काली छाया है जो इस घर पर मंडरा रही है। पायल सोच रही थी कि अरमान की हरकतों में शरारतपन बढ़ता जा रहा है। यहाँ आने का उसका मक़सद पूरा नहीं हुआ। वह कैसे अपने बेटे को समझाये? तमाम सवालों के बीच आज अचानक पायल के अंदर का बैठा हुआ डर बाहर आ रहा था। ऐसा अक्सर होता है ज़िंदगी में अगर कुछ बुरा घटित होने वाला रहता है तो इंसान को या उसके करीब रहने वाले को आंशिक तौर पर कुछ आभास होता है। हालांकि यह आभास अस्पष्ट होता है जो आमतौर पर समझ से परे की चीज़ होती है। पायल को कुछ आभास हुआ कि मेरे साथ कुछ बुरा होने वाला है। तभी उसके मन में उसको अपने पति की तस्वीर दिखाई दी। पायल को लगा अरमान की सुरक्षा के लिए मुझे इस घर को छोड़ देना चाहिए। यह विचार पायल के दिमाग़ में बार-बार आ रहा था। इसी विचार के साथ-साथ पायल के दिमाग़ में बहुत सी बातें आ रही थीं जो इस घर को छोड़ने की सबसे बड़ी बाधा बन रही थीं। जैसे कि ऑफिस में कुछ काम अभी पूरा करना है। अरमान की परीक्षाएं शुरु होने वाली हैं, फिर उसके बाद मैं इस घर को हमेशा-हमेशा के लिए छोड़ दूँगीं। बार-बार उठ रहे एक से विचार निर्णय में तब्दील हो रहे थे। इसी के साथ पायल नींद के आगोश में जा रही थी। थकान उसके शरीर पर हावी थी। उसमें इतना सामर्थ्य नहीं बचा था कि वह चाभी फिर से अपने गले में पहन ले। सुविधा की दृष्टि से पायल ने उस चाभी को मेज़ पर पड़े हुये अपने पर्स में रख दिया और गहरी नींद में सो गई।

अरमान का पहेलियों में उलझना

अगले दिन अरमान ने पायल से कहा, ''माँ, आज मेरी तबीयत कुछ ठीक नहीं है। इसलिए आज मैं कालेज नहीं जाऊँगा, घर पर ही रहूँगा।'' पायल ने कहा,

"ठीक है, जैसी तुम्हारी मर्जी। मैं अभी ऑफिस को जा रही हूँ, फिर उसके बाद बाजार को भी जाना है घर की कुछ जरूरी चीजों को लाने। तुम सेठजी की दुकान से सारा सामान ले लेना, शाम को मैं उनके पैसे चुकता कर दूँगी।" अरमान ने कहा, "ठीक है, मैं ला दूँगा।" अरमान को उसका काम समझाकर पायल अपने ऑफिस को चली गई। माँ के अपने ऑफिस चले जाने के बाद अरमान ने खिड़की से बाहर की ओर झांका और कहा, "आज मौसम कितना सुहाना हो गया है?" अरमान कमरे से बाहर आकर छत पर इधर-उधर टहलने लगा। कुछ वक़्त अच्छे मौसम का लुफ़्त उठाने के बाद अरमान को नींद आने लगी थी। वह फौरन अपने कमरे में आकर सो गया। जब वह सोकर उठा तो मौसम अजीब सा हो गया था। अचानक अरमान की नज़र अपनी माँ के पर्स पर चली गई।

"ऊफ पता नहीं कैसी आदत माँ को लग गयी है। बाज़ार करने निकल पड़ती हैं, वह भी बिना पर्स के।" अरमान ने कहा और अपनी माँ के पर्स को टटोलने लगा था। तभी अचानक उसकी नज़र एक चाभी पर गई जो कि उस पर्स में थी। उसने मन ही मन कहा, यह तो उस बेसमेंट की चाभी है, जिसे माँ हमेशा अपने गले में बाँधकर रखती हैं। आज उसके मन में अचानक से प्रश्न कौंधा कि जिस दिन हमने इस घर में क़दम रखा था आखिर माँ ने मुझे बेसमेंट के अंदर जाने से मना क्यों किया था? आखिरकार उस बेसमेंट के अंदर क्या हो सकता है? अरमान के क़दम अनायास ही उधर को चल पड़े। इधर पायल के मन में भी अचानक यह बात घर कर गई कि अरमान घर पर अकेला है और वह अपना पर्स भी भूल चूकी है। कहीं वह बेसमेंट के दरवाज़े को फिर से न खोल दे। ऐसा सोचकर पायल की धड़कनें बढ़ने लगी थी। ऐसा लग रहा था जैसे कोई भारी अनिष्ट होने वाला है, इसलिए पायल अपना जरूरी काम छोड़कर तेज़ कदमों से वापस घर को लौटने लगी थी। इधर अरमान जैसे-जैसे बेसमेंट की तरफ़ बढ़ रहा था, पायल की धड़कनें भी उतनी ही तेज़ी से बढ़ती जा रही थी। पायल जब घर पहुँची, तब तक अरमान उस श्रापित स्वर्ण प्रतिमा को स्पर्श कर चुका था। पायल बस इतना ही कह सकी, "यह क्या किया अरमान?"

तभी पायल को अपने ड्राइवर रामू की आवाज़ सुनाई दी। "मैडम आपका घर आ गया।" इसी के साथ पायल की तंद्रा भंग हो गई। पायल का चेहरा पूरी तरह गमगीन था। आँखों से आँसू की धारा अब भी बह रही थी। दुःख इतना बड़ा था कि मुँह से कोई भी शब्द बाहर नहीं निकल पा रहा था। पायल ने गाड़ी का दरवाज़ा खोला और धीरे से कार से बाहर आ गईं। पायल शांति के साथ घर में प्रविष्ट हुईं और सीधे अपने कमरे की तरफ़ बढ़ी जा रही थीं। तभी महेंद्रजी उस ओर दौड़ते हुये आये और पूछा-क्या हुआ बहू? पायल के मुँह से कोई भी शब्द बाहर नहीं निकल पा रहा था। वह बस रोये जा रही थी। तभी पल्लवीजी भी दौड़ी-दौड़ी आ गईं और पायल से पूछा-बोलो क्या हुआ बहू ? पायल ने दुःखी

स्वर में कहा, "सब खत्म हो गया। मैं अब और जीना नहीं चाहती। आप सभी ने सही कहा था अरमान ने उस श्रापित स्वर्ण-प्रतिमा का स्पर्श कर लिया। वो अब पहेलियों की दुनिया से कभी वापस नहीं आ पायेगा।" इतनी बात सुनकर पल्लवीजी गश खाकर गिर पड़ीं। महेंद्रजी अवाक् रह गये। पूरे घर में चीख पुकार मच गई थी। गाँव के लोग घर में जुटते जा रहे थे। बड़े-बुजुर्ग मिलकर सभी को तरह-तरह से सांत्वना दे रहे थे। देखियेगा पायलजी, अरमान एक दिन जरूर वापस आ जायेगा। वह बहुत ही चालाक और शातिर है। हमारा दिल कह रहा है वह पहेलियों की दुनिया को भी पीछे छोड़ देगा। इन सब बातों से पायल के दिल के किसी कोने में यह उम्मीद जग गई कि शायद अरमान वापस आ जायेगा। बस इसी उम्मीद ने पायल व उसके सास-ससुर को ज़िंदा रखा था। गाँव के बड़े-बुजुर्ग पायल और उसके घर वालों की स्थिति को काबू में करने की कोशिश कर रहे थे।

इधर अरमान को कुछ भी समझ में नहीं आ रहा था कि आखिरकार वह क्या करे? अगले दिन कालेज जाते समय अरमान के चेहरे से रौनक गायब थी। आज कालेज में पहली बार वह इतना शांत और खामोश था। वह कालेज के बाहर सिर पकड़कर बेंच पर अकेले बैठा हुआ था। कुछ ही देर में अभिनीत और अनन्या भी अरमान को खोजते हुये उसके पास पहुँच गये। अभिनीत ने कहा, "क्या हुआ अरमान, आज तुम इतने खामोश क्यों बैठे हो?" अनन्या ने भी अभिनीत की लय में लय मिलाते हुये कहा, "तुम्हारा यह रूप तो हम पहली बार देख रहे हैं।" अरमान ने कहा, "मैं एक अजीब सी पहेली में फँस चुका हूँ। अगर तीन दिन के अंदर मैं पहेली को नहीं सुलझा पाता हूँ तो मेरी मौत हो जायेगी। ऐसा कहकर अरमान ने वह कार्ड का टुकड़ा अभिनीत की तरफ़ बढ़ा दिया। अभिनीत ने कार्ड पर लिखी पहेली को अटपटे ढंग से देखा और फिर कार्ड को पीछे पलट करके देखा तो उस पर लिखा हुआ था, "सिर्फ तीन दिन।" अभिनीत जोर-जोर से हँसने लगा। किसकी शामत आ गयी है, जिसने तुम्हें एक साधारण सा कार्ड दे दिया और उसके पीछे लिख दिया "सिर्फ तीन दिन" और तू उसे सच मानकर सिर पकड़कर बैठ गया। कल तक जो सबकी नाक में दम करता था। आख़िर वह बंदा कौन है, जिसने अरमान अग्निहोत्री की नाक में दम कर दिया है। मैं खुद उससे मिलना चाहता हूँ। और यह तुम्हारे माथे पर लाल रंग में अर्धचन्द्राकार जैसा क्या बन रहा है? यह शायद जरुर कोई नया फैशन होगा। कहीं तुम हम लोगों को मूर्ख तो नही बना रहे हो।

अरमान ने गंभीरता से कहना शुरू किया, "मैं अब तक यही जानता था कि मेरे पिता की मौत हो गई किसी दुर्घटना की वज्ह से। पर आज मुझे पता चला कि वह भी इन पहेलियों में हमेशा के लिये खो गये। मेरी माँ मुझे इन पहेलियों में तड़पकर मरते नहीं देखना चाहती थी। इसलिए वह हमेशा के लिये मुझे छोड़कर

चली गई क्योंकि उन्हें यकीन है कोई भी इस पहेलियों की दुनिया से आज तक वापस नहीं आ सका है मौत आखिरी अंजाम है इन पहेलियों। पहेलियों के सौदागर ने मेरी आत्मा को भी कैद कर लिया है, अब मैं सिर्फ उसके हाथ की कठपुतली हूँ। और माथे पर यह लाल रंग में उभरा हुआ अर्धचन्द्राकार चिन्ह कोई नया फैशन नहीं बल्कि मेरी ज़िंदगी की उल्टी गिनती शुरु हो चुकी है। अगर यह पूर्ण गोलाकार हो गया तो मेरा समय खत्म समझो। मेरे पास तीन दिन से भी कम वक़्त बचा है, इस पहेली का जवाब ढूँढ़ने के लिए। इन सब से परे मैंने अपनी माँ की आँखों में खुद के खोने का गम देखा।

मैं नहीं जानता उन्होंने मेरे लिए कितना बलिदान दिया। मैंने सिर्फ़ उन्हें निराश ही किया है। अगर तुम अब भी हँसना चाहते हो तो मैं तुम्हें मना नहीं करूँगा क्योंकि मैं इसी लायक हूँ।''

अनन्या ने अभिनीत को शांत रहने का इशारा किया और पूछा–क्या हम उस चीज़ को देख सकते हैं, जहाँ से यह कार्ड बाहर आया है? अरमान, अनन्या और अभिनीत को लेकर अपने घर पर आ गया। अरमान उन्हें भी वह स्वर्ण प्रतिमा दिखलाता है। अभिनीत और अनन्या उस अद्भुत चीज को देखकर हैरान थे। अभिनीत ने हैरान होकर कहा, ''लाजबाब, यह प्रतिमा तो बिलकुल सोने की बनी हुई है। टेट्रागोनल अर्थात चार भुजाओं वाला, तारों की संरचना जैसी। इसकी नक्काशी तो कमाल की है। इसके केन्द्र में बना पृथ्वी के महान अरस्तू का चित्र। यह तो वाकई में एक जादू है। ऐसा लग रहा है जैसे यह अपनी तरफ़ तेज़ी से आकर्षित कर रही है।

अनन्या ने कहा, ''सोने की चमक होती ही ऐसी है। ताज्जुब है, यह चीज यहाँ पर कैसे आई?'' अरमान ने कहा, ''इस स्वर्ण–प्रतिमा से दूर ही रहना, किसी भी सूरत में इसका स्पर्श न होने पाये। मेरे पिता इसे आसाम से लाये थे और मेरे माँ के अनुसार वह खो गये इन पहेलियों में कहीं। कोई नहीं जानता उन्हें अब तक जितने लोगों ने इस श्रापित स्वर्ण–प्रतिमा का स्पर्श किया है, कोई भी आज तक वापस नहीं आ पाया है। मौत आखिरी अंजाम है इन पहेलियों का, ऐसा लोग कहते हैं। ऐसा कहते हुये अरमान ने उस स्वर्ण–प्रतिमा के ऊपर उसी के नाप के एक काले कपड़े से उसको ढँक दिया और उसको अपने बैग में रख दिया।

अभिनीत ने अरमान से पूरी घटना का जिक्र करने को कहा। अरमान अपने शुरुआती दिनों को याद करता है। शुरु–शुरु में जब हमने इस घर में क़दम रखा तो मेरी माँ ने मुझे इस बेसमेंट की तरफ़ झाँकने तक को मना किया था। इसकी एक चाभी वह हमेशा अपने साथ रखतीं थीं। संयोग से एक दिन उन्होंने इस चाभी को गले से निकालकर अपने पर्स के अंदर डाल दिया और कल ऑफिस जाते वक्त वह अपना पर्स भूल गईं और कल मैं भी कॉलेज नहीं आया था। उत्सुकतावश

जब मैंने पर्स में चाभी पड़ी देखी तो मैंने अंदाज़ा लगा लिया कि यह बेसमेंट के कमरे की ही चाभी है जिसे माँ हमेशा अपने साथ रखती है। उस वक़्त मैं घर में अकेला था और मेरे अंदर की जिज्ञासा बढ़ती जा रही थी कि आखिर बेसमेंट के कमरे में क्या हो सकता है? इसलिए मैंने चाभी लेकर बेसमेंट के इस दरवाज़े को खोल दिया। अंदर एक और दरवाजा था, जिसे मैंने तोड़ दिया और फिर मैंने इस स्वर्ण-प्रतिमा को देखा। सोने की इस प्रतिमा को देखकर अनायास ही मेरे क़दम इसकी तरफ़ बढ़ चले। उसकी चमक मेरी आँखों में पड़ गई। ऐसा लग रहा था जैसे कि वह मुझे अपनी तरफ खींच रही हो। मेरे हाथ अनायास ही उस स्वर्ण-प्रतिमा को स्पर्श कर गये। हाँ, मुझे एक चीज याद है, जब मैंने इस स्वर्ण-प्रतिमा के बाहरी हिस्से यानी कोने पर अपने हाथ का स्पर्श किया तो कुछ भी नहीं हुआ। लेकिन जैसे ही मेरे हाथ इस स्वर्ण-प्रतिमा के केन्द्र यानी पृथ्वी के अंदर के बने अरस्तू के चित्र को स्पर्श किया। इसी के साथ धुएं का एक गुब्बार बाहर आया और एक अद्भुत प्रकाश पुँज, जिसे देखकर मेरी आँखें स्वतः ही बंद हो गयी। जब मेरी आँखें खुलीं तो नीचे एक कार्ड गिरा था। जैसे ही मैंने उसे उठाया तभी मुझे अपनी माँ की आवाज सुनाई दी।

अनन्या ने कहा, "ठीक है, हम देखते हैं इस कार्ड पर क्या लिखा हुआ है? और अनन्या ने उस कार्ड को पढ़ना शुरु किया। पहेलियों की इस दुनिया में तुम्हारा स्वागत है अरमान। इस स्वर्ण-प्रतिमा पर इंसानी स्पर्श ने मुझे गहरी नींद से जगा दिया है। अब मैं जागृत हो चुका हूँ और मेरे जागृत होने के साथ ही तुम्हारी साँसें अब मेरे कब्जे में है। मेरे चंगुल से तुम आठ पहेलियाँ सुलझाकर ही आज़ाद हो सकते हो और हर पहेली को सुलझाने के लिए सिर्फ तीन दिन हैं। आजाद होने के साथ ही तुम्हारी एक इच्छा भी पूर्ण होगी और तुम एक बड़े ख़जाने के मालिक बन जाआगे।

अब तुम्हारे सामने दो ही रास्ते हैं। पहला, अगर तुम इन पहेलियों से दूर भागोगे तब भी तीन दिन बाद तुम्हारी मौत निश्चित है और पहेलियों का सामना करोगे तब भी तुम मौत के ही इर्द-गिर्द घूमते रहोगे। अब तुम कौन सा रास्ता चुनते हो यह फैसला तुम्हारा है?

अगर कार्ड पर लिखी पहली पहेली का हल तुमने तीन दिन के अंदर ढूँढ़ लिया तो इस कार्ड के नीचे लिखे शब्दों को दुहराना, मैं खुद तुमसे मिलने के लिए बेताब हूँ। ताज्जुब की बात है आज तक मैं किसी इंसान से मिल ही नहीं पाया जिसने पहेलियाँ सुलझाने का साहस किया हो। अब मुझे देखना है तुम्हारी क़िस्मत। क्या तुम पहली पहेली का उत्तर ढूँढ़ लेते हो या फिर औरों की तरह तुम भी मुझसे बिना मिले ही इस दुनिया से चले जाना चाहते हो।

अनन्या ने कार्ड को पीछे पलट कर देखा, जिस पर लिखा हुआ था, "सिर्फ

तीन दिन।'' अनन्या ने कहा, ''अब न यक़ीन करने वाला कुछ भी नहीं बचा। आओ हम सभी मिलकर पहेलियों को सुलझाते हैं।''

अभिनीत ने कहा, ''चलो देखते हैं, पहली पहेली क्या कहती है?'' अभिनीत ने पहली पहेली को पढ़ना शुरु किया।

तीन अक्षर का मेरा नाम,
हसीन वादियाँ मेरी शान।
सात बहनों में एक कहाऊँ,
ख़ूबसूरती का ताज जब मैं पाऊँ।।

''ऐसा लगता है कि हम इस पहेली का हल ढूँढ़ सकते हैं।'' अभिनीत ने क़ाफी आत्मविश्वास से यह बात कही। अनन्या ने उसका समर्थन किया और कहा, ''हमें बिना वक़्त बर्बाद किये पहेली का उत्तर ढूँढ़ना चाहिये।'' ऐसा कहते हुये अनन्या ने अरमान का हाथ थामा और चलने के लिये आगे बढ़ी। अरमान ने अनन्या का हाथ छुड़ा लिया और कहा, ''अनन्या हमारा साथ बस यहीं तक था। अब तुम दोनों वापस अपने घर लौट जाओ। इसी में तुम दोनों की भलाई है। यह पहेलियों का एक ऐसा चक्रव्यूह है, जो मौत की खाइयों से मिलकर बना है। जिसे आज तक कोई भेद नहीं पाया तो मैं क्या चीज हूँ? इसमें बहुत ही खतरे हैं, मैं चाहूँगा कि तुम्हारी ज़िंदगी सही सलामत रहे इसलिए तुम लोग वापस चले जाओ। मुझे तीन दिन बीतने का इंतज़ार है ताकि मौत मुझे आसानी के साथ अपने साथ ले जाये। मैंने अपनी ज़िंदगी में बहुत ही शरारत किये हैं, जिसकी कीमत एक न एक दिन मुझे चुकानी ही थी। मुझे याद है, एक बार मेरी माँ ने कहा था कि तुम्हारी शरारतें एक दिन तुम्हें बहुत बडी मुसीबत में फँसा देगीं जहाँ से वापस लौटना नामुमकिन होगा। ऐसा लगता है उन्होंने सही कहा था। आज वह दिन आ गया है। मुझे इस पर कोई भी पछतावा नहीं है। आज सचमुच में मैं एकदम अकेला हो गया हूँ। उन्होंने यह भी कहा था कि तुम अक्लमंद नहीं नादान हो। वो सही थीं, मैंने उनके दिल को काफ़ी ठेस पहुँचाया है। दिल में एक टीस है कि एक बार मैं उनसे माफ़ी माँग लूँ, पर मेरे अंदर इतना साहस भी नहीं बचा कि मैं उनका सामना कर सकूँ, उनसे माफी माँग सकूँ। बस दुःख इसी बात का है कि मैं इतना बड़ा बोझ लिये हुये मौत के मुँह में जा रहा हूँ।''

अभिनीत ने शांत स्वर में कहा, ''ये कैसी बातें कर रहे हो अरमान। हम तुम्हारे दोस्त हैं और इस मुश्किल हालात में तुम्हें कैसे छोड़ सकते हैं? मौत तो हर इंसान की आती है, पर मौत के पहले मर जाना तो कायरता होती है।'' अनन्या ने भी अभिनीत के इस वाक्य पर अपनी सहमति दी और बोली, ''आजकल की दोस्ती आज बनती है, तो कल टूट जाती है। छोटी-छोटी बातें दोस्ती की पूरी नींव हिला देती हैं पर हमारी दोस्ती ऐसी नहीं है। हम तुम्हारे साथ हैं अरमान और आख़िरी

दम तक तुम्हारा साथ निभायेंगे। अगर ऐसे मुश्किल वक़्त पर पीछे हट जाये तो हमारी दोस्ती बेईमानी होगी।'' अभिनीत ने कहा, ''हम पढ़ने, खेलने, घूमने हर मंच पर एक साथ रहे। तुम्हें तो कालेज में ''ट्रिपल A'' की अहमीयत पता ही है। हम उसे कैसे नकार सकते हैं? उस सुनहरे दिन की याद को कैसे भूला जा सकता है? इसलिए मैं आज भी तुम्हारे साथ हूँ।''

अरमान ने गंभीर शब्दों में कहा, ''अब पुरानी बातों का कोई मतलब नहीं रहा। तुम दोनों आज भी एक अच्छे दोस्त हो और आगे भी रहोगे। मैं इस बात को स्वीकार करता हूँ। तुम दोनों अपनी ज़िंदगी मेरी खातिर दांव पर लगा सकते हो पर मैं यह कभी नही चाहूँगा कि एक के बजाय दो और ज़िंदगियाँ तबाह हो जाय इस पहेली में। इसलिए मैं कहता हूँ कि वापस चले जाओ। इसी में तुम्हारी भलाई है। अरमान अपनी बात कह ही रहा था कि अनन्या का सेलफोन बज उठा, अनन्या ने फोन उठाया, ''भूल गई क्या, आज पिकनिक पर जाना है।'' अनन्या की एक दोस्त आभा ने कहा। अनन्या ने कहा, 'माफ़ करना पर मैं आज तुम्हारे साथ नहीं आ सकती।'' आभा ने अनन्या से पूछा–लेकिन तुम हो कहाँ पर? अनन्या ने जल्दबाज़ी में कहा, ''अरमान के घर पर।'' आभा ने कहा, ''ठीक है, बहाने मत बनाओ, हम अभी तुमको लेने आ रहे हैं। तुम्हारे बिना पिकनिक का मज़ा नहीं आयेगा।'' अरमान ने कहा, ''जाओ अनन्या, तुम इस पहेली से दूर रहो।'' प्रत्युत्तर में अनन्या ने कहा, ''नहीं, इस हालात में तुम्हें कैसे छोड़ सकती हूँ। इस वक़्त तुम्हें मेरी ज़रुरत है अरमान।'' अरमान ने गुस्से भरे स्वर में कहा, ''मुझे किसी अनन्या की कोई ज़रुरत नहीं है। चली जाओ यहाँ से हमेशा के लिए।'' अनन्या अरमान के इस बर्ताव से सन्न रह गई थी। अरमान ने उसको पहली बार इतनी बुरी तरह से डाँटा था। डाँट खाकर अनन्या कुछ पल के लिए अवाक रह गई। वह पीछे की तरफ़ मुड़ी और अरमान के घर से बाहर जाने लगी थी।

जैसे ही वह अरमान के घर से बाहर आई उसकी दोस्त आभा ने उसको अपने साथ ले लिया। अनन्या अरमान की इस हरकत पर बिलकुल उदास थी। अनन्या के सभी दोस्त मौज-मस्ती में हँसी खुशी जा रहे थे पर वह एकदम चुपचाप और खामोश थी। इधर अनन्या के घर से बाहर निकलने के बाद अरमान भी फूट-फूट कर रोने लगा था। अभिनीत स्थिति को काबू में करने का प्रयास करने लगा। ''यह क्या किया तुमने अरमान, अनन्या को इस तरह से नहीं डाँटना चाहिए था।''

''शायद इसी में अनन्या की भलाई है।'' अरमान ने अपने आँसू पोंछते हुये कहा, ''इस वक़्त मैं अकेले रहना चाहता हूँ। मेरे ऊपर बहुत बोझ है। इस बोझ के साथ मैं अब और नहीं रह सकता। जब मौत आख़िरी अंजाम है इस पहेली का तो फिर मुझे बचाने की कोशिश क्यों कर रहे हो? मेरी हालत विक्षिप्त हो चुकी है। मैं अब इस बोझ के साथ और जीना नहीं चाहता। मुझे अब बस तीन दिन

बीतने का इंतज़ार है। चले जाओ, इन पहेलियों से दूर चले जाओ। इस वक़्त मुझे अकेला छोड़ दो।''

अभिनीत ने अपना हाथ अरमान के कंधे पर रखा और उसे समझाने का प्रयास किया, ''मैं समझ सकता हूँ इस वक़्त तुम पर क्या बीत रही है? अकेला इंसान मुश्किल वक़्त पर हार जाता है, टूट कर बिखर जाता है, तब उसे सहारे की ज़रुरत होती है। हर इंसान की शक्तियाँ असीम होती हैं पर जब इंसान हार मान लेता है तो उसकी शक्तियाँ किसी काम की नहीं होतीं। उस वक़्त किसी ऐसे की ज़रुरत होती है जो हौसलाअफजाई करे। जो नामुमकिन में भी एक छोटी सी उम्मीद खोज कर लाये। हिम्मत और ताकत बढ़ाए चाहे कैसी भी परिस्थितियाँ क्यों न हों? अगर आज मैं तुम्हें इस रास्ते पर अकेला छोड़ दूँगा तो लानत है मुझ पर, और मेरी दोस्ती पर। तुम इतनी आसानी से हार कैसे मान सकते हो? जब मौत आनी ही है तो क्यों न इसका सामना करके मरा जाय। खुद को संभालो अरमान कुछ भी नहीं बिगड़ा है अभी। वो तुम थे जिसने हमारे बनाये खेल ''फेट'' को गंभीरता से लिया और उसको एक ही झटके में पार कर लिया। यह तुम्हारे अलावा कोई भी नहीं कर सकता था खुद मैं भी नहीं। तभी मैंने तुममें एक क़माल का जुनून और समर्पण देखा था। तुम्हें बस उसी जुनून और समर्पण का सहारा लेना है इन पहेलियों को सुलझाने के लिए। यह सिर्फ़ तुम्हारा भ्रम है कि मौत आ रही है। मौत से बुरा तो उसका डर और खौफ होता है। दरअसल मौत भी ज़िंदगी का ही एक रुप है। इसलिए कहता हूँ छोड़ो, इस मौत का भ्रम और चलो तैयार हो जाओ पहेलियों को सुलझाने के लिए।''

इधर अभिनीत अरमान को समझाने की कोशिश कर रहा था। उधर अनन्या अपनी सहेलियों के साथ दिल्ली के किसी नजदीकी किसी हिल स्टेशन पर पहुँच चुकी थी। अनन्या गुमसुम सी बैठी हुई थी और किसी से कुछ भी बात नहीं कर रही थी। उसकी एक सहेली ने पूछा–तुम हमारे साथ मौज–मस्ती क्यों नहीं कर रही हो? इस पर अनन्या ने कहा, ''आज मेरी तबीयत कुछ ठीक नहीं है।'' अनन्या की सभी सहेलियाँ खूब मौज–मस्ती कर रहीं थीं। गीत–संगीत का दौर चल रहा था, लेकिन आज अनन्या को यह सब अच्छा नहीं लग रहा था। इसलिए वह चुपचाप उनसे दूर बैठी हुई थी। वह दूर उड़ते पंक्षियों और हरे भरे पेड़ों को देख रही थी और सोच रही थी कि कितनी शांति का एहसास है इनमें, कोई भी हलचल नहीं। ये हरे–भरे पेड़ और पंछी जैसे कह रहे हो आओ मेरे पास बैठो और देखो कितनी शांति है मुझमें। तुम्हारा सारा दुःख दूर हो जायेगा। अनन्या जहाँ पर बैठी हुई थी, वहाँ से कुछ दूर बगल में कुछ लड़के–लड़कियों का समूह था जो कहीं और से पिकनिक मनाने आया था। वो लोग जोर–जोर से तालियाँ बजाकर हँस रहे थे। कुछ ही देर में उनके समूह में कहानियों का दौर शुरु चुका था। तभी एक लड़की ने कहा, ''बहुत हुआ कहानियों का दौर। अब मैं एक पहेली बुझाती हूँ और तुम लोग इसका उत्तर देने को तैयार रहना।''

उस लड़की ने पहेली बुझाना शुरु किया।

अंत कटे कौआ बन जाए,
प्रथम कटे दूरी का माप।
मध्य कटे तो कार्य बने,
तीन अक्षर का उसका नाम।

तुरंत जबाब मिल गया "कागज"। इसी के साथ ही पहेलियों का दौर शुरु हो गया था। अनन्या पूरी तरह अपने में ही खोई हुई थी। तभी वह अचानक चौकन्नी हो गई, क्योंकि एक लड़की ने कुछ ऐसी ही पहेली बुझा दी थी।

तीन अक्षर का मेरा नाम,
हसीन वादियाँ मेरी शान।
सात बहनों में एक कहाऊँ,
खूबसूरती का ताज जब मैं पाऊँ।।

अनन्या तुरंत उस लड़की के पास गई और बोली, "कृपा करके इस पहेली का उत्तर मुझे तुरन्त बता दीजिए।"

"पर तुम हो कौन? हम तो तुम्हें जानते तक नहीं।" उस लड़की ने अजीब तरह से मुँह बनाते हुये कहा और अनन्या को ऐसे घूरा जैसे कि वह मंगल ग्रह से आई हो। अनन्या एकदम से जज्बाती हो गई और कहा, "यह बहुत जरुरी है, इसके बदले मैं कुछ भी देने को तैयार हूँ। लेकिन इसका उत्तर मुझे बतला दो।" अनन्या का यह रुख उस लड़की को बेहद ही अटपटा लगा। उसने कहा, "मुझे एक बात समझ में नहीं आ रही है, आखिर इस पहेली में ऐसा क्या है?" अनन्या ने कहा, "पता नही, पर इस पहेली के खास मायने हैं मेरे लिये।" उस लड़की के दोस्तो ने उसके ऊपर दबाव डाला कि वह पहेली का उत्तर बता दे। तब जाकर उस लड़की ने उत्तर बताया। पहेली का जवाब था, "आसाम"। अनन्या ने तुरन्त अरमान को फोन लगाया पर वह बंद था। इसलिए अनन्या वापस जाने के लिए तुरन्त तैयार हो गई। अनन्या ने अपनी दोस्त आभा से कहा, "मुझे तुरन्त घर जाना है, अभी और इसी वक़्त।"

"क्या?" आभा ने चौंककर कहा, "हम यहाँ पर पिकनिक मनाने आये हैं और तुम्हारी वज़ह से पिकनीक का मजा किरकिरा हो जायेगा। इस वक़्त हम नहीं लौट सकते।" अनन्या ने आभा से पूछा–क्या तुम मुझे इतना बता सकती हो कि वापस जाने का रास्ता कैसे है ?" आभा ने मज़ाकिया लहजे में कहा, "यहाँ से वापस जाने के लिए पश्चिम दिशा में तकरीबन आठ किलोमीटर खेतों, खलिहानों और जंगली झाड़ियों से होकर गुजरना होगा तब जाकर तुम्हें दिल्ली जाने की मुख्य सड़क मिल जायेगी।" अनन्या ने कहा, "शुक्रिया!" और बिना वक्त गवाये उस दिशा में चल दी। आभा ने अनन्या को हाथ से रुकने का इशारा किया और

कहा, ''यह तुम्हें क्या हो गया है अनन्या ? जंगल का रास्ता काफ़ी मुश्किल भरा हो सकता है। वहाँ पर जानवर भी हो सकते हैं। तुम्हारी जान को खतरा है, रुको! रुको! मैं भी आ रही हूँ।'' आभा के इतना कहने तक अनन्या काफ़ी दूर निकल चुकी थी। खेतों-खलिहानों को पार करके जंगल में कभी वह पैदल चलती तो कभी दौड़ने लगती। कभी जंगल के नाम़ से थर्राने वाली अनन्या में आज डर का नामोनिशान नहीं था। पता नहीं कहाँ से उसमें इतनी शक्ति आ गई थी?

खेतों, खलिहानों और जंगलों को पार करते हुये कभी वह थक कर बैठ जाती तो कभी अचानक से उठ खड़ी होती और फिर से चलना शुरु कर देती। घनी झाड़ियाँ, उबड़-खाबड़ पथरीली जमीन, फसल कटाई के बाद खेतों की डंठल और डाटियों पर चलने से अनन्या की सैंडिल टूट चुकी थी। फिर भी अनन्या ने नंगे पैर चलना जारी रखा। रास्ते में कई जगह कटीली झाड़ियों और बबूल के पेड़ होने से अनन्या के पैरों में कांटे भी चुभ गये थे। नंगे पैर झाड़ियों और कंकड पत्थर पर चलने से पैरों में छाले भी पड़ गये। उसके कपड़े घनी झाड़ियों में फँसने से कई जगह से फट चुके थे। शरीर पर भी कई जगह खरोचें आ गई थीं। लेकिन अनन्या ने चलना जारी रखा। बहुत मुश्किल हालात में अनन्या ने जंगली झाड़ियों को पार किया और किसी तरह अरमान के घर पहुँच गई। अनन्या की यह हालत देखकर अभिनीत और अरमान तुरंत उसकी तरफ दौड़े। अनन्या बुरी तरह से हाँफ रही थी, होठों और चेहरे पर कई जगह खरोचों से खून की धारा बह रही थी। कपड़े तीन-चार जगह से फटे हुये थे। बाल पूरी तरह बिखरे हुये थे। अरमान और अभिनीत ने उसे उठाया और पूछा-यह सब क्या है? और किसने किया अनन्या? अनन्या हाँफते हुये सिर्फ़ इतना बोल सकी, पहेली का जवाब है ''आसाम'' और फिर वह बेहोश हो गई।

अभिनीत और अरमान ने तुरन्त उसे बिस्तर पर लिटाया। उसके पैरों से काँटों को बाहर निकाला। गर्म पानी से उसके पैरों को धोया। शरीर पर जहाँ-जहाँ खरोचें आ गई थीं, वहाँ-वहाँ पर मरहम लगाया। अनन्या अब गहरी नींद में जा चुकी थी। अरमान ने उसे चादर से ढँक दिया।

''लगता है तुम दोनों मेरा पीछा नहीं छोड़ोगे। मौत को तो दोनों तरफ़ से आना ही है, तो क्यों न दूसरा वाला रास्ता चुनते हैं? अब मैं पीछे नहीं हटूँगा।'' अरमान ने पूर्ण आत्मविश्वास से कहा और पहेलियों को सुलझाने के लिए तैयार हो गया। अभिनीत ने उसका समर्थन किया, ''दूसरे वाले रास्ते में वापस लौटने की उम्मीद है, भले ही लाखों में एक हो या फिर करोड़ों में एक हो।'' अरमान ने कहा, ''ठीक है, फिर मैं एकांत में जाता हूँ और इस कार्ड के नीचे लिखे शब्दों को दुहराता हूँ, उस पहेलियों के सौदागर को उसकी पहली पहेली का जबाब देने और उससे मिलने।'' अरमान एकांत में चला जाता है।

अरमान ने पुकारकर कहा,

ओ पहेलियों के सौदागर,
मैंने ढूँढ़ा है, तेरे प्रश्नों का मोल,
दे दो तुम मेरी जिंदगी अनमोल।
ढूँढ़ लाऊँगा दूसरी पहेली का हल।
करो विश्वास, रखो मुझ पर आस,
दे दो कुछ श्वास, पहेलियों के साथ।

इसी के साथ एक काली और उजली सी छाया प्रकट हुई, जो अदृश्य सी थी। जिसकी आवाज़ सिर्फ अरमान को सुनाई देती है। उसने कहा, पहेलियों की दुनिया में तुम्हारा स्वागत है अरमान। तुम्हारी बहादुरी की दाद देनी होगी जो तुमने दूसरा वाला रास्ता चुना और मुझसे मिलने चले आये। क्या तुमने पहली पहेली का हल ढूँढ़ लिया? अरमान ने कहा, "हाँ, पहली पहेली का जवाब है, "आसाम"।

"तब तो खेल बहुत ही रोचक होगा। तुम दूसरी पहेली के हक़दार हो गये। आज मैं बेहद खुश हूँ क्योंकि पहली बार किसी इंसान ने मुझे आवाज़ दी और मुझे उससे मुखातिब होने का मौका मिला। मुझे ताज्जुब है कि तुम तो अभी बच्चे हो अरमान। तुम्हें पहेलियों की इस खूँखार दुनिया में नहीं आना चाहिए था। क्या तुम्हें यक़ीन है कि तुम पहेलियों को सुलझा पाओगे?" पहेलियों के सौदागर ने अरमान से पूछा। अरमान ने कहा, "नहीं जानता! लेकिन इससे वाकिफ हूँ कि पहली पहेली का उत्तर ढूँढ़ लेने के बाद मुझे तीन दिन की ज़िंदगी और मिल चुकी है।" उस पहेलियों के सौदागर ने कहा, "तब तो ठीक है, तो सुलझाओ दूसरी पहेली। दूसरी पहेली है....

एक नदी जीवन की आस,
एक नदी जिससे बुझती प्यास।
वह ले जाये फूलों की घाटी के पास,
छ प्रहरियों के बीच एक तोहफा खास।।

थोड़ी ही देर में अनन्या को होश आ चुका था। अरमान उसके बगल़ में बैठा हुआ था। उसने अनन्या का हाथ अपने हाथ में लिया और बोला, "मुझे माफ़ कर दो अनन्या! बचपन में जब मैं शरारतें किया करता था तो मुझे लगता था कि मैं सबसे बुद्धिमान हूँ। समय के साथ-साथ यह विचारधारा गहरी होती चली गई पर आज मुझे पता चल गया कि मैं कितना बुद्धिहीन और डरपोक हूँ। आज तुमने मुझे एहसास करा दिया कि मैं अंदर से कितना कमजोर हूँ? जिसे सच्चे इंसानों की कोई परख नहीं है। जिसे सच्ची दोस्ती के मायने तक नहीं मालूम पर आज तुमने मुझे सब कुछ सिखला दिया।" अरमान के इस वक्तव्य पर अनन्या कुछ संतुष्ट हुई, "मुझे ख़ुशी है कि तुम वापस सही रास्ते पर आ चुके हो। अब तो तुम्हें यक़ीन हो

गया है कि हम पहेलियों को सुलझा सकते हैं। हो सकता है कि हम हर पहेली के जवाब न ढूँढ़ पायें लेकिन कोशिश आखिरी दम तक नहीं छोड़ेंगे।'' अभिनीत ने कहा, ''हमें यह नहीं दिखाई दे रहा है कि पहेली में आगे बढ़ने पर मुश्किलें हैं या फिर जान का खतरा है। हमें यह दिखाई दे रहा है कि तुम हमारे बग़ैर ही पहेली में आगे बढ़ रहे हो। और ये हम कैसे सोच सकते हैं?''

अरमान ने जोर देकर अपनी बात कही, ''मैं आखिरी बार पूछ रहा हूँ क्यों, अपनी जान मेरी ख़ातिर दांव पर लगा रहे हो? क्यों?...'' अनन्या ने कहा, ''क्योंकि हमें तुम्हारी फ़िक्र है। बग़ैर तुम्हारे हम खुद को अधूरा महसूस करते हैं। इसलिए मौत के इस सफ़र पर मैं भी तुम्हारे साथ हूँ अपनी आख़िरी साँस तक।'' अनन्या ने कसम ली। ''जब अनन्या तुम्हारे साथ है तो मैं तुम्हें अकेला कैसे छोड़ सकता हूँ? इसलिए पहेलियों के इस सफ़र पर मैं भी तुम्हारे साथ हूँ। अपनी ज़िंदगी के आखिरी छोर तक।'' अभिनीत ने अरमान का साथ निभाने के लिए कसम खायी।

अभिनीत और अनन्या का साथ मिलते देख अरमान की आँखों में खुशी के आँसू भर आये। उसने जोश में आकर कहा, ''अब मुझे मरने का कोई ख़ौफ नहीं है, क्योंकि मुझे पूरा यक़ीन हो गया है कि मेरे दोस्त मुझे मरने नहीं देंगे। वह मुझे हर मौत से बाहर खींच लेंगे। अब मैंने अपने अंदर के डर को जीत लिया है और मैं हर पहेली के लिए पूरी तरह से तैयार हूँ। मौत को किसी ने शिकस्त नहीं दी क्योंकि वह मौत के पहले ही खुद को मार लेते हैं। हम पहेलियों के सौदागर को पीछे ढकेल देंगे अपनी अक्ल और हौसलों से।''

''शब्द अच्छे हैं, पर मेरे बग़ैर कुछ अधूरे से लगते हैं।'' अभिनीत ने मजाकिया लहजे में कहा और कुछ ही देर में वह पूरी तरह से गंभीर हो गया, ''यह वक़्त जोश में आने का नहीं है बल्कि दिमाग़ को ठंडा करके सोचने का है। क्या भावुक माहौल बना के रखा है, चलो चलकर थोड़ी खुली हवा की सैर कर लेते हैं। सबसे पहले मैं यह जानना चाहूँगा कि इसका जवाब ''आसाम'' कैसे है?'' अनन्या ने कहा, ''यह जरा भी कठिन नहीं था। हम अगर थोड़ा सा भी दिमाग पहेली की तरफ लगाते तो उत्तर हमें तुरंत मिल जाता। ''आसाम'' पहेली की पहली लाइन के अनुसार तीन अक्षरों का मिलकर बना हुआ है। पहेली की दूसरी लाइन ''खूबसूरत वादियाँ मेरी शान'', आसाम की खूबसूरती की तरफ़ इशारा करती है। आसाम बेहद हरा-भरा और प्राकृतिक सौंदर्य से भरपूर है। एक बार स्वामी विवेकानंदजी ने कहा था कि काश्मीर के बाद अगर भारत में सबसे खूबसूरत जगह है, तो वह आसाम है और पहेली की तीसरी लाइन ''सात बहनों में एक कहाऊँ,'' इसके अनुसार उत्तर-पूर्व के सात राज्यों आसाम, मेघालय, मणिपुर, अरुणाचल प्रदेश, मिजोरम और त्रिपुरा इन सब राज्यों को ''सात बहनों'' का दर्जा मिला हुआ है। अभिनीत ने कहा, ''तुम्हारे अक्ल की दाद देनी होगी अनन्या, पर आसाम ही क्यों?'' अनन्या ने कुछ

देर रुककर कहा, "...पता नहीं! शायद यह कोई बुलावा हो हमारे लिए।" अरमान ने भी इस पर हामी भरी, "अनन्या सही कह रही है क्योंकि इस श्रापित स्वर्ण-प्रतिमा को आसाम से ही लाया गया था इसलिए कुछ तो है जो आसाम से जुड़ा हुआ है। ताज्जुब तब होता जब पहली पहेली का जबाब आसाम न होकर कुछ और होता।" अनन्या ने पूछा- अगली पहेली क्या है अरमान? अरमान ने बतलाया,

एक नदी जीवन की आस,
एक नदी जिससे बुझती प्यास।
वह ले जाये फूलों की घाटी के पास,
छ प्रहरियों के बीच एक तोहफा खास।।

दूसरी पहेली सुनकर अनन्या और अभिनीत दोनों अचम्भित हुये। अभिनीत ने अनन्या से पूछा-तुमने पहली पहेली का हल खुद से सुलझाया या इस काम में किसी की मदद ली थी। अनन्या ने अपने कंधे उचकाये और कहा, "किस्मत से ! दरअसल मैं यहाँ से जब पिकनिक पर गई, तो मेरा मन बिलकुल अशांत था और मैं एकांत में बैठी हुई थी। पास ही में कुछ लड़के लड़कियों का झुंड था जो आपस में ही पहेलियों का खेल खेल रहे थे। उसी में एक लड़की ने इस पहेली को बुझाया था।" अभिनीत ने कहा, "ऐसा मैं इसलिए पूछ रहा हूँ क्योंकि किस्मत इस बार साथ नहीं देने वाली है। ओह तब तो हम सिर्फ किस्मत पर भरोसा नहीं कर सकते। किस्मत एक बार साथ दे सकती है बार बार नहीं। ऐसा लगता है हमें उनकी मदद की जरुरत पड़ेगी।" अरमान ने उत्सुक होकर पूछा-उनकी से क्या तात्पर्य है? अभिनीत ने कहा, "मेरे सौतेले अंकल प्रोफेसर समीर अग्रवाल, एक उत्कृष्ट मौसम विज्ञानी हैं। "एक मौसम विज्ञानी हमारी मदद कैसे कर सकता है?" अरमान ने बड़े ही अविश्वास से कहा। अभिनति ने कहा "मौसम विज्ञानी होना उनका कार्य-क्षेत्र है लेकिन वो बड़े ही बुद्धिमान, होनहार और काबिल हैं। ऐसा मेरा मानना है। मैं वाकिफ हूँ उनसे, वो कभी हार नहीं मानते। मुश्किल से मुश्किल सवालों का हल उनके पास होता है। वो एक बेहतर इंसान हैं और इस वक़्त सिर्फ़ वही इस बात को समझ सकते हैं।" अनन्या ने कहा, "अपने इस अंकल का जिक तुमने हमसे कभी नहीं किया कहाँ रहते हैं वो?" अभिनीत ने कहा, "हाँ, क्योंकि यह मेरा निजी मामला था जिसे मैंने अब तक किसी को नहीं बताया है। सालों बीत गये उनसे मिले हुये। ऐसा लगता है उनसे मिलने का सही समय आ गया है। ऐसा करना इस पहेली की जरूरत भी है। "क्या वो हमारी मदद करेंगे?" अरमान ने अभिनीत पर विश्वास जताते हुये पूछा? अभिनीत ने कहा, "हाँ, वह जरूर करेंगे। अभिनीत ने अपनी बात कहनी शुरु कर दी।

3 अभिनीत की पिछली ज़िंदगी और प्रोफेसर समीर का आगमन

काफी समय पहले की बात है। मेरे दादाजी ने दो शादियाँ की थीं। उनकी दूसरी शादी नाजायज़ थी। जिनसे मेरे अंकल पैदा हुए थे। इस तरह मेरे पिताजी दो भाई थे। यद्यपि मेरे अंकल सौतेले थे फिर भी मेरे पिताजी और अंकल दोनों में काफी घनिष्ठता थी। दादाजी ने अपनी पूरी सम्पत्ति मेरे अंकल और पिताजी में समान रुप से बाँटी थी। उस वक्त मेरी उम्र दस साल की थी। मेरे अंकल भारतीय मौसम अनुसंधान IMR (Indian Meteorological Research) की एक शाखा विशाखापत्तनम में एक मौसम विज्ञानी थे। उनका नाम था प्रोफेसर समीर अग्रवाल जो कि बहुत कम उम्र में अपनी प्रतिभा की बदौलत प्रोफेसर बन गये थे।

बंगाल की खाड़ी होने की वजह से पूर्वी तट पर अक्सर समुद्री तूफ़ान आया करते थे। इसलिए सरकार की तरफ़ से एक मँहगी लागत की परियोजना शुरु की गई। इसका मुख्य उद्देश्य था समुद्री तूफान के बारे में पहले से ही सूचित करने वाले अत्याधुनिक यंत्र को विकसित करना। मेरे अंकल इसी परियोजना पर अनुसंधान कर रहे थे। उनके नीचे की पोस्ट पर डा. इरफान अली और सोलह वैज्ञानिकों का दल काम कर रहा था। मुझे याद है मेरे अंकल एक अच्छे इंसान थे। उन्हें मुझसे बेहद लगाव था। इसका एक कारण यह भी था कि मैं उस घर में इकलौता बच्चा था। एक दिन IMR के डायरेक्टर साहब ने मेरे अंकल को बुलाया और पूछा-प्रो. समीर आपके दल का शोध किस स्तर पर पहुँचा है?

"हमारी टीम ने एक अच्छा काम किया है। समुद्री तूफान के बारे में पहले से ही सूचित कराने वाला अत्याधुनिक यंत्र अपने आखिरी चरण में है। तारीफ़ करनी होगी डॉ. इरफान अली और हमारे वैज्ञानिक दल की जिन्होंने बहुत ही बेहतरीन काम किया है।"

"सरकार का हमारे ऊपर काफ़ी दबाव है। आखिर वह इसे बनाने में काफ़ी पैसा खर्च कर रही है, तो क्यों न हम अगले महीने इसके परीक्षण की तारीख दे दें। इसके बारे में आपका क्या ख्याल है?" डायरेक्टर साहब ने इसके बारे में प्रो. समीर से राय माँगी।

''हाँ, हाँ क्यों नहीं, हमारी तैयारी आखिरी चरण में हैं।''

''तो फिर ठीक है, हम अगले महीने के 24 अक्टूबर को इसका परीक्षण करेंगे। क्या यह ठीक रहेगा?''

''हाँ सर! बिल्कुल ठीक रहेगा तब तक हमारा काम भी आसानी के साथ हो जायेगा। मुझे नहीं लगता कि इसमें कोई दिक्कत होनी चाहिए।''

''ठीक है, अगले महीने मैं परीक्षण की पूरी व्यवस्था करवा देता हूँ। इसके परीक्षण में सरकार की तरफ़ से कुछ उच्चाधिकारी के साथ–साथ विदेश से भी कुछ समुद्री तूफान विशेषज्ञ होंगे। हमें उन्हें कुछ बेहतर करके दिखलाना है।''

''हम बेहतर करने की कोशिश करेंगे सर।'' प्रो. समीर ने बड़े ही आत्मविश्वास से कहा।

''ठीक है, आप अभी से परीक्षण की पूरी तैयारी में लग जाइये।'' डायरेक्टर साहब ने कहा। प्रो. समीर डायरेक्टर साहब के कमरे से बाहर निकले।

डा. इरफान अली और कुछ वैज्ञानिक सदस्य प्रो समीर के बाहर निकलने का पहले से ही इंतज़ार कर रहे थे। प्रो. समीर जैसे ही डायरेक्टर साहब के कमरे से बाहर की तरफ़ निकले, डॉ. इरफान अली ने उत्सुकता के साथ पूछा-अंदर क्या बातचीत चल रही थी?

''अगले महीने के 24 अक्टूबर को हमारे बनाये अत्याधुनिक यंत्र के परीक्षण की तारीख़ तय कर ली गई है।'' प्रो. समीर ने कमरे के बाहर चहलकदमी करते हुये कहा। डॉ. इरफान अली इस अत्याधुनिक यंत्र के परीक्षण को लेकर संशयपूर्ण स्थिति में थे। अगर हम नाकामयाब हो गये तो...? प्रो. समीर डॉ. अली की बात को बीच में ही काटते हुये बोले, ''इस वक्त नाकामयाबी का ख्याल भी नहीं आना चाहिए। हम ज़रुर कामयाब होंगे। हमारी कामयाबी कोई भी नहीं रोक सकता। हमारी टीम ने बहुत अच्छा काम किया है और इसका श्रेय हम सभी को जाता है।'' धीरे–धीरे परीक्षण का दिन भी नज़दीक आ पहुँचा। यह परीक्षण के एक दिन पहले की बात है। मेरे अंकल घर में सब कुछ छोड़कर अपने कार्य में व्यस्त थे। तभी एक महिला जो हमारी पड़ोसी थी, दौड़ते–दौड़ते हमारे घर में पास आई और मेरे अंकल से विनती करने लगी। प्रो. साहब मेरे पति को बचा लीजिए। वह सुबह से ही घूमने व मछली पकड़ने खाड़ी की तरफ गये हुये हैं। अठारह घंटे से ज्यादा का वक्त हो गया है पर उनका कुछ भी पता नहीं है। मौसम का मिजाज भी काफी बदल चुका है। मैंने रेडियो पर सुना है भारी समुद्री तूफान आने वाला है। उनसे कोई संपर्क नहीं हो पा रहा है। कृपा करके उनकी जान को बचा लीजिए। तटरक्षक बल उनको खोजने खाड़ी में जाने से इन्कार कर रहे हैं। प्रोफेसर कुछ पल खड़े होकर

सोचते रहे। आज तो मैं आपकी मदद नहीं कर सकता। मैं एक बहुत ही जरुरी काम कर रहा हूँ।

''ऐसा मत कहिए प्रोफेसर। अगर उनकी जान चली जायेगी तो मेरी ज़िंदगी बद से बदतर हो जायेगी। मैं पूरी तरह से बर्बाद हो जाऊँगी।'' उक्त महिला ने कहा और मेरे अंकल के पैरों तले गिर पड़ी। वह महिला हमारी खास पड़ोसी थी। प्रो. समीर ने प्रत्युत्तर में कहा, ''ठीक है, मैं उन्हें खोजने की कोशिश करता हूँ।'' प्रो. समीर तुरंत ही समुद्र के किनारे गये और तटरक्षक बल प्रमुख से मिले। तटरक्षक बल प्रमुख प्रो. समीर को अच्छी तरह से जानते थे। तटरक्षक बल प्रमुख ने प्रो. समीर को देखते ही पूछा-प्रोफेसर साहब कहिए आपका क्या हाल समाचार है? प्रोफेसर ने पूछा, ''मैं तो ठीक हूँ, मौसम के क्या हालात हैं?''

''आप के विभाग ने मौसम के हालात कुछ अच्छे नहीं बताये हैं।'' तटरक्षक बल प्रमुख ने कहा और अपनी कुर्सी पर बैठ गया। खाड़ी में बड़ा चक्रवात बन रहा है। भारी तूफान आने का अंदेशा है। हमने सभी मछुआरों को पहले ही सूचित कर दिया था। हमारी टीम ने अभी-अभी काफ़ी खोजबीन करके कुछ मछुआरों को बाहर निकाला है। हमारी टीम पूरी छानबीन करके वापस लौट चुकी है। आप जिस महिला के साथ यहाँ पर आये हुये हैं। वह पहले भी यहाँ पर आ चुकी है, और हमने अपनी तरफ से बहुत कोशिश की पर हम इनके पति को ढूँढ़ने में नाकामयाब हुए। मैं जानता हूँ आपके यहाँ पर आने का क्या कारण है? पर हालात को देखते हुए मैं दो लोगों के लिए पूरी टीम को खतरे में नहीं डाल सकता। मैंने इनके पति को पहले भी आगाह किया था कि इस समय वह समुद्र की तरफ ना जाए, हालात बुरे हो सकते हैं। पर उन्होंने मेरी बात अनसुनी कर दी।'' प्रोफेसर ने प्रत्युत्तर में कहा, ''इसका मतलब आप हमारी मदद नहीं करना चाहते।''

''माफ क़रिये प्रोफेसर, पर इस वक़्त नहीं। मौसम की स्थिति बेहद ही नाजुक है।'' तटरक्षक बल प्रमुख ने साफ़ तौर पर कहा। प्रोफेसर ने तटरक्षक बल प्रमुख से पूछा-क्या मैं आपका टेलीफोन इस्तेमाल कर सकता हूँ।'' तटरक्षक बल प्रमुख ने सहर्ष ही इसकी इजाज़त दे दी। प्रोफेसर ने तटरक्षक बल प्रमुख को धन्यवाद कहा और डॉ. इरफान अली को फोन लगाया। डॉ. इरफान अली ने उत्सुकतावश पूछा-इस वक़्त फोन करने के क्या कारण हैं? प्रोफेसर ने कहा, ''जरा मौसम विभाग से संपर्क करके मौसम की पूरी जानकारी मुझे देते रहिये और लाइन पर बने रहिये। इस वक़्त मैं कुछ लोगों की खोज करने खाड़ी की तरफ जा रहा हूँ।'' डा. अली अचानक से चौंक गये, ''क्या...! लेकिन कल का दिन तो हमारे लिए बेहद ही ख़ास है।''

प्रोफेसर ने डा. अली को भरोसा दिलाया, "मैं आपको समझ सकता हूँ, आप कल की बिल्कुल भी फ़िक्र मत करिये। मैं जल्द ही उन्हें ढूँढ़ निकालूँगा।" डॉ. अली को थोड़ी सी तसल्ली मिली, "जैसा आप उचित समझें। मैं जल्द ही मौसम विभाग से संपर्क करने जा रहा हूँ। तब तक आप अपना काम करिये।" प्रोफेसर ने तटरक्षक बल प्रमुख से पूछा-क्या आप मुझे एक हेलिकाप्टर दे सकते हैं ? तटरक्षक बल प्रमुख अपनी कुर्सी से खड़े हो गये। उन्होंने प्रोफेसर समीर के इरादे को भांप लिया। आप जो करने जा रहे हैं यह इरादा बिलकुल ठीक नहीं है। इसकी इजाज़त आपको नहीं दी जा सकती। प्रोफेसर ने उनको भरोसा दिलाया, "घबराइये नहीं! मैंने इसे चलाने की पूरी ट्रेनिंग ले रखी है। वैसे आपने अपना काम खत्म कर दिया है। हमें आपसे कोई शिकायत नहीं है। वह महिला अपनी पड़ोसी है इसलिए मैं चुप भी नहीं बैठ सकता। मैं अपने स्तर पर इनके पति को ढूँढ़ने की हल्की कोशिश तो कर ही सकता हूँ।" तटरक्षक बल प्रमुख ने कहा, "आपने हमें धर्मसंकट में डाल दिया। आप जानबूझकर अपनी जान जोखिम में क्यों डाल रहे हैं?" प्रोफेसर ने कहा, "आप मेरी जान की फ़िक्र न करें। इस तरह के हालात से मैं पहले भी निपट चुका हूँ।" प्रोफेसर के काफ़ी भरोसा दिलाने के बाद तटरक्षक बल प्रमुख ने कहा, "वैसे, इसकी इजाज़त तो नहीं है। लेकिन फिर भी जान-पहचान के नाते मैं अपनी जिम्मेदारी पर इसे दे सकता हूँ। कृपया जल्दी से जल्दी आने का प्रयास करिएगा।" तटरक्षक बल प्रमुख ने अपना हेलिकाप्टर प्रोफेसर को दे दिया।

इसी के साथ प्रोफेसर हेलिकाप्टर लेकर खाड़ी की तरफ निकल पड़े। प्रोफेसर ने वाकी–टाकी से संपर्क करना शुरु किया। हैलो! हैलो! डॉ. इरफान अली, क्या आप मुझे सुन सकते हैं? डॉ. इरफान अली ने कहा, "हाँ प्रोफेसर, मैं आपको सुन पा रहा हूँ।" प्रोफेसर समीर ने कहा, "डा. इरफान अली चक्रवात के बारे में सही- सही जानकारी दीजिए। इस वक़्त मैं दक्षिण पूर्व की दिशा में बढ़ रहा हूँ। उक्त महिला के अनुसार उसका पति इसी दिशा में आया था।" डॉ. इरफान अली ने प्रोफेसर को मौसम की सही स्थिति की जानकारी देना शुरु किया। तट से तकरीबन 450 किलोमीटर दूर खाड़ी में कम दबाब वाला क्षेत्र बन रहा है। जहाँ हवा का दाब है 930 मिलीबार है। पूरे क्षेत्र में काले बादल मँडरा रहे हैं। उस जगह का तापमान भी घटकर 1.9 डिग्री सेंटिग्रेट हो चुका है। भारी बारिस होने की संभावना है, उस क्षेत्र में हवा की गति 110 मील प्रति घंटा है। इसलिए आपको संभलकर आगे बढ़ना चाहिए।

प्रोफेसर समीर ने प्रत्युत्तर में कहा, "आप मेरी फ़िक्र मत करिये डॉ. इरफान। क्या आप गणितीय समीकरणों का सही इस्तेमाल जैसे हवा की गति और दिशा, समुद्र के लहरों की औसत चाल और तमाम तरह के अवरोधों को मिलाकर क्या आप कोई एक निश्चित क्षेत्रफल निकाल सकते हैं जिसमें टारगेट के पाये जाने

की संभावना सबसे ज्यादा हो?'' डॉ. इरफान अली ने इस पर अपनी कुछ असमर्थता जताई और कहा, ''टारगेट को किसी निश्चित क्षेत्रफल में निरूपित करना बहुत ही मुश्किल काम है क्योंकि हर जगह भारी अनियमितता हो रही है। हवा की गति में पिछले आठ घंटे में भारी बदलाव आया है। हवा की दिशा जरूर ठीक है पर समुद्र की लहरों की गति और दिशा के बारे में अनुमान लगाना कठिन काम है। अगर हम तट से बोट की चाल पर गौर करें तो वह भी काफ़ी मुश्किल काम है। समुद्र में बोट किस जगह पर कितनी देर रूकी होगी इसके बारे में कोई जानकारी नहीं है। फिर भी तमाम अनिश्चिताओं के बीच मैं कोशिश करूँगा की टारगेट को एक निश्चित क्षेत्रफल में निरूपित कर सकूँ।''

प्रोफेसर समीर ने कहा, ''हाँ, यह ठीक रहेगा।'' डॉ. इरफान अली विभिन्न वैज्ञानिक आधारों का इस्तेमाल करके एक नतीजे पर पहुंचने के बाद बोले, ''प्रोफेसर इस वक़्त जो आपकी स्थिति है उसे अगर एक केन्द्र मान लिया जाए तो वहाँ से तकरीबन 856 वर्ग किलोमीटर के गोलाकर जगह में टारगेट के पाये जाने की संभावना सबसे ज्यादा हो सकती है।'' प्रोफेसर समीर थोड़े से परेशान दिखे, ''लेकिन यह तो काफ़ी बड़ा क्षेत्रफल है।'' डॉ. इरफान अली ने कहा, ''हाँ, बड़ा तो है। पर इससे अधिक मैं कुछ भी नहीं कर सकता।'' प्रोफेसर समीर ने अपना काम जारी रखा। उस बडी सी जगह में प्रोफेसर गोल-गोल चक्कर काटने लगे। काफी समय बीत चुका था। काफ़ी समय बीतने के बाद जब डा. इरफान अली से नहीं रहा गया तो उन्होंने चिंतित स्वर में कहा, ''प्रोफेसर समीर, अब आपको वापस आ जाना चाहिए। कल का दिन अहम है हमारे लिए।'' प्रोफेसर समीर ने कुछ सोचकर कहा, ''डॉ. इरफान अब आप कल होने वाले परीक्षण की तैयारी करिये। मैं जल्द ही अपना काम खत्म करके आता हूँ।'' डॉ. इरफान अली ने कहा, ''ठीक है प्रोफेसर।''

इधर प्रोफेसर समीर सारी रात खराब मौसम में टारगेट की खोज में चक्कर लगाते रहे पर टारगेट का कुछ भी पता नहीं चला। इतनी देर में सुबह हो जाती है। डॉ. इरफान अली फिर फोन करते हैं, ''प्रोफेसर समीर, अब आपको वापस आ जाना चाहिए। आपके बिना परीक्षण में बाधा आयेगी।'' प्रोफेसर समीर ने कहा, ''बस थोड़ी देर और, मैं बस टारगेट के पास पहुँचने वाला हूँ। आप जाकर परीक्षण की पूरी तैयारी करिये।'' डॉ. इरफान अली ने कहा, ''वहाँ पर बहुत बड़े-बड़े पदाधिकारी और विशेषज्ञ होंगे। ऐसे वक़्त पर आपका वहाँ रहना ठीक होगा। अगर टारगेट का अभी तक कुछ भी पता नहीं चला तो इसका मतलब है कि टारगेट समुद्र में कहीं पर खो गया होगा। उसे इस वक्त तक ढूँढ़ना बेवकूफी है।'' प्रोफेसर समीर ने कहा, ''मेरा दिल इस बात को नहीं मान रहा है। मुझे बार-बार यही लग रहा है, टारगेट थोडी दूर पर इधर ही कहीं है। आप हेडक्वॉटर जाइये।

अपनी टीम को इकट्‌ठा करिये मैं बस थोड़ी देर में आ जाता हूँ। मेरे आने तक चार्ज आप संभालिए।'' इधर प्रोफेसर ने टारगेट के खोजने का सिलसिला जारी रखा। थोड़ी देर में प्रोफेसर को किसी के चिल्लाने की आवाज सुनाई दी। प्रोफेसर तुरंत ही आवाज़ की दिशा में बढ़े तो कुछ ही दूर पर उन्हें पानी में एक नाव दिखाई दी। नाव में बैठे दोनों आदमी चिल्लाकर प्रोफेसर को अपनी तरफ आने का इशारा कर रहे थे। प्रोफेसर समीर ने वहाँ पहुंचकर फौरन सीढ़ी लटका दी और उन दोनों नाविकों को हेलिकाप्टर में बिठा लिया। थोड़ी ही देर में उन दोनों नाविकों को लेकर प्रोफेसर तट पर आ गये। तटरक्षक बल प्रमुख ने प्रोफेसर और उन दोनों नाविकों को देखकर अपनी ख़ुशीं जाहिर की और कहा, ''प्रोफेसर समीर, आख़िरकार आपने हार नहीं मानी और दोनों नाविकों को मौत के मुँह से वापस खींच ही लाये। मैं डर रहा था कि कहीं हमारा हेलीकाप्टर दुर्घटनाग्रस्त तो नहीं हो गया। पर सच कहूँ तो सबसे ज़्यादा मुझे आपकी फ़िक्र थी।'' यह कहकर उन्होंने प्रोफेसर समीर को गले लगाया।

''यह सब तो ऊपर वाले की देन है।'' प्रोफेसर समीर ने भगवान का शुक्रिया अदा किया, ''शुक्रिया आपका भी, क्योंकि आपने मुझ पर भरोसा करके यह हेलीकाप्टर दिया था। अब अपनी अमानत वापस संभालिये।'' तब तक उक्त महिला भी आ चुकी थी। उसने कहा, ''बहुत-बहुत शुक्रिया प्रोफेसर समीर! अगर आप नहीं होते तो मैं अब तक अपने पति को खो ही चुकी थी।'' ऐसा कहकर वह महिला अपने पति के गले लग गई। ''ठीक है, अब मैं आप सभी से विदा लेता हूँ क्योंकि इस वक्त मैं बहुत ही जल्दी में हूँ।'' प्रोफेसर ने कहा, और फिर फौरन अपनी गाड़ी पकड़कर **IMR** हेडक्र्वाटर की तरफ़ जाने लगे। तभी उन्होंने डा. इरफान अली को फोन किया और अपनी प्रसन्नता जाहिर की। मैंने टारगेट को ढूँढ़ निकाला और दस मिनट में हेडक्र्वाटर पहुँच रहा हूँ और सुनाइये वहाँ पर क्या चल रहा है? डॉ. इरफान अली ने बेहद ही दबी आवाज में कहा, ''प्रोफेसर समीर, बहुत बड़ा हादसा हो गया है हमसे। हमारे वैज्ञानिक दल के एक सदस्य से एक बहुत बड़ी मानवीय चूक हुई। जहाँ पर परीक्षण का काम होना था वहीं बगल में कुछ ज्वलनशील पदार्थ रखे हुये थे। मामूली शार्ट-सर्किट की से वहाँ पर आग लग गई। चारों तरफ अफरातफरी का माहौल है। इस दुर्घटना में अब तक हमारे चार सदस्य घायल हैं, जिनमें दो की हालत नाजुक है। इसने हमारे द्वारा बनाये गये समुद्री तूफान को पहले से ही सूचित करने वाले अत्याधुनिक यंत्र को भी पूरी तरह से बर्बाद कर दिया। आप जल्दी से हेडक्वार्टर पर आ जाइये।'' इतना सुनकर प्रोफेसर अवाक् रह गये। उनके मुँह से सिर्फ इतना ही शब्द निकल पाया, ''क्या?'' प्रोफेसर जब **IMR** हेडक्र्वाटर पहुँचते हैं, तब तक स्थिति काफी हद तक काबू में हो चुकी थी। इस दुर्घटना का कारण जानने के लिए सरकार ने एक जाँच पैनल

बैठा दिया। जाँच पैनल पूरी छानबीन करने के बाद प्रोफेसर समीर अग्रवाल को दोषी पाता है, क्योंकि उनकी देखरेख में ही परीक्षण का काम होना था और मौके वारदात पर वह उपस्थित नहीं थे। अब प्रोफेसर को जाँच पैनल से जबाब-तलब करना था। जाँच पैनल ने प्रश्न उठाना शुरू किया। जाँच पैनल ने पूछा-हमारी टीम ने यह पाया कि आपका रवैया बेहद गैर जिम्मेदराना और दोषपूर्ण था। परीक्षण के वक्त आप कहाँ थे?

प्रोफेसर समीर – उस वक्त मैं खाड़ी में दो लापता नाविकों की खोज कर रहा था जो की खराब मौसम के चलते खाड़ी में ही कहीं लापता हो गये थे।

जाँच पैनल – यह सब काम तो तट रक्षक बल का है, आपको इसमें जाने की क्या जरूरत थी?

प्रोफेसर समीर-तट रक्षक बल की यूनिट अपना पूरा काम करके लौट चुकी थी और वापसी के समय उन्होंने नौ मछुआरों को खाड़ी से बाहर निकाला था। उन्होंने उन दोनों नाविकों को ढूँढ़ने का काफ़ी प्रयास किया। मगर उन्हें कामयाबी नहीं मिल पाई।

जाँच पैनल ने ताना मारा, "तो आप हीरो बनने निकल पडे।" प्रोफेसर समीर थोड़े परेशान दिखे। इस हालात में जाँच पैनल से जवाब तलब करना आसान नहीं था। लेकिन फिर भी उन्होंने अपना बचाव पक्ष रखा, "अगर मैं उस महिला की मदद नहीं करता तो वह विधवा हो जाती। यह ज़रुरी था क्योंकि उस महिला से मैं भलीभांति परिचित था। इसलिए उसे ना कहना मेरे लिए कठिन था।"

जाँच पैनल ने कटाक्ष के लहज़े में कहा- ओह आपने अपना काम तो बखूबी निभाया। उस औरत को विधवा होने से बचा लिया। इसका मतलब क्या आपने सबको बचाने का ठेका ले रखा है?"

प्रोफेसर समीर-मैंने सबको बचाने का ठेका नहीं लिया है पर इंसानियत के नाते एक महिला जो मेरे पास उम्मीद और विश्वास के साथ आई। उसे मैं इन्कार नहीं कर सकता था। उसे बचाना मेरा फ़र्ज़ था।

जाँच पैनल – फ़र्ज तो आपका परीक्षण के वक्त उपस्थित रहने का भी था। उस फ़र्ज़ को आपने पूरा नहीं किया। आपके वहाँ पर न रहने की वज़ह से समुद्री तूफान के बारे में पूर्वसूचित करने वाला अत्याधुनिक यंत्र पूरी तरह से नष्ट हो गया। और यह परियोजना पूरी तरह से फेल हो गई। सरकार को करोड़ों का नुक़सान हुआ है। हमारे चार सदस्य घायल हैं, जिनमें दो की हालत बेहद ही गंभीर है। यह आपकी घोर लापरवाही नहीं तो और क्या है?" प्रोफेसर समीर ने अपनी आँखें नीची की और कहा, "इस ग़लती के लिए मुझे बेहद अफ़सोस है।"

जाँच पैनल – हमारी टीम ने आप पर सख़्त कार्यवाही का मन बनाया है। आपके सारे ओहदे और सम्मान छीन लिये जाते हैं और आपको IMR से हमेशा के लिए निकाला जाता है। प्रोफेसर समीर अग्रवाल क्या आपको अब भी अपने बचाव में कुछ कहना है ?'' प्रोफेसर ने निराश होकर कहा, ''नहीं! कुछ भी नहीं।''

जाँच पैनल – ''नहीं! तब आप घर जा सकते हैं।''

मेरे अंकल उदास मन से घर आ जाते हैं। अब उनके पास कोई काम नहीं था। कुछ दिन घर पर रहने के बाद एक दिन उन्होंने मेरे पिताजी से घर और जमीन का बँटवारा करने को कहा। मेरे पिता गुस्से से भड़क गये और बोले, ''ये तुम क्या कह रहे हो समीर! हमारे पिताजी चाहते थे कि हम दोनों में कभी भी बँटवारा न हो। हम पूरी ज़िंदगी साथ-साथ रहें। इस घर से हमारे पिताजी की गहरी यादें जुड़ी हुई हैं। हमारा घर और जमीन पुरखों की दी हुई अनमोल निशानी है। मैं मानता हूँ तुम्हारे पास इस वक़्त करने को कुछ भी नहीं है, पर तुम मुझसे पैसे लेकर कोई नया काम शुरू कर सकते हो। लेकिन जमीन और घर का बँटवारा ठीक नहीं है।'' मेरे पिता की कही बात का उन पर कोई असर नहीं हुआ। उन्होंने अपनी जिद बरकरार रखी। उस रात वसीयत को लेकर मेरे पिता और मेरे अंकल में बहुत झगड़ा हुआ। अगली सुबह मेरे पिता ने गुस्से में कहा, ''मैं दिल्ली जा रहा हूँ इस जगह को छोड़कर हमेशा के लिए। जैसे जी चाहे वैसे रहो, क्योंकि मैं पुरखों की इस सम्पति को बाँटना नहीं चाहता। मुझे आज पता चला कि तुम एक नाकामयाब वैज्ञानिक के साथ-साथ एक घटिया इंसान भी हो। आख़िरकार तुमने साबित कर ही दिया कि तुम हमेशा से सौतेले थे और आगे भी सौतेले ही रहोगे। मैं तुम्हारी शक्ल कभी भी नहीं देखूँगा समीर।'' इतना कहकर मेरे पिता हमेशा के लिए दिल्ली आ गये।

इधर मेरे अंकल के दिमाग़ में कुछ और ही योजना घूम रही थी। उन्होंने मन ही मन यह निर्णय ले लिया था कि वो उस अत्याधुनिक यंत्र को फिर से बनाकर अपना खोया सम्मान हासिल कर लेंगे। इसलिए उन्होंने अपने हिस्से की ज़मीन को गिरवी रखकर बैंक से काफ़ी पैसा लिया और घर के पीछे वाली अपने हिस्से की ज़मीन को एक उच्च स्तरीय प्रयोगशाला में तब्दील कर दिया। उन्होंने कभी शादी नहीं की। उनकी ज़िंदगी का सिर्फ़ एक ही मकसद है, फिर से अपना खोया सम्मान वापस पाना। इसलिए वह किसी से भी नहीं मिलते। चौबीस घंटे वह सिर्फ़ प्रयोगशाला में ही रहते हैं। खाना, पीना, सोना, उठना बैठना सब कुछ उसी में होता है। वह खुद को अपने उसी मकसद में पूरी तरह से व्यस्त रखते हैं। वह बाहर की ज़िंदगी से पूरी तरह अंजान हैं। हांलाकि मनमुटाव के कुछ समय बाद वह बार-बार हमें वापस बुलाते रहे पर मेरे पिता कभी वापस नहीं गये। एकाध बार

जब मैंने वापस जाने की जिद की तो उन्होंने मुझे डाँट दिया। सिर्फ़ वापस जाने के नाम पर ही मेरे पिता मुझ पर चिढ़ जाते हैं। मेरे ख़्याल से वही एक इंसान हैं, जो इस वक्त हमारे काम आ सकते हैं क्योंकि उन्होंने बहुत मुश्किल वक़्त का सामना किया है। ज़िंदगी के हर मोड़ पर उन्होंने ख़ुद को साबित किया है। वह बहुत ही बुद्धिमान और अनुभवी हैं। मैं उन्हें बखूबी जानता हूँ, वह एक ऐसे शख़्स हैं, जो कभी भी हार नहीं मानते। हर मुश्किल को तहे दिल से स्वीकारते हैं। ''सबसे बड़ी चीज़ वह एक हारे हुए शख़्स हैं।'' अरमान ने अपनी चुप्पी तोड़ी, ''शायद ऐसे लोग ही हमें समझ सकते हैं। वर्ना दुनिया तो हमें पागल ही समझेगी।'' अनन्या ने कहा, ''लगता है, उनसे मिलने का वक्त आ गया है।''

''तो देर किस बात की, चलो चलते हैं विशाखापत्तनम।'' अभिनीत ने खुशी से उत्साहित होते हुये कहा।

अभिनीत अनन्या और अरमान को लेकर विशाखापत्तनम अपने घर पर आ जाता है। वहाँ का नज़ारा देखकर अभिनीत कुछ पल के लिए हतप्रभ रह जाता है। ''यह मेरा अपना घर है, बरसों बाद यहाँ आकर काफ़ी अच्छा लग रहा है।'' अभिनीत ने अपने घर को एकटक निहारते हुये कहा। अभिनीत वहाँ से आगे बढ़ा तो देखा कि उसके अंकल के घर वाला हिस्सा एक उच्चस्तरीय प्रयोगशाला में तब्दील हो चुका था। जिसके बाहर एक आदमी बैठा हुआ था। अरमान अभिनीत और अनन्या तुरन्त उस व्यक्ति के पास पहुँच जाते हैं। अभिनीत ने उस व्यक्ति से कहा, ''सुनिये, हमें प्रोफेसर समीर अग्रवाल से मिलना है।'' उक्त व्यक्ति ने कहा, ''प्रोफेसर साहब किसी बाहरी व्यक्ति से नहीं मिलते हैं। इसलिए आप लोग जा सकते हैं।''

अरमान ने बड़े गर्व से उस व्यक्ति से कहा, ''हम उनके बहुत ही नज़दीकी हैं। और बहुत दूर से उनसे मिलने आये हैं।'' उक्त व्यक्ति ने संकीर्णतापूर्ण रवैया अपनाते हुये कहा, ''जो उनसे मिलने आता है, वह बहुत दूर से ही आता है। जहाँ तक मुझे जानकारी है, उनका कोई भी नज़दीकी नहीं है।'' अनन्या ने कुछ ज्यादा ही आत्मविश्वास दिखलाया, ''आप उनसे इतना ही कह दीजिए कि अभिनीत आपसे मिलने आया है तो प्रोफेसर साहब फौरन दौड़कर बाहर आ जायेंगे।'' अनन्या की कही बात का तुरन्त असर उस व्यक्ति पर हुआ, ''ठीक है, मैं अभी जाकर कह देता हूँ।'' वह व्यक्ति अंदर जाता है और प्रोफेसर साहब से कहता है। कोई अभिनीत नाम का लड़का है, जिसके साथ एक लड़की और एक लड़का है। वह आपसे मिलना चाहता है। प्रोफेसर ने उस व्यक्ति की कही बात में ज़रा भी दिलचस्पी नहीं ली। मैं किसी अभिनीत को नहीं जानता कह दो उससे कि वह परसों आये। आज मैं काफ़ी व्यस्त हूँ। आज किसी को भी अंदर मत आने दो।

''जी अच्छा!'' उस व्यक्ति ने कहा और तेजी से प्रयोगशाला के कमरे से बाहर आ गया।

''मैंने कहा था कि आप लोग जाइये यहाँ से।'' बाहर आते ही उस व्यक्ति ने झल्लाकर कहा, ''परसों आईएगा।'' अरमान हैरत में पड़ गया। कहीं ऐसा तो नहीं कि इतने सालों में वह तुम्हें भूल गये अभिनीत। अभिनीत ने इस बात को नकारते हुये कहा, ''नहीं! ऐसा नहीं हो सकता कि मेरे अंकल मुझे भूल जायें।'' अभिनीत ने कुछ देर मौन रहकर फिर उस व्यक्ति ने कहा, ''आप उनसे कहिए कि अभिनीत अग्रवाल आपसे मिलने आया है।'' उस व्यक्ति से रौबदार आवाज में कहा, ''देखिए मैंने कहा न कि वह आज किसी से नहीं मिलना चाहते। आप कल आइये।'' अनन्या ने धीमे और शालीन लहजे में कहा, ''हम बहुत दूर से उनसे मिलने आये हैं। कृपया एक बार उनसे कह दीजिए कि अभिनीत अग्रवाल आपसे मिलना चाहता है।''

''मैं बार-बार उनको तंग करके अपनी नौकरी नहीं गवांना चाहता हूँ। अब आप लोग परसों आइये।'' उस व्यक्ति ने प्रयोगशाला के अंदर जाने से इन्कार करते हुये कहा। अभिनीत ने विनम्रतापूर्वक कहा, ''मेरे कहने पर बस आख़िरी बार उनसे कह दीजिए कि 'अभिनीत अग्रवाल' आपसे मिलने आया है। अगर इस बार भी उन्होंने नहीं सुना तो हम वापस लौट जायेंगे। तब परसों भी उनसे मिलने की कोई जरुरत नहीं होगी।'' अभिनीत के विनम्रतापूर्वक आग्रह को वह व्यक्ति टाल न सका। बुदबुदाते हुये, खीझमन से वह प्रयोगशाला के अंदर चला गया और प्रोफेसर से कहा, ''कोई 'अभिनीत अग्रवाल' आपसे मिलना चाहता है।'' प्रोफेसर अपने काम में तल्लीन थे तभी तुरन्त उनका ध्यान उस ओर गया। उन्होंने हैरत भरे स्वर में पूछा, ''क्या कहा तुमने?'' प्रत्युत्तर में उस व्यक्ति ने कहा, ''अभिनीत अग्रवाल!'' क्या यह आपका कोई ख़ास है ? प्रोफेसर के चेहरे पर अचानक से एक मुस्कान दौड़ गई। सालों बाद ऐसी मुस्कान किसी ने प्रोफेसर समीर के चेहरे पर देखी थी। उन्होंने ख़ुश होते हुये कहा, ''सिर्फ़ खास ही नहीं, वो बहुत ख़ास है। कहाँ है वो...?'' उस व्यक्ति ने अपने हाथ का इशारा बाहर की तरफ़ करते हुये कहा, ''बाहर!''

इसी के साथ प्रोफेसर समीर फौरन अपनी प्रयोगशाला का कार्य छोड़कर बाहर की तरफ़ आये। बाहर आते ही तुरंत उन्होंने अभिनीत को गले लगा लिया और कहा, ''इतनी देर क्यों कर दी अभिनीत मुझसे मिलने में? मुझे माफ़ कर दो अभी मैंने तुमको अंदर आने की इजाज़त नहीं दी क्योंकि मेरे अंदर ऐसा ख़्याल ही नहीं आया कि वो तुम हो सकते हो।''

प्रोफेसर साहब की आखें भावुकतावश गीली हो गई थी। प्रोफेसर साहब ने अपने आँसू पोछे और अभिनीत से पूछा, ''क्या अब भी तुम्हारे पिता मुझ पर नाराज़

हैं।'' अभिनीत ने एक हल्केपन से हामी भरी, ''हाँ, नाराज़ तो हैं, पर मुझे यक़ीन है। जल्द ही उनकी नाराजगी दूर हो जायेगी।'' प्रोफेसर समीर ने दोषपूर्ण दृष्टि से अभिनीत की तरफ़ देखा और कहा, ''और तुम्हारी नाराजगी का क्या?'' अभिनीत ने नकारात्मक तरीक़े से अपनी गर्दन हिलायी, ''नहीं! मैं बिल्कुल भी नाराज नहीं हूँ आप पर। सच तो यह है कि आपको किसी ने भी समझने का प्रयास नहीं किया। मैं तो आपसे मिलना चाहता था। लेकिन काफ़ी दिन बाद मुझे यह मौका मिला।'' इसी के साथ अभिनीत की आँखों में भी आँसू आ गये थे। प्रोफेसर समीर के चेहरे पर आत्मसंतुष्टि के भाव उभर आये। उन्होंने अपने दोनों हाथ अभिनीत के कंधे पर रखते हुये कहा, ''तुम मुझसे मिलने आये। यही बहुत बड़ी बात है मेरे लिए। और मेरे बड़े भाई ठीक तो हैं ना।'' अभिनीत ने कहा, ''हाँ, वह बिलकुल ठीक हैं।'' वह व्यक्ति जो प्रोफेसर को कहने आया था कि कोई आपसे मिलने आया है। वह अचम्भित था, आखिर कौन है यह लड़का जिसके आने पर प्रोफेसर साहब के चेहरे पर सालों बाद मुस्कान देखने को मिल रही है। आख़िरकार उसने पूछ ही डाला, ''कौन है यह लड़का?'' प्रोफेसर समीर ने ख़ुद को गर्वान्वित महसूस करते हुये कहा, ''यह मेरा बहादुर बेटा है जो वर्षों पहले मुझसे दूर चला गया था। आज मुझसे मिलने वापस आया है। आज मैं बहुत ही खुश हूँ इसलिए तुम्हारी एक महीने की छुट्टी।'' अभिनीत ने अरमान और अनन्या की तरफ़ इशारा करते हुये कहा, ''ये अरमान और अनन्या मेरे दोस्त हैं।'' अरमान और अनन्या ने एक स्वर में मुस्कुराहट के साथ अपने हाथ ऊपर किये और कहा, ''हाय अंकल!'' ''हाय बेटा, कैसे हो तुम सब! प्रोफेसर समीर ने उनसे वैसी ही प्रतिक्रिया दी और कहा, ''चलो अंदर आओ।''

अरमान और अनन्या के कुछ कहने से पहले ही अभिनीत ने कहा, ''यह तो नही कह सकते कि हम अच्छे हैं, हम यहाँ आपसे एक मदद माँगने आये हैं।'' प्रोफेसर ने आश्चर्यचकित होकर पूछा, ''किस तरह की मदद?'' अभिनीत ने एक झिझक के साथ कहा, ''हम एक अजीब सी मुसीबत में फँसे हुये हैं। आप मदद करेंगे न, क्योंकि यह बहुत ही अनोखी समस्या है, जिस पर कोई भी समझदार आदमी यक़ीन नहीं करेगा।'' ''अपनी बात स्पष्ट रुप से खुलकर कहो।'' प्रोफेसर समीर ने अभिनीत को सारी बात साफ़ तौर पर कहने के लिए कहा, ''मैं हर कदम पर तुम्हारे साथ हूँ।'' अभिनीत ने कहा, ''दरअसल यह दूसरे तरह की समस्या है, जिसके बारे में कोई इंसान कभी सोच ही नहीं सकता।'' अभिनीत ने सारी कहानी अपने अंकल को सुना दी। प्रोफेसर ने उनकी बातों को बड़े ध्यान से सुना। पूरी बात सुनने के बाद प्रोफेसर ने कहा, ''ठीक है, सबसे पहले मैं भी उस अनोखी चीज को देखना चाहता हूँ।'' अरमान अपने पीठ पीछे टँगे हुये बैग को उतारता है। बैग खोलकर अरमान ने उस स्वर्ण-प्रतिमा को बाहर निकाला। वह स्वर्ण-प्रतिमा काले

कपड़े से ढकी हुई थी। "किसी भी सूरत में इस स्वर्ण–प्रतिमा का स्पर्श न होने पाये।" अरमान ने प्रोफेसर को आगाह किया।

प्रोफेसर भी उस अद्‌भुत चीज को देख कर दंग रह जाते हैं। यह तो वाकई में आश्चर्यजनक लगता है। केन्द्र में पृथ्वी के अंदर अरस्तु का चित्र गुदा हुआ है। जिसकी मोटाई तकरीबन डेढ़ इंच, शुद्ध सोने का बना। यहाँ किनारे पर ओक और क्रिसमस ट्री के चिह्‌न गुदे हुये हैं। इस प्रतिमा के किनारे- किनारे की नक्काशी पूरी तरह यूरोप या फिर खासकर यूनान की कला से मिलती जुलती है। अनन्या ने उत्सुकतावश पूछा-इसका क्या मतलब हुआ? क्या यह यूनान से यहाँ पर आयी होगी? "पता नहीं, लेकिन कुछ तो रहस्य इसमें जरुर होगा।" प्रोफेसर ने कहा। अरमान ने कहा, "एक चीज़ पर मैंने गौर किया है। वह पहेलियों का सौदागर तब जागृत हुआ, जब मेरी अंगुलियों ने इस स्वर्ण–प्रतिमा के केन्द्र में स्थित अरस्तु के चित्र को छुआ। इसका मतलब यह है कि आप इस श्रापित स्वर्ण–प्रतिमा के किनारों का हिस्सा स्पर्श कर सकते हैं।"

"ख़ैर इसकी कोई जरुरत नहीं है।" प्रोफेसर ने उस स्वर्ण-प्रतिमा में कोई भी दिलचस्पी नहीं दिखाई, "पहली पहेली का जवाब तुम्हें कैसे मिला?" अनन्या ने सिर हिलाते हुये कहा, "बस संयोगवश, हमारी क़िस्मत अच्छी थी।" प्रोफेसर कुछ पल के लिए मौन होकर सोचते हैं, "आसाम ही क्यों?" अभिनीत ने ऐसे ही तुक्का मारा, "हो सकता है कोई गहरा राज हो जो कि आसाम से जुड़ा हो।" प्रोफेसर ने कहा, "अच्छा! दूसरी पहेली क्या है?"

अरमान ने कहा,

एक नदी जीवन की आस,
एक नदी जिससे बुझती प्यास।
वह ले जाये फूलों की घाटी के पास,
छः प्रहरियों के बीच एक तोहफा ख़ास।।

4 दूसरी पहेली का हल

प्रोफेसर ध्यान से पहेली का उत्तर ढूँढ़ने के लिए मनन करने लगे। वो पहेली की लाइन को पढ़कर इधर -उधर चहलकदमी कर रहे थे। अरमान ने अपनी चुप्पी तोड़ी, ''मेरे ख्याल से जैसे भवन को बनाने के लिए एक नींव या आधार की ज़रुरत होती है। ठीक वैसे ही पहेलियों का रहस्य सुलझाने के लिए आसाम नींव या फिर किसी आधार का काम कर रहा है। या इसे ऐसे समझा जा सकता है पहली पहेली धागा है और बाकी पहेलियाँ उस धागे में गुथे हुये फूल। आसाम ही वो धागा है या फिर किसी भवन की नींव।'' प्रोफेसर ने कुछ सोचते हुये कहा, ''हाँ, बात में कुछ सच्चाई तो लग रही है। *'एक नदी, जीवन की आस,'* ...इसका मतलब हो सकता है, आसाम की एक नदी।'' अचानक ही अनन्या की उत्सुकता बढ़ गई। ''वह कौन सी नदी हो सकती है?'' अनन्या ने प्रोफेसर से पूछा और अपना संशय जाहिर करती है। आसाम में तो ढेर सारी नदियाँ हैं। *'एक नदी, जिससे बुझती प्यास,'* ...इसका मतलब कोई महत्त्वपूर्ण नदी, जिस पर बहुत लोगों का भरण पोषण होता है।'' प्रोफेसर ने पहेली की दूसरी लाइन पढ़ी और कहा। अगर बात आसाम के बारे में की जा रही हो तो मेरे ख़्याल से वह महत्त्वपूर्ण नदी ब्रह्मपुत्र ही हो सकती है। *'वह ले जाये फूलों की घाटी के पास,'* ...पहेली की तीसरी लाइन के अनुसार हमें इस नदी की धारा में फूलों की घाटी को ढूँढ़ना है। ''ब्रह्मपुत्र नदी का काफ़ी बड़ा हिस्सा आसाम से होकर बहता है।'' अभिनीत ने कहा, ''लेकिन इतनी लम्बी नदी की धारा में हम फूलों की घाटी को ढूँढ़ेंगे कैसे?'' अभिनीत ने भी प्रोफ़ेसर की तरफ़ अपनी निगाह टिकाई। ''तुम्हारे सवाल का जवाब है मेरे पास है।'' प्रोफेसर ने कहा, ''पहेली की तीसरी लाइन में घाटी की बात की गई है और घाटी वहाँ पर होगी जहाँ पर नदी संकरी होगी और उसके आस-पास की स्थलाकृति अपेक्षाकृत थोड़ी ऊँची होगी। ऐसी परिस्थितियों में फूलों की घाटी के पाये जाने की संभावना काफी ज्यादा है।'' संतोषजनक उत्तर मिलने के बाद अभिनीत की उत्सकुता और बढ़ गई। उसने फिर पूछा-तो पहेली की आखिरी लाइन में *'तोहफा खास'* से क्या मतलब है?

''यह तो हमें फूलों की घाटी में पहुँचने के बाद ही पता चलेगा।'' प्रोफेसर

ने कहा और अनन्या की तरफ देखते हुये बोले, ''अनन्या, जरा मेज़ पर से आसाम का नक्शा देना।'' अनन्या ने प्रोफेसर को आसाम का नक्शा दे दिया। प्रोफेसर ने ग़ौरपूर्वक नक्शे को देखा और कहा, ''ब्रह्मपुत्र नदी के बीच वाला और पश्चिम इलाका पूर्णतः मैदानी है। घाटियाँ उत्तर पूर्व में स्थित हैं, इसका मतलब हमें उत्तर पूर्व की तरफ़ चलना चाहिए।'' अनन्या ने कहा, ''तो देर किस बात की, चलिए चलते हैं आसाम की सैर पर।''

''हमें पूरी तैयारी के साथ वहाँ पर चलना चाहिए।'' प्रोफेसर ने कहा, ''खाने-पीने की चीजें, कुछ छोटे-मोटे हथियार, सैटेलाइट आधारित दिशासूचक यंत्र, दवायें, रस्सी ऐसी ही कुछ चीजें।'' पूरी तैयारी हो जाने के बाद प्रोफेसर सभी के साथ फूलों की घाटी की खोज में आसाम निकल पड़ते हैं। जल्द ही प्रोफेसर ब्रह्मपुत्र नदी के किनारे-किनारे उत्तर-पूर्व दिशा में आगे बढ़ना शुरु कर देते हैं। वहाँ आस-पास के लोगों से पूछने पर पता चला कि फूलों की घाटी यहाँ से 60 किलोमीटर आगे है। वहाँ नदी बेहद संकरी है, ऐसे जैसे की पहाड़ों को काट कर बीच से गुजर रही हो, और आस-पास ऊँची-ऊँची घाटियाँ हैं। प्रोफेसर ने फूलों की घाटी वाली जगह को नक्शे में घेर दिया। और सभी को नक्शे में ही समझाते हुये कहा, ''देखो मुझे एक रास्ता दिखाई दे रहा है। हम यहाँ से आगे सड़क से होकर जायेंगे बेगुरी तक। उसके बाद 3 किलोमीटर पूर्व में जंगल के रास्ते से आगे बढ़ने पर ऐसा प्रतीत हो रहा है जैसे हम फूलों की घाटी के पास पहुँच जायेंगे।'' सभी ने इस पर अपनी सहमति जताई। प्रोफेसर वहाँ से सभी को लेकर सड़क के रास्ते से बेगुरी तक आ जाते हैं और वहाँ से सभी पैदल ही जंगल में सफ़र शुरु कर देते हैं। प्रोफेसर आगे-आगे चल रहे थे और बाक़ी सब उनके पीछे-पीछे चल रहे थे। ''रास्ता थोड़ा लम्बा है और कुछ बोझिल सा प्रतीत हो रहा है। आसाम के बारे में तुम लोग क्या जानते हो?'' प्रोफेसर ने आगे-आगे कदम बढ़ाते हुये पूछा। अरमान प्रोफेसर के ठीक पीछे था। उसने कहा, ''आसाम, भारत के उत्तर-पूर्व में स्थित प्रकृति का एक अनमोल तोहफा। उत्तर-पूर्व का प्रवेश द्वार। आसाम को ख़ूबसूरत घाटियों और नदियों का राज्य भी कहा जाता है। यहाँ के घने जंगल में मुख्यतः साल, सागौन, बॉस, अर्जुन, चीड़, महोबनी, आबनूस के पेड़ पाये जाते हैं। ...इतना कहते-कहते अरमान रुक गया। प्रोफेसर ने मुड़कर पीछे देखा और कहा, ''बस इतना ही।''

अरमान की बात को अनन्या आगे बढ़ाती है जो अरमान के ठीक पीछे चल रही थी। आसाम के जंगल काफ़ी घने हैं, खासकर उत्तर-पूर्व वाली जगह क्योंकि दक्षिण-पश्चिम की तुलना में यहाँ ज्यादा वर्षा होती है। उत्तर-पूर्व में प्रतिवर्ष 300 मिलीमीटर वर्षा होती है। इसलिए यहाँ के जंगल में कुछ ख़ास प्रजातियाँ पाई जाती हैं जो अन्य कहीं नहीं मिलतीं। यहाँ के जंगलों में चीता, एक सिंग वाला

गैंडा, गोल्डेन लंगूर, दलदली हिरन, जंगली भैंसा, हार्न बिल, पिगमी हाग, सफेद वुड डक, हाथी इत्यादि। प्रोफेसर पैदल ही अरमान और अनन्या से बातचीत करते हुए जा रहे थे कि अचानक से अभिनीत चिल्ला पड़ा। अरमान और अनन्या अचानक से डर गये। और उसे घेरकर पूछा, ''क्या हुआ अभिनीत?'' अभिनीत ने चीखते हुए कहा, ''मुझे किसी जानवर ने काट लिया है।'' अभिनीत दर्द की वज़ह से वहीं पर बैठ गया। वह दर्द से बुरी तरह छटपटा रहा था कि तभी उसके पैंट से एक जंगली मकड़ी बाहर निकल कर आती है। उसको देखकर अरमान और अनन्या खौफ से सिहर उठते हैं और अभिनीत को घेरकर उसके पास बैठ जाते हैं। प्रोफेसर ने अपने बैग से एल्कोहल की एक शीशी निकाली और उस मकड़ी के काटे हुये जगह पर उड़ेल दी। प्रोफेसर ने कहा, ''तुम दोनों में से किसी ने भी इसका जिक्र नही किया। यह तरंतुला है, एक जहरीली मकड़ी। इसकी दो प्रजातियाँ आसाम के जंगलों में बहुतायात रुप से मिलतीं हैं, एक काले रंग की और दूसरी भूरे रंग की। इसके काटने से इंसान की मौत भी हो सकती है। तुम्हारा यह दुर्भाग्य है कि तुमको काली मकड़ी ने काटा है, जिसमें न्यूरोटॉक्सिन की मात्रा अधिक होती है। उस जगह को कसकर पकड़ लो जहाँ पर मकड़ी ने काटा है और ज्यादा हिलो-डुलो मत, नहीं तो जहर तेजी से शरीर में फैल जायेगा। इससे तुम्हें कुछ राहत मिलेगी तब तक मैं इसका कोई और इलाज ढूँढ़ता हूँ।'' अभिनीत ने दर्द से छटपटाते हुये कहा, ''दर्द बर्दाश्त नहीं हो रहा है। जल्दी कुछ करिये।'' अभिनीत की हालत बुरी थी।

''घबराओ नहीं, मैं इसका इलाज ढूँढ़ता हूँ।'' प्रोफेसर ने अभिनीत को सांत्वना दी और कहा, ''क्रिसैन्थेमम् नामक एक छोटा पौधा होता है जिसके फूलों में 'पाईथ्रिन' नामक तत्व पाया जाता है जो मकड़ी के उपचार के लिए कारगर है। ईसा पूर्व सबसे पहले इसे चीन से उत्पादित किया गया। फिर धीरे-धीरे यह जापान और अमेरिका होते हुये सब जगह फैलता चला गया। भारत में भी यह पौधा पाया जाता है। ब्रह्मपुत्र नदी चीन से आती है, इसलिए हमारी क़िस्मत अच्छी है कि यहाँ यह पौधा हमें आसानी से मिल सकता है। पौधे की ऊँचाई तकरीबन 90 सेंटीमीटर, पत्तियों में लोब पाया जाता है। फूलों का रंग सफेद, पीला या तो गुलाबी हो सकता है।''

प्रोफेसर ने अरमान और अनन्या से कहा, ''चलो उस पौधे को ढूँढ़तें हैं।'' प्रोफेसर के साथ अरमान और अनन्या उस पौधे की छानबीन शुरु कर देते हैं। थोड़ी ही देर छानबीन करने के बाद आख़िरकार वह पौधा अनन्या को दिख जाता है। अनन्या ने पौधे की तरफ़ इशारा किया और अरमान से कहा, ''वह रहा पौधा, कँटीली झाड़ियों के बीच में, इसे आहिस्ते से निकालो।'' अरमान ने उस पौधे को जड़ सहित उखाड़कर उसे प्रोफेसर को दे दिया। प्रोफेसर ने उस छोटे पौधे में से सारे फूलों को चुनकर अलग किया और उसके रस को निचोड़कर मकड़ी के

उस काटे हुए जगह पर लगा देते हैं। तब जाकर अभिनीत को कुछ आराम मिला। प्रोफेसर ने अभिनीत से पूछा-कहो कैसा लग रहा है अब? अभिनीत ने एक गहरी आह भरी और कहा, ''अब जाकर कुछ आराम मिला, शुक्रिया।'' प्रोफेसर ने कहा, ''शुक्रिया तो तुम्हें अनन्या का करना चाहिए, क्योंकि उसी ने इस पौधे को ढूँढ़ा है।'' अभिनीत ने अनन्या की तरफ़ देखा और कहा, ''शुक्रिया अनन्या।'' अनन्या ने खुशी से चहकते हुए कहा, ''इसमें शुकिया की कोई जरुरत नहीं है। हाँ, अगर फिर से काटे तो कहना।'' अनन्या ने जानबूझकर अभिनीत को छेड़ा। ''तब तो मैं भगवान से प्रार्थना करूँगा कि वह तरंतुला इस बार तुम्हें काटे और मैं तुम्हारा इलाज ढूँढू।'' अभिनीत ने कहा। अरमान ने अपना हाथ अभिनीत की तरफ़ बढ़ाते हुए कहा, ''क्या तुम ठीक से चल पाओगे ?'' अभिनीत ने जोश में आकर कहा, ''अब मैं ठीक से चल ही नहीं पाऊँगा बल्कि तेज़ी से दौड़ भी सकता हूँ। खड़ी दीवारों पर भी चढ़ जाऊँगा क्योंकि उस मकड़ी के काटने से मैं बन गया हूँ ''स्पाइडरमैन'' और मुझमें आ गई है एक नई ताकत।'' अरमान ने मज़ाकिया लहजे में कहा, ''क्या सचमुच में।'' अभिनीत ने कहा, ''आज़मा के देख सकते हो।'' अनन्या ने बिना मौक़ा चूके कहा, ''देखो दुनियावालों रोने वाला स्पाइडरमैन'' अभी-अभी पैदा हुआ है।'' इस बात पर सभी खिलखिला कर हँस पड़ते हैं।

अभिनीत ने चिढ़े हुये स्वर में कहा, ''यह बिलकुल अच्छी बात नहीं है अनन्या। मेरी भी बारी आयेगी।'' प्रोफेसर ने कहा, ''मेरे ख्याल से इतनी मौज-मस्ती काफ़ी है, अब आगे बढ़ते हैं।'' जंगल में कुछ दूर आगे बढ़ने के बाद उन्हें ब्रह्मपुत्र नदी का किनारा मिल जाता है। नदी का किनारा घाटी पर स्थित था। घाटी पर पहुँचने के बाद प्रोफेसर ने कहा, ''वो रही सामने फूलों की घाटी, ब्रह्मपुत्र नदी के उस पार। इसकी रौनक लाजबाब है।'' फूलों की घाटी को देखकर अरमान, अभिनीत और अनन्या खुशी से पागल हो उठते हैं। ''वाकई में यह जन्नत है।'' अनन्या ने फूलों की घाटी को देखते हुए कहा। ''हाँ!'' प्रोफेसर ने घाटी की सुंदरता को निहारते हुये कहा, ''कितना विहंगम दृश्य है। शांत और खामोशी के बीच कल-कल की आवाज के साथ बहती ब्रह्मपुत्र नदी। घाटियाँ ऐसे मौन हैं जैसे सब कुछ शून्य में विलीन हो चुका हो। सुबह की ठंडी हवाओं के बीच में चिड़ियों का संगीत जैसे मन में एक उमंग भर रहा हो। और सबसे अद्‌भुत फूलों की खुशबू से महकती घाटियाँ जैसे इस जगह में चार चाँद लगा रही हों। सूरज की किरणों से चमचमाता ब्रह्मपुत्र नदी का निर्मल पानी जैसे हमें नदी में डुबकी लगाने के लिए उकसा रहा हो। नदी के पानी में उथल-पुथल करती मछलियाँ। कमाल की जगह है ये। पर सबसे दुर्भाग्य की बात इस प्राकृतिक सुंदरता को देखने और तारीफ करने वाला कोई भी नहीं।''

''मैंने फूलों की इस घाटी के बारे में काफ़ी कुछ पढ़ा है।'' अरमान ने सबका ध्यान अपनी तरफ आकर्षित करते हुये कहा, ''फूलों की घाटी का वर्णन हजारों

साल पहले के आसाम के इतिहास में भी मिलता है। यह जगह प्रसिद्ध इसलिए थी क्योंकि यहाँ की मिट्टी, वायु, नदी की घाटी और वातावरण इस ढंग का था कि पलाश, आर्किड, गुलमोहर, चमेली, चंपक, कुमुदनी, क्लेरोडेनड्रान और खास प्रजातियों के फूल स्वतः ही उग आते थे। यहाँ पर ऐसे-ऐसे फूल उगते थे, जो अन्यत्र कहीं भी नहीं मिलते थे। इसलिए प्राचीन काल में इसकी बहुत अहमीयत बढ़ गई थी। आसाम की प्राचीन जनजातियाँ खासी और बोडो मुख्य रुप से इस पर निर्भर थीं। वो तमाम तरह के फूलों का इस्तेमाल अपनी जीविका चलाने, श्रृंगार, यहाँ तक कि विभिन्न प्रकार के व्यजनों में भी इस्तेमाल करते थे। वे इन फूलों का आयुर्वेदिक दवा के रुप में भी इस्तेमाल करते थे। प्राकृतिक कहर ने काफ़ी जनजातियों को यहाँ से भागने पर मजबूर कर दिया। जो कुछ थोड़े से बचे, युद्ध के डर से यहाँ से दूर चले गये। इस तरह फूलों की घाटी वीरान हो गई।'' अनन्या ने जिज्ञासावश अरमान से पूछा, ''तुमने यह सब कहाँ से पता किया?'' अरमान ने कहा, ''बस आसाम के इतिहास के कुछ पन्नों को पलट रहा था।''

''इतिहास के बहुत पन्ने पलट लिए।'' अभिनीत ने घाटी के किनारे खड़े होकर नदी में नीचे की तरफ़ झांकते हुये कहा, ''अब यह बताओ हम उस पार कैसे जायेंगे?'' अरमान ने नदी के एक छोर पर इशारा करते हुये कहा, ''अपनी दाहिनी तरफ देखो लकड़ी का पुल, शायद यह हमारे लिए है।'' प्रोफेसर सभी को लेकर लकड़ी के उस पुल के पास पहुँचते हैं। प्रोफेसर ने लकड़ी के पुल की ऊपरी सतह पर हाथ से रगड़ा। उनका हाथ चिपचिपा और काला पड़ जाता है। प्रोफेसर ने अपने अंगूँठे से हाथ की अंगुलियों को सहलाया और उस लकड़ी के पुल की भौतिक प्रकृति जानने की कोशिश की। ''क्या तुम्हें पता है, यह किस चीज की लकड़ी है?'' प्रोफेसर ने सभी से पूछा। सभी ने अपनी गर्दन हिलाकर अपनी असमर्थता जाहिर कर दी?

''यह तो रबड़ का पेड़ है।'' प्रोफेसर ने कहा और अपनी दृष्टि सभी की तरफ घुमाई। क्या तुमने कभी सोचा है, आज से चार सौ वर्ष पहले जब नदियों पर पुल नहीं होते थे तो लोग नदियों पर आवाजाही कैसे करते होंगे? यह बहुत ही रोचक प्रश्न है और जवाब हमारे सामने है। रबड़ के पेड़ की जड़ों को इस तरह से कटाई और छंटाई की जाती है कि बीच में काफ़ी जगह बन जाती है। जिसे समय के साथ धीरे-धीरे और भी खोखला किया जाता है बीच में कोई रुकावट वाली वस्तु रखकर जैसे कि पत्थर। किसी छोटी नदी पर भी इस तरह के पुल बनाने में तकरीबन पंद्रह से बीस साल लग जाते हैं। मेघालय और चेरापूँजी की खासी जातियों में आज भी इस तरह के लकड़ी के पुलों का चलन है। इस तरह के बने लकड़ी के पुल काफ़ी मजबूत होते हैं और इनकी उम्र तकरीबन 500 से 600 साल होती है, अगर ठीक तरीके से इसका इस्तेमाल किया जाये तो। बड़ी नदियों पर

इस तरह के लकड़ी के पुल बनाने में काफ़ी साल लग सकते हैं। तो यहाँ सवाल यह है कि यह लकड़ी का पुल सालों पुराना है। अगर आसाम के फूलों की घाटी के इतिहास पर ग़ौर करें तो यह पुल हजार साल पुराना है। इसका मतलब इस लकड़ी के पुल की उम्र खत्म हो चुकी है। इसलिए ऐसा भी हो सकता है कि यह हममें से किसी का भार न संभाल पाये या केवल कुछ का। मैं उस पार नाईलान की एक रस्सी लेकर जाऊँगा जिसका एक सिरा इस तरफ के पेड़ से बंधा हुआ होगा और दूसरा सिरा मुझे उस तरफ के पेड़ से बाँधना होगा। लकड़ी के पुल से रस्सी की ऊँचाई 5 फीट ऊपर होगी। ऐसा करने से पुल पर हमारा वजन कुछ कम हो जायेगा और रस्सी पर ज्यादा भार पड़ेगा। उम्मीद है यह तरीका उस पार जाने में कारगर होगा। अगर एक बार मैं उस पार जाकर इस रस्सी को बांधने में कामयाब हो गया तो पुल टूट भी जाए तो भी कोई गम नहीं। इस रस्सी के सहारे हम आराम के साथ उस पार जा सकते हैं। इसलिए सबसे पहले मैं इस रस्सी को लेकर उस पार जा रहा हूँ।

अरमान ने प्रोफेसर को रोकते हुये कहा, ''आप का भार मेरी तुलना में ज्यादा है इसलिए अगर लकड़ी कमजोर हुई तो मेरी तुलना में आपके गिरने की संभावना कुछ ज्यादा है। इसलिए मेरे ख्याल से मुझे उस पार जाना चाहिए।''

''तुम शायद पुल को अच्छी तरह से नहीं देख पा रहे हो। इसमें काफ़ी खतरा है।'' प्रोफेसर ने अपने पैर लकड़ी के उस पुल पर रखते हुये कहा, ''लकड़ी कई जगह से सड़ी हुई है। जगह-जगह पर काले धब्बे पड़े हुये हैं। इस पुल पर चलने के लिए अभी अनुभव की ज्यादा जरुरत है जो हम चारों में सिर्फ अभी मेरे पास है। फिक्र करने की जरुरत नहीं है। तुम रस्सी का दूसरा सिरा इधर के किसी पेड़ से बांध दो।'' प्रोफेसर ध्यान से अपना एक-एक कदम फूँक-फूँक कर आगे बढ़ाते जा रहे थे। कई जगह लकड़ियों पर पैर रखने से चिर्र-चिर्र की आवाजें आ रही थीं। आख़िरकार उन्होंने सावधानी के साथ चलते हुए पुल को पार कर लिया। उस पार आकर प्रोफेसर ने रस्सी के टुकड़े को पुल से 5 फीट की ऊँचाई पर बांध दिया। रस्सी के उस वाले छोर को अरमान ने पहले ही बांध दिया था। ''मैंने इस रस्सी को कसकर बांध दिया है। अब तुम लोग एक-एक करके धीरे-धीरे रस्सी के सहारे इस पुल पर से आ जाओ।'' प्रोफेसर ने नदी के उस पार से चिल्लाकर कहा, ''इस लकड़ी के पुल पर कई जगह काले-काले गोल धब्बे पड़े हुये हैं, जो कि भारी बारिश के कारण बुरी तरह सड़ चुके हैं। उसके किनारे-किनारे फँफूदी लगी हुई है। कई जगह सफेद रोयें पड़ने के अलावा, हरे-हरे लाइकेन घास की जमावट भी दिख रही है। वहाँ पर ग़लती से भी भूलकर पैर मत रखना, वर्ना फिसलकर सीधा नदी में जा गिरोगे और सबसे अहम बात घाटी होने की वज़ह से यहाँ नदी का बहाव कुछ ज्यादा है, इसलिए ग़लती से भी नीचे की तरफ़ मत झाँकना।''

अरमान और अभिनीत धीरे-धीरे करके रस्सी के सहारे नदी को पार कर गये। अब अनन्या की बारी थी। अनन्या के चेहरे से डर साफ़ दिखाई दे रहा था। वह डरते हुये आगे बढ़ रही थी और बार-बार नीचे की तरफ़ झाँक रही थी।

प्रोफेसर ने अनन्या को आगाह करते हुये कहा, ''अनन्या नीचे की तरफ मत देखो, सामने देखो मेरी तरफ।'' ''मुझसे नहीं होगा, मुझे बहुत ही डर लग रहा है।'' अनन्या ने कंपकपाती हुई आवाज़ में कहा। अभिनीत और अरमान भी अनन्या का ध्यान अपने तरफ करने की कोशिश कर रहे थे। अनन्या ने धीरे-धीरे करते हुए लकड़ी के पुल को आधे से ज्यादा पार कर लिया था। तभी उसका पैर एक जगह पड़ गया, जहाँ पर ज्यादा फिसलन थी। वहाँ पर पैर रखते ही अनन्या असंतुलित होकर पुल पर से गिर करके पूरी तरह से रस्सी पर लटक गई। इसी के साथ अनन्या के मुँह से चीख बाहर निकलने लगी ''बचाओ बचाओ।''

''जिसका डर था वही हुआ।'' प्रोफेसर थोड़ा चिंतित मुद्रा में दिखे, ''घबराओ नहीं, रस्सी को कसकर पकड़े रहो। मैं कुछ सोच रहा हूँ।'' कुछ देर सोचने के बाद प्रोफेसर ने अभिनीत से कहा, ''अनन्या आधे से अधिक दूरी पर आ चुकी है। अगर हम रस्सी को अपनी तरफ काट दें तो वह हमारे तरफ खिंची चली आएगी। भगवान का शुक्र है कि मैंने रस्सी को कुछ दूर आगे करके बांध दिया था। अब जब मैं तुम्हारे ठीक नीचे घाटी की तरफ़ कुछ दूर जाकर रस्सी काटने को कहूँ तो तुम रस्सी काट देना और रस्सी कटकर जैसे ही घाटी में नीचे की तरफ जाएगी। मैं और अरमान बड़ी सतर्कता के साथ उसे पकड़ लेंगे क्योंकि ऐसा करने से रस्सी हमारी तरफ़ थोड़ी नीची होगी और अनन्या सरकते हुए हमारी तरफ आ जाएगी और मैं उसे पकड़ लूँगा। एक बात याद रखना हमारी ग़लती से उसकी जान भी जा सकती है।''

''यह ठीक रहेगा प्रोफेसर।'' अरमान ने कहा। प्रोफेसर ने अरमान से कहा, ''तुम मेरे साथ घाटी में नीचे की तरफ आओ और अभिनीत तुम रस्सी काटने को तैयार रहना।'' प्रोफेसर ने अनन्या से कहा, ''हम रस्सी को काटने जा रहे हैं। तुम अपने दोनों हाथों की अंगुलियों को एक दूसरे में इस तरह मिला लो कि तुम्हारे हाथ एक दूसरे में फँसे हुये हों और रस्सी के ऊपर हों। इस तरह हमारे रस्सी के काटने से तुम रगड़ खाते हुये हमारी तरफ़ आ जाओगी। हाँ, इसमें तुम्हारी अंगुलियों को थोड़ी तकलीफ़ तो होगी।'' अनन्या ने कहा, ''कोई बात नहीं, बस मुझे यहाँ से बाहर निकालिये।'' प्रोफेसर के कहने पर अभिनीत ने रस्सी काट दी और अरमान और प्रोफेसर ने बड़ी सतर्कता से रस्सी को घाटी के थोड़ा नीचे से कसकर पकड़ ली। घाटी के इस तरफ़ रस्सी नीची हो जाने से अनन्या इसी तरफ आ गई। जिसे प्रोफेसर ने पकड़ लिया। ''चलो भगवान का शुक्र है कि तुमने आधे से ज्यादा पुल को पार कर लिया था, इसलिए तुम इस पार गिर गई। नहीं तो तुम रस्सी के कटने पर उस पार ही गिरती।'' अभिनीत ने अनन्या को गले लगाते

हुये कहा। रस्सी के काटने के बाद वह भी नीचे घाटी की तरफ आ गया था प्रोफेसर और अरमान की मदद करने। अनन्या ने अपना हाथ दिखाते हुये कहा, ''मेरे हाथ रगड़ खाकर छिल गये हैं।'' प्रोफेसर ने अपने बैग से दवा निकालते हुये अनन्या की तरफ़ उछाला, ''इस दवा को लगा लो, इससे तुम्हें आराम मिलेगा।''

अब हम फूलों की घाटी में पहुँच गये हैं। इसका मतलब हम दूसरी पहेली का हल ढूँढ़ने के करीब हैं। ''तुमने तो हमारी जान ही निकाल दी थी।'' अरमान ने अनन्या की तरफ़ देखते हुये कहा। ''और मेरी भी।'' अभिनीत ने कहा। अनन्या ने प्रत्युत्तर में कहा, ''सो तो है। मैं भी बहुत डरी हुई थी।'' अभिनीत ने कहा, ''खैर जो हुआ सो अच्छा हुआ लेकिन *'छह प्रहरियों के बीच एक तोहफा खास,'* इसका क्या मतलब हुआ?''

''वो खास तोहफा हमें यहीं पर मिलेगा।'' प्रोफेसर ने कहा, ''चलो अब उसी का पता लगाते हैं।'' काफी देर तक प्रोफेसर फूलों की घाटी में घूमते रहे पर उन्हें कुछ भी नहीं मिला। तभी अरमान की नज़र एक खास चीज पर पड़ी। प्रोफेसर वह देखिये लाल चट्टान की तकरीबन ढ़ाई मीटर चौड़ी पट्टी। पैदल ही इस फूलों की घाटी में भटकने से बेहतर तो यही होगा कि उस चट्टान की चौड़ी पट्टी पर से चलते हैं। शायद यह ज्यादा सुविधाजनक होगा उस खास तोहफे को खोजने के लिए। चट्टान की वह चौड़ी पट्टी जमीन से एक मीटर की ऊँचाई पर थी। फूलों की वह घाटी बेहद ही सघन थी। इसलिए उसमें आगे बढ़ने में हाथ पैर रगड़ खाकर छिल जा रहे थे। और सबसे बड़ी दिक्कत थी वहाँ पर कोई रास्ता नहीं दिखाई दे रहा था। इसलिए सभी ने चट्टान की उस चौड़ी पट्टी पर चढ़ जाना ही उचित समझा। अरमान ने कहा, ''प्रोफेसर क्या आपको कुछ भी अजीब नहीं लग रहा है? लाल पत्थर इधर आस-पास कहीं भी नहीं है और इस चौड़ी पट्टी की नाप हर जगह समान है, ठीक वैसे जैसे किसी ने चाकू से मक्खन के टुकड़े को बिलकुल सही अनुपात में काटा हो।'' प्रोफेसर ने अरमान की बात को समर्थन दिया और कहा, ''तुम्हारी बात गौर करने लायक है। चट्टान की इस चौड़ी पट्टी का कुछ तो मतलब जरुर होना चाहिए। देखते हैं, यह रास्ता आखिर कहाँ खत्म होता है?'' और उसी रास्ते पर सभी आगे चल पड़ते हैं। ''इस पर चलने में कुछ तो सुकून है,'' अभिनीत ने कहा, ''कम से कम रास्ता तो बना हुआ है।'' अनन्या ने प्रोफेसर से पूछा-यह रास्ता किसने बनाया होगा? आपको नहीं लगता कि इस चौड़ी लाल पट्टी का उद्देश्य फूलों की घाटी में भ्रमण करना रहा होगा। ''पता नहीं!'' प्रोफेसर ने कहा, ''लेकिन जिसने भी इसे बनाया है। उसने एक नेक काम तो ज़रुर किया है और तुम्हें उसका शुक्रगुज़ार होना चाहिए।'' काफी देर उस रास्ते पर घूमने के बाद प्रोफेसर ने कहा, ''मुझे तो लगता है यह रास्ता किसी ज्यामिति रचना में बनाया गया है, क्योंकि जगह- जगह पर इसे तिकोने में बेहद

ही बारीकी के साथ मोड़ा गया है। और सबसे अहम बात इसकी चौड़ाई में रत्ती भर भी कमी नहीं आई है। मुझे तो लगता है यह किसी अव्वल दर्जे के कारीगर का ही काम हो सकता है।'' काफ़ी देर बाद प्रोफेसर और सभी बेहद हतप्रभ होते हैं, जब वापस वहीं पर आ जाते हैं, जहाँ से उन्होंने उस चौड़े वाले लाल पत्थर की पट्टी पर चढ़ाई की थी। ''अब मुझे कुछ–कुछ समझ में आ रहा है।'' प्रोफेसर ने कुछ देर तक सोचते हुये कहा, ''मेरा अंदाजा सही था। यह एक प्रकार की ज्यामिति रचना ही है।''

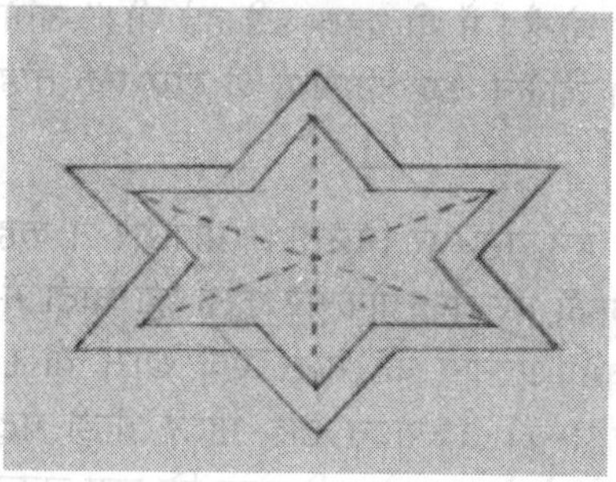

''अब मुझे सब समझ में आ रहा है।'' प्रोफेसर ने कहा। आओ मैं तुम्हें समझाता हूँ। देखो यह एक तारे जैसी संरचना है जिसमे दो समबाहु त्रिभुज आपस में इस तरह से कट रहे हैं कि केन्द्र से हर एक कोने की दूरी बराबर है। और इस तरह से बने त्रिभुज के छह कोने ही पहेली के अनुसार छह प्रहरी का काम कर रहे हैं। हमें जिस चीज की तलाश है। वह इन सभी के बीच में है। वही अनमोल तोहफा ख़ास है, जिसकी हमें तलाश है।

अनन्या ने प्रोफेसर से पूछा-हम केन्द्र के पास कैसे पहुँचेंगे? प्रोफेसर ने कहा, ''केन्द्र के पास पहुँचना बहुत ही रोचक होगा।'' अरमान ने अपने कंधे हल्के से उचकाये और पूछा-वह भला कैसे? प्रोफेसर ने एक चित्र बनाकर स्थिति को समझाना शुरु किया। देखो, मैं और अनन्या त्रिभुज के दो लगातार कोनों से केन्द्र की तरफ बढ़ेंगे और अभिनीत और अरमान हमारे ठीक विपरीत वाले त्रिभुज के कोनों से केन्द्र की तरफ़ बढ़ेंगे। जहाँ पर हम सभी मिलेंगे वही केन्द्र होगा। सबसे पहले हम सभी अपनी घड़ी की सुईयों को एक निश्चित समय पर कर लेंगे और उसके तीस मिनट के बाद हम केन्द्र की तरफ़ बढ़ना शुरु करेंगे, क्योंकि तब तक अरमान और अभिनीत भी अपना स्थान ग्रहण कर लेंगे। एक बात और, हम एक औसत क़दम एक फिट से केन्द्र की तरफ़ बढ़ेंगे। सभी को पता चल गया कि हमें क्या करना है? सभी ने एक स्वर में कहा, ''हाँ।'' प्रोफेसर ने कहा, ''अब अपनी घड़ी की सुईयों को ठीक कर लीजिए। अब से तीस मिनट के बाद हम किनारों

से केन्द्र के लिए रवाना होंगे। तब तक सभी लोग अपनी निर्धारित जगह पर चले जायें।''

प्रोफेसर के कहे अनुसार तीस मिनट के बाद सभी त्रिभुज के किनारों से केन्द्र के तरफ बढने लगे, कुछ ही समय के बाद सभी लोग एक दूसरे के आमने-सामने आ जाते हैं। ''यहाँ की मिट्टी बाकी जगह से अलग है और कुछ अजीब तरह के चिह्न बने हुये हैं। उम्मीद है कि यही केन्द्र है।'' अरमान ने अपनी मंशा जाहिर की। ''हाँ, बिल्कुल यही है।' प्रोफेसर ने उस जगह की मिट्टी अपने दाहिनी हाथ में ली और उसे हाथ से मल कर नीचे गिराते हुये कहा, ''बस यहाँ पर खुदाई शुरु करो।'' कुछ समय ही वहाँ पर खुदाई करने के बाद उन्हें एक प्राचीन कालीन लोहे का एक छोटा सा बक्सा मिलता है। जिस पर विविध तरह की डिजाइन की हुई थी। ''यह तो काफ़ी ख़ूबसूरत लग रहा है।'' अनन्या ने उस छोटे से बक्से की नक्काशी की तारीफ़ करते हुये कहा। अनन्या ने उस बक्से को कई दफा इधर-उधर पलटकर देखा। अरमान ने उस बक्से को अनन्या के हाथों से ले लिया और ग़ौर से उसे देखने लगा। सबकी उत्सुकता बढ़ी हुई थी कि उस छोटे से बक्से में क्या हो सकता है? लेकिन जब अरमान ने उस छोटे से बक्से को खोलकर अंदर देखा तो अचानक ही सबकी उत्सुकता गायब हो गई क्योंकि उसके छोटे से बक्से के अंदर सिर्फ़ पानी भरा हुआ था। ''हमने तो सोचा था कि कोई बड़ी सी चीज़ होगी।'' अभिनीत ने हैरान होते हुये कहा, ''खोदा पहाड़ और निकली चुहिया। आजकल के बाजार भाव में इस छोटे से बक्से की कोई भी कीमत नहीं मिलने वाली।''

''क्या उसने सिर्फ इस छोटे से बक्से के लिए हमे यहाँ भेजा जिसमें सिर्फ पानी है?'' प्रोफेसर भी आश्चर्यचकित थे। इस बक्से के पीछे कोई तो दूसरा पहलू अवश्य होना चाहिए। पर वह क्या हो सकता है? ख़ास तोहफा.... ये तो नहीं हो सकता। प्रोफेसर काफ़ी कश्मकश की स्थिति में थे। वो दिमाग़ स्थिर करके कुछ सोचने का प्रयास कर रहे थे।

''ये पहेलियों का सौदागर कोई पकाऊ लगता है। उसने इतना दूर सिर्फ़ हमें इस लोहे के छोटे से बक्से में पानी लाने के लिए भेजा था। क्या यह ख़ास तोहफा है?'' अभिनीत ने झल्लाकर कहा और जोर-जोर से हँसता है। मुझे तो लगता है कि यह पहेलियों का सौदागर हमें पागल कर देगा। ऐसा कहकर अभिनीत उस छोटे से बक्से को उलट देता है। इसी के साथ कोई चीज़ जमीन पर गिरती है। ''अरे यह क्या है?'' अनन्या ने झुककर जमीन पर पड़ी हुई उस चीज को उठाते हुये कहा, ''मुझे तो ये कोई लाकेट लगता है।'' अनन्या उस चीज को आश्चर्यपूर्वक एकटक निहार रही थी। ''अच्छा, तो यह है वह ख़ास तोहफा, जो पानी में दिखाई

ही नहीं देता।'' अरमान ने कहा और वह भी अनन्या के करीब आकर उस चीज को आश्चर्य से घूर रहा था। प्रोफेसर ने उस लाकेट को अनन्या से ले लिया और कहा, ''तब तो यह वाकई में ख़ास है। यह किसी ऐसी धातु का बनाया गया है जो पानी में पड़ते ही अपना रंग खो देता है और इस तरह वह पानी में दिखाई नहीं पड़ता।''

''मैं एक चीज देखना चाहता हूँ। अभिनीत ज़रा अपनी बोतल का पानी दो।'' प्रोफेसर ने अभिनीत से कहा। अभिनीत ने अपनी बोतल का पानी प्रोफेसर को पकड़ा दिया। प्रोफेसर ने उस पानी को फिर से उस लोहे के बक्से में उड़ेला और लाकेट को उसमें डाल दिया। लाकेट फिर से अदृश्य हो गया था। अनन्या ने उत्सुक होकर प्रोफेसर से पूछा-आप क्या देखना चाहते हैं प्रोफेसर? प्रोफेसर ने कहा, ''मैं यह देख रहा था कि लोहे के इस छोटे से बक्से में पानी भरा था या कोई अद्भुत रासायनिक घोल जिसे हम पानी समझ रहे थे। पर यह बात अब साफ़ हो गई है कि ऐसा नहीं है। यह पानी ही है।'' यह लाकेट तो वाकई में कमाल है। इसके पानी में गायब हो जाने के पीछे क्या रहस्य हो सकता है?

''जरा मैं भी तो देखूँ इस लाकेट को।'' अभिनीत ने उस लाकेट को ले लिया और उसे गौर से देखने लगा। ''इस लाकेट के बारे हम कहाँ से और कैसे पता करेंगे?'' उसने उस लाकेट को इधर-उधर पलट कर देखते हुये पूछा। अरमान ने कहा, ''यह कोई राजकुमारी लग रही है। जिसकी उम्र तकरीबन 12 साल के आस-पास की रही होगी।'' प्रोफेसर ने अपनी प्रसन्नता जाहिर करते हुये कहा, ''इसके पीछे छोटे अक्षरों में चौथी सदी लिखा हुआ है। इससे हमें इस लाकेट के बारे में काफ़ी जानकारी मिलेगी।''

''चौथी सदी में आसाम में तो बर्मन राजाओं का शासन था।'' अरमान ने कुछ सोच विचार के कहा। अनन्या ने कहा, ''तब तो हमें बर्मन राजाओं का इतिहास खगालना होगा इस राजकुमारी के बारे में पता लगाने के लिए।'' अभिनीत ने कहा, ''इसका मतलब इस लाकेट की जानकारी के लिए आस-पास की किसी लाइब्रेरी में जाना होगा।'' प्रोफेसर ने कहा, ''हाँ, गुवाहाटी यहाँ से पास है। आसाम के इतिहास की काफी जानकारी यहाँ से मिल सकती है। चलो भगवान का शुक्र है हमने वो खास तोहफा ढूँढ़ लिया। हम सभी ने मिलकर अच्छा काम किया है।'' सभी वहाँ से लौट कर वापस गुवाहाटी की लाइब्रेरी में आते हैं। लाइब्रेरी में आकर उस लाकेट के बारे में खोजबीन शुरु करते हैं। काफ़ी खोजबीन के बाद अरमान को कुछ मिलता है। ''मुझे मिल गया। अरमान ने खुश होते हुये कहा, ''यह देखिये प्रोफेसर, बर्मन राजाओं का काल! पेज नं 32 पर बिलकुल वही तस्वीर है जो उस लाकेट पर अंकित है।'' सभी का ध्यान उस ओर जाता है। अभिनीत ने कहा, ''हाँ, बिलकुल वही है।'' अनन्या ने कहा, ''बर्मन राजाओं का काल! ठीक है, मैं इसे पढ़ रही हूँ।'' अनन्या चूँकि आसामी पढ़ सकती थी इसलिए उसने पढ़ना शुरु किया।

अनन्या ने उस चित्र के नीचे अंगुली रखी और कहा ये ''राजकुमारी तुरुपि'' है कुँवर विजय बर्मन की इकलौती पुत्री। बर्मन राजा बेहद ही अमीर और संपन्न थे। ''इसका मतलब यह है कि इस लाकेट में यह 'राजकुमारी तुरुपि है।'' अनन्या ने खुश होकर प्रोफेसर की तरफ़ देखते हुये कहा। प्रोफेसर ने कहा, ''हाँ, अब आगे पढ़ो। कुछ तो ख़ासियत होगी इस राजकुमारी में।'' अनन्या ने फिर पढ़ना शुरु किया।

एक बार राजा जंग लड़ने जा रहे थे। उस वक़्त राजकुमारी तुरुपि की उम्र दो साल की थी। राजा जब रानी और राजकुमारी तुरुपि से जंग में जाने के लिए विदा ले रहे थे। तब उन्होंने स्नेह भरी दृष्टि से राजकुमारी की तरफ़ देखा। उस नन्हीं सी बच्ची की नज़र शायद उन्हें जंग में जाने से रोक रही थी। राजा की नजरें उसके चेहरे से नहीं हट रही थी। तब राजा ने मोहवश ईश्वर को याद किया और उनसे प्रार्थना की, ''हे ईश्वर मेरी बच्ची का ख्याल रखना।'' उस प्रार्थना ने उस नन्हीं सी बच्ची के ऊपर जादू सा असर कर दिया। वह सामान्य बच्चों से हटकर थी। राजा जब उस जंग से जीत कर लौटा तब राजकुमारी तुरुपि धीरे-धीरे बड़ी होने लगी थी। वह शालीन, प्रतिभावान और दोषों से मुक्त थी।

जब वह 11 साल की हुई तो उसके तीन खास गुण थे जो उसकी शख्सीयत को मज़बूत बनाते थे। उसमें पहला गुण था ''खतरे को भाँपना।'' कोई भी खतरा जब राज्य पर आता तो राजकुमारी में अजीब सा परिवर्तन होता था। कभी वह व्याकुल हो जाती, तो कभी वह अचेतन अवस्था में ख़तरे के बारे में आगाह करती थी या फिर उसके माथे पर कुछ अजीबो–गरीब चिह्न उग आते थे। ऐसी स्थिति में राजा बहुत ही सचेत हो जाते और मुश्किल का सामना आसानी के साथ कर लेते थे। दूसरा उसे शिकार करने का शौक था और तीसरा उसकी न्यायप्रियता और बुद्धिमत्ता के राज्य में बहुत ही चर्चे थे। वह राज-काज में अपने पिता का हाथ बँटाती और अपराधिक मामलों में बिल्कुल सही फैसला सुनाती थी। जिसे सुनकर जज भी प्रभावित होते थे। एक दिन शिकार करते वक़्त राजकुमारी से चूक हुई। उसके तीर से एक औरत का बेटा घायल हो गया। जिससे वह औरत राजा के सामने फरियाद लेकर आई। इस मसले पर राजा अपनी बेटी को बचाना चाहता था क्योंकि राजकुमारी की उम्र अभी 12 साल की थी। अपने पिता को न्याय के इस तराजू में फँसा हुआ देखकर राजकुमारी तुरुपि ने कहा, ''मैं उस औरत के बच्चे को घायल करने की ज़िम्मेदारी को कबूल करती हूँ इसलिए गुस्ताख़ी के तौर पर पाँच साल के लिए अपनी ज़िंदगी एक निर्वासिता की तरह बिताने का प्रण लेती हूँ।''

यद्यपि राजा और रानी ने उसे ऐसा करने के लिए मना किया पर राजकुमारी नहीं मानी वह राज्य के बाहर अपनी जिंदगी एक निर्वासिता की तरह बिताने

लगी। राजकुमारी को देखे बग़ैर राजा और रानी व्याकुल हो उठते थे। राजा का मन राज्य के कामों में नहीं लगता था। इसी बीच मानसिक तौर पर राजा कुछ बीमार से रहने लगे थे। राजकुमारी के गये हुये अभी एक साल ही हुआ था कि शत्रु देश ने राज्य पर चढ़ाई करके उसे जीत लिया। राजा घायल अवस्था में किसी तरह से अपनी जान बचाने में कामयाब रहा। राजा घायलावस्था में संयोग से उसी जंगल में पड़ा हुआ था, जहाँ पर राजकुमारी निर्वासिता के रुप से रह रही थी। पाँच-छह रोज राजा वैसे ही पड़ा रहा। एक दिन राजकुमारी जंगल में जब पानी की खोज में भटक रही थी। तभी उसकी नज़र एक आदमी पर पड़ी, पास जाकर देखा तो वह उसके पिता थे। अचानक अपने पिता को देखकर वह सन्न रह गई। वह अपने पिता को मिट्टी के बने छोटे से घर में ले आई। राजा को जब होश आया तो अपने सामने राजकुमारी तुरुपि को देखकर बहुत खुश हुये पर कुछ ही पल में उदास होते हुये कहा, "हमने अपना राज्य गवां दिया। अब हमारे पास कुछ भी नहीं बचा बेटी।" राजकुमारी तुरुपि ने कहा, "अब भी कुछ नहीं बिगड़ा है पिताजी। राज्य में अब भी आपके काफ़ी वफादार होंगे। मैं इस बात की सूचना किसी से भिजवा देती हूँ कि आप अभी भी सही सलामत हैं ताकि उन सभी में एक नई उम्मीद का संचार हो जाये और सभी जंग के लिये फिर से एकजुट हो जायें और आप बाहर से फिर से अपनी सेना को इकट्ठा करिये, पड़ोसी राज्य से मदद माँगिए। आप फिर से अपना खोया राज्य पा सकते हैं पिताजी।"

राजकुमारी की इस बात ने राजा में एक नई ऊर्जा का संचार हुआ। राजकुमारी ने बहुत ही मन से राजा की सेवा की। जल्द ही राजा पूर्ण स्वस्थ हो गया और अपनी सेना को फिर से जुटाने लगा। इधर राजकुमारी ने इस बात की सूचना गुप्तचरों से राज्य के अंदर भिजवा दी। राजा को सही सलामत जानकर उसके करीबियों ने राज्य के लोगों को शत्रु राजा के खिलाफ भड़काना शुरु कर दिया। इस तरह से राज्य में विद्रोह होने लगे। जब शत्रु राजा विद्रोह को दबाने का प्रयास कर रहा था। ठीक इसी समय विजय बर्मन ने पड़ोसी राजा की मदद से अपने शत्रु पर फिर से चढ़ाई कर दी। बाहर और भीतर दोनों तरफ के आक्रमण से शत्रु राज्य पराजित हुआ और अंत में उसे राज्य छोड़कर भागना पड़ा। इस तरह राजा ने अपने राज्य को फिर से हासिल कर लिया। अपने राज्य को हासिल करने के बाद राजा अपनी बेटी को लाने वापस जंगल गया पर राजकुमारी तुरुपि ने अपनी सजा खत्म होने के पहले राज्य में आने से इन्कार कर दिया। राजा निराश होकर वापस अपने राज्य में लौट आये और उन्होंने तीन सिक्के चलवाये जो राजकुमारी की तीन महत्वपूर्ण शख्सीयत के रुप में थे। उसने ऐसा इसलिए किया क्योंकि वह चाहता था कि हर लोगों को राजकुमारी की महानता का पता चले। राजकुमारी अपनी सज़ा पूरी होने के बाद ही अपने राज्य में वापस आयी, जहाँ उसका भव्य स्वागत किया गया। राजा ने अपनी बेटी से कहा, "आज मैं तुम्हें एक अनमोल तोहफा देना चाहता हूँ।" राजकुमारी तुरुपि ने कहा, "वह क्या है

पिताजी?'' राजा ने कहा, ''तुम्हारा तोहफा इस काँच के गिलास के अंदर है।'' राजकुमारी तुरुपि ने आश्चर्यचकित होकर कहा, ''इसके अंदर तो सिर्फ़ पानी भरा हुआ है।'' राजा ने कहा, ''जरा अपना हाथ इसमें डालकर देखो।'' जब राजकुमारी ने अपना हाथ उस काँच के गिलास के अंदर डाला तो किसी चीज से उसके हाथ का स्पर्श होता है। राजकुमारी ने उस चीज को बाहर निकाला। ''अरे ये तो लाकेट है, पर पानी में यह कैसे गायब हो गया था। यह तो जादू है पिताजी।'' राजकुमारी ने अपनी खुशी जाहिर करते हुये कहा। राजा ने अपनी बेटी को प्यार से गले लगाते हुये कहा, ''यह लाकेट कोई जादू नहीं है मेरी प्यारी बच्ची, बल्कि यह तुम्हारा रुप है। पानी की तरह पवित्र और निर्मल जो पानी में खुद को पूरी तरह से छुपा लेता है। तुम्हारा मन भी पानी की तरह निर्मल और साफ है। इसलिए तुम इस अनमोल तोहफे की हकदार हो।'' ऐसा कहकर राजा ने उस तोहफे को राजकुमारी के गले में पहना दिया।

''तो संक्षेप में हमारे पास राजकुमारी तुरुपि का पवित्र लाकेट ही है वह अनमोल तोहफा खास। और यही है दूसरी पहेली का हल।'' प्रोफेसर ने कहा, ''जाओ अरमान पहेली का उत्तर उस पहेलियों के सौदागर को दे दो।'' अरमान ने कहा, ''लगता है पहेलियों के सौदागर से मिलने का वक्त आ पहुँचा है।''

अरमान ने पुकारकर कहा,

ओ पहेलियों के सौदागर,
मैंने ढूँढ़ा है, तेरे प्रश्नों का मोल,
दे दो तुम मेरी जिंदगी अनमोल।
ढूँढ़ लाऊँगा तीसरी पहेली का हल।
करो विश्वास, रखो मुझ पर आस,
दे दो कुछ श्वास, पहेलियों के साथ।

इसी के साथ एक काली और उजली छाया प्रकट हुई जिसका कोई रुप और आकार नहीं था। उसकी आवाज़ सिर्फ़ अरमान को सुनाई पड़ती है। पहेलियों

के सौदागर ने कहा, ''पहेलियों की दुनिया में तुम्हारा स्वागत है अरमान। क्या तुमने ढूँढ़ लिया उस खास तोहफे को?'' अरमान ने कहा, ''हाँ, मैंने ढूँढ़ लिया। वह खास तोहफा है, ''राजकुमारी तुरुपि का लाकेट।'' पहेलियों के सौदागर ने अरमान से पूछा, ''तब तो उसकी खूबी के बारे में भी पता होगा।'' अरमान ने कहा, ''हाँ, वह ख़ास इसलिए है क्योंकि वह पानी में दिखाई नहीं पड़ता।'' उस अदृश्य छाया ने कहा, ''तुम बुद्धिमान लगते हो अरमान। बताओ ज़रा तुम्हारा सफर कैसा रहा?'' अरमान ने कहा, ''काफ़ी मुश्किल भरा। क्या इसी लाकेट की खोज में तुमने मुझे वहाँ भेजा था? मैंने इसे ढूँढ लिया है। क्या यह तुम्हें चाहिए? ऐसा कहकर अरमान ने लाकेट को उस छाया की तरफ बढ़ाया। उस अदृश्य छाया ने कहा, ''उस लाकेट को तुम अपने पास ही संभालकर रखो नादान बच्चे! मुझे इन सब चीजों की कोई जरुरत नहीं, मुझे तो सिर्फ पहेलियों के जवाब से ही मतलब है। पहेली में आगे बढ़ते रहो तुम्हें सब कुछ पता चल जाएगा कि ये लाकेट क्या चीज है? और इसकी जरूरत कहाँ पड़ेगी? वैसे मैं काफ़ी हैरानी में हूँ आखिर में तुमने उसे ढूँढ़ कैसे लिया? भूल जाओ सब कुछ और ढूँढ़ो तीसरी पहेली का हल। अगली पहेली है,

जंगल है काफी घना,
यहाँ आना है मना।
इन झुरमुटों में है कुछ बात,
भेद इनको मिलेगा अनोखी दुनिया का राज़।।

कुछ ही देर में अरमान लौट कर सभी के बीच वापस आ जाता है।

5 तीसरी पहेली का हल

प्रोफेसर ने अरमान से पूछा, "अगली पहेली क्या है?"

अरमान ने कहा,

जंगल है काफी घना, यहाँ आना है मना।

इन झुरमुटों में है कुछ बात,

भेद इनको मिलेगा, अनोखी दुनिया का राज।।

प्रोफेसर ने पहेली की पहली लाइन को दो-तीन बार बुदबुदाया, *"जंगल है काफ़ी घना, यहाँ आना है मना।"*

और उस पर कुछ विचार करने लगे। अभिनीत ने सिर खुजलाते हुए कहा, "यहाँ पर कौन से जंगल की बात हो रही है।" अनन्या ने इस पर अपनी प्रतिक्रिया दी और कहा, "आसाम का ही कोई जंगल होना चाहिए।" अरमान ने इस पर अपना तर्क दिया, "आसाम का काफ़ी भाग जंगल से आच्छादित है और जंगल हर दिशा में मौजूद हैं, तो हमें किधर और कहाँ बढ़ना चाहिए?" अभिनीत ने कहा, "एक बात तो तय है। वह कोई साधारण जंगल तो नहीं होगा।" प्रोफेसर अपने आप में ही विचारमग्न थे। थोड़ी देर में चुप्पी तोड़ते हुये बोले। पहली पहेली ने हमें आसाम भेजा और दूसरी पहेली में हमें नदी के पास एक प्राचीन लाकेट मिला। ऐसा क्यूँ? अनन्या ने वही पुराना साधारण सा तर्क दिया और कहा, "पहेलियाँ आसाम से जुड़ी हैं इसीलिए।" प्रोफेसर ने कहा, "नहीं! यह सही है कि पहेलियाँ आसाम से जुड़ी हैं पर मुझे लगता है। कोई न कोई कड़ी ज़रुर है जो इन पहेलियों को भी आपस में जोड़ती होगी। हमें आसाम के इतिहास में उन जंगलों को ढूँढ़ना होगा जो कभी दहशत और आतंक के पर्याय के रुप में जाने जाते थे। अरमान ने कहा, "इसका मतलब हमें गहन खोजबीन की ज़रुरत होगी।"

सभी ने व्यापक स्तर पर अपनी खोज शुरु कर दी। अनन्या आसाम के इतिहास की कुछ प्राचीन किताबें पढ़ रही थी। तभी उसके हाथ एक महत्वपूर्ण चीज लगी। अनन्या ने कहा, "यह देखिये प्रोफेसर, प्राचीनकाल में जब कुछ

भारतीय व्यापारियों का दल चीन में व्यापार करने जाता था, तो उन्हें आसाम और अरुणाचल प्रदेश के मध्य तकरीबन एक लाख वर्ग किलोमीटर में फैले इन जंगलों से होकर गुज़रना पड़ता था। एक बार व्यापारियों का एक पूरा दल ही इस जंगल में गायब हो गया। इससे व्यापारियों में दहशत फैल गयी। उन्होंने उस जंगल को अशुभ और अपशकुन घोषित कर दिया। उन्होंने जंगल का रास्ता छोड़ दिया और सौ किलोमीटर घूम कर जाने लगे। आप को क्या लगता है प्रोफेसर आख़िरकार उन्हें सौ किलोमीटर ज्यादा चलने की जरूरत क्यों महसूस हुई?''

''कुछ भी कहना मुश्किल होगा। इतना जरूर है कि वहाँ कुछ तो होगा जिससे हम मिलना नहीं पसंद करेंगे।'' प्रोफेसर ने कहा, ''इतिहास की पुस्तकों के अनुसार आसाम और अरूणाचल प्रदेश के मध्य एक लाख वर्ग किलो मीटर में फैला यह जंगल दहशत और ख़ौफ का प्रतीक रहा है। देखो ज़रा उस जंगल के बारे में और कोई जानकारी है क्या?'' अनन्या ने उस किताब को बंद करते हुये कहा, ''क्यों न हम इस किताब के लेखक से मिलते हैं। यहाँ उनका पता दिया हुआ है शायद हमें उस जंगल के बारे में कुछ और जानकारी मिल जाये।'' इतना कहकर अनन्या अपने स्थान पर उठ खड़ी हुई।

''अनन्या तुम्हारा जवाब नहीं। हमें बिलकुल भी देर नहीं करनी चाहिये।'' अरमान ने जोश में आकर कहा। अभिनीत ने उस लेखक की किताब इधर-उधर पलटकर उस पर दिये हुये पते को नोट कर लिया। ''वह जगह यहाँ से ज्यादा दूर भी नही है।'' अभिनीत ने कहा। अनन्या के इस विचार से सभी लोग सहमत थे। कुछ ही देर में प्रोफेसर के साथ सभी लोग उस लेखक के घर पहुँच जाते हैं। लेखक महोदय ने सभी का अच्छे से स्वागत किया और अपने यहाँ पर आने का कारण पूछा। प्रत्युत्तर में प्रोफेसर ने कहा, ''हम आसाम और अरूणाचल प्रदेश के बीच एक लाख वर्ग किलोमीटर में फैले उस जंगल के बारे में जानना चाहते हैं जिसका जिक्र आपने अपनी किताब में किया है।'' लेखक महोदय ने पूछा- आप लोग उस जंगल के बारे में क्यों जानना चाहते हैं? लेखक महोदय ने इस बाबत संशय जताया। प्रोफेसर अभी कुछ सोच ही रहे थे कि अभिनीत ने कहा, ''दरअसल हमने आपकी लिखी किताब को पढ़ा है। वह एक अच्छी किताब है। किताब पढ़ते समय हमारा रूझान इस जंगल की तरफ़ गया। इसलिये जानकारी लेने आप के पास आ गये।''

उन लेखक महोदय ने कहा, मुझे बहुत ख़ुशी है कि आपने मेरी किताब को पढ़ा और उत्सुकतावश मुझसे मिलने यहाँ तक आ गये। मैं आपको बताता हूँ उस जंगल के बारे में। उस जंगल का इतिहास काफ़ी पुराना है। सालों पहले उस जंगल के आस-पास जुआल कबीले के लोग रहते थे। वे जंगलों में शिकार करके

अपना भरण-पोषण करते थे। एक दिन कबीले के कुछ लोग शिकार की खोज में जंगल में ही भटक गये और फिर उनका कोई पता नहीं चला। उस घने जंगल में उनका पता करने के लिये कबीले के कुछ और लोगों का समूह उधर की तरफ गया और फिर वह भी कभी वापस नहीं लौटा। कबीले के मुखिया को जब इस बात की जानकारी हुई तो उसने जंगल में अपने शिकार करने के लिये एक सीमा बनाई और पूरे कबीले में इस बात की घोषणा करा दी कि कोई भी उस सीमा को पार नहीं करेगा।

उनके शब्दों में उसे कहते थे, 'गुआँ छू' अर्थात वहाँ पर जाना मना है। थोड़े दिन बाद एक शक्तिशाली कबीले ईमटा ने जुआल कबीले पर आक्रमण कर दिया। जुआल कबीले का मुखिया जानता था कि वह ईमटा कबीले का मुकाबला कभी नहीं कर सकता था। इसलिये उसने सूझबूझ का रास्ता चुना। उसने ईमटा कबीले के मुखिया से कहा, "हम बेहद कमजोर हैं और आप के सामने आत्मसमर्पण करते हैं। लेकिन एक इच्छा है कि दक्षिण-पश्चिम में एक और कबीला है। उसने हमारे कुछ लोगो को बंधक बनाया हुआ है, क्यों न उसे भी सबक सिखाया जाय। इस तरह से आप एक के बजाय दो कबीलों के मालिक बन जायेंगे।" ईमटा कबीले के मुखिया को यह बात पसंद आयी।

"ठीक है, हम कल ही उन पर कूच करेंगे।" उसने कहा। अगले दिन वो दोनों कबीले कूच करने के लिये तैयार हो गये। जुआल कबीले के मुखिया ने कहा, "आप दक्षिण की तरफ से हमला करिये और हम उत्तर की तरफ से घूमकर पीछे से उन पर हमला करेंगे। आप उन्हें कमजोर समझने की भूल मत करियेगा।" ईमटा कबीले के मुखिया ने गर्व से कहा, "ठीक है। वैसे तो उनके लिये हम ही काफ़ी हैं। फिर भी वादे के अनुसार तुम उत्तर की तरफ़ से आकर पीछे से उन पर हमला करना।"

ईमटा कबीले का मुखिया अपने लड़ाकू सरदारों के साथ दक्षिण की तरफ़ निकल गया। इधर जुआल कबीले का मुखिया कुछ दूर आगे जाकर वापस अपने कबीले में लौट आया। पर उसके मन में अंदर ही अंदर डर समाया हुआ था कि कही ईमटा कबीले का मुखिया फिर से न वापस आ जाये वर्ना वो हमें विश्वासघात की सजा जरुर देगा, हम सबको मारकर। तब तो बहुत बड़ा अनर्थ हो जाएगा। लेकिन ऐसा नहीं हुआ। काफ़ी साल बीत गये। जुआल कबीलों ने सालों तक राज किया। धीरे-धीरे उस जंगल के दहशत की बात फैलती चली गई और बीसवीं सदी में विज्ञान का युग आ गया। साठ के दशक में कुछ वैज्ञानिको का दल उस जंगल में गया। उनमें से सिर्फ एक ही लौटा जो पागल हो गया था। उसका कहना था कि उसने उस जंगल में विचित्र तरह के जीव-जन्तु देखे हैं।

जिनके बारे में अब तक के विज्ञान में कोई जिक्र नहीं है। प्रोफेसर ने ध्यानपूर्वक उस कहानी को सुना और कहानी के खत्म होने के बाद उन्होंने पूछा-इस कहानी से यह साबित नहीं होता कि उस जंगल में क्या है? उन लेखक महोदय ने कहा, ''वहाँ पर क्या है? यह साबित करने के लिये आपको उस जंगल में जाना होगा। कहानियाँ सिर्फ हमें दिशा देती हैं, सच्चाई के लिये आप को उस जंगल से खुद जाकर रूबरू होना पड़ेगा। उस जंगल को इंतज़ार है किसी के आने का।''

''आपसे मिलकर हमें बहुत अच्छा लगा अब हम वापस जा रहे हैं। बहुत-बहुत शुक्रिया इस जानकारी के लिए।'' प्रोफेसर ने कहा और चलने के लिए उठ खड़े हुये।

''इसमें शुक्रिया की कोई जरुरत नहीं है।'' लेखक महोदय ने कहा और प्रोफेसर समीर से हाथ मिलाया। प्रोफेसर और सभी ने वहाँ से विदा ली। अभिनीत ने कहा, ''लगता है इस बार किस्मत ने हमें चुना है, उस जंगल में जाने के लिए।'' प्रोफेसर ने कहा, ''हाँ, ऐसा ही लगता है।'' उस कहानी को सुनकर अनन्या के मन में एक डर समा गया, ''मैंने अभी कुछ दिनों पहले लेखक संजय नंदन का एक लेख न्यूजपेपर में पढ़ा था, जिसमें अरुणाचल प्रदेश के खोंसा से दूर जंगल में नंटा जाति के लोगों की बस्तियाँ अभी भी हैं बाहरी दुनिया से अंजान इनके अपने नियम और क़ायदे हैं। वे शक्ल से बेहद खूँखार हैं, आज भी उन्हें अपने भालेनुमा हथियार पर भरोसा है जिसे वो कहतें हैं नगॉदाव। इंसानों का सिर काटकर लाना इनके लिए एक सम्मान है। ये लोग इंसानों का सिर काटकर एक जगह इकटठा करते हैं जो कि आज भी मौजूद है।''

''अब बस भी करो अनन्या।'' प्रोफेसर ने अनन्या को टोका और मुड़कर उसकी ओर देखते हुये कहा, ''माना कि नंटा कबीले के लोग अब भी हैं। वे खूँखार और निर्दयी हैं। पर इससे हमें क्या फ़र्क पड़ता है? डर हर इंसान को लगता है। मुझे भी लगता है पर मेरी मंजिल मुझे डर से ज्यादा प्यारी है।''

अरमान ने कहा, ''अब वापस जाने का कोई सवाल ही पैदा नहीं होता। जब से पहेली सुलझाने की ठानी है तब से मौत का डर मुझसे विदा हो गया है। अगर अब जहन्नुम में भी जाना पड़ेगा तो मैं इसके लिए पूरी तरह से तैयार हूँ।'' अभिनीत ने हाथ उठाया और अरमान के बगल में खड़ा होते हुये कहा, ''और मैं भी तुम्हारे साथ हूँ।'' अनन्या ने कहा, ''मैं माफ़ी चाहूँगी, मेरा इरादा आप सभी को डराने का नहीं था। मैं भी मौत के इस सफ़र पर आप के साथ हूँ।''

''इस बार नहीं।'' प्रोफेसर ने मुड़कर अनन्या को देखते हुये कहा, ''पिछली बार तो तुम नदी में गिरने से बची थी।'' अनन्या ने घबड़ाकर कहा, ''क्यों नहीं?

मैं भी पहेली को सुलझाने में आप सबकी मदद करना चाहती हूँ। यहाँ सिर्फ मैं हूँ जो आप सभी के बीच आसामी भाषा पढ़ सकती है। इसलिए कृपया मुझे अकेला मत छोड़ियेगा।'' अभिनीत ने कहा, ''हाँ, हमें पता है तुम इसी का धौंस जमाओगी।''

प्रोफेसर ने कहा, ''बात वह नही है अनन्या। दरअसल हमें कहानियों से इतनी सीख तो मिली कि जंगल में हमें बहुत ही तैयारी के साथ जाना चाहिए। अगर ऐसा है कि उस जंगल से कोई वापस नहीं आया तो हो सकता है कि रास्ता कुछ भूलभुलैया की तरह हो। इसलिये हमारी तैयारी इस बार बड़े स्तर पर होगी। देखो हम अपने कालर के पास कैमरा और माइक्रोफोन लगायेंगे जो किसी स्थिर सिस्टम से जुड़ा होगा और तुम यहीं कहीं किसी होटल में बैठकर वहाँ से हम पर नजर रखोगी। इस तरह से हम बराबर तुम्हारे सम्पर्क में रह सकेंगे। जंगल की तस्वीर सैटेलाइट से देखना और हमें सही दिशा का ज्ञान कराते रहना क्योंकि अगर जंगल बड़ा है तो उसमें भटकना बेहद आसान होगा। अगर तुम सही से हम पर नजर रखोगी तो हमें जंगल से बाहर आने में कोई भी दिक्कत नहीं होगी। इसके अलावा जंगल में हमारे खुद की सुरक्षा के लिये छोटे हथियारों के अलावा छोटी पिस्टल होगी। खाने-पीने की चीजों के अलावा कुछ खास तरह के जरूरी रसायन हम अपने साथ रखेंगे।''

''खास तरह के रसायन क्यों?'' अभिनीत ने अचानक से चौंकते हुये पूछा। प्रोफेसर ने कहा, ''मुझे बंदूक से ज्यादा कुछ खास तरह के रसायनों पर भरोसा है। तो सभी को समझ में आ गया कि हमें क्या-क्या करना है?'' अरमान, अनन्या और अभिनीत सभी ने एक साथ सहमति जताई। प्रोफेसर ने आसाम का एक पुराना मानचित्र खोजा और उस जगह को चिह्नित किया जहाँ पर कभी जुआल कबीले के लोग रहा करते थे। फिर नये मानचित्र से उसका मिलान किया। प्रोफेसर ने कहा, ''इस नये मानचित्र के अनुसार ऐसा लगता है कि हम वहाँ तक अपनी गाड़ी से पहुंच सकते हैं, जहाँ कभी जुआल कबीले के लोग रहा करते थे। और उसके बाद हम पैदल ही दक्षिण की तरफ निकलेंगे जिधर कभी ईमटा कबीले के लोग गये थे और फिर कभी वापस नहीं आ पाये थे। यहाँ से अनन्या का काम अहम होगा।'' अनन्या ने सिर हिलाकर कहा, ''हाँ, मैं समझ गई।'' प्रोफेसर ने कहा, ''तब तो क़ाम बन गया। तब फिर चलो यहाँ से।'' सभी ने मिलकर एक गाड़ी किराये पर ली और अनन्या सभी को उस जंगल में वहाँ तक छोड़कर आई, जहाँ पर कभी जुआल कबीलों की बस्ती थी। वहाँ से सभी को दक्षिण दिशा की तरफ़ पैदल ही जाना था। वहाँ से सभी को छोड़कर अनन्या वापस होटल में आ गई सभी पर नज़र रखने और जंगल में दिशा बताने के लिये।

अनन्या ने कहा, ''मैंने ट्रैकिंग सिस्टम शुरु कर दिये हैं और आप सभी को अपने स्क्रीन पर साफ-साफ देख पा रही हूँ।'' प्रोफेसर ने कहा, ''अच्छा किया।

हम दक्षिण की तरफ बढ़ रहे हैं।'' वो वापस में बातचीत करते हुये जा रहे थे। अरमान ने प्रोफेसर से पूछा-वह लेखक जिस तरह के जानवर का जिक्र उस जंगल में कर रहा था। क्या वह संभव हो सकता है? प्रोफेसर ने कहा, ''एक अनुमान के अनुसार इस धरती पर 14 करोड़ जीव जंतुओं की प्रजाति है। जिनमें से इंसान तकरीबन एक तिहाई के बारे में ही जानता है। पृथ्वी पर बहुत सारी ऐसी जगह हैं, जहाँ तक इंसानों की पहुँच नहीं है। विषुवत वृत के जंगल हो या गहरे समुद्र में बसे जीव जन्तु या फिर कोई वीरान टापू। यहाँ पर किस तरह के जंतु मिल जायें। इसके बारे में कुछ भी कहना मुश्किल है। संभव कुछ भी हो सकता है, बस बिना देखे यक़ीन करना इंसान के स्वभाव में नहीं होता है।''

माइक्रोफोन का कनेक्शन ठीक से काम कर रहा है या नहीं, इसे जानने के उद्देश्य से प्रोफेसर ने अनन्या से पूछा-क्या तुम हमें ठीक से सुन पा रही हो? अनन्या ने कहा, ''हाँ, प्रोफेसर मैं आप को अच्छी तरह से सुन पा रही हूँ।'' प्रोफेसर ने कहा, ''अच्छी बात है।'' प्रोफेसर, अरमान और अभिनीत के साथ दक्षिण की तरफ आगे बढ़ते जा रहे थे। कुछ ही दूर आगे जाने के बाद अरमान एक जगह जाकर रूक गया। अभिनीत ने उत्सुकतावश पूछा-यह क्या चीज है? प्रोफेसर ने गौर से देखा और कहा, ''यह गड्ढ़ा कच्चे तेल से भरा हुआ है। इसमें कीचड़ का भी काफी अंश है। कुछ मात्रा गैस की भी है इसलिये यह जगह बहुत बदबू दे रहा है। भारत में तेल उत्पादन का 50 प्रतिशत भाग आसाम से ही आता है। इसलिए यहाँ ये जगह-जगह पर फैला हुआ है। इस रास्ते पर आगे बढ़ना बहुत मुश्किल होता जा रहा है। ऐसा लगता है दक्षिण की ओर जाने वाला कोई दूसरा रास्ता खोजना होगा।''

अरमान ने अनन्या से सम्पर्क किया। अरमान ने कहा, ''क्या तुम दक्षिण की तरफ जाने वाला कोई दूसरा रास्ता सैटेलाइट मैप में देखकर बता सकती हो?'' अनन्या ने कहा, ''मैं कोशिश कर रही हूँ अरमान।'' कुछ देर सैटेलाइट मैप में रास्ता खोजने के बाद अनन्या ने कहा, ''जो स्थिति इस वक्त तुम्हारी है, वहाँ से पूर्व की तरफ़ बढ़ो। कुछ दूर आगे बढ़ने पर वहाँ एक बरगद का एक पेड़ दिखाई देगा और फिर वहाँ से दक्षिण की तरफ घूमना होगा। रास्ता कुछ दूर तक घना दिखाई दे रहा है, पर कुछ दूर बाद सब कुछ ठीक हो जायेगा।'' अरमान ने कहा, ''जानकारी के लिये शुक्रिया, अनन्या।'' अब हमें पूर्व की तरफ़ बढ़ना चाहिये। सभी पूरब की तरफ़ बढ़ने लगे। थोड़ी देर बाद बरगद का एक पेड़ मिला वहाँ से सभी पूरब की तरफ़ बढने लगे। इस रास्ते पर झाड़ियाँ बेहद घनी और काँटों से लदी हुईं थीं। जमीन ऊबड़-खाबड़, धरती पर पत्थर धँसे हुये, जंमीन पर लम्बी-लम्बी जंगली घास और सतह पर बिखरी पत्तियाँ, घास फूस। राह मुश्किल थी पर सभी के इरादे बेहद मजबूत थे। प्रोफेसर, अरमान और अभिनीत के साथ कुछ ही आगे

बढे थे कि अनन्या ने अचानक हड़बड़ाकर प्रोफेसर से कहा, ''प्रोफेसर आपके पीछे कुछ हलचल है। अतः आप पूर्णतः सावधान हो जाइये।''

प्रोफेसर ने अनन्या से कहा, ''वीडियो को फिर से चला कर देखो।'' अनन्या ने घबराकर कहा, ''अरे बाप रे, आठ पैर वाला जंतु, आदम कद के बराबर, चार दाँत जबड़े से बाहर इसका मतलब मांसाहारी है। पैरों के नाखून बड़े बड़े, आँखें बड़ी-बड़ी और तेज़, भारी भरकम शरीर। आज तक मैंने विज्ञान की किसी किताब में इस तरह के जंतु नहीं देखे। इसलिए जल्दी भागिये प्रोफेसर वहाँ से।'' अब सभी की नजरें घनी झाड़ियों में मुँह बाहर किये उस जानवर के ऊपर पड़ चुकी थी। प्रोफेसर ने अरमान और अभिनीत से कहा, ''जहाँ पर हो वहीं पर बने रहना। गोली मत चलाना, वर्ना तेज आवाज़ की वजह से इस तरह के चार-पाँच जानवर और आ जाएंगे। हिलना डुलना मत। बस चुपचाप उसकी आँखों में घूरते रहो।''

तभी वह जानवर धीरे-धीरे से उनकी तरफ़ आगे बढ़ने लगा था। उसकी मंशा उसकी आँखों से साफ़ जाहिर हो रही थी। उसकी निगाह सामने दिखाई दे रहे शिकार पर पड़ चुकी थी जिसे प्रोफेसर ने भाँप लिया। ''भागो यहाँ से।'' प्रोफेसर चिल्लाये। बस फिर क्या था? सभी ने विद्युतगति से दौड़ना शुरु कर दिया। दौड़ते हुये प्रोफेसर ने कहा, ''इसकी शारीरिक बनावट पर अगर ग़ौर करें तो इसकी मेरुदंड और पैरों में तालमेल को देखते हुये लगता है। सीधे के बजाय टेढ़े-मेढ़े भागेंगे तो इसका चारा बनने से बचा जा सकता है। इसे उलझन में डालने की कोशिश करो।'' दौड़ते हुये भी अभिनीत को मज़ाक सूझा, उसने बोला, ''मैं कितना दौड़ूँ मेरे पास तो रिवाइटल भी नहीं है।'' प्रोफेसर के कहे अनुसार सभी टेढ़े-मेढ़े भागने लगे। थोड़ी देर दौड़ने के बाद अरमान ने कहा, ''क्यों न इस आक्टॉपाड को पेट्रोलियम के उस गड्ढे के पास ले चलें?'' प्रोफेसर ने हाँफते हुये कहा, ''हाँ, यह ठीक रहेगा। देखो सामने जो पीपल का पेड़ दिखाई दे रहा है, वहाँ से मैं पूर्व की तरफ घूम जाऊँगा और तुम पश्चिम की तरफ चले जाना। जैसे ही मैं उस पेट्रोलियम के गढ़ढे को पार कर लूँ। तुम लाइटर से उस कच्चे तेल के गड्ढ़े में आग लगा देना।''

अरमान ने कहा, ''हाँ, प्रोफेसर यह ठीक रहेगा।'' सभी तेज़ी से भाग रहे थे। वह जगह जहाँ से प्रोफेसर को मुड़ना था। वहाँ पर काई से युक्त चिपचिपी सतह होने की वज़ह से प्रोफेसर का पैर फिसल गया और वह वहीं पर गिर पड़े। वह आक्टॉपाड तब तक प्रोफेसर के बहुत पास आ चुका था। तभी अरमान ने एक बड़ा पत्थर उसकी तरफ़ जोर से खींचकर दे मारा। ''ऐ आदमखोर जानवर इधर देखो'' दम है तो मुझे अपना शिकार बना कर देखो। अरमान उस जानवर को चिढ़ाने लगा। तभी वह आक्टॉपाड प्रोफेसर को छोड़कर अरमान की तरफ़ दौड़ा।

अरमान ने अभिनीत की तरफ लाइटर उछालते हुये कहा, ''मैं पूर्व की तरफ जा रहा हूँ, ये लो लाइटर जैसे ही मैं कच्चे तेल के उस गड्ढे को पार कर लूँ। तुम इसमें आग लगा देना।'' अभिनीत ने वह लाइटर ले लिया और कहा, ''ठीक है।'' इधर अरमान तेजी से भागकर उस कच्चे तेल के गड्ढे में कूद पड़ा। वह पूरी तरह कच्चे तेल में लथपथ हो गया था। वह अपनी जान बचाकर तेजी से भाग रहा था। वह आक्टॉपाड भी अरमान के पीछे उस गढ़्ढे में कूद पड़ा था। अभिनीत चिल्लाया, ''जल्दी करो अरमान, वह आक्टॉपाड तेजी से तुम्हारी तरफ आ रहा है। जल्दी गड्ढे से बाहर निकलो।'' अरमान जल्दी से उस गड्ढे से बाहर निकलने में कामयाब रहा। अरमान के उस गढ़्ढे से बाहर निकलते ही अभिनीत ने उस गड्ढे में आग लगा दिया और इसी के साथ उस आदमखोर आक्टॉपाड का अंत हो गया।

उस आदमखोर जानवर के अन्त के बाद ही अरमान ने चैन की साँस ली। वह तेज़ी से हाँफ रहा था। उसके दिल की धडकनें बढ़ी हुई थीं। शरीर में अभी भी सनसनी दौड़ रही थी। अभिनीत अरमान के गले लग गया और कहा, ''सब ठीक है।'' वे दोनों कुछ पल तक उस जानवर का अन्त उस आग में देख रहे थे। कुछ देर के बाद अरमान और अभिनीत ने वापस चलकर प्रोफेसर को उठाया। अरमान ने प्रोफेसर से पूछा, ''आप ठीक तो हैं न प्रोफेसर।'' प्रोफेसर ने अपना चश्मा लगाते हुये कहा, ''हाँ, मैं ठीक हूँ। चलो अच्छा हुआ कि हालात को तुमने अपनी बुद्धिमानी से काबू में कर लिया, नहीं तो पता नहीं आज क्या हो जाता?'' थोड़ी देर बाद अनन्या ने पूछा- क्या वहाँ पर सब कुछ ठीक है? अरमान ने कहा, ''हाँ अनन्या, यहाँ पर सब कुछ ठीक है।'' अनन्या ने कहा, ''मैं तो डर ही गई थी। भगवान का शुक्रिया कि उन्होंने सबको बचा लिया।'' अरमान ने कहा, ''हम सभी तो बच गये पर मैं कच्चे तेल में लथपथ हूँ। सबसे पहले यहाँ मुझे किसी झरने की तलाश है।''

थोड़ी देर आगे जाने पर कल-कल करता हुआ एक झरना दिखाई दिया, जहाँ पहुँच कर अरमान ने खुद को साफ़ किया। अभिनीत ने कहा, ''कितना खूबसूरत दृश्य है पर यहाँ गलती से भी कोई आने वाला नहीं।'' ''सिर्फ़ हमें छोड़कर।'' अरमान ने कहा। अभिनीत ने अनन्या से कहा, ''तुम एक रोमांचक यात्रा मिस कर रही हो अनन्या।'' अनन्या ने कहा, ''हाँ वाकई में, मैं एक रोमांचक सफर मिस कर रही हूँ।'' कुछ देर आराम करने के बाद प्रोफेसर ने कहा, ''चलो अब आगे बढ़ते हैं। अनन्या तुम तैयार हो जाओ हम आगे की तरफ़ बढ रहे हैं। पिछली बार तुमने हमें सही वक़्त पर सचेत किया था।''

आगे का रास्ता कँटीली झाड़ियों से होकर गुज़र रहा था। प्रोफेसर ने सभी को संभलकर चलने के लिये कहा। मुश्किल भरे सफ़र पर सभी हौसलों के साथ

अपना सफ़र जारी रखे हुये थे। कुछ दूर आगे जाने के बाद सभी एकाएक से ठिठक गये। "वो क्या चीज़ है प्रोफेसर?" अरमान ने हैरत में भरकर अपनी तर्जनी से एक ओर इशारा करते हुये प्रोफेसर से पूछा। प्रोफेसर ने गौरपूर्वक देखते हुये कहा, "आज तक के विज्ञान में इस तरह के पक्षी के बारे में ना तो पढ़ा है और ना ही देखा है। दरअसल इस वक़्त हम जंगल के मध्य भाग (कोर एरिया) में हैं जो कि जंगल के मध्य स्थित होता है। खास बात यह है कि मध्य भाग की संरचना बाहर के जंगल से हटकर होती है। यहाँ का वातावरण अलग किस्म का होता है। नमी, धूप, पेड़ों की सघनता, संख्या और पेड़ों की किस्म सब कुछ बाहर के जंगल से अलग होता है। इसलिए यहाँ पर संभावना है कि अजीबो गरीब किस्म के जीव-जंतु मिलें। पहले इन पक्षियों से तो निपट लें। इनके शरीर की बनावट, चोंच के साथ पैरों का तालमेल और उनके पंखों की संरचना बताती है कि ये नरभक्षी हैं क्योंकि जिस तरह से यह जंगली भैंसों का चूरा बनाकर खा रही हैं। लगता है हमें कुछ करना पड़ेगा वर्ना हमारी एक भी हड्डी नहीं बचेंगी।"

प्रोफेसर ने अभिनीत से कहा, "तुम और अरमान थोड़ा पीछे जाकर उस मरे हुये सूअर को खींचकर लाओ। जिसे हमने अभी कुछ देर पीछे देखा था।" अभिनीत ने हैरत में भरकर कहा, "लेकिन मैं तो शाकाहारी हूँ।" प्रोफेसर ने कहा, "खाना नहीं इसे, इसका इस्तेमाल हम नरभक्षी पक्षियों से बचने के लिये करेंगे।" थोड़ी ही देर में अरमान और अभिनीत उस मरे हुये सूअर को घसीटकर प्रोफेसर के पास ले आये। अरमान ने प्रोफेसर से पूछा, "आप इसके साथ क्या करने वाले हैं?" प्रोफेसर ने कहा, "अब मैं जब इस जंगली सूअर को कई जगह चाकू से काटकर एक अनोखा रसायन इसके ऊपर छिड़क दूँगा जो इसके ताजे गोस्त की खुशबू कई गुना बढ़ा देगी। जब नरभक्षी पक्षी इधर की ओर आकृष्ट होंगे तो हम धीरे से उस जंगली भैंस के पीछे से आगे की तरफ़ बढ़ जायेंगे।" तैयार हो जाओ सब नरभक्षी पक्षी इधर की तरफ़ आकृष्ट हो रहे हैं। प्रोफेसर अरमान और अभिनीत के साथ वहाँ से सुरक्षित आगे बढ़ गये। वहाँ से आगे जाने के बाद एक घना झुरमुट दिखाई देता है। अरमान ने पहेली की तीसरी और चौथी लाइन बुदबुदाया,

है *"इन झुरमुटों में कुछ बात,*

मिलेगा भेद इनको, अनोखी दुनिया का राज़।" इसके अनुसार तो हमें आगे का रास्ता इन घने झुरमुटों को पार करने के बाद ही मिलेगा। प्रोफेसर ने कहा, "ठीक है फिर आगे बढ़ते हैं।" वह घना झुरमुट लताओं की बेलों से भरा हुआ था। एक बार उसमें घुसने के बाद आगे-पीछे, दायें-बायें, ऊपर-नीचे हर तरफ झुरमुट और लताएं दिख रही थी। उन झुरमुटों में सूरज की रोशनी भी पूरी तरह छन कर जा रही थी। अंदर अंधेरा प्रतीत हो रहा था। उस घने झुरमुट में एक कदम आगे

बढ़ाना भी मुश्किल हो रहा था क्योंकि वहाँ पर कोई रास्ता नहीं था। आगे बढ़ने के लिए प्रोफेसर, अरमान और अभिनीत को चाकू से बेलों को काटकर ही आगे बढ़ना था। इसलिए थोड़ा सा आगे बढ़ने के लिए सभी को काफ़ी ज्यादा वक़्त लग रहा था। और आगे रास्ता न दिखने की वजह से उन झुरमुटों में चलना और भी बोझिल हो रहा था। अभिनीत ने झल्लाये हुये स्वर में कहा, "पता नहीं इन झुरमुटों में कितना चलना है?"

प्रोफेसर ने अभिनीत को दिलासा दी, "घबड़ाने की बात नहीं है पहेली की तीसरी लाइन के अनुसार अनोखी दुनिया का राज इन झुरमुटों को पार करने के बाद ही मिलेगा। बस हम करीब ही हैं।" अभिनीत ने कहा, "जो भी हो एक बार इन घने झुरमुटों को पार कर लेने के बाद मैं वापस इस रास्ते से नहीं आने वाला।" अनन्या जो सब पर नज़र रख रही थी उसने कहा, "वापसी की फिक्र मत करो। उसके लिये मैं कोई दूसरा रास्ता ढूँढ़ लूँगी।" प्रोफेसर ने कहा, "बस हम करीब ही हैं।"

पर जैसे ही सभी ने मुश्किल हालात में उस झुरमुटों को पार किया तो सामने एक दीवाल खड़ी थी। अरमान ने कहा, "आगे तो रास्ता बंद है।" अभिनीत ने दीवार को देखते हुये कहा, "पता नहीं किस सिरफिरे ने इस जंगल में दीवाल खड़ाकर रखी है। क्या यह चीन की दीवार है? या फिर कहीं हम भटक तो नहीं गये।" कुछ देर सोचने के बाद प्रोफेसर ने कहा, "हम भटके नहीं हैं। दीवाल काफी ऊँची है हम उस पार नहीं जा सकते। पहेली की आखिरी लाइन के अनुसार *"मिलेगा भेद इनको अनोखी दुनिया का राज"* इसके अनुसार तो हमें इस दीवाल में सुराख करना ही पड़ेगा।"

"यह दसवीं शताब्दी की पचास इंच मोटी दीवार लगती है। इसमें छेद करने में हमारी पूरी जिंदगी कट जायेगी।" अभिनीत ने अपनी गर्दन ऊपर उठाई और कहा। प्रोफेसर दीवार के करीब गये और कहा, "हमारे पास डायनामाईट है। हम विस्फोट करके पूरी दीवार उड़ा सकते हैं। पर हम ऐसा करेंगे नहीं क्योंकि यह प्राचीन दीवार है जो कि ऐतिहासिक दृष्टि से काफ़ी महत्त्वपूर्ण है। इसको विस्फोट करके उड़ाना उचित नहीं लग रहा है। हमें कोई ऐसा तरीक़ा ढूँढ़ना होगा जिससे इसको ज्यादा क्षति भी नहीं पहुंचे और दीवाल में सुराख भी हो जाये।"

अरमान ने अपना तर्क दिया, "क्यों न हम इस दीवार को पकड़ते हुये आगे की तरफ बढ़े? कोई तो ऐसी जगह हमें मिलेगी जहाँ से इस दीवार की शुरुआत होती होगी।" प्रोफेसर ने अरमान के तर्क को ख़ारिज कर दिया और कहा, "पहेली की आखिरी लाइन में *'भेद'* शब्द आया है। इसका मतलब है उस पार जाने का रास्ता इस दीवाल को भेदने के बाद ही मिलेगा, क्योंकि यह दीवार खुली नहीं है

जैसा कि तुम समझ रहो हो। दावे के साथ तो नहीं कह सकता लेकिन इसकी ज्यादा संभावना है कि यह दीवार जरुर कोई बंदनुमा आकृति बनाती होगी।''

प्रोफेसर उस दीवार के पास गये। उन्होंने हाथ के गहराईपूर्वक स्पर्श से दीवार को महसूस करने की कोशिश की। प्रोफेसर ने कहा, ''जरा देखो यहाँ पर दीवार में थोड़ी सी दरार है। इसका मतलब यहाँ पर दीवार आस-पास के मुकाबले कुछ तो कमजोर होगी। यह हमारा टारगेट होगा जो कि जमीन से तकरीबन डेढ़ मीटर ऊँचा है। मेरे दिमाग में एक दूसरा रास्ता आया है। प्रोफेसर ने अपने आस-पास पड़े हुये भारी पत्थरों को एक नज़र से देखा और अपनी निगाह ऊपर की तरफ डाली। हम भारी पत्थरों का रुख अगर इस ओर मोड़ देंगे तो आराम से इस दीवार में सुराख हो जायेगा।''

अरमान ने उत्सुक होकर पूछा- पर कैसे?''

प्रोफेसर ने अपनी बात अरमान और अभिनीत को समझाना शुरु किया। देखो यहाँ पर गोल-गोल पत्थर हैं। एक औसत आकृति के पत्थर को हम चुनेंगे फिर दीवार की तिरछी तरफ ऊँचाई अधिक है। हम पत्थरों को वहीं से गिरायेंगे। हम लकड़ियों को आपस में जोड़कर एक चपटी सतह बनायेंगे और इसका तालमेल इस ढंग से होगा कि ऊपर से गिरने वाली चट्टान हमारे बनाये लकड़ी से होकर सीधा 45 अंश के कोणों से उस दीवार पर हमारे बनाये टारगेट को चोट करे। हमारा टारगेट जमीन से 1.5 मीटर ऊँचा है। अगर हम अठारह-बीस बड़े-बड़े पत्थर ऊँचाई से गिरा देंगे तो मेरा अनुमान है दीवार में सुराख हो जाना चाहिए। और सबसे खास बात दीवार को ज्यादा नुक़सान नहीं होगा क्योंकि सही गति और चोट से दीवार का कमजोर हिस्सा ही क्षतिग्रस्त होगा। हाँ, लेकिन इसके लिए हमें काफ़ी शारीरिक श्रम करना पड़ेगा। भारी पत्थरों को ऊँचाई पर चढ़ाना होगा।'' अरमान ने कहा, ''आप कितना दूर तक सोचते हैं प्रोफेसर। मेरे दिमाग़ में तो ये ख़्याल कभी भी नहीं आता।'' अभिनीत ने कहा, ''मेरे अंकल इतनी कम उम्र में प्रोफेसर ऐसे ही नहीं बन गये।'' प्रोफेसर ने कहा, ''चलो, अब अपने अपने काम में लग जाओ।'' अरमान ने कहा, ''मैं कुछ लकड़ियों का बंदोबस्त करता हूँ और रस्सियों से उन्हें आपस में जोड़कर एक चपटी आकृति बनाता हूँ।'' अभिनीत ने कहा, ''मैं भी तुम्हारे साथ आता हूँ।'' प्रोफेसर ने कहा, ''तुम लोग अपना काम करो मैं तब तक कुछ गणना कर लेता हूँ कि चट्टानों को कितनी ऊँचाई तक ले जाना हितकर होगा।'' कुछ ही देर में सब कुछ तैयार हो चुका था। प्रोफेसर ने कहा, ''चलो हम ऊपर से चट्टानों को गिराते हैं।'' प्रोफेसर की यह युक्ति जल्द ही काम कर गई क्योंकि कुछ ही देर में दीवार में सुराख हो गया था।

प्रोफेसर ने जिज्ञासावश जल्दबाजी में कहा, ''चलो देखें, अनोखी दुनिया क्या चीज़ है?'' सभी उस सुराख वाले रास्ते से अंदर घुस जाते हैं। अरमान ने अपने चेहरे को एक काले रंग के कपड़े से ढँक लिया। उसकी आँखें अधखुली थीं। उसने कहा, ''यहाँ तो कुछ भी नहीं दिखाई दे रहा है। क्या यही है अनोखी दुनिया?''

प्रोफेसर ने अनन्या से पूछा- अनन्या क्या तुम हमें देख पा रही हो? अनन्या ने कहा, ''पूरे स्क्रीन पर मुझे सिर्फ धुंधला-धुंधला सा दिखाई दे रहा है। आपको बहुत ही सतर्क होने की जरूरत है।'' अभिनीत ने कटाक्ष किया और कहा, ''मेरी मानो तो अनोखी दुनिया यही हो सकती है, क्योंकि यहाँ सूरज भी दो-दो दिखाई दे रहे हैं। कहीं हम दूसरे ग्रह पर तो नहीं आ गये।'' सभी ने अपने चेहरे को किसी कपड़े से ढ़ँक रखा था क्योंकि हवा में धूल कण की मात्रा कुछ ज्यादा थी।

प्रोफेसर ने कहा, ''यहाँ पर हमने भारी चट्टानों से दीवार में टकराकर विस्फोट कर दिया है। यही वजह है यहाँ की हवा में धूल कण की मात्रा कुछ ज्यादा ही बढ़ गई है। इसलिए हमें कुछ भी नहीं दिखाई दे रहा है। हमें जिसकी तलाश है वह हमें जल्द ही मिलने वाला है। बस धीरे-धीरे आगे बढ़ते रहो। दो-दो सूरज इस घने धुंधले धूल कणों की वज़ह से दिखाई दे रहे हैं। यह बस एक प्रकाशीय अपवर्तन है।'' कुछ देर आगे चलने के बाद प्रोफेसर के दिमाग़ में एक ख्याल आया जिससे वह सिहर उठे। आगे बढ़ने पर उन्हें एक खतरे का आभास हुआ। प्रोफेसर ने कहा, ''जो जहाँ पर है वहीं पर रूका रहे, आगे कुछ भी हो सकता है गड्ढ़ा, खाई या फिर कोई उससे भी बुरा। हमें कुछ वक़्त शांति के साथ बैठना चाहिए जब तक कि हवा में उड़ते हुये ये धूल के कण अच्छी तरीके से जमीन पर न बैठ जाये।''

अब सभी लोग शांतिपूर्वक हवा में उड़ रहे धूल कणों के बैठने का इंतज़ार करने लगे। कुछ देर के बाद सब कुछ पहले जैसा हो गया था। सामने का मंजर देखकर सभी हैरत में थे क्योंकि सामने एक बड़ा सा गड्ढ़ा था।

अरमान ने प्रोफेसर का आभार जताया, ''प्रोफेसर, आपने हमें बचा लिया वर्ना अब तक हम इस गड्ढे में गिरे होते और खेल खत्म हो गया होता।'' प्रत्युत्तर में प्रोफेसर ने कहा, ''मुझे खतरे का कुछ आभास हो गया था इसीलिए मैंने सभी को रुकने के लिए कहा था।'' अभिनीत का ध्यान कहीं और था। यहाँ तो दूर-दूर तक सिर्फ रेत, टीले और पथरीली व बंजर जमीन दिखाई दे रही है। जिसमें बहुत सारे गड्ढ़े और खाईयाँ हैं। इसके अलावा अगर कोई चीज़ हमें दिखाई दे रही है तो वह है दूर-दूर तक फैली यह प्राचीन दीवार। आखिर यह सब क्या है?

अरमान ने कहा, ''यहाँ कोई पशु-पक्षी नहीं, ना ही कोई पेड़-पौधे हैं, ना ही कोई प्राकृतिक हलचल, सुनसान वीरान पृथ्वी पर अजीब सी जगह आखिर यह

सब क्या है प्रोफेसर? क्या यही है वो अनोखी दुनिया।'' अभिनीत ने एक लम्बी जम्हाई ली और कहा, ''अनोखी दुनिया इससे बेहतर जगह हो ही नहीं सकती थी। इसके पीछे भी कोई राज ही होगा। पर वह क्या हो सकता है?'' प्रोफेसर मौन थे अचानक ही चुप्पी तोड़ी, ''वही तो मैं भी सोचने की कोशिश कर रहा हूँ। आखिर उस पहेलियों के सौदागर ने हमें यहाँ क्यों भेजा ? क्या खास बात हो सकती है इस जगह पर?'' अभिनीत ने कहा, ''सोचिये आप लोग, तब तक मैं टंकी खाली करके आता हूँ।'' अरमान ने झल्लाकर कहा, ''इस जगह पर।'' अभिनीत ने कहा, ''हाँ, इसमें क्या बुराई है? मेरी बात मान लो इससे अच्छी जगह आगे नहीं मिलने वाली।'' अरमान ने कहा, ''अच्छा!''

इधर प्रोफेसर गौरपूर्वक उस जगह को देख रहे थे। कुछ दूर आगे चलने के बाद प्रोफेसर घुटनों के बल नीचे की तरफ झुके। घुटनों के बल बैठकर प्रोफेसर उस बंजर और रेतीली जमीन पर हाथों की अंगुलियों से रेत पर कुछ चित्र बनाने लगे थे। कुछ पल के लिए प्रोफेसर उस जगह को भूलकर उन्हीं चित्रों में खो गये। प्रोफेसर को उन चित्रों में इतना तल्लीन देखकर अरमान ने पूछा- आप कहाँ खो गये प्रोफेसर? प्रोफेसर ने अपनी चुप्पी तोड़ी और कहा, ''रेगिस्तान में रेत के टीले काफ़ी बड़े भाग में अजीबोगरीब आकृतियाँ बनाते हैं। अगर हमें यहाँ सामने से कुछ भी दिखाई नहीं पड़ रहा है सिवाय रेत, टीले, गढ्ढ़े और दीवार के तो हमारे पास एक दूसरा तरीका है यह पता लगाने के लिए की यहाँ पर क्या है? कोई तो वजह होगी उस पहेलियों के सौदागर को हमें यहाँ इस वीरान में भेजने की। अगर ऐसा है तो हमें अपना एक कैमरा खोना पड़ेगा।'' अभिनीत ने अचम्भित होकर कहा, ''इसका क्या मतलब हुआ कि हमें अपना एक कैमरा खोना पड़ेगा?''

''अभी पता चल जायेगा।'' प्रोफेसर ने कहा और अपने बैग से जिलेटीन पदार्थ का बनी एक थैलेनुमा गोल चीज बाहर निकाली। अरमान ने आश्चर्य से पूछा, ''यह क्या है प्रोफेसर?'' प्रोफेसर ने कहा, ''ये थैलेनुमा गोल चीज एक छोटे पैराशुट का काम करेगी बस अंदर से इसे थोड़ा लाईटर से गर्म कर देना है। गर्म करने के बाद यह काफ़ी हल्का हो जाएगा ठीक किसी हाईड्रोजन गैस से भरे गुब्बारे की भांति। इसी के ऊपर एक कैमरा फिट होगा। जब यह छोटा पैराशुट एक निश्चित ऊँचाई पर होगा तब अनन्या सारी घटना की विडियो रिकार्डिंग कर लेगी। मैं यह जानना चाहता हूँ कि ऊँचाई से देखने पर यह जगह दिखती कैसी है? प्रोफेसर ने अनन्या से कहा, ''अनन्या, क्या तुम मुझे सुन पा रही हो?'' अनन्या ने उत्तर दिया, ''हाँ, प्रोफेसर मैं आपको देख और सुन पा रही हूँ।'' प्रोफेसर ने कहा, ''तुम्हें एक घटना की विडियो रिकार्डिग बेहद सतर्कता से करनी होगी। यहाँ क्या है हमें कुछ भी समझ में नहीं आ रहा है? एक आखिरी प्रयास मैं करने जा

रहा हूँ। हम एक छोटा पैराशूट हवा में छोड़ने जा रहे हैं जिसके ऊपर कैमरा फिट होगा। जैसे ही यह पैराशूट एक निश्चित ऊँचाई पर होगा ठीक उसी वक्त तुम्हें इस जगह की कुछ तस्वीरें लेनी होंगी। उसके बाद यह हवा में उड़ता जाएगा और सारे दृश्य धुंधले होते जाएंगे। इस पूरी जगह को मैं ऊँचाई से देखना चाहता हूँ क्योंकि मुझे ऐसा आभास हो रहा है कुछ तो ज़रुर मौजूद है यहाँ पर।''

''ठीक है प्रोफसर, मैं समझ गई मुझे क्या करना है?'' अनन्या ने कहा और अपने काम में लग गई। प्रोफेसर ने जैसा सोचा था वैसा ही किया। अब सब कुछ अनन्या की आँखों के सामने था। अनन्या ने खुशी से चहकते हुये कहा, ''आप ठीक सोच रहे थे प्रोफेसर। आप लोग जल्द आइये मैं आपको कुछ खास चीजें दिखलाती हूँ। यह वाकई में अनोखी दुनिया है।''

''अनन्या, इस जगह से वापस लौटने के लिये सबसे आसान रास्ते की तलाश करो।'' अरमान ने कहा। ''हाँ, मैं देख रही हूँ।'' अनन्या ने कहा, ''मुझे एक रास्ता दिखाई दे रहा है लेकिन यह थोड़ा लम्बा है।'' अभिनीत ने ताना मारा, ''तुम्हारा लम्बा रास्ता हमेशा कोई न कोई आफत लाता है। जो भी हो ऐसा रास्ता बताना, जहाँ से वापस लौटने पर उस आक्टापाड और घने झुरमुटों से दुबारा सामना न हो।''

अनन्या ने कहा, ''हाँ, वहाँ से आगे 3 किलोमीटर उत्तर की तरफ बढ़ना होगा। तब जाकर एक पगडण्डी मिलेगी जिसे पकड़कर आप सभी को पूर्व दिशा में आगे बढ़ना होगा। मुझे लगता है, मैं वहाँ पर आप लोगों को लेने किसी गाड़ी से आ सकती हूँ।'' अभिनीत ने कहा, ''यह तो खुशी की बात है कि तुम हमें लेने के लिए आ रही हो। एक बात और अपने साथ कुछ फूल भी लाना हमारे स्वागत के लिए।'' अनन्या ने भी कटाक्ष मारा, ''हाँ जरुर! लेकिन फूल बॉगनविलिया के होंगे, जिसमें अच्छी खुशबू के साथ काँटें भी होंगे।''

अनन्या के बताये रास्ते के अनुसार प्रोफेसर सभी के साथ उस जंगल से बाहर आ जाते हैं। सभी लोग वापस उस होटल आ जाते हैं, जहाँ पर अनन्या एक जगह स्थिर बैठकर सब पर नज़र रखे हुये थी। अनन्या ने स्क्रीन चलाकर सबका ध्यान उस ओर केंद्रित कर दिया। अनन्या ने कहा, ''ताज्जुब की बात है। वहाँ उस पूरे जमीन पर ऊपर से देखने पर सिर्फ गड्ढ़े, रेत और बंजर जमीन में चार पंक्षियों की आकृति ही दिखाई दे रही है। इसके अलावा उस जगह को बाहर से घेरा गया है प्राचीन मोटी दीवार से जो कि बिल्कुल गोल आकृति में है। इसलिये यह अनोखी दुनिया है।''

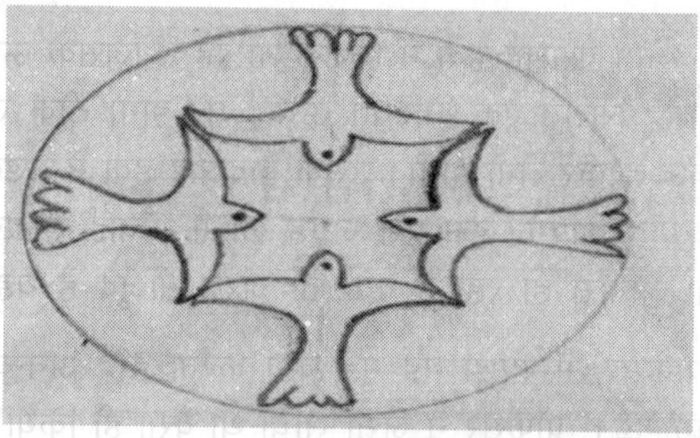

अरमान ने कहा, "आपका सोचना सही था प्रोफेसर, वह जगह वाकई में चारों ओर से घिरी हुई थी। पुरातत्त्व की भाषा में इसे जियोग्लिफ् कहा जाता है।" अभिनीत ने खुद को गौरवान्वित महसूस करते हुये कहा, "तब तो हम हीरो बन गये इस जियोग्लिफ् को खोजकर। अब तो कुछ फोटो वगैरह खिंचवाने का मौका मिलेगा। कमाल है, आज तक किसी भारतीय इतिहासकार की नज़र इस पर क्यों नहीं पड़ी? सरकार इसके लिए हमें ज़रुर ईनाम देगी।" अरमान ने कहा, "हाँ, अगर इन पहेलियों से जिंदा बचकर निकल गये तो। अब तक तो हमारा कितनी बार मौत से सामना हो चुका है। पता नहीं, आगे क्या होने वाला है?" प्रोफेसर ने अरमान और अभिनीत को टोका, "देखो, मैं कोई इतिहासकार नहीं हूँ। क्या तुममें से कोई मुझे बताएगा कि यह जियोग्लिफ् क्या चीज है?" अनन्या ने प्रोफेसर को बतलाना शुरु किया। जियोग्लिफ् या धरती की सतह पर एक बड़ी डिजाइन या दृश्य कला जैसे कोई चित्र या बनावट होती है जो कि ऊपर से दिखाई पड़ती है। आमतौर पर ये किसी ठोस सतह जैसे कि पत्थर को कुरेदकर या जमीन पर एक निश्चित नाप का गड्ढा खोदकर या फिर पेड़-पौधों का इस्तेमाल करके एक विशेष डिजाइन या स्वरुप देना। ऐसे डिजाइन या चित्र जो 4 मीटर से ज्यादा के होते हैं, वो जियोग्लिफ् के दायरे में आते हैं। सालों तक इसके बारे में कोई जानकारी नहीं रही, जब तक एक हवाई दल 1927 में पेरु के ऊपर से उड़ा तो उन्होंने तकरीबन 450 वर्ग किलोमीटर में फैले नाजका लाइन को देखा। जहाँ पर दो समानांतर लाइनों का इस्तेमाल करके विविध तरह के चित्र बनाये गये थे जैसे कि एक बड़ी मकड़ी, हमिंग पक्षी, छिपकली इत्यादी। वहाँ पर एक निश्चित नाप के पेड़ों, फूलों का इस्तेमाल करके बहुत ही बेहतरीन काल्पनिक डिजाइन या स्केच बनाया हुआ था। यह तकरीबन 500 ईसा पूर्व पहले का था। तब इस जियोग्लिफ् ने दुनिया भर के पुरातत्वविदों का ध्यान अपनी ओर आकर्षित किया। तब पूरे विश्व में इस तरह के जियोग्लिफ् की खोज वृहत स्तर पर शुरु हो गई। ये विश्व में काफ़ी जगहों पर मिले भी। सोचने वाली बात यह है। ये इतने बेहतरीन कैसे हैं? इतनी बड़ी धरती पर ऊपर से बिना देखे ये चित्र इतने सटीक कैसे हो सकते हैं ? उनकी सोच काबिलेतारीफ थी और हमारे लिए ये सब चीजें समझ से परे हैं।

प्रोफेसर ने कहा, ''इस जियोग्लिफ् के बारे में क्या सोचती हो जो हमें मिला है आसाम के घने जंगलों में?'' ''हमने इसे ढूँढ़ा है इसे।'' अनन्या ने अपना हक जताते हुये कहा, ''यह तकरीबन 12 वर्ग किलोमीटर में फैला हुआ है। खुदाई के सबसे बेहतरीन तकनीक का इस्तेमाल किया गया है। चारों तरफ दीवार से घिरा हुआ पूरी तरह से सुरक्षित। मेरे ख्याल से इसे बनाने में कम से कम सौ साल तो लगे ही होंगे। किसने बनाया होगा इसे और क्यों? ताज्जुब है, क्या इसे पहेलियों के सौदागर ने बनाया होगा?'' अरमान गुस्से से झुंझलाया, ''नहीं, वह ऐसी चीज कभी भी नहीं बना सकता। यह एक अव्वल दर्जे की कारीगरी है। वह तो एक जल्लाद है।'' अभिनीत कल्पना की अपनी दुनिया में ही खोया हुआ था। उस घने जंगल में एक ऐसी जगह पर जहाँ इंसान कभी पहुँच न पाये। वहाँ पर एक प्राचीन दीवार, जिसके अंदर जमीन पर रेत, पथरीली ज़मीन, गड्ढों और खाईयों से मिलकर बनी चार पंक्षियों की आकृति। क्या यह अजीब नहीं है? प्रोफेसर ने सबका ध्यान अपनी तरफ केन्द्रित किया और कहा, ''देखो, अभी कुछ भी समझ में नहीं आ रहा है सिवाय इसके कि हमें इस बात पर ख़ुश होना चाहिए कि हमने तीसरी पहेली का हल भी सुलझा लिया और उस अनोखी दुनिया का राज है ''चार पक्षी।'' हालांकि इस जियोग्लिफ् के पीछे भी कोई न कोई रहस्य तो जरुर छिपा होगा जो अभी भी हमारे समझ से परे की चीज़ लग रही है। छोड़ों इन सब बातों को, हमने ढूँढ़ ली वो अनोखी दुनिया। जाओ अरमान उस पहेलियों के सौदागर को उसकी तीसरी पहेली का जबाब दे दो। अरमान वहाँ से एकांत में आ जाता है।

अरमान ने पुकारकर कहा,

ओ पहेलियों के सौदागर,
मैंने ढूँढ़ा है, तेरे प्रश्नों का मोल,
दे दो तुम मेरी जिंदगी अनमोल।
ढूँढ़ लाऊँगा चौथी पहेली का हल।
करो विश्वास, रखो मुझ पर आस,
दे दो कुछ श्वास, पहेलियों के साथ।

इसी के साथ एक काली और उजली छाया प्रकट हुई जिसका कोई स्वरुप नहीं था। उसकी आवाज सिर्फ़ अरमान को सुनाई पड़ती है। पहेलियों के सौदागर ने कहा, ''पहेलियों की दुनिया में तुम्हारा स्वागत है अरमान। क्या तुमने ढूँढ़ लिया मेरी तीसरी पहेली का हल, उस अनोखी दुनिया का राज?'' अरमान ने कहा, ''हाँ, मैंने ढूँढ़ ली तीसरी पहेली का जबाब और उस अनोखी दुनिया का राज है, ''धरती पर रेत, पत्थरों और खाईयों से बनी चार पक्षियों की आकृति।'' पहेलियों के सौदागर ने खुश होते हुये कहा, ''तुम वाकई में होशियार लगते हो। ताज्जुब है,

मुझे तो लगा था कि तुम वापस ही नहीं लौट पाओगे।'' अरमान ने कहा, ''हाँ, ऐसा तो मुझे भी लगा था। पर शायद किस्मत ने मुझे बचा लिया।'' पहेलियों के सौदागर ने अरमान के प्रति एक हल्की हमदर्दी जताई, ''तुम्हें इन पहेलियों की दुनिया के पास नहीं फटकना चाहिए था।'' अरमान ने कहा, ''मुझे भी इस बात का बेहद अफसोस है और आगे भी रहेगा।'' उस पहेलियों के सौदागर ने तुरन्त पैंतरा बदला और कहा, ''पर अब अफसोस जताने से कुछ भी नहीं होगा। मैं भी देखना चाहूँगा कि तुम्हारी किस्मत कब तक तुम्हारा साथ देती है, अगली पहेली है...

तीन पहाड़ियाँ मेरे पथ पर,
काली छाया है सिंह द्वार।
वह ले जाये एक भंवर में,
कयामत के लिए हो तैयार।।

6 चौथी पहेली का हल

अरमान कुछ ही देर में सभी के बीच आ जाता है। जहाँ पर सभी उसका बेसब्री से इंतज़ार कर रहे थे। अनन्या ने पूछा-इस बार पहेली क्या है?

अरमान ने कहा,

तीन पहाड़ियाँ मेरे पथ पर,
काली छाया है सिंह द्वार।
वह ले जाये एक भंवर में,
कयामत के लिए हो तैयार।।

"अभी तक तो जंगलों में दर-दर भटकते थे। लगता है अब बड़ी-बड़ी पहाड़ियों पर चढ़ने की बारी भी आ गई है।" अभिनीत ने कहा और अचानक ही उसकी झल्लाहट बढ़ गई। पहेलियों का सौदागर कोई सिरफिरा लगता है। हर बार ऐसी जगहों पर चुनकर भेजता है, जहाँ मौत हमारा पहले से इंतज़ार कर रही होती है।" प्रोफेसर ने अपना सकारात्मक तर्क दिया, "पहेलियों का सौदागर कोई बुद्धिमान भी हो सकता है, शायद ऐसी जगहों पर भेजकर हमारे अंदर के डर को निकाल दे। ख़ैर छोड़ो इन सब बातों को, चलो पहेलियों को सुलझाते हैं।"

"तीन पहाड़ियाँ मेरे पथ पर,"... अनन्या ने बुदबुदाया। अनन्या कुछ पल के लिए अपना दिमाग़ पहेली की पहली लाइन पर लगाती है। पर उसे कुछ भी नहीं सूझ रहा था तो वह अरमान से पूछती है। आख़िर इसका क्या मतलब हुआ? अरमान ने धीमे स्वर में कहा, "पहेली का राज़ तो आसाम से जुड़ा हुआ है, जहाँ तक मैं समझता हूँ। आसाम में ऐसी कोई भी तीन पहाड़ियाँ हैं ही नहीं, जो एक ही पथ पर हों।" अभिनीत ने अचानक से जोश में आकर कहा, "पर मेघालय में तो हैं न गारो, खासी और जैंतिया हिल्स।" अनन्या ने खुशी से ताली बजाते हुये कहा, "तब तो बात बन गई।" प्रोफेसर ने आश्चर्य से अनन्या की ओर देखा और पूछा-कैसे?

अगर हम थोड़ा इतिहास में जाये तो हमें पता चलता है कि सालों तक मेघालय आसाम का हिस्सा रहा है। 1971 में पार्लियामेंट में नार्थ इस्टर्न एरिया

''रिआर्गनाइजेशन'' एक एक्ट पास हुआ। जिसके बाद सन् 1972 में मेघालय आसाम से अलग हुआ। सालों तक आसाम की राजधानी शिलांग रही जो बाद में दिसपुर हो गई। हमारे पास राजकुमारी का जो लाकेट है, वह तकरीबन 1600 वर्ष पुराना है। और वह जियोग्लिफ् हजार साल पुराना तो होगा ही। पहेली का राज प्राचीन आसाम से जुड़ा हुआ है और मेघालय भी सालों तक इसी प्राचीन आसाम का हिस्सा रहा है। अनन्या ने अपनी बात साबित कर दी थी। ''शाबाश अनन्या!'' प्रोफेसर ने कहा और उसकी पीठ पर हल्की सी थपकी दी, ''मुझे खुशी है इतिहास की एक जानकार मेरे साथ है।'' अनन्या ने प्रत्युत्तर में कहा, ''शुक्रिया प्रोफेसर।'' अनन्या ने अभिनीत को इशारे से चिढ़ाया और कहा, ''देखा मुझे।'' अभिनीत ने बस अनमने से एक दिखावटी सहमति जताई और कहा, ''हाँ, देख लिया। तुम तो बस ऐसे ही मौके ढूँढ़ती हो कि कैसे मुझे नीचा दिखा सको लेकिन याद रखो मेघालय की याद मैंने दिलाई थी।''

अनन्या की बात से प्रोफेसर काफी संतुष्ट हुये, ''मुझे लग रहा है, अनन्या सही कह रही है।'' अनन्या ने पूछा-पहेली की दूसरी लाइन *'काली छाया है, सिंह द्वार'* इसका क्या मतलब हो सकता है? अभिनीत ने कहा, ''मुझे लगता है, उस गुफा के मुहाने पर काले चित्र जैसा कुछ होगा।''

''नहीं, मुझे ऐसा नहीं लगता।'' प्रोफेसर ने अभिनीत के बात को काटते हुये कहा, *''काली छाया है, सिंह द्वार''* अर्थात सूरज की स्थिति पूरे दिन चाहे जैसी हो। उस गुफा के मुहाने पर हमेशा अंधकार रहता होगा। पर इस चीज को थोड़ा समझना होगा। आख़िर ऐसी स्थिति कैसे बन सकती है कि पूरे दिन उस गुफा के मुहाने पर सूरज का प्रकाश ही न पड़े। इसका मतलब तो साफ हो गया कि पहाड़ के ना इस तरफ, ना ही उस तरफ ना ही ऊपर की तरफ। वह जगह पहाड़ों की कटी-फटी दरारो में हो सकती है। वैसे भी गारो, खासी और जैंतिया हिल्स में बहुत सारे दर्रे और दरारें हैं।''

''सबसे खास बात, इस तरह के दर्रे या दरार या तो पहाड़ के शुरूआत में ही कहीं होने चाहिये या फिर अंत में, नहीं तो तीनों पहाड़ियां एक पथ में नहीं आ पायेंगी। इस तरह से पथ पूरा नहीं होगा।'' अरमान ने कहा, ''जहाँ तक मेरी जानकारी है गारो की पहाड़ी में दर्रे ज्यादा हैं। इसलिए पहेली का हल वहीं मौजूद हो सकता है।'' अनन्या ने अरमान को हल्के से छेड़ा और सतही तौर पर कहा, ''क्या बात है अरमान, आजकल तुम्हारा भी दिमाग़ चलने लगा है?'' अरमान ने हौले से कहा, ''हाँ, थोड़ा-थोड़ा सा। अच्छी संगत का असर जो हुआ है।'' प्रोफेसर ने कहा, ''ठीक है, तब तो हमें ज़्यादा मुश्किल नहीं होनी चाहिए उस दर्रे या दरार को ढूँढ़ने में। उम्मीद करो वह हमें जल्द ही मिल जाये।'' प्रोफेसर ने सभी को साथ

लिया और फिर एक सफ़र की तरफ रवाना हो गये। इस बार उनका सफ़र मेघालय की तीन प्रमुख पहाडियाँ थीं गारो, खासी और जैंतियाँ हिल्स। इन तीनों पहाड़ियों का नाम वहाँ पर रहने वाली गारो, खासी और जैंतिया जनजातियों की वजह से पड़ा था। जहाँ छुपा था अगली पहेली का हल। प्रोफेसर सभी को साथ लेकर उस दर्रे की तलाश में अगली पहेली का हल ढूँढ़ने निकल पड़ते हैं।

पूरे सफ़र में उनके बातचीत का सिलसिला जारी रहता है। अभिनीत ने कहा, ''वैसे बाद की दो लाइनों के बारे में आप लोगों ने क्या सोचा है?'' अरमान ने कहा, ''बाद की दो लाइनों का मतलब निकालने की जरूरत नहीं है। हमेशा की तरह कोई आफत की पुड़िया ही होगी।'' प्रोफेसर ने सभी को साथ लेकर उस गुफा के मुहाने की खोज शुरू कर दी। अब वो मेघालय की पहाड़ियों के इर्द-गिर्द पहुंच चुके थे। जहाँ उन्हें एक खास दर्रे की तलाश थी। अनन्या ने कहा, ''यहाँ पहाड़ों के बीच में काफी बड़े-बड़े दर्रे ही शान हैं गारो की पहाड़ी के।''

''दर्रों के साथ मुसीबतें भी कम नहीं हैं।'' अभिनीत ने उस जगह की असलियत बताई। काफ़ी खोजबीन के बाद उन्हें एक अजीबो गरीब दर्रा गारो पहाड़ के शुरुआत में ही दिखाई पड़ता है। अरमान ने पहाड़ के उस दर्रे की ओर इशारा करते हुये कहा, ''लगता है, हमें इस ओर चलना चाहिये। यहीं से दर्रे की शुरुआत है।'' ''तो देर किस बात की चलो चलते हैं।'' प्रोफेसर ने कहा, और सभी को साथ लेकर पहाड़ के उस दर्रे की तरफ आगे बढ़ना शुरू कर देते हैं। वह दर्रा ऐसा प्रतीत होता था जैसे कि वहाँ पहाड़ बीच से फट चुका हो। और वह इतना संकरा था कि उसमें केवल एक बार में एक ही आदमी अंदर जा सकता है। कहीं-कहीं पर उस दर्रे में एकदम अंधेरा सा प्रतीत होता था तो कुछ जगहों पर सूरज की हल्की रोशनी वहाँ तक पहुँच जा रही थी। खैर सभी के लिए इतनी जगह काफ़ी थी। कुछ दूर आगे जाने के बाद सभी भौचक्के रह जाते हैं क्योंकि आगे का रास्ता बंद था। ''अब क्या करें आगे तो रास्ता बंद लगता है।'' अरमान ने निराशा भरी मुद्रा में कहा। ''अब हमें फिर से वापस जाना होगा।'' अनन्या ने अपना दाहिना हाथ सिर पर फेरा, ''यहाँ तक आने की मेहनत मिट्टी में मिल गई।'' प्रोफेसर कुछ उलझे हुये से थे। पहेली के अनुसार तो हमने सही दर्रे को चुना था, पर आगे का रास्ता बंद क्यों है? प्रोफेसर खुद को स्थिर करके कुछ सोचने की कोशिश कर रहे थे। वह जगह जहाँ पर सभी लोग इकट्ठे थे वहाँ से आगे का रास्ता बंद था। दाहिनी ओर तकरीबन 6 फीट की ऊँचाई पर टीले के मचान जैसा कुछ बना हुआ था। जहाँ पर 4 छोटे-छोटे पत्थर एक दूसरे के ऊपर रखे हुये थे। उन सुनियोजित तरीके से रखे पत्थरों को देखकर अभिनीत के मन में खीझ पैदा हुई। अचानक ही उसके दिमाग में एक शरारत सूझी। उसका हाथ उसके नियंत्रण से बाहर हो रहा था।

''मुझे बहुत गुस्सा आ रहा है। इन पत्थरों में से एक पत्थर जरूर तोड़ूँगा तभी मुझे सुकून मिलेगा।'' ऐसा कहकर अभिनीत कमर के बल झुका और जमीन से एक बड़ा पत्थर उठाया और उसे उन सुनियोजित तरीके से रखे पत्थरों की तरफ उछाल दिया। पर अफसोस कि उसका निशाना चूक गया। उसकी इस हरकत ने अनन्या को उसके ऊपर हँसने का एक मौक़ा दे दिया। अनन्या ने ताली बजाते हुये कहा, ''अभिनीत तुम्हारा निशाना चूक गया।'' अनन्या की इस हरकत ने आग में घी डालने का काम किया। इस बार अभिनीत को और भी गुस्सा आ गया। वह धरातल से 6 फीट ऊँचे टीले के मचान जैसी बनी आकृति के ऊपर चढ़ गया और पत्थरों से मार-मार करके उन चारों सुनियोजित तरीके से रखे पत्थरों को गिरा दिया। ''अब मुझे जाकर चैन की साँस मिली।'' उसने कहा और वहीं पर लेट गया। वहाँ पर एक छोटा सा खोह था जिससे बहुत अच्छी हवा वहाँ से गुजर रही थी। ''वाह यहाँ कितनी अच्छी हवा इस छोटे से खोह से बह रही है। आप लोग भी यहाँ आकर जन्नत का मज़ा लूटिये।''

''तुम अपनी हरकतों से बाज़ नहीं आओगे।'' अरमान ने खीझ कर कहा। प्रोफेसर ने अचानक खुश होते हुये कहा, ''हाँ, हमें ऊपर जाकर अभिनीत के साथ कुछ जन्नत का मज़ा लूटना चाहिये।'' अनन्या ने अचरज भरी नजर से प्रोफेसर को देखा, ''यह आप क्या कह रहे हैं प्रोफेसर? आप भी अभिनीत के साथ हो गये।'' प्रोफेसर तुरन्त गंभीर हो गये और कहा, ''नहीं, दरअसल अगर ऊपर में हवा बह रही है तो इसका मतलब खोह के अंदर जरुर कोई रास्ता होगा जो उस ओर जाकर खुलता होगा नहीं तो जहाँ पर अभिनीत बैठा हुआ है। वहाँ पर हवा कभी भी नहीं पहुँच पाती।''

''अब मुझे धीरे-धीरे पूरी बात समझ में आ रही है।'' अरमान ने कहा, ''ठीक ऐसा ही खोह पहाड़ के उस पार हो सकता है और हो सकता है ठीक ऐसी ही जगह भी उस पार भी मौजूद हो। शायद इसलिये हवा का बहाव सिर्फ ऊपर खोह तक ही सीमित है। इसका मतलब खोह के अंदर ही कहीं गुफा का मुहाना हो सकता है। जहाँ पर सूरज की रोशनी कभी भी नहीं पड़ सकती। शायद इसलिये वहाँ पर अंधकार ही रहता होगा।'' प्रोफेसर ने कहा, ''लगता है असल बात तुम समझ गये अरमान।'' अनन्या ने अभिनीत से कहा, ''यह टार्च लो और खोह के अंदर झाँककर देखो, क्या दिखाई दे रहा है?''

''मुझे तो डर लग रहा है।'' अभिनीत ने लेटकर खोह की तरफ देखा और कहा, ''अंदर काफ़ी अंधेरा है लेकिन टार्च दो मैं अभी देख रहा हूँ।'' अभिनीत ने अनन्या से टार्च लेकर उस खोह में टार्च जलाई और कहा, ''यहाँ अंदर में खोह काफ़ी संकरा लग रहा है, लेकिन सरक-सरक कर खोह के अंदर जाया जा सकता

है।'' प्रोफेसर ने अनन्या से कहा, ''लगता है रास्ता यहीं से है। टार्च दो मुझे! मैं आगे-आगे चलता हूँ।'' अनन्या ने टार्च को अपने करीब सीने से लगाया और कहा, ''नहीं, यह मेरे पास ही ठीक है। आप फिक्र मत करिये मैं आगे-आगे चलती हूँ।'' प्रोफेसर ने मुड़कर अनन्या की तरफ़ देखा और कहा, ''अनन्या, क्या तुम्हे साँपों और बिच्छुओं से डर नहीं लगता?'' अनन्या ने कुछ सोचा और कहा, ''ओह! तब तो मैं पीछे ही ठीक हूँ।'' प्रोफेसर ने अनन्या से टार्च ले लिया और वह भी उस टीले के मचान पर चढ़ गये। ''अभी तक तो हमारा सफर आसान था यहाँ से असली जन्नत का सफ़र शुरु होने वाला है।'' प्रोफेसर ने कहा और उस खोह में सरक-सरक करके आगे की तरफ बढ़ने लगे। प्रोफेसर ने मुड़कर पूछा, ''किसी को आगे बढ़ने में कोई दिक्कत तो नहीं हो रही है।'' अभिनीत ने कहा, ''उफ़, मेरे कपड़े गंदे हो रहे है और मेरे पास टाईड भी नहीं है।'' प्रोफेसर ने कहा, ''इसके अलावा।'' अभिनीत के इस जबाब से अरमान और अनन्या को थोड़ी झुंझलाहट हुई। अभिनीत ने कहा, ''कुछ भी नहीं दोस्तों। मैं तो बस यूँ ही कुछ अच्छे वक़्त गुज़ार रहा था।'' वह खोह बेहद ही संकरा था। अंदर सिर्फ साँप की तरह रेंगकर ही जाया जा सकता है जो वाकई में जान जोखिम में डालने वाला काम था। खोह की सतह पर कंकड़ और छोटे छोटे पत्थर बिखरे हुए थे। एक बहुत ही बुरी गंध उस खोह से आ रही थी। अंदर साँस लेने में भी तकलीफ़ महसूस हो रही थी। सरककर चलने से सभी के हाथ कुछ-कुछ छिल से गये थे। कई जगह पर उस संकरे रास्ते में नुकीली सतह बीच में रास्ता रोके हुये थी। उस हालात में अपने पूरे शरीर को इधर-उधर खिसकाकर ही आगे बढ़ना पड़ रहा था। कुछ दूर आगे जाने पर प्रोफेसर ने बायीं तरफ टार्च जलाई तो प्रोफेसर की आँखों में चमक आ गई।

''हमें गुफा का द्वार मिल गया।'' प्रोफेसर ने कहा, ''यह बिल्कुल शेर के मुख जैसा लग रहा है और सबसे खुशी की बात यहाँ पर खड़ा रहने और आगे बढ़ने के लिये पर्याप्त जगह है।'' प्रोफेसर पत्थरों के सहारे उस जगह पर उतर गये जहाँ गुफा में शेरनुमा आकृति बनी हुई थी। उनके पीछे-पीछे सभी उस जगह पर उतर गये। अरमान ने कहा, ''भगवान का शुक्र है कि हमें जल्द ही उस गुफा का द्वार मिल गया और सबसे बड़ी मुसीबत सरक-सरक कर और नहीं चलना पड़ेगा कम से कम इससे तो छुटकारा मिल गया।''

''क्या यहाँ तक कोई नहीं आता होगा।'' अभिनीत ने खोह से उस जगह उतरते हुये कहा। अरमान ने आस पास की दीवारों पर टार्च जलाई और कहा, ''किस को अपनी जान मुसीबत में डालने का शौक है हमारी तरह।'' अनन्या ने अपने मुँह पर हाथ रखा और खांसते हुये बोली, ''यहाँ कितना घना अंधकार है,

बिल्कुल घुटन सी महसूस हो रही है।'' प्रोफेसर ने अनन्या को सांत्वना दी, ''घबड़ाओ नहीं, जल्द ही हमें इस मुसीबत से निजात मिल जायेगी।'' प्रोफेसर ने मशाल जलाई। अभिनीत ने आश्चर्य से पूछा–आप मशाल क्यों जला रहे हैं? ये तो पुराने तरीके है, जबकि हमारे पास अत्याधुनिक गुणवत्ता के टार्च मौजूद हैं। प्रोफेसर ने उत्तर दिया, ''जल्द ही तुम्हें पता चल जायेगा कि मैं यह मशाल क्यों जला रहा हूँ? आप सभी लोग तैयार हो जाईये हम गुफा के अंदर जा रहे हैं।'' गुफा में अंदर घुसने के लिए सुनियोजित तरीके से सीढ़ियाँ बनी हुईं थीं। सीढ़ियों के एक तरफ गुफा की दीवार थी तो दूसरी तरफ सहारे के लिए कुछ भी नहीं था। नीचे झाँकने पर जैसे मौत ही दिखाई दे रही थी। प्रोफेसर ने सभी को आगाह किया कि दीवार का सहारा लेकर ही सभी लोग नीचे की तरफ उतरेंगे।

प्रोफेसर सभी को लेकर गुफा के अंदर घुस जाते हैं और जब सतर्कतापूर्वक सीढ़ियों से नीचे की तरफ़ उतर रहे थे, तभी अचानक चमगादड़ों का एक झुंड गुफ़ा से उनकी तरफ तेजी से आया। प्रोफेसर चीखे, ''सभी लोग नीचे की तरफ झुक जाओ।'' सभी ने वैसा ही किया जैसा कि प्रोफेसर ने कहा था। चमगादड़ों का झुंड उनको पार करता हुआ चला गया। तभी एक चमगादड़ अनन्या के कंधे के पास बैठ गया था। उसको देखकर अनन्या की चीखें निकल गईं। अभिनीत ने व्यंग्य कसा, ''मैं तो समझता था कि लड़कियाँ सिर्फ चूहों और काक्रोच से ही डरती हैं।'' प्रोफेसर ने कहा, ''घबराने की कोई बात नही, यह तो सिर्फ एक चमगादड़ है।'' अनन्या उस चमगादड़ को छूने से भी डर रही थी। अरमान ने उस चमगादड़ को पकड़कर अनन्या से दूर कर दिया तब जाकर अनन्या ने चैन की सांस ली। प्रोफेसर ने कहा, ''गुफा की अंधेरी दीवारें इन चमगादड़ों के लिए जन्नत है जो कि हमारे लिए नर्क जैसा है। हम उनके घर में घुसते जा रहे हैं और उनको यह बात रास नहीं आ रही है। इसलिए तुम सभी बेहद सचेत रहो।''

सीढ़ियों से उतरने के बाद प्रोफेसर, अरमान और सभी के साथ नीचे की तरफ आ गये। वहाँ से दो रास्ते कटे हुये थे। प्रोफेसर सोच रहे थे कि अब हमें किधर चलना है। तभी साँपों का एक झुंड उनकी तरफ तेजी से बढ़ा हुआ आ रहा था। साँपों को अपनी तरफ आता देखकर अभिनीत और अनन्या ने अपनी आँखें बंद कर ली, डर की वज़ह से उनके मुँह से चीखें भी नहीं निकल पा रही थीं।

''घबराने की बिल्कुल भी जरुरत नहीं है।'' अरमान ने कहा। आग से हर जानवर डरता है। आग जंगली जानवरों को इंसानों से दूर रखती है। देखा, तुमने पुराने तरीक़े कितने कारगर हैं, शायद इसीलिए प्रोफेसर ने मशाल लेकर गुफ़ा के अंदर घुसना उचित समझा था। अभिनीत ने कहा, ''ओह, यह बात मेरे दिमाग़ में पहले क्यों नही आई?'' इस पर अनन्या ने कटाक्ष किया, ''अभी कोई दिमाग़ के

बारे में कुछ बात कर रहा था।'' अभिनीत ने अनन्या पर कटाक्ष किया, ''मुझे तो लगा था कि इतने साँप देखने के बाद तुम्हारी आँखें ही नहीं खुलेंगी।'' अनन्या ने कहा, ''ओह! साँपों का झुंड देखकर कौन सी तुम्हारी आँखें खुली थीं।''

''तुम्हें मेरे बारे में क्या मालूम?'' अभिनीत ने रौब जताते हुये कहा, ''अपनी कक्षा में मैं सबसे अव्वल हूँ।'' अरमान ने गहरी साँस ली और कहा, ''यह बात तो हम दोनों के लिए बिल्कुल नई लगती है।'' अनन्या ने अभिनीत को कुछ पुरानी बातें याद दिलाईं,''पिछली दफ़ा जब दस नंबर का नकल दिखाया था, तब जाकर तुम पास हुये थे।'' अभिनीत ने अपना लहजा बदला और कहा, ''कभी-कभी मुझे झूठ बोलने दिया करो यार हमेशा बीच में टाँग अड़ा देते हो।''

प्रोफेसर इधर कश्मकश में थे। आख़िरकार काफ़ी सोच विचार के बाद प्रोफेसर ने कहा, ''हमें उधर चलना चाहिए जिधर से साँप आये थे।'' अनन्या ने डरते हुये कहा, ''उधर कहीं और साँपों के झुंड से सामना हुआ तो क्या होगा?'' अरमान ने कहा, ''मुझे लग रहा है जिधर से साँप आये थे, उधर कुछ ऐसी चीज जरुर होगी जिससे उन्हें डर लग रहा होगा।'' प्रोफेसर ने अरमान के तर्क का समर्थन किया। तुम सही सोच रहे हो अरमान, ये जानवर प्रकृति के बहुत ही समीप हैं। इसलिए किसी भी आंतरिक हलचल को जल्दी से भाँपने में सक्षम होते हैं। किसी भी डर के हालात में ये सुरक्षित आशियाना ढूँढ़ने की कोशिश करते हैं।'' ''आख़िरकार इन साँपों को किस चीज का डर सताने लगा?'' अभिनीत ने साँपों पर ताना मारा।

''ये तो वहीं चलकर पता करते हैं। चलो अब आगे बढते हैं।'' प्रोफेसर ने कहा और सभी उधर की तरफ़ आगे बढ़ने लगे जिधर से साँपों का वह झुंड उनकी तरफ आया था। आगे जाने के बाद उन्हें एक गहरी खाई दिखाई देती है। प्रोफेसर अचानक सिहर उठे, ''यह क्या माजरा है? आगे तो गहरी खाई है। पहले सभी पीछे की तरफ हटो।'' प्रोफेसर ने अपने दोनों हाथ फैलाकर सभी को पीछे की तरफ ढ़केला। अरमान ने कहा, ''एक तो अंधेरी गुफा और ऊपर से ये गहरी खाई।'' अभिनीत ने कहा, ''मुसीबत के ऊपर भी मुसीबत।'' थोड़ी ही देर में उन्होंने उस खाई में ऐसा मंजर देखा जिससे उनके दिल थर्रा उठे।

सामने का मंजर देखकर सबकी रुह काँप गई। तेज गड़गड़ाहट के साथ, हवा के इतने बड़े-बड़े भँवर देखकर सबकी साँसें थम गईं थीं। अनन्या ने कहा, ''देखो अभिनीत, पहेली की आखिरी दो लाइनें तुम्हारे सामने हैं।'' अभिनीत ने सहमें हुये स्वर में कहा, ''कृपया, कोई यह मत कहना कि रास्ता इसी भँवर में से है।'' प्रोफेसर ने कहा, ''बधाई हो अभिनीत! रास्ता तो तुमने खोज लिया क्योंकि पहेली की तीसरी लाइन *'वह ले जाये एक भँवर में,'* इसके अनुसार तो हमें रास्ते में भँवर

तो मिलना ही था। मगर इतने बड़े भँवर देखकर घबराने की जरुरत नहीं है।'' अभिनीत ने अपने अंकल की बात काटी और डरते हुये कहा, ''क्या बात कर रहे हैं? यहाँ हवा के इतने बड़े भँवर को देखकर वैसे ही मेरी आधी जान तो निकल ही चुकी है।''

प्रोफेसर ने अपनी बात जारी रखी। कोई भी भँवर में नहीं जाना चाहेगा चाहें भँवर पानी का हो या हवा का। यहाँ पर भँवर एक रास्ता है, यह हमें जितनी तेजी के साथ खींचेगा उतनी तेजी के साथ कहीं न कहीं पर बाहर जरूर निकाल देगा। अगर यह पानी का भँवर होता तो हमारा बच निकलना मुश्किल था। लम्बी और गहरी साँस लो और खुद पर भरोसा रखकर हवा के इस भँवर में कूद जाओ। हवा का यह भँवर जहाँ ले जाना चाहे ले जाने दो। खुद को पूरी तरह छोड़ दो। हिम्मत और हौसला दोनों अपने साथ रखो। देखते हैं यह भँवर हमें कहाँ ले जाता है। सबसे पहले मैं जा रहा हूँ। इसी के साथ प्रोफेसर ने उस बड़े भँवर में छलांग लगा दी। प्रोफसर की चीखें सभी ने सुनी। इस चीख को सुनकर अभिनीत दहशत में था। डर से उसके पसीने छूट रहे थे। डरते डरते उसने कहा, ''क्या ऐसा नही हो सकता कि मैं सभी का इंतज़ार यहीं पर करूँ।'' अरमान ने कहा, ''मैं तो चल रहा हूँ, अगर तुम्हें यह अंधेरी गुफा कुछ ज्यादा ही प्यारी है तो शौक से यहीं पर रुक सकते हो।'' इसी के साथ अरमान ने भी उसमें छलांग लगा दी। अनन्या ने कहा, ''क्या कहा था तुमने कि लड़कियाँ सिर्फ चूहों और छिपकलियों से डरती हैं। पर तुम्हारी हालत तो लड़कियों से भी ज्यादा गई गुजरी है।''

इतना कहकर अनन्या ने भी उस भँवर में छलांग लगा दी। अभिनीत ने कहा, ''रुको! रुको! अनन्या मैं भी तुम्हारे साथ आ रहा हूँ, मैं तो बस मज़ाक कर रहा था। इतना कहकर अभिनीत भी अनन्या के पीछे कूद पड़ा। कुछ देर बाद अभिनीत की आँखें खुली तो उसे हल्की-हल्की परछाई दिखाई दे रही थी। उसने धीमी आवाज़ में कहा, ''मैं कहाँ पर हूँ। जिंदा हूँ या मर गया। क्या आप यमराज हैं?'' अरमान ने अभिनीत का हाथ पकड़कर उठाते हुये कहा, ''तुम्हारी क़िस्मत अच्छी है कि मैं यमराज नहीं हूँ।'' अरमान को देखकर अभिनीत खुशी से उछल पड़ा और अरमान को गले लगाते हुये कहा, ''इसका मतलब कि मैं जिंदा हूँ। वाह क्या बात है? अनन्या मर गई है क्या?''

तभी किसी ने पीछे से चपत लगाई। अभिनीत ने कहा, ''उफ् माफ करना अनन्या, सामने तुम दिखाई नहीं दी इसलिए मैंने ऐसा सोच लिया था।'' अनन्या ने कहा, ''तुम बहुत सोचते हो।''

अब सभी का ध्यान उस जगह पर था। वह जगह बेहद ही खूबसूरत थी और सभी के लिए सोच से परे भी। अरमान ने कहा, ''यहाँ कोई सूरज भी नहीं, फिर

भी इतना प्रकाश। यह तो कोई रहस्यमयी दुनिया लगती है। अनोखी, अद्‌भुत और अचम्भे से भरी हुई।''

अभिनीत ने कहा, ''पानी में तैरते हुये चमकते पत्थर, सुनहरे बालों और पंखों वाली चिड़ियाँ, सोने के रंग से सनी तितलियाँ। ये कमाल के हरे-भरे पेड़। ये हम कहाँ पर आ गये।'' प्रोफेसर ने कहा, ''यह वाकई अद्‌भुत दुनिया है। इसकी कल्पना तो कोई सपने में भी नहीं कर सकता। यह कोई आध्यात्मिक जगह लगती है। शांत और दिल को सुकून देने वाली मधुर ध्वनियाँ। यह एक ख़्वाब है या हक़ीक़त। ऐसा लग रहा है जैसे स्वर्ग धरती पर उतर आया हो। क्या यह सचमुच में मौजूद है? मुझे अब भी भरोसा नहीं हो पा रहा है। वह पहेलियों का सौदागर इतना बुरा नहीं है, जितना बुरा हम सोचते हैं।'' अरमान ने कहा, ''मुझे नहीं लगता कि इस जगह को बनाने में उसका कोई हाथ भी हो सकता है।'' प्रोफेसर ने जिज्ञासापूर्ण भाव में कहा, ''आखिर वो हमें ऐसी जगहों पर चुनकर क्यों भेजता है जो हमारी समझ से परे हों?'' अनन्या अभी भी उस जगह की खूबसूरती में खोई हुई थी। मुझे तो ऐसा लग रहा है जैसे कि मैं हवा को छू सकती हूँ। पानी से ऊपर उठता ये कमाल का धुआँ। पास ही किसी झरने की मौजूदगी का एहसास। यह जादू है या कोई स्वप्न या कोई अद्‌भुत पराविज्ञान की दुनिया। मुझे तो यह मन की दुनिया और कल्पनाओं का संसार लगता है।

प्रोफेसर ने कहा, ''जादू होता तो है मगर उसका सही में अस्तित्व नहीं होता जबकि विज्ञान का अस्तित्व सच में होता है। इस वक़्त कोई सवाल मत करो बस जो जैसे है उसे वैसे ही स्वीकार करो। हमें हमारे हर सवाल का जवाब मिल जायेगा कि हम यहाँ पर क्यों हैं?'' अनन्या का मन तितली को पकड़ने के लिए मचल उठा। वह उस तितली की तरफ तेज़ी से दौड़ी तभी एक जगह उसके पैर टकरा गये और वह गिर पड़ी। उसका रुमाल उसके हाथ से छूटकर पानी में गिर पड़ा। पानी में गिरते ही रुमाल में कई जगह छिद्र हो गये थे। अरमान ने अनन्या को उठाया। प्रोफेसर ने भी यह दृश्य देखा और बोले, ''पानी से दूर हटो! यह पानी पूरी तरह से जहरीला है।'' अभिनीत ने कहा, ''इतनी खूबसूरत जगह पर भी इतनी बुरी चीज।'' प्रोफेसर ने अपना तर्क दिया, ''हाँ, जहाँ फूल होते हैं। काँटें भी वहीं पर होते हैं। यह पानी दिखने में बिल्कुल साफ है लेकिन इसमें कोई भी जीव-जंतु नहीं दिखाई दे रहा है। यहाँ चारों ओर कितना अजीबोगरीब धुआँ पानी से ऊपर की तरफ उठ रहा है जो इस जगह को और भी रहस्यमय बना रहा है।''

अरमान ने उत्सुक होकर सवाल किया, ''इस जगह पर आखिर हम खोजने क्या आये हैं?'' अनन्या ने पूछा, ''क्या इस जगह को बनाया गया है? या फिर यह पहले से ही मौजूद है?'' प्रोफेसर ने कहा, ''कुछ भी बताने में मैं समर्थ नहीं हूँ

क्योंकि यह हमारे लिए सोच से भी परे की चीज है। मुझे नहीं लगता कि यह कोई नायाब वास्तुशास्त्र या शिल्पकला है। इसमें पराविज्ञान का समावेश है। शायद ये किसी अव्वल दर्जे के जादूगर का काम होगा जो और भी कई कलाओं में माहिर होगा। भारतीय कला इस तरह के उच्च मानसिक स्तर के कारीगरों से भरी पड़ी हुई है। अब मैं धीरे-धीरे इस जगह को समझ पा रहा हूँ। यह शांतिप्रियता और मौन की अनोखी दुनिया है। इसके बारे में इंसान को स्वतः पता चल जायेगा अगर वह खुद को शांत और स्थिर कर सके। इसलिए मेरे ख्याल से मुझे थोड़ा वक़्त चाहिए इस अद्‌भुत दुनिया को गहराईपूर्वक जानने के लिए।'' प्रोफेसर ने काफ़ी देर तक खुद को शांत रखा और कुछ देर बाद बोले, ''यह एक आध्यात्मिक जगह है और यह जगह अच्छी तरह से जानती है कि तुम यहाँ पर क्यों हो? तुम्हें बस अपने मानसिक स्तर के तारतम्य को यहाँ के आध्यात्मिक वातावरण से जोड़ना होगा। यह पानी में तैरते पत्थर हमें खुद ब खुद हमारी मंजिल तक पहुँचा देंगे। हममें से एक को पानी में इस चमकते हुये तैरते पत्थर पर जाने के लिए तैयार होना होगा।'' अभिनीत ने कहा, ''ठीक है, मैं जाने के लिए तैयार हूँ।'' प्रोफेसर ने अभिनीत को सचेत करते हुये कहा, ''मुझे नहीं लगता कि यह काम तुममें से कोई भी कर पायेगा क्योंकि इसका सबसे नकारात्मक पहलू है अगर तुम्हारा ध्यान जरा भी इधर-उधर हुआ तो तुम घूमते रह जाओगे इस जगह पर अनंतकाल के लिए। तुम्हारा मौन जरा भी भंग नहीं होना चाहिए। मौन को भंग करने के लिए ही इस दुनिया को इतना ख़ूबसूरत और आकर्षक बनाया गया है। यही है इस आध्यात्मिक दुनिया का सिद्धांत। इसके लिए गहरे ध्यान की जरुरत होगी। क्या तुममें से कोई गहरे ध्यान से वाक़िफ है?'' अनन्या और अरमान ने अपनी असमर्थता जाहिर कर दी।

अभिनीत ने कहा, ''यह तो पहेली में भी एक और पहेली है।'' प्रोफेसर ने कहा, ''तुम लोग यहीं पर रुको मैं जा रहा हूँ।'' प्रोफेसर ने अपने पैर उस तैरते हुये चमकते पत्थर पर रखे। खुद को शांत और स्थिर छोड़ दिया। प्रोफेसर ने अपना मानसिक तारतम्य वहाँ के वातावरण से जोड़ा। वह पत्थर पानी में तैरता हुआ चला जा रहा था। वह पत्थर प्रोफेसर के मन की भाषा को अच्छी तरह से समझ पा रहा था। प्रोफेसर ने आस पास की जगह को ग़ौर से देखा। वह अद्‌भुत और बेमिसाल दुनिया थी। वहाँ मौजूद गहरे पानी से बेहद रहस्यमयी धुआँ ऊपर की तरफ उठ रहा था। सामने कुछ भी दिखाई नहीं दे रहा था। लेकिन फिर भी प्रोफेसर का मन बेहद शांत और स्थिर था। आखिरकार पानी में तैरता हुआ वह पत्थर प्रोफेसर को एक किनारे के पास ले गया। जिसके चारों तरफ झरने गिर रहे थे। वह नजारा सोच से भी परे था। प्रोफेसर उस जगह पर उतर गये। बीच में उन्हें लोहे का पाँच फीट ऊँचा एक स्तम्भ दिखाई दिया जिसके ऊपर काँच की एक गोल आकृति बनी

हुई थी और उसके अंदर धातु की कोई चीज चमक रही थी। जैसे ही प्रोफेसर उस गोले के पास गये वह गोला स्वतः से ही खुल गया। वह काँच का गोला चार अलग अलग भागों में विभक्त हो गया था। प्रोफेसर ने हाथ डालकर धातु की उस चीज को ले लिया। उस चीज को लेकर प्रोफेसर वापस उस चमकते हुये पत्थर पर आ गये। वह पत्थर फिर उन्हें वापस उसी जगह पर ले गया जहाँ पर सभी प्रोफेसर का इंतज़ार कर रहे थे।

प्रोफेसर को देखकर सभी के चहरे पर मुस्कान बिखर गई थी। कुछ ही देर में प्रोफेसर सभी के बीच में आ गये थे। अरमान ने कहा, "यह तो बिलकुल उसी धातु के बक्से की तरह है जैसा की फूलों की घाटी के समीप मिला था।" प्रोफेसर ने कहा, "हाँ, पर इसके अंदर पानी नहीं भरा हुआ है। यह ताँबे का बना बरगद का पेड़ है।" अभिनीत ने उस चीज को ले लिया और इधर-उधर पलट कर देखते हुये कहा, "यह दिखने में काफ़ी छोटा है और ऐसे प्रतीत हो रहा है जैसे किसी प्रतियोगिता का मेडल। इसकी चमक लाजबाब है और इसकी मोटाई तकरीबन एक सेमी के आस-पास की होगी।" प्रोफेसर ने कहा, "इसके बारे में जानने के लिए अभी हमारे पास बहुत वक्त है। हमें सबसे पहले यहाँ से बाहर निकलना चाहिए।" अनन्या ने कहा, "हम वापस कैसे जायेंगे?"

प्रोफेसर ने कहा, "जो रास्ता यहाँ आने का था। वही रास्ता यहाँ से जाने का भी है। हमें यहाँ रुककर उस हवा के भँवर के आने का इंतिज़ार करना होगा।" अभिनीत ने कहा, "अगर हवा का भँवर नहीं आयेगा तो।" प्रोफेसर ने कहा, "हवा का भँवर जरुर आयेगा। बस कुछ देर इंतिज़ार करो।" कुछ समय के बाद फिर से वही हवा का तेज भँवर आया और सभी लोगों को अपने साथ वापस उसी गुफा में ले गया। प्रोफेसर ने कहा, "मैंने कहा था ना कि हवा का भँवर जरुर आयेगा।" अभिनीत ने कहा, "हाँ, कहा था।" अरमान ने कहा, "भगवान का शुक्र है। हम सही सलामत वापस उसी गुफा में आ गये। जल्द ही हम चौथी पहेली को सुलझाने के करीब हैं।" अभिनीत ने कहा, "कम से कम वापस जाते समय उन मनहूस साँपों और चमगादड़ों से सामना न हो।" अनन्या ने पूछा, "क्या हुआ? डर लग रहा है।" अभिनीत ने कहा, "डर वह भी मुझे। मैं तो इससे बचना चाहता हूँ कि कहीं मेरे हाथों से उनका खून न हो जाये।" अभिनीत ने अपना रौब झाड़ा। सभी उस गुफा से वापस आ जाते हैं।

गुफा से वापस लौटकर सभी ने उस ताँबे के बने बरगद के पेड़ का रहस्य खोजने की कोशिश शुरु कर देते हैं। प्रोफेसर ने कहा, "हमारे लिए उत्सुकता का विषय बरगद के पेड़ का चिह्न है।" अनन्या ने कहा, "मेरे ख़्याल से इसके लिए आसाम का इतिहास फिर से पलटना होगा।" प्रोफेसर ने कहा, "चलो फिर

गुवाहाटी की लाइब्रेरी में।'' गुवाहाटी की लाइब्रेरी में आकर सभी उस चिह्न की खोजबीन शुरु करते हैं। काफी पन्ने पलटने के बाद अरमान ने कहा, ''मुझे मिल गया।'' यह प्राचीनकालीन पुजारियों के चिह्न हैं जो इन चिह्नों के माध्यम से लोगों को एकता और अखंडता का संदेश देते थे। उनका मानना था कि जिस तरह बरगद के वृक्ष की मूल जड़ एक है और उसकी कई शाखाएं होती हैं। वैसे ही इस समग्र पृथ्वी पर एक ईश्वर और उसके कई रुप हैं। इसलिए इन चिह्नों के माध्यम से प्राचीन पुजारी और धर्मावलम्बी लोगों को एकता और अखंडता का संदेश देते थे।''

प्रोफेसर ने कहा, ''इसका मतलब बरगद का यह पेड़ प्राचीन पुजारियों का चिह्न है जो एकता और अखंडता का प्रतीक है। यही है पहेली का जवाब।'' ''पहेलियों के सौदागर से मिलने का मेरा वक़्त आ गया है।'' अरमान ने कहा और वहाँ से एकांत में आ जाता है। उसने पुकारकर कहा,

ओ पहेलियों के सौदागर,
मैंने ढूँढ़ा है, तेरे प्रश्नों का मोल,
दे दो तुम मेरी जिंदगी अनमोल।
ढूँढ़ लाऊँगा पाँचवीं पहेली का हल।
करो विश्वास, रखो मुझ पर आस,
दे दो कुछ श्वास, पहेलियों के साथ।

इसी के साथ एक काली और उजली छाया प्रकट हुई जिसका कोई स्वरुप नहीं था। उसकी आवाज़ सिर्फ अरमान को सुनाई पड़ती है। पहेलियों के सौदागर ने अपने चिर-परिचित आवाज़ में कहा, ''पहेलियों की दुनिया में तुम्हारा स्वागत है अरमान। क्या तुमने ढूँढ़ लिया उस चौथी पहेली का हल? या फिर सैर करके आ गये उस जन्नत से।'' अरमान ने कहा, ''हाँ, मैंने ढूँढ़ ली। ताँबे का बना बरगद

का पेड़ प्राचीन पुजारियों के चिह्न हैं जो एकता और अखंडता का प्रतीक है। यही है चौथी पहेली का जबाब।'' पहेलियों के सौदागर ने कहा, ''तुम तो वाकई में होशियार लगते हो अरमान। मुझे नहीं लगता कि तुमने ख़जाने के लिए इस स्वर्ण-प्रतिमा का स्पर्श किया है।'' अरमान ने कहा, ''मुझे ख़जाने में कोई भी दिलचस्पी नहीं है। मुझे मेरी ज़िंदगी वापस लौटा दो मैं बस यही चाहता हूँ। छोड़ दो ना मुझे, अपना सारा खजाना खुद ही रखो। वो एक गलती थी जो मुझसे अन्जाने में हुई। मुझे उसका बेहद ही पछतावा है।'' उस पहेलियों के सौदागर ने कहा, ''तुम बहुत ही जज्बाती हो रहे हो अरमान। इस पहेलियों की दुनिया में सिर्फ़ एक ही दरवाजा है या तो आगे बढ़ो और अपनी ज़िंदगी वापस पा लो। पीछे बढ़ने का मतलब है सिर्फ मौत। और पहेलियों की इस दुनिया में रहम की कोई भी जगह नहीं है। तुम मुझे भले इंसान लग रहे हो। मुझे तुमसे हमदर्दी है, लेकिन मैं तुम्हारी कोई भी मदद नहीं कर सकता। सूरज, चाँद, तारे और प्रकृति एक नियम और सिद्धांत में बंधे हुये हैं ठीक वैसे ही मैं भी नियम और सिद्धांत में बंधा हुआ हूँ। मैं उन कायदों को नहीं तोड़ सकता। बताओ उस जन्नत में जाकर तुम्हें कैसे लगा?'' अरमान ने कहा, ''वो जन्नत का सैर वाकई में लाजबाब था। जितनी उसकी तारीफ़ की जाये वो कम है। लेकिन मैं जानना चाहूँगा आख़िर ये सब चीजें जो हमें मिल रही हैं। उसका क्या मतलब है? हर पहेली अपने आप में एक रहस्य छोड़ जाती है कभी कला का उत्कृष्ट नमूना देखने को मिलता है तो कभी अलौकिक और पराविज्ञान की दुनिया। ये सब क्या है?'' उस पहेलियों के सौदागर ने कहा, ''वक़्त के साथ तुम्हें सब पता चल जायेगा कि ये सब क्या है? और क्यों है? इन सारी पहेलियों का ताना-बाना सिर्फ इन्हीं चीजों के लिए है। जाओ अगली पहेली है...

सूर्योदय की आभा देती है इसको रंग,
चहकती बया को देखकर प्रकृति हुई दंग।
आसमां है छत का खुला द्वार,
ढूँढ़ लाओ उसे, कर छिपी मौत को पार।।

7 पांचवी पहेली का हल

अरमान कुछ ही समय में सभी के बीच वापस आ चुका था। अनन्या ने पूछा–अगली पहेली क्या है? अरमान ने कहा,

सूर्योदय की आभा देती है इसको रंग,
चहकती बया को देखकर प्रकृति हुई दंग।
आसमां है छत का खुला द्वार,
ढूँढ़ लाओ उसे, कर छिपी मौत को पार।।

'सूर्योदय की आभा देती है इसको रंग...' प्रोफेसर ने पहेली की पहली लाइन दो–तीन बार बुदबुदाई और चहलकदमी करते हुये पहेली का मतलब निकालने की कोशिश करने लगे। कुछ पल चिंतन करने के बाद प्रोफेसर ने कहा, ''इस लाइन में ''सूर्योदय'' शब्द दो चीज़ की तरफ़ इशारा कर रहा है।'' अरमान ने उत्सुक होकर पूछा–दो चीज से क्या मतलब है प्रोफेसर? प्रोफेसर ने कहा, ''सूर्योदय'' मतलब सूरज के उगने की दिशा अर्थात पूरब! इसका मतलब कि यहाँ से हमें पूरब की दिशा में आगे बढ़ना चाहिए।''

अनन्या ने कहा, ''लेकिन दूसरी चीज से आपका क्या मतलब है प्रोफेसर?'' प्रोफेसर ने कहा, ''मुझे लग रहा है सूर्योदय की आभा एक खास कोण से किसी ऐसी चीज पर पड़ती होगी जिससे कि उसमें रंग दिखाई पड़ता होगा।'' पहेली की पहली लाइन का सही मतलब निकलते देख अभिनीत ने तुरंत ही कहा, *'चहकती बया को देखकर प्रकृति हुई दंग'* इसका मतलब है कि वहाँ पर बया पक्षी के घोसले हैं।'' अभिनीत अनन्या को कोई भी मौक़ा नहीं देना चाहता है। प्रोफेसर ने कहा, ''हाँ, संभावना तो इसी की लगती है। बया पक्षी के घोसले की बनावट काफ़ी सुन्दर होती है और वो काफ़ी बड़े–बड़े होते हैं। ये दक्षिण–पूर्व एशियाई देशों में मिलती हैं जैसे कि भारत, बांग्लादेश, मलेशिया और म्यांमार। बया पक्षी समूह में रहना पसंद करती हैं और ये अपना घोसला पानी के इर्द–गिर्द ही बनाती हैं। एक बड़े घोसले में कम से कम सौ बया पक्षी आसानी से रह सकते हैं। इसकी बनावट काफ़ी खास होती है। घोसले के बाहर और अंदर के तापमान में 10 डिग्री

तक का फ़ासला हो सकता है जो कि अपने आप में ही अद्‌भुत बात है। आम तौर पर ये घोसले बड़े-बड़े होते हैं जिन्हें ढूँढ़ना ज्यादा मुश्किल नहीं होगा।"

"तो देर किस बात की, अपना सफ़र फिर से शुरू करते हैं।" अनन्या ने सभी में जोश भरा। अभिनीत ने कहा, "जो भी हो इस बार गंदी गुफाओं में तो नहीं जाना पड़ेगा।" प्रोफेसर ने कहा, "हाँ, लेकिन अभी से इतने खुश मत होवो, हो सकता कि ये खुले रास्ते उन गंदी गुफाओं से भी बदतर जगह हों।" बस फिर क्या था सभी ने अपने-अपने सामान अपने कंधे पर लादे और सफ़र फिर से शुरू कर दिया। वो पत्थरीले रास्तों से जो कि काफी ऊबड़-खाबड़ थे, उससे आगे बढ़ रहे थे। रास्ता साफ था किंतु लम्बा। उस पहाड़ी पर घास कमर तक की ऊँचाई की थी। ज्यादातर बड़े-बड़े पेड़ों की पत्तियाँ झड़कर जमीन पर बिखरी हुईं थीं इसका सबसे नुक़सानदायक पहलू यह था कि सूरज की सीधी किरणें उन तक पहुँच रही थीं। हालांकि उस ऊँचाई पर हवा का बहाव भी था जो उन्हें थोड़ा सुकून दे रहा था। लेकिन तेज़ धूप उनकी सारी शक्तियों को तेजी से निचोड़ भी रही थी। इसलिए जगह-जगह वो रूककर आराम करते थे और फिर आगे बढ़ना शुरू करते थे। काफ़ी देर चलने के बाद अनन्या ने हाँफते हुए कहा, "मुझे बहुत थकान महसूस हो रही है।" प्रोफेसर ने कहा, "ठीक है, पास ही में चीड़ के पेड़ के पास रूकते हैं।" सभी चीड़ के पेड़ के पास जाकर रूक जाते हैं।

"यह ज्यादा छायेदार नहीं है।" अरमान ने अपनी गर्दन ऊपर की तरफ़ उठाई और कहा। अभिनीत ने अपनी नजरें इधर-उधर दौड़ाई, "इसके अलावा कोई दूसरी जगह भी तो नहीं है।" प्रोफेसर ने कहा, "क्या तुम लोगों को एक बात मालूम है?" अनन्या ने कहा, "कौन सी बात।" प्रोफेसर ने कहा, "प्राचीन काल में इंसानों के पास जब चाय और काफ़ी नहीं हुआ करते थे। तब वे इन चीड़ के पत्तों की ही चाय बनाया करते थे। चीड़ की पत्तियाँ काँटों की तरह नुकीली और बेहद पतली होती हैं। इनमें नीबू से पाँच गुना ज्यादा 'बिटामिन सी' होता है, और तो और ये ज्यादा पौष्टिक भी होती हैं। आओ आज मैं तुम्हे चीड़ के पत्तियों की चाय पिलाता हूँ।" अभिनीत ने हैरान होकर कहा, "पर यहाँ कोई बर्तन भी नहीं है।" प्रोफेसर ने अपनी तर्जनी से एक ओर इशारा करते हुये कहा, "वह सामने साइकस का फल तोड़ करके लाओ। उसका बाहरी आवरण बहुत ही सख्त होता है। अंदर से उसे अपने धारदार चाकू से खोखला कर देंगे और इस तरह से बन जायेगा एक प्राकृतिक बर्तन।" बस फिर क्या था अरमान और अभिनीत साइकस के उस फल को तोड़ने के लिए निकल पड़ते हैं। अनन्या ने प्रोफेसर से पूछा, "जब इसे आप आग पर रखेंगे तो क्या इसमें आग नहीं लगेगी?" प्रोफेसर ने कहा, "नहीं अनन्या, इस प्राकृतिक बर्तन में ऊपर से पानी भरा रहेगा। पानी भर जाने से इसका भार भी बढ़ जायेगा और पानी अंदर से इसे आर्द्र बनाये रखेगा। तब इसमें आग

पकड़ना मुश्किल होगा। वैसे भी इसका बाहरी आवरण बेहद सख़्त होता है, जिसकी वज़ह से इसमें आग पकड़ना थोड़ा मुश्किल तो होता है।''

अरमान हरे सफेद चीड़ की कुछ पत्तियों को तोड़ लाता है। प्रोफेसर उन काँटों जैसी हरी-हरी पत्तियों से नीचे वाले भूरे भाग को काट कर निकाल देते हैं। पत्तियों को बारीकी से काटकर पानी में खौला लेते हैं। जब पत्तियों का रंग पीला पड़ना शुरु हो जाता है तो प्रोफेसर उन पत्तियों को छानकर निकाल लेते हैं। कुछ ही समय में प्रोफेसर की चाय तैयार हो गई।

प्रोफेसर ने कहा, ''यह चाय किसके नाम।'' अरमान अभिनीत और अनन्या तीनों एक साथ बोले, ''आपके नाम प्रोफेसर।'' प्रोफेसर ने कहा, ''नहीं, यह चाय हम सभी की बहादुरी के नाम और उस ईश्वर के नाम पर जिसने हमें पहेलियों की इस दुनिया में अब तक सुरक्षित रखा है।'' चाय पीने के बाद सभी में एक नया जोश आ जाता है। अनन्या ने प्रोफेसर की तारीफ करते हुये कहा, ''शानदार चाय, आपका जवाब नहीं प्रोफेसर।'' अभिनीत ने मुस्कुराकर कहा, ''मेरा योगदान भी कम नहीं है आखिरकार पेड़ पर तो मैं ही चढ़ा था।'' अरमान ने ताना कसा, ''भूल गये क्या ? मैंने तुम्हें सहारा दिया तब जाकर तुम पेड़ पर चढ़ पाये थे।'' प्रोफेसर ने अपने दोनों हाथों से अरमान और अभिनीत को इशारा करते हुये कहा, ''ठीक है, अब लड़ना झगड़ना बंद करो। अब हमें आगे की तरफ़ बढ़ना चाहिए। सभी ने अपना सफ़र फिर से शुरु किया। अरमान ने चलते हुये कहा, ''वो पहेलियों का सौदागर कुछ-कुछ बेबस लगता है। आज वो कुछ सैद्धांतिक बातें कर रहा था।'' अभिनीत ने अरमान की तरफ़ देखा और कहा, ''तू उसकी तरफदारी क्यों कर रहा है? उसने हमें बेबस बनाकर रखा है। पता नहीं कब हमारा सफ़र खत्म हो जाये। लेकिन एक बात तो माननी ही पड़ेगी ये पहेलियों की दुनिया वाकई में बेहद ख़ूबसूरत है। वो बात अलग है कि इसमें खतरे भी बहुत हैं। इन पहेलियों की दुनिया में हमने ऐसी-ऐसी चीजें देखी जिसे शायद हम अपनी साधारण-सी ज़िंदगी में कभी नहीं देख पाते।'' अनन्या ने कुछ उलझन भरे स्वर में कहा, ''आप लोगों ने एक बात गौर किया है। हम पहेलियों को जितना तेज़ी से सुलझा रहे हैं। ऐसा लगता है कि हम उसके बीच में और भी उलझते जा रहे हैं।'' प्रोफेसर ने प्रत्युत्तर में कहा, ''इसमें उलझने जैसा कुछ भी नहीं है। जैसे किसी छत तक जाने के लिए बीस सीढ़ी है और तुम पहले वाली सीढ़ी पर चढ़ते ही सोचने लगी की छत पर क्या है? और दूसरी सीढ़ी चढ़ते ही तुम्हारी उत्सुकता और बढ़ गई। इस तरह की सोच तुम्हें उलझन में डाल देगी। हमें हमारे सारे सवालों के जबाब मिल जायेंगे लेकिन आखिरी पहेली सुलझाने के बाद। यह मत सोचो की पहेलियों के अंदर क्या है? आगे क्या होगा या क्या होने वाला है? अब तक जो चीजें हमें मिली हैं उसका क्या मतलब हो सकता है? हर दिन हमें अलग-अलग चुनौतियाँ स्वीकार करने के लिए तैयार रहना है। इसलिए सारी बीती बातों को भूलकर इसे

बेहद ही साधारण तरीक़े से लेना चाहिए। शायद हँसते-खेलते हम सारी पहेलियों को सुलझा लें। और वैसे यह सफर उतना भी बुरा नहीं है। हाँ, कोई इसे अगर अकेला सुलझाता तो वाकई में बहुत बुरा होता।'' अनन्या ने कहा, ''सो तो है।'' इस तरह कभी वो धूप में चलते, तो कभी पेड़ों के बीच से। दिनभर के टेढ़े-मेढ़े सफ़र तय करने के बाद आख़िरकार उनको अपनी मंजिल मिल ही गई। अनन्या ने खुशी से चहकते हुये अपनी तर्जनी से एक तरफ इशारा किया और कहा, ''वह देखिए प्रोफेसर, बया पक्षी का खूबसूरत और नायाब घोसला।'' अरमान ने भी तारीफ़ों के पुल बांध दिये, ''ये तो वाकई में शानदार है।'' हालांकि बया पक्षी के घोसले को देखकर अभिनीत कुछ खुश नहीं दिखाई दे रहा था। उसने मुँह लटकाये हुये कहा, ''तुम लोगों को बया पक्षी का घोसला दिखाई दे रहा है। मुझे तो इसके पीछे की मौत दिखाई दे रही है। पता नहीं, अब कौन सी बला हम पर टूटने वाली है।'' प्रोफेसर ने कहा, ''एक अच्छी ख़बर, लगता है हम जल्द ही इस पहेली का हल ढूँढ़ लेंगे। यहाँ ढेर सारे पत्थर हैं। मुझे लगता है हमें इन्हीं पत्थरों में पहेली की पहली लाइन का जवाब ढूँढ़ना चाहिए।'' अनन्या ने कहा, ''पर उस पत्थर को खोजेंगे कैसे? पहेली की पहली लाइन *'सूर्योदय की आभा देती है इसको रंग,'* इसके अनुसार तो यहाँ बिखरे ढेर सारे पत्थरों में से उस पत्थर पर कोई रंग सुबह के समय में ही दिखाई पड़ेगा।

प्रोफेसर ने कुछ सोचा और कहा, ''जो काम सूरज की रोशनी सुबह में कर सकती है। वही काम ये लेजर किरणें शाम के समय में भी कर सकती है। यह लो लेजर लाइट आस-पास के पत्थरों पर कई कोण बनाकर देखो। मुझे ऐसा लगता है कि किसी अनोखे रसायनों से मिलकर बनी स्याही से इन पत्थरों में कोई आकृति उपस्थित है, जो तभी दिखाई पड़ती है, जब प्रकाश की किरण सुबह में एक खास कोण से उस पत्थर पर गिरती होगी। प्रकृति में ऐसे कई रसायन हैं जैसे कि संतरे की स्याही से लिखी चीज़ आग की लौ के पास ले जाने से दिखाई देती है। पोटैशियम नाइट्रेट की स्याही जलने के बाद नज़र आती है। ठीक वैसे ही यह स्याही भी किसी अनोखे रसायन की बनी लगती है।''

सभी का ध्यान अब लेजर लाइट को लेकर उस खास पत्थर को खोजने का था। वो कई कोण बनाकर हर एक पत्थर की पूरी तरह छानबीन कर रहे थे। काफ़ी मशक्कत करने के बाद आखिरकार उन्हें सफलता मिल ही गई। अरमान ने प्रोफेसर को बुलाया, ''हमें मिल गया। यह एक प्राचीन कारीगरी है ''फूलों का गुच्छा।'' तब तक प्रोफेसर भी वहाँ पर पहुँच गये थे। अरमान ने कहा, ''आप ने सही अंदाज़ा लगाया था प्रोफेसर। वह आकृति पत्थर पर इस ढंग से बनी हुई है कि सूरज का प्रकाश जब उस पर 90 डिग्री से पड़ता है, तभी वह दिखाई पड़ती है। जब सूरज का किरणें यहाँ 90 डिग्री से पड़ती हैं तो यह आकृति प्रकाश को पूरा परावर्तित कर देती है और तभी यह दृश्यमान होती है। यह पत्थर सूरज के

ठीक सामने है और खास बात यह है, यह पत्थर यहाँ आस-पास के पत्थरों की तरह सीधा न होकर थोड़ा-सा तिरछा है। इस खास आकृति को इस ढंग से बनाया ही गया है कि सूरज की किरणें 90 डिग्री से कम या ज्यादा की स्थिति में यह आकृति अदृश्य हो जाती है।'' अभिनीत ने कहा, ''यह तो वाकई में एक लाजबाब कारीगरी है। ऐसा लगता है उनके पास कुछ तो बेहतर तकनीक होगी ही।''

अनन्या उस पत्थर पर चढ़ गई और उसके इर्द-गिर्द देखने लगी। उस पत्थर के बगल में पीपल का एक पुराना पेड़ था। अनन्या पीपल के पेड़ का सहारा लेकर उस पेड़ के पीछे झाँकने लगी। अचानक उसकी नज़र मकड़ियों के जालों की तरफ़ चली गई। अनन्या ने उस पेड़ का सहारा लेकर मकड़ी के जालों के कुछ हिस्सों को हाथ से साफ़ किया। अनन्या ने तेज स्वर में कहा, ''प्रोफसर जरा इधर की तरफ़ आइये।'' प्रोफेसर उस तरफ़ आ गये और मकड़ी के जालों को देखते हुये कहा, ''तो ये है, पहेली की तीसरी लाइन... *''आसमां है छत का खुला द्वार,''* इसका मतलब रास्ता यहीं से है।''

अभिनीत ने डंडे से मकड़ी के जालों को अच्छी तरह से साफ़ किया। अरमान ने आश्चर्य प्रकट करते हुये कहा, ''क्या यह गड्ढा है, छत का खुला द्वार।'' अभिनीत ने कहा, ''यह तो होना ही था।'' प्रोफेसर ने एक बड़ा सा पत्थर उस गड्ढे में डाल दिया पर कोई प्रतिक्रिया नहीं हुई। प्रोफेसर ने झुककर टार्च जलाकर नीचे की तरफ़ देखा। पर उस गड्ढे के अंदर कुछ भी साफ़ नहीं दिखाई दे रहा था। प्रोफेसर ने कहा, ''सबसे पहले हमें यह पता करना होगा कि यह गड्ढा कितना गहरा है? नीचे उतरने में हमें क्या-क्या दिक़्क़तों का सामना करना पड़ सकता है? हमें इस गड्ढे के बारे में पूरी जानकारी इकट्ठी करनी होगी। उसके बाद ही हम आगे की योजना बनायेंगे।'' यह कहकर प्रोफेसर ने अपने बैग से एक आप्टिकल फाइबर केबल निकाला जिसमें आगे की तरफ अत्याधुनिक संवेदनशील कैमरे आगे की तरफ कुछ सेंसर लगे हुये थे जो तापमान, आर्द्रता और आक्सीजन के बारे में भी पूरी जानकारी देने में सक्षम थे। प्रोफेसर ने उस आप्टिकल फाइबर केबल को अपने कम्प्यूटर से जोड़ दिया। प्रोफेसर ने कहा, ''अब मैं इसे गड्ढे के अंदर डाल रहा हूँ और तुम लोग स्क्रीन पर देखो कि तुम्हें क्या दिखाई दे रहा है? अनन्या ने कहा, ''प्रोफेसर, जरा केबल को किनारे की तरफ़ झुकाइये।''

प्रोफेसर ने वैसा ही किया। अनन्या ने उस गड्ढे की स्थिति का जायजा लेना शुरु किया। गड्ढा ज्यादा गहरा तो नहीं लग रहा है। गड्ढे का व्यास नीचे की तरफ तकरीबन 3 मीटर और किनारे की मिट्टी काफ़ी महीन है। इसमे ढेर सारे छेद दिखाई दे रहे हैं बेहद ही कमजोर मिट्टी। इस पर जरा सा भी दाब पड़ेगा

तो यह तेज़ी से धसक जायेगी। अरमान ने कहा, ''इसका मतलब हुआ कि नीचे उतरने में अगर हमने जरा सा इन दीवारों को छुआ या हमसे ज़रा सी भी चूक हुई तो हम जिंदा ताबूत बन जायेंगे।'' अभिनीत ने कहा, ''इस गड्ढे ने हमारी खातिरदारी में कोई कसर नहीं छोड़ी है।'' प्रोफेसर अंदर की तरफ़ केबल को डालते जा रहे थे। अनन्या ने कहा, ''ताज्जुब है, कैमरे पर लगे हमारे हिटिंग सेंसर बता रहे हैं अंदर का तापमान काफ़ी ज्यादा है और ऑक्सीजन की भी कमी है।'' प्रोफेसर ने कहा, ''हमारे पास क्या-क्या जानकारी हासिल हुई?''

अनन्या ने कहा, ''इस गड्ढे की गहराई तकरीबन 70 फीट, व्यास नीचे की तरफ 3 मीटर, अंदर नमी की मात्रा कुछ ज्यादा है, तापमान 45 डिग्री, बाहर के तापमान से 10 डिग्री ज्यादा जो कि काफ़ी असंभव सा लगता है महज इतनी सी गहराई के अनुसार और आक्सीजन में भी गिरावट है। किनारे की दीवाल काफ़ी कमजोर और गड्ढे के फर्श पर नमी की मात्रा ज्यादा है इसलिए उतना बड़ा पत्थर गिराने के बावजूद कोई आवाज़ नहीं आई।'' प्रोफेसर ने कहा, ''इसका मतलब यह हुआ कि इस गड्ढे के अंदर हम ज़्यादा वक़्त नहीं बिता सकते। अंदर घुसते ही हमारा दम घुटने लगेगा। दो-तीन मिनट में हमें किसी भी तरह काम करके वापस लौटना ही पड़ेगा अन्यथा अंजाम तो बुरा होगा ही। मेरे दिमाग़ में एक योजना है। मैं और अरमान इस गड्ढ़े के ठीक बीचो-बीच से उतरेंगे।''

अनन्या ने प्रोफेसर को आगाह करते हुये कहा, ''ये तो वो खतरे हैं जो सामने दिखाई पड़ रहे हैं। लेकिन पहेली की आखिरी लाइन में जिस ''*छिपी मौत*'' का ज़िक्र है। उसके बारे में अभी तक कुछ भी पता नही चला।'' प्रोफेसर ने कहा, ''जब इतनी चीज़ें पता चल गई हैं तो वो भी पता चल जायेगा।'' अभिनीत ने कहा, ''अंदर जाने के लिए सबसे पहले इन दोनों चट्टनों को ढकेलकर गड्ढे के दोनों किनारे पर करना होगा। फिर इसके ऊपर किसी मोटी लकड़ी का पुल बनाना होगा और इस पुल के सहारे बीच से इस गड्ढे में उतरना ज़्यादा सही रहेगा।'' प्रोफेसर ने कहा, ''हाँ, यह तरीक़ा कारगर है और एक भारी पत्थर जिसका वजन मेरे और अरमान से दोगुना होना चाहिए। वह इस लकड़ी के पुल के ठीक बीचो-बीच बंधा हुआ होगा। रस्सी के एक सिरे में वह एक भारी पत्थर और दूसरे सिरे को पकड़कर हम नीचे की तरफ़ जाएंगे। अगर हमें कोई खतरा महसूस हुआ तो हमारे इशारा करते ही तिरछी करके बांधी गई रस्सी को काट देना। तिरछी रस्सी से हमारी रस्सी बंधी हुई होगी जिसके दूसरे छोर पर लकड़ी के पुल के उस पार भारी बजन वाला पत्थर लटका हुआ होगा। तिरछी रस्सी के कटते ही भारी वजन वाला पत्थर हमसे ज्यादा हो जाएगा और हम तेजी से ऊपर आ जाएंगे ठीक किसी तुला के पलड़े की तरह जिसमें एक तरफ भारी चीज रखने से दूसरी तरफ़

वाला पलड़ा स्वतः ही उठ जाता है। अब तुम्हें समझ में आ गया है कि तुम दोनों का काम क्या है?''

अभिनीत और अनन्या ने एक साथ सिर हिलाया और कहा, ''हाँ, समझ में आ गया कि हमें क्या करना है?'' प्रोफेसर ने कहा, ''ठीक है, फिर मैं और अरमान नीचे जाने के लिए तैयार हैं।'' थोड़ी ही देर में सभी ने उस गड्ढे के अंदर जाने के लिए पूरी व्यवस्था कर ली थी। प्रोफेसर और अरमान लकड़ी के पुल के सहारे ठीक गड्ढे के मध्य से धीरे-धीरे अंदर की तरफ़ उतरते जा रहे थे। वह बेहद ही सतर्क होकर नीचे उतर रहे थे उन्हें डर था कि झटके की वज़ह से गड्ढों के किनारों की सतह से न टकरायें नहीं तो एक पल में ही पूरे गड्ढे की दीवार तेज़ी से धसक जाएगी और फिर हमें ज़िंदा ताबूत बनने में एक पल की भी देरी नहीं होगी।

अभिनीत ने कहा, ''हम पूरी तरह से सतर्क हैं। आप आहिस्ता-आहिस्ता नीचे की तरफ़ जाइये।'' प्रोफेसर और अरमान धीरे-धीरे करके उस गड्ढे के बीच में उतर गये। नीचे उतरकर प्रोफेसर ने अरमान से कहा, ''नीचे की ज़मीन पर नमी कुछ ज्यादा है। इसलिए कहीं-कहीं पर यह धँसती जा रही है। इसलिए संभलकर पैर रखना।'' अनन्या ने बाहर से चिल्लाकर पूछा-अंदर आपको क्या दिखाई दे रहा है प्रोफेसर? प्रोफेसर ने कहा, ''यहाँ काफ़ी घना अंधेरा है। अंदर घुटन सी महसूस हो रही है। मैं ज्यादा दूर तक तो नहीं देख पा रहा हूँ। मुझे किधर की तरफ बढ़ना चाहिए। यह भी पता नहीं चल पा रहा है। फिर भी मैं जल्द ही अपना रास्ता तलाश लूँगा।'' गड्ढे के अंदर अरमान और प्रोफेसर को साँस लेने में काफ़ी तकलीफ़ हो रही थी। इसलिए वो दोनों खांस रहे थे। प्रोफेसर आगे-आगे बढ़ रहे थे और अरमान ठीक उनके पीछे-पीछे चल रहा था। प्रोफेसर आस-पास की चीजों को बहुत ही गौर से देख रहे थे। प्रोफेसर ने एक हेलमेट पहना हुआ था जिसमें आगे की तरफ टार्च लगा हुआ था। आमतौर पर इसे इंजीनियर पहनते हैं जो माईनों में काम करते हैं। उनकी नजर सिर्फ वहीं तक जा रही थी जहाँ तक उस हेलमेट के आगे लगे टार्च का प्रकाश पड़ रहा था। प्रोफेसर एक जगह जाकर घुटनों के बल बैठ गये और अपनी हथेलियों से गहराईपूर्वक जमीन को जगह-जगह छूकर जमीन की वास्तविक हालात जानने का प्रयास कर रहे थे। मन की गहराई से महसूस करने पर पता चला कि जमीन कहीं कहीं पर काफ़ी गर्म है। प्रोफेसर ने सिर उठाकर देखा तो कुछ दूर पर जमीन से धुआँ निकल रहा था। प्रोफेसर ने एक हल्का सा पत्थर उस ओर उछाल दिया। वह पत्थर जैसे ही उस जगह पर गिरा। धरती के गर्भ से गर्म लावा फुहारों के साथ बाहर आ गया।

प्रोफेसर ने कहा, ''उफ् मुझे पता चल गया है कि ''छिपी मौत'' का क्या राज है?'' अरमान ने पूछा-वह क्या है प्रोफेसर? प्रोफेसर ने कहा, ''यह जमीन पूरी तरह

से खराब लगती है। इसका मतलब यहाँ पर भू–गर्भ की आंतरिक हलचल कुछ ज़्यादा है। ज़्यादा भार पड़ने से लावा तेजी से बाहर की तरफ निकल रहा है। यहाँ पर धरती का कौन सा हिस्सा कमजोर है, कोई नहीं जानता। इसलिए यही छिपी मौत का रहस्य है। शायद यही कारण है, महज 70 फीट नीचे जाने पर तापमान 10 डिग्री ज्यादा था। ज्यादा तापमान, आर्द्र जमीन और गहराई होने की वजह से ऑक्सीजन की भी भारी कमी है।'' एक जगह लावा फूटने से गर्मी कुछ और बढ़ गई थी। अरमान ने घबराकर कहा, ''प्रोफेसर, मेरे ख्याल से हमें वापस चलना चाहिए। यहाँ पर घुटन काफ़ी बढ़ गई है अगर हम थोड़ी भी देर और रुके तो मारे जाएंगे। हम कोई दूसरा तरीका खोजते हैं।'' प्रोफेसर ने अरमान की बात काटते हुये तीव्र स्वर में कहा, ''नहीं, दूसरा कोई तरीका नहीं है। घबराओ नहीं, हम मंजिल के निकट हैं। दुनिया में ऐसे लोगों की कमी नहीं है जो छोटी सी मुश्किल को देखकर भाग खड़े होते है पर वो जो रूक जाते है वो अपनी मंजिल ढूँढ़ लेते है। हमें सिर्फ नजरिया बदलने की जरूरत है। थोड़ा और सब्र करना होगा। यहाँ सामने कुछ दूर पर कोई चीज दिखाई दे रही है जो कि जमीन में गड़ी हुई है। उम्मीद है पहेली का इसी के साथ कोई लेना–देना होगा।''

''आप आगे कैसे बढ़ेंगें प्रोफेसर?''

''रास्ता मुझे मिल चुका है, मैंने कुछ पत्थर फेंक कर देखें हैं। धरती का कुछ हिस्सा अभी भी सख्त है। अगर ऐसा नहीं होता तो इतने पत्थर फेंकने पर पूरी जमीन से कई जगह से लावा फूट पड़ता और हम पूरी तरह से लावे में दफन हो गये होते, पर ऐसा नहीं है। यहाँ काफी गर्मी है और घुटन है, जिसे बर्दाश्त करना काफ़ी मुश्किल लग रहा है। लेकिन कुछ देर तक और हमें यह सब सहना होगा।'' प्रोफेसर अपने अनुभव का इस्तेमाल करके, धीरे–धीरे अपनी हथेलियों से जमीन को जगह–जगह छूकर यह पता लगाने की कोशिश कर रहे थे कि धरती का अभी कौन सा हिस्सा ज्यादा सख्त है? अपने अनुभव और बुद्धिमत्ता के बलबूते प्रोफेसर उस जगह पर पहुँच गये, जहाँ पर एक पत्थर जिस पर कुछ आकृति बनी हुई थी। वह पत्थर आधा जमीन में धँसा हुआ था और उसका आधा भाग जमीन के ऊपर से दिखाई दे रहा था।

प्रोफेसर ने आस–पास की मिट्टी को खोदकर उस पत्थर को निकाल दिया। उस पत्थर के नीचे प्रोफेसर को धातु का एक छोटा सा बक्सा मिला जिसकी नक्काशी पहले मिले बक्सों की तरह ही थी। प्रोफेसर ने उसे ले लिया। प्रोफेसर ने संतुष्ट भाव में कहा, ''मुझे यहाँ कोई चीज मिली है, चलो भागो यहाँ से। यहाँ लावा काफ़ी तेजी से फैलता जा रहा है।'' प्रोफेसर और अरमान जल्द ही गड्ढे के मुँह के सामने आ गये। ''उस तिरछी रस्सी को काटो।'' प्रोफेसर ने चिल्लाकर

कहा, "अब हम गड्ढे के मुँह के ठीक सामने हैं।" प्रोफेसर का संकेत मिलते ही अभिनीत ने उस तिरछी रस्सी को काट दिया। प्रोफेसर और अरमान अब तेज़ी से बाहर की तरफ़ आ रहे थे ठीक वैसे, जैसे तराजू के एक पलड़े पर कोई भारी बटखरा रख देता है, तो हल्के तरफ वाला पलड़ा तुरंत ऊपर की तरफ़ उठ जाता है।

जैसे ही प्रोफेसर और अरमान बाहर की तरफ़ आ गये। अभिनीत और अनन्या उस ओर दौड़े और प्रोफेसर और अरमान को चारों ओर से घेर लिया और उनकी खिदमत पूछी- कैसे हैं आप लोग? उस गड्ढे से बाहर आकर प्रोफेसर लेटे हुये थे। लेटे हुये ही प्रोफेसर ने कहा, "ईश्वर की दया से अभी तक हम ठीक हैं। लेकिन ज्यादा गर्मी सहने से हमारे चेहरों का रंग काला पड़ चुका है, शायद फफोले भी पड़ जाएं। लेकिन हमारे पास कुछ दवाएं हैं जो इनके असर को थोड़ा कम तो कर ही सकती हैं। प्रोफेसर अरमान की तरफ घूमे और कहा, "जानते हो अरमान बड़े बुजुर्ग क्या कहते हैं, या तो आगे मत बढ़ो। मगर एक बार आगे बढ़ गये तो कभी पीछे की तरफ मत हटो।" अरमान ने कृतज्ञ होकर कहा, "प्रोफेसर, मैंने आपके साथ रहते-रहते आपसे काफ़ी कुछ सीखा है। मैं आपके एहसान तले दबता जा रहा हूँ। पता नहीं मैं इसे कैसे उतार पाऊँगा? अगर पहेली में आपका साथ नहीं मिला होता तो शायद हमारा सफ़र कब का खत्म हो चुका होता। हम इस पहेली में आपके बग़ैर एक क़दम भी आगे नहीं बढ़ सकते थे।"

"इस पहेली में हर कोई अपना फ़र्ज़ निभा रहा है। तुम किसी के एहसान तले नहीं दबे हो। इसमें आना मेरा भी तो स्वार्थ था। काफ़ी सालों से प्रयोगशाला में अकेले काम करते-करते बाहरी दुनिया का रस मैं भूल ही चुका था। अब तुम सबसे मिलकर मेरा अकेलापन भी दूर हो गया और मुझे एक काम भी मिल गया। इन पहेलियों में हमने वो-वो चीजें देखी जिन्हें हम अपनी सीधी-सादी जिंदगी में कभी नहीं देख सकते थे। अगर मैं इस रोमांचक सफ़र में तुम लोगों के साथ नहीं आता तो मैं ज़िंदगी का एक खूबसूरत पहलू आज नहीं देख पाता। अब तो मेरा रुझान इन पहेलियों में और भी बढ़ गया है। छोड़ो इन सब बातों को, आओ अब हम पहेलियाँ सुलझाते हैं।" इस बार भी प्रोफेसर को एक छोटा सा बक्सा मिला था। लेकिन देखना यह था कि उसके अंदर क्या है? प्रोफेसर ने उस बक्से को खोला तो वह आश्चर्यचकित रह गये। अरमान, अभिनीत और अनन्या प्रोफेसर के पीछे खड़े होकर उस रहस्यमय चीज को एक टक देख रहे थे।

अभिनीत ने उस चीज को अपने हाथ में ले लिया और कहा, "यह तो एक स्वर्ण दंड है। लेकिन इतना छोटा।" अरमान ने उसे अभिनीत के हाथ से ले लिया

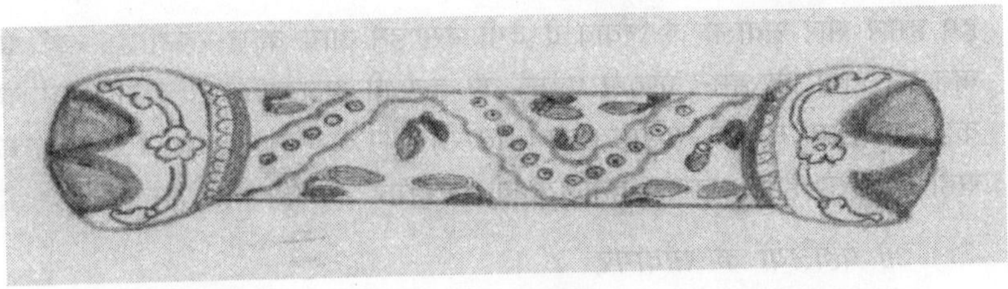

और कहा, "जरा देखूँ तो तुम्हारे हाथ में वह क्या चीज है? तकरीबन पाँच सेंमी. लम्बा, डेढ़ सेंमी. चौड़ा, बेहद आकर्षक, शुद्ध सोने का बना हुआ, इस पर तो प्राचीन कला भी उकेरी गई है। इसका मतलब प्राचीनकाल की एक नायाब चीज हमारे हाथ लगी है।" अभिनीत ने खुश होते हुये कहा, "वाह, यह स्वर्णदंड तो हमें करोड़पति बना ही देगा। एक तो सोने का है, दूसरे ऐतिहासिक चीज है। बाजार में इसकी अच्छी कीमत मिलेगी। इसके लिए जान को जोखिम में डाला जा सकता है। और वैसे भी पहेलियों के सौदागर को इन सब चीजों से कोई भी मतलब नहीं है।"

अनन्या ने झल्लाकर कहा, "तुम हर वक्त खरीदने और बेचने का धंधा ही क्यों करते हो? यह बेहद अनमोल चीज है।" ऐसा कहते हुये अनन्या ने उसे अभिनीत के हाथों से ले लिया। इसे मैं अपने पास संभालकर रखूँगी। ताज्जुब की बात यह है कि, हमें पहेली में कैसी-कैसी चीजें मिल रही हैं? जिनका ताल्लुकात या तो किसी अजीबो गरीब दुनिया से लग रहा है या फिर प्राचीन इतिहास से।"

अभिनीत ने मज़ाकिया लहजे में कहा, "मुझे तो यह पहेलियों का सौदागर किसी किस्म का चोर या तस्कर लगता है जिसने कुछ कीमती चीजों की चोरी करके उन्हें दुर्गम जगहों में छुपा दिया है और जो उसके जाल में फँसता है उससे वही सारी चीजें खोजवाता है। पहेलियों का सौदागर भी कमाल का है, उसे सिर्फ पहेलियों के जवाब से मतलब है। इसका मतलब यह हुआ पहेलियों को सुलझाने के बाद जो चीजें हमें मिल रही हैं। वो अब हमारी हैं। ये तो हमारे लिए अच्छी बात हुई न।"

अनन्या ने कहा, "कभी तो बात का सही मतलब निकाला करो। हमारे पास है राजकुमारी तुरुपि का प्राचीन लाकेट, ताँबे के धातु पर बना बरगद का पेड़ और अब यह एक स्वर्ण-दंड। कुछ तो ऐसा जरुर होगा जिनका ताल्लुकात इन सबसे होगा। आखिर वह क्या चीज है जो इन सबको एक धागे में जोड़ता है?" प्रोफेसर ने कहा, "यह बात मेरे दिमाग़ में भी है। लेकिन अभी इस पर सोचना मतलब दीवार पर अपना सिर पटकने जैसा है। जैसा कि मैंने पहले कहा था कि हमें तब तक कुछ पता नहीं चलेगा जब तक कि हम आख़िरी पहेली न सुलझा लें। यह पहेली

हमें हमारे सारे सवालों के जवाब दे देगी बस हमें आगे बढ़ते रहना है। खुश इस बात पर होवो कि हमने पाँचवीं पहेली का हल भी सुलझा लिया है और पहेलियों की इस दुनिया में सही-सलामत आगे बढ़ रहे हैं।'' अरमान ने कहा, ''आप बिल्कुल सही कह रहे हैं।'' अरमान पहेलियों के सौदागर को पुकारता है।

ओ पहेलियों के सौदागर,
मैंने ढूँढ़ा है, तेरे प्रश्नों का मोल,
दे दो तुम मेरी जिंदगी अनमोल।
ढूँढ़ लाऊँगा छठवीं पहेली का हल।
करो विश्वास, रखो मुझ पर आस,
दे दो कुछ श्वास, पहेलियों के साथ।

इसी के साथ एक काली और उजली छाया प्रकट हुई जो दिखाई नहीं देती, उसकी आवाज़ सिर्फ अरमान को सुनाई पड़ती है। पहेलियों के सौदागर ने अपने चिर-परिचित अंदाज़ में कहा, ''पहेलियों की दुनिया में तुम्हारा स्वागत है अरमान। क्या तुमने छिपी मौत को पार कर लिया और ढूँढ़ लाये उस अनोखी चीज को जो था मेरी पाँचवीं पहेली का हल?'' अरमान ने कहा, ''हाँ, मैंने ढूँढ़ ली। एक स्वर्ण दंड, जिस पर प्राचीन काल की नक्काशी और चित्र अंकित है।'' पहेलियों के सौदागर ने कहा, ''तुम वाकई में बुद्धिमान हो अरमान। मैं हैरत में हूँ तुम आख़िर में ये सब कैसे कर पा रहे हो? मैं कई सालों से देख रहा हूँ जहाँ कोई एक पहेली नहीं सुलझा पाता था। तुमने पाँच पहेलियाँ सुलझा दी। यह तो तय है कि तुम ख़जाने के लिए नहीं आये। ऐसा लगता है तुम्हारे इस पहेली में आने की कुछ और भी वजह है। शायद तुममें वारिस होने की संभावना प्रबल होती जा रही है।'' अरमान ने कहा, ''किस तरह का वारिस?'' पहेलियों के सौदागर ने कहा, ''अगर तुम होगे तो खुद जान जाओगे। बताओ, इस बार तुम्हारा सफर कैसा रहा?'' अरमान ने कहा, ''तुम्हें तो पता है कि हर पहेली का हल किसी दुर्गम जगह से ताल्लुकात रखता है फिर बार-बार तुम सफ़र के बारे में क्यों पूछते हो?'' पहेलियों के सौदागर ने कहा, ''इस तरह के सवाल पूछकर मैं सिर्फ़ तुम्हें समझना चाहता हूँ। मैं कोई इंसान नहीं हूँ लेकिन इंसानियत को जीना चाहता हूँ।'' अरमान ने कहा, ''पहेलियों के इस सफ़र में मैं अकेला नहीं हूँ। अगर अकेला होता तो मैं अब तक टूट चुका होता। मुझे बचाया है मेरे दोस्तों और एक ऐसे शख़्स ने जिससे पहले मैं कभी भी नहीं मिला।'' पहेलियों के सौदागर ने कहा, ''तब तो तुम बहुत ही किस्मत वाले हो अरमान। वर्ना मौत के इस सफ़र पर कोई किसी का नही होता। अब तो तुम मेरे नियम से वाकिफ़ हो चुके हो। जाओ अगली पहेली है....

पूरब, पश्चिम, उत्तर, दक्षिण,
मुझसे निकलती हैं चार दिशा।
आसमान के नीचे है मेरा घर,
ढूँढ़ लो मेरा पता।।

8 छठवीं पहेली का हल

कुछ ही समय में अरमान सभी के बीच आ चुका था। अभिनीत ने पूछा-अगली पहेली क्या है अरमान? अरमान ने कहा,

पूरब, पश्चिम, उत्तर, दक्षिण,
मुझसे निकलती हैं चार दिशा।
आसमान के नीचे है मेरा घर,
ढूँढ़ लो मेरा पता।।

प्रोफेसर पहेली का मतलब निकालने के लिए पहली और दूसरी लाइन को दो बार दोहराते हैं... *पूरब, पश्चिम, उत्तर, दक्षिण,*

मुझसे निकलती हैं चार दिशा।

अनन्या ने कहा, "ऐसे तो नहीं होता कि दिशा कहीं से निकलती हैं।" अनन्या ने अपना तर्क दिया और कहा, "देखो मैं यहाँ पर खड़ी हूँ। मेरे सामने पूरब है, पीठ पीछे पश्चिम है। बायीं ओर उत्तर है और दाहिनी ओर दक्षिण है। दिशायें इस तरह से निकलती हैं।"

प्रोफेसर ने खुश होते हुये कहा, "कमाल हो गया अनन्या तुमने तो पहेली का हल सुलझा लिया।" अरमान अभिनीत और अनन्या चौंक पड़े, "भला वो कैसे?" प्रोफेसर ने अपनी बात सभी को समझाना शुरु किया। दिशायें तभी बाहर निकलती हैं जब कोई केन्द्र बिंदु होता है। जैसे तुमने खुद को केन्द्र बिन्दु माना चारों दिशायें पैदा हो गईं। जैसे कि मैं अपनी बात को समझाने के लिए एक वृत्त बनाता हूँ।

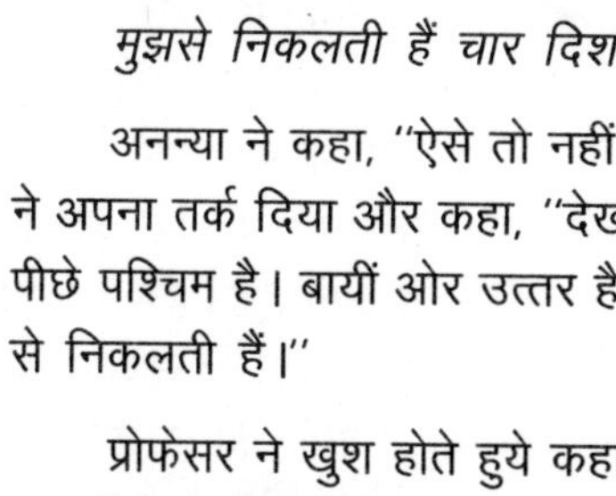

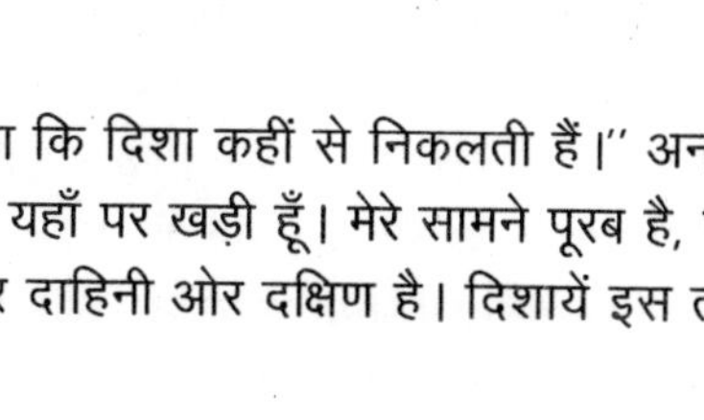

प्रोफेसर ने एक वृत्त बनाया जिसके चार भाग कर दिये। जैसे ही मैंने एक केन्द्र बिंदु बनाया चारों दिशायें मिल जाती हैं। ठीक इसी तरह पहली पहेली को छोड़कर जो किसी जगह के बारे में थी। जिन चार और पहेलियों का हल हमने ढूँढ़ा है, जबाब उन चारों के केन्द्र में है। प्रोफेसर ने एक स्केच खींचा। पहेली का हल जिन-जिन जगहों पर मिला है, उन-उन जगहों को कागज पर निरुपित कर दिया। एक लाइन ऊपर से नीचे और दूसरी लाइन बांयें से दायें की तरफ खींच दिया। इस तरह से एक केन्द्र बन गया जहाँ दोनों लाइनें एक दूसरे को काट रही हैं। इस तरह हमें एक केन्द्र मिल गया। अरमान ने प्रोफेसर की बात को पूरा किया और कहा, ''और केन्द्र से चारों दिशायें भी।'' अभिनीत ने हैरानी भरे स्वर में कहा, ''कमाल है, बिना एक भी हड्डी टूटे पहेली का उत्तर मिल गया।'' अरमान ने कहा, ''कुछ और भी बातें हैं जो कि काफ़ी मायने रखती हैं और वो हमसे छूट रही हैं। मुझे लगता है कि स्वर्ण-प्रतिमा भी काफ़ी अहम है, क्योंकि पहेलियाँ तभी शुरु हुईं थी जब मेरे हाथ ने अरस्तू, जो कि उस स्वर्ण-प्रतिमा का केंद्र था उसका स्पर्श हुआ था।'' प्रोफेसर ने कहा, ''हाँ, इस बात में दम है।'' ऐसा कहकर प्रोफेसर ने बिंदु-बिंदु देकर चारों जगहों को इस ढंग की संरचना में ढालने की कोशिश करने लगे जैसी कि स्वर्ण-प्रतिमा की बनावट थी। बाद में उसे सीधी लाइन से मिला दिया तो उस आकृति ने बिलकुल स्वर्ण-प्रतिमा का रुप ले लिया। प्रोफेसर ने कुछ सोचते हुये कहा, ''इसका मतलब आसाम और मेघालय में जहाँ-जहाँ पहेली के हल मौजूद हैं और उसे एक सलीके से आपस में मिलाया जाए तो वह स्वर्ण-प्रतिमा का स्वरुप ले सकता है। यह भी अपने-आप में एक पहेली बन गई कि आखिर यह स्वर्ण-प्रतिमा है क्या? मुझे तो इसमें कोई गहरा सुराग लगता है। यह तो हमें उलझाने की कोशिश कर रही है।'' अभिनीत ने एक झुंझलाहट के साथ कहा, ''इसने तो हमें और भी उलझन में डाल दिया।'' अनन्या ने सभी की उलझन दूर करने के लिए एक नया प्रस्ताव रखा, ''प्रोफेसर, हम आपके तरीके से चलते हैं। हम चलकर पता लगाते हैं कि केंद्र पर क्या है बजाय कि यहाँ बैठे-बैठे उलझने से।'' प्रोफेसर ने कहा, ''एक बात तो तय है केंद्र पर कुछ ऐसी चीज़ मिलने वाली है जो कि अब तक की मिली चीजों में सबसे बेहतरीन होगी। और वही एक चीज है जिसका कोई गहरा जुड़ाव है पहेली में अब तक की मिली सारी चीजों से। एक बात और! केंद्र पर जो कुछ भी होगा उसका कोई गहरा रिश्ता अरमान के साथ है क्योंकि इन पहेलियों को अरमान ने शुरु किया था श्रापित स्वर्ण-प्रतिमा का केंद्र छूकर।''

अरमान ने अपने सिर पर हाथ रखकर कहा, ''हाँ, मुझे एक चीज और याद आई। पहेलियों का सौदागर किसी वारिस की बात कर रहा था जो कि मुझे समझ में नहीं आया।'' अभिनीत ने कहा, ''धत् तेरी की, कहीं वह ईर्ष्यावश तुम्हे फँसाने

की कोशिश तो नहीं कर रहा है अरमान। मुझे तो ये उस पहेलियों के सौदागर की कोई गहरी चाल लगती है।'' अनन्या ने कहा, ''हम तो पहले से ही फँस हुये हैं, वह हमें और कितना फँसायेगा।''

अभिनीत ने बहुत ही हड़बड़ी में कहा, ''तब तो हमें जल्दी से देखना चाहिए कि केंद्र पर क्या है?''

अरमान ने कहा, ''इस बार भी पहेलियों का सौदागर मुझसे हमदर्दी जता रहा था।'' अनन्या ने कहा, ''यह तो अच्छी बात है।''

''मुझे लगता है तुम पहले शख़्स हो जो इन पहेलियों की दुनिया में पहेली को इतना आगे तक आया है। शायद इसीलिए वह तुमसे हमदर्दी जता रहा है। प्रोफेसर ने कहा और तुरन्त ही उनका ध्यान अनन्या की तरफ़ चला गया। अनन्या तुम जीपीयस की मदद से सैटेलाइट मैप देखकर केंद्र की सही स्थिति का निर्धारण करो। आओ चलकर देखते हैं, आखिरकार केन्द्र पर क्या है? अनन्या ने सैटेलाइट से नक्शा देखकर केंद्र की सही स्थिति का पता लगा लिया। उसने केन्द्र का अक्षांश और देशांतर नोट कर लिया और उसे अपने जीपीयस के डाटाबेस में रख लिया। सब कुछ तय हो जाने के बाद प्रोफेसर सभी को लेकर केन्द्र के पास पहुँच जाते हैं। लेकिन वहाँ पहुँचने पर नज़ारा ही कुछ और होता है।

वहाँ जगह-जगह पर दलदल था। एक औसत ऊँचाई के पेड़, जगह-जगह दलदली घासें उगी हुई थीं। कहीं-कहीं पर जहाँ दलदल नहीं दिखाई दे रहे थे वहाँ पर खुली रेत ही दिखाई दे रही थी। दिन में सूरज की धूप को रेत काफ़ी मात्रा में सोख लेती थी। इसलिए वहाँ पर गर्म हवाओं के थपेड़े चलना आम बात थी। वे केंद्र के आस-पास तो पहुँच ही गये थे। लेकिन अब भी उनको किसी चीज की तलाश थी। अनन्या ने अपनी निगाहें एक दलदल के पास टिकाई, ''हम केंद्र के काफ़ी करीब हैं। लेकिन मेरे जीपीयस यंत्र के अनुसार केंद्र की एकदम सटीक स्थिति यहाँ से दस कदम आगे उस दलदल में पड़ रही है।''

प्रोफेसर ने कहा, ''हाँ, उस चीज को दलदल में ही होना चाहिए, तभी वह सुरक्षित है। ख़ैर मनाओ कि दस क़द्म पर ही हमें वह चीज़ मिल जाएगी।'' अभिनीत ने दलदल की तरफ़ उचककर देखते हुये कहा, ''हमने सोचा था कि हम जल्द ही उस चीज को ढूँढ़ निकालेंगे पर यह तो हमारी गलतफहमी लगती है।'' अभिनीत का इशारा दलदल के नकारात्मक पहलू पर था। प्रोफेसर ने कहा, ''हाँ, सिर्फ़ सोचने से कुछ नहीं होता सिवाय गलतफहमी के पैदा होने के। इन दलदली रास्तों और घासों से गुज़रना ज़रा-सा मुश्किल तो होगा ही। पता नहीं यह दलदल कैसा है? दस कदम चलने में हमारे दस जन्म तो ये याद करा ही देगा।''

अरमान ने एक आत्मविश्वास से कहा, ''मैं दलदल में उतर रहा हूँ।'' प्रोफेसर ने कहा, ''दस कदम ज्यादा दूर नहीं है। और सबसे अहम बात तुम्हें अपने कमर के पास मोटी रस्सी बाँधकर वहाँ तक जाना चाहिए मान लो अगर तुम दलदल में धँस जाओ तो हम तुम्हें खींच कर बाहर निकाल सकते हैं।'' अरमान ने कहा, ''ठीक है प्रोफेसर!''

अब अरमान पूरी तैयारी के साथ धीरे-धीरे दलदल में उतर गया। उस दलदल में आगे की तरफ़ एक एक कदम बढ़ाना बेहद ही मुश्किल काम था क्योंकि गीली मिट्टी पूरे शरीर के भार को और भी ज्यादा बढ़ा दे रही थी। अरमान कहीं-कहीं पर छाती जितना दलदल में डूब जाता और फिर वहाँ से एक क़दम आगे बढ़ाने के लिए पूरी शक्ति लगानी पड़ती। बाहर खड़े प्रोफेसर, अभिनीत और अनन्या अरमान का हौसला बढ़ा रहे थे। आख़िरकार बड़ी मुश्किल से अरमान उस दलदल में दस कदम आगे तक बढ़ पाया। वहाँ तक पहुँचने के बाद अरमान को ऐसा लग रहा था जैसे उसकी पूरी शक्ति क्षीण हो चुकी हो। अरमान के लिए ख़ुशी की बात यह थी कि उसे कुछ मिल चुका था। इसलिए उसका दलदल में उतरना सार्थक हो चुका था। अरमान ने अपनी पूरी शक्तियों को समेटकर कहा, ''प्रोफेसर यहाँ पर कोई चीज मिली है, लेकिन वह बहुत ही भारी है। मैं इसे उठा नहीं सकता।''

प्रोफेसर ने पूछा, ''किस तरह की चीज़ है वो।'' अरमान ने उस चीज को दलदल के अंदर ही छूकर देखा और कहा, ''धातु का कोई मजबूत वर्गाकार और भारी कवच मालूम होता है।'' प्रोफेसर ने कहा, ''अपने कमर की रस्सी निकालकर उस कवच में फँसा दो। हम रस्सी को खींचकर सख्त कर देते हैं। इससे तुम्हें उस दलदल से बाहर निकलने में सुविधा होगी।'' अरमान ने वैसा ही किया। उसने कमर में बंधी रस्सी से उस वर्गाकार कवच को बांध दिया। रस्सी का एक सिरा प्रोफेसर, अभिनीत और अनन्या कसकर पकड़े हुये थे। रस्सी अब पूरी तरह से तनी हुई थी इसलिए अरमान को उस दलदल से बाहर निकलने में ज्यादा दिक़्क़त महसूस नहीं हुई। अरमान के उस दलदल से बाहर निकलते ही सभी ने सबसे पहले उसको संभाला। दलदल के किनारे ही सहारे से बिठाकर उसके सारे पोशाक शरीर से अलग किये क्योंकि वह पूरी तरह कीचड़ से लथपथ थे। और इससे अरमान को काफ़ी दिक्कत महसूस हो रही थी। अरमान का शरीर पूरी तरह से थका हुआ था। उसकी प्यास बढ़ी हुई थी। अनन्या ने अरमान को थोड़ा पानी पिलाया, तब जाकर उसे कुछ सुकून मिला।

''धातु की उस वर्गाकार चीज़ को अपनी गाड़ी में फँसा कर बाहर खींच लेते हैं।'' प्रोफेसर ने कहा और उन्होंने अपनी गाड़ी स्टार्ट की जो कि वहाँ से कुछ दूर

पर खड़ी थी। रस्सी का एक सिरा गाड़ी में फँसा कर प्रोफेसर जल्द ही उस वर्गाकार चीज़ को दलदल से बाहर खींच लेते हैं।

''यह वर्गाकार कवच बहुत ही भारी लगता है।'' अभिनीत ने कहा और उसकी टेक लेकर वहीं पर खड़ा हो गया, ''कम से कम चार लोगों की जरुरत पड़ेगी इसको उठाने के लिए।'' सभी ने मिलकर धातु के उस वर्गाकार कवच को उठाकर गाड़ी में रखा और वापस आ गये। प्रोफेसर ने धातु की बनी उस चीज पर हाथ रखते हुये कहा, ''इतना भारी, सख्त और मोटे धातु का कवच मैं पहली बार देख रहा हूँ। मुझे लगता है इसके अंदर कोई महत्त्वपूर्ण चीज होगी जिसकी सुरक्षा के लिए इतना मोटा और सख्त धातु का कवच इस्तेमाल में लाया गया गया है।'' अनन्या ने झुककर धातु की उस चीज़ के अगल-बगल देखा और कहा, ''लोहे की यह मोटी-मोटी पट्टियां हर किनारे की तरफ़ हैं, पर इसको खोलने का कोई तरीक़ा नज़र नहीं आ रहा है।'' प्रोफेसर ने कहा, ''कोई न कोई तरीक़ा लगाकर इसे खोलना ही पड़ेगा, नहीं तो पहेली में हम आगे नहीं बढ़ सकते। यहाँ कवच के पीछे की तरफ़, घुमाने वाला गोल आकृतिनुमा कोई चीज़ है।'' हर कोई उस गोलाकार आकृति को गोल-गोल घुमाकर उसको खोलने का अपना तरीक़ा आजमा रहा था। पर काफ़ी देर प्रयास करने के बाद भी मज़बूत धातु का वर्गाकार कवच किसी से नहीं खुला। अक्सर इंसान पहले वो तरीक़ा इस्तेमाल करता है जो उसके दिमाग में चल रहा होता है। जब उस तरीक़े से काम नहीं बनता तो उसका ध्यान कुछ नयी तरह की संभावनाओं पर जाता है। और ये नये तरह की संभावनायें ही आविष्कारों की जननी होती हैं। जब किसी से काम नहीं बना तो अभिनीत उस वर्गाकार कवच के हर तरफ़ देखने लगा। अचानक उसके हाथ ने एक खुरदुरी सतह को छुआ। एक मुस्कान अभिनीत के चेहरे पर बिखर गई, ''लगता है अब मैं इसे खोल लूँगा।'' अनन्या ने आश्चर्य से पूछा, ''पर कैसे?''

अभिनीत ने कहा, ''अभी बताता हूँ।'' ऐसा कहकर अभिनीत ने अपनी जेब से एक सिक्का निकाला। एक सादा कागज उस खुरदुरी सतह पर रखकर सिक्का उस पर रगड़ने लगा। यह वह तरीक़ा है जब बचपन में हम कागज पर सिक्के का चित्र बनाते थे। जिसमें एक सिक्का नीचे होता था और दूसरा उसके ऊपर। ऊपर वाला सिक्का रगड़ने से नीचे वाले सिक्के का चित्र काग़ज़ पर उग आता था। अभिनीत ने उस खुरदुरी सतह पर एक सादा काग़ज़ रखकर सिक्का उस पर रगड़ा। कुछ ही देर में उस सादे काग़ज़ पर एक लिखावट उभर आई थी। अभिनीत ने उस काग़ज़ को अनन्या को थमाते हुये कहा, ''तुम्हें तो आसामी पढ़ने आती है ना। पढ़ो इसे।'' अनन्या ने उस काग़ज़ को पकड़ते हुये कहा, ''आज तो तुमने कमाल कर दिया अभिनीत।'' अभिनीत ने गंभीर स्वर में कहा, ''तुम्हें क्या लगा अनन्या! सिर्फ तुम्हीं कमाल कर सकती हो।'' अनन्या ने कहा, ''ठीक है, अब

मैं जैसा कह रही हूँ, वैसा ही करो। सबसे पहले इस गोलाकार आकृति को 180 डिग्री बायीं ओर घुमाओ और फिर 360 डिग्री दाहिनी ओर, फिर लोहे की उस गोल चीज को अंदर की तरफ़ ढकेल दो और फिर पूरी ताकत के साथ बाहर की तरफ़ खींच दो।'' अनन्या के आख़िरी शब्द कहने तक अभिनीत ने धातु के उस कवच को एक झटके में ही खोल दिया।

प्रोफेसर ने अभिनीत को शाबाशी दी और कहा, ''तुमने अच्छा काम किया।'' ख़ैर अब अपना ध्यान पहेली पर केंद्रित करते हैं और देखते हैं इसके अंदर क्या चीज है? जिसकी सुरक्षा के लिए इतना सख़्त और मज़बूत धातु का कवच इसको पहनाना पड़ा। प्रोफेसर ने जब उस धातु का मोटा कवच हटाया तो अंदर की चीज तकरीबन सात इंच मखमली रुई और रेशम से ढँकी हुई थी। सभी मखमली रुई और रेशम की परत देखकर हैरान थे। अरमान ने कहा, ''कमाल है, इसके अंदर क्या हो सकता है?'' प्रोफेसर ने कहा, ''अंदर की चीज की सुरक्षा के लिए ही रुई और रेशम का इस्तेमाल किया गया है। अंदर हो सकता है कोई नाजुक चीज हो।'' अभिनीत ने कहा, ''इसके लिए तो मखमली रुई और रेशम की परत को चाकू से फाड़ना होगा।'' ऐसा कहकर अभिनीत ने उस मखमली रुई और रेशम की परत को चाकू से हटाया। अंदर की चीज देखकर सभी लोग हैरान थे। प्रोफेसर ने उस चीज़ को हाथ में ले लिया। उसके ऊपर एक जोरदार फूँक मारी जिससे कि उसके ऊपर बिखरी हुई रुई और रेशम एक झटके में ही उड़ गये। प्रोफेसर ने एक गहरी साँस भरी और उस अनोखी चीज पर अपना हाथ फेरा। आश्चर्य से एकटक देखते हुये उन्होंने धीमी आवाज़ में कहा, ''ये तो एक स्मृति-चिन्ह लग रहा है, काँच का बना हुआ। बेहद हल्का और नाजुक। शायद दुनिया का एक और आश्चर्य। तो यह वजह है, धातु की इतनी मोटी परत इस पर लगाने के लिए। और उसके नीचे रुई और रेशम की मोटी परत इस पर चढ़ाने के लिए। इतना चमकदार, आकर्षक, बेहतरीन नक्काशी से युक्त। यह वाकई में सोच से परे की चीज है।''

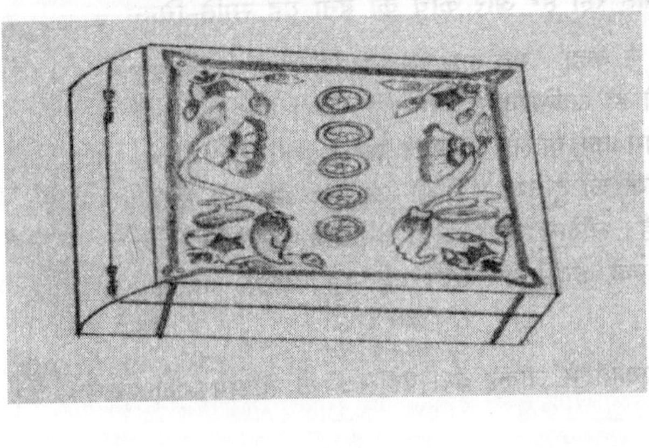

"यह तो वाकई में बहुत खूबसूरत है। अब तक की मिली सारी चीजों में से यह सबसे ख़ास है।" अनन्या ने कहा और उस स्मृति-चिन्ह को अचरज और प्रसन्नता के भाव से निहारती है।

अभिनीत नीचे पड़े धातु के कवच में ही उलझा हुआ था। उसने धातु के खुले कवच कल पुर्जे को लेकर उलटते-पलटते हुये कहा, "इस कवच को बनाने में कौन सी धातु का इस्तेमाल किया गया है, जिसकी वजह से आज तक यह बेहद सख़्त, मजबूत और टिकाऊ है। इसकी गुणवत्ता में जरा सी भी गिरावट नहीं आई।" अनन्या ने कहा, "प्राचीन कलाकृतियाँ काफ़ी नायाब हुआ करती थी और उनमें कुछ रहस्य भी छिपे होते थे। जैसे कि गुप्तकालीन लौह स्तंभ जिस पर आज तक जंग नहीं लगा है। मैंने कई प्राचीन प्रतिलिपियों को पढ़ा है जिनमें ऐसी स्याही का इस्तेमाल होता था, समय के साथ भी उसमें जरा सी भी गिरावट नहीं आती थी।" अभिनीत ने अनन्या से कहा, "भोपाल की नाचती हुई प्रतिमायें" इसके बारे में क्या ख्याल है तुम्हारा?"

अनन्या ने दो टूक जबाब दिया और कहा, "ऐसी कोई भी धरोहर नहीं है।" अभिनीत ने प्रत्युत्तर में कहा, "मालूम था मुझे! मैं तो बस तुम्हारा टेस्ट ले रहा था।" अनन्या ने घूरकर अभिनीत की तरफ देखा और कहा, "तब तो मैं पास हो गई।" अभिनीत ने हामी भरी, "हाँ, हमेशा की तरह।" अरमान ने स्मृति-चिह्न को अपने हाथ में लिया। वह उसे उलट-पलट कर हर तरफ़ से उसका अच्छी तरह से मुआयना कर रहा था। अरमान ने कहा, "इस स्मृति-चिह्न के किनारे-किनारे धातु की पतली राड जैसी संरचना है जिसने इस स्मृति-चिह्न को चारों तरफ से बंद कर रखा है। यह उस किताब के जैसी लग रही है, जिसमें एक भी पन्ना नहीं है। किताब खोलने पर जैसे दोनों तरफ़ के कवर पेज ही हों। सबसे अहम पहलू इस स्मृति-चिह्न पर बने पाँच गोल-गोल एक जैसी दिखने वाली आकृतियाँ हमसे क्या कहना चाह रही हैं? और काँच का बना यह स्मृति-चिहन खुलेगा कैसे? "

प्रोफेसर ने कहा, "यह कुछ ऐसा है, जिसका जवाब शायद अगली पहेली में हो। जो भी हो आख़िरकार हमने ढूँढ़ लिया केंद्र पर उपस्थित इस अनोखी चीज को। आगे की पहेली का राज जरुर इस स्मृति-चिह्न के इर्द-गिर्द ही घूमेगा। पहेलियों की दुनिया में मिली अब तक की सारी चीजें इसी स्मृति-चिह्न से जुड़ी हुई हैं। लेकिन पहले छोड़ो इन सब बातों को। मुबारक हो सभी को, हम पहेली में एक क़दम और आगे बढ़ गये। जाओ, पहेली का जबाब उसे दे दो अरमान।"

अरमान एकांत में जाकर उस पहेलियों के सौदागर को पुकारता है।

ओ पहेलियों के सौदागर,
मैंने ढूँढ़ा है, तेरे प्रश्नों का मोल,
दे दो तुम मेरी जिंदगी अनमोल।
ढूँढ़ लाऊँगा सातवीं पहेली का हल।
करो विश्वास, रखो मुझ पर आस,
दे दो कुछ श्वास, पहेलियों के साथ।

इसी के साथ एक काली और उजली छाया प्रकट हुई जो दिखाई नहीं देती, उसकी आवाज़ सिर्फ अरमान को सुनाई पड़ती थी। पहेलियों के सौदागर ने अपने अंदाज़ में कहा, ''पहेलियों की दुनिया में तुम्हारा स्वागत है अरमान। क्या तुमने ढूँढ़ लिया छठवीं पहेली का हल?'' अरमान ने कहा, ''हाँ, मैंने ढूँढ़ लिया। एक स्मृति-चिह्न, काँच का बना हुआ। बेहद ही नाजुक, हल्का और खूबसूरत।'' पहेलियों के सौदागर ने कहा, ''यह स्मृति-चिह्न तुम्हारे पास है, इसका मतलब तुम इसके दूसरे वारिस हो।'' अरमान ने आश्चर्य से पूछा-किस तरह का वारिस? और दूसरे वारिस से क्या तात्पर्य है? और पहला वारिस कौन था मैं समझा नहीं।'' पहेलियों के सौदागर ने कहा, ''जब तुमने छह पहेलियाँ सुलझा लीं तो यह कोई बड़ी चीज नहीं है। शेष बची दो पहेलियों में तुम्हें तुम्हारे सारे सवालों के जवाब मिल जायेंगे। यह स्मृति-चिह्न कोई साधारण चीज नहीं है। यह तुम्हारा भविष्य है, तुम्हारे हर सवालों का जवाब इसके पास मौजूद है। इस पर बनी पाँच एक ही जैसी गोल-गोल आकृतियां, प्रकृति के पाँच अहम तत्वों को दर्शाती हैं। अग्नि, वायु, पृथ्वी, हवा और आकाश जिससे मिलकर तुम्हारा शरीर बना हुआ है। तुम्हें मेरी बातें समझ में आईं अरमान।''

अरमान ने कहा, ''हाँ, पर एक बात मुझे पूछना है। वारिस के लिए मुझे ही क्यों चुना गया? मेरे अंदर ऐसी कौन सी खूबी है?'' उस पहेलियों के सौदागर ने कहा, ''कुछ फैसले ऐसे होते हैं जिन पर इंसानों का वश नहीं चलता है। ये कुदरत के फैसले होते हैं। ये उसकी मर्जी होती है। उन मामलों में कब, क्या, क्यों और कैसे इस तरह के प्रश्नसूचक सवाल पूछना बेईमानी लगता है? हर एक इंसान के अंदर कोई न कोई मज़बूत पक्ष होता है तो उसकी कुछ कमजोरी भी होती है। ये तो तुम्हें ढूँढ़ना है कि तुम्हारे अंदर ऐसा कौन सा मजबूत पहलू है जिसकी वजह से इस स्मृति-चिह्न ने तुम्हें अपना वारिस चुना है। जाओ अगली पहेली है......

बिखरे पन्नों को है जोड़ना,
सही ढंग से सही तोल तोलना।
राज छुपा है पंच-तत्वों के खेल में,
रहस्यों की चाभी है इनके मेल में।।

9 सातवीं पहेली का हल और स्मृति–चिहन् का वारिस

कुछ ही देर में अरमान सभी के बीच आ चुका था। अनन्या ने उत्सुक होकर पूछा-अगली पहेली क्या है अरमान? अरमान ने कहा,

बिखरे पन्नों को है जोड़ना,
सही ढंग से सही तोल तोलना।
राज छुपा है पंच-तत्त्वों के खेल में,
रहस्यों की चाभी है इनके मेल में।।

''*बिखरे पन्नों को है जोड़ना...* प्रोफेसर ने पहेली की पहली लाइन को मन ही मन दो-तीन बार बुदबुदाया। कुछ देर इस पर मनन करने के बाद कहा, ''ये तो पहले से ही तय हो गया था कि पहेली में हमें अब तक की मिली सारी चीजें इस स्मृति-चिहन् से जुड़ी हुईं हैं। मगर सवाल है कैसे? राजकुमारी तुरुपि का लाकेट, एक स्वर्ण-दंड और ताँबे का बना बरगद का पेड़। ये सब स्मृति-चिहन् से कैसे जुड़े हुये हैं?'' '*सही ढंग से सही तोल तोलना,*'... प्रोफेसर ने पहेली की दूसरी लाइन को पढ़ा। और गहराईपूर्वक इस पर मनन करने लगे। इस पहेली में जो अलग-अलग चीजें मिली हैं। उन्हें इन पाँचों एक जैसी गोल दिखने वाली आकृतियों पर बिलकुल सही जगह पर रखना है। शायद तभी यह स्मृति-चिन्ह अंदर से खुलेगा। मगर कैसे? हमारे पास तो तीन ही चीज़ें हैं और यहाँ पर पाँच एक ही जैसी दिखने वाली गोल आकृतियाँ बनी हुईं हैं।

अरमान ने एक समान दिखने वाली गोल आकृतियों पर अपनी अंगुली रखी और कहा, ''एक बात मैं सभी लोगों को बताना चाहूँगा कि यहाँ इस स्मृति-चिहन् पर गोल-गोल एक जैसी दिखने वाली आकृति दरअसल में प्रकृति के पाँच अहम तत्त्व अग्नि, वायु, पृथ्वी, हवा और आकाश की तरफ इशारा कर रही है। ऐसा उस पहेलियों के सौदागर ने बताया।'' अनन्या अचानक से चौंक पड़ी, ''क्या कहा तुमने?'' अरमान ने कहा, ''इस पर बनी पाँच गोल-गोल आकृतियाँ प्रकृति के पंच तत्त्वों की तरफ़ इशारा करती हैं। और पहेली की तीसरी लाइन '*राज़ छुपा है पंच तत्त्वों के खेल में...*' यह भी तो इसी तरफ़ इशारा करती है।'' अनन्या ने अपने दोनों

हाथ अपने मुँह पर रखे और कहा, "ओह नो! पंच-तत्त्व! मैंने ध्यान ही नहीं दिया और पहेली की आखिरी दो लाइनों को बुदबुदाया,

राज छुपा है पंच-तत्वों के खेल में,
रहस्यों की चाभी है इनके मेल में।।

इसका मतलब वो सब कुछ सच था जो कि उस दुर्लभ किताब में मैंने पढ़ा था। अब मुझे कुछ-कुछ समझ में आ रहा है।" प्रोफेसर ने उत्सुक होकर पूछा-क्या समझ में आ रहा है अनन्या? अनन्या ने अपनी गुस्से से भरी निगाह अरमान और अभिनीत पर टिकाई, "सबसे पहले मुझे इन दोनों बेवकूफों पर बहुत ही गुस्सा आ रहा है।" अभिनीत ने अपनी आँखें पूरी फैलाई और विस्मय से कहा, "मेरे और अरमान पर, लेकिन क्यों?"

"याद करो कुछ दिन पहले जब मेरे हाथ खजाने की एक दुर्लभ किताब लगी थी जो कि आसामी भाषा में थी। उस किताब में खजाने तक पहुँचने के लिए किसी रहस्यमय चीज़ का जिक्र था। अब मुझे समझ में आ गया है। यह स्मृति-चिहन् ही है वह रहस्यमयी चीज।" अरमान ने कहा, "हाँ, उस पहेलियों के सौदागर ने कहा था कि यह तुम्हारा भविष्य है। तुम्हारे हर सवाल का जवाब इसके पास मौजूद है। तुम इस स्मृति-चिहन् के दूसरे वारिस हो। लेकिन जरा बतलाओ की वो दुर्लभ किताब इस स्मृति-चिहन् से कैसे जुड़ी हुई है?" अनन्या ने कहा, "सब कुछ बताती हूँ। उस किताब के अनुसार प्रकृति के पाँच तत्त्वों में से चार तत्त्व चार चाभियाँ थीं, पाचवें तत्व की अर्थात ताले की।" अभिनीत ने रुआंसे स्वर में कहा, "क्या पहेली में अब तक जो चीजें मिली हैं, वो सब चाभी हैं। ओह, मेरे सपने का क्या होगा? मुझे तो लगा कम से कम इस स्वर्ण-दंड को बेचकर करोड़ रुपये तो मिल ही जायेंगे। पर ऐसा लगता है हमारी सारी मेहनत मिट्टी में मिल गई।" अनन्या ने अभिनीत पर ताना मारा, "यहाँ हम ख़जाने के बेहद पास हैं और तुम इस छोटे से स्वर्ण दंड के पीछे पड़े हो।"

प्रोफेसर ने कहा, "अनन्या, मुझे तुम्हारी बात समझ में नहीं आ रही है। अपनी पूरी बात को विस्तार से समझाओ।

अनन्या ने कहा, "ठीक है, मैं अपनी बात को अच्छे तरीक़े से समझाती हूँ।" अनन्या ने राजकुमारी तुरुपि का लाकेट ले लिया और अपनी बात समझाने लगी। आप सबको पता है यह लाकेट हमें नदी के पास, फूलों की घाटी में मिला था। इसकी ख़ासियत से यहाँ हर कोई वाक़िफ है। यह ख़ास तोहफा राजकुमारी को उपहार में दिया गया था। क्योंकि राजकुमारी का मन पवित्र और निर्मल था बिलकुल पानी की तरह। इसलिए यह लाकेट पानी में दिखाई नहीं पड़ता है। ऐसा

हम सभी वाकिफ हैं। इसका मतलब यह लाकेट जल तत्त्व से जुड़ा है। काँच के इस स्मृति-चिन्ह पर, इन पाँच गोल-गोल आकृतियों में से एक है जो पानी तत्त्व को दर्शाता है। जैसे ही हम राजकुमारी के लाकेट को उसकी तरफ़ ले जायेंगे वह इसे तेजी से आकर्षित करेगा क्योंकि यह उसकी चाभी है। दरअसल यह एक मैग्नेट की तरह है जिसमें उत्तर और दक्षिण दो पोल होते हैं। समान पोल के दो चुम्बक में प्रतिकर्षण होता है और विपरीत पोल के दो चुम्बक में आकर्षण होता है। जैसे ही मैं इस लाकेट को इस स्मृति चिह्न जल तत्त्व वाले गोल हिस्से के पास ले जाऊँगी। यह गोल वाला हिस्सा आकर्षण की वजह से पलट जायेगा क्योंकि इस गोल वाले भाग के अंदर की जो नक्काशी होगी, उसमें राजकुमारी तुरुपि का यह लाकेट बिलकुल फिट हो जायेगा। यही है पहेली की दूसरी लाइन... *सही ढंग से सही तोल तोलना।*

प्रोफेसर ने कहा, "ठीक है, अब आगे बढ़ो।"

अभी मैं उन चार पक्षियों की बात नहीं कर रही हूँ। उसके बाद हमें मिला ताँबे पर अंकित बरगद का पेड़ जो चिह्न था पुजारियों और धर्मावलम्बियों का। जिसके लिए हमें हवा के भँवर के जरिये उस शांत और मौन की आध्यात्मिक दुनिया में जाना पड़ा था। आमतौर पर एक साधारण पेड़ दिन में कार्बन डाई आक्साइड लेता है और ऑक्सीजन बनाता है। लेकिन रात को यह प्रक्रिया उल्टी हो जाती है। बरगद का पेड़ पर्यावरण में चौबीस घंटे ऑक्सीजन छोड़ता है और बरगद का पेड़ एक आम पेड़ की तुलना में कई गुना ज्यादा ऑक्सीजन भी बनाता है। इसलिए बरगद के पेड़ का पारिस्थितिकी तंत्र को संचालित और शुद्धिकरण करने में अहम रोल होता है। इसी वजह से हमारे धर्मों में बरगद के पेड़ को एक महत्त्वपूर्ण स्थान मिला है। बरगद के पेड़ को देवता मानकर उसकी पूजा की जाती है। शायद यही वजह थी इस चिहन् को पुजारियों और धर्मावलम्बियों द्वारा चुना जाना हवा के प्रतीक के तौर पर।

प्रोफेसर ने कहा, "एक और चीज़ हो सकती है, बरगद के पेड़ को हवा का प्रतीक चुनने के लिए, वह सशक्त और मजबूत होता है हवा की तरह।"

अनन्या ने कहा, "आख़िरी चीज हमें मिली वह स्वर्ण-दंड, उस गड्ढ़े में जो कि पूरी तरह ज्वालामुखी के लावा से पटा हुआ था। सोना और आग में बेहद ही गहरा संबंध होता है। सोने की चमक आग में दहकने से पैदा होती है। सोने को जितना दहकाया जाय, उसकी चमक बढ़ती जाती है। इसलिए आग का एक अहम रोल होता है सोने को चमकाने में। स्वर्ण-दंड में अग्नि जैसी चमक है। इसलिए यह अग्नि का प्रतीक चिहन् है। तो सब मिलाकर हमारे पास तीन ही चाभियां हैं।

अरमान ने कहा, ''तब तो एक चाभी और होनी चाहिए जो कि पृथ्वी के प्रतीक के तौर पर हो।'' अनन्या ने कहा, ''उस पर चार पक्षियों के चिह्न भी अंकित होने चाहिए। शायद जंगल में जो जियोग्लिफ़ हमें मिले थे, उसका यही मतलब होना चाहिए।'' अभिनीत ने कहा, ''चार पक्षियों का मतलब चार दिशायें, शायद यही है पृथ्वी की पहचान। लेकिन वह तो हमें वहाँ नहीं मिला या फिर हमने खोजा ही नहीं।'' प्रोफेसर ने कहा, ''चार पक्षियों का मतलब सिर्फ़ चार दिशायें ही नहीं और भी बहुत से मतलब हो सकते हैं। जैसे कि पक्षी का मतलब पृथ्वी पर जीवन से भी हो सकता है। पर यहाँ हमारा सवाल बनता है, काँच के बने इस स्मृति चिन्ह पर पाँचवीं गोल आकृति हमसे क्या कहना चाहती है?'' अनन्या ने कहा, ''आकाश! वो अहम विशाल तत्त्व है जिसके अंतर्गत बाक़ी चारों तत्त्व हवा, जल, अग्नि और पृथ्वी आते हैं। इसलिए कुछ विद्वान आकाश तत्त्व को अलग मानते हैं क्योंकि न तो ये पदार्थ है ना ही ऊर्जा का कोई स्वरुप। इसलिए काँच के बने यह स्मृति-चिहन् ही आकाश तत्त्व है, मतलब वह ताला जिसके अन्तर्गत सभी चाभियाँ मौजूद हैं। दरअसल में यह इस सिद्धांत पर आधारित है कि आकाश तत्त्व व्यापक और विशाल होता है जिसमें बाकी के बचे चारों तत्त्व मौजूद हैं। जबकि स्मृति-चिहन् पर मौजूद पाँचवी गोल आकृति दरअसल में एक धोखा है। वह सिर्फ़ एक खाली जगह है,

अभिनीत ने कहा, ''धोखा से क्या मतलब है?'' अनन्या के कुछ बोलने से पहले प्रोफेसर बोल पड़े। आकाश मतलब ख़ाली जगह, इसलिए इससे जुड़ी किसी भी चीज़ को उन्होंने संकेत के रुप में नहीं रखा। इसे तुम ऐसे समझ सकते हो मान लो किसी छोटे बच्चे को किसी विषय के इम्तिहान में ए और बी के रुप में जोड़े का मिलान करना है। जिसमें एक तरफ़ चार प्रश्न और दूसरी तरफ़ पाँच उत्तर मिले हैं, जिन्हें आपस में सुमेलित करना है। सारे जोड़े सही सुमेलित होने के बाद एक तरफ का पाँचवा विकल्प वैसे ही बचा रहता है जो कि छात्र को उलझाने या चकमा देने के लिए होता है।

प्रोफेसर ने अनन्या को शाबाशी दी और कहा, ''तुम भी काफी अच्छा सोचती हो।'' अनन्या ने कहा, ''आपको बताई सारी चीजों का ज़िक्र मैंने एक दुर्लभ किताब में पढ़ा था।'' प्रोफेसर ने कहा, ''ठीक है, अब निष्कर्ष निकालते हैं। इसका मतलब हुआ अब हमें अपना ध्यान सिर्फ दो चीजों पर लगाना है। अग्नि, जल, वायु, पृथ्वी और आकाश इन पाँचों तत्त्वों का इस स्मृति-चिहन् पर एक कम होगा और सबसे पहले हमें यह पता करना होगा कि इन एक से दिखने वाले पाँच गोल-गोल आकृतियों में इन पाँचों तत्त्वों का कम क्या है? और दूसरा पृथ्वी तत्त्व के प्रतीक के रुप में एक चाभी को ढूँढ़ना है। एक बात तो तय है उस पर चार पक्षियों के

चिहन् जरूर अंकित होंगे उस जियोग्लिफ् की तरह। अनन्या ने एक मुश्किल आसान कर दी, "प्रोफेसर मुझे पाँचों तत्वों का क्रम मालूम है। नीचे से ऊपर बढ़ने पर सबसे पहले जल तत्त्व आता है उसके बाद पृथ्वी, आकाश, वायु और सबसे ऊपर में अग्नि तत्त्व आता है। यह मैंने उस दुर्लभ किताब में पढ़ा था। इसका मतलब स्मृति चिहन् के सबसे पहले वाले गोले पर स्वर्ण दंड, दूसरे गोले पर ताँबे का बना बरगद का पेड़, तीसरा खाली है, चौथे गोले पर पृथ्वी से संबंधित चाभी और पाँचवे पर राजकुमारी तुरुपि का लाकेट।"

प्रोफेसर ने कहा, "तब तो यह बहुत ही अच्छी बात है। इसका मतलब हुआ अब हमें पृथ्वी तत्त्व के प्रतीक के रुप में चौथी चाभी ढूँढनी चाहिए।

अरमान ने कहा, "उतने बड़े भू-भाग पर चार पक्षियों के चित्र बने हुए थे। वहाँ पर ऐसी कोई अजीब चीज भी नही दिखाई दी जहाँ से हमें ऐसा लगे कि यहाँ पर कुछ हो सकता है, सिवाय बंजर जमीन, रेत और पत्थर के।" अनन्या ने कहा, "क्योंकि वहाँ पर कुछ था ही नहीं।"

प्रोफेसर ने कहा, "यह तुम कैसे कह सकती हो?" अनन्या ने कहा, "मैं दावे के साथ तो नहीं कह सकती। लेकिन इस बात की तह तक जाने का एक ही तरीक़ा है। हमें तलंग की पहाड़ियों में जाना ही होगा।" अरमान ने कहा, "यह तलंग की पहाड़ियों का क्या चक्कर है?" अनन्या ने कहा, "उस किताब में तलंग की पहाड़ियों का ज़िक्र था। उस दुर्लभ किताब के जरिये कोई भी ख़जाने तक तो नहीं पहुँच सकता था। इस बात से मैं भलीभांति परिचित थी। लेकिन उसमें कुछ अहम जानकारी थी खजाने के बारे में और कुछ-कुछ पहेलियों से मिलती जुलती जैसे कि इन पंच तत्त्वों का रहस्य।" प्रोफेसर ने कहा, "ख़ैर छोड़ो इन सब बातों को, बताओ कि वह दुर्लभ किताब इस वक़्त कहाँ पर मिलेगी?"

अनन्या ने कहा, "वह किताब मेरे किसी शुभचिंतक ने मुझे दी थी और उन्होंने कहा था, तुम पुरातत्त्व विज्ञान की छात्रा हो। यह एक बेहद दुर्लभ किताब है जो की आसामी भाषा में है। शायद यह तुम्हारे किसी काम आ सकती है। इसके लिए मैंने आसामी भाषा भी सीखी, अब जिसकी जरुरत इस पहेली में भी है। पर जब मैंने इस किताब के बारे में सबको बताया तो सबने मुझे पागल समझा। सबसे बड़ी बात मेरे सबसे करीबी दोस्त अरमान और अभिनीत ने मेरा खूब मज़ाक उड़ाया। मैं उस किताब को पढ़कर तलंग की पहाड़ियों में पहले ही आना चाहती थी ख़जाने

के लिए नहीं बल्कि यह जानने के लिए कि उस किताब में मौजूद कितने तथ्य सही हैं? पर किसी ने मुझ पर भरोसा नहीं किया। पर आज वक़्त ने हमें फिर से वहीं पर ला खड़ा किया है। उस वक़्त मैं अकेली पड़ गई थी। हताशा से घिरी हुई थी, इसलिए मैंने वह किताब कुएं में फेंक दी।''

''कोई और जगह नहीं मिली क्या?'' अभिनीत ने कहा। अरमान ने अपनी ग़लती स्वीकार की और कहा, ''ओह, मुझे माफ़ करना अनन्या! मैंने तुम पर यक़ीन नहीं किया।'' अभिनीत ने सिर झुकाकर कहा, ''और मैंने भी, मैं भी तुम्हारा उतना ही गुनाहगार हूँ।'' अनन्या ने कहा, ''अब आया न ऊँट पहाड़ के नीचे। माफ़ तो करना ही पड़ेगा। अगर मैं तुम दोनों से नाराज़ हो जाऊँगी तो बातें किससे करूँगी। कभी-कभी आपके पास कहने को बहुत कुछ होता है पर कोई भी आपको सुनना नहीं चाहता और एक वक़्त ऐसा भी आता है जब दुनिया आपको सुनने को तरसती है।

''हाँ शायद,'' अरमान ने कहा, ''उनमें एक अलग जज़्बा होता है किसी चीज को जानने, समझने और परखने का और वह जज़्बा तुममें मौजूद है।'' प्रोफेसर ने अनन्या से पूछा, ''क्या हो सकता है तलंग की पहाड़ियों में?'' अनन्या ने कहा, ''प्राचीन पांडुलिपियाँ, ताड़-पत्रों पर लिखी गई। शिलांग से तकरीबन 85 किमी दूर उत्तर पूर्व तलंग की पहाड़ियों में। मैं इसे पूरे दावे के साथ तो नहीं कह सकती लेकिन संभावना है कि पृथ्वी तत्त्व से जुड़ी चौथी चाभी का चिहन् इन्हीं पांडुलिपियों में मिल जाए।

अनन्या ने कहा कि मैं पूरी बात समझाती हूँ। यह बात दरअसल ग्यारहवीं सदी के उत्तरार्द्ध की है जब प्राचीन कामरुप राजाओं की शक्तियाँ क्षीण हो रही थी। कामरुप राजाओं ने आसाम में तीसरी सदी से लेकर ग्यारहवीं सदी तक तकरीबन आठ सौ साल तक शासन किया था। हर सभ्यता की एक शुरुआत होती है, एक वह वक़्त भी आता है जब वह सभ्यता पूर्ण रुप से फलती-फूलती है और उसके बाद अपने विकास की चरमस्थिति पर पहुँच जाती है। जहाँ से उसका विनाश शुरु हो जाता है ठीक मनुष्य के शरीर की तरह। यही हुआ आसाम की उस प्राचीन सभ्यता के साथ। उस समय बाहरी आक्रमण की तादाद बढ़ गई थी। आख़िरी पाल राजाओं को अपना अन्त नजदीक दिखाई दे रहा था। उनके पास ख़जाने और गुप्त महल से संबधित कई अहम और खुफिया जानकारियां थी। आमतौर पर ये जानकारियां उनके राजकारीगर और कुछ ख़ास लोगों के पास होती थी। राजकारीगर और कुछ खास लोगों की सुरक्षा के लिए शिलांग के आस-पास ही किसी गुफा में गुप्त सुरंग के रास्ते जमीन से कई फुट गहराई में एक छोटा सा महल बनवाया गया था। उस महल में एक गुप्त कक्ष था जहाँ ख़जाना और अमूल्य विरासत को रखा जाता था।

चूँकि कामरुप राजाओं ने तकरीबन आठ सौ सालों तक शासन किया था। इसलिए वे बहुत ही अमीर थे। पहले के कामरुप राजाओं ने ही अपने ढेर सारे ख़जाने और अमूल्य विरासत को बचाने के लिए उस छोटे से महल में ही एक गुप्त कक्ष बनवाया था। गुप्त कक्ष एक ख़ास तरह की चाभी से खुलता है। आखिरी पाल राजा के इस महल की खबर एक मुस्लिम आक्रमणकारी को लग गई। उसने अचानक आक्रमण कर दिया। उधर राजा दुश्मनों से लोहा ले रहा था तो इधर राजकारीगर और कुछ खास लोगों को उस छोटे से महल में छुपाने का प्रयास चल रहा था। क्योंकि उनकी सुरक्षा बेहद ही जरूरी थी अगर वो दुश्मन के हाथ लग जाते तो सारा भेद खुल सकता था। जल्दबाज़ी की वजह से सिर्फ़ कुछ लोगों को ही उस महल में ले जाया जा सका क्योंकि उस गुप्त महल का दरवाज़ा ऐसा था कि एक बार बंद होने के बाद दुबारा नहीं खोला जा सकता था। इसलिए बाक़ी के बचे हुये लोग दुश्मन से अपनी जान बचाने और कुछ खुफिया जानकारी को छुपाने शिलांग से दूर तलंग की गुफाओं में जा छुपे। गुफाओं में छिपने से हालांकि उनका मकसद तो पूरा हो गया क्योंकि वो दुश्मनों के हाथों से लगने से बच गये। वे गुफाएं कभी डर और दहशत का प्रतीक हुआ करती थीं। इसलिए उधर कोई भी नहीं जाता था। उन्होंने अपनी पूरी जिंदगी उन्हीं गुफाओं में बिताया। वो सभी कारीगर, शिल्पकार और कलाकार थे। कला का कोई न कोई नमूना उन्होंने तलंग की गुफाओं में जरूर छोड़ा होगा।

प्रोफेसर ने कहा, ''तुम्हारे कहने के अनुसार पृथ्वी तत्त्व से जुड़ी चौथी चाभी का रहस्य तलंग की गुफाओं से मिल सकता है।'' अनन्या ने कहा, ''हाँ, ऐसा ही है।''

अरमान ने कहा, ''पहेलियों के सौदागर ने कहा था यह स्मृति-चिह्न तुम्हें तुम्हारा भूतकाल दिखा सकती है। तुम्हारे हर सवालों के जवाब दे सकती है। इसका मतलब यह खजाने का रास्ता भी बतला सकती है। तब तो यह स्मृति-चिह्न जादुई और अलौकिक ताकतों से भरी हुई है।''

''एक अहम बात बताना तो मैं भूल ही गई।'' अनन्या ने कहा, इस स्मृति चिहन् को हम तभी खोल सकते हैं, जब हमारे पास चारों तत्वों अग्नि, जल, वायु और पृथ्वी से संबधित कोई निशानी या कोई प्रतीक चाभी के रुप में हो और सभी प्रतीकों को उससे संबंधित जगह पर एक वक़्त और एक साथ लगाने होंगे तभी यह खुलेगी अन्यथा नहीं।'' अभिनीत ने कहा, ''इसका मतलब चार लोगों की ज़रुरत पड़ेगी। किस्मत से हम चार तो हैं ही।''

अरमान ने कहा, ''अब सारी चीजें साफ-साफ हो चुकीं हैं। हमें बिना वक्त गवांये तलंग की गुफाओं की ओर बढ़ना चाहिए।''

अभिनीत ने जोश में आकर कहा, ''तो देर किस बात की। चलो चलते हैं तलंग की गुफाओं में, उन प्राचीन पांडुलिपियों को ढूँढ़ने।'' सभी ने अपने आगे के सफ़र के लिए पूरी तैयारी कर ली थी। वे गाड़ी की मदद से तलंग की पहाड़ियों के बहुत ही क़रीब आ गये। यहाँ से उन्हें पैदल ही उन गुफाओं की छानबीन करनी थी, जहाँ कभी उन राजकारीगरों ने अपना आख़िरी वक़्त बिताया था। तलंग की पहाड़ियों में कई छोटी- मोटी गुफायें थी। इन्हीं गुफाओं में सभी की मंज़िल छुपी हुई थी। जल्द ही उन्होंने गुफाओं में अपनी खोजबीन शुरु कर दी थी। वे मुख्यतः गुफाओं के फर्श, दीवार या फिर ऐसी हर चीज पर ग़ौर कर रहे थे। जहाँ से यह पता चल सके कि कुछ लोगों ने इन गुफाओं मे अपना वक्त बिताया हो।

काफ़ी देर खोजबीन करने के बाद उन्हें एक गुफा की दीवार पर भगवान गणेश का एक हस्तनिर्मित स्केच मिलता है। अरमान ने कहा, ''क्या यह संभव है कि उन्होंने इसी गुफा में अपना वक़्त बिताया हो?'' अभिनीत ने कहा, ''इस बात की क्या गारंटी कि दीवार पर बना यह चित्र हजारों साल पुराना है? ऐसे चित्र को कोई भी गुफा में घुस कर बना सकता है।'' प्रोफेसर ने कहा, ''कलाकार आस्थावान होते हैं। यह चित्र भगवान में उनकी गहरी आस्था को दर्शाता है। अगर उन्होंने इस गुफा में अपना वक्त बिताया होगा तो कला का कोई न कोई नमूना अवश्य छोड़ा होगा क्योंकि वो सभी कारीगर थे अनन्या के हिसाब से।'' अनन्या ने कहा, ''हाँ, यह बात तो सही है। पर हमें चित्रों पर नहीं बल्कि उसकी बनावट और शैली पर गौर करना चाहिए।'' कुछ देर छानबीन करने के बाद अरमान को एक और चीज़ मिलती है। अरमान ने सभी को बुलाया और कहा, ''हमारा संदेह अब ख़त्म हो चुका है। ये देखो मध्यकालीन नृत्य।'' दीवार पर बने उस गुफा कला को देखकर सभी का संदेह खत्म हो गया। अनन्या ने कहा, ''कामरुपी नृत्य शैली, इसका प्रचलन तो कामरुप राजाओं के समय से ही है।''

''तब तो बात बन गई।'' प्रोफेसर ने कहा और दाहिने हाथ से गुफाओं की दीवारों का स्पर्श करते हुये कहते हैं। गुफाओं की दीवारें बेहद सख़्त हैं इसलिए एक बात तो तय है कि अगर कोई प्राचीन पांडुलिपि यहाँ मौजूद है तो वो उसे दीवारों में नहीं छुपा सकते हैं। ''तो फिर उसे कहाँ पर छुपाया जा सकता है?'' अरमान ने प्रोफेसर के अंदरुनी विचार को जानना चाहा। प्रोफेसर ने कहा, ''मेरे ख्याल से गुफा के फर्श को ध्यान से देखने की जरुरत है।'' अब सभी की नजरें गुफाओं के फर्श पर गड़ी हुई थीं। पर गुफा की जमीन पूरी तरह से कठोर चट्टानों की बनी हुई थी। छोटे-छोटे कंकड़ पत्थर, उबड़-खाबड़ चट्टानें इधर-उधर बिखरी पड़ी हुई थी। अचानक अरमान की नज़र एक जगह जाकर रुक गई। उसने विस्मय से कहा, ''ये जगह-जगह गड्ढों में पानी कहाँ से आया है?'' अभिनीत ने कहा, ''बरसात का पानी लगता है। जगह-जगह गुफा में छिद्र होने

से शायद यहाँ पर काफी पानी इकट्ठा हो जाता होगा।'' प्रोफेसर ने भी उस गड्ढे को देखा पर कोई प्रतिक्रिया नही दी। तभी अचानक एक गड्ढे की तरफ देखकर उनका दिमाग उस ओर चला गया।

''क्या बात है प्रोफेसर?'' अनन्या ने अपनी निगाह प्रोफेसर की तरफ गड़ाई और कहा, ''इस गड्ढे को आप बड़े ध्यान से देख रहे हैं।'' प्रोफेसर ने कहा, ''इस गड्ढे की बात ही निराली है। अरमान जरा इस गड्ढे में कूदो और देखो कि इसकी तह में क्या है?'' प्रोफेसर के कहे अनुसार अरमान उस गड्ढे में कूद पड़ा और जब उसकी तह में हाथ डाला तो उसके हाथ में मिट्टी लगी हुई थी। प्रोफेसर ने कहा, ''यहाँ जितने भी गड्ढे हैं। उनकी तह में देखो क्या है ?'' अरमान और अभिनीत ने हर गड्ढे की तह को देखा। अरमान ने कहा, ''यहाँ बाकी सारे गड्ढे की तह में पहाड़ी और बलुहट मिट्टी, रेतीले कंकड़, पत्थर और ठोस नुकीली चट्टानें हैं। ताज्जुब है, इसी एक खास गड्ढे में मिट्टी मिली है।'' प्रोफेसर ने अरमान के हाथ में लगी मिट्टी को अपने हाथ में ले लिया। उस मिट्टी को अंगुलियों में लेकर अपने अंगूठे से रगड़ा और उसे बेहद ही ग़ौर से देखने लगे।

''तुम लोगों को पता है यह क्या है?'' प्रोफेसर ने उस मिट्टी की भौतिक प्रवृत्ति जानने के बाद कहा। दरअसल में यह एक महीन और बारीक मिट्टी है, जो अक्सर नदियों के मुहाने पर मिलती है। जिसमें चिकनापन ज्यादा होता है। इसकी खास बात यह है कि यह इतनी महीन और बारीक होती है की यह पानी को आसानी के साथ रोके रख सकती है। एक बात तो तय है कि यह मिट्टी बाहर से लाई गई है और सबसे खास बात इस गड्ढे के ठीक ऊपर में जो सुराख बना हुआ है। उसे दरअसल प्रकृति ने नहीं बल्कि इंसानों ने बनाया है क्योंकि यह सुराख बिलकुल ही सीधा किया गया है यहाँ पर बराबर पानी इकटठा करने के लिए। एक साधारण सा उदाहरण मैं देता हूँ। नदियाँ जो की प्रकृति प्रदत्त हैं उसके रास्ते बेहद टेढ़े- मेढ़े होते हैं। उनका उद्देश्य समुद्र तक पहुँचना होता है न कि हर गाँव या हर कस्बे से होकर गुजरना। पर उससे जो नहर निकाली जाती है वह बिलकुल सीधी होती है क्योंकि उनके बनाने में पैसे की लागत के साथ-साथ, उनकी दिशा और ज़्यादा से ज़्यादा लोगों को लाभ पहुँचाने का उद्देश्य होता है। यह फ़र्क़ है प्राकृतिक सोच और इंसानी सोच में। दरअसल कोई यह चाहता है कि यह जगह हमेशा पानी से भरी रहे ताकि किसी को ज़रा सी भी भनक न लग सके कि यहाँ पर कुछ हो सकता है? आख़िर कोई ऐसा क्यों चाहता है?

अभिनीत ने प्रोफेसर की मंशा भांप ली और कहा, ''मेरे ख्याल से हमें सबसे पहले इस गड्ढे का पानी बाहर निकालना पड़ेगा।''

''एक बात तो माननी ही पड़ेगी आप बहुत दूर तक सोचते हैं प्रोफेसर।''

अरमान ने कहा। बस फिर क्या था। अरमान और अभिनीत ने मिलकर उस गड्ढे से पानी बाहर निकालना शुरू कर दिया। थोड़ी ही देर में काफ़ी पानी बाहर निकाला जा चुका था। तलहटी में बचे कुछ पानी को सभी ने इधर उधर-सुराख करके गड्ढे से तितर–बितर कर दिया। अरमान ने कहा, ''अब हमें सारी मिट्टी को बाहर निकालना पड़ेगा।'' काफ़ी मेहनत करने के बाद उन्होंने सारी मिट्टी को बाहर निकाल दिया। अभिनीत ने अपने माथे का पसीना पोछते हुये कहा, ''मैंने तो सोचा था कि मिट्टी की तह पतली होगी। और क्या होगा अगर हमें यहाँ पर कुछ भी न मिले तो?'' प्रोफेसर ने कहा, ''यहाँ पर कुछ तो जरूर होना चाहिए। उन्होंने सब कुछ बेहद सलीके से छिपाया है।''

''प्रोफेसर नीचे चौकोर पत्थर है और यह काफ़ी भारी लग रहा है।'' अरमान ने गड्ढे में खड़े होकर ऊपर की ओर देखते हुये कहा। ''सबकी मदद चाहिए।'' प्रोफेसर के साथ अनन्या भी उस गड्ढे में उतर गई। सभी ने मिलकर उस भारी-भरकम पत्थर को हटाया। पत्थर के हटते ही उसके अंदर एक सुरंग दिखाई पड़ती है। अरमान ने टार्च जलाकर अंदर की ओर देखा और कहा, ''लगता है नीचे उतरकर देखना पड़ेगा कि अंदर क्या है? सुरंग छह फीट नीचे है आसानी से नीचे उतरा जा सकता है।'' ऐसा कहकर अरमान उस सुरंग में कूद पड़ा। वह टार्च जलाकर सुरंग के अंदर इधर-उधर देखने लगा। प्रोफेसर ने पूछा-तुम्हें क्या दिखाई दे रहा है अरमान? अरमान ने कहा, ''यह कोई सुरंग नहीं है। अंदर से यह चारों तरफ से बंद लग रही है और यह ज्यादा बड़ी भी नहीं है। यहाँ पर छोटे-छोटे मिट्टी के बर्तन भी हैं। आयताकार और चौड़े आकार में फैले छोटे-छोटे चपटे पत्थर शायद यह उनके सोने की जगह होगी। मुझे लगता है यही वो जगह है जहाँ उन राजकारीगरों ने अपनी बाकी की ज़िंदगी बिताई होगी।'' अभिनीत ने कहा, ''अच्छा, मैं भी अंदर आ रहा हूँ।'' ऐसा कहकर अभिनीत भी उस छोटी सी सुरंग में कूद पड़ा। अनन्या ने कहा, ''प्रोफेसर मेरा भी मन कर रहा है कि मैं भी अंदर जाऊँ और उन राजकारीगरों के जीने और रहने का ढंग देखूँ।'' प्रोफेसर ने कहा, ''हाँ, तुम्हे तो ज़रूर देखना चाहिए।'' प्रोफेसर ने अपने हाथ से सहारा देकर अनन्या को भी उस जगह पर उतार दिया। अरमान ने कहा, ''आओ अनन्या, देखो ये सब तुम्हारे काम की चीजें हैं। तुम्हारा आंकलन बिलकुल सही था। यहाँ पर ढेर सारी प्राचीन पांडुलिपियाँ हैं जो कि ताड़-पत्रों पर लिखी गई हैं और ये सब आसामी भाषा में हैं। हमें उम्मीद से काफ़ी कुछ ज्यादा मिल चुका है। इन्हें जल्दी से समेटने में हमारी मदद करो।'' अनन्या ने कहा, ''ये सब काम की चीजें हैं। काफ़ी पढ़ना पड़ेगा तब जाकर हमें कुछ मिलेगा।'' अभिनीत ने कहा, ''मैंने तो काफी सारी पांडुलिपियाँ इकट्ठी कर ली हैं।'' अनन्या ने कहा, ''अच्छी बात है। एक भी पांडुलिपि यहाँ छूटने न पायें।'' इधर काफ़ी समय व्यतीत होने पर प्रोफेसर कुछ-कुछ परेशान हो रहे थे।

प्रोफेसर ने ऊपर से कहा, ''तुम लोग अंदर क्या कर रहे हो? काम की चीज़ लो और जल्दी चलो यहाँ से।'' अरमान ने कहा, ''बस हो गया। और उस सुरंग से बाहर निकलने की कोशिश करने लगा। प्रोफेसर ने अरमान का हाथ पकड़कर उसे ऊपर चढ़ा दिया। थोड़ी ही देर में अभिनीत भी वहाँ आ गया। उसके हाथ में ढेर सारी प्राचीन पांडुलिपियाँ थी। अरमान ने वो सारी ले ली जिससे उसके हाथ का बोझ हल्का हो गया था। वह और अनन्या भी ऊपर आ गये। प्रोफेसर ने कहा, ''चलो यहाँ से पहले किसी सुरक्षित जगह पर चलते हैं। फिर उसके बाद इन पांडुलिपियों को पढ़ते हैं। अंदर कुछ छूटा तो नहीं है वर्ना फिर से यहाँ आना होगा।'' अनन्या ने कहा, ''आप निश्चिन्त रहिये प्रोफेसर। हमने सुरंग में एक भी पांडुलिपि नहीं छोड़ी है।'' थोड़ी ही देर में सभी वहाँ से एक सुरक्षित ठिकाने पर आ गये। प्रोफेसर ने अनन्या से कहा, ''तुम्हारे अलावा यहाँ कोई भी आसामी नहीं पढ़ सकता है तो इन पांडुलिपियों को पढ़ना शुरु करो, देखो अगर काम की कोई चीज़ मिलती है तो बताओ।'' अरमान ने एक पांडुलिपि हाथ में उठाई और कहा, ''यह वाकई में एक कमाल है। ये पांडुलिपियाँ सैकड़ों साल पुरानी हैं फिर भी काफ़ी सुरक्षित हैं। इनकी गुणवत्ता में जरा भी गिरावट नहीं आई है। मेरे ख़्याल से इतना समय काफ़ी होता है, इनके पूरी तरह से नष्ट हो जाने के लिए।'' अनन्या ने भी एक पांडुलिपी को उठाया और उसे गौर से देखने लगी। ''ये ताड़-पत्र नहीं है।''

अभिनीत अचानक से चौंक गया, ''क्या? तुमने ही तो कहा था कि यह ताड़-पत्र है।''

अनन्या ने कहा, ''नहीं, मैं ग़लत थी। हालांकि कुछ पुरानी मध्यकालीन कृतियाँ इन्हीं ताड़-पत्रों पर ही लिखी गई हैं जैसे कि रतिमंजरी संस्कृत भाषा में। लेकिन आसाम में किसी दूसरी चीज़ का चलन था। यहाँ लिखने के लिए एलोव की पत्तियों की अंदरुनी छाल का इस्तेमाल किया जाता था। जिस पर किसी हेंगुल और हेतल रंगो का इस्तेमाल स्याही के रुप में करते थे और इस तरह से तैयार की गई पांडुलिपियाँ सैकड़ों साल तक सुरक्षित रहती थीं।'' अभिनीत ने अनन्या का ध्यान खींचा और कहा, ''मुझे पता है कि इतिहास से तुम्हारा विशेष लगाव है। लेकिन जल्दी से जल्दी इन पांडुलिपियों में काम की चीज़ ढूँढ़ो।'' अनन्या ने झल्लाकर कहा, ''इतना घबरा क्यों रहे हो? मैं अपना काम कर रही हूँ ना।''

ऐसा कहकर अनन्या एक-एक पांडुलिपि को ग़ौर से देखने लगी। देखने के बाद वह उसे एक तरफ़ रख देती थी। प्रोफेसर ने अभिनीत को डांटा, ''क्यों तुम उसकी टाँग हमेशा खींचते रहते हो? अनन्या मैं जानना चाहूँगा। और क्या जानती हो एलोव की पत्तियों के बारे में?

अनन्या ने कहा, "मैं ज्यादा कुछ नहीं जानती। लेकिन एलोव की चपटी पट्टी बनाने की तकनीक बेहद ही रोचक है। बीस साल के एलोव के पौधे को इसके लिए चुना जाता है। इसके अंदर की अंदरुनी छाल निकालकर उसे कई दिनों तक सूरज की रोशनी में सुखाया जाता है। फिर किसी मज़बूत चीज से उस पर रगड़कर उबड़-खाबड़ सतह, और अनावश्यक रुप से बाहर निकले भाग को चिकना बनाया जाता है। उसके बाद उसे ओस में एक दिन के लिए रखा जाता है। अगले दिन उसके ऊपर की हल्की परत को निकाला जाता है जिसे निकारी कहते हैं। उसके बाद कुछ रासायनिक प्रतिक्रिया कराके उसको फिर से धूप में सुखाया जाता है। आखिरी चरण में उस चौड़ी पट्टी को रगड़कर चिकना कर लिया जाता है मार्बल की तरह। एलोव की इन चौड़ी पट्टियों पर मध्यकालीन इतिहास के बनाये गये कई चित्र आज भी गुवाहाटी के म्यूज़ियम में मिलते हैं।

प्रोफेसर ने आश्चर्य से अनन्या से पूछा, "तुम इतना सब कुछ कैसे जानती हो?" अनन्या ने मुस्कुराकर कहा, "मैंने इन सब चीज़ों के बारे में काफ़ी अध्ययन किया है।" प्रोफेसर ने अनन्या की पीठ थपथपाई। इधर कई पांडुलिपियां पलटने के बाद में अचानक अनन्या का ध्यान एक पांडुलिपि पर टिक गया। इसी के साथ अनन्या के चेहरे पर मुस्कान दौड़ गई। अनन्या ने खुश होते हुये कहा, "यह रही वह पांडूलिपि। ताज़्जुब है, सारे अक्षर बिल्कुल स्पष्ट और साफ़ हैं। आसाम का एक खास दस्तावेज जिस पर राजा का हस्ताक्षर भी है जिसे देखकर मैं बेहद रोमांचित हूँ।" अभिनीत ने रोमांचित होते हुये कहा, "बताओ, क्या लिखा है इसमें।"

अनन्या ने उस पांडुलिपि को पलटा और कहा, "इस पांडुलिपि के अनुसार शुरू-शुरू में पृथ्वी तत्त्व से जुड़ी चाभी को उसी जगह पर छुपाया जाना था। हालांकि बाद में उसे माजुली में छिपा दिया गया क्योंकि जंगल में जहाँ पर चार पंक्षियों की आकृति बनाई गई थी उस जगह पर काफ़ी रेत थी। जिसकी वजह से समय के साथ चिह्न मिट सकते थे। राजा का स्पष्ट निर्देश था कि स्मृति-चिह्न से जुड़ी किसी भी चीज के चिह्न वक्त के साथ ना ही खराब होने पाये ना ही मिटे। देखो इस पांडुलिपि पर हमें पहेली में मिली सारी चीजों का जिक्र है। उसके चित्र भी यहाँ पर बने हुये हैं।

प्रोफेसर ने कहा, "माजूली, तो एक द्वीप है। और वह भी विश्व का सबसे बड़ा द्वीप, जिसे कोई नदी बनाती है। ब्रह्मपुत्र नदी यहाँ पर दो बड़े भागों में विभक्त हो जाती है जो काफ़ी दूर आगे जाने के बाद फिर से मुख्य धारा में मिल जाती है। इस तरह से एक अलग द्वीप माजुली का निर्माण होता है। इसके बारे में हमें और भी जानकारी इकट्ठी करनी होगी।" अरमान ने कहा, "इस काम को

में करता हूँ। अभिनीत भी अरमान के साथ हो लिया। थोड़ी ही छानबीन करने के बाद अरमान और अभिनीत ने माजुली के बारे में काफ़ी जानकारी इकट्ठी कर ली थी। अरमान ने कहा, ''माजूली एक द्वीप है जो गुवाहाटी से दो सौ किलोमीटर उत्तर-पूर्व में स्थित है। यह द्वीप तकरीबन 1200 वर्ग किलोमीटर में फैला हुआ है। यहाँ पर इस वक्त 150 छोटे-छोटे गाँव हैं, जिनकी जनसंख्या तकरीबन दो लाख के आस-पास होगी। यहाँ पर मुख्यतः मिसिंग लोग रहते हैं जो कि अरुणांचल प्रदेश की एक जनजाति है। इसके अलावा देवरी और सोनवाल जनजाति के लोग भी रहते हैं। इनका मुख्य पेशा खेती, पशु-पालन, मछली पकड़ना, नाव बनाना, बर्तन बनाना, वस्त्र उत्पादन, बॉस के खिलौने, मूर्तियाँ, इत्यादि बनाना है।''

इधर अनन्या ने पांडुलिपि पढ़कर पृथ्वी तत्त्व से जुड़ी और भी काफ़ी जानकारी इकट्ठी कर ली। अनन्या ने कहा, ''दरअसल पृथ्वी तत्त्व को प्रदर्शित करने वाले स्मृति-चिन्ह को खोलने के लिए बनी चौथी चाभी है अष्टधातु का बना एक गोल सिक्का। यह सिक्का सामान्य सिक्कों का दोगुना है। इसकी सबसे खास बात यह है कि सिक्के के एक तरफ़ चार पक्षियों का चिह्न बना हुआ है तो दूसरी तरफ़ बिलकुल सपाट है। और इसे भी लोहे के एक छोटे से बक्से में बंद करके छिपाया गया है जैसा कि हमें पहले मिला था। इस पांडुलिपि के अनुसार इसे जहाँ पर छुपाया गया है, वहाँ चार स्तम्भ हैं जो कि संगमरमर के बने हुये हैं और वे चारों स्तम्भ पत्थर के बने एक गोल चबूतरे पर बने हुये हैं जो कि जमीन से तीन फीट की ऊँचाई पर है। हर स्तम्भ के ऊपर एक पक्षी की मूर्ति बनी हुई है जो कि ऐसा प्रतीत होता है जैसे कि वह उड़ने को तैयार बैठा हो।'' प्रोफेसर ने कहा, ''एक खास बात अष्टधातु के बने सिक्के को तकरीबन बारह या तेरह सौ साल पहले छुपाया गया है।'' अरमान ने कहा, ''एक हज़ार साल पहले तो माजुली में कुछ भी नहीं रहा होगा सिवाय झाड़ी, जंगल और रेत के। इतिहास के अनुसार मिसिंग जनजातियाँ बहुत ही बाद में आकर यहाँ बसीं हैं शायद पन्द्रहवीं या सोलहवीं शताब्दी के इर्द-गिर्द। आज उस द्वीप में करीब दो लाख की आबादी है। कहीं अष्टधातु का वह सिक्का किसी के हाथ न लग जाये क्योंकि इसकी कीमत तो करोड़ों में होती है।'' प्रोफेसर ने कहा, ''नहीं, तुम्हें ऐसा नहीं सोचना चाहिए। अभी तक सब कुछ अच्छा रहा है। उम्मीद है आगे भी सब कुछ अच्छा ही रहेगा।'' अभिनीत ने कहा, ''हमें माजुली जल्दी से जल्दी पहुँचना चाहिए।'' अनन्या ने कहा, ''तो फिर देर किस बात की, चलते हैं माजूली की सैर पर।'' माजुली जाने की तैयारी जल्द ही उन्होंने पूरी कर ली थी और सफर शुरु कर दिया था।

''वैसे अष्टधातु में ऐसा क्या होता है जो उसे इतना ज्यादा महंगा बनाता है?'' अनन्या ने प्रोफेसर से पूछा। प्रोफेसर ने कहा, ''अष्टधातु में मुख्यतः आठ धातुयें

होती हैं और वो धातुयें हैं सोना, चाँदी, ताँबा, जस्ता, सीसा, टीन, लोहा और मरकरी। इसमें महत्त्वपूर्ण होता है इन आठों धातुओं को एक सही और निश्चित मात्रा में मिलाना और दूसरा यह एक प्राचीन कला है। आमतौर पर इससे देवी-देवताओं की प्राचीन मूर्तियाँ बनाई जाती थी जो कि कला के साथ साथ आस्था से भी जुड़ा हुआ है। शायद इसीलिए इसकी बाज़ार में कुछ ज्यादा ही पूछ है। इसके बारे में मुझे इससे ज्यादा और कुछ जानकारी नहीं है।'' अरमान ने कहा, ''मैं जानता हूँ अष्टधातु से किसी मूर्ति का निर्माण कैसे होता है?'' अनन्या ने पूछा-यह तुम कैसे जानते हो? अरमान ने कहा, ''एक बार जब मैं म्यूजियम देखने गया तो एक गाइड अपने साथ के लोगों को अष्टधातु की बनी मूर्ति की बारीकी समझा रहा था। मैंने उसकी बातें बहुत ही ध्यान से सुनी थी। सबसे पहले किसी भी भगवान की मुर्ति बनाने के पहले, उस देवता के मोम का एक पुतला बनाया जाता है। उसके बाद उसके ऊपर से चिकनी मिट्‌टी की एक परत चढ़ाई जाती है और फिर उसे आग के ऊपर रखा जाता है। आग के ऊपर रखे होने के कारण अंदर की मोम पिघल जाती है और वह अंदर से खाली हो जाता है और बाहर की चिकनी मिट्‌टी की तह कठोर हो जाती है। इसके बाद उसके ऊपर आठ धातुयें जिसका जिक्र आपने किया है। उनको मिलाकर उस मूर्ति के ऊपर चढ़ा दिया जाता है। प्राचीनकाल की ऐसी बहुत सारी भगवान की मूर्तियाँ पुरातत्त्वविदों को मिली हैं, जिनकी कीमत आज करोड़ों में है।

अभिनीत ने कहा, ''इसका मतलब कि अष्टधातु का वह सिक्का भी अंदर से खोखला होगा।'' प्रोफेसर ने कहा, ''खोखला और भारी भी। उसकी मोटाई भी कम से कम एक इंच होनी चाहिए।'' प्रोफेसर सभी को लेकर जल्द ही माजुली पहुँच जाते हैं। अनन्या ने कहा, ''यहाँ तो हमें दूर-दूर तक सिर्फ़ बस्तियाँ ही दिखाई दे रहीं हैं। जंगल का काफ़ी हिस्सा अब साफ़ किया जा चुका है।'' अभिनीत ने भी वही संदेह जताया जो कुछ देर पहले अरमान ने जताया था। कहीं ऐसा तो नहीं कि अष्टधातु का वह सिक्का यहाँ के ही किसी आदमी के हाथ में चला गया हो? अगर ऐसा हुआ तो हमारी मुश्किल काफी बढ़ जाएगी। अरमान ने अनन्या से कहा, ''इन लोगों से पूछो कि संगमरमर के बने चार स्तम्भ यहाँ पर कहाँ मिलेंगे?'' अनन्या ने कहा, ''ठीक है, मैं पूछती हूँ।'' अनन्या ने वहाँ रहने वाले एक वृद्ध व्यक्ति से पूछा कि संगमरमर की पाँच फीट ऊँची चार स्तम्भों वाली जगह कहाँ पर है? अनन्या ने जिससे यह सवाल पूछा था, उस व्यक्ति के दाढ़ी के बाल काफी बड़े थे और उसने सिर पर पगड़ी बाँधी हुई थी। उसने कुछ भी उत्तर नहीं दिया ऐसा लगा जैसे कि अनन्या की बात उसको समझ में नहीं आई हो। तब अनन्या ने उस जगह का चित्र उस वृद्ध आदमी को दिखाया। चित्र को देखकर उस वृद्ध के चेहरे पर मुस्कान बिखर गई। उसने इशारों ही इशारों अनन्या को वहाँ तक जाने का

रास्ता बतला दिया। अनन्या ने कहा, ''कमाल है, यहाँ के लोग आसामी भी नहीं समझते।''

प्रोफेसर ने कहा, ''शायद वो भी हमारी तरह कहीं बाहर से आया हो।'' अरमान ने अनन्या से पूछा-वैसे उसने तुमको बताया क्या? अनन्या ने कहा, ''यहाँ से पश्चिम में इन बस्तियों को पार करने के बाद लम्बे-लम्बे बास के पेड़ मिलेंगे। वहाँ से उत्तर की तरफ एक रास्ता झाड़ियों में जाता है, वहीं पर हमारी मंजिल है। आमतौर पर वह जगह यहाँ के लोगों के लिए जन्नत है। ये लोग अक्सर इस जगह पर पिकनिक मनाने आते हैं।''

''तब तो हमें भी वहाँ जाकर पिकनिक मनाना चाहिए।'' अभिनीत ने एक हल्की मुस्कान भरी और कहा। वृद्ध के बताये उस रास्ते के अनुसार सभी लोग वहाँ पर पहुँच जाते हैं। तीन फीट ऊँची, पत्थरों की बनी एक आधारशिला जिस पर संगमरमर के चारों स्तम्भ खड़े थे। वह जगह बेहद शांत और हरियाली से युक्त थी। संगमरमर के बने चारों स्तम्भों पर घनी लतायें लिपटी हुई थीं और उसके ऊपर उगे हुये खूबसूरत और लाल-लाल फूल जैसे स्तम्भों की शोभा बढ़ाने में चार चाँद रहे हों। प्रोफेसर ने आधारशिला के नीचे ही इर्द-गिर्द घूमते हुये कहा, ''यह जगह तो यहाँ के लोगों के लिए वाकई में जन्नत है।'' अनन्या का ध्यान आस-पास के फूलों पर था। वह फूलों को चुनने के लिए उधर की ओर बढ़ी। अरमान और अभिनीत तीन फीट ऊँची, पत्थरों की बनी आधारशिला पर चढ़ गये। वे संगमरमर पर लताओं की लटकी हुई बेलों को देख रहे थे। कुछ पल खूबसूरती निहारने के बाद अभिनीत का ध्यान पत्थरों की बनी उस आधारशिला के केंद्र पर गया, जहाँ पर अष्टधातु का वह सिक्का गड़ा हुआ था। वह वहाँ बैठकर पत्थरों को उखाड़ने लगा। अरमान भी वहीं बैठकर उसकी मदद करने लगा। काफी पत्थर निकालने के बाद भी उन्हें अष्टधातु का सिक्का नहीं मिला। अरमान ने निराशा भरे स्वर में कहा, ''प्रोफेसर, सिक्का यहाँ पर नहीं है।''

''हमारी मुसीबत सचमुच में काफ़ी बढ़ गई। मेरा अंदाज़ा सही निकला।'' अभिनीत को भी वहाँ पर कोई सिक्का न मिलने से काफ़ी हताशा हुई। इन बातों ने प्रोफेसर का ध्यान इस ओर खींचा। प्रोफेसर और अनन्या भी वहाँ पर आ गये। ''यह कैसे हो गया?'' अनन्या काफी हैरान होते हुये बोली।

''रूको! रूको! अब और पत्थर बाहर मत निकालो।'' प्रोफेसर ने अरमान और अभिनीत को रोका जो कि उस जगह पर और भी गड़े हुये पत्थर बाहर निकाल रहे थे। प्रोफेसर ने वहाँ आस-पास के पत्थरों को बहुत ही ध्यानपूर्वक देखा और कुछ देर सोचने के बाद बोले, ''इस सिक्के को किसी ने यहाँ से निकाल लिया। यह तीन-चार महीने पहले की ही बात लगती है। मुझे लगता है यहाँ पर काफ़ी

लोगों के आने जाने से आधारशिला के बीच के एकाध दो पत्थर बाहर खिसक गये होंगे। वर्षा के पानी से या फिर किसी और वजह से धातु का वो बक्सा थोड़ा से बाहर आ गया होगा और किसी की नजर उस पर पड़ी होगी। उस व्यक्ति ने उस चीज को पाने के लिए सबसे पहले यहाँ से कुछ पत्थरों के साथ-साथ मिट्टी भी बाहर निकाली होगी। फिर उसने पत्थरों को वापस उसी जगह पर रख दिया और मिट्टी को यहाँ ऐसे ही छोड़कर चला गया होगा। फिर बरसात होने से मिट्टी यहाँ इन पत्थरों के इर्द-गिर्द फैल गई।

अरमान ने वहाँ आसपास फैली हुई मिट्टी को गौर देखा और कहा, "और वह बरसात के मौसम की आखिरी बारिश होगी तभी तो ये मिट्टी अब तक ऐसे ही फैली हुई है।" अभिनीत ने कहा, "बरसात का मौसम खत्म हुये तीन महीने हो चुके हैं। इसका मतलब यह घटना तीन महीने पहले की ही लगती है।" अनन्या ने कहा, "आपने उस सिक्के के यहाँ से गायब होने के संदर्भ में बिलकुल सही अंदाज़ा लगाया प्रोफेसर।"

प्रोफेसर मौन होकर कुछ सोचने का प्रयास कर रहे थे। कुछ देर सोचने के बाद बोले, "यहाँ आमतौर पर छोटे-मोटे लोग रहते हैं। अगर इस तरह की कोई घटना हुई होगी तो यह बात इस द्वीप पर ज़रूर फैल गई होगी। हमें आस-पास के लोगों से इसके बारे में पूछताछ करनी चाहिए।" अनन्या ने कहा, "यह काम तो मैं अच्छे ढंग से कर सकती हूँ।" अनन्या ने वहाँ आस-पास के लोगों से पूछताछ करनी शुरु कर दी। प्रोफेसर, अरमान और अभिनीत अनन्या के पीछे चलकर उसका साथ दे रहे थे। काफ़ी देर पूछताछ करने के बाद आख़िरकार उन्हें इस बात की जानकारी हो गई कि अष्टधातु का वह सिक्का किसी मछुआरे को जंगल में मिला था और जिसने थोड़ी सी जमीन और एक नाव के बदले उस सिक्के को किसी पारखी सेठ के हाथों बेच दिया। उस मछुआरे का नाम नंद कुमार है जो नदी के किनारे ही रहता है। अभिनीत ने गुस्सा करते हुये कहा, "धत् तेरी की! लगता है यह सिक्का हमारे हाथ से फिसल गया।" अरमान ने कहा, "पढ़े लिखे और समझदार लोगों से ज्यादा सतर्क रहना चाहिए बजाए किसी अनपढ़ गंवार से।"

अभिनीत ने झल्लाते हुये कहा, "बेवकूफ मछुआरा, उस मछुआरे को उसकी असली कीमत के बारे में पता ही नहीं होगा। इसलिए उसने बहुत सस्ते में ही सौदा कर लिया।" अनन्या ने कहा, "लेकिन हमारी मुसीबत तो बढ़ गई न।" प्रोफेसर ने कहा, "चलो सबसे पहले उस मछुआरे से मिलते हैं।" प्रोफेसर सभी के साथ उस मछुआरे के घर पर पहुँच गये। अचानक अपने घर में इतने लोगों को देखकर वह मछुआरा सकते में आ जाता है। वह मछुआरा अंदर से डरा हुआ था और इस बात से भलीभांति परिचित था कि इन लोगों का संबंध जरूर उस सिक्के से ही

है। उसने डरकर धीमे से पूछा, "आप लोग मुझसे क्या चाहते हैं?" प्रोफेसर ने कहा, "हम अष्टधातु के उस सिक्के के बारे में जानना चाहते हैं जो अभी कुछ दिन पहले आपको मिला था।" उसने जल्दबाजी में कहा, "उसे तो मैंने एक सेठ मणिकचंद को दे दिया है जो नदी के उस पार रहते हैं।" अरमान ने कहा, "क्या आप हमें उनका पता दे सकते हैं?" उस मछुआरे ने कहा, "हाँ, आप पता लिखिए।" अनन्या ने उस पते को नोट कर लिया।

उस पते के अनुसार प्रोफेसर सभी को साथ लेकर सेठ मणिकचंद के यहाँ पहुँचते हैं। पर वहाँ के हालात कुछ और होते हैं। सेठजी के घर में ताला लगा हुआ था। आस-पास के लोगों से पूछताछ हुई तो पता चला कि सेठजी अभी-अभी किसी ज़रूरी काम से विदेश के लिए रवाना हुए हैं। अब सभी के चेहरे मुरझा गये क्योंकि अरमान का आज तीसरा और आख़िरी दिन था। और पहेली में आगे कदम बढ़ाने के लिए अष्टधातु का वह सिक्का बहुत ही जरुरी था क्योंकि काँच के उस स्मृति-चिन्ह को खोलने के लिए वह चौथी चाभी थी। बगैर चारों चाभियों के उसे किसी भी हाल में नहीं खोला जा सकता था।

"अब क्या होगा? ऐसा लगता है जैसे हमारी सारी मेहनत बेकार हो गई।" अभिनीत ने कहा और वहीं सिर पकड़ कर बैठ गया। अनन्या भी हताश हो गई। उसकी आँखों में आँसू आ गये थे। उसने अपने आँसू पोछे और उदास स्वर में कहा, "लगता है हम नाकाम हो गये। अब हमारे हाथों में कुछ भी नहीं रहा। हम तुम्हें आख़िरी बार देख रहे हैं अरमान। तुम्हारे माथे पर लाल रंग से रंगी वो गोलाकार आकृति तीन-चौथाई से ज्यादा बन चुकी है। इसका मतलब तुम्हारे पास बहुत ही कम वक़्त है। सिर्फ़ कुछ और वक़्त, और फिर हम तुम्हें हमेशा के लिए खो देंगे।" ऐसा कहकर अनन्या फफक कर रो पड़ी। अरमान अनन्या के पास गया और उसे गले लगा लिया। उसकी आँखों के आँसू पोछते हुये कहा, "किस बात का शोक तुम मना रही हो। आज मुझे कोई गम नहीं कि हमारा सफ़र खत्म हो गया या फिर नाकाम हो गये। मुझे याद है, शुरु-शुरु में जब मैंने पहेलियों की इस दुनिया में क़दम रखा था तो डर मेरे रोम-रोम में समाया हुआ था। मैं जल्दी से तीन दिन बीतने का इंतिज़ार कर रहा था ताकि मैं अपनी हर मुसीबत से छुटकारा पा सकूँ। मौत मुझसे कुछ ही क़द्म की दूरी पर खड़ी थी। तब वो तुम दोनों थे जिसने मेरा हौसला बढ़ाया था। नामुमकिन में भी एक उम्मीद दिखाई थी। तुम्हें ख़ुद पर फ़ख्र करना चाहिए क्योंकि तुम दोनों ने अपना फ़र्ज़ बखूबी निभाया है। हम अपनी सारी ताकत झोंक सकते हैं पर अपनी लिखी किस्मत को नहीं बदल सकते हैं। आज मुझे बिलकुल भी डर नहीं लग रहा है। बल्कि आज तो मुझे बेहद आत्म-संतुष्टी मिल रही है। पहेलियों की इस रोमांचक दुनिया में हमने अपनी जान को कई बार जोखिम में डाला। एक से बढ़कर एक अद्भुत चीजें देखी। अब ऐसा लगता है इन पलों को जीने के बाद मेरी पूरी जिंदगी पूर्ण हो

गई। मुझे खुशी है कि हमने पूरी कोशिश की पहेलियों को सुलझाने की। लेकिन हम नाकामयाब हुए। आज मुझे फक्र है उन दोस्तों पर जिन्होंने मेरे लिए इतनी मुश्किल उठाई। मेरे लिए एक मसीहा बनकर आये। समझ में नहीं आता, मैं आप लोगों का शुक्रिया कैसे अदा करूँ?''

प्रोफेसर शांतिपूर्वक सेठजी के घर की सीढ़ियों पर बैठे हुये सामने से आते हुये रास्ते को देख रहे थे। अभिनीत और अनन्या के बोलने से पहले प्रोफेसर बोल पड़े, ''तुम्हें शुक्रिया अदा करने की कोई जरुरत नहीं है अरमान। अभी कुछ भी खत्म नहीं हुआ है। अभी भी हमारे पास वक़्त और उम्मीद है। उम्मीद भले ही बुझती हुई नज़र आ रही है मगर अब भी वो है। जब हम किसी चीज को पूरे मानसिक शिद्दत से खोज रहे होते हैं तो वो हमें जरुर मिलती है। हमने उसके लिए इतनी मेहनत की है। मेरे विचार से सफलता का द्वार आखिरी उम्मीद पर ही टिका हुआ होता है। कुछ भी खत्म नहीं हुआ है अभी। उम्मीद और हौसला बनाये रखो। बैठो पूरी स्थिरता के साथ।''

प्रोफेसर की बात का असर सभी के ऊपर हो गया। अरमान अभिनीत और अनन्या सभी उस घर की सीढ़ियों के बाहर बैठकर सेठजी का इंतिज़ार करने लगे। प्रोफेसर ने कहा, ''मेरा दिल कह रहा है सेठजी ज़रुर आयेंगे। किसी महान ने कहा है, आँखें उजाले में रास्ता दिखलाती हैं मगर उम्मीद और विश्वास अंधेरे में भी रास्ता दिखलाते हैं।''

थोड़ी देर में सेठ मणिकचंद जल्दबाजी में अपने घर के सामने से आते दिखे। अपने घर के सामने चार लोगों को बैठा देखकर सेठ मणिकचंद अचम्भित हुये और जल्दबाजी में पूछा, ''आप लोग कौन हैं और यहाँ बैठकर क्या कर रहे हैं?'' प्रोफेसर ने बहुत ही शालीन भाव से कहा, ''हम बहुत दूर से आये हैं और हमें आपकी मदद चाहिए थी सेठजी!'' सेठजी ने बहुत हड़बड़ी में कहा, ''देखिए इस वक्त मैं काठमांडू जा रहा हूँ अगर आपको मेरी मदद चाहिए तो आप दो महीने बाद आइये।'' अनन्या ने गंभीर स्वर में कहा, ''यह बहुत ही जरुरी है सेठजी।''

सेठजी ने कहा, ''देखिए मैं जल्दबाजी में कुछ जरूरी कागजात घर पर ही भूल गया था। एक घंटे में मेरी फ्लाइट है आप लोग बाद में आईये।'' प्रोफेसर ने कहा, ''हम आपका कुछ ही वक्त लेंगे। शायद आपके द्वारा दिया हुआ कुछ वक्त किसी के लिए वरदान साबित हो जाये।'' सेठजी ने झल्लाये हुये स्वर में कहा, ''मैं आप लोगों की मदद क्यूँ करूँ? इसमें मेरा क्या फायदा है।'' प्रोफेसर ने गंभीर होकर कहा, ''कभी- कभी हमें फ़ायदों से ऊपर उठकर काम करना चाहिए। ऐसे काम जो हमारे फायदों से ऊपर उठ कर किये जाते हैं वो हमारे नैतिक और वैचारिक मूल्यों में वृद्धि करते हैं। हमें इंसानियत की दिशा में एक और कदम आगे ले जाते हैं। अगर कोई बहुत दूर से आपके पास मदद के लिए आता है और आप

उसे वापस खाली हाथ लौटा देते हैं तो यह आपकी आत्मा पर एक बोझ होगा सेठजी।'' प्रोफेसर की कही एकदम सटीक बात का कुछ असर उन महाशय पर पड़ा। सेठजी का गुस्सा कुछ शांत हुआ। उन्होंने कहा, ''अच्छा ठीक है, जल्दी बोलिए मैं आपकी क्या मदद कर सकता हूँ?''

अभिनीत ने कहा, ''आपके पास अष्टधातु का एक सिक्का है। जिसके एक तरफ़ बिलकुल सपाट है और दूसरी तरफ चार पक्षियों के चिह्न अंकित हैं। दरअसल हम उसे काफ़ी मुश्किल से ढूँढ़ते हुए आपके पास आये हैं। वह हमारे लिए बहुत ही अहम है, हम उसके बदले में आपको कुछ भी देने को तैयार हैं।'' सेठजी ने अभिनीत की इस बात को एक सिरे से ख़ारिज कर दिया और कहा, ''देखिए मेरे पास ऐसी कोई चीज नहीं है। आप लोगों को कोई ग़लतफ़हमी हुई है। अब आप लोग मेहरबानी करके यहाँ से चले जाईये। मैं बहुत जल्दी में हूँ।'' सेठजी बात को छुपाने की कोशिश कर रहे थे। एक प्रचलित कहावत है, चोर की दाढ़ी में तिनका। बातों में सच छुपाने की कोशिश चाहे कोई कितना भी कर ले। पर चेहरे के हाव-भाव, आँखों के रंग सब कुछ बयां कर देते हैं। प्रोफेसर सेठजी के चेहरे की भाव-भंगिमा को समझ गये और कहा, ''शायद उस सिक्के का कोई खरीददार आपको मिल गया। आपके चेहरे के हाव-भाव और रंग यही बतला रहे हैं।''

अगर कोई व्यक्ति किसी ग़लती में लिप्त हो और वो पकड़ा जाता है। अगर वो ग़लती को सहज भाव से स्वीकार करता है तो उसके चेहरे पर ग्लानि और पश्चात्ताप का भाव दिखाई पड़ता है। उसकी आँखों में खुद के ग़लती किये जाने का एक एहसास होता है। अगर वो उस ग़लती को स्वीकार नहीं करता है तो वही उसका सहज भाव एक झुंझलाहट में तब्दील हो जाता है। प्रोफेसर की बातों ने सेठजी के दिल पर एक तीखा प्रहार किया। सेठजी ने गुस्से में झल्लाते हुये कहा, ''तो फिर इससे आपको क्या लेना देना है? हाँ, अष्टधातु का वह सिक्का मेरे पास है और मैं इसे किसी को नही दूँगा। यह सिर्फ़ मेरा है।'' अनन्या ने कहा, ''आपने उसे बहुत ही सस्ती कीमत में ले लिया है इसलिए शायद आपको उसकी अहमीयत का अंदाज़ा नहीं है।'' सेठजी गुस्से से तिलमिलाये, ''देखो मुझे कुछ भी नहीं समझ में आ रहा है कि तुम क्या कहना चाहती हो?'' अरमान ने कहा, ''संक्षेप में सुनिए। हम पहेलियों के एक अनोखे जाल में फँसे हुये हैं जिसमें किसी की ज़िंदगी दांव पर लगी है। दरअसल में अष्टधातु वह सिक्का जो इस वक़्त आपके पास है वो एक चाभी है। हम बहुत दूर से उसको ढूँढ़ते हुये आपके पास आये हैं। वो हमें वापस लौटा दीजिए। मैं आपसे विनती करता हूँ।'' अरमान ने सेठजी के आगे हाथ जोड़े।

सेठजी ने कहा, ''अष्टधातु का वह सिक्का एक चाभी है। मेरे चेहरे पर पागल लिखा हुआ है क्या? मुझे तो तुम लोग कोई ठग जान पड़ते हो। चले जाओ यहाँ से वर्ना तुरंत पुलिस को बुला दूँगा।''

"पुलिस को तो आप कभी बुला ही नहीं सकते।" अभिनीत ने कहा, "अगर पुलिस को इसकी भनक लग गई कि प्राचीन अष्टधातु के चीजों की तस्करी हो रही है। तब तो हमें नहीं आपको जेल जाना पड़ेगा और आप हमें धमकी दे रहे हैं।" प्रोफेसर ने अभिनीत को चुप रहने का इशारा किया। मैं इस लड़के की तरफ़ से आपसे माफ़ी चाहता हूँ। मैं एक मौसम-विज्ञानी हूँ और मैं यह नहीं चाहता कि चीजों को उलझाया जाय। आप एक अच्छे इंसान हैं। आपमें मानवता और सहृदयता है। आप धार्मिक और उदार लगते हैं क्योंकि आपने घर में जगह-जगह पर ईश्वर की फोटो टाँगी हुई है। आप उस सिक्के को बेचकर करोड़ों रुपये कमा लेंगे। इस घर की जगह एक महल बना लेंगे। समाज में आपका सम्मान और रुतबा पहले से भी बढ़ जायेगा लेकिन आपको इस सिक्के की अहमीयत का ज़रा भी अंदाज़ा नहीं है क्योंकि इसे आपने बहुत ही सस्ती कीमत पर खरीद लिया है। हमें इसकी अहमीयत का अंदाज़ा है क्योंकि हम इसको बहुत दूर से ढूँढ़ते हुये यहाँ तक आये हैं। हमने अपनी सारी मानसिक ताकत, शारीरिक श्रम, अपनी सारी उम्मीद सिर्फ अष्टधातु के इस सिक्के के लिए ही झोंक दी है। इन्हीं सब चीज़ों के लिए हमने अपनी जान को कई बार जोखिम में डाला है। पिछले तीन दिनों से हमने अपना सफर तमाम अनिश्चिताओं, चिंताओं, उम्मीद और निराशा के बीच जूझते हालात में किया है। पता नहीं हम कामयाब हों पाए या नहीं लेकिन फिर भी हमने उम्मीद नहीं छोड़ी। गिरते, लड़खड़ाते, खोजते और बहुत ही संघर्ष करते हुये यहाँ तक आये हैं। आपको पता नहीं हमें इसके बारे में कहाँ से जानकारी हुई। ये है आसाम की एक पुरानी पांडुलिपि। प्रोफेसर ने उस प्राचीन पांडुलिपि को सेठजी को दिखलाया। जिसके जरिये हमें अष्टधातु के इस सिक्के के बारे में पता चला। हम इस सिक्के पर अपना अधिकार नहीं जता रहे हैं। हम इस सिक्के की हकीकत बयां कर रहे हैं। शायद यही वजह है कि हम जानते हैं इसकी असली कीमत के बारे में। ठगा तो आपने है, उस मछुआरे को थोड़ी सी जमीन का लालच देकर। दरअसल में अष्टधातु का वह सिक्का एक चाभी है, इस स्मृति-चिहन् की, जो कि हमें कुछ अदभुत पहेलियों को सुलझाने के दौरान मिली। बग़ैर उस सिक्के के हम इसे कभी नहीं खोल सकते हैं। अगर आज हमने इसे नहीं खोला हमारी सारी मेहनत पर पानी फिर जाएगा। प्रोफेसर ने काँच के बने उस स्मृति-चिहन् को सेठजी को दिखलाया।

अनन्या ने कहा, "ये स्वर्ण-दंड, ताँबे का बना बरगद का पेड़ और एक लाकेट ये सब कुछ हमें पहेलियों की दुनिया में मिला।" अरमान ने कहा, "हमारे पास इतना समय नहीं है कि हम सारी बातें खुलकर आपको बताएं। ये ऐसी चीज है जिस पर कोई भी समझदार व्यक्ति यक़ीन नहीं करना चाहेगा। हमारे पास बहुत ही कम वक्त है। मुझे पता है ये बातें आपको सुनकर काफी अटपटा लग रहा

होगा। पर ये सच हैं। मेरे माथे पर बने अजीबोगरीब निशान यही दर्शाते हैं कि मैं अभी भी मौत के चंगुल में हूँ।'' सेठजी उन सारी चीज़ों को देखकर बहुत ही हतप्रभ हुए। वो उन सारी चीजों को आश्चर्य और विस्मय से निहार रहे थे। अब सेठजी को प्रोफेसर की बातों में कुछ-कुछ सच्चाई नज़र आ रही थी।

प्रोफेसर ने अपनी बात जारी रखी। शुरु से ही हम एक असंभव काम करने अपने घरों से निकले थे। हम अब तक कामयाब हुये हैं और अब हमारे सामने एक बहुत बड़ी अड़चन आ गई है। मैं यह नही कहूँगा कि आप इसे हमें दे दे। हम कोई ठग नहीं हैं। लेकिन आपके द्वारा थोड़ी सी मदद एक बच्चे को उसकी माँ से जरुर मिला सकती है। जिसने ऐसा सोच लिया है कि उसका बेटा उससे बहुत दूर चला गया है। सिर्फ आप ही हैं जो हमारी पूरी मेहनत को फिर से एक नई दिशा दे सकते हैं। हमारे टूटते इरादे और बुझते हौसले को फिर से जीवंत कर सकते हैं। हमारी उम्मीद और आत्मविश्वास फिर से बढ़ जायेगा। शायद हमारा यहाँ तक आना सार्थक हो जाएगी। आपको लगता है कि आप जरूरी कागजात भूल गये हैं इसलिए आप वापस अपने घर पर आये हैं। पर हमें लगता है कि हमारे आत्मविश्वास और उम्मीद आपको यहाँ तक खींचकर लाये हैं।

प्रोफेसर की कही बातों का गहरा असर सेठजी पर हुआ। उन्होंने कहा, ''ऐसा लगता है कि आप बिलकुल सही कह रहे हैं। जल्दी से जल्दी ज्यादा पैसा कमाने के चक्कर में मैं अंधा हो गया था। मैं खुद इस सिक्के का अंदाज़ा नहीं लगा सकता था। किसी से चोरी छिपे इस बात की जानकारी हुई कि यह करोड़ों का है। इसके लिए मैंने एक दलाल से बात की और उसने विदेश में जाकर एक म्यूज़ियम के मालिक से बात की तो वह इसके लिए करोड़ों देने को तैयार था। आज मैं तयस्थिति के साथ उस मालिक से मिलने वाला था पर शायद अब वहाँ जाने की कोई ज़रुरत ही नहीं है। आपने सही कहा कि इसकी कीमत का मुझे कोई भी अंदाज़ा नहीं है क्योंकि इसे मैंने बहुत ही सस्ते में खरीदा था। यह आपकी ही अमानत है। आप इसे रख लीजिए। मुझे खुशी है, वक़्त रहते ईश्वर ने मेरी आँखें खोल दी। ये पहेलियों की दुनिया क्या है मुझे पता नहीं? ना ही इसके बारे में मैं आपसे कुछ जानना चाहूँगा। लेकिन एक बात मैं आपसे कहना चाहूँगा कि एक बच्चे को उसकी माँ से जरुर मिलवा दीजिएगा क्योंकि मैं खुद भी एक अनाथ हूँ। इसलिए मुझसे अच्छा कौन जानेगा कि अनाथ होने का दर्द क्या होता है?'' ऐसा कहकर सेठजी ने उस सिक्के को अनन्या की तरफ़ बढ़ा दिया। अनन्या ने अष्टधातु का सिक्का अपने पास रख लिया।

प्रोफेसर ने हाथ जोड़कर कहा, ''ठीक है, सेठजी अब हम चलते हैं। आप से मिलकर बहुत अच्छा लगा।'' सेठजी ने भी विनीत भाव से कहा, ''हमें भी आप सभी

से मिलकर बहुत अच्छा लगा। लेकिन मैं आप सभी को अपने घर से ऐसे थोड़े ही जाने दूँगा। आप सभी बैठिए यहाँ पर। उन सेठ महोदय ने सभी का पूरा आवभगत किया। कुछ आनंददायी और शांति के क्षण सेठजी के घर पर बिताने के बाद प्रोफेसर सभी के साथ वहाँ से निकल पड़े और वापस मेघालय आ जाते हैं।

अनन्या ने कहा, ''चलो अच्छा हुआ कि हम सही वक़्त पर सेठजी के पास पहुँच गये वर्ना आज पता नहीं क्या हो जाता?'' अभिनीत ने कहा, ''सेठजी अच्छे थे, शायद तभी उन्होंने हमारी भावनाओं की कद्र करके उस सिक्के को हमें सौंप दिया।'' प्रोफेसर ने एक आत्मविश्वास भरे लहज़े में कहा, ''ईश्वर जो कुछ करता है, अच्छे के लिए ही करता है और वो भी यही चाहता है कि हम पूरी पहेलियों को सुलझा लें। हम सातवीं पहेली सुलझाने के करीब हैं। खैर छोड़ो सभी बातों को। अचानक ही प्रोफेसर ने अपनी भाव-मुद्रा बदली और एक गहरी साँस भरी। साँस छोड़ते हुये सातवीं पहेली फिर से बुदबुदाया,

बिखरे पन्नों को है जोड़ना,
सही ढंग से सही तोल तोलना।

अब हमें इन चीजों को स्मृति-चिहन् पर बिलकुल सही जगह एक साथ रखना है।

राज छुपा है पंच-तत्वों के खेल में,
रहस्यों की चाभी है इनके मेल में।।

''देखते हैं, आखिर कौन से रहस्यों की चाभी है छिपी हुई पंच-तत्त्वों के खेल में।'' प्रोफेसर ने कहा, ''यह बताओ कि इन चारों चाभियों को कैसे लगाना है?''

''हम चार लोग हैं ही।'' अनन्या ने अपनी नजरें घुमाकर सभी की तरफ देखा और कहा, ''हम एक-एक करके सारी चाभियों को अलग-अलग बांट लेते हैं और उस तत्त्व से संबंधित गोले के ऊपर एक साथ रखेंगे। काँच के बने इस स्मृति-चिन्ह पर ऊपर से नीचे की तरफ़ जाते हुये सबसे पहले वाली गोल आकृति अग्नि तत्त्व से जुड़ी हुई है। जिसकी चाभी है स्वर्णदंड। दूसरी गोल आकृति वायु तत्त्व से जुड़ी है जिसकी चाभी है तांबे का बना बरगद का पेड़। तीसरी गोल आकृति आकाश तत्त्व से जुड़ी है जो कि खाली है। चौथा तत्त्व पृथ्वी से जुड़ा है जिसकी चाभी है अष्टधातु का बना सिक्का। पाँचवी और अन्तिम गोल आकृति जल तत्त्व से जुड़ी हुई है जिसकी चाभी है राजकुमारी का लाकेट।''

अनन्या ने सभी को एक-एक प्रतीक-चिहन् दे दिये। प्रोफेसर ने कहा, ''मेरे तीन गिनने पर सभी लोग हर तत्त्व से जुड़ी चाभी को उससे संबंधित जगह पर रख देंगे।'' जैसे ही प्रोफेसर ने तीन तक गिना सभी ने वैसा ही किया जैसा कि

उन्हें कहा गया था। ऊपर से एक समान गोल दिखने वाली आकृति, सही चाभियों के स्मृति-चिहन् के पाँचों तत्वों से संबंधित जगह के करीब पहुँचते ही उस चारों गोल आकृतियों में एक आकषर्ण बल लगा जैसे कि चुंबक दूसरे लोहे को तेजी से अपनी तरफ खींचता है। चारों एक समान दिखने वाली गोल आकृतियाँ अपने विपरीत धुव्र को पहचान करके उसके ठीक सामने आ जाती हैं। इसका मतलब चारों गोल वाला हिस्सा अंदर से अचानक ही पलट जाता है और उसके अंदर की बनावट बिलकुल चाभियों के अनुरुप थी। हर चाभियों की एक अलग ढंग से की गई नक्काशी अपनी जगह पर एकदम से फिट बैठ गई। कड़ाक की एक आवाज़ के साथ काँच का स्मृति चिहन् खुल चुका था।

"इसने हमारा बहुत खून चूसा है। देखते हैं, आखिर इसके अंदर क्या है?" अभिनीत ने खीझकर कहा।

"अच्छा!" अरमान ने एक गहरी आह भरी और कहा, "अब मैं इस स्मृति-चिहन् को खोल रहा हूँ।" अरमान ने उस स्मृति-चिहन् को खोला। अंदर में उसके दो हिस्से थे। एक तरफ ख़ूबसूरत परी की तस्वीर थी तो दूसरी तरफ काँच में बंद एक खिलता हुआ कमल। उस अप्रतिम सुंदरता को देखकर सभी कुछ पल के लिए उसी में खो जाते हैं। "वाह! कितनी ख़ूबसूरत लग रही है यह परी। अप्रतिम सुंदरता का प्रतीक! ऐसा लगता है मानो उसको काँच में कैद कर लिया गया हो।" अनन्या ने कहा और उस काँच के ऊपर अपना हाथ रखकर परी को अंदर से महसूस करने की कोशिश करती है।

अरमान ने खिलते हुये कमल के सौंदर्य को निहारते हुये कहा, "यहाँ पर यह लिखा हुआ है कि यह कमल काँच के अंदर ही धीरे-धीरे खिलता और मुर्झाता है। यह चंद्रमा की कला के आधार पर फैलता और सिकुड़ता है। पूर्ण चाँदनी रात को यह कमल इस काँच के अंदर पूर्ण रुप से खिल जाता है। उसके बाद जैसे-जैसे

चंद्रमा का आकार घटता जाता है, इस फूल का आकार भी घटता जाता है। अमावस्या को यह फूल पूरी तरह से मुरझा जाता है। उसके बाद जैसे-जैसे चाँद का आकार बढ़ता जाता है, कमल का यह फूल भी वैसे-वैसे बढ़ता जाता है।''

''इतनी अनूठी चीज़ मैंने पहले कभी नहीं देखी।'' अभिनीत ने कहा, ''बचपन में हम इन्हीं परियों की कहानी सुना करते थे। पर अब तो ऐसा लगने लगा जैसे कि हम भी इन्हीं कहानियों के हिस्से हैं। इस परी को देखकर ऐसा लगता है मानो हमें सब कुछ मिल चुका हो। माना कि पहेली में आना एक हादसा था, पर इस पहेलियों की दुनिया ने हमें ऐसी-ऐसी चीजों से मिलवाया जो इंसानी दुनिया में कभी भी सम्भव नहीं हो सकती थी। अब तो मेरा मन कर रहा है मैं हमेशा के लिए इन्हीं पहेलियों में ही बस जाऊँ। इतनी ख़ूबसूरत और अनोखी चीज, जिसकी कभी कल्पना भी नहीं की जा सकती है।'' प्रोफेसर ने कहा, ''पहेलियों की यह दुनिया वाकई में अद्‌भुत और सोच से परे है। अरमान को बहुत-बहुत बधाई कि इस स्मृति-चिहन् ने तुम्हें अपना वारिस चुना है। मुझे नहीं लगता कि आसाम की प्राचीन धरोहर या इतिहास से इसका कोई ताल्लुकात होगा। यह तो कोई जादू भरी और रहस्यमय दुनिया लगती है।''

अरमान ने कहा, ''उस पहेलियों के सौदागर ने कहा था कि यह तुम्हें तुम्हारे हर सवालों के जबाब दे सकता है। शायद उसका इशारा इस खिलते हुए कमल और परी की तरफ़ था। इसका मतलब इसमें और भी बहुत सारे रहस्य छुपे हुये हैं।'' अनन्या ने परी की तस्वीर के बगल में अपनी तर्जनी रखते हुये कहा, ''परी की तस्वीर के बगल में संस्कृत भाषा में कुछ लिखा हुआ है। शायद यह इस परी की कहानी होगी।'' प्रोफेसर ने कहा, ''प्राचीन काल में संस्कृत भाषा का ही अस्तित्व था इसीलिए यह संस्कृत भाषा में है। क्या तुममें से किसी को संस्कृत भाषा पढ़नी आती है।'' अरमान ने कहा, ''हाँ, मुझे आती है। मैं इसे पढ़ता हूँ।''

अरमान ने उस किताब को पढ़ना शुरु किया। यह बहुत पुरानी बात है। परियों के राजा ने एक परी को आज्ञा का पालन न करने पर उसे सज़ा के तौर पर पृथ्वीलोक भेज दिया। यहाँ आकर वह परी बहुत ही अकेली और उदास हो गई थी। वह आसाम की खूबसूरत वादियों में स्थित एक गाँव के पास आकर रहने लगी थी। एक दिन वह गाँव के ही शांत और सुशील रहने वाले एक लड़के रिपू को दिखाई देती है। परी को सामने देखकर उसे आश्चर्य की सीमा नहीं हुई। जल्द ही उसका आश्चर्य डर में तब्दील हो गया। वह डर की वजह से भागना चाहता था। लेकिन तभी परी ने हाथ से रुकने का इशारा करते हुये कहा, ''घबराओ नहीं, मैं तुम्हें नुकसान नहीं पहुँचाऊँगी। मैं सिर्फ तुम्हें ही दिखाई दूँगी क्योंकि तुम नेक दिल और अच्छे लड़के हो।'' उस दिन से वह परी उस छोटे से लड़के रिपू के साथ रहने लगी। वो दोनों अक्सर आसाम की ख़ूबसूरत वादियों में

घूमा करते थे। परी उसे अपनी जादू की छड़ी से हवा में गोल-गोल घुमाकर कई तरह के जादुई करतब दिखलाती थी और छोटा लड़का रिपु तालियाँ बजाकर अपनी खुशी ज़ाहिर कर देता। परी अक्सर उस लड़के के सपनों में आकर उसे सपनों की जादुई और ख़ूबसूरत दुनिया में ले जाती थी जो रिपु के लिए बहुत ही ख़ूबसूरत एहसास का पल होता था। परी अब उसके साथ काफ़ी घुल-मिल गई थी। अब उसके दिन अच्छे से गुज़र रहे थे। धीरे-धीरे इस बात का पता गाँव के कई और लोगों को चल गया। गाँव के लोग सीधे-सादे और भोले-भाले थे। उन्होंने भी परी से प्रेमपूर्वक आग्रह किया कि वह हमको भी अपना स्वरुप दिखलाये। परी गाँववालों का प्रेमपूर्वक आग्रह टाल नहीं सकी। और पूरे गाँव के सामने अपने स्वरुप में आ गई। अपने सामने साक्षात परी को देखकर सभी गाँव वाले खुश थे।

अब परी अपने जादुई करतब पूरे गाँव को दिखलाती थी। गाँववाले परी का जोरदार तालियों से स्वागत करते थे। अब वह गाँव में सभी लोगों को दिखाई पड़ने लगी थी। इस तरह से परी के दिन अच्छे से गुज़रने लगे थे। एक दिन इस बात की भनक राजा को हो गई। वह घमंडी और अहंकारी था। वह भी अपने दल-बल के साथ उस गाँव में परी से मिलने आ गया। उसने भी उस परी को अपने सामने आने को कहा पर वह परी उस राजा के सामने नहीं आई। इससे क्रोधित होकर उसने पूरे गाँव वालों को कैद कर लिया। तब मज़बूरन उस परी को राजा के सामने आना पड़ा। उसने राजा से कहा, "आज रात मैं तुम्हारे सपनों में आऊँगी। इसे तुम अपनी जीत का तोहफा समझना।" उस रात राजा अपनी जीत को लेकर बहुत ही उत्साहित और घमण्ड में था। उस रात परी ने उसे एक खौफ़नाक मंज़र दिखाया। राजा ने खुद को खूँखार भूतों के बीच में पाया। राजा खुद को सपने से बाहर निकालने की पूरी कोशिश कर रहा था। वह जितना भागने की कोशिश करता, उसे लगता कि वह उस सपने में और भी उलझता जा रहा है। वह खुद को उस सपने में बेहद असहाय और दीन महसूस कर रहा था। तभी उसे अपनी गलती का एहसास हुआ। उसने अपनी गलती के लिए सपने में ही परी से माफ़ी माँगी। परी ने उसे माफ़ कर दिया। जब राजा की नींद टूटी तो उसने तुरन्त ही सभी गाँव वालों को छोड़ दिया। सभी गाँव वाले अपने घर आ गये। कैद से छूटने पर उन्होंने परी का आभार व्यक्त किया। सभी गाँव वाले अब फिर से खुश थे। परी ने गाँव वालों से कहा, "अब मैं वापस अपने परीलोक को लौट रही हूँ। मैं इस तरह से सभी के सामने नहीं आ सकती। मेरा समय पृथ्वी पर अब ख़त्म हो चुका है।" सभी गाँव वालों ने परी को आख़िरी बार अलविदा कहा। रिपु उस परी को उस घाटी तक छोड़ने आया, जहाँ पर वह उसे सबसे पहले दिखाई दी थी। रिपु ने निराशा भरे स्वर में कहा, "बचपन से ही मैं अकेला था। आपके आ जाने से मेरी ज़िंदगी में खुशी के कुछ रंग आ गये थे। अब ऐसा लगता है कि

मेरी ज़िंदगी फिर से उदास और अकेली हो जायेगी।'' परी ने रिपु से प्यार जताते हुये कहा, ''तुम्हें दिल छोटा करने की कोई ज़रुरत नहीं है। तुम्हारे माता-पिता नहीं हैं तो क्या हुआ। मैं तुम्हें एक तोहफा देती हूँ यह तोहफ़ा तुमको मुझसे जोड़े रखेगा। यह तुम्हें तुम्हारे हर सवालों के जबाब देगा। तुम्हारे अंदर की छिपी भावनाओं को भी किसी आईने की तरह साफ़ तौर पर उजागर कर सकता है। वक़्त के साथ तुम एक दिन राजा बनने वाले हो। इसलिए तुम्हें दिल छोटा करने की ज़रुरत नहीं है।'' तब परी ने रिपु को काँच का बना एक स्मृति-चिहन् दिया। उस तोहफ़े को देते हुये परी ने कहा, ''यह तोहफ़ा एक बहुत बड़ी जिम्मेदारी है। इसकी ख़ास बात यह है कि तुम इसे किसी को भी नहीं सौंप सकते हो। यह अपना वारिस खुद ही चुनता है। परी ने रिपु को मोर का एक पंख दिया। ज़िंदगी के आखिरी क्षणों में तुम इस पंख के एक-एक बाल तोड़कर अपनी हथेली पर रख लेना और फिर उन्हें धीरे से फूँकना। कुछ पल के लिए तुम जादुई दुनिया में पहुँच जाओगे। उस जादुई दृश्य में तुम्हें जो कुछ भी दिखाई देगा तुम्हें वो करना पड़ेगा बग़ैर कोई सवाल किये। यह एक बहुत ही बड़ी जिम्मेदारी है जिसे तुम्हें निभाना पड़ेगा। वो रास्ता अगले वा़रिस के चुनाव के लिए होगा। अगले वारिस को इस तोहफे तक पहुंचने के लिए एक कठिन और मुश्किल भरा सफ़र तय करना पड़ेगा। उसके सोचने, समझने और सही निर्णय लेने का ढंग ही उस इंसान को यहाँ तक पहुंचा पाएगा। इस स्मृति-चिहन् तक पहुँचने वाला शख़्स एक खास योग्यता वाला हो। यही इस स्मृति-चिन्ह की क़िस्मत है। अपने वारिस के अतिरिक्त किसी दूसरे के हाथ में यह सिर्फ एक खिलौना भर रह जाएगा।'' प्रत्युत्तर में रिपु ने कहा, ''मैं आपके कहे हर शब्दों को पूरी जिम्मेदारी से निभाने के लिए प्रतिबद्ध हूँ।'' कुछ ही पलों में वह परी वहाँ से अन्तर्ध्यान हो चुकी थी।

वह लड़का रिपु परी की उस भविष्यवाणी के अनुसार एक दिन राजा बना। समय के साथ वह इस बात को भूल चुका था कि उसके पास परी का दिया हुआ कोई अनमोल तोहफा है। जब वह वृद्ध हो रहा था, तब एक रात वही परी फिर से उसके सपने में आती है। परी को सपने में देखकर उसे बचपन की पुरानी स्मृतियाँ तरोताज़ा हो जाती हैं। स्मृति-चिहन् के संदर्भ में परी के प्रति अपनी वचनबद्धता उसे याद आ जाती है। अगली सुबह उठकर उसने सालों बाद अपना पुराना संदूक खोला। परी का स्मृति-चिहन् हाथ में लेकर उसे ग़ौर से देखा ठीक वैसे जैसे किसी का कोई कीमती सामान खो गया हो और सालों बाद उसे वापस मिला हो। उसने धीरे से उस स्मृति-चिहन् को खोला। उस स्मृति-चिहन् के अंदर रखे मोर के पंख को बाहर निकाला। उसने परी के कहे अनुसार उस मोर के पंख के एक-एक बाल को नोंच कर अपने हथेली पर रखा और उसे हल्के से फूँका। उसने एक जादुई दृश्य देखा, उस दृश्य को देखकर उसे समझ में आ गया था कि उसे अब क्या करना है? उसने उस जादुई दृश्य के अनुसार प्रकृति के

पंच-तत्वों में से चार तत्वों को चुना। वो चार अलग-अलग चीजें, दरअसल में चार चाभियां थीं जिन्हें चारों अलग-अलग दिशाओं में रखा जाना था। राजकुमारी तुरुपि का लाकेट, अष्टधातु का एक सिक्का, एक स्वर्णदंड और ताँबे का बना बरगद का पेड़। और स्मृति-चिह्न उनके ठीक बीच में। इस काम के लिए उसने एक समूह विशेष को चुना जिसमें कलाकार, शिल्पकार, मूर्तिकार, बुद्धिजीवी, मज़दूर और जादूगर सभी आते थे। इस समूह में लगभग 190 सदस्य थे। राजा ने उन्हें सारी चीज़ें समझा दी कि उन्हें क्या-क्या और किस प्रकार अपना काम करना है? राजा ने इस काम को बहुत ही गुप्त तरीके से करवाया। इसमें इस समूह की सुरक्षा भी बहुत बड़ी ज़रुरत थी क्योंकि बाहरी आक्रमण बराबर होते थे। इसीलिए राजा ने उनकी सुरक्षा के लिए शिलांग की गुफाओं के पास कहीं पर कई फुट जमीन के अंदर एक छोटा सा महल इस खास समूह वर्ग के लिए बनवाया, ताकि यह खास समूह वर्ग गुप्त तरीके से अपने काम को अंजाम दे सके।

"उनका काम बेहद ही काबिले तारीफ़ था।" अनन्या ने उनकी सोच और काबिलीयत की तारीफ की और कहा, "उस पांडुलिपि के अनुसार ऐसा माना जाता है कि उन्हें पूरे काम को खत्म करने में तकरीबन 150 साल लग गये। उन्होंने चीजों को इतने सलीके और बेहतरीन ढंग से छिपाया कि हमें कुछ भी समझ में नहीं आ रहा था कि ये क्या है और क्यों है? पर अब सब कुछ साफ़ हो चुका है।"

"मुझे यह समझ में नहीं आ रहा है कि आखिर उस राजा ने चार चीजों को ही क्यों चुना?" अभिनीत ने कुछ मानसिक उधेड़बुन में उलझते हुये सवाल किया।

"वो राजा उस दृश्य में हमारा भविष्य देख चुका था।" प्रोफेसर ने स्पष्ट तौर पर कहा, "उसे पता चल चुका था कि इस स्मृति-चिह्न तक पहुँचने वाले चार लोग हैं। एक वारिस और तीन मददगार। शायद यही वजह रही है कि पहेलियों की दुनिया को अब तक कोई भी सुलझा नहीं पाया। क्योंकि यह संकल्पना उसी समय गढ़ी जा चुकी थी कि अगला वारिस तीन लोगों के साथ इस स्मृति-चिन्ह तक आएगा।" अनन्या ने कहा, "इसका मतलब हुआ कि सब कुछ पहले से तय था कि हमें यहाँ आना है।" प्रोफेसर ने कहा, "हाँ, कुदरत की मर्जी को कोई भी नहीं समझ सकता।" अरमान ने कहा, "अब मुझे समझ में आया कि वारिस का क्या मतलब है जिसका जिक्र पहेलियों के सौदागर ने काफ़ी पहले किया था।" प्रोफ़ेसर ने कहा, "अब तो सारे रहस्यों से पर्दा उठ चुका है। पर यह पहेलियों का सौदागर कहाँ से आया? खजाने का क्या रहस्य है जिसका ज़िक्र पहेलियों के सौदागर ने किया था और पांडुलिपि में भी इसका जिक्र था? यह अच्छी बात है अरमान कि इस स्मृति-चिहन् ने तुम्हें अपना वारिस चुना है। पर इसका इस्तेमाल कैसे किया जाता है? कुछ सवाल अभी भी बाकी हैं। उन सबके जवाब शायद हमें

आखिरी पहेली में मिल जाए।'' अनन्या ने स्मृति-चिह्न के बीच में मौजूद मोर पंख को उठाते हुये कहा, ''नीचे में वही मोर का पंख है, अगले वारिस का चुनाव करने के लिए। यह तो तुम पर एक बहुत बड़ी जिम्मेदारी भी है अरमान।'' अरमान ने कहा, ''हाँ, पहले इस पहेलियों की दुनिया से तो छुटकारा पा लिया जाए। वैसे मैं वो सब नहीं कर पाऊँगा जैसा कि इस स्मृति-चिह्न के पहले वारिस ने किया था।'' अभिनीत ने कहा, ''अभी से इसकी चिंता करने की क्या जरुरत है? अभी तो इस स्मृति-चिह्न के रहस्यों और शक्तियों का भी पूर्णरुपेण खुलासा भी नहीं हुआ है।'' अरमान ने कहा, ''हाँ, लगता है पहेलियों के सौदागर से मिलने का वक़्त आ गया। ठीक है, मैं अभी पहेलियों के सौदागर से मिलकर आता हूँ।'' अरमान कुछ पल के लिए एकांत में चला जाता है।

10 आखिरी पहेली

अरमान ने पुकारकर कहा,

ओ पहेलियों के सौदागर,
मैंने ढूँढ़ा है, तेरे प्रश्नों का मोल,
दे दो तुम मेरी जिंदगी अनमोल।
ढूँढ़ लाऊँगा आठवीं पहेली का हल।
करो विश्वास, रखो मुझ पर आस,
दे दो कुछ श्वास, पहेलियों के साथ।

इसी के साथ एक काली और उजली छाया प्रकट हुई जो दिखाई नहीं देती। उसकी आवाज़ सिर्फ अरमान को सुनाई पड़ती थी। पहेलियों के सौदागर ने कहा, ''पहेलियों की दुनिया में तुम्हारा स्वागत है अरमान। बतलाओ मुझे उस स्मृति-चिहन् के अंदर क्या था?'' अरमान ने कहा, ''उस स्मृति-चिन्ह के दो भाग थे। एक तरफ शीशे के अंदर परी की तस्वीर बनी हुई थी तो दूसरी तरफ़ एक खिलता हुआ कमल था। काँच के अंदर ही इस स्मृति-चिन्ह के बारे में पूरी कहानी लिखी हुई थी।'' पहेलियों के सौदागर ने कहा, ''लगता है कि तुम सारी चीजों को सही जगह पर रखकर स्मृति-चिह्न को खोलने में कामयाब हो गये। यह बहुत ही मुश्किल भरा और नामुमकिन काम था। पर तुमने उसे कर दिखलाया। बेशक तुम बधाई के पात्र हो अरमान। लेकिन याद रखना कि तुम अब भी मेरे अधीन हो। यह तुम्हारा सौभाग्य है कि यह तुम्हें मिला। लेकिन तुम्हारी असल परीक्षा अभी बाकी है। तुम सौभाग्यशाली तभी होओगे अगर इस आखिरी पहेली को भी सुलझा लो। आखिरी पहेली है...

आसमान में खो गये जो तारे,
वो लगते हैं, कितने प्यारे ।
ना कोई दोस्त, ना कोई यारी,
एक खजाना सब पर भारी।।

''मैं अब भी तुम्हारे अनुसार ही चलूंगा। जैसा तुम कहोगे मैं वैसा ही करूँगा।'' अरमान ने सिर झुकाकर कहा, ''बेशक मुझे इस बात का गर्व है कि स्मृति-चिह्न

ने मुझे अपना वारिस चुना है। लेकिन मेरे ऊपर यह एक बड़ी ज़िम्मेदारी भी है। पहेलियों की दुनिया में अब तक के जुटाये गये साक्ष्यों के आधार पर मैं इतना जान चुका हूँ कि आखिरी पहेली कामरुप राजाओं के खजाने से जुड़ी है और कोई भी आज तक उस ख़जाने को ढूँढ़ नहीं पाया है।'' पहेलियों के सौदागर ने कहा, ''तुम्हारे पास परी का दिया हुआ स्मृति-चिहन् है। फिर तुम्हारे लिए मुश्किल क्या है?'' अरमान ने पहेलियों के सौदागर से पूछा, ''इसका इस्तेमाल कैसे किया जाता है?'' पहेलियों के सौदागर ने कहा, ''बेशक मैं तुम्हें यह बतलाऊँगा कि इस स्मृति-चिहन् का इस्तेमाल कैसे किया जाता है क्योंकि तुम इसके वारिस हो। और यह जानने का तुमको पूरा अधिकार है। पूर्ण चाँदनी रात में जब यह कमल खिलकर अपना पूर्ण रुप ले ले। तब अपना दाहिना हाथ कमल के फूल पर रखकर बायीं तरफ शीशे के अंदर बने परी के चित्र को देखकर कुछ शब्दों का उच्चारण करना पड़ता है। इसका इस्तेमाल चाँदनी रात में सिर्फ एक बार ही कर सकते हो। इसका मतलब एक चाँदनी रात में केवल एक सवाल का ही जवाब जान सकते हो। अगले सवाल का जवाब जानने के लिए फिर से एक महीने का इंतज़ार करना होगा। जैसा कि तुम पहले से वाक़िफ हो कि अगर तुमने सारी पहेलियों को सुलझा लिया तो तुम एक बड़े खजाने के मालिक बन जाओगे। आख़िरी पहेली में ख़जाना एक अहम पड़ाव है। इसलिए मैं तुम्हें इस स्मृति-चिहन् के जरिये खजाने तक पहुँचने वाले रास्ते को बतला दूँगा। एक बार इस स्मृति–चिहन् का इस्तेमाल करने के बाद तुम स्मृति–चिहन् की शक्तियों से पूरह तरह वाकिफ हो जाओगे। इसके रहस्य से पर्दा अपने आप उठ जाएगा। आज पूर्ण चाँदनी रात है इसलिए कमल का फूल पूर्ण रुप से खिला हुआ है। अब मैं तुम्हें बताता हूँ कि इस स्मृति-चिहन् के ज़रिये तुम खजाने तक कैसे पहुँचोगे? उस कमल के फूल पर हाथ रखकर कहो, ''ओ जन्नत की नूर, ओ ख्वाबों की हूर। दिखलाजा मुझे खजाने का रास्ता दस्तूर।'' इस शब्द का तीन बार उच्चारण करके परी की तस्वीर को देखकर आँखों को बंद कर लो।'' पहेलियों के सौदागर ने आखिरी बार अरमान को चेताया और कहा, ''एक बात याद रखना कि तुम्हारी असल परीक्षा अब होने वाली है। अगर इसे पार कर लिया तो तुम्हें फिर से अपनी ज़िंदगी मिल जाएगी, वो भी खजाने के साथ। नहीं मौत तो तुम्हारे सामने खड़ी है ही। अगर तुम आख़िरी पहेली को सुलझाने में नाकाम हुये तो इस स्मृति-चिहन् का भी कोई मतलब नहीं रहेगा।''

''मैं समझ गया।'' अरमान ने कहा और कुछ ही देर में सभी के बीच वापस आ चुका था। प्रोफेसर ने कहा, ''आखिरी पहेली क्या है? क्या यह ख़जाने के बारे में है? अरमान ने कहा, ''हाँ प्रोफेसर। आख़िरी पहेली में उन सारे सवालों के जवाब मिल जायेंगे जो कि अभी तक अनसुलझे हुए हैं। आखिरी पहेली है...

आसमान में खो गये जो तारे,
वो लगते हैं, कितने प्यारे।
ना कोई दोस्त, ना कोई यारी,
एक खजाना सब पर भारी।।

प्रोफेसर ने अरमान से पूछा, ''इस स्मृति-चिहन् का कैसे इस्तेमाल करना है? क्या पहेलियों के सौदागर ने इसके बारे में कुछ बतलाया?'' अरमान ने कहा, ''हाँ प्रोफेसर।'' अनन्या ने पूछा, ''वह कैसे अरमान?'' अरमान ने कहा, ''ज़रा काँच के उस स्मृति-चिहन् को देना, मैं बतला रहा हूँ।'' अनन्या ने उस स्मृति चिहन् को अरमान को दे दिया। अरमान ने स्मृति-चिहन् को खोलकर कमल पर हाथ रखा और कहा, ''ओ जन्नत की नूर, ओ ख्वाबों की हूर। दिखलाजा मुझे खजाने का रास्ता दस्तूर।'' ऐसा अरमान ने तीन बार कहा और फिर उस परी की ओर देखकर अपनी आँखें बंद की। बस इसी के साथ अरमान स्वप्नों की अनोखी दुनिया में जा चुका था। जो कुछ उसे दिखाई दे रहा था, वो उसे बेचैन कर रहा था। कुछ देर बाद जब अरमान को होश आया तो उसकी साँसें तेजी से चल रही थीं। शरीर से काफी पसीना निकल रहा था। दिल की धड़कनें स्वतः ही तेज़ हो गईं थी। एक दहशत उसके रोम रोम में व्याप्त नजर आ रही थी। चेहरा उदास और आँखें लाल हो गई थीं। अभिनीत और अनन्या ने अरमान को संभाला। प्रोफेसर ने पूछा, ''क्या हुआ अरमान, क्या बात है?''

अरमान ने उदास स्वर में कहा, ''मैंने ख़जाने का रास्ता देख लिया। इसके अलावा मैंने अपने अतीत के बारे में भी बहुत कुछ देखा। कैसे और किस हालात में मेरी माँ ने मेरा पालन-पोषण किया। काश! अगर मैं इस अतीत को पहले ही देख लिया होता तो मैं अपनी माँ को कभी निराश नहीं करता अगर अतीत को जान पाता तो शायद वह कभी भी अपने माता-पिता को निराश नहीं करता। मैंने पहेली में आगे बढ़ने के रास्ते के अलावा भी बहुत कुछ देखा। मैंने अपनी माँ को खुद के लिए आँसू बहाते देखा। इसलिए ख़जाने तक पहुँचाने वाले बीच के रास्ते से मेरा ध्यान कुछ पल के लिए भटक गया। इसलिए बीच का रास्ता मुझे नहीं याद है।

अभिनीत ने कहा, ''उफ् यह क्या किया तुमने, बीच का रास्ता ही भूल गये?'' अनन्या ने कहा, ''कोई बात नहीं, इस स्मृति-चिहन् का एक बार फिर से इस्तेमाल कर लो।'' अरमान ने कहा, ''नहीं, ऐसा नहीं किया जा सकता है। अब इसका फिर से इस्तेमाल अगली चाँदनी रात को ही किया जा सकता है। मतलब एक महीने बाद। अनन्या ने निराश होते हुये कहा, ''तब उस ख़जाने तक हम कैसे पहुँचेंगे?'' अरमान ने कहा, ''पता नहीं, मुझे माफ करना।''

''तुम लोग तो इतना जल्दी मुँह लटका लेते हो। हमने सात पहेलियाँ सुलझाई हैं। पूरी सात! जो किसी सात अजूबे से कम नहीं हैं।'' प्रोफेसर ने सभी में एक जोश भरते हुये कहा और अरमान को गले लगाया। कोई बात नहीं। हमने अब तक न जाने कितनी बार ख़ुद को मुसीबत में डाला है। यह आखिरी बार होगा जब हम अपनी ज़िंदगी फिर से मुसीबत में डालेंगे। बस यह आखिरी पहेली उसके बाद तुम हमेशा के लिए इन पहेलियों की दुनिया से आज़ाद हो जाओगे। तुम्हें ख़ुद पर अफसोस करने की ज़रुरत नहीं है। शुरु और अंत का कुछ रास्ता तो मालूम होगा न। अपने दिमाग़ को स्थिर करो और शुरु और अन्त का रास्ता हमें बतलाओ और उम्मीद करो कि बीच का रास्ता भी जल्द ही तुम्हारे दिमाग़ में आ जाये। अरमान ने कहना शुरु किया। शुरुआत में मैंने चमगादड़ की आकृति जैसा सूखा पेड़ यहाँ से उत्तर की तरफ़ देखा। उसके बाद रास्ता शिलांग के पास ही एक गुफा में जाता है। वह गुफा दरअसल में एक भूलभुलैया है। वहीं पर जाकर कुछ पल के लिए मेरा दिमाग़ भटक गया था। लोगों का मानना है कि ये गुफाएं भूतों का डेरा है। अनन्या ने कहा, ''क्या बात है इस बार तो भूतों का आलिंगन करने को मिलेगा। मैं तो भूतों से मिलने के लिए बेताब हूँ।''

''इस आखिरी पहेली ने तो अनन्या में कमाल का जोश भर दिया है। इंसान मर गये हैं क्या कि तुम अब भूतों का आलिंगन करना चाहती हो।'' अभिनीत ने जानबूझकर छेड़ा। इस बात से अनन्या भी खिसिया गई और बोली, ''तुम्हारा हर बात में टाँग अड़ाना ज़रुरी होता है क्या?'' अभिनीत ने कहा, ''मैं तो बस तुम्हें तोल रहा था कि इस आखिरी पहेली के लिए तुममें कितना जोश बचा है? तुम तो पूरी तरह से तैयार लगती हो। हम पहले शख्स होंगे जिन्होंने पहेलियों की दुनिया का चक्रव्यूह तोड़ दिया। हम इतिहास रचने जा रहे हैं। अनन्या ने गंभीर होकर कहा, ''इसी गलतफहमी में कहीं हम इतिहास न बन जाएं।'' प्रोफेसर ने कहा, ''हाँ, यह आखिरी पहेली है। मेरे ख़्याल से इसमें सबसे ज्यादा सतर्क रहने की ज़रुरत है।'' अनन्या का ध्यान पहेली की पहली दो लाइनों पर गया। उसने पहेली की पहली दो लाइनों को मन ही मन दो तीन बार बुदबुदाया।

आसमान में खो गये जो तारे,
वो लगते हैं, कितने प्यारे ।

काफ़ी मनन करने के बाद उसने कहा, ''प्रोफेसर, पहेली की पहली दो लाइनों का कोई तारतम्य ख़जाने से नहीं लगता।'' प्रोफेसर ने कहा, ''कुछ तो ज़रुर है उस ख़जाने में, शायद इसीलिए लगता है हमें वहाँ जाना ही होगा और वो पहेलियों का सौदागर भी जानता है कि बिना ख़जाने तक गये हम इस आखिरी पहेली का हल नहीं ढूँढ़ सकते। हमें किसी भी तरह उस ख़जाने तक पहुँचना ही होगा।''

अभिनीत ने एक लम्बी साँस भरी और कहा, ''ख़जाना ढूँढ़ने के लिए मैं पूरी तरह से तैयार हूँ। आप लोगों का क्या इरादा है?'' अनन्या ने कहा, ''अब हम अपने आख़िरी सफर पर जा रहे हैं। हम सभी को तैयार हो जाना चाहिए।''

प्रोफेसर ने कहा, ''नहीं, अभी नहीं।'' अनन्या ने कहा, ''क्यूँ प्रोफेसर?'' प्रोफेसर ने कहा, ''पिछले कई दिनों से लगातार सफ़र करने से हममें काफ़ी शारीरिक और मानसिक थकान आ चुकी है। कुछ वक़्त के लिए हमें सब कुछ भुला देना चाहिए। आसाम के प्राकृतिक सौंदर्य का आनन्द लेना चाहिए। यहाँ की साफ़ और बिलकुल शुद्ध हवा हमें मानसिक तनाव से मुक्ति दिला देगी। क्या तुम्हे पता है बैसागु पर्व के बारे में? यहाँ की बोडो जातियों का प्रमुख पर्व है ये। बागारंबा नृत्य इस पर्व में काफ़ी प्रसिद्ध है। लगता है हमें भी इस पर्व का हिस्सा होना चाहिए।'' अनन्या ने कहा, ''इससे क्या होगा प्रोफेसर?''

प्रोफेसर ने कहा, ''इससे हमें मानसिक ताकत मिलेगी। कभी-कभी कुछ न करना कुछ करने से बेहतर बन जाता है। कभी-कभी जिन सवालों के जवाब ढूँढ़ने में हम जितनी माथापच्ची करते हैं। उन सारे सवालों के जवाब कुछ न करने से स्वतः ही दिमाग में आ जाते हैं। इस वक़्त हमारे दिमाग़ में बहुत हलचल है जो हमें पता नहीं चल पा रही है। कुछ पल के लिए हमें सब कुछ भूलना होगा कि हम एक बहुत बड़ी मुसीबत में हैं या किसी बड़ी उलझन में या फिर किसी रहस्यमय पहेली में। मान लो कि हम अभी-अभी मिले हैं। हम एक दूसरे को भी नहीं जानते। तो फिर हमें इस वक़्त क्या करना चाहिए?'' अनन्या ने कहा, ''शायद हमें आपसी जान-पहचान बढ़ाना चाहिए।'' सभी ने अपने-अपने सामान उठाये पास ही के गाँव की तरफ़ चलने लगे। उस गाँव में ज्यादातर बोडो जातियाँ ही थीं जो कि वैसागु पर्व की तैयारी में जुटी हुई थीं। प्रोफेसर ने कहा, ''तो फिर बताओ तुम्हारे कालेज के दिन कैसे थे?'' अरमान ने कहा, ''इस पहेली में आने से पहले हमारी दुनिया बहुत ही ख़ूबसूरत थी। कालेज में हमारी पहचान ''ट्रिपल A '' के नाम से थी। हर पल मौज-मस्ती करना हमारी आदत थी। एक बार तो अनन्या ने टीचर के पर्स से 100 का नोट निकालकर उसकी जगह मेंढक भर दिया था।'' अनन्या ने कहा, ''वाह! सिर्फ़ मैं ही गुनाहगार हूँ। एक तो चोरी ऊपर से सीनाजोरी। तुम्हारे घर की आधी रोशनी तो कालेज का ही दिया हुआ वरदान है।'' अरमान ने अपना बचाव किया और कहा, ''वे बल्ब मैंने नहीं अभिनीत ने निकाले थे।''

अभिनीत ने कहा, ''तो मैंने उसे घर ले जाने के लिए थोड़े ही कहा था।'' अरमान का दांव उल्टा पड़ चुका था। अनन्या ने कहा, ''तुम्हारी दास्तां भी कम नहीं है अभिनीत। कक्षा की हर लड़की के बैग में प्रेम-पत्र, और हर बार दूसरों के नाम से और दूसरों की लिखावट में। तुम्हारी वजह से कक्षा में ऐसा कोई लड़का बचा ही नहीं जिसकी लड़कियों के हाथ से धुनाई न हुई हो।'' अभिनीत ने कहा,

"मैं तो बच गया न। हो गई न तुम्हारी तसल्ली। भूल गई क्या उस मोटू को, जिसको तुम साइबर कैफे यह कहकर ले जाती थी कि तुम्हारी पैंट गुम हो गई है चलो उसको गुगल पर खोजते हैं। उसके पैसे से अच्छा इंटरनेट का इस्तेमाल करती थी।" अनन्या ने कहा, "वो तो मैं...।"

बस आरोप-प्रत्यारोप का दौर शुरु हो गया था। एक दूसरे को नीचा दिखाने का मौक़ा कोई भी नहीं चूक रहा था। सभी सब कुछ भूलकर मस्ती में सराबोर हो गये। प्रोफेसर यह सब कुछ दूर से देख रहे थे। अचानक अनन्या की नजर प्रोफेसर पर चली गई। उसने प्रोफेसर से पूछा, "प्रोफेसर क्या आप हम लोगों की तरह नही हँसते?" प्रोफेसर ने कहा, "काफ़ी अरसे से तो नहीं, पर आज तुम सबको हँसते हुये देखकर काफ़ी अच्छा लग रहा है।"

अनन्या अचानक एकदम गंभीर हो गई और कहा, "प्रोफेसर अगर उस रात उस महिला की मदद नहीं करते तो आज शायद आप की ज़िंदगी ही कुछ और होती। लोगों के दिल में आपके प्रति ज्यादा इज़्ज़त होती और इतने दिनों में आप शायद **IMR** के सबसे उच्च पद पर आसीन होते। उस एक रात ने आपकी जिंदगी को पूरी तरह से बदल दिया।" प्रोफेसर ने कहा, "हाँ, यह बात काफी हद तक ठीक है कि उस रात ने मेरी ज़िदगी को पूरी तरह बदल डाला लेकिन आज भी मुझे अपने किये पर जरा भी पछतावा नहीं है। अगर मैं उस औरत की मदद नहीं करता तो शायद यह इंसानियत की हार होती। मैं चाहता था कि विज्ञान की जीत हो पर इंसानियत को हरा कर नहीं। मैं जल्द ही अपने लक्ष्य में कामयाब हो जाऊँगा। अपना खोया सम्मान और प्रशस्ति-पत्र हासिल कर लूँगा। मैंने अपना सब कुछ खो दिया पर हौसला और उम्मीद आज भी बरकरार है।"

अनन्या ने कहा, "प्रोफेसर, अगर पहेली में आप साथ नहीं होते तो यहाँ तक पहुँच पाना हमारे बस की बात नहीं थी। हम तो शायद दूसरी पहेली में ही ढेर हो गये होते। शुरु-शुरु में हमें लगा था कि ये पहेलियाँ कोई साधारण पहेलियाँ होगीं। पर अब जब मैं पीछे पलट कर देखती हूँ तो जैसे एक अनोखी दुनिया ही इन पहेलियों के पीछे छुपी है। इन पहेलियों की शुरुआत में ही मैं अरमान को छोड़कर जा चुकी थी। अगर क़िस्मत से मुझे पहली पहेली का उत्तर नहीं मिलता तो शायद मैं अरमान के पास कभी नहीं लौटती और अब तक वह मौत के मुँह में चला गया होता। अब तक शायद हम टूट चुके होते। ईश्वर का बहुत-बहुत शुक्रिया जो मैं वापस चली आई और पहेलियों को सुलझाने का सिलसिला चल पड़ा, जो अब तक चल रहा है।" प्रोफेसर ने कहा, "सब कुछ तुम तय नहीं कर सकती। कुछ चीजें पहले से ही तय रहती हैं। वैसे तुम तीनों की दोस्ती काबिले तारीफ़ है। ऐसी दोस्ती मैंने आज तक नहीं देखी। जिसमें यह जानते हुये कि

सामने खाई है किसी भी पल कोई उसमें जा सकता है। फिर भी तुम दोनों अरमान का साथ निभा रहे हो। और वह भी बिना झिझक के।'' अनन्या ने कहा, ''जब सारी शरारतें हमने मिलकर किया तो, आज अरमान को अकेला कैसे छोड़ा जा सकता है ? वैसे पहेलियों का सफ़र काफ़ी रोमांचक रहा। हर दिन नई मुसीबत, हर दिन नया संघर्ष। अब तक ना जाने कितनी ख़ूबसूरत यादें जुड़ चुकी हैं इससे। इसे शायद अपनी निजी ज़िंदगी में कभी भी नहीं भुलाया जा सकता।'' प्रोफेसर ने कहा, ''हाँ, बिलकुल सही कहा तुमने। वैसे तुम लोगों के साथ इतने दिन का सफ़र बड़ा ही दिलचस्प रहा।'' अनन्या ने कहा, ''प्रोफेसर, क्या आपको नहीं लगता कि हम अब किनारे पर आ चुके हैं?'' प्रोफेसर ने इसका कोई उत्तर नहीं दिया। अब सभी लोग उस गाँव में आ गये थे। प्रोफेसर ने कहा, ''मेरे ख्याल से तुम्हें इस पर्व का पूरा मज़ा लेना चाहिए। ऐसा मौका फिर दोबारा नहीं मिलने वाला है।'' अब सभी लोग बोडो समुदाय के बीच आ गये थे जहाँ पर लड़कियाँ नृत्य कर रही थीं और उनके पुरुष साथी उनका साथ दे रहे थे बांसुरी और तबला बजाकर। बैसागु पर्व बसंत का मौसम बीतने और गर्मी की शुरुआत में ही मनाया जाता है। यह आसाम की बोडो जनजातियों का प्रमुख पर्व है। इस पर्व में गाँव के सभी लोग गाँव के बाहर इकट्ठा होते हैं। इस पर्व में सभी स्त्री-पुरुष, लड़के और लड़कियाँ अपने पारम्परिक परिधान में होते हैं। लड़कियाँ अपने पारम्परिक नृत्य करती हैं। वो बुदबुदाती हैं, 'बागारंबा हे बागारंबा।' इस नृत्य का उद्देश्य होता है भगवान शिव को खुश करना। भगवान शिव को वे बैथोव कहते हैं, जिसका प्रतीक होता है सिजु वृक्ष। नृत्य के अन्त में सभी लोग मिलकर सामुदायिक प्रार्थना करते हैं। पास ही में आग जल रही थी। अरमान, अभिनीत और अनन्या तालियां बजा बजाकर बागारंबा नृत्य का आनंद ले रहे थे। प्रोफेसर पास ही बैठे बोडो जाति के एक वृद्ध आदमी से बातचीत कर रहे थे। उस शाम सब कुछ भुलाकर सभी आसाम के उस अनूठे पर्व का हिस्सा बन गये थे। थकान की वजह से अरमान, अभिनीत और अनन्या वहीं पर सो गये थे। प्रोफेसर अकेले ही गाँव के बाहर घूम रहे थे। काफ़ी वक्त अकेले बिताने के बाद प्रोफेसर भी वहीं आकर सो गये।

11 ख़जाने की खोज

अगली सुबह सभी में एक नई ऊर्जा और उत्साह का संचार हो गया था। प्रोफेसर ने कहा, ''अब हमें चलना चाहिए इस आख़िरी सफर पर पूरे जोश के साथ।'' सभी ने एक साथ प्रोफेसर की बात का समर्थन किया। ''हाँ, प्रोफेसर।'' प्रोफेसर ने सभी के साथ आगे का सफ़र शुरु कर दिया। प्रोफेसर ने अरमान से पूछा, ''आगे का रास्ता कैसे है?'' अरमान ने अपने दिमाग़ पर कुछ दबाव डाला और कहा, ''सबसे पहले हमें सफ़र में एक सूखा पेड़ यहाँ से उत्तर की तरफ मिलेगा जिसकी बनावट कुछ-कुछ चमगादड़ जैसी मिलती है। उसके बाद हमें कुछ ऊँचाई पर चढ़ना होगा, वहाँ से आगे बढ़ने पर तीन पत्थर एक दूसरे से सटे हुये मिलेंगे जो कि एक तिकोनी आकृति बनाते हैं। दरअसल में वो एक खोह है। इस खोह से शुरु होता है गुफाओं का रास्ता। यह खोह काफ़ी रहस्यों से भरी हुई है, बेहद लम्बी, कई गुफाओं का एक जाल है, बिलकुल सड़कों के जाल की तरह। यह गुफा आगे जाकर गुफाओं की भूलभूलैया में तब्दील हो जाती है। लोगों का ऐसा मानना है कि यह खोह भूतों का एक डेरा है। इसलिए यहाँ इतनी ऊँचाई तक कोई भी नहीं आता।'' प्रोफेसर ने कहा, ''तब तो सफर वाकई में रोमांचकारी होगा। तुम लोगों का इस बारे में क्या ख्याल है?'' अनन्या ने कहा, ''सच कहूँ तो मैंने भूतों के बहुत ही किस्से सुन लिए। अब मैं उनसे मिलना चाहती हूँ।'' प्रोफेसर ने कहा, ''यह बात तुम दिल से कह रही हो या फिर मेरी हाँ में हाँ मिलाकर अपने डर को बाहर निकालने की कोशिश कर रही हो।'' अभिनीत ने कटाक्ष किया। कभी-कभी यह होता है न कि इंसान जोश में आकर बहुत कुछ कह देता है। पर हक़ीकत से सामना हो जाये तो सारा जोश पल भल में उड़न छू हो जाता है। अनन्या ने अभिनीत को चिढ़ाने जैसा मुँह बनाया और कहा, ''ऐसा कुछ भी नहीं है।'' प्रोफेसर ने कहा, ''अनन्या बहादुर और बुद्धिमान है, नहीं तो मुश्किल भरे इस सफ़र पर हमारे साथ नहीं होती।''

शुरुआती सफ़र में उन्होंने एक सूखे पेड़ को पार किया जिसकी बनावट चमगादड़ जैसी थी। पैदल चलते हुये वो सभी ऊँचाई पर स्थित एक खोह के करीब पहुँच गये। उस खोह में घुसने से पहले प्रोफेसर ने सभी को आगाह किया,

"इस तरह की खोहों से पहले भी हमारा सामना हो चुका है। पर यहाँ यह खोह काफ़ी पतली है। लगता है हमें फिर से सरककर आगे की तरफ़ बढ़ना होगा। ठीक है, मशाल मुझे दे दो, मैं आगे आगे-आगे चल रहा हूँ।" प्रोफेसर ने मशाल ले लिया और धीरे-धीरे उस खोह में सरककर आगे की तरफ़ बढ़ने लगे। प्रोफेसर ने कहा, "वैसे इस बार टाइड से काम नहीं बनने वाला है। क्योंकि इस बार खोह की सतह पर जगह-जगह पानी लगा हुआ है और वो हमारे कपड़ों को पूरी तरह से मिट्टी के रंग में रंग देगा। उम्मीद है, वो कपड़े दुबारा पहनने लायक ही न हों।" अभिनीत ने अपने कीचड़ में सने हाथों को देखा और कहा, "हाँ, लगता तो ऐसा ही है।" अरमान, अभिनीत और अनन्या उस खोह में प्रोफेसर के पीछे-पीछे आ रहे थे। प्रोफेसर ने कहा, "मुझे लगता है, अंदाजन छह फीट नीचे की तरफ़ यहाँ पर कुछ कंकाल और अस्थियाँ दिखाई दे रही हैं। आगे रास्ता नहीं है, इसलिए हमें यहाँ उतरना ही होगा।" प्रोफेसर धीरे धीरे करके उन कंकाल और अस्थियों के बीच में थोड़ी–सी जगह बनाकर वहाँ पर उतर गये। कुछ ही समय में अरमान, अनन्या और अभिनीत भी वहीं पर उतर गये। अपने अगल–बगल कंकाल और अस्थियाँ देखकर अनन्या को अंदर ही अंदर डर लग रहा था, पर वह उस डर को अपने चेहरे पर नहीं आने देना चाह रही थी। वहाँ पर ऐसी कोई जगह भी नहीं बची थी, जहाँ पर कंकाल और अस्थियाँ न बिखरे हुए हों। अभिनीत ने अनन्या की इस स्थिति को भांप लिया! और कटाक्ष करते हुए कहा, "क्या हुआ अनन्या, तुम तो भूतों का आलिंगन करने वाली थी?"

अनन्या ने गुस्से से उबलते हुए कहा, "भूतों का आलिंगन करने को कहा था, कंकाल और अस्थियों का नहीं।" प्रोफेसर का ध्यान गुफाओं पर उकेरी हुई आकृतियों पर था। प्रोफेसर मशाल को इधर-उधर करके उस आकृति को ठीक ढंग से देखने की कोशिश कर रहे थे। अरमान ने प्रोफेसर की खामोशी में खलल डाला और कहा, "ये शैलचित्र हैं प्रोफेसर! मेरी माँ कहा करती थीं कि मेरे पिताजी को इससे बेहद लगाव था। उन्हें इन सबकी गहरी समझ थी। वह इन शैलचित्रों के सामने घंटो बिता दिया करते थे। एक बार तो वो इसी चक्कर में अपने दल से छूटकर जंगल में भटक गये थे।" अभिनीत ने भी उन शैलचित्रों को बेहद ही गौर से देखा, "ये बहुत ही पुराना लग रहा है।" सभी को एक जगह इकट्ठे खड़े देखकर अनन्या भी तेजी से उनकी तरफ़ आई। तभी उसका एक पैर कंकाल के ऊपर पड़ गया और वह कड़ाक की आवाज़ के साथ फूट गया। इसी के साथ अनन्या की चीख निकल गई। अभिनीत ने एक बार फिर कटाक्ष किया, "अरे देखो तो, अनन्या भूतों का आलिंगन कर रही है।" अनन्या ने जलभुन कर कहा, "देख लूँगी तुम्हें।"

अभिनीत ने प्रोफेसर से पूछा, "मुझे यह समझ में नहीं आ रहा है कि इतने सारे कंकाल और अस्थियाँ किसके हो सकते हैं?" प्रोफेसर ने कहा, "मैं कोई इतिहासकार तो नहीं पर, इन कंकालों की खोपड़ी को देखकर ऐसा लगता है कि ये आदिमानवों के हो सकते हैं।" अभिनीत ने कहा, "यह आप कैसे कह सकते हैं?" प्रोफेसर ने कहा, "इस कंकाल की खोपड़ी पीछे की तरफ कुछ निकली हुई लगती है जबकि आधुनिक मनुष्य में पीछे वाला यह हिस्सा कुछ धँसा हुआ होता है। इन शैलचित्रों को गौरपूर्वक देखो, सूरज की गोल आकृति को देखकर शायद इनके मन में भी वैसी ही चीज़ बनाने की चाह जगी होगी पर काफ़ी भरसक प्रयास करने के बावजूद भी वह इसे गोल आकार नहीं दे पाया क्योंकि हो सकता है उनका मस्तिष्क अभी परिपक्व न रहा हो या फिर शायद उन्हें मनुष्य के क्रमिक विकास की कुछ और सीढ़ियाँ चढ़ना बाक़ी रहा हो। यहाँ पर इसी ढंग की कई और आकृतियाँ बनी हुई हैं।" अरमान ने कहा, "मुझे यह समझ में नहीं आ रहा है कि आदिमानव इन गहरी गुफाओं में कैसे पहुँचा होगा?"

प्रोफेसर ने कहा, "शायद मजबूरी वश।" अनन्या ने कहा, "किस तरह की मजबूरी प्रोफेसर?" प्रोफेसर ने कहा, "मेरे ख्याल से ये शैलचित्र आइस ऐज के लगते हैं।" अभिनीत ने कहा, "यह आइस ऐज का क्या चक्कर है?" प्रोफेसर ने कहा, "आज से तकरीबन 12,000 वर्ष पहले की बात है। जब आदिमानव उच्च सभ्यता की तरफ बढ़ रहा था। तब एक समय ऐसा आया जब समूचा विश्व बर्फ से ढँक चुका था। तब जिंदा रहने के लिए आादिमानवों को पहाड़ों की गुफाओं में अपना आशियाना बनाना पड़ा था। मुझे तो लगता है कि शिलांग की कुछ गुफाएं भी आइस ऐज की ही देन होंगी।" अनन्या ने कहा, "कितना ताज्जुब होता है कि सिर्फ पत्थर के कुछ औजारों से उन्होंने इतनी बड़ी सुरंग बना दी।" प्रोफेसर ने कहा, "हाँ, यह आश्चर्यजनक तो है, पर ज़रुरतें इंसानों से कुछ भी करवा सकती हैं। ठीक है, हम आगे की तरफ बढ़ रहे हैं इसलिए संभलकर पैर रखना।" कुछ दूर आगे बढ़ने पर अनन्या ने कहा, "प्रोफेसर वो देखिए, दीवाल पर क्या चिपके हुये हैं?" प्रोफेसर ने अपने होठों पर अंगुली रखी और अनन्या को चुप रहने का इशारा किया, "शांत रहो। चमगादड़ हैं, प्राचीन गुफाएं इनकी पसंदीदा जगह होती हैं। इन्हें पसंद नहीं कि कोई इनके घर से छेड़खानी करे। आहिस्ता-आहिस्ता धीरे-धीरे निकल लो यहाँ से।" कुछ दूर आगे जाने पर रास्ता दो भागों में विभक्त हो जाता है। प्रोफेसर ने अरमान से पूछा, "अब हमें किधर की तरफ़ आगे बढ़ना चाहिए बायीं या दाहिनी ओर? दोनों रास्ते एक से दिखते हैं।" अरमान ने कहा, "जिस ओर हमें आगे बढ़ना है, दीवार की वह चट्टान लाल रंग की होगी शायद उनमें लौह तत्त्व कुछ ज्यादा हैं।" प्रोफेसर ने मशाल को दीवाल की तरफ हल्का-सा झुका दिया और कहा, "तब तो हमें बायीं ओर चलना चाहिए।" सभी

उस लाल वाली चट्टान को आधार मानकर उधर की ही तरफ़ आगे बढ़ते चले जा रहे थे। थोड़ी ही दूर आगे जाने पर रास्ता फिर तीन भागों में विभक्त हो गया था। अनन्या ने कहा, ''अब क्या करें?'' अरमान ने कहा, ''इसी जगह पर आकर मेरा ध्यान कुछ पल के लिए भटक गया था। आसमान से गिरते हुए उल्कापिंडों का चित्र दीवाल पर बेहद संजीदगी से उतारा गया है। आखिरी चीज मैंने दीवारों पर फूटता हुआ ज्वालामुखी देखा था जिसमें ख़जाने के रास्ते का कोई गूढ़ रहस्य छुपा हुआ है। ये दोनों चित्र दीवारों को खुरचकर बनाये गये हैं। अंधेरे में भी गुफाओं की दीवार पर हाथ रखने से इनका अंदाज़ा लग सकता है। इन दोनों में से कोई भी गुफा चित्र अगर हम खोज लेते हैं, तो इसका मतलब हुआ कि हमें फिर से रास्ता मिल गया है।''

प्रोफेसर ने कहा, ''मेरे ख़्याल से उन गुफा चित्रों का निर्माण ख़ज़ाने के संकेत चिह्न के रुप में किया गया है और इसके लिए हमें दो भागों में विभक्त होना ही पड़ेगा।'' प्रोफेसर के इस विचार से अनन्या के मन में एक सिहरन पैदा हो गई। उसने सभी को आगाह करना चाहा, ''मैंने शिलांग की गुफाओं के बारे में पढ़ा है। यहाँ की कई गुफाएं एक तरह की भूलभूलैया हैं। मेरे ख्याल से हमें बिलकुल भी अलग नहीं होना चाहिए।'' प्रोफेसर ने अपना तर्क प्रस्तुत किया, ''हमें किसी भी हाल में रास्ता ढूँढ़ना ही पड़ेगा और इसके लिए ख़तरा तो उठाना ही होगा। यहाँ पर एक साथ रुकने से सिर्फ़ हमारे वक़्त का नुक़सान होगा। मैं अभिनीत को लेकर बायीं ओर जा रहा हूँ। तुम अरमान के साथ दाहिनी ओर जाओ। ज्यादा आगे तक मत जाना। कुछ दूर आगे जाकर फिर यहीं पर वापस आ जाना।'' इस सुझाव के बाद प्रोफेसर अभिनीत के साथ गुफा में बायीं ओर जाने लगे।

प्रोफेसर और अभिनीत के वहाँ से चले जाने के बाद अरमान वहीं पर बैठकर अपने दिमाग पर जोर डालने लगा। अरमान को गुफा में इस तरह से बैठा देखकर अनन्या बोली, ''क्या हुआ?'' अरमान ने कहा, ''मुझे लगता है कि मैंने सभी को इस गुफा में फँसा दिया है। मैं कोशिश कर रहा हूँ रास्ता याद करने की।'' अनन्या ने कहा, ''ठीक है, तुम रास्ता याद करने की कोशिश करो। मैं आगे देखकर आती हूँ कि आगे रास्ता है या नहीं।'' अरमान ने अनन्या को ख़तरे से आगाह किया और कहा, ''लेकिन ज्यादा दूर मत जाना।'' कुछ ही देर में अनन्या भी वहाँ से दूर चली गई। वह जगह जहाँ पर अरमान बैठा हुआ था वहाँ पर घोर गुपचुप अंधेरा था। अरमान अपने दिमाग़ की उधेड़बुन में उलझा हुआ था। तभी किसी चीज़ ने उसका ध्यान अपनी ओर आकृष्ट किया। वह अपने सामने बन रहे अलौकिक प्रकाशपुंज की एक आकृति को बड़े ही ध्यान से देख रहा था। वह दृश्य अलौकिक और पूर्ण रुप से रहस्यों से भरा हुआ था। कुछ ही समय में वह अलौकिक प्रकाशपुंज एक

इंसानी रुप में तब्दील हो गया। अरमान उसे बड़े ही कौतूहल से देख रहा था। कुछ पल के लिए वह भूल गया कि वह एक गुफा में फँसा हुआ है। वह दृश्य अद्‌भुत और कल्पना से भी परे था। प्रकाशपुंज की उस आकृति ने एक ओर इशारा किया और कुछ ही पल में वह अदृश्य हो चुका था। इधर अभिनीत और प्रोफेसर गुफा में बायीं ओर जाकर किसी रास्ते की तलाश कर रहे थे।

प्रोफेसर ने कहा, ''यहाँ बहुत ही उमस और काफ़ी गर्मी है। जैसे-जैसे हम आगे की तरफ बढ़ते जा रहे हैं उमस और गर्मी भी बढ़ती जा रही है। यहाँ काफ़ी घुटन सी महसूस हो रही है। ख़जाना ऐसी जगहों पर कभी भी नहीं छुपाया जा सकता। उसके लिए सुरक्षित जगह होनी चाहिए। चलो यहाँ से, यहाँ पर हम सिर्फ़ अपना वक़्त बर्बाद कर रहे हैं।'' इधर अनन्या भी कुछ दूर आगे जाकर वापस आ जाती है। जल्द ही प्रोफेसर और अभिनीत वापस आकर अरमान और अनन्या से मिलते हैं। अनन्या ने कहा, ''दाहिनी ओर आगे जाने पर रास्ता बंद है।'' तब प्रोफेसर ने निष्कर्ष निकाला। दाहिनी ओर रास्ता बंद है और ख़जाने के बायीं तरफ होने की संभावना भी कम है। तो जाहिर सी बात है, हमें तीसरा रास्ता चुनना चाहिए।'' अरमान ने चुप्पी तोड़ी और पूरे विश्वास से कहा, ''नहीं प्रोफेसर! रास्ता दाहिनी ओर से है।'' अनन्या ने कहा, ''मैं उधर से ही आ रही हूँ। मैंने खुद जाकर अच्छी तरह से देखा है। आगे का रास्ता बंद है।'' अरमान और अनन्या की बातों में विरोधाभास के चलते प्रोफेसर के मन में संदेह उत्पन्न हुआ। प्रोफेसर ने कहा, ''मेरे ख्याल से हम सभी को एक बार उस बंद रास्ते को देखकर आना चाहिए।'' फिर प्रोफेसर सभी के साथ उस ओर चलने को तैयार हो जाते हैं। थोड़ी ही देर में जब सभी उसी स्थान पर पहुँचते हैं जहाँ से अनन्या वापस होकर आई थी। अभिनीत ने कहा, ''यहाँ तो रास्ता वाकई में बंद हैं।'' रास्ते को बंद देखकर अरमान हैरत में पड़ गया। वह कुछ सोचने की कोशिश कर रहा था। तभी अनन्या ने कहा, ''मैंने कहा था न कि आगे का रास्ता बंद है। हमें वापस चलना चाहिए।''

कुछ देर सोचने के बाद अरमान अचानक बोल पड़ा, ''दरअसल हमें सामने की तरफ नहीं, ऊपर की तरफ जाना चाहिए।'' अरमान ने अपनी तर्जनी से एक संकरे और टेढ़ी-मेढ़ी दरार की तरफ इशारा किया। प्रोफेसर ने टार्च ऊपर की तरफ जलाई और कहा, ''यह बेहद ही संकरा रास्ता है। ऊपर चढ़ना बहुत ही मुश्किल काम है।'' दरअसल ऊपर चढ़ने का रास्ता कटी-फटी दरारों से होकर जाता था। जिसकी दोनों सतहें काफ़ी ऊबड़-खाबड़ और टेढ़ी-मेढ़ी थी। कहीं कहीं पर दोनों सतहें एक दूसरे से जुड़ी थी। तो कहीं कहीं पर दोनों तरफ की चट्टानें एक नुकीले आकार में ढली हुई थीं। अरमान ने कहा, ''आप लोगों के चले जाने के बाद मैंने एक अद्‌भुत प्रकाशपुंज देखा। वह प्रकाशपुंज शायद ईश्वर का

कोई तोहफा या मददगार होगा जिसने मुझे यह रास्ता बताया। इसलिए इस पर भरोसा करना ही होगा।''

प्रोफेसर ने कहा, 'ठीक है, ऊपर जाने के लिए कोई न कोई रास्ता तो निकालना ही पड़ेगा। यहाँ की दीवारें काफी ऊबड़-खाबड़ हैं इसलिए बात तो बन जायेगी। इस दरार में ऊपर चढ़ने के लिए हाथों के साथ- साथ पैरों का सही तालमेल भी बनाना होगा। पैरों को संभालकर सही जगह रखना होगा ताकि वे किसी भी हालत में न फिसले। दूसरी और अहम बात चढ़ाई करते वक्त आस पास की नुकीली और ज्यादा बाहर निकली चट्टानों से सावधान रहना होगा वर्ना इन संकरे रास्ते से ऊपर की तरफ बढ़ना जैसे खुद को मौत की तरफ बुलावा देना है। और इसके लिए सबसे बेहतर वो है जिसने कभी पर्वतारोहण किया है।'' अभिनीत ने कहा, ''लगता है तब तो मुझे ही कोशिश करनी चाहिए। लेकिन मैंने पर्वतारोहण की कुछ कक्षाओं को छोड़ा भी था। ठीक है सबसे पहले मैं जा रहा हूँ ऊपर की तरफ। ऊपर पहुँचकर मैं रस्सी को गिरा दूँगा। इससे आप सभी को ज्यादा दिक़्क़त महसूस नहीं होगी।''

प्रोफेसर ने कहा, ''जरा संभलकर जाना।'' अभिनीत ने कहा, ''हाँ।'' और धीरे-धीरे ऊपर की तरफ बढ़ने लगा। ऊपर चढ़ते हुये अभिनीत ने कहा, ''अरमान तुम्हे याद है पर्वतारोहण वाली वह कक्षा।'' अरमान का ध्यान कुछ पल के लिए अपनी पुरानी यादों में चला गया। उसने कुछ याद करते हुये कहा, ''हाँ, मुझे याद आया पर्वतारोहण की तीसरी कक्षा। जिसमें तुम्हें बाहर निकाल दिया गया था ड्रेस न पहनकर कक्षा में आने की वज़ह से।'' अभिनीत ने हँसते हुए कहा, ''आज उस बात का पछतावा हो रहा है। दरअसल उस कक्षा के क्रमशः आगे की तीन कक्षा भी मैंने छोड़ दी थी। काश! उस कक्षा को नहीं छोड़ता तो आज कितनी फुर्ती से ऊपर चढ़ गया होता।'' काफ़ी मशक्कत करने के बाद अभिनीत ऊपर पहुँच गया। ऊपर से उसने रस्सी गिरा दी। उस रस्सी को पकड़कर प्रोफेसर, अरमान और अनन्या को ऊपर पहुँचने में काफ़ी सहूलियत महसूस हुई। सभी के ऊपर आ जाने के बाद अभिनीत ने कहा, ''इन गुफाओं ने तो आज मुझे मेरे नाना की याद दिला दी।'' अनन्या ने उत्सुक होकर पूछा, ''क्या तुम्हारे नाना पहाड़ों पर अच्छी चढ़ाई करते थे?'' अभिनीत ने कहा, ''नहीं, पहाड़ पर चढ़ना तो दूर वह तो पेड़ पर भी चढ़ने से डरते थे बिलकुल मेरी तरह। वैसे सच कहूँ तो इस चढ़ाई ने मेरे सारे जबड़े हिलाकर रख दिये हैं।'' अनन्या ने इस बात पर चुटकी ली और कहा, ''कोई बात नहीं, तुम दूध पीकर भी काम चला सकते हो।'' अभिनीत ने कहा, ''वाह, क्या जवाब है? इसके लिए तो तुम्हें शाबाशी मिलनी चाहिए।''

प्रोफेसर ने कहा, ''ठीक है दोस्तों, अब हमें आगे की तरफ़ बढ़ना चाहिए।''

प्रोफेसर मशाल लिए आगे की तरफ बढ़ रहे थे और सभी उनके पीछे-पीछे चल रहे थे। कुछ दूर आगे जाने पर अरमान ने कहा, "प्रोफ़ेसर ज़रा मशाल को दीवाल की तरफ़ ले जाइये। यहाँ पर कुछ है।" प्रोफेसर ने मशाल को दीवार की तरफ़ किया। "आसमान से गिरते उल्कापिंडों के चित्र, इसे तो मैंने सपने में देखा था।" अरमान ने कहा। अनन्या ने उन चित्रों को गहराईपूर्वक छुआ। "कितने खूबसूरत हैं ये चित्र। प्राचीन गुफा कला का एक बेहतरीन नमूना।" प्रोफेसर ने कहा, "हाँ, सचमुच में बेहतरीन है। इसका मतलब है हम बिलकुल सही दिशा में जा रहे हैं। लेकिन एक बात मुझे समझ में नहीं आ रही है आखिर इन चित्रों को बनाने में किस स्याही का इस्तेमाल होता होगा?"

अनन्या ने कहा, "ज्यादातर गुफा कलाओं को रंग-बिरंगी आकृति देने के लिए लाल गेरु, काला मैंगनीज, चारकोल, जानवर के खून का इस्तेमाल होता था। इसके अलावा पौधों की पत्तियों और फूलों को धूप में सुखाकर रंग बनाया जाता था और उसमें स्थायित्व देने के लिए कई और रासायनिक तत्त्वों को आपस में मिलाया जाता था। बस मुझे इतनी ही जानकारी है।"

"बस मैं इतना ही जानना चाहता था।" प्रोफेसर ने कहा। अनन्या ने कहा, "लगता है, हम सब ख़जाने के बेहद करीब हैं।" वहाँ से सभी आगे की ओर बढ़ते हैं। कुछ दूर और आगे जाने पर अभिनीत ने कहा, "यहाँ से फिर दो रास्ते हैं। बायीं ओर चलना है या दाहिनी ओर।" अरमान ने कहा, "यहाँ से दाहिनी ओर चलो। यहाँ से सारा रास्ता मुझे याद है।" सभी लोग दाहिनी ओर मुड़ गये। कुछ दूर आगे बढ़ने पर आखिरकार वह चीज मिल ही गई जिसकी सबको तलाश थी। वह आखिरी चीज थी जिसे अरमान ने अपने सपने में देखा था। वह था "फूटते ज्वालामुखी का चित्र।"

प्रोफेसर ने कहा, "बेहतरीन कारीगरी। यह खुशी की बात है कि हमें हमारी मंजिल मिल चुकी है। हम खजाने के बेहद करीब आ चुके हैं।" अनन्या ने आश्चर्य और विस्मय से कहा, "लाजवाब! यकीन नहीं होता, प्राचीन कलाकृति का उत्कृष्ट नमूना। आख़िरकार इसे कैसे बनाया गया होगा ?" अरमान ने कहा, "यही आख़िरी चीज थी जिसे मैंने उस स्वपन में देखा था। इस चित्र में ख़जाने का कोई गूढ़ रहस्य छिपा हुआ है। इसलिए हमें इसकी खूबसूरती के साथ-साथ इसके तार्किक पहलू पर भी ग़ौर करना होगा।" अनन्या ने कहा, "इसका क्या तार्किक पहलू हो सकता है?" प्रोफेसर ने कहा, "नहीं पता।" और आगे बढ़ने लगे।

अभिनीत दौड़ा-दौड़ा प्रोफेसर के पीछे आया और प्रोफेसर से पूछा, "क्या आपको उस फूटते हुये ज्वालामुखी का रहस्य समझ में आया?" प्रोफेसर ने कहा, "नहीं। चलो आगे की तरफ़ बढ़ते हैं और देखते हैं कि हमें आगे क्या मिलता है?"

कुछ दूर आगे जाने पर उन्हें आठ अर्द्धवृत्ताकार दरवाज़े दिखाई देते हैं जो कि कुछ छोटे आकार में होते हैं। उन अर्द्धवृत्ताकार दरवाजों के ऊपर चट्टानों की आयताकार मोटी-मोटी सिल्ली लगी हुई होती है। अनन्या का ध्यान उस पर चला गया। अनन्या ने उत्सुकतावश पूछा, ''प्रोफेसर, ये दरवाजों के ऊपर चट्टानों की मोटी-मोटी सिल्लियाँ क्यूँ लगीं हैं?'' प्रोफेसर ने भी उन आयताकार चट्टानों की बनी उस मोटी-मोटी सिल्लियों को बड़े ध्यान से देखा और कहा, ''मेरे ख्याल से शायद यह एक दूसरे दरवाजे का काम कर रहा है। ऐसा लगता है जैसे ही हम इनमें से किसी एक भी दरवाजे की सीढ़ी पर पैर रखेंगे। सारे दरवाजे एक साथ ही बंद हो जायेंगे और अंदर ख़जाने तक इनमें से एक ही रास्ता जायेगा। अगर हमने ग़लत रास्ता चुना तो समझो इस गुफा में हम हमेशा के लिए कैद हो जाएंगे। यह खजानों को सुरक्षित रखने का प्राचीन तरीक़ा है। इसीलिए लगता है हमें वापस चलकर ''उस फूटते हुए ज्वालामुखी के चित्र'' को एक बार फिर से देखना चाहिए। सही दरवाज़े के चुनाव का सुराग उस गुफा कला में मौजूद है। हमें उस प्राचीन गुफा कला को बारीक़ी से देखना होगा।''

अभिनीत ने एक लम्बी आह भरी, ''उफ़, मौत के भी कितने रुप हैं। मैं इस तरह किसी गुफा में कैद होकर नहीं मरना चाहता। इससे अच्छा है कि गुफा की छत से कूद कर जान दे दूँ, कम से कम खुली हवा में मौत होगी। मेरी आत्मा तो इस अंधेरी गुफा में कैद नहीं होगी। मैंने सुना है कि जो आत्मायें गुफाओं में कैद हो जाती हैं वो उन गुफाओं से कभी भी बाहर नहीं निकल पातीं।'' अनन्या ने भी इस बात पर अपनी हामी भर दी और कहा, ''हाँ, काश। मैं उस दिन नदी में डूब कर मर गई होती तो आज यह दिन नहीं देखना पड़ता।'' अरमान ने झल्लाकर कहा, ''पता नहीं किन दो घनचक्करों से मेरी दोस्ती हो गई है। जी तो कर रहा है मैं तुम दोनों का गला यहीं पे दबा दूँ।'' अभिनीत और अनन्या ने एक साथ कहा, ''माफ करना, हम दोनों यूँ ही मज़ाक कर रहे थे। जब हमने इतनी पहेलियाँ साथ मिलकर सुलझा लीं तो एक पहेली और सही।'' प्रोफेसर ने कहा, ''दाद तो देनी ही पड़ेगी तुम दोनों को। मौत के मुँह में भी तुम दोनों मज़ाक करने से बाज़ नहीं आते। चलो वापस ज़रा उस प्राचीन गुफा कला को फिर से देखते हैं।'' प्रोफेसर सभी के साथ वापस उस ज्वालामुखी के चित्र के पास आ जाते हैं। प्रोफेसर ने ग़ौरपूर्वक उस चित्र को देखा और कहा, ''चलो चलते हैं।'' अनन्या ने आश्चर्य प्रकट करते हुये कहा, ''इतनी जल्दी! क्या आपने उस फूटते हुये ज्वालामुखी का रहस्य समझ लिया?'' प्रोफेसर ने कहा, ''यह तो वक्त ही बताएगा कि मैं जो सोच रहा हूँ वह सही है कि नहीं।'' प्रोफेसर सभी के साथ वापस उसी जगह पर आ जाते हैं। प्रोफेसर ने कहा, ''हमें दरवाजा नंबर तीन में घुसना है।'' अनन्या ने डरते-डरते कहा, ''कहीं हम ग़लत दरवाजे में तो नहीं घुस रहे हैं?'' प्रोफेसर ने

कहा, "घबराओ नहीं, भरोसा रखो। हमें एक-एक करके नहीं, एक साथ ही घुसना होगा क्योंकि जैसे ही हमारे पैरों के भार सीढ़ियों पर पड़ेंगे, सारे दरवाजे एक झटके के साथ बंद हो जाएंगे। इसलिए मेरे तीन गिनते ही हम सभी एक साथ सीढ़ियों पर पैर रखेंगे।" जैसे ही प्रोफेसर ने तीन तक गिना सभी लोग उस अर्द्धवृत्ताकार दरवाजे में सिर झुकाकर एक साथ घुस गये। सीढ़ियों पर पैर रखते ही अब सारे दरवाजे एक तेज झटके के साथ बंद हो चुके थे। कुछ देर के लिए तो अंधेरा छा चुका था।

अरमान ने कहा, "प्रोफेसर आपने किस आधार पर तीसरे दरवाजे में घुसना उचित समझा था?" प्रोफेसर ने कहा, "उस फूटते हुये ज्वालामुखी के चित्र में आधार से लावा की आठ शाखायें बाहर निकली हुईं थीं। कुछ ही दूर जाकर लावा की हर शाखायें आपस में एक दूसरे में उलझी हुई थी। सिर्फ बायें से नंबर तीन वाली लावा की शाखा ही बाहर की तरफ़ निकल रही थी। यह बच्चों की पहेली जैसी ही थी।"

"हमने तो इसे बहुत बड़ा हौवा समझ लिया था।" अभिनीत ने कहा। प्रोफेसर ने कहा, "हाँ, अगर मौत सामने होगी तो इसका हौवा बन जाना स्वाभाविक है। तुम्हारे जैसे बहुत से लोग हैं, जो ऐसी ही ग़लती करेंगे। इस चित्र में बड़े-बड़े लोग इसलिए उलझ जायेंगे क्योंकि उनका बड़ापन उनके और इस चित्र के बीच में आ जायेगा। बड़ों की तुलना में बच्चों का मन कम उलझा हुआ होता है। इसलिए बच्चे यहाँ सही फैसला कर सकते हैं बजाए बड़ों के। यही इस चित्र की गहराई है। काफ़ी दूर तक सोचकर उन्होंने इसे बनाया है।"

तेज झटके से दरवाज़े बंद होने की वजह से प्रोफेसर के हाथ की मशाल बुझ गई। इसलिए प्रोफेसर ने मशाल को फिर से जलाया और कहा, "ये सीढ़ियाँ चट्टानों को काटकर बनाई गई हैं जो कि काफ़ी मेहनत भरा काम होता था। यह एक प्राचीन कारीगरी है। इसलिए यह बहुत नीची-नीची हैं। इन पर संभलकर पैर रखना। चलो आगे बढ़ते हैं।" अभिनीत ने कहा, "मेरे लिए तो खजाना ही नायाब कारीगरी है जो अभी तक नहीं मिला।" धीरे-धीरे करके सभी सीढ़ियों से नीचे उतरने लगे थे। अनन्या ने कहा, "यही है वह महल जहाँ से स्मृति-चिहन् वह तरीके से छिपाने का काम चल रहा था। उस प्राचीन पांडूलिपि के अनुसार उस राजा के बाद के वंशजों ने यहीं पर खजाना छिपाना शुरु कर दिया। क्योंकि स्मृति-चिहन् का काम खत्म होने के बाद यह जगह खाली हो गई थी। और इससे सुरक्षित जगह उनको नहीं मिल सकती थी। बाद में इस महल में थोड़ा हेर-फेर किया गया था..." अनन्या के अचानक इस तरह से रुक जाने पर प्रोफेसर ने कहा, "मुझे तो लगा कि इस जगह के बारे में तुम कुछ और बताओगी।" अनन्या ने कहा, "नहीं, अभी बस इतना ही।"

प्रोफेसर ने मशाल को खुद से दूर करके यह जानना चाहा कि अभी कितनी सीढ़ियाँ उतरनी है? लेकिन प्रोफेसर को कुछ भी दिखाई नहीं दे रहा था। अनन्या ने झल्लाहट भरे स्वर में कहा, "अभी कितनी सीढ़ियाँ और उतरनी हैं? मेरा तो अभी से श्वास फूल रहा है।" अरमान ने कहा, "शुक्र यह मनाओ कि सीढ़ियाँ उतरनी हैं, चढ़नी नहीं हैं, वरना पता नहीं हमारा क्या हाल होता?" अभिनीत ने कहा, "वापसी के बारे में तुम लोगों का क्या ख्याल है? क्या इधर से नहीं जाना है?" प्रोफेसर ने कहा, "देखा नहीं तुमने! वह रास्ता बंद हो चुका है। हमें कोई दूसरा रास्ता तलाशना होगा यहाँ से बाहर निकलने के लिए।" काफ़ी सीढ़ियाँ उतरने के बाद प्रोफेसर ने कहा, "ऐसा प्रतीत होता है कि सीढ़ियाँ अब खत्म होने वाली हैं। वो देखो सामने कोई गलियारा दिखाई दे रहा है।" अभिनीत ने एक झुंझलाहट भरे स्वर में कहा, "सब कुछ दिखाई देता है पर ख़जाना क्यों नहीं दिखाई देता?" प्रोफेसर ने कहा, "घबराओ नहीं, हम ख़जाने के कक्ष के आस-पास ही हैं।"

आख़िरकार सभी लोग सकुशल सीढ़ियों से उतर जाते हैं। अनन्या ने कहा, "अब जाकर कुछ सुकून मिला।" प्रोफेसर ने कहा, "हाँ, पर यह सुकून थोड़े समय के लिए ही है।" अब सभी गलियारे में आ जाते हैं। वो अभी गलियारे में थोड़ा ही आगे गये थे कि अरमान अचानक से ठिठक गया। प्रोफेसर ने पूछा, "क्या हुआ?" अरमान ने हैरान होकर कहा, "नीचे किसी इंसान के कदमों के निशान हैं।" प्रोफेसर ने उन्हें देखा। अपने हाथ से उन्होंने अभिनीत और अनन्या को पीछे की ओर ढकेला और कहा, "रुक जाओ। कमाल है, ये कदम तो खजाने की तरफ ही बढ़ रहे हैं। इसका मतलब है कि हम खजाने तक पहुँचने वाले पहले शख्स नहीं हैं।" उस इंसानी कदमों के निशान को देखकर सभी हैरत में पड़ गये। अनन्या ने आश्चर्य और विस्मय से कहा, "यह कैसे संभव है कि कोई हमसे पहले भी इस ख़जाने तक आ चुका है?" प्रोफेसर ने पीछे पलटकर अपने विपरीत टार्च जलाकर देखा। अभिनीत ने कहा, "यह गलियारा तो खुला हुआ लगता है।" प्रोफेसर कुछ पल के लिए सोच में पड़ गये, "इसका मतलब ये हुआ की ख़जाने तक पहुँचने के दो रास्ते हैं और वह शख़्स दूसरे रास्ते से आया होगा। यह चिह्न इतने साफ़-साफ़ इसलिए हैं क्योंकि यहाँ गलियारे में काफ़ी धूल जमीं हुई है।" अनन्या ने कहा, "मुझे लगता है जब वो लोग इस महल को और भी व्यवस्थित रुप दे रहे थे तो शायद उसी वक़्त उन्होंने खजाने तक पहुँचने वाले एक दूसरे रास्ते को बनाया होगा। लेकिन इस गलियारे में इंसानी कदम का होना वाकई में हैरत वाली बात है।" इस बात ने सभी को अचम्भे में डाल रखा था। प्रोफेसर ने कहा, "आखिर में यह सोचने वाली बात है। वो ख़जाना जो सदियों तक छुपा रहा। हमें उस तक पहुँचने के लिए इतने पापड़ बेलने पड़े। हमने कितनी बार अपनी जान को जोखिम में डाला। मस्तिष्क पर जोर डालने वाले हर इम्तिहान हमसे लिए गये। हम यहाँ

आये भी तो किसी अलौकिक ताक़त की मदद से। आखिर यह कैसे संभव हो गया कि कोई हमसे पहले भी इस ख़जाने तक पहुँच गया? ये तो बिलकुल असंभव सा लगता है।'' इस बात ने प्रोफेसर को और भी सोचने पर मज़बूर कर दिया।

प्रोफेसर अभी कुछ सोच ही रहे थे कि अनन्या अचानक से बोल पड़ी, ''प्रोफेसर, यहाँ पर एक और पदचिह्न मौजूद है। पर पहले वाले पदचिह्न से छोटा है।'' अरमान ने कहा, ''मेरे ख्याल से किसी हम उम्र का चिह्न लगता है।'' प्रोफेसर ने दोनों पद चिह्नों को ग़ौर से देखा और कुछ देर तक मनन करने के बाद बोले, ''दोनों पैरों में सही तालमेल नहीं लगता।''

अभिनीत ने पूछा, ''सही तालमेल से आपका क्या तात्पर्य है?'' प्रोफेसर ने कहा, ''इसका मतलब यह हुआ कि वो दोनों एक साथ इस खजाने के पास नहीं आये थे। अलग-अलग समय पर यहाँ आये होंगे। जैसे कि मान लो हम खजाने की तरफ जा रहे हैं, तो हम सभी के पैर के चिह्न थोड़ा-थोड़ा दूर पर होंगे और हमारी चाल में एक लय होगी। लेकिन यहाँ पर पड़े निशान किसी लय की तरफ़ इशारा नहीं करते इसका मतलब यह हुआ कि दोनों अकेले आये होंगे और अलग-अलग वक़्त पर।'' अरमान ने कहा, ''तब तो दो लोग ऐसे हैं, जिन्हें इस ख़जाने के बारे में जानकारी होगी।'' प्रोफेसर ने कहा, ''हाँ, सही समझा। कुछ बातें तो साफ़ हुईं। ठीक है, हम आगे बढ़ते हैं।'' वह गलियारा आगे बढ़ने पर एक कमरे में ख़त्म होता था। सभी कमरे में प्रविष्ट कर गये।

''यह कमरा तो उन कलाकारों, कारीगरों और बुद्धजीवियों का शयन कक्ष लगता है। यहाँ टूटे-फूटे और एकदम सही सांचे में ढाले चौकोर पत्थर कम से कम इतना तो बताते ही हैं। दरअसल शुरु-शुरु में इस जगह का निर्माण उस राजा रिपु ने उन कलाकारों, कारीगरों और चित्रकारों के समूह की सुरक्षा और स्मृति चिहन् और उसकी चाभियों को गुप्त रूप से छुपाने के उद्देश्य को ध्यान में रखकर किया गया था। बाद में कामरुप राजाओं के अन्य वंशजों ने जब यहाँ पर खजाना छिपाना शुरू कर दिया। तब इस जगह पर कुछ फेर-बदल किये गये थे। इसीलिए ऐसा संभव हो सकता है कि यहाँ से बाहर निकलने के लिए बाद में एक दूसरा रास्ता बना दिया गया हो और उसका सबूत किसी के हाथ लग गया होगा। और किसी तरह वह यहाँ तक आ पहुँचा होगा। लेकिन फिर भी यहाँ तक पहुँचना एक नामुमकिन काम रहा होगा क्योंकि इतिहास में कई मुस्लिम शासकों ने इस खजाने को ढूँढ़ना चाहा पर वे इसके इर्द-गिर्द भी नहीं पहुँच पाये।'' अनन्या ने अपना तर्क दिया।

प्रोफेसर ने कहा, ''यह महल अब भी काफ़ी हद तक सुरक्षित है। बेशक इसके कई हिस्से खंडहर में तब्दील हो चुके हैं। पर बिना किसी मानचित्र के कोई भी

सुव्यस्थित महल नहीं बनाया जा सकता है। और वह भी जमीन से कई फुट नीचे एक गुफा में। इस जगह का नक्शा भी यहीं कहीं पर होना चाहिए। अगर वो मिलेगा, तभी हम यहाँ से बाहर निकल सकते हैं।'' अभिनीत ने कहा, ''मेरे ख्याल से जहाँ पर ख़जाना होगा, वह नक्शा भी वहीं कहीं होना चाहिए।'' प्रोफेसर इस बात पर सहमत हुये, ''हाँ, यह संभव है।''

प्रोफेसर ने आसपास की दीवारों की ओर नजर डाली तो दीवार पर जगह-जगह कई तस्वीरें टँगी हुईं थीं। अरमान ने कहा, ''कामरुप साम्राज्य के राजा जरुर कला प्रेमी रहे होंगे। तभी उन्होंने इतने चित्र टाँग रखे हैं।''

अभिनीत का ध्यान एक चित्र पर चला गया, ''ज़रा इधर की तरफ देखो। यह तो वही अरस्तू वाली पेंटिग है जो कि इस स्वर्ण प्रतिमा पर अंकित है।'' अब सभी का ध्यान उस ओर चला गया था। प्रोफेसर ने कहा, ''अभिनीत, ज़रा उस चित्र को उतारो।'' प्रोफेसर के कहेनुसार अभिनीत ने उस चित्र को उतारा। सभी उस चित्र को ग़ौर से देखने लगे। उस पर रोमन भाषा में लिखा था, ''उस राजा का नाम जिसको चित्रों से बेहद लगाव है।'' अनन्या ने कहा, ''इसी चित्र के आधार पर ही अरस्तू की स्वर्ण-प्रतिमा का निर्माण हुआ है जो हमारे पास पहेली के रुप में है और जिस पर अब पहेलियों के सौदागर का कब्जा है।'' अरमान ने कहा, ''प्राचीन काल में जब यूरोप के व्यापारी चीन जाते थे, तब उन्हें आसाम राज्य से होकर गुजरना पड़ता था। वे राज्य में ठहरते थे और राजा को उनकी मनपसंद वस्तु उपहार स्वरुप देते थे।'' अभिनीत ने कहा, ''यह चित्र तो यही बतलाता है कि यूनान और रोम के ग्यारहवीं सदी के आस-पास चीन से बेहतर संबध होंगे। इसलिए इस स्वर्ण-प्रतिमा की पूरी नक्काशी पश्चिमी देशों से मिलती है खासकर यूनान और रोम से।''

प्रोफेसर ने कहा, ''तब तो यह स्वर्ण-प्रतिमा भी अवश्य ही कोई खास चीज होगी। जिस पर अभी पहेलियों के सौदागर का राज है। ठीक है, सबसे पहले आस पास की चीजों को ढूँढ़ों, मेरे ख्याल से ख़जाने का रास्ता इसी शयनकक्ष से होकर जाता होगा।'' अनन्या ने कहा, ''उस प्राचीन पांडूलिपि के अनुसार शयनकक्ष से एक रास्ता गुप्त कक्ष को जाता है और ख़जाना वहीं पर है।'' सब अपने अगल-बगल की चीजों को गौर से देखने लगे। अचानक अरमान का ध्यान एक बड़े से गोल दर्पण ने अपनी तरफ खींचा, ''यह दर्पण काफ़ी बड़ा लगता है, इसको हटाना पड़ेगा।'' अभिनीत और अनन्या भी उस ओर आ गये। उन्होंने दम लगाकर उस बड़े से दर्पण को वहाँ से हटाया। अनन्या खुशी से उछल पड़ी और बोली, ''प्रोफेसर यहाँ दर्पण के पीछे सुव्यवस्थित सीढ़ियाँ बनी हुईं हैं। आशा करती हूँ कि ख़जाने का रास्ता यहीं से है। शायद यही गुप्तकक्ष है।'' प्रोफेसर ने कहा, ''कमाल है दर्पण के पीछे सीढ़ियाँ। ऐसा मुमकिन है कि यही रास्ता ख़जाने तक जाएगा।'' प्रोफेसर मशाल लेकर धीरे-धीरे सीढ़ियों से उतरने लगे। अरमान, अभिनीत और अनन्या प्रोफेसर के पीछे-पीछे आ रहे थे। आखिरकार प्रोफेसर

सीढ़ियों से उतरकर नीचे की तरफ आ गये। वह जगह जहाँ पर प्रोफेसर नीचे की तरफ़ आ गये थे, उनके ठीक सामने लोहे का एक दरवाज़ा था।

अरमान ने कहा, ''यही है खजाने का दरवाजा। पर यह किसी चाबी से खुलेगा।'' प्रोफेसर ने कहा, ''अभिनीत, तुम मशाल को पकड़े रहो।'' प्रोफेसर बड़े ध्यान से उस लोहे के दरवाज़े को देख रहे थे और काफी देर सोचने के बाद बोले, ''तुम सब को यह जानकर और भी हैरानी होगी कि इतने दिनों से हम खजाने की चाभी लेकर घूम रहे थे। दरअसल में श्रापित स्वर्ण-प्रतिमा ही इस खजाने की चाभी है।'' अभिनीत ने झल्लाकर कहा, ''धत् तेरी की, इतने दिनों से हम खजाने की चाभी लेकर घूम रहे थे। यह तो वाकई में कमाल है। लेकिन इन सभी में यह पहेलियों का सौदागर कहाँ से आया?'' प्रोफेसर ने कहा, ''वही तो हम पता लगाने यहाँ तक आये हैं।'' अनन्या ने कहा, ''अरस्तू की इस स्वर्ण प्रतिमा में नक्काशी उभरी हुई है और इसके ठीक विपरीत लोहे के इस दरवाजे में वही नक्काशी धँसी हुई है। हमें इसे तुरंत खोलना चाहिए।''

प्रोफेसर ने कहा, ''अरमान, स्वर्ण-प्रतिमा से इस दरवाजे को खोलो क्योंकि तुम्हारे अलावा इस काम को और कोई भी नहीं कर सकता।'' अरमान ने जैसे ही उस स्वर्ण-प्रतिमा को उस दरवाज़े में रखकर उसे खोलना चाहा। अचानक ही उसने अपने हाथ को झटककर पीछे की तरफ खींच लिया। आह! अरमान के मुँह से चीख निकली। प्रोफेसर ने कहा, ''क्या हुआ अरमान?'' अरमान ने कहा, ''इस स्वर्ण-प्रतिमा के पीछे एक बारीक कील है जो मेरे हाथ में धँस गई।'' प्रोफेसर ने कहा, ''तो फिर इसे आहिस्ते से खोलो। मेरे ख़्याल से इस स्वर्ण-प्रतिमा के पीछे ऐसी ज़रुर कोई चीज होगी जिससे कि खजाने के दरवाजे को खोलने में सुविधा रहती होगी।'' वह स्वर्ण-प्रतिमा लोहे के दरवाजे में बिलकुल फिट बैठ गई। थोड़ी ही देर में कड़ाक की आवाज के साथ खजाने का दरवाजा खुल चुका था। अब सभी लोग खजाने के कक्ष में घुस आये थे। सबकी खुशी का कोई ठिकाना न रहा। सभी की निगाहें अब सिर्फ खजाने पर टिकी हुई थी।

''यकीन नहीं होता कि हमने कर दिखाया।'' प्रोफेसर ने खुश होते हुये कहा, ''हमारी मेहनत सफल हुई और इसका श्रेय हम सभी को जाता है। यहाँ पर बहुत सारी बहुमूल्य चीजें हैं जिनके बारे में इंसान कभी कल्पना भी नहीं कर सकता है। सोना, चाँदी, हीरा, नीलम, पन्ना, रुबी, लाल पत्थर और भी बहुत कुछ।'' अभिनीत ने खुशी से उछलते हुये कहा, ''हमने कर दिखलाया, जिसे आज तक किसी भारतीय इतिहासकार ने नहीं किया होगा।'' अभिनीत खुशी से उछल पड़ा। ख़जाने की चमक देखकर उसके पैर जमीन पर नहीं पड़ रहे थे। अनन्या का भी यही हाल था। हमने आख़िरकार खोज लिया प्राचीन कामरुप राजाओं का

खजाना। हम हैं खजाने के हकदार, पता नहीं कितने पापड़ बेलने पड़े इसके वास्ते।'' खजाने की चमक देखकर अनन्या और अभिनीत को नहीं रहा गया। इसी के साथ अनन्या और अभिनीत जितना हो सके खजाने को अपनी जेबों में भरने लगे। अचानक अनन्या का ध्यान अरमान की ओर गया जो कि बेहद खामोश था। अनन्या ने कहा, ''तुम्हें यह मौक़ा बिलकुल भी नहीं गवाना चाहिए अरमान। जितना हो सके खजाना भर लो।''

अरमान ने निराश होकर कहा, ''मुझे खजाने में कोई दिलचस्पी नहीं है। मुझे सिर्फ मेरी माँ चाहिए और कुछ भी नहीं। मैं उनसे मिलने के लिए बेचैन हूँ। पता नहीं उनका इस वक़्त क्या हाल हो रहा होगा?'' प्रोफेसर ने कहा, ''तुम दोनों यह क्या कर रहे हो। हम यहाँ खजाने को चुराने नहीं, पहेली का हल ढूँढ़ने आये हैं। इस तरह की बचकानी हरकतें मत करो।'' अभिनीत ने कहा, ''पहले कुछ माल इकट्ठा कर लेते हैं, फिर आराम से पहेली का हल ढूँढ़ेगें। आखिर यहाँ तक पहुँचने का कुछ तो फायदा होना चाहिए।'' प्रोफेसर ने गुस्से से कहा, ''सारा खजाना वही पर रखो जहाँ से तुमने लिया था।'' प्रोफेसर को गुस्से में देखकर अभिनीत ने सारी चीजें वही पर रख दीं, जहाँ से उठायी थी। प्रोफेसर ने कहा, ''हीरे की अंगूठी अभी भी तुम्हारी दाहिनी जेब में है।'' अभिनीत ने निराशा प्रकट करते हुए कहा, ''इतना बड़ा खजाना मिला पर सोने की एक चीज भी अपने साथ नहीं ले जा सका।''

प्रोफेसर ने अनन्या से कहा, ''तुम भी सारी चीजें वहीं पर रख दो जहाँ से उठाया था।'' अनन्या ने दुःखी मन से सारी चीजों को वहीं पर रख दिया जहाँ से उठाया था। प्रोफेसर ने दोनों को समझाना शुरु किया। देखो हम आखिरी पहेली सुलझा रहे हैं। जिसमें हमें अब तक कोई भी खास सुराग नहीं मिला है। तुम समझ क्यों नहीं रहे हो यह खजाना सिर्फ हमारा ध्यान भटकाने के लिए है। यह वक़्त है अपनी सोच और जज़्बात को क़ाबू में रखने का। हमारा वक़्त बीता जा रहा है। हमने अपनी सारी ताक़त सिर्फ पहेलियों को सुलझाने में लगायी है। हम कई बार मौत के मुँह में जाने से बचे। अगर हमसे आख़िरी गलती हो जायेगी तो कोई भी बीते हुए वक़्त को वापस नहीं लौटा पायेगा। ख़जाने की चमक सभी की आँखों को धुंधला कर देती है। इसलिए उस पहेलियों के सौदागर की आख़िरी चाल है यह खजाना। हम ख़जाने में ही उलझ जाए और अपनी सारी ताकत और वक़्त बर्बाद कर दें। ख़जाने तक पहुँचना इसलिए जरुरी था क्योंकि आखिरी पहेली खजाने के साथ ही जुड़ी हुई है। हम कोई ख़जाने के खोजी नहीं हैं। याद रखो हम सिर्फ पहेलियों का हल ढूँढ़ने की कोशिश कर रहे हैं। अरमान ने कहा, ''उस पहेलियों के सौदागर ने कहा था यह आखिरी पहेली तुम्हारी असल परीक्षा है। अब मुझे समझ में आ गया है कि उसने ऐसा क्यों कहा था। क्योंकि इस पहेली

में हम खजाने के रास्ते से गुजर रहे हैं। और कोई भी इंसान ख़जाने की चमक देखकर आसानी से उसमें उलझ सकता है।'' प्रोफेसर की कही बात का असर दोनों पर पड़ा। उन्हें तुरन्त ही अपनी ग़लती अहसास हुआ। ''इतना खजाना हमने पहले कभी नहीं देखा था, इसलिए हम खुशी से पागल हो गये थे। हम माफ़ी चाहते हैं प्रोफेसर।'' दोनों ने एक स्वर में कहा। प्रोफेसर ने कहा, ''इसमें माफ़ी माँगने की कोई जरुरत नही है। अपने ध्यान को स्थिर करो और उस सुराग की तलाश करो जिसके लिए हम यहाँ पर आये हुये हैं। हमारे पास वक़्त कम है याद रखो कि पहेली में अरमान का दूसरा दिन खत्म होने वाला है और हमारे पास अब तक कुछ ख़ास जानकारी नहीं हासिल नहीं हुई।''

अनन्या ने विस्मय से प्रोफेसर से पूछा, ''क्या पहेलियों के सौदागर ने हमें फँसाने के लिए यहाँ भेजा है?'' प्रोफेसर ने कहा, ''नहीं, उसने तो सिर्फ़ अपना काम किया है। इस आख़िरी पहेली में खजाना एक अहम पड़ाव था। इसलिए उसने हमें यहाँ भेजा। लेकिन इस ख़जाने में फँसना या न। फँसना। यह पूरी तरह से हमारे ऊपर निर्भर करता है। उसने यहाँ हमें इसलिए भेजा कि हम जान सकें कोई और है जो हमसे पहले इस जगह पर आ चुका है। और यह आखिरी पहेली उसी से जुड़ी है।'' अभिनीत ने कहा, ''मतलब, पहेलियों के सौदागर से।'' प्रोफेसर ने कहा, ''हाँ, किसी ने कहा है, अक्सर जो लोग नदी को पूरी सतर्कता से पार कर लेते हैं। उनके डूबने की सबसे अधिक संभावना किनारों पर ही होती है। याद रखो, यह आख़िरी पहेली है इसमें सबसे ज्यादा चौकन्ना रहना है। याद करो उस पल को जब तुम दोनों ने कसम खाई थी पहेली में अरमान का साथ कभी नहीं छोड़ेंगे। अरमान अभी भी मौत के मुँह में ही है। अगर हमारी पकड़ थोड़ी–सी भी ढीली होगी तो मौत अरमान को एक झटके में ही खींच लेगी। और सबसे बड़ी बात कि, इस टूटे–फूटे महल में हम फँसे हुए हैं। यहाँ से बाहर जाने के दो रास्ते हैं और दोनों ही बंद हैं। हमें इस जगह का नक्शा चाहिए, तभी हम यहाँ से बाहर निकल सकते हैं। और वह नक्शा खजाने के इसी कक्ष में ही होगा। इसलिए पूरी तरह से सतर्क रहो और ढूँढ़ो उसे।''

अभिनीत और अनन्या दोनों ने अपनी गलती को स्वीकार किया और गौरपूर्वक खजाने का निरीक्षण करने लगे। अनन्या ने कहा, ''यह वाकई में कमाल की बात है। दो लोग इस खजाने तक आये और यहाँ से कुछ भी नहीं लिया। ऐसा क्यों?'' प्रोफेसर ने कहा, ''वही तो मैं भी सोचने की कोशिश कर रहा हूँ। आख़िर क्यों कोई खजाने तक पहुँचा? लेकिन यहाँ की किसी भी चीज़ को इधर–उधर नहीं किया।''

अरमान ने कहा, ''उन्होंने एक ही चीज को इधर–उधर किया है, वह है

खजाने की चाभी। इसका मतलब स्वर्णप्रतिमा।'' प्रोफेसर ने कहा, ''यह एक चाभी है और यह कभी भी ताले के साथ नहीं आ सकती। हम शयन कक्ष से होकर खजाने तक आये हैं।'' अभिनीत प्रोफेसर के बोलने से पहले ही बोल पड़ा, ''इसका मतलब तो इस स्वर्ण-प्रतिमा को शयन-कक्ष में रखा जाता होगा।'' अरमान ने कहा, ''मैं शयन-कक्ष की ओर जा रहा हूँ। वहाँ पर शायद कोई सुराग हाथ आ जाये।'' अनन्या और अभिनीत वहीं खजाने के इर्द-गिर्द ही कुछ खोजने की कोशिश कर रहे थे कि, अचानक अभिनीत की नजर पत्थर पर लिखे एक शिलालेख पर पड़ गई। अभिनीत ने कहा, ''यह देखो अनन्या एक प्राचीन शिलालेख। आसामी भाषा में है तुम पढ़ सकती हो। जब अनन्या ने उस शिलालेख को पढ़ना शुरू किया। तब तक प्रोफेसर भी वहाँ आ पहुँचे थे।

''यह खजाना ईश्वर को एक चढ़ावा है, कोई भी शख़्स जो इस खजाने को बुरी नीयत से देखेगा वह श्राप का भागीदार होगा।'' अनन्या कुछ पल के लिए अवाक रह गई और कहा, ''क्या? यह खजाना एक अभिशाप है।'' अभिनीत ने कहा, ''खजाना एक अभिशाप है या फिर अभिशाप का इस्तेमाल खजाने को सुरक्षित रखने के लिए किया गया है।'' अनन्या ने कहा, ''तब तो पहेली की सारी गुत्थी सुलझ गई।'' प्रोफेसर ने कहा, ''वो कैसे ?'' अनन्या ने कहा, ''यह बात तो ज़ाहिर है कि इस खजाने के बारे में दो और लोगों को पता था। मुझे लगता है उन्होंने खजाने की इस चाभी को उठाया होगा और श्राप का कहर उन पर बरस गया होगा क्योंकि ख़जाना एक अभिशाप था।'' प्रोफेसर ने कहा, ''मुझे ऐसा नहीं लगता।''

अभिनीत ने कहा, ''तो फिर क्या हो सकता है?'' प्रोफेसर ने कहा, ''इस पहेली के पीछे कोई दूसरा पहलू अवश्य है।''

तभी अरमान का प्रवेश होता है। ''प्रोफेसर मेरे साथ चलिए, आपको एक चीज दिखलाना है।'' अरमान ने कहा। प्रोफेसर ने कहा, ''क्या?'' अरमान प्रोफेसर को अपने साथ शयनकक्ष में ले आया। अनन्या भी उनके पीछे-पीछे आ रही थी और अभिनीत वहीं खजाने के पास ही कुछ खोजबीन कर रहा था। अरमान ने कहा, ''मुझे वह जगह मिल गई जहाँ पर खजाने की चाभी मतलब इस स्वर्ण-प्रतिमा को रखा जाता था। वह जगह पत्थर की इस आलमारी के बीच में थी। ताज्जुब की बात यह है कि अगर मैं इस स्वर्ण-प्रतिमा को यहाँ पर रख देता हूँ तब भी इस प्रतिमा के चारों ओर तकरीबन पाँच सेंमी. धूल की हल्की तह है और उसके बाद धूल की मोटी परत है। इसका मतलब है कि कोई न कोई आधारशिला इस प्रतिमा के पीछे अवश्य होगी और वह इस स्वर्ण-प्रतिमा से पाँच सेंमी. ज्यादा होगी। आपने इस बात का बिल्कुल सही अंदाजा लगाया था। उस आधारशिला की

वज्ह से ख़जाने के कक्ष को खोलने में ज्यादा सुविधा होती होगी। मेरे ख्याल से वह जिसके पास होगी पहेली का ताल्लुकात उसी से ही होगा। वही पहला शख्स हो सकता है जो इस खजाने तक आया है।''

प्रोफेसर ने कहा, ''ज़रा इस स्वर्ण-प्रतिमा को उस पार पलटो।'' अरमान ने वैसा ही किया। प्रोफेसर ने कहा, ''इसके चारों पेंदे में से एक हल्का सा टूटा हुआ है। जरा देखो इस टूटे वाले पेंदे पर यह क्या लगा हुआ है?'' अरमान ने गौरपूर्वक उसे देखा और उसे अपनी तर्जनी पर लेते हुये कहा, ''लकड़ी का कोई बुरादा लगता है।'' प्रोफेसर ने कहा, ''इसे जलाकर देखो।'' अनन्या ने उसे जलाया तो वह तेजी से जल उठा।

प्रोफेसर ने कहा, ''तेजी से आग पकड़ना मतलब उस प्रतिमा की आधारशिला हल्की लकड़ी की बनी होगी और वह इस स्वर्ण प्रतिमा से पाँच सेंटीमीटर हर तरफ़ ज्यादा चौड़ी होगी। अगर आधारशिला हल्की लकड़ी का बनी है तो उस पर इस चौथे पेंदे के खरोंच का निशान जरुर होगा क्योंकि चौथा पेंदा टूटा हुआ है। मुझे लगता है सोने के लालच में किसी ने इसके पीछे की तख्ती को जोर से खींचा होगा। इसीलिए यहाँ पे ये चौथा पेंदा टूटा हुआ है। अगर यहाँ से सोने की कोई चीज गायब हुई होती तो संभव है उसका मिलना नामुमकिन है। लेकिन लकड़ी की तख्ती पर किसी की नज़र नहीं पड़नी चाहिए।''

अनन्या ने कहा, ''एक बात तो तय है कि जिसने भी इस स्वर्ण-प्रतिमा को सबसे पहले यहाँ से उठाया होगा वह इस दुनिया में नहीं होगा।'' अरमान ने पूछा, ''वह कैसे ?'' अनन्या ने कहा, ''वह इसलिए कि, यह स्वर्ण-प्रतिमा हमारे पास है।'' प्रोफेसर ने कहा, ''तुम सही सोच रही हो अनन्या। उस घर में वह लकड़ी की आधारशिला जरुर होनी चाहिए।'' अरमान ने कहा, ''पर हम उस घर को ढूँढ़ेंगे कैसे?'' प्रोफेसर ने कहा, ''आखिरी पहेली फिर से पढ़ो।'' अनन्या ने आखिरी पहेली को एक बार फिर से पढ़ा...

आसमान में खो गये जो तारे,
वो लगते हैं कितने प्यारे ।
ना कोई दोस्त, ना कोई यारी,
एक ख़जाना सब पर भारी।।

प्रोफेसर एक बार फिर से पहेलियों पर मनन-चिंतन करने लगे। उन्होंने पहेली की पहली दो लाइनों को मन ही मन तीन-चार बार बुदबुदाया और उसके बाद बोले, ''लगता है हमने पहेली को ठीक से नहीं समझा। पहेली की पहली दोनों लाइनें किसी ऐसे की तरफ इशारा कर रहीं हैं। जिसकी मौत हो चुकी है और वह

किसी के लिए प्राणों से प्रिय था। आखिर प्राणों से प्रिय वह शख़्स कौन था और किसके लिए।'' प्रोफेसर गहराईपूर्वक पहेली का सही अर्थ निकालने की कोशिश कर रहे थे। काफ़ी सोचने-विचारने के बाद प्रोफेसर ने कहा, ''पहेली हमें ख़जाने के पास नहीं, अपने पास बुला रही है। मगर हम उस तक कैसे पहुँचे?'' तभी अभिनीत दौड़ता हुआ आया और ख़ुश होते हुये बोला, ''मुझे इस जगह का नक्शा मिल गया है।'' सभी का ध्यान उधर की तरफ़ चला जाता है। प्रोफेसर ने कहा, ''ज़रा देखें तो।'' प्रोफेसर उस नक्शे को गौर से देखने लगे। यहाँ पर तो सब कुछ काफ़ी व्यवस्थित ढंग से बनाया गया है। मंदिर कक्ष, आंगन, कुएं, एक बड़ा शयन-कक्ष, स्नानागार, लगभग दो सौ कमरे, एक लम्बा और चौड़ा गलियारा, क्रीड़ा-स्थल, मनोरंजन-कक्ष, भंडार गृह, व्यायामशाला इत्यादि।

अनन्या ने कहा, ''अभी तक तो सिर्फ हमें यही पता चला कि यहाँ पर हमसे पहले भी कोई आ चुका है।'' प्रोफेसर ने खुद से सवाल करते हुये कुछ बुदबुदाया, ''तो यहाँ तक कौन आ सकता है, इस अंधेरी गुफा में?'' अरमान ने कहा, ''हम एक गहरी और जटिल गुफा के अंदर हैं। एक साधारण इंसान यहाँ तक कभी भी नहीं आ सकता। वह जरुर कोई पुरातत्वविद् ही होगा।'' अभिनीत ने अरमान की बात को आगे बढ़ाया, ''वह भी प्रसिद्ध और बड़ा। जो प्राचीन भाषाओं को पढ़ने में माहिर हो। जो जगह-जगह दिये हुए संकेतों का सही मतलब निकाल सके।'' प्रोफेसर ने अरमान से पूछा, ''क्या तुमने कभी अपनी माँ के मुँह से अपने पिता के बारे में आसाम का जिक्र सुना था कि वो आसाम किस काम के लिए गये हुए थे?'' अरमान ने सिर हिलाकर कहा, ''नहीं। इसके बारे में मुझे कुछ भी नहीं मालूम। मेरी माँ ने एक बार कहा था कि वह एक बार आसाम गये और फिर कभी वापस नहीं लौटे। बस इतना ही जानता हूँ।''

प्रोफेसर ने कहा, ''मेरे अनुसार से वह पहला पुरातत्त्वविद् होगा, जिसने कामरुप राजाओं की सभ्यता का पता लगाया होगा। हो सकता है उसके हाथ ख़जाने से जुड़े कुछ ऐसे गूढ़ संकेत चिह्न मिल गये होंगे, जिनका मतलब निकालते हुए वह यहाँ इस ख़जाने तक पहुँच गया होगा। और उसने ख़जाने की चाभी यानी स्वर्ण प्रतिमा को यहाँ से उठाया होगा शायद यह सोचकर कि ख़जाना अब उसके कब्जे में आ गया। उसके बाद ऐसा लगता है जैसे कुछ अनहोनी हुई होगी और काम बीच में ही रुक गया होगा। तुम्हारे पिता को उस रुके हुए काम को आगे बढ़ाने के लिए बुलाया गया होगा और फिर वह भी इन पहेलियों में उलझ गये।''

''चलो यहाँ से। अब उस पुरातत्त्वविद् की तलाश करते हैं।'' प्रोफेसर ने कहा, ''अगर वह प्रसिद्ध पुरातत्वविद् होगा तो आस पास के लोगों से उसके बारे में जानकारी मिल जाएगी। उस पहेलियों के सौदागर की हमें खजाने तक भेजने की

मंशा यही रही होगी कि हम जान लें यहाँ तक पहुँचने वाले हम पहले शख़्स नहीं हैं।'' अरमान ने कहा, ''एक चीज अभी बाकी है, मैं इस स्वर्ण-प्रतिमा को सही सलामत यहीं पर रख देता हूँ ताकि फिर से कोई भी इसका स्पर्श न कर सके। मेरे ख्याल से यही इसकी सही जगह है।'' प्रोफेसर ने कहा, ''यह एक अच्छी सोच है। लेकिन पहले ख़जाने के दरवाजे को बंद कर दो। उसके बाद ही इस स्वर्ण प्रतिमा को यहाँ पर रखो।'' अरमान ने प्रोफेसर के कहे अनुसार ख़जाने के दरवाजे को बंद करके स्वर्ण प्रतिमा को वहीं पर रख दिया। प्रोफेसर ने कहा, ''अब हमें यहाँ से बाहर निकलने का रास्ता ढूँढ़ना चाहिए। आखिरी पहेली को सुलझाने के लिए हमारे पास कितना वक्त है।''

अनन्या ने कहा, ''बस केवल एक दिन।'' अरमान ने एक सुझाव दिया और कहा, ''वह पुरातत्त्वविद् इस ख़जाने तक कैसे आया होगा? हमें उसी रास्ते को ढूँढ़ना चाहिए। हम उस पदचिह्नों का पीछा करते हैं जो हमें गलियारे में दिखाई पड़े थे।'' प्रोफेसर ने कहा, ''नहीं, यह कारगर नहीं होगा। क्योंकि कोई भी ख़जाने को ऐसे ही खुला नहीं छोड़ेगा। तुम्हारे दिये सुझाव से हम बस इस गलियारे से बाहर निकल सकते हैं, इस जगह से नहीं। चिंता की बात नहीं है हमारे पास इस जगह का नक्शा है। हम यहाँ से बाहर निकलने का कोई न कोई रास्ता ज़रुर ढूँढ़ लेंगे।''

अभिनीत ने उस नक्शे को देखकर अपना मशविरा दिया, ''प्राचीन राजाओं में देवताओं के प्रति बेहद श्रद्धा थी इसलिए मेरे ख्याल से रास्ता इस मंदिर कक्ष से ही होना चाहिए। इस नक्शे के अनुसार मंदिर कक्ष में उन्होंने बड़ी सी नटराज की मूर्ति स्थापित कर रखी है। इस नक्शे के अनुसार यहाँ पर एक खाली जगह दिखाई दे रही है शायद कोई सुरंग या गड्ढा। उम्मीद है यहाँ से हम बाहर निकल जाएं।'' प्रोफेसर ने कहा, ''ठीक है, इसको भी कोशिश करके देखते हैं।'' सभी उस नक्शे के अनुसार मंदिर कक्ष तक पहुँच गये लेकिन मंदिर काफ़ी ध्वस्त हालत में था। नटराज की एक बड़ी मूर्ति जो काफ़ी हद तक क्षतिग्रस्त थी। सभी ने मिलकर उस मूर्ति को पीछे की ओर ढकेला। अनन्या ने उस मूर्ति के पीछे झांका और कहा, ''यहाँ तो सिर्फ कबाड़ के अलावा कुछ भी नहीं है। एक सूखा हुआ कुआँ भी है।'' अरमान ने कहा, ''यहाँ काफ़ी चीजें हैं, रास्ता कहीं से भी नहीं मिल रहा है।'' अनन्या ने आस-पास की चीजों को देखते हुये कहा, ''मेरे ख्याल से यहाँ पर बैठकर पूजा के विधि-विधानों और कर्मकांडों को पूरा किया जाता था।'' प्रोफेसर ने कहा, ''जरा नक्शा मुझे दो तो।'' अभिनीत ने वह नक्शा प्रोफेसर को दे दिया।

प्रोफेसर ने कहा, ''अनन्या, तुम्हारे अनुसार यहाँ इस खंडहर में कितने लोग रहते होंगे।'' अनन्या ने कहा, ''तकरीबन 200 उस प्राचीन पांडूलिपि के अनुसार।''

प्रोफेसर ने कहा, ''लगता है, हम यहाँ पर सिर्फ अपना वक़्त बर्बाद कर रहे हैं। रास्ता स्नानागार से है।'' अनन्या ने दाहिने हाथ से अपने सिर को ठोका, ''अरे हाँ! यह बात हमें पहले समझ में क्यों नहीं आई?'' इस पर अभिनीत ने भी अपना तर्क दिया और कहा, ''मैंने पढ़ा है खुदाई के दौरान हड़प्पाकाल के घर में आँगन और नालियाँ मिले थे जो कि काफी व्यवस्थित रुप में थे। वह सभ्यता तो 3000 साल से भी पुरानी थी। वहाँ की सड़कें एक दूसरे से समकोण में कटी होती थीं। जबकि कामरुप राजाओं की सभ्यता तो 1500 साल पुरानी है। इसका मतलब स्नानागार और भी व्यवस्थित रुप में होना चाहिए। हम सूखी हुई नालियों को पकड़कर यहाँ से आसानी से बाहर निकल जाएंगे।''

प्रोफेसर ने कहा, ''इस नक्शे के अनुसार, स्नानागार को उन्होंने मनोरंजन कक्ष के पास ही दाहिनी तरफ बनाया है।'' अनन्या ने कहा, ''इस नक्शे के अनुसार स्नानागार तक जाने के लिए मंदिर कक्ष से बायीं ओर मुड़ना होगा। उसके बाद रास्ता गलियारे से होते हुये आंगन में निकलता है। फिर सीधे जाकर दाहिनी तरफ मुड़ कर मनोरंजन कक्ष को जाना पड़ेगा। मनोरंजन कक्ष से पार होते हुये सीढ़ियों से नीचे जाने पर स्नानागार हमें मिल जाएगा।'' रास्ता ढूँढ़ते-ढूँढ़ते अनन्या ने स्नानागार पर सवाल खड़े कर दिये, ''महल के कई हिस्से बुरी तरह ध्वस्त हैं। क्या खंडहर में तब्दील होने के बाद स्नानागार का कोई भी अस्तित्व पता चलेगा?'' प्रोफेसर ने कहा, ''वह खंडहर में भले ही तब्दील हो जाये पर ऐसी कुछ तो बनावट बची होगी जो यह साबित कर दे कि यही स्नानागार है।'' काफ़ी खोजबीन के बाद आखिरकार उन्होंने मनोरंजन कक्ष को ढूँढ़ निकाला। कुछ ही देर में सीढ़ियों से नीचे उतरने के बाद उन्हें स्नानागार मिल चुका था। अभिनीत ने कहा, ''क्या हालत हो गई है अपने, बचाव के लिए नालियों को ढूँढ़ना पड़ रहा है।'' अरमान ने कहा, ''खैर मनाओ कि नालियाँ सूखी हुईं हैं।''

''यहाँ कुछ पत्थरों को हमें हटाना होगा।'' प्रोफेसर ने कहा, ''नाला इसी के नीचे होगा।'' सभी ने मिलकर उस पत्थर को हटाया। अनन्या ने उसके अंदर झांका और टार्च जलाई, ''अंदर एक रास्ता दिखाई दे रहा है। क्या यह वही रास्ता है, जिसकी हमें तलाश है?'' अरमान ने कहा, ''अभी देखते हैं। ऐसा कहके अपने दोनों हाथों के सहारे पत्थरों की ओट लेकर वह नीचे की तरफ़ उतर गया।'' प्रोफेसर ने कहा, ''अरमान जिस जगह तुम खड़े हो उस चट्टान को टार्च जलाकर गौर से देखो, अगर यह वही रास्ता है जिसकी हमें तलाश है तो वह किनारे वाली जगह कुछ काली और बीच वाली जगह पानी की तेज धार गिरने से सफेद हो गई होगी। मतलब थोड़ा-चमकदार पत्थरों के रंग में काला सफेद थोड़ा-बहुत फ़र्क़ होना चाहिए।'' अरमान ने कहा, ''हाँ प्रोफेसर, आपका अंदाजा बिल्कुल सही है। पानी के बाहर निकलने का रास्ता यहीं से है।'' अरमान ने टार्च जलाकर इध

इधर-उधर देखा तो दोनों तरफ नालियाँ थीं। अरमान का मस्तिष्क पूरी तरह से उलझ गया। उसने कहा, "प्रोफेसर रास्ता तो मिल गया, पर ऐसा लगता है कि हम नाली के बीचों-बीच उतर गये हैं। किस ओर बढ़ना चाहिए हमें पता ही नहीं चल पा रहा है?" प्रोफेसर ने कहा, "घबराओ नहीं, अभी पता चल जाएगा कि हमें किस ओर बढ़ना है।" प्रोफेसर के साथ सभी उस सूखे हुये नाले में उतर गये। नाली में जहाँ पर सभी उतरे थे वहाँ पर इतनी जगह थी कि सभी लोग खड़े रह सकते थे। थोड़ा आगे बढ़ने पर नाले की माप छोटी हो गई थी। उसमें सिर्फ़ इतनी ही जगह थी कि जानवर की तरह दो हाथ और दो पैर के सहारे ही आगे बढ़ा जा सकता था। इस पर अभिनीत को खीझ आ गई। उसने झल्लाये हुये स्वर में कहा, "मैंने तो पढ़ा था कि हड़प्पा काल की नालियाँ इतनी बड़ी होती थी कि एक खड़ा आदमी उसमें से आराम से निकल सकता था। पर यहाँ ऐसा क्यों नहीं है? शायद वो राजा बेहद ही कंजूस रहा होगा।" अरमान ने कहा, "उसका शुक्रिया अदा करो कि उसने यहाँ से बाहर निकलने के लिए नालियाँ बनवा दी, नहीं तो हम यहाँ से कभी भी बाहर नहीं निकल पाते।"

"अब हमें किस दिशा में आगे बढ़ना है? इसका पता करना पड़ेगा।" प्रोफेसर ने कहा, "किसी के पास पानी का डिब्बा है।" अनन्या ने अपना पानी का डिब्बा प्रोफेसर को थमाते हुए कहा, "यह डिब्बा मेरे पास आख़िरी है।" प्रोफेसर ने अनन्या के दिये हुये डिब्बे को ले लिया। और उसको उल्टा करके उसके ढक्कन को निकाल लिया। अब उस डिब्बे में से पानी तेजी से बाहर निकल रहा था। पानी उस नाली में ढलान पाकर अपना बहाव का रास्ता खोज रहा था। कुछ ही समय बाद पानी ने अपना रास्ता खोज लिया था। प्रोफेसर ने कहा, "हमें पानी के बहाव की दिशा में चलना चाहिए। अब हमारी मुश्किल बढ़ चुकी है क्योंकि हमारा पानी भी खत्म हो चुका है। अठारह घंटे में हमें किसी भी तरह इस गुफा से बाहर निकलना होगा वर्ना प्यास से हमारी मौत हो जाएगी। पता नही हमें कितना वक्त लगेगा इस गुफा से बाहर निकलने में।"

उस नाले में इतनी जगह नहीं थी कि कोई खड़ा होकर आगे जा सके। इसलिए सभी घुटनों के सहारे बैठकर उस नाले में आगे बढ़ रहे थे। नाले की निचली सतह जगह-जगह खोखली, कठोर और उबड़-खाबड़ थी। इसलिए घुटनों के बल चलने से उनके घुटने की तकलीफ़ बढ़ गई थी। कमर पर ज्यादा बल पड़ रहा था। वो शरीर को इधर-उधर मोड़ कर कमर सीधी भी नहीं कर सकते थे। अंधेरा, संशय से युक्त और बिलकुल बोझिल सा प्रतीत होने वाला रास्ता उनके राह की सबसे बड़ी मुसीबत थी। शारीरिक थकान, मानसिक हताशा और पानी को तरसते उनके गले अलग से उनके राह के रोड़े बने हुये थे। प्रोफेसर टार्च लेकर आगे-आगे चल रहे थे तो बाक़ी सभी उनके पीछे चल रहे थे। अभिनीत ने

झल्लाकर कहा, "यह नाला कुछ ज्यादा ही लम्बा लगता है। पता नहीं कहाँ जाकर खत्म होगा? मेरे घुटने छिल गये। कमबख़्त इतना लम्बा नाला बनाने की क्या जरुरत थी।" प्रोफेसर ने अभिनीत को थोड़ी सांत्वना दी और कहा, "थोड़ा धैर्य रखना होगा। यह समस्या सभी के साथ है।" काफी रास्ता उस नाले में चलने के बाद आख़िरकार वह नाला एक गड्ढ़े में आकर खत्म हो गया। प्रोफेसर ने टार्च जलाई और कहा, "उम्मीद है नाले का पानी इसी गड्ढ़े में गिरता होगा।"

"क्या इस गड्ढे में हम उतर सकते हैं?" अनन्या ने प्रोफेसर से पूछा। प्रोफेसर ने कहा, "अगर हमें इस गुफा से बाहर निकलना है तो इस गड्ढे में उतरना ही होगा। इस गड्ढे की गहराई तकरीबन आठ फुट होगी। किनारे-किनारे पर चट्टानें बाहर की तरफ़ निकली हुई हैं जिसके सहारे हम इस गड्ढे में उतर सकते हैं। लेकिन यह गड्ढा बिलकुल सीधा है इसलिए संभलकर।" प्रोफेसर ने टार्च अनन्या को थमा दिया और धीरे-धीरे गड्ढे की दीवार का सहारा लेकर उस गड्ढे में उतर गये। प्रोफेसर ने कहा, "यह ज्यादा मुश्किल नहीं है तुम लोग भी धीरे-धीरे उतर आओ।" प्रोफेसर ने नीचे से सहारा देकर सभी को उस गड्ढे में उतार लिया। अनन्या ने पूछा, "अब यह गड्ढा हमें कहाँ ले जाएगा?" प्रोफेसर ने कहा, "नहीं बता सकता। खुद चलकर देखना होगा। वैसे यहाँ एक सुविधा तो है।" अभिनीत ने पूछा, "इस अंधेरी गुफा में आपको कौन सी सुविधा नज़र आ रही है?" अरमान ने एक सकारात्मक उत्तर दिया, "कम से कम हमारे कमर पर तो दबाव नहीं पड़ेगा। और यहाँ खड़े होकर आसानी चल सकते हैं।" अनन्या का चेहरा कुछ ज्यादा ही मुर्झाया हुआ था। शरीर पसीने से तर-बतर था और उसकी आँखें बिलकुल थकी हुई सी नज़र आ रही थी। उसने धीमी आवाज में कहा, "मुझे प्यास लग रही है।"

"हम सभी को प्यास लगी हुई है अनन्या।" प्रोफेसर ने कहा, "थोड़ा और सब्र करना होगा। चलो आगे बढ़ते हैं।" अभिनीत के ऊपर हताशा कुछ ज्यादा ही हावी हो रही थी। उसने रुआंसे हुए स्वर में कहा, "पता नहीं हम इन गुफाओं से बाहर निकल पाएंगे या नहीं।" प्रोफेसर ने सबका उत्साह बढ़ाया और कहा, "हम इन गुफाओं से जरुर बाहर निकल जाएंगे। बस हमें इस गड्ढे को पकड़कर आगे बढ़ते रहना होगा। हिम्मत मत हारो अभी।" कहीं-कहीं पर गुफा बेहद ही संकरी थी। तो कई जगह पर दरार की दोनों सतह से चट्टानों की नुकीली-नुकीली आकृतियाँ बाहर की तरफ निकली हुई थी। जिनसे होकर सभी को गुज़रना था। उनके लिए सबसे बड़ी मुश्किल तब होती जब आगे कोई रास्ता नहीं दिखाई देता था। तब इधर-उधर करके चट्टानों के पतले-पतले सुराखों से बाहर निकलने का रास्ता बनाना पड़ता। एक तो प्यास के मारे सभी का बेहद ही बुरा हाल था। ऊपर से लगातार चलने से शारीरिक शक्तियाँ भी तेजी से क्षीण हो रहीं थीं। गुफा में

एक पल भी रुकने का मतलब था खुद को मौत के हवाले करना। किस्मत ने उनका साथ दिया जब कुछ ही दूर पर उन्हें पानी के गिरने की आवाज़ सुनाई दी। प्रोफेसर ने उत्साहित होकर कहा, ''हमारी मंजिल अब आसान हो गई है। हमें आवाज की दिशा में आगे बढ़ना चाहिए।'' सभी उधर की तरफ हो चले जिधर से पानी गिरने की आवाज़े आ रही थीं। जल्द ही उन्हें एक झरना दिखाई दिया।

''पहले हमें अपनी प्यास बुझानी चाहिए।'' प्रोफेसर ने कहा। सभी ने उस झरने का पानी पिया तो उन्हें ऐसा लग रहा था मानों वे अमृत पी रहे हों। वैसे सभी के लिए इस वक़्त पानी मिलना शायद किसी अमृत से कम भी नहीं था। पानी पीने के बाद सभी ने खुद को तृप्त महसूस किया।

अरमान ने विस्मय से कहा, ''कितना अजीब है गुफाओं में भी झरने?'' प्रोफेसर ने प्रत्युत्तर में कहा, ''इसमें अजीब क्या है? गुफाओं में नदियाँ हो सकती हैं तो झरने क्यों नहीं? बस सुकून इसी बात का है कि हम जल्द ही बाहर निकलने वाले हैं। इसके लिए ईश्वर का धन्यवाद कहो कि हमें पानी का क्षोत मिल गया।'' अभिनीत ने एक गहरी साँस ली और कहा, ''एक प्यासे को और क्या चाहिए पानी के अलावा।''

''प्रोफेसर वो देखिये, कुछ दूरी पर सूरज की हल्की-हल्की रोशनी आ रही है।'' अनन्या ने कहा और उसकी निगाह कुछ पत्थरों पड़ी। जिनसे होकर सूरंज की हल्की-हल्की रोशनी गुफा में अंदर की तरफ़ आ रही थी। अभिनीत ने खुश होते हुए कहा, ''रास्ता मिल गया। लगता है उस बड़े पत्थर को सामने से हटाना पड़ेगा।'' प्रोफेसर ने कहा, ''इसे तो मिलना ही था।'' अब सभी मिलकर उस बड़े पत्थर को सामने से थोड़ा सा खिसकाने की कोशिश कर रहे थे ताकि एक रास्ता बन जाए। अरमान ने उस पत्थर पर जोर लगाते हुए कहा, ''दम लगाओ अभिनीत।'' अभिनीत ने कहा, ''क्या दम लगायें। सारी ताकत तो इन गुफाओं ने निचोड़ ली है। अब दम ही कहाँ बचा है?'' काफ़ी मेहनत करने के बाद आख़िरकार उस बड़ी सी चट्टान को हल्का सा ढ़केलने में कामयाब हो गये। प्रोफेसर ने कहा, ''मेरे ख़्याल से इतनी जगह पर्याप्त होगी हमें यहाँ से बाहर निकलने के लिए।'' सभी उस पतले से सुराख के अंदर से बाहर की तरफ़ निकलने में कामयाब हो गये। गुफा से बाहर निकलते ही प्रोफेसर ने एक गहरी आह भरी और कहा, ''गुफा की यात्रा काफी रोमांचकारी रही। लेकिन अभी भी हम काफ़ी ऊँचाई पर हैं।''

12 आधारशिला की खोज और एक खाली डायरी

अभिनीत ने एक गहरी साँस ली और कहा, ''उस अंधेरी गुफा से बाहर निकलने के बाद खुली हवा और धूप कितनी प्यारी लग रही है?'' अनन्या ने कहा, ''ठीक वैसे ही जैसे कोई नरक से निकलकर सीधा स्वर्ग में पहुँच गया हो। वैसे मैं दुबारा इस गुफा में कभी नहीं आने वाली।'' अभिनीत ने कहा, ''अब कोई ज़रुरत भी नहीं है। सिर्फ दुबारा यहाँ आने का ख्याल भी हमारे जेहन में रोंगटे खड़ा कर देता है। ऐसा लगता है कि सचमुच में हम जन्नत में आ गये।'' अरमान ने कहा, ''कितन सुकून मिल रहा है गुफा से बाहर आकर। हम सभी काफ़ी थके हुए हैं। मेरे ख्याल से थोड़ा आराम करना उचित होगा।'' प्रोफेसर ने कहा, ''सुझाव अच्छा है लेकिन थोड़ा ही। क्योंकि इन गुफाओं ने हमारे काफ़ी समय को नष्ट कर दिया है। वैसे हमारे पास आखिरी पहेली को सुलझाने के लिए कितना वक़्त बचा है?'' अनन्या ने कहा, ''केवल सात घंटे।'' कुछ समय के लिए सभी ने उस गुफा के बाहर ही आराम किया। प्रोफेसर ने कहा, ''माफ़ करना ज्यादा वक़्त नहीं है हमारे पास। इसलिए हमें आगे बढ़ना होगा। सबसे पहले हमें पहाड़ियों से नीचे की तरफ़ उतरना होगा।''

धीरे-धीरे करके सभी पहाड़ियों से नीचे की तरफ उतर गये। प्रोफेसर ने कहा, ''अब हमें उस पुरातत्त्वविद् का पता लगाना होगा जिसने सबसे पहले कामरुप राजाओं की सभ्यता का पता लगाया।'' अभिनीत ने कहा, ''हमें उस पुरातत्त्वविद् का पता किसी ऐसे शिक्षित बुजुर्ग से पूछना चाहिए जिसकी उम्र तकरीबन सत्तर या अस्सी साल के आस–पास हो। शायद यह घटना चालीस या पचास साल पहले की लगती है।'' अरमान ने कहा, ''हाँ, यह सुझाव ठीक रहेगा।'' अब उन्होंने अपनी खोजबीन शुरु कर दी थी। जल्द ही उन्हें इस बात की जानकारी हो गई कि प्राचीन कामरुप राजाओं की सभ्यता का पता एक पुरातत्त्वविद् ने कई साल पहले लगाया था। जो वहाँ उन पहाड़ियों के उस पार रहता था। अभिनीत ने झल्लाकर कहा, ''धत् तेरी की। एक और पहाड़ की चढ़ाई करनी होगी। पिछले दो दिनों से हम लगातार चल रहे हैं।'' प्रोफेसर ने कहा, ''बस थोड़ी देर और, हम मंजिल के बेहद करीब हैं। हम वो करने जा रहे हैं जो आज तक

किसी ने नहीं किया। हम पहेली को उसके आख़िरी अंजाम तक पहुँचाकर ही छोड़ेंगे। इसके लिए फिर से सबका साथ चाहिए। हम मंजिल के बेहद ही करीब हैं। इतने पास आकर हम पीछे नहीं लौटेंगे।"

प्रोफेसर खुद भी काफ़ी थक चुके थे। लेकिन अपनी इस थकान को अपने चेहरे पर नहीं आने देना चाहते थे। अरमान और अनन्या भी काफ़ी थक चुके थे पर कोई भी इस बात को जबान पर नहीं आने देना चाह रहा था। अनन्या की साँस फूल रही थी लेकिन खुद को काफ़ी असहज महसूस करने के बावजूद उसने कहा, "हाँ प्रोफेसर! हमें जल्द ही चढ़ाई शुरु करनी चाहिए। मौसम का मिजाज़ भी तेजी के साथ बदल रहा है।" अरमान ने अभिनीत के कंधे पर हाथ रखकर उसको सांत्वना देने की कोशिश की, "बस थोड़ा सा समय लगेगा, इस पहाड़ पर चढ़ाई करने में।"

सभी ने एक जोश के साथ पहाड़ पर चढ़ाई करनी शुरु कर दी थी। लेकिन उनके होंसले धीरे–धीरे पस्त हो रहे थे। अब एक-एक कदम ऊँचाई पर चढ़ना भारी प्रतीत हो रहा था। सभी के होंठ तेजी से सूख रहे थे। शरीर की सारी ताकत जैसे किसी ने निचोड़ ली हो। किसी के मुँह से कोई भी शब्द बाहर नहीं निकल रहा था। पैरों में जैसे जंग लग गई हो और जिसकी वजह से उनमें एक कदम आगे बढ़ाने की भी ताकत न बची हो। साँसों के साथ दिल की धड़कनें भी तेज। उनके मस्तिष्क में सोचने भर की ऊर्जा भी नहीं रही होगी। फिर भी सभी के कदम स्वतः ही आगे बढ़े जा रहे थे। किसी स्वचालित मशीन की भाँति कोई भी हार मानने को तैयार नहीं था। प्रोफेसर का आत्मबल ज्यादा था और उनका ध्यान पूरी तरह से अपने लक्ष्य पर टिका हुआ था इसलिए प्रोफेसर को अपनी थकान का पता नहीं चल रहा था। लेकिन वह इस बात को जान गये थे कि अरमान, अभिनीत और अनन्या में थोड़ी सी भी ताकत नहीं बची है। सबसे खराब बात मौसम का मिजाज भी पूरी तरह से बदल चुका था। आसमान में बादल गड़गड़ा रहे थे और चमक के साथ बिजलियाँ भी। प्रोफेसर की यह सोच जल्द ही यक़ीन में बदल गई जब अभिनीत और अनन्या चक्कर खाकर गिर पड़े।

प्रोफेसर और अरमान उस ओर आगे बढ़े। प्रोफेसर ने अभिनीत और अनन्या को अपनी गोद में उठा लिया और कहा, "क्या हुआ? अपनी आँखें खोलो। देखो मेरी ओर।" लेकिन उन दोनों में से किसी ने भी कोई जवाब नहीं दिया। प्रोफेसर ने उन दोनों की आँखों की पुतलियों को खोलकर देखने की कोशिश की कि उन्हें क्या हो गया है? उनकी हालत कितनी बुरी है? "शायद इनके शरीर में पानी की ज्यादा कमी आ गई है। इनके स्नायुतंत्र पूरी तरह से शिथिल हो चुके हैं।" अरमान तुरंत अपने डिब्बे का पानी उनके मुँह में गिराने लगा लेकिन सारा पानी उनके मुँह से बाहर की तरफ गिर रहा था क्योंकि वे दोनों पूरी तरह से बेहोश हो गये थे।

ऐसा लग रहा था कि शायद उनकी आँखें फिर कभी न खुले। प्रोफेसर और अरमान का दिल बैठ गया था। उन्होंने अभिनीत और अनन्या को पास ही स्थित एक पेड़ के सहारे लिटा दिया। प्रोफेसर और अरमान गमगीन मुद्रा में वहीं पड़े एक पत्थर पर मुँह आमने-सामने करके बैठ गये।

प्रोफेसर ने अरमान से पूछा, ''क्या तुम अब भी आगे बढ़ने की ताकत रखते हो?'' अरमान ने निराश होकर कहा, ''नहीं प्रोफेसर! अब और नहीं। हमारा सफर खत्म हो चुका है। मुझमें एक कदम बढ़ाने की भी ताकत नहीं है। मेरे दोस्त अभिनीत और अनन्या आज मेरी वजह से अपनी आखिरी साँसें गिन रहे हैं। उन्होंने अपना वचन आखिरी दम तक निभाया जब तक की होश में रहे बिना किसी शिकायत के। आज इनकी ये हालत मेरी वजह से हुई है। अब ऐसा लगता है जैसे मेरे ऊपर और भी बोझ बढ़ता जा रहा है। मेरे लिए वो दोनों एक अच्छे दोस्त रहे पर मैं उनके लिए एक अच्छा दोस्त नहीं बन सका। मुझे उन्हें इन सबमें घसीटना ही नहीं चाहिए था। अब तो मैं इन दोनों का भी कर्जदार हो गया। मेरे पास ज्यादा समय भी नहीं है कि मैं अपने कर्ज के बोझ को कुछ हल्का कर सकूँ। आज मुझे पक्का यकीन हो गया की कोई भी इन पहेलियों को नहीं सुलझा सकता। मौत आखिरी अंजाम हैं इन पहेलियों का। ये एक सच है जिसे स्वीकारना ही होगा। काश की मैं ये पहले समझ गया होता तो आज शायद अभिनीत और अनन्या का यह हाल नहीं हुआ होता। पता नहीं, इस वक्त मेरी माँ का क्या हाल हो रहा होगा? मेरे बगैर वो किस तरह से जी रही होंगी। मुझे इस बात की बेहद ही खुशी है कि मैं आखिरी पहेली सुलझाने के बहुत ही करीब हूँ। काश की कोई मेरी माँ से यह कह पाता कि मैं उनसे थोड़े से ही फासले से दूर था। हम आखिरी साँस तक लड़े इन पहेलियों से। बिना डरे, बिना हारे और बिना रुके। इस आखिरी वक्त में मेरी एक ही ख्वाहिश है, काश की मैं उन्हें एक बार देख पाता। काश की मैं एक बार उनसे गले मिल पाता। इतना कहते-कहते अरमान की आँखों से अश्रु की धारा बह निकली।''

प्रोफेसर अरमान के पास बैठ गये और कंधे पर हाथ रखते हुये कहा, ''तुम बहुत बहादुर हो अरमान। मुझे तुमसे मिलकर वाकई में बहुत अच्छा लगा।'' अरमान ने एक आह भरी और कहा, ''नहीं। बहादुर तो मेरे दोस्त अभिनीत और अनन्या हैं, जिन्होंने आखिरी साँस तक मेरा साथ नहीं छोड़ा। मैं आपका भी बहुत आभारी हूँ प्रोफेसर। बिना किसी रिश्ते की वजह से हमने आपकी बदौलत सात पहेलियों को सुलझा लिया। ये शायद किसी करिश्मे से कम नहीं है। मैं आपका और अपने दोस्तों का कर्ज अगले सात जन्मों तक नहीं उतार पाऊँगा।''

''तुम किसी के कर्जदार नही हो अरमान। सारे रिश्ते-नाते अपनी जगह पर

होते हैं। किन रिश्तों में कितनी गहराई है इस बात का पता तब तक नहीं चलता जब तक की परिस्थितियाँ बेहद कठिन और जटिल नहीं होतीं। तुम्हारे दोस्त सच्चे दोस्त हैं, जिन्होंने जरुरत के वक्त सिर्फ अपने फर्ज को निभाया है। अपनी दोस्ती के दामन में दाग नहीं लगने दिया। भगवान किसी किस्मत वाले को ऐसा दोस्त देता है।''

प्रोफेसर की कही बातों से अरमान का मन कुछ हल्का हुआ। वह अपने बीते दिनों की याद में खो जाता है। मुझे आज भी याद है कालेज का वह पहला दिन जब मैं अंदर से बिल्कुल डरा हुआ था। मैं कालेज छोड़कर वापस गाँव भागना चाहता था। तब मेरी माँ ने मेरे डर को जीतने के लिए कई कविताएं और कहानियाँ सुनाई थीं। अच्छे-अच्छे उदाहरण दिये थे। उनकी बातों ने मेरे ऊपर जादू सा असर किया था। अगले दिन मेरा डर दूर हो चुका था। उन्होंने मुझे कई बार समझाया की मेरी शरारतें एक दिन मुझे ऐसी हालात में फँसा देंगी जहाँ से वापस लौटना नामुमकिन होगा। काश की मैं उनकी बातों को कुछ अहमियत दे पाता तो आज मैं यहाँ पर नहीं होता। प्रोफेसर ने कहा, ''तुम्हारी माँ सचमुच में एक महान महिला हैं। उन्होंने अपना फर्ज़ बखूबी निभाया। तुम्हें भी अपने कतर्व्य का सही निर्वहन करना चाहिए था। पर इंसान दूसरों से कम सिखता है, बुरी परिस्थितियाँ और बुरे वक्त इंसान को बहुत कुछ सिखला जाते हैं।''

इस आखिरी वक्त पर अरमान को अपने किये पर पछतावा हो रहा था। उसके अंदर निराशा और अंधकारमय दुनिया पूरी तरह से भरी हुई थी। उसने दुखित स्वर में कहा, ''मैंने अपनी माँ को खो दिया। अपने पिता को कभी देखा ही नहीं। आज मेरे दोस्त मेरी वजह से मौत की दहलीज पर पहुँच चुके हैं पर उफ् तक नहीं की। सब कुछ जैसे बिखर गया है। मैं जितनी कोशिश कर रहा हूँ इन्हें समेटने की, पर ऐसा लग रहा है जैसे वह और भी बिखरता जा रहा है। आप बहुत ही अच्छे हैं प्रोफेसर। ये मेरी खुदकिस्मती है की मैं आपसे मिला। काश की ये सब न हुआ होता तो कितना अच्छा रहता। परी का दिया हुआ स्मृति चिहन् आप ही रख लीजिए मेरी तरफ से एक तोहफा समझकर। इससे इस आखिरी वक्त पर मुझे खुशी होगी। शायद मेरा बोझ कुछ हल्का हो जाये।'' ऐसा कहकर अरमान प्रोफेसर को वह अनमोल तोहफा देने लगा।

प्रोफेसर ने उस तोहफे को अस्वीकार करते हुए कहा, ''नहीं! इसे मैं नहीं ले सकता। ये तुम्हारा तोहफा है अरमान। इस अनमोल तोहफे ने तुम्हे अपना वारिस चुना है। इसलिए इसे मैं नहीं ले सकता हूँ। और वैसे भी तुम्हारे अलावा अगर यह किसी और के हाथ में जाता है तो यह सिर्फ कांच का एक खूबसूरत खिलौना रहेगा। तुम्हे पता है एक सभ्य समाज में एक नाजायज बच्चे की जिंदगी कैसी

होती है? तुम्हारा संघर्ष तो पहेली में आने के बाद शुरु हुआ था। तुम्हारे पास तो एक माँ थी जिसको तुमने खो दिया। पर मेरी माँ का तो पता ही नही और पिता भी सौतेले थे। मेरा संघर्ष तो मेरे पैदा होते ही शुरु हो गया था। जब मैं थोड़ा बड़ा हुआ तो पता चला कि इस सभ्य समाज में मेरे लिए कोई जगह ही नहीं है। घर से बाहर निकलता तो मेरे ऊपर फब्तियाँ कसे जाते थे। मेरे बारे में तरह-तरह की अफवाहें फैलाई जाती थीं। लोग मुझे समाज का कलंक समझते थे और घृणा की दृष्टि से देखते थे। एक-एक-पल की जिंदगी मैंने बहुत ही मुश्किल से गुजारी हैं। मेरे सौतेले पिता मुझे चाहते थे लेकिन मेरे ज्यादा करीब आने से डरते थे। कभी-कभी मेरा ढाढस बंधाते और कहते। बेटा समीर, इस दुनिया में तुम्हारा कोई भी नहीं है। यहाँ तक की मैं भी नहीं। हर इंसान अपनी किस्मत लेकर खुद इस संसार में आता है। अगर तुम्हे इस जिंदगी में जीना है तो तुम्हे खुद अपने पैरों पर खड़ा होना सीखना होगा। अक्सर लोग कहते हैं जिंदगी एक जंग है और हर एक को अपनी लड़ाई खुद ही लड़नी पड़ती है। पर ऐसा नही है। जिंदगी असल में सीखने का नाम है। बुरे से बुरे वक्त में भी ज्यादा से ज्यादा सीखना और खुद को उसी के अनुसार ढालना ही जिंदगी है। जिंदगी में सही चुनाव करो और पूरी लगन के साथ अपने चुने रास्ते पर चल पड़ो। अपने हौसलों और उम्मीदों को हर वक्त मजबूत बनाये रखो। ये असल जिंदगी है।

पिताजी के ये शब्द मेरे कानों में हमेशा गूंजते थे। मैंने अपनी पूरी जिंदगी की बुनियाद सिर्फ इसी सिद्धांतों पर खड़ी कर दी। स्कूल में भी मेरा कोई दोस्त नही था। सब मुझसे दूर-दूर रहते थे। मैंने काफी मेहनत की और एक दिन मैं भारतीय मौसम अनुसंधान में वैज्ञानिक पद पर नियुक्त हुआ। एक बुरा वक्त भी आया जब तुम्हारी तरह मैंने भी अपना सब कुछ खो दिया। अपनी नौकरी, पद, आत्मसम्मान और मैं लोगों की नजर में एक नाकाबिल वैज्ञानिक बन गया। मेरी जिंदगी एक बार फिर से पूरी तरह अंधकार के गर्त में चली गई। लेकिन आज भी मेरी उम्मीद बरकरार है। उसी की बदौलत मैं खुद में एक जिंदादिली का एहसास करता हूँ। मुझे अपने किये पर जरा भी पछतावा नहीं है। ये तुम्हारी गलत धारणा है की मेरे पैरों में ताकत नहीं बची है। तुम काफी थके हुये हो। कभी इंसान पैरों से नहीं हौसलों से बहुत आगे चला जाता है। मैं कभी भी हार नहीं मानता ना ही कभी पीछे मुड़ कर देखता हूँ कि मैंने जिंदगी में क्या खोया? ये वक्त हौसलों को खोने का नहीं बल्कि उम्मीद और विश्वास को दोगुना करने का है। गलत कहते हैं लोग की मौत इस पहेली का आखिरी अंजाम है। इस पहेली का आखिरी अंजाम है उम्मीद, अगर वह बरकरार रही तो मौत को भी पीछे हटना होगा। अगर खाली बठोगे तो नकारात्मक शक्तियाँ हावी होगीं। तुम्हारे दोस्त अभिनीत, अनन्या और हम सबकी की पूरी मेहनत बेकार हो जाएगी अगर तुम इस वक्त पीछे हट

जाओगे। शाम होने वाली है। सूरज अस्त होने वाला है। अभी भी पाँच घंटे हैं हमारे पास, पहेली का हल ढूँढ़ने के लिए।

अभिनीत और अनन्या यहाँ पर सुरक्षित हैं। कुछ ही देर में वो होश में आ जाएंगे। प्रोफेसर की कही बात का अरमान पर त्वरित असर हुआ। निराशा के बादल कुछ कम हो गये। अरमान के मन में फिर से एक उम्मीद की किरण जग गई। उसका आत्म-विश्वास बढ़ गया। ''ठीक है प्रोफेसर! मैं आगे बढ़ने के लिए तैयार हूँ।'' इधर प्रोफेसर और अरमान ज्यों ही आगे बढ़ने के लिए तैयार हुये तभी तेज बारिश शुरु हो गई। अरमान ने झल्लाकर कहा, ''धत् तेरी की, एक और मुसीबत। इतनी तेज बारिश मैंने अपनी जिंदगी में कभी नहीं देखी। हवा का बहाव भी हमारे तरफ ही है। आगे बढ़ना काफी मुश्किल होगा।'' प्रोफेसर ने हवा और पानी के विपरीत अपने कदम आगे बढ़ाते हुये कहा, ''हम आखिरी पहेली सुलझाने जा रहे हैं। इसलिए यह तो होगा ही। कोई बात नहीं, अपने दिल को मजबूत कर लो और धीरे-धीरे आगे बढ़ने की कोशिश करते रहो। वैसे भी पानी में भीगने से हमारी शरीरिक थकान कुछ कम होगी और हमें थोड़ी ऊर्जा मिलेगी।''

वे अभी थोड़ा आगे ही बढ़े थे कि पानी की एक तेज धारा उनकी तरफ तेजी से बढ़ी चली आ रही थी। अरमान ने पानी की उस तेज धारा की ओर इशारा करते हुये पूछा, ''प्रोफेसर वह क्या है?'' प्रोफेसर ने कहा, ''उफ् मारे गये, इसे कहते बादलों का फटना। मत भूलो की इस वक्त हम चेरापूंजी के पास हैं जहाँ पर सबसे ज्यादा बारिश होती है। सबसे बुरी बात यह है की हम ऊँचाई पर हैं। जहाँ भूस्खलन के साथ- साथ बादलों का फटना आम बात है। बादलों का फटना एक प्रकिया है जैसे पानी से भरे गुब्बारे में छेद का होना। उसकी वजह से एक जगह पर ज्यादा वर्षा होती है।'' अरमान ने प्रोफेसर से पूछा, ''अब हमें क्या करना चाहिए?'' प्रोफेसर ने अपना मुँह पीछे की तरफ घुमाया और कहा, ''वापस चलो अभिनीत और अनन्या के पास। पहले उन्हें बचाने की कोशिश करते हैं।'' तुरंत ही अरमान और प्रोफेसर तीव्र गति से अभिनीत और अनन्या के पास वापस आने लगे थे। इधर तेज पानी बरसने की वजह से अभिनीत और अनन्या को भी होश आ चुका था। प्रोफेसर ने सभी को सावधान किया और कहा, ''सभी एक जुट होकर रहे। एक दूसरे का हाथ पकड़ लें।'' इतने देर में पानी का तेज बहाव उनकी तरफ तेजी से आ गया। सभी ने बचने की लाख कोशिश की लेकिन ऊँचाई पर से आ रहे पानी के तेज बहाव ने उन्हें अपने आगे घुटने टेकने के लिए विवश कर दिया। अब सभी पानी की तेज धारा में किसी पत्ते की भांति बहते चले जा रहे थे। हालांकि उस पहाड़ी पर ज्यादातर ऊँचे पेड़ और घनी झाड़ियाँ थीं और कहीं कहीं पर बाहर की तरफ सीधी निकली हुईं चट्टानें। तेज बहाव में कभी वो पेड़ों और झाड़ियों से रगड़ खाते तो कभी सीधी बाहर की तरफ निकली हुईं चट्टानों से

बचने का प्रयास करते। उस तीव्र बहाव में भी वो बाहर निकलने का प्रयास कर रहे थे।

आखिरकार प्रोफेसर ने काफी प्रयास करते हुये पानी की धारा के बीच भी पेड़ की एक टहनी को पकड़ लिया। तुरंत ही प्रोफेसर ने अपने बैग से एक रस्सी निकाली और सबकी ओर उछाल दिया। अरमान और अनन्या रस्सी के पास थे इसलिए उन्होंने रस्सी को पकड़ लिया। अभिनीत रस्सी से कुछ दूर आगे था इसलिए रस्सी को लपकने के चक्कर में एक पत्थर से जा टकराया। अचानक इस तेज टक्कर से अरमान का माथा कुछ समय के लिए सुन्न पड़ गया। फिर भी किस्मत से रस्सी का हल्का सिरा अभिनीत के हाथ में आ गया था। जिसको उसने कसकर पकड़ रखा था। उसके सिर से तेज खून बह रहा था। अरमान ने व्याकुल होकर कहा, ''हमारी मुसीबतें कम होने का नाम ही नहीं ले रही हैं।''

प्रोफेसर ने सभी को तसल्ली दी और कहा, ''बस थोड़ी देर और सब्र करना होगा। पानी का बहाव धीरे-धीरे कम हो रहा है।'' थोड़ी ही देर बाद जब पानी का बहाव कुछ कम हुआ तो प्रोफेसर पेड़ों की टहनियों को पकड़कर एक सुरक्षित जगह पर आ गये। उन्होंने अपनी दाहिनी हथेली से सहारा देकर सभी को सुरक्षित बाहर निकाल लिया। सभी पानी में पूरी तरह से भिंगे हुए थे। अभिनीत का सिर चोटिल था। खून अभी भी तेजी से बह रहा था। प्रोफेसर ने अपना रुमाल निकाला और उस जगह को कसकर दबाया जहाँ से खून बह रहा था। अरमान की नजर सामने दिख रहे एक घर पर पड़ी। उसने अपनी उंगली से इशारा करते हुये कहा, ''प्रोफेसर वो देखिए, सामने एक घर।'' सामने एक घर देखकर सभी उस तरफ बढ़ने लगे। इस वक्त उन्हें कुछ भी भान नहीं था कि उन्हें पहेलियों का हल ढूँढ़ना है। या फिर किसी पुरातत्वविद् का घर वो खोज रहे थे। चूंकि अभिनीत की हालत ज्यादा गंभीर थी इसलिए सबसे पहले उसे बचाना जरुरी था। उस घर के सामने जाकर अरमान ने दरवाजा खटखटाया। ''कोई है क्या?'' अंदर से कोई भी आवाज नहीं आई। अनन्या ने भी पूछा, ''कोई है क्या?'' लेकिन कोई उत्तर नहीं मिला। प्रोफेसर ने अपने पैर से दरवाजे को ढ़केला तो दरवाजा खुल चुका था। सबसे पहले अरमान ने उस घर में अपने कदम बढ़ाये। अंदर घुस कर देखा तो घर में एक अजीब सी चुप्पी का एहसास हुआ। उसने अपनी गर्दन घर के चारों ओर घुमाई और कहा, ''यह घर तो खाली लगता है।'' अनन्या भी अरमान के ही पीछे थी। हाँ, लगता है घर के लोग किसी कारणवश घर को छोड़कर चले गये हैं। प्रोफेसर अभिनीत का सिर अभी भी पकड़े हुये थे, जहाँ से तेजी से खून बह रहा था। घर के अंदर की चीजें काफी अस्त-व्यस्त थीं। फर्नीचर टूटा हुआ था। दीवारों पर कई जगह दरारें दिखाई पड़ रहीं थी। वह घर दो तल का था। ऊपर की

छज्जा भी बुरी तरह से क्षतिग्रस्त था और सामने एक कमरे का दरवाजा खुला हुआ था।

अनन्या ने आस-पास की चीजों को गौर से देखा और कुछ ही दूर एक टूटे हुए टेबल पर रखे खराब लालटेन को ठीक करके किसी तरह से जलाया। थोड़ी ही देर में उस जलते हुए लालटेन को लेकर सभी के बीच आ गई। ''इस तरफ कोई मकान भी नही है।'' अनन्या ने लालटेन को एक जगह रखते हुए कहा, ''कही ये घर भूतों का डेरा तो नही।''

अरमान ने कहा, ''जो भी हो, यहाँ सामने एक खाली बिस्तर पड़ा हुआ है जो हमारे काम का है। लेकिन चूहों ने इसे काफी हद तक कुतर दिया है। मेरे ख्याल से हमें अभिनीत को यहाँ पर लिटा देना चाहिए।'' प्रोफेसर और अरमान ने सहारा देकर अभिनीत को वहाँ पर लिटा दिया। अनन्या अभिनीत के पास बैठकर उसके सिर पर बह रहे खून को साफ करने लगी। अरमान रसोईघर में गया जहाँ पर ढ़ेर सारे बर्तन इधर उधर बिखरे पड़े हुये थे। वहाँ से एक बर्तन में पानी गर्म करके ले आया। अनन्या अब अभिनीत के सिर पर लगे घाव को धो रही थी। प्रोफेसर वही बिस्तर के बगल में बैठ गये। उन्होंने अरमान से कहा, ''जरा अलमारी में झाँककर देखो कि किसी किस्म की कोई दवा है क्या?'' अरमान ने सारी अलमारी ढूँढ़ मारी पर कोई दवा नहीं मिली। तब अरमान इधर-उधर की चीज ढूँढ़ने लगा। कुछ देर बाद अरमान को श्रृंगारदान में कोई दवा मिलती है। अरमान उसे लेकर दौड़ा-दौड़ा प्रोफेसर के पास आया और कहा, ''प्रोफेसर मुझे किसी किस्म की दवा मिली है।'' प्रोफेसर ने उस दवा को ध्यान से देखा और कहा, ''यह तो उच्च रक्तचाप से संबधित कोई दवा लगती है। इस पर 1961 लिखा हुआ है अर्थात काफी पुराना है। इसे देखकर तो यह लगता है.... यह घर तकरीबन 35 या 40 सालों से खाली पड़ा है। प्रोफेसर ने अपनी दृष्टि इधर-उधर घुमाई और अपने आस-पास की चीजों को गौर से देखा। यहाँ पर पड़ी एक डाइनिंग टेबल और तीन कुर्सियों का मतलब है यहाँ पर तीन लोग रहते होंगे। मेरे ख्याल से पति-पत्नी और उनका एक बच्चा। क्योंकि तीसरी कुर्सी थोड़ी सी छोटी है। इन तीनों में से एक उच्च रक्तचाप की मरीज है। और दवा का श्रृंगारदान में मिलना मतलब पत्नी ही उच्च रक्तचाप की मरीज हो सकती है। मेरे ख्याल से इस घर की थोड़ी और छानबीन करनी चाहिए।''

अरमान ने घर पर छानबीन शुरु कर दी। कुछ ही देर बाद उसको कुछ उत्साहित करने वाले परिणाम मिलते हैं। ''प्रोफेसर यहाँ पर मुझे एक फावड़ा और कुदाल मिली है जिसका उपयोग खुदाई के लिए किया जाता है। एक टूटा हुआ मैग्नेटोमीटर, आसाम का पुराना नक्शा, इतिहास और पुरातत्व की प्राचीन किताबें। यह आदमी जरुर ही कोई पुरातत्वविद् होगा। कहीं यह वही तो नहीं जिसकी हम

तलाश कर रहें हैं।" प्रोफेसर का दिमाग तुरंत सक्रिय हो गया। प्रोफेसर ने सकारात्मक लहजे में कहा, "हाँ, ऐसा हो सकता है। मैंने एक कहावत सुनी है। जब इंसान सच्चे दिल से कोई प्रयास करता है तो ईश्वर का साथ उसे जरुर मिलता है। लगता है किस्मत हमें हमारी मंजिल के पास ले आई। घर का चप्पा-चप्पा छान मारो।" इधर अनन्या ने अभिनीत के सिर पर मरहम पट्टी कर दिया था। अब अभिनीत को भी होश आ चुका था और वह खुद को पहले से बेहतर महसूस कर रहा था। प्रोफेसर ने उत्सुकतावश अनन्या से पूछा-इस मैग्नेटोमीटर का क्या इस्तेमाल होता है खोदाई में? अनन्या ने कहा, "मैग्नेटोमीटर का इस्तेमाल चुंबकत्वीय बल और दिशा को मापने के लिए किया जाता है। हर कोई इससे वाकिफ है कि पृथ्वी के दो चुंबकत्वीय ध्रुव हैं। उत्तरी धुव्र और दक्षिणी ध्रुव। अगर धातु की कोई भी चीज जमीन में गड़ी हुई होती है वो इन दोनों ध्रुवों में एक अवरोध पैदा करती हैं और जिससे ध्रुवों के पथ में विचलन होता है। इन्हीं पथ विचलन को नापने और रिकार्ड करने के लिए पुरातत्वविद् मैग्नेटोमीटर का इस्तेमाल करते हैं। इससे पुरातत्वविदों को सही अनुमान मिल जाता है कि धरातल के कितने हिस्से में खुदाई करने की जरुरत है।"

"बहुत अच्छा अनन्या।" प्रोफेसर ने उत्सहित होकर कहा, "चलो अब खोजबीन शुरु करते हैं।" प्रोफेसर और अनन्या भी उस घर की पूरी छानबीन करने में जुट गये। प्रोफेसर हर चीज को बेहद ही बारीकी के साथ देख रहे थे। प्रोफेसर का ध्यान अभी भी एक चीज को ढूँढ़ रहा था जो उन्हें पक्का यकीन दिला दे की हम बिल्कुल सही घर में हैं। प्रोफेसर जहाँ पर खड़े थे वहीं पास ही में वह लालटेन रखा हुआ था। जिसका प्रकाश कुछ ही दूर तक फैला हुआ था। वहाँ से थोड़ा आगे जाने पर उसका प्रकाश मद्धिम पड़ता जा रहा था। और थोड़ी दूर पर बिल्कुल अंधेरा प्रतीत हो रहा था। आस-पास की चीजों को गौर से देखते हुए प्रोफेसर के पैर अनायास ही अंधेरे की तरह बढ़ रहे थे। उस अंधेरी वाली जगह पर खोजबीन करते हुए आखिरकार प्रोफेसर ने जब एक जगह मन की गहराई के साथ हाथ फेरा तो उन्हें लकड़ी की वह तख्ती मिल गई जिसका जिक्र उन्होंने पहले किया था। जब उन्होंने उस खुरदुरी सतह पर हाथ फेरा तो उन्हें उस लकड़ी पर खरोंच के निशान की मौजूदगी का भी एहसास हुआ। प्रोफेसर ने चिल्लाकर सभी को अपने पास बुलाया, "सभी लोग यहाँ आओ। जरा इस पर टार्च जलाओ।" अरमान ने वैसा ही किया। प्रोफेसर ने सारी चीजों को स्पष्टता के साथ कहना शुरु किया। यह वही तख्ती है जिसका जिक्र मैंने तुमसे किया था। यही है वो लकड़ी की बनी आधारशिला, जो उस स्वर्ण-प्रतिमा के पीछे लगा हुआ था। इसकी नक्काशी बिल्कुल तारे जैसी आकृति में है ठीक उस स्वर्ण-प्रतिमा की तरह। और यह हर किनारों की तरफ यह पाँच सेमी ज्यादा चौड़ी भी है। गौर से देखो लकड़ी पर बने

ये चार छेद। क्योंकि उस स्वर्ण-प्रतिमा के पीछे चार पेंदे थे। इसलिए लकड़ी की इस तख्ती पर चार छेद बने हुए हैं। बाद में झटके से जब किसी ने उस स्वर्ण-प्रतिमा को लकड़ी की इस तख्ती से अलग किया होगा तो उस स्वर्ण-प्रतिमा का चौथा पेंदा हल्का सा टूट गया होगा। और खरोंच के निशान इस तख्ती पर पड़ गये। रगड़ की वजह से लकड़ी का बुरादा उस चौथे पेंदे में हल्का सा चिपक गया था। जिसको हमने बाद में जलाकर उसकी भौतिक प्रवृति जानने की कोशिश की थी। जैसा की मैंने पहले कहा था कि हल्की लकड़ी का इस्तेमाल हुआ है उस स्वर्ण-प्रतिमा का आधारशिला बनाने के लिए। जिस पर खरोंच के निशान पड़ना वाजिब था। अब तो तय हो गया कि हम बिल्कुल सही घर में हैं।

आखिरी पहेली का जबाब इसी घर में है। इसलिए अब पूरी तरह से फैल जाओ। घर का एक-एक कोना छान मारो। एक-एक चीज को बारीकी से देखो। कोई ना कोई सुराग जरुर मिलेगा जिसका ताल्लुकात आखिरी पहेली से होगा। अब सभी अपना काम बेहद तल्लीनता से करने में जुटे थे। कुछ देर बाद अभिनीत ने कहा, ''मेरे हाथ एक प्रशस्ती-पत्र लगा है। जिस पर लिखा है कि रोहित सेन को आसाम का प्राचीन धरोहर ढूँढ़ने का श्रेय दिया जाता है।'' प्रोफेसर ने कहा, ''हाँ, ठीक है पर इतना काफी नहीं है। हमें कोई और ठोस सबूत चाहिए जिसका ताल्लुकात आखिरी पहेली से हो।'' काफी देर खोजबीन करने के बाद अनन्या के हाथ हाईस्कूल के स्तर की कुछ किताबें लग गईं। अनन्या ने चीखकर कहा, ''प्रोफेसर हाईस्कूल के स्तर की कुछ किताबें इसका मतलब हुआ कि लड़के की उम्र सोलह साल के आस-पास की रही होगी।'' प्रोफेसर ने संतुष्ट भाव में कहा, ''ओह, अब मतलब साफ हो गया है। यही बाप और बेटे हैं जिनको खजाने के बारे में पूरी जानकारी थी। क्योंकि उस गलियारे में दो अलग-अलग पैरों के निशान मिले थे। जिनमें एक आदमी का था और दूसरा किसी छोटे लड़के का जिसकी उम्र पंद्रह साल के आस पास रही होगी। प्रोफेसर ने पहेली को सुलझाने का प्रयास किया। इसलिए पहेली की पहली दो लाइनों को मन ही मन बुदबुदाया...

आसमान में खो गये जो तारे,
वो लगते हैं कितने प्यारे ।

''इस तारे का क्या मतलब हो सकता है? अक्सर किसी बाप के लिए उसका बेटा तारा होता है। प्रोफेसर के मन में कई सवाल एक साथ घूम रहे थे। तभी अनन्या चीखती हुई बाहर की तरफ आई और कहा, ''प्रोफेसर मेरे हाथ एक डायरी लगी है। अब ज्यादा दिमाग इस्तेमाल करने की जरुरत नहीं है।'' अनन्या के हाथों में डायरी देख अरमान उत्सुकतावश उसके करीब आ, ''जरा मैं भी तो देखूँ वह डायरी।'' ऐसा कहकर अरमान ने वह डायरी ले ली। अभिनीत भी तब वहाँ पर

पहुँच चुका था। अरमान ने जैसे ही डायरी का पहला पन्ना पलटा तो हैरत में पड़ गया।

"ये डायरी तो खाली है।" अभिनीत ने निराशा प्रकट करते हुये कहा, "इस पर कुछ भी नहीं लिखा सिवाय दो शब्द के 'मैं आज'... प्रोफेसर ने कहा, "जरा मुझे भी दिखलाओ।" ऐसा कहकर प्रोफेसर उस डायरी के पन्ने पलटने लगे। ताज्जुब है, खाली डायरी के हर दाहिनी पेज पर किनारे की तरफ कुछ काला-काला सा क्या लगा हुआ है? ऐसा लगता है जैसे यह भिंगा हुआ हो किसी चीज से। अरमान ने कहा, "मुझे ऐसा लगता है शायद लिखते वक्त किनारों के पास गिलास भरा पानी गिर गया हो। प्रोफेसर ने उस किनारों वाली जगह को महसूस करने की कोशिश की। मेरे ख्याल से पानी गिरने से दाहिनी तरफ इतना काला-काला धब्बा नहीं पड़ सकता है। मुझे तो लगता है जैसे कि किसी के आँसू हों। खास बात है, यह हर पेज पर है इसका मतलब है कि यह डायरी खाली नहीं हो सकती। प्रोफेसर ने उस डायरी के पन्ने को पलटना शुरु किया। ऐसा लगता है कि खाली पेन से गड़ा-गड़ा कर लिखा हुआ है। बहुत ध्यान से देखने पर कुछ-कुछ शब्द स्पष्ट रुप से दिखाई दे रहे हैं। "पहली बार कोई डायरी देख रहा हूँ जिसे खाली पेन से लिखा गया है।" अभिनीत ने हैरान होकर कहा, "ये उसने कुछ सोच कर लिखा होगा या फिर ऐसे ही।" अरमान ने कहा, "कोई खाली पेन से कैसे लिख सकता है?" प्रोफेसर ने कहा, "सवाल यह नहीं कि किसी ने खाली पेन से कैसे लिख दिया? सवाल यह है कि आखिर उसके सामने कौन सी मजबूरी हुई होगी कि उसके पेन की स्याही पहली लाइन पर ही खत्म हो गई पर उसे जरा सा भी आभास नहीं हुआ। वह इससे बेखबर होकर लिखता रहा।" प्रोफेसर ने जब उस डायरी के पन्ने शुरु से अंत तक दो तीन बार पलटे तो उन्हें एक और बात का पता चला। इसकी दूसरी खास बात ये है कि यह सिर्फ दाहिनी पेज पर लिखा हुआ है। अनन्या ने उत्सुकतावश पूछा, "पर इसे हम पढ़ेंगे कैसे?" प्रोफेसर ने कहा, "इस डायरी में पेन को गड़ा-गड़ा सिर्फ दाहिनी तरफ लिखा गया है। इसे इन्फ्रारेड लाइट में पढ़ा जा सकता है लेकिन काफी माथापच्ची करने के बाद।" जल्द ही उन्होंने इस तरीके को अंजाम दिया। अनन्या ने उसे अब इन्फ्रारेड लाइट में रखा। अब भी सारे अक्षर नहीं पढ़े जा सकते थे। लेकिन कुछ-कुछ शब्द स्पष्ट नजर आ रहे थे। अनन्या ने उस डायरी की व्यथा प्रोफेसर को बतलाई, "हम अब भी इस डायरी से कुछ-कुछ शब्द ही पढ़ सकते हैं।" प्रोफेसर ने कहा, "कोई बात नही। कुछ-कुछ से बाकी कुछ हम निकाल लेंगे। हाँ, इसके लिए काफी माथापच्ची करनी पड़ेगी।" प्रोफेसर की इस युक्ति ने अच्छा काम किया। उन्हें तकरीबन डेढ़ घंटे लगे डायरी के लिखे सारे शब्दों को पूर्ण रुप से व्यवस्थित करने में। अब अनन्या ने उस डायरी पर लिखे हुये व्यवस्थित अक्षरों को पढ़ना शुरु किया.....

आर्यन की कहानी

यह बात छठे दशक की है। मेरा नाम आर्यन है। मुझे याद है वो दिन जब मेरे पिताजी का तबादला मद्रास से आसाम में हुआ था। मेरे पिताजी रोहित सेन एक जाने माने पुरातत्वविद् थे और माँ किरन सेन एक आदर्श गृहणी थी। जब हम मद्रास छोड़कर आसाम आये थे, उस वक्त मेरी उम्र करीब ग्यारह साल की रही होगी। हमारी जिंदगी बहुत खूबसूरत और अच्छी थी पर पता नहीं किसकी नजर हम पर पड़ गई? मुझे पहेलियाँ सुलझाना बहुत पसंद था। मेरी जिंदगी में एक दिन ऐसा भी आया जब लगा कि इन पहेलियों को सुलझाने की कला ने मुझे काफी कुछ दे दिया है। लेकिन आज मेरे पास खोने के लिए कुछ भी नहीं बचा। आज मेरी जिंदगी गुमनामी के अंधेरे में खो चुकी है।

वह जगह जहाँ पर हम रहते थे, स्कूल पास न होने की वजह से मेरे पिता को मुझे वहाँ से कुछ दूर भेजना पड़ा था। जहाँ पर मैं स्कूल की तरफ़ से दिये हुये हास्टल में रहता था। जब भी मैं स्कूल से घर को आता, मेरी पहेलियों का सिलसिला शुरु हो जाता था। कभी मैं पहेलियों को सुलझा देता तो कभी इन पहेलियों में ही उलझ जाता। मेरी माँ ने कहा, ''आर्यन ज़रा बाजार से जाकर एक सामान लेकर आओ।'' मैंने कहा, ''नहीं, पहले आप मेरी इस पहेली का उत्तर बताइये।'' माँ ने खीझकर कहा, ''मेरे पास बहुत काम हैं तुम जाकर अपने पिता से क्यूँ नहीं पूछ लेते?'' मैं अपने पिताजी के कमरे में चला गया जहाँ पर वह कुछ काम कर रहे थे। मैंने जानबूझकर उनके काम में दखलअंदाजी की, ''मुझे एक पहेली का उत्तर बताइये।'' पिताजी ने कहा, ''देखो इस वक्त मुझे परेशान मत करो, मैं किसी चीज़ की खोज कर रहा हूँ।''

मैंने उत्सुक होकर पूछा, ''आप क्या खोज कर रहें हैं?'' उन्होंने कहा, ''अभी तुम्हारी उम्र सिर्फ ग्यारह साल की है, तुम्हे यह सब बातें नहीं समझ में आयेगीं।'' मैं ज़िद पर अड़ गया। ''क्यूँ नहीं आयेंगी? मैं पढ़ने में सबसे अव्वल हूँ। आप बताइये।'' आखिरकार मेरे पिताजी को मेरे ज़िद के आगे हार माननी ही पड़ी। उन्होंने कहा, ''सुनो! तुमने हड़प्पा और सिंधु घाटी की प्राचीन सभ्यताओं के बारे में सुना है। जिनका अस्तित्व अब से तकरीबन तीन हजार साल पहले था। ठीक वैसी ही सभ्यता का अंदेशा मुझे यहाँ आसाम में खोज लेने का यकीन हैं, क्योंकि मेरे हाथ कुछ ठोस सबूत और तथ्य लगे हैं। यह सभ्यता तकरीबन डेढ़ हजार साल पुरानी लगती है। ये एक मूल्यवान धरोहर है जो हमारे ऐतिहासिक विरासत में और भी वृद्धि करेगी। मैंने उनकी बातों में कोई भी दिलचस्पी नहीं दिखाई, ''यह सब ऐतिहासिक बातें मेरे समझ से बाहर हैं। बस आप मुझे मेरी पहेली का जबाब दे दीजिए। मेरी पहेली है,

मैं चलता हूँ हटकर,
बिन खटके, बिन फटके।
खत्म हुआ तो मैं रुक जाऊँ,
काम तेरे मैं ना आऊँ।।

"पेन" यही है तुम्हारी पहेली का जबाब। "एक और" मैंने कहा।

बिन बादल बरसूँ मैं,
पानी बिन तरसूँ मैं।
मैं आऊँ तो होश गवाये,
काम तुम्हारा बिगड़ जाये।।

उन्होनें झल्लाकर कहा, "तुम्हारी पहेली का जबाब है 'गुस्सा' जो की मुझे आ रहा है। तुम्हारे पास और कोई काम नही है, सिवाय दिन भर इन पहेलियों का हल ढूँढ़ने के। ये कैसा अजीब सा शौक है।" मैं बहुत ही प्रफुल्लित था क्योंकि मेरी आज की मंशा पूरी हो चुकी थी। यद्यपि मेरी माँ उच्च रक्तचाप की मरीज थीं। लेकिन फिर भी वह पूर्णरुप से स्वस्थ थीं। हमारी जिंदगी बेहद खुशहाल थी। धीरे-धीरे मेरी उम्र सोलह साल की हो गई थी। मुझे वह दिन अच्छी तरह से याद है जब मेरे पिताजी को एक बड़ी कामयाबी मिली। उन्होनें आसाम की एक खोई हुई सभ्यता को ढूँढ़ निकाला। चारों ओर से बधाई देने वालों का तांता लग गया था। मेरे पिताजी के एक करीबी मित्र थे सुरेश पासवान। उन्होंने भी मेरे पिताजी को बधाई दी और पूछा, "आखिरकार आपने आसाम की खोई सभ्यता को ढूँढ़ निकाला। आपको क्या लगता है यह सभ्यता कितनी साल पुरानी है और किसके बारे में है?"

मेरे पिताजी ने कहा, "पहले आपको तो इन सब बातों में ज़रा भी दिलचस्पी नहीं होती थी फिर अचानक से आपको क्या हो गया ? वैसे हमारी खोज अभी चल रही है हम ज्यादा से ज्यादा तथ्य जुटाने की कोशिश कर रहें हैं। यह सभ्यता तकरीबन 1200 से 1500 वर्ष पुरानी लगती है। यह प्राचीन कामरुप राजाओं के बारें में है जिन्होंने आसाम में 800 सालों तक शासन किया था। मेरे पिताजी उनके साथ अपनी बातचीत करने में मशगुल थे कि अचानक उनकी नजर मेरे ऊपर पड़ गई। लेकिन मेरा ध्यान अपनी पहेली पर था जो मैं उनसे पूछने आया था। मैंने खुश होकर कहा, "पहले आप मेरी पहेली का जबाब दीजिए। उसके बाद ही मैं आपको दूँगा ढ़ेर सारी बधाईयाँ।"

मेरे पिताजी ने कहा, "देखिए यह मेरा इकलौटा बेटा है। यह खाता कम है, पढ़ता कम है, यहाँ तक खेलता भी कम है। बस सारा वक्त पता नही कहाँ से

पहेलियाँ खोज कर लाता है, जिसके जबाब मुझे देने पड़ते हैं। पता नहीं कैसा अजीब सा शौक इसे लग गया है। अच्छा पूछो क्या है पहेली ?'' मैंने खुशी प्रकट करते हुये कहा।

कड़ी धूप सहता हूँ मैं,
पाकर जल निखरता हूँ मैं।
आता हूँ मैं पेट भरने के काम,
बतलाओ क्या है मेरा नाम।।

उन्होंने कहा, ''इसका जबाब आसान है और वह है 'धान'। इसी के साथ मैंने कहा, ''पिताजी एक और''। इस एक और शब्द ने उन्हें नाराज कर दिया था। अगर पूछना है तो इन अंकल महोदय से पूछो। संकोच की वजह से मैं वहाँ से खिसक गया।

शैलचित्र का रहस्य

अगले दिन मेरे पिताजी घर में बैठ कर कुछ काम कर रहे थे। अचानक से मैं उनके कमरे में आ गया। उन्होंने बड़े प्यार से मुझे बैठाया और कहा, ''आओ आज मैं तुम्हे एक पते की बात बताता हूँ। कल जब मैं खुदाई करवा रहा था तो हमें जमीन से कई फुट अंदर एक दीवार पर कुछ शैलचित्र मिले। मैंने उत्सुक होकर पूछा, ''ये शैलचित्र क्या होते हैं?'' उन्होंने कहा, ''शैलचित्र गुफाओं की दीवारों पर कई ढ़ंग से बनी हुई आकृतियाँ या चिहन् हो सकते हैं। आमतौर पर ये किसी जानवर, पेड़-पौधे या फिर जमीन पर रेंगने वाले जीव-जंतु जैसे साँप, बिच्छु और केकड़े की आकृतियाँ हो सकती हैं। लेकिन हैरत वाली बात तब सामने आई जब मैंने पहली बार किसी पहेली को शैलचित्र के रुप में देखा। मैंने अचानक ही खुश होते हुये पूछा, ''क्या? पहेली!'' इस शब्द को सुनते ही मैं प्रफुल्लित हो उठा। उन्होंने कहा, ''हाँ, लेकिन ये पहेली आसामी भाषा में थी। पहेली के आगे 1160 लिखा हुआ था। इसका मतलब ईसवी पूर्व होगा। ख़ास बात ये है कि इस पहेली के ठीक ऊपर सूरज और नीचे शेर का चिन्ह बना था। दाहिनी ओर तारा का चिन्ह बना हुआ था तो बायीं ओर कबूतर का चिन्ह बना हुआ था।''

मेरी उत्सुकता काफी हद तक बढ़ चुकी थी। बताईये ना, वो पहेली क्या थी? मेरे पिताजी ने कहा, ''ये वो पहेली नहीं है जिसका कोई उत्तर होता है। ये तो सिर्फ उस समय के इतिहास से जुड़ी कुछ चीजें हैं बस।'' मेरी उत्सुकता अब और बढ़ गई थी। जल्दी बताईये वो पहेली क्या है? उन्होंने कहा, ''ठीक है। मैं अभी बताता हूँ....

जब बनती है सौर घड़ी,
जुड़ जाती है एक कड़ी।
खुल जाती है आस,
जब छाया न फटके पास।। 1160

मैंने उत्साहित होकर कहा, ''इस पहेली का कोई न कोई मतलब जरुर होगा।'' मेरे पिताजी ने मेरी ओर घूरा। उनकी आँखों में नाराजगी साफ तौर दिखाई दे रही थी। फिर उन्होंने बड़े प्यार से कहा, ''तुम्हें पता है इन शैलचित्र की क्या अहमियत है? यह हमें प्राचीन कामरुप राजाओं की संस्कृति और सभ्यता के और नजदीक ले जायेगा। इन शैलचित्रों के माध्यम से उनकी सोच, समझ और कला की गहराई को बेहतर ढ़ंग से समझा जा सकता है। यह इतिहास का एक खोया हुआ पन्ना था जो अब हमें मिल गया है।'' मैंने अपने पिता की बात को सीधे तौर पर काट दी, ''इस पहेली का किसी भी संस्कृति और सभ्यता से कोई भी लेना देना नहीं है। मुझे तो यह पहेली अपने आप में एक रहस्य लग रही है। ये पहेली एक जरिया है इसके माध्यम से कोई हमसे कुछ कहना चाहता है। या फिर यों कहे यह पहेली अपने आप में एक चुनौती है उनके लिये जो अपना नाम इतिहास में दर्ज कराना चाहते हैं।'' पिताजी ने झल्लाकर कहा, ''क्या पागलपन हैं? यह तो सरासर बकवास है। हर शैलचित्र हमसे कुछ न कुछ कहना चाहते हैं। कभी-कभी हम जैसे पुरातत्वविद् उसके मतलब निकाल लेते हैं। तो कभी वह एक अबूझ पहेली बनकर ही रह जाती है। हमारे लिए गर्व की बात ये है कि हमने शैलचित्र ढूँढ़ लिया है। एक पहेली के शैलचित्र के रुप में मौजूद होने का मतलब होता है कि उस काल के दौरान किसी समूह विशेष में पहेलियों का प्रचलन कुछ ज्यादा रहा हो। ना कि इन बेतुकी पहेलियों का मतलब निकाला जाए।''

पिताजी की बातों के आगे उस वक्त मैं झुक गया। लेकिन वो पहेली बार-बार मेरे दिमाग में घूम रही थी। अगले दिन मैंने अपने पिताजी से ज़िद कि की मैं भी उस जगह को देखना चाहता हूँ जहाँ पर शैलचित्र मिले हैं। पिताजी ने वास्तविक स्थिति का जिक्र करते हुये कहा, ''अभी वहाँ तक पहुँचना आसान नहीं है क्योंकि उस रास्ते में बहुत सारे बड़े-बड़े पत्थर बिखरे हुए हैं। अभी कुछ दिन और लगेगा रास्ते को साफ करने में। कम से कम एक सप्ताह।'' मैंने कहा,

''ठीक है। लेकिन इस बात को मैं भूलने वाला नही हूँ। अगले सप्ताह आप मुझे वहाँ ले जाने के लिए तैयार रहियेगा।'' पिताजी ने कहा, ''मैं पूरी तरह से तैयार हूँ। लेकिन अभी मुझे अपने काम पर जाने के लिए देरी हो रही है।'' इतना कहकर मेरे पिताजी अपने काम पर चले गये। मेरे अंदर उन शैलचित्रों को देखने की काफी उत्सुकता थी। इसीलिए मैं जल्दी से एक सप्ताह बीतने का इंतजार कर रहा था। आखिरकार वह दिन आ गया जब मैं अपने पिता के साथ उस शैलचित्र को देखने एक टूटे-फूटे खंडहर के अंदर गया। मैंने भी उस शैलचित्र को बहुत ही ध्यान से देखा और कहा, ''यह सचमुच में एक पहेली है। और इस पहेली का जबाब इन्हीं चारों चित्रों में मौजूद है। इन चारों चित्रों में तारा किसी अत्यंत मूल्यवान और महत्वपूर्ण वस्तु का प्रतीक चिन्ह है और कबूतर वहाँ तक जाने का रास्ता दिखा रहा है।'' पिताजी ने कटाक्ष किया और कहा, ''अच्छा! ये पहेली है। और तुमने इसका मतलब भी सुलझा लिया।'' मैंने कहा, ''नहीं! इस वक्त नहीं।'' उस दिन हम वहाँ से वापस लौट गए। लेकिन वो पहेली और वो चित्र मेरे दिमाग में पूरी तरह से घर कर गया था। मैंने मन ही मन सोचा, इसका कुछ तो मतलब जरुर होगा। मैं इसे जरुर सुलझाकर रहूँगा। इसलिए मैंने एक कागज पर उन चारों चीजों के चित्र बनाये। मैंने मन ही मन सोचा, शैलचित्र पर दिये संकेतों और पहेली में एक गहरा तारत्मय है क्योंकि पहेली उनके बीच में लिखा हुआ था। इसीलिए पहेली का हल इन्हीं चारों संकेत चित्रों में होना चाहिए।

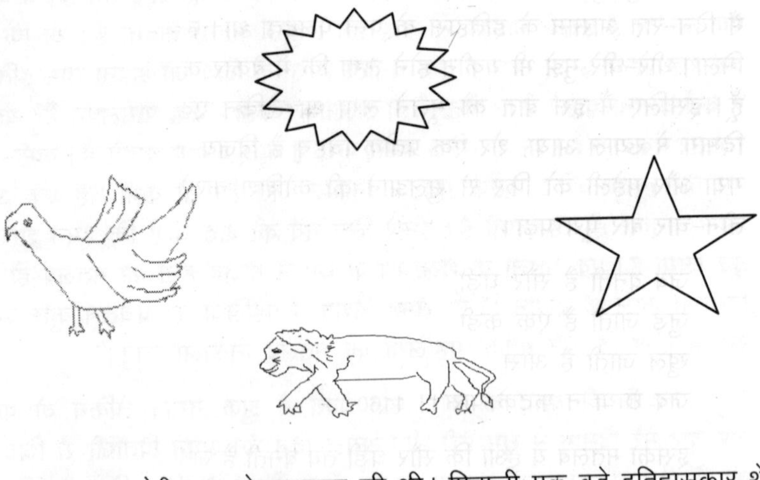

उस वक्त मेरी उम्र सोलह साल की थी। पिताजी एक बड़े इतिहासकार थे तो इतिहास की तरफ मेरा रुझान स्वभाविक ही था। वैसे इतिहास में मेरी काफी दिलचस्पी भी थी। इस बात की तह तक जाने के लिए मैंने कामरुप राजाओं का इतिहास पढ़ना शुरु किया। काफी अध्ययन करने के बाद मुझे पता चला की उस

समय के राजाओं ने गुफाओं के अंदर एक महल बनवाया था। और उनका एक बहुत बड़ा खजाना इसी साम्राज्य में कहीं पर छुपाया गया था जो कभी किसी को नहीं मिला। हालांकि साक्ष्य के अभाव में कोई भी इतिहासकर इस बात को नहीं मानता। ज्यादातर इतिहासकार खजाने को महज एक कोरी कल्पना मानते हैं और उसमें विश्वास नहीं करते हैं। ये शैलचित्र खंडहर के अंदर मिले थे। और पहेली की लिखावट कामरुप राजाओं की शैली में थी। इसलिए इस शैलचित्र में ख़जाने के बारे में एक सत्यता हो सकती है। शायद उन्होंने अपनी मौत के बाद एक रहस्य छोड़ दिया हो भविष्य के ऐसे लोगों के लिए जो अपनी दूरदृष्टि से इस गहरे रहस्य से पर्दा उठा सके। अगर शैलचित्र की सत्यता पर यकीन किया जा सके तो, तारे का मतलब वो ख़जाना ही हो सकता है जो अब तक किसी को नहीं मिला। और उसके ठीक विपरीत उड़ता हुआ कबूतर एक रास्ता दिखा रहा है वहाँ तक पहुँचने का। पर ताज्जुब की बात ये है कि खजाना जब इस ओर है तो कबूतर उल्टी दिशा में क्यों उड़ रहा है? जब बनती है सौर घड़ी,... मैंने अपना काफी दिमाग इन पहेलियों पर खपाया लेकिन कुछ भी अच्छा निष्कर्ष नहीं निकाल सका।

सूरज के ठीक नीचे शेर है और ये दोनों आपस में मिलकर एक सौर घड़ी बना रहे हैं जैसा की पहेली की पहली लाइन में दिया गया है। पर कैसे? इन दोनों सवालों ने मुझे काफ़ी हद तक गहराई से सोचने पर मजबूर कर दिया। इसके लिए मैं दिन-रात आसाम के इतिहास के पन्ने पलटता था। लेकिन मुझे कुछ भी नहीं मिला। धीरे-धीरे मुझे भी यकीन होने लगा कि मैं बेकार के सवालों में उलझा हुआ हूँ। इसलिए मैं इस बात को भूलने लगा था लेकिन एक रात अचानक ही मेरे दिमाग में ख्याल आया, शेर एक प्रतीक चिहन् है विजय-स्तम्भ का। मैं तुरंत उठ गया और पहेली को फिर से सुलझाने की कोशिश करने लगा। पहेली को मैंने तीन-चार बार पूरा पढ़ा।

जब बनती है सौर घड़ी,
जुड़ जाती है एक कड़ी
खुल जाती है आस,
जब छाया न फटके पास।। 1160

इसका मतलब ये हुआ कि सौर घड़ी तब बनती है जब सूरज की रोशनी ठीक विजय-स्तंभ के सीध में होती है। और दिन का यही एक वक्त है जब विजय स्तम्भ की छाया गायब रहती है। शायद इसी वक्त कोई कड़ी जुड़ती होगी जिससे ख़जाने का दरवाजा खुलता होगा। और जहाँ पे वो दरवाजा है, कबूतर वो रास्ता दिखा रहा है। मैं बहुत खुश हुआ। जल्द ही अगली सुबह होने का इंतजार करने लगा। जैसे ही सुबह हुई मैं अपने पिताजी के कमरे में चला गया।

सुबह-सुबह मुझे देखकर उनको बहुत ही हैरानी हुई। मैंने खुश होकर कहा, "मैंने पहेली का हल सुलझा लिया पिताजी।" उन्होंने नाक भौं सिकोड़ी और कहा, "क्या बेवकूफों जैसी बातें कर रहे हो?" मैंने कहा, "दरअसल उस शेर का मतलब विजय-स्तम्भ से है। सूरज जब विजय स्तम्भ के सीध में होता है केवल उसी वक्त सौर घड़ी बनाना है। ये खजाना आज तक किसी को नहीं मिला क्योंकि उन्होंने ख़जाना को छुपाने के लिए ही इस विजय-स्तम्भ को बनाया था हालांकि जिसे बाद में ध्वस्त कर दिया गया ताकि कोई भी उस निर्धारित समय को जान ही न पाये। दूसरी चीज उन्होंने ख़जाने तक पहुँचने का रास्ता ख़जाने के ठीक उल्टा बनाया ताकि सहजता से कोई उस तक पहुँच ना पाए।" पिताजी ने अपना चश्मा पहना और अपने पलंग पर से उठे। काफ़ी अच्छी कहानी बनाई है तुमने। अच्छा होता कि इन पहेलियों के बजाए गणित पर ध्यान दिया होता तो तुम्हारे गणित में इतने कम अंक नही आते। उन्होंने मेरी बात को अनसुना कर दिया। मैं सही हूँ मेरी बात पर यक़ीन करिये। मैं अपनी उसी ज़िद पर अड़ा रहा।

मेरे पिताजी ने गुस्से से कहा, "मुझे तो लगता है कि इन पहेलियों ने तुम्हारा दिमाग पूरी तरह से चूस लिया है। कल को जब मैं नहा कर बाहर आऊँगा तो तुम कहोगे कि इसमें भी पहेली है। जब मैं खाना खाने बैठूँगा तो तुम कहोगे कि इसमें भी पहेली है। यह सिर्फ तुम्हारा पागलपन है। पता नही ऐसी उलूल- जुलूल बातें तुम्हारे दिमाग में कहाँ से आती हैं। अब क्या करोगे? कबूतर कहाँ उड़ कर जा रहा है? कहाँ है ख़जाने का दरवाजा?" मैंने कहा, "नहीं पता।" पिताजी ने कहा, "बस खत्म हो गई तुम्हारी पहेली। ऐसा कुछ भी था ही नहीं उसमें। मैंने हजारों शैलचित्र देखें हैं जिनका कोई भी मतलब नहीं निकलता। ये दीवार पर गुदे हुए कुछ चित्र हैं बस। ये प्राचीन इतिहास से जुड़ी कुछ चीजें हैं जिनके अध्ययन से हमें पता चलेगा उनके सोचने का ढ़ंग, उनकी कार्य प्रणाली, सामाजिक ढांचा, आपसी सामंजस्य और व्यवहार। इस शैलचित्र में कोई भी ख़जाना नहीं छुपा हुआ है। ये मतलब तुमने अपने अनुसार निकाले हैं। जिसका नजरिया जिस ढ़ंग का होता है वो उन चीजों को उसी ढ़ग से समझता है। इस शैलचित्र में मुझे सिर्फ एक ही चीज समझ में आ रही है। वो ये कि इस पहेली कौ 1160 ईसवी सन् में लिखा गया है और कुछ भी नहीं।"

"लेकिन मैं एक ही चीज जानना चाहूँगा।" मैंने कहा, "क्या आपको प्राचीन कामरुप राजाओं के विजय-स्तम्भ का कोई भी अवशेष मिला?" पिताजी ने कहा, "अभी तक नहीं। अब तो हो गई ना तुम्हारी तसल्ली। देखो यह बात संभव है कि विजय-स्तम्भ के अवशेष कही पर हो सकते हैं। लेकिन वह कहाँ पर होगा, ये कोई नहीं कह सकता। क्योंकि हमने अब तक केवल पाँच प्रतिशत हिस्से की ही

खुदाई की है। अभी तक तो हमें यह भी नही पता की प्राचीन कामरुप राजाओं का साम्राज्य कहाँ तक फैला हुआ था। आखिर पत्थर पर गुदे हुये इन चित्र में इतनी दिलचस्पी क्यों है?''

मैंने कहा, ''यह चित्र औरों से कुछ ख़ास लगता है।'' पिताजी ने कहा, ''ये खास नहीं है। ये तुम्हे इसलिए खास लग रहा है क्योंकि तुमने पहली बार शैलचित्र को देखा है।'' मेरे पिताजी ने उस शैलचित्र में जरा भी दिलचस्पी नही ली। माँ ने कहा, ''आज बाप-बेटे किस मुद्दे पर बातचीत करने में इतने मशगुल हैं कि अब तक किसी को भूख ही नही महसूस हो रही है सिवाय मुझे छोड़कर।'' पिताजी ने कहा, ''तुम्हारे बेटे को पहेली सुलझाने की अजीब सी सनक लग गई है। दीवार पर इसे मैंने कुछ शैलचित्र क्या दिखा दिये। इसे लग रहा है कि यह एक पहेली है खजाने तक पहुँचने के लिए। सभी लोग टेबल पर बैठ कर खाना खा रहे थे। माँ ने कहा, ''वैसे भी इसका मन आजकल पढ़ाई लिखाई में बिल्कुल नही लग रहा है।'' मैंने माँ की बातों में कोई दिलचस्पी नही ली और उत्सुकतावश अपने पिताजी से पूछा, ''खुदाई में अब तक आपके हाथ कौन-कौन सी चीज लगी है?'' पिताजी ने झल्लाये हुए स्वर में कहा, ''ओह! पहले खाना खाओ उसके बाद ही कुछ बताऊँगा। कुछ खास नही, बस टूटी-फूटी कुछ मुर्तियाँ, कुछ शिलालेख, सिक्के, मनके, बाट, बर्तन यही सब चीजें जो खुदाई में अक्सर मिलती रहती हैं। लेकिन अचानक से तुम्हारी दिलचस्पी इन सब चीजों में क्यों हो गई?'' प्रत्युत्तर में मैंने कहा, ''बस ऐसे ही जानना चाह रहा था।'' मैं इस चीज को कभी नही भूला। अक्सर मेरा दिमाग पहेलियों पर ही उलझा रहता। इसलिए सोते, उठते, जागते हर वक्त प्राचीन कामरुप राजाओं का इतिहास मेरे हाथ में रहता था। एक दिन अचानक एक चीज ने मेरा ध्यान अपनी ओर खींचा। प्राचीन कामरुप राजाओं का साम्राज्य ग्यारहवीं सदी के अंत तक खत्म हो चुका था पर पहेली के आखिर में 1160 लिखा हुआ है इसका मतलब कि यह ईसवीं नही बल्कि कुछ और है। पर क्या हो सकता है? इस चीज ने मुझे फिर से सोचने के लिए मजबूर कर दिया। काफी सोचने के बाद मेरे दिमाग में एक ख्याल आया। यह कबूतर और उस तारे के बीच की अहम कड़ी है मतलब ख़जाना और उस तक जाने वाला रास्ता। 1160 शायद दूरी बता रहा हो। मगर सवाल यह है कि दूरी की किस इकाई में। ये वही इकाई होनी चाहिए जिसका प्रचलन प्राचीनकाल में होता होगा। इसका जबाब तो पिताजी के पास होना चाहिए।

मेरे पिताजी जैसे ही शाम को घर आये। मैंने तुरंत ही यह सवाल उनके ऊपर दागा। उन्होंने बहुत ही आसानी से इसका उत्तर दे दिया, ''गज।'' लेकिन तुम ये क्यों पूछ रहे हो? मैंने कहा, ''बस ऐसे ही।'' मैंने सच को छिपाया क्योंकि मुझे पता

था कि अगर मैंने शैलचित्र का जिक्र फिर से छेड़ा तो पिताजी नाराज हो जाएंगे। मैंने पहेली सुलझा ली थी। 1160 गज दूरी है ख़जाना और उस तक जाने वाले रास्तों के बीच की। उस शैलचित्र में सूरज और उसके नीचे शेर, कबूतर और तारे के ठीक बीच में थे। इसका ये मतलब हुआ कि विजय-स्तम्भ, ख़जाना और उस तक जाने वाले रास्ते के ठीक बीचों-बीच में है। 1160 का आधा किया जाए तो 580 गज। इसका ये मतलब हुआ कि उस विजय-स्तम्भ के ठीक दाहिनी ओर 580 गज पर ख़जाना छुपा हुआ है। ख़जाने के ठीक विपरीत उस विजय-स्तम्भ से 580 गज बायीं ओर जाने पर खजाने का रास्ता है। पहेली का ये मतलब तो मैंने अपनी समझ से निकाल लिया। लेकिन ये सही है या नही। ये कोरी कल्पना है या सच्चाई। ये तभी पता चलेगा अगर खुदाई के दौरान विजय-स्तम्भ के अवशेष चिहन् मिलेंगे। बगैर उसके इस पहेली को सुलझाने का कोई मतलब नही हुआ क्योंकि खजाने तक पहुँचने के लिए विजय-स्तम्भ एक अहम् कड़ी है।

उस रात मेरी आँखों से नींद गायब थी। मेरा ध्यान सिर्फ उस विजय-स्तम्भ पर था। पता नही वो है भी या नही। इस तरह से कई सवाल मेरे मन में उमड़ने लगे। कैसे उस तक पहुँचा जाए? आधी रात को मैं उठा और धीरे से अपने पिताजी के कमरे में चला गया। कमरे में स्थित टेबल कुर्सी पर बैठ कर मैंने एक मोमबती जलाई और अपने पिताजी की चीजों का मैं अध्ययन करने लगा। उनके पास दो नक्शे थे एक कामरुप राजाओं का प्राचीन नक्शा और एक वर्तमान नक्शा इस वक्त का।

मैंने पूरे नक्शे को गौर से देखा खासकर उस जगह पर जहाँ पर खुदाई हो गई थी और जहाँ पर खुदाई होनी थी। खुदाई के आस पास की जगह को भी बहुत ही गौर से देखा। कुछ देर के बाद मैं अपने कमरे में आ चुका था। सारी रात मैं उसी खुदाई वाली जगह के बारे में सोचता रहा। तभी एकाएक एक विचार मेरे मस्तिष्क में कौंधा और मैं सुबह होने का इंतजार करने लगा। जैसे ही सुबह हुई मैं पिताजी के कमरे में गया और उनको जगाया। सुबह-सुबह मुझे अपने कमरे में देखकर उनको बहुत ही ताज्जुब हुआ। मेरी ओर देखकर उन्होंने कहा, "क्या बात है जनाब, आज आपकी नींद इतनी सुबह कैसे खुल गई?" मैंने कहा, "मेरे दिमाग में एक विचार आया है। जब मैं आपके उस नक्शे का अध्ययन कर रहा था जहाँ पर अभी खुदाई हो रही है और जहाँ पर अभी खुदाई होनी है। आप नदी के किनारे वाले हिस्से पर खुदाई करवा रहे हैं और इसके ठीक विपरीत वाली जगह जो की आज बंजर है, पर वहाँ पर कभी घने जंगल हुआ करते थे जैसा की आपने नक्शे में चिह्नित किया है। मेरे ख्याल से आपको इन दोनों के बीच में खुदाई करवानी चाहिए तब हमारी पहुँच प्राचीन कामरुप राजाओं के मुख्य महल तक हो जायेगी। उम्मीद है वह विजय-स्तम्भ महल के इर्द-गिर्द ही कहीं पर होनी चाहिए।"

मेरे पिताजी गुस्से से झल्लाये जिसका मुझे पहले से अंदाजा था। विजय-स्तम्भ! मुझे समझ में नही आ रहा है तुम आखिर में विजय-स्तम्भ के पीछे क्यों पड़े हो? पता नही ऐसी कोई चीज़ है भी या नहीं। अचानक से उनकी नजर मेरी आँखों पर पड़ गई। उनका गुस्सा और भी तीव्र हो उठा। तुम्हारी आँखें लाल-लाल हैं। लगता है तुम रात भर सोये नहीं हो। तुम्हे क्या लगता है आर्यन, इन पुरातात्विक स्थलों की खोज मैंने ऐसे ही कर दी। इसके पीछे मेरे सालों की मेहनत है। कई साल मैंने इसके पीछे लगायें हैं तब जाकर मैं आज ऐसी स्थिति पर पहुँचा हूँ। तुम मेरे सारे अनुभवों पर इस तरह के सवाल उठाकर तुम आखिरकार साबित क्या करना चाहते हो? यह कोई पहेली नहीं है। क्यों नही भूल जाते उस शैलचित्र को?

"नहीं भूल सकता, जब तक कि मुझे पूरी तसल्ली नही हो जाती। उस पूरे स्थल की खुदाई आप अवश्य करवायेंगे। तो आप उस जगह खोदाई क्यों नही करते जहाँ पर मैंने कहा है? ये ख़जाने या फिर पहेली के बारे में नही है। ये कुछ ऐसा है जो मुझे सोने नही देता। मेरी ख़ातिर एक बार।" मैंने अपने पिताजी को विवश कर दिया। पिताजी ने कहा, "ठीक है, तुम्हारे तसल्ली के लिए एक बार मैं वहाँ पर खुदाई करवा देता हूँ।" मैं ख़ुशी से उछल पड़ा इस बात से अंजान था कि मैं खुश किस बात पर हूँ। मेरे कहे अनुसार पिताजी ने उस जगह पर खुदाई करवा दी। उन्हें आखिरकार एक ऐसी चीज़ मिल गई जिसकी कल्पना खुद उन्होंने भी नहीं की होगी। उस शाम जब वह घर लौटे तो वह बहुत ही प्रसन्न मुद्रा में थे। तुम सही थे आर्यन। हमें उस जगह की शिनाख्त करने में कामयाबी मिल गई जहाँ पर कभी उस विजय-स्तम्भ का अस्तित्व रहा होगा। अब तो हो गई ना तुम्हारी तसल्ली। मैं खुशी से पागल हो उठा था क्योंकि आखिरकार मेरी जीत जो हो चुकी थी। मैंने पहेली या फिर ख़जाने का कोई भी जिक्र नही किया। मैंने खुद को ऐसा दिखलाया जैसे कि मैं पूरी तरह से संतुष्ट हो चुका हूँ।

उन्होंने बताया, "वह विजय-स्तंभ एक केंद्र था, जिसके चारों वह चौकोर सी आकृति काफी बड़े भाग पर फैली हुई थी।" मैंने कहा, "कल मैं भी वहाँ पर चलूँगा।" उन्होंने मुझे चेताया, "हाँ, बेशक तुम्हें चलना चाहिए। लेकिन शैलचित्र की तरह फिर से कोई पहेली मत उठाना नहीं तो मेरी मुश्किल बढ़ जाएगी। वैसे भी इस विजय-स्तंभ से खजाने के बारे में कुछ साबित नही होता। इसका जिक्र इतिहास में पहले से था इसलिए इसे कभी न कभी तो मिलना ही था।"

अगले दिन मैं भी उस जगह को देखने गया जहाँ पर उस विजय-स्तम्भ का अवशेष मिला था। वहाँ पर काफी चट्टानें आस-पास बिखरी हुई थी। वहाँ पर पहुँचते ही मेरे दिमाग में कई और योजनाएं चलने लगीं जिससे मेरे पिताजी बेखबर थे। उन्होंने वहाँ आस-पास मुझे घुमाया और पूरा ब्योरा देने लगे कैसे हमें उस

विजय-स्तंभ का अवशेष मिला? उन्होंने कहा, "देखो यहाँ पर इस बात का ज़िक्र है कि इसे कितने साल पहले बनवाया गया था। इसकी ऊँचाई कितनी थी, इसका व्यास कितना था। यह किस चीज का बना हुआ था? और इसका अनुमानित भार कितना रहा होगा। यह सब हमें यहीं पास में मिले एक शिलालेख से पता चला था। मैंने ध्यानपूर्वक उनकी बातें सुनीं और कुछ देर बाद वहाँ से चला आया। अगले दिन मैंने एक काम चुपके से किया उस विजय-स्तंभ से 580 गज बायीं ओर गया जैसा कि पहेली में मैंने पहले से ज़िक्र किया था। विजय-स्तम्भ खजाना और उस तक पहुँचने वाले रास्ते के बीच में था। इसलिए उस विजय-स्तंभ से 580 गज बायीं ओर जाने पर मुझे एक छोटी नदी पार करनी पड़ी थी। उसके बाद मैं एक सुनसान जगह पर आ गया था। मैंने उस विजय-स्तंभ को देखते ही इस बात का अंदाजा लगा लिया था कि 580 गज दाहिनी ओर जाने पर शिलांग की गुफाएं शुरु हो जाती हैं इसलिए वह ख़जाना शिलांग के आस पास ही किसी गुफा में मौजूद हो सकता है। और वहाँ तक जाने का रास्ता इस सुनसान जगह के आस-पास ही कहीं होना चाहिए। ये जरुर समय के साथ जमीन में दब गया होगा। मैंने चुपके से एक मजदूर को पैसा देकर वहाँ पर खुदाई करवाई तो एक प्राचीन कालीन ईंटों की बारह सीढ़ियाँ मिली जो नीचे जाकर एक मजबूत दीवार के पास खत्म हुई। हालांकि सीढ़ियाँ और दीवार काफी जर्जर हालत में मिलीं थीं। धीरे-धीरे मेरा विश्वास और भी बढ़ता जा रहा था क्योंकि एक सुनसान जगह पर जमीन के अंदर सीढ़ियाँ और दीवार मिलना मुझे अब पक्का यकीन दिलाने लगा था कि ख़जाने का रास्ता यहीं से होना चाहिए। लेकिन अभी भी मेरा रास्ता आसान नहीं था। एक दीवार से रास्ता कैसे हो सकता है ख़जाने तक पहुँचने के लिए? इस सवाल के उधेड़बुन में मेरा दिमाग काफी उलझा हुआ था। मैं किसी ठोस सुराग की तलाश में था। सीढ़ियों और दीवार के ऊपर धूल और मिट्टी का काफी मोटी परत थी। मैंने एयरब्लोवर चलाकर सीढ़ियों और दीवार के ऊपर ध ूल और मिट्टी की मोटी परत को हटाया। काफी देर मेहनत करने के बाद मेरी मेहनत ने रंग लाई क्योंकि मुझे वह चीज मिल गई जिसकी मुझे तलाश थी। उड़ता हुआ कबूतर बिल्कुल हूबहू वही निशान जो उस शैलचित्र पर मौजूद थे। वह चित्र पाँच ईंटों पर बना हुआ था जो कि उस दीवार से चार इंच आगे की तरफ निकला हुआ था। सहारे के लिये एक मजबूत गोलाकर चीज़ दीवार में से निकलकर उन पाँचों ईंटों में घुसी हुई थी। उन पाँच ईंटों में सबसे ऊपर वाली ईंट पर कबूतर के गले तक का हिस्सा, उसके नीचे वाले ईंट पर धड़ से पेट तक का भाग, और दो बगल वाले ईंट पर कबूतर के दो पंख, और सबसे नीचे वाले ईंट पर कबूतर का पूंछ मौजूद था। उन पाँच ईंटों को बिल्कुल कबूतर के सांचे में ढ़ाल दिया गया था। इसके अलावा अनावश्यक रुप से मौजूद ईंट को कांट-छांट कर अलग कर दिया गया था।

मैं बहुत खुश था क्योंकि मुझे ख़जाने तक पहुँचने का रास्ता मिल गया था। लेकिन मुझे यह भी पता था कि मेरी मंज़िल अभी भी बहुत दूर है।

अगले दिन मैं अपने पिताजी के साथ शाम को उस छोटी नदी के किनारे टहल रहा था। मैंने जानबूझकर अपने पिताजी को उस खुदाई वाली जगह पर ले गया जहाँ पर मुझे सीढ़ियाँ और दीवार मिले थे। वहाँ पर सीढ़ियाँ और दीवार देखकर मेरे पिताजी आश्चर्य से भर गये। उन्होंने कहा, "यकीन नहीं होता। यहाँ पर तो मैंने खुदाई नही करवाई थी।" मैंने कहा, "ये सब मैंने करवाया है।" उन्होंने गुस्से भरी निगाह से मेरी ओर देखा और कहा, "ये सब क्या है आर्यन? आखिर तुम क्या साबित करना चाहते हो?" मैंने कहा, "मैं सिर्फ आपको एक चीज दिखलाना चाहता था।" आईये मेरे साथ। मैंने अपने पिताजी को उस ईंट को दिखलाया जिस पर उड़ता हुआ कबूतर का चिन्ह बना हुआ था। यह उड़ता हुआ कबूतर बिल्कुल हूबहू वैसा है जैसा कि उस शैलचित्र पर मौजूद था। इसका मतलब वो पहेली बिल्कुल सही है। पिताजी ने कहा, "इसलिए तुम उस विजय-स्तम्भ के अवशेष को खोज रहे थे ताकि तुम यहाँ तक पहुँच जाओ। क्यों तुम उस ख़जाने के पीछे पड़े हो? मैं इतिहासकार हूँ और ये महज इत्तफाक हो सकता है कि खुदाई के दौरान तुम्हें यहाँ बिल्कुल उसी कबूतर जैसी आकृति मिल गई। इतिहास में मैंने भी पढ़ा है कि कामरुप राजाओं का कोई खजाना शिलांग के आस पास ही किसी गुफा में मौजूद हैं। लेकिन हकीकत में ये सिर्फ एक मनगढंत कहानी है और कुछ भी नहीं क्योंकि इतिहास साक्ष्यों और महत्वपूर्ण दस्तावेजों में यकीन रखता है न कि किसी कहानी में। और मैंने उसके बारे में पढ़ा है कि वो ख़जाना जो इतिहास में कभी किसी को नहीं मिला। तो फिर तुम्हे क्यों लगता है कि वह तुम्हे मिल जाएगा?"

"वो खजाना कभी किसी को नहीं मिला क्योंकि उन्होंने अपनी सारी ताकत खजाने पर झोंकी। उनका लालच ही उनकी सबसे बड़ी कमजोरी बन गई। बगैर किसी सुराग के वो खजाने तक कभी भी नहीं पहुँच सकते थे। हम किस्मत वाले हैं जो हमें शैलचित्र मिल गए। कोई भी शैलचित्र पर दिए संकेतों को गंभीरता से नहीं लेगा क्योंकि वो दुनिया में ढेर सारे हैं। इसलिए आखिरी वक्त पर उन्होंने खजाने का रास्ता इन पत्थरों पर गहरे अल्फाजों में लिख दिया किसी ऐसे की खातिर जो ख़जाने का सही मतलब समझने में सक्षम हो। कभी-कभी जबाब हमारे सामने होता है और हम उसके लिए इधर-उधर भटकते रहते हैं। सांकेतिक रुप में उस शेर का मतलब विजय-स्तम्भ ही था जो उस शैलचित्र पर मौजूद था। उन्होंने जब इस ख़जाने का रास्ता बनवाया था तभी उन्होंने विजय-स्तम्भ को ढहा दिया था ताकि कोई भी यहाँ तक ना पहुँच पाए। हम अब भी खजाने तक तभी पहुँच पाएंगे जब हम विजय-स्तभ को फिर से खड़ा करने में सक्षम हो जाएंगे। यह काम

सिर्फ आप कर सकते हैं। पिताजी गुस्से से झिझक गये और बोले, "तुम्हे पता है तुम क्या कह रहे हो? विजय-स्तम्भ को फिर से खड़ा करने में करोड़ों लग जाएंगे। इतना पैसा तो मैं अगले सात जन्मों में नहीं कमा सकता।" मैंने कहा, "नहीं, हमें विजय-स्तम्भ को फिर से खड़ा नहीं करना है। हमें सिर्फ उसका प्रतिरुप बनाना है बस। सोने के गहने तो बहुत ही कीमती होते हैं। पर कभी-कभी नकली सोने के जेवर असली की जगह ले लेते हैं। और किसी को कुछ पता भी नही चलता। इतिहास में कभी यह जैसा था बिल्कुल वही रुप देना है किसी हल्की और सस्ती चीज़ से भी स्तम्भ की वही ऊँचाई दी जा सकती है जैसा कि शिलालेख में उल्लेखित था। शिलालेख में यह गोलाकार आकृति में था इसलिए इसका व्यास भी बिल्कुल सही होना चाहिए। मैंने आसाम के इतिहास में पढ़ा है इस विजय-स्तम्भ को सीधा न ले जाकर उसे एक खास कोण से थोड़ा सा आगे की तरफ झुकाया गया था। आप इतिहासकार हैं आपको पता होगा वो खास कोण कितना है? पिताजी ने तुरंत जबाब दिया, "9 डिग्री आगे की ओर, विजय-स्तम्भ के बगल में शिलालेख पर उल्लेखित था।" मैंने कहा, "हमें विजय-स्तम्भ को ठीक वैसे ही खड़ा करना पड़ेगा जैसा की कभी यह इतिहास में मौजूद था। और जब सूरज की रोशनी इस विजय-स्तम्भ के ठीक ऊपर होगी और इसकी छाया गायब होगी ठीक उसी वक्त यहाँ से रास्ता खुलेगा।" पिताजी ने कहा, "ये ईंट दीवारों में जकड़ा हुआं है। तुम्हें क्या लगता है क्या यह घूमेगा?" मैंने कहा, "जरुर घूमेगा। क्योंकि यह एक कुंडीनुमा है जो तब घूमेगा ज़ब विजय-स्तम्भ की छाया गायब हो जाती है। समय के अंतराल में जरा सी भी गड़बड़ी होगी तो यहाँ से कोई रास्ता नहीं खुलेगा।" पिताजी ने कहा, "ये बहुत बड़ी नासमझी है। मुझे समझ में नही आ रहा है आख़िर में तुम ख़जाने के पीछे क्यों पड़े हो?"

मैंने कहा, "ये खोज आपके कैरियर को एक नई दिशा देगी। मैं तो बस एक ही चीज़ चाहता हूँ कि आपका नाम और रोशन हो। आपकी शोहरत पहले से भी बढ़ जाए। बस यही मेरी आखिरी ख्वाहिश है। खज़ाने में मेरी कोई भी दिलचस्पी नहीं है। मैं आपको राष्ट्रपति के हाथों सम्मानित होते हुए देखना चाहता हूँ।" पिताजी ने कहा, "तुम्हे पक्का यकीन है अगर उस विजय-स्तंभ को फिर से खड़ा कर दिया जाए तो क्या खजाने तक पहुँचा जा सकता है?" मैंने कहा, "पक्का यकीन है। आपने कहा था कि पहेली के पीछे लिखे अंक 1160 ईसवी को दर्शाता है पर हकीकत में यह ख़जाने से उसके रास्ते के बीच की दूरी है। इसी की तलाश करते-करते मैं यहाँ तक आ गया। शेर का मतलब विजय-स्तम्भ था जो ख़जाने और उसके रास्ते के ठीक बीच में था। जैसा की उस शैलचित्र में हमने देखा था। उस शैलचित्र में कबूतर तारे के ठीक विपरीत उड़ रहा था। तारे का मतलब ख़जाना था जो कि शिलांग के आस पास ही किसी गुफा में मौजूद है। और

कबूतर ख़जाने तक पहुँचने का रास्ता बता रहा था जो कि खजाने के ठीक विपरीत था।'' पिताजी ने कहा, ''ठीक है, देखते हैं तुम्हारे अनुसार उस विजय-स्तम्भ फिर से खड़ा करके। लेकिन पहेली की पहली लाइन में उल्लेखित सौर घड़ी का क्या चक्कर है?'' मैंने कहा, ''सूरज के छाया की परिक्रमा पथ। सौर घड़ी मतलब 180 डिग्री दाहिनी ओर। अगर किसी एक फीट लम्बी चीज को आप एक खुले मैंदान में रखे तब सूर्योदय से सूर्यास्त तक उसकी छाया 180 डिग्री दाहिनी तरफ घूमती है। यही सौर घड़ी का सिद्धांत है। पाँचों ईंट से कबूतर के सांचे में ढली आकृति कुंडीनुमा है। इसे ही 180 डिग्री दाहिनी ओर घुमाना है जब सूरज की रोशनी इस विजय-स्तम्भ के ठीक ऊपर होती है और ठीक इसी समय विजय-स्तंभ की छाया गायब हो जाती है। तब कुछ पल के लिए ऐसा होता है कि कोई कड़ी कहीं पे जुड़ जाती है। अगर उस समय कबूतर वाले इस ईंट को 180 डिग्री दाहिनी ओर घुमा दिया जाए कबूतर का मुँह उत्तर की तरफ और पूंछ दक्षिण की तरफ हो जाएगी ठीक वैसे जैसे की शैलचित्र में कबूतर की बनावट थी। फिर यहीं से ख़जाने तक जाने का रास्ता खुल जाएगा। ये ठीक ऐसे है जैसे कोई एर्लाम घड़ी जिसे एक निश्चित समय पर सेट कर देने पर वह ठीक उसी समय बज उठती है और समय खत्म होते ही अपने आप बंद हो जाती है। उसी तरह खजाने तक पहुँचने वाले रास्ते को घड़ीनुमा सांचे में ढ़ाला गया है जो सिर्फ एक खास वक्त पर ही खुल सकता है। मैंने इस ईंट को हल्का सा तोड़ा है और जाँच करवाने पर पता चला कि यह कई धातुओं का मिश्रण है। इसकी संरचना और रंग इस ढंग का है कि यह ईंट इस दीवार में पूरी तरह से खप जाती है ताकि किसी को थोड़ा सा भी शक न हो।''

उस दिन हमें शाम को घर लौटने में देर हो गई तो माँ हम दोनों पर उबल पड़ी खासकर मेरे ऊपर। माँ ने मेरे ऊपर ताना कसते हुए कहा, ''इसके रवैये से मैं बहुत ही तंग हो चुकी हूँ। कल आप इसे इसके हास्टल छोड़ आइए। वहीं पर ये ठीक से रहेगा।''

पिताजी ने माँ का सर्मथन किया, ''मैं भी आज़िज आ चुका हूँ।'' मैंने अपना बचाव किया, ''ठीक है, मैं एक-दो दिन में यहाँ से चला जाऊँगा। बस मेरे ऊपर झल्लाना बंद करिये।'' अगले दिन मैं वहाँ से वापस अपने हास्टल आ गया। पर यहाँ मेरा मन नहीं लग रहा था। उधर मेरे पिता उस विजय-स्तम्भ को फिर से खड़ा करने की तैयारी में जुट गये। उन्होंने विजय-स्तम्भ के सारे पैमाने पर गौर किया और इस काम को एक नायाब कारीगर को सौंप दिया। काफी दिन लगे उस को फिर से खड़ा करने में। मैं पत्र लिखकर अक्सर इस काम का जायजा लिया करता था। एक दिन जब विजय-स्तम्भ का पूरा काम खत्म हो गया तो पत्र

लिखकर मेरे पिताजी ने मुझे आगाह किया। मैं बहुत ही खुश था। इस खुशी में शरीक होने के लिए मेरे पास एक ही दिन था क्योंकि दो दिनों में मेरी परीक्षाएं शुरु होने वाली थीं। मैं घर आकर बहुत ही खुश था। अगले दिन मैं और पिताजी दोनों उस विजय-स्तम्भ के पास गये। मैंने पितीजी से कहा, "अब हमें देखना है कि इस विजय-स्तम्भ की छाया किस समय गायब होती है?" विजय-स्तम्भ सीधे न होकर नौ डिग्री आगे की तरफ झुका हुआ था इसलिए ग्यारह बजकर उनतीस मिनट पर उस विजय-स्तंभ की छाया गायब हुई। हमने उस समय को नोट कर लिया। अगले दिन हम नदी उस पार खुदाई में मिले दीवार के पास गये जहाँ पर वह कबूतर वाली ईंट मौजूद थी। जैसे ही ग्यारह बजकर उनतीस मिनट हुये हमने कुंडीनुमा कबूतर की बनावट वाले पांच एक दूसरे से जुडे हुये ईंट को 180 डिग्री दाहिनी तरफ घुमा दिया।

इसी के साथ वहाँ पर एक करिश्मा हुआ। एक तेज आवाज हुई और मेरे पिताजी जहाँ पर खड़े थे वहाँ से थोड़ा पीछे हट गये। वहीं पर 0.64 वर्ग मीटर के क्षेत्रफल की जगह अचानक से खाली हो गई। वह वर्गाकार जगह थी जो चार भागों में विभक्त हो गई। इसको देखकर मेरे पिताजी हैरत में पड़ गये। मुझे देखकर वो खुशी से पागल हो गये और कहा, "मुझे अब भी यकीन नही होता। आखिर ये सब क्या है आर्यन?" मैंने कहा, "खजाने का रास्ता। मेरी बात पर पहले आपको यकीन नही हो रहा था।" पिताजी ने कहा, "माफ करना, मैंने तुम पर भरोसा नहीं क़िया। अब भी मुझे ताज्जुब हो रहा है कि दीवार पर लिखे उस पहेली में इतना गहरा अर्थ छिपा हो सकता है। कमाल हो तुम जिसने शैलचित्र पर दिये संकेतों की बारीकी समझी और इस खजाने के इतने करीब आ गये। अब भी मुझे यकीन नही हो रहा है क्या एक शैलचित्र के अंदर इतना कुछ छिपा हो सकता है?" मैंने कहा, "हाँ, बिल्कुल हो सकता है।" पिताजी ने कहा, "तुम्हे कल वापस हास्टल भी तो जाना है।" मैंने कहा, "हाँ, सो तो है, परीक्षाएं जो शुरु हैं। लेकिन मेरा काम अब पूरा हो गया है। हाँ, इच्छा जरुर है, इसके अंदर जाने की। लेकिन अंदर काफी अंधेरा है।"

पिताजी ने कहा, "कोई बात नही, मेरे पास टार्च है। आओ अंदर देखते हैं क्या चीज मौजूद है?" उस वर्गाकार खाली जगह से हम अंदर की तरफ घुस गये। अंदर घुसते ही पिताजी ने टार्च जलाई और कहा "ताज्जुब है, ऐसा लगता है जैसे हम किसी अंधेरी गुफा में पहुँच गये हैं। यहाँ पर इतनी सुव्यवस्थित सीढ़ियाँ बनी हुई हैं। इसके पीछे कोई न कोई ठोस कारण जरुर होना चाहिए। हो सकता है तुम बिल्कुल सही हो। उम्मीद है ये सीढ़ियाँ हमें जरुर ख़जाने तक ले जायेंगी। पिताजी टार्च लेकर आगे-आगे चल रहे थे और मैं उनके पीछे था। हम अंदर की तरफ बढ़ते रहे। हमें काफी अंदर तक जाना पड़ा। मेरे पिताजी आस पास की

चीजों को बेहद ही गौर से देख रहे थे। उन्होंने कहा, ''मैंने कामरुप राजाओं के बारे में काफी कुछ पढ़ा है। उन्होंने शिलांग के आस पास किसी गुफा में एक छोटा सा शानदार महल बनवाया था। यही है वो जगह। लेकिन यह काफी ध्वस्त हालत में है। यहाँ मनोरंजन कक्ष, शयनकक्ष, रसोईकक्ष, मंदिर, कई छोटे-छोटे कमरे हैं। यह तो अपने आप में ही एक छोटी सी सभ्यता लगती है और सबसे ताज्जुब की बात है काफी कुछ ध्वस्त हो जाने के बाद भी यहाँ पर कुछ चीजें अभी भी काफी संरक्षित है। इसे देखकर ऐसा लगता है कि यहाँ पर तकरीबन 200 लोग आराम के साथ रहते होगें। माफ करना, मैने तुम्हें डाँटा और न जाने क्या--क्या बुरा भला कहा। मगर एक बात तो माननी ही पड़ेगी, तुम्हारी पहेलियों को सुलझाने की काबिलियत ने मुझे यहाँ तक पहुँचा दिया।

मैंने कहा, ''इस खोज के बाद आपकी शोहरत और भी बढ़ जायेगी।'' उन्होंने ऊपर की ओर देखा और कहा, ''हाँ, जरुर।'' पिताजी आस-पास की वस्तुओं को बहुत ही गौर से देख रहे थे। तभी उनके हाथ एक किताब लग गई जो कि बहुत ही पुरानी थी। प्राचीन आसामी भाषा में लिखा गया था। पिताजी ने कहा, ''चलो काम की चीज मिल गई है, अब हम वापस चलते हैं। इस किताब में यहाँ के बारे में सारी जानकारी उपलब्ध है। यह जरुर यहाँ रह रहे लोगों ने कभी लिखी होगी। अपनी माँ से इन सब चीजों के बारे में मत बताना। नहीं तो वह अनायास ही परेशान होगी।'' मैंने कहा, ''फिक्र मत करिये, नही बताऊँगा।'' उस दिन हम वापस घर आ जाते हैं। अगले दिन मुझे वापस अपने स्कूल को जाना था क्योंकि मेरी परीक्षायें शुरु होने वाली थीं। सो पिताजी ने मुझे वापस मेरे स्कूल को छोड़ दिया। उस रात पिताजी ने उस किताब को पढ़ी जो कि आसामी भाषा में था। उसमें एक खजाने का ज़िक्र था जिसकी चाभी सोने की बनी एक तारे जैसी आकृति की थी जिस पर बीच में अरस्तु का एक चित्र गुदा हुआ था। दरअसल उस स्वर्ण-प्रतिमा में अरस्तु का होना एक पेंटिग पर आधारित था। वह पेंटिग राजा को किसी ने भेंट स्वरुप दिया था। उस वक्त व्यापार होता था तो मिस्त्र और यूनान से लोग कोलकाता और आसाम से होते हुये चीन तक जाते थे। यहाँ व्यापार के बदले कुछ वस्त्र या कोई मँहगी चीजें भेंट स्वरुप देते थे। उस किताब में इस बात का ज़िक्र था कि ख़जाना एक गुप्त कक्ष के अंदर है और उसकी चाभी शयनकक्ष में मौजूद है।

मेरे पिताजी ने शयन कक्ष को ढूँढ लिया और अरस्तु की स्वर्ण-प्रतिमा के रुप में चाभी भी जो कि पत्थर की एक आलमारी में रखा था। उन्होंने चाभी की मदद से उस ख़जाने को खोल दिया। इतना खजाना देखकर लालच ने उनके मन पर घेरा डाल दिया। उनकी आँखों में सोने की चमक पड़ गई थी। उन्होंने अरस्तु की उस स्वर्ण प्रतिमा को लेकर घर आ गये क्योकि उन्हें पता था कि कोई भी खजाने

तक इस चाभी के बिना नही पहुँच सकता था। घर पहुँचते ही खुशी से उछलते हुये माँ से कहा, "देखो हम अमीर हो गये। मेरे हाथ एक बहुत बड़ा ख़जाना लगा है और यह स्वर्ण-प्रतिमा उस ख़जाने की चाभी है।"

मेरी माँ डर गई और कहा, "मुझे तो यह एक अपशकुन लग रहा है। कृपा करके सोने की इस प्रतिमा को उसी जगह वापस रख दीजिए जहाँ से आपने इसे उठाया है। मेरी बायीं आँख तेजी से फड़क रही है। कुछ तो जरुर बुरा होने वाला है।" पिताजी ने कहा, "तुम जाहिल और गंवार हो, तुम्हें इन सबकी अहमियत का क्या पता है? मैं एक इतिहासकार हूँ खुदाई में इस तरह की चीजें मिलने की अक्सर संभावना बनी रहती है। तुम्हें क्या मालूम हम दुनिया के सबसे अमीर बन गये हैं। तुम अंदाजा भी नही लगा सकती कि इसे मैंने कितना मुश्किल से खोजा है। यह खजाना सिर्फ मेरा है, इसे मुझसे कोई भी नही छीन सकता।" माँ ने उनको बहुत समझाने की कोशिश की पर उन पर कोई असर नही हुआ। उनके बर्ताव में अब एक अजीब सा परिवर्तन आने लगा था। अब वह घंटों खजाने के पास बैठा करते थे। खाने-पीने से उनका ध्यान हटता जा रहा था। रात में उनको नींद ही नही लगती थी। धीरे-धीरे उनकी हालत विक्षिप्त सी होने लगी थी।

माँ ने उन्हें मनोचिकित्सक को दिखाया। मनोवज्ञानिकों ने उन्हें आराम करने की सलाह दी और खाने-पीने का ध्यान रखने को कहा। उन्होंने ऐसा भी कहा कि अगर इन्होंने खुद को नहीं संभाला तो इन्हें जल्द ही मेंटल हास्पिटल भेजना पड़ेगा। जल्द ही इस बात की जानकारी मुझे भी हो गई। मैं अपनी परीक्षा छोड़कर घर आ गया। मुझे देखते ही माँ ने कहा, "देखो इनको क्या हो गया है। ना तो ये वक्त पर कुछ खाते हैं ना ही वक्त पर सोते हैं। सारे दिन सिर्फ खजाने के बारे में ही बात करते हैं।" मैंने पिताजी से पूछा, "यह सब क्या है पिताजी?" उन्होंने मेरी ओर देखकर कहा, "देखो वह सारा ख़जाना तुम्हारा है। मैंने ख़जाने की चाभी को संभालकर रखा है। दरअसल अरस्तु की एक स्वर्ण-प्रतिमा ही ख़जाने की चाभी है जिसे मैं वहाँ से ले आया हूँ। उसे मैंने अपने कमरे में सुरक्षित रखा हुआ है। मेरे जाने के बाद तुम वह ख़जाना ले लेना। पूरी दुनिया तुम्हारे कदमों में होगी। तुम दुनिया के सबसे अमीर व्यक्ति बन जाओगे।" मैंने कहा, "मुझे कोई ख़जाना नहीं चाहिए। आप सो जाइये बस।"

वह ख़जाना मेरे पिताजी की सबसे बड़ी कमजोरी बन गई। उसकी वजह से उनकी आँखों से नींद पूरी तरह से गायब हो गई थी। उनके दिमाग में वह ख़जाना पूरी तरह से उतर गया था जो कि उन्हें सोने ही नही दे रहा था। इंसान के दुखों में से एक सबसे बड़ा दुख है आँखों से नींद का पूरी तरह से गायब हो जाना। ऐसे इंसान को कुछ भी पता नही चलता कि इस संसार में क्या हो रहा

है? जब ऐसी स्थिति आती है इसका एक ही मतलब होता है जिंदा लाश बन जाना। धीरे-धीरे उनकी हालत बद से बदतर होती चली गई। मेरी माँ उनकी हालत को देखकर अक्सर रोती रहती थीं। मुझे यह समझ में नही आ रहा था कि मैं इस हालात को कैसे संभालू ? काश की मैं उन शैलचित्र में नही उलझा होता तो शायद आज यह नौबत कभी भी नही आती। बहुत जुनून था पहेलियों का हल ढूँढ़ने का। पर आज इन पहेलियों से नफरत सी हो गई है। मैं खुद को अंदर से कोस रहा था पर होनी को नही टाला जा सकता था। कभी-कभी जिस काम को हम बेहद प्रफुल्लित मन से करते हैं। वक्त एक ऐसी चीज है, उसी चीज को अभिशाप में बदल देती है।

एक दिन वही हुआ जिसका हम सभी को डर था। मेरे पिताजी को मेंटल हास्पिटल ले जाया गया। वह सिर्फ ख़जाने के बारे में ही बातें करते थे इसलिए मनोवैज्ञानिकों ने कई बार हमसे पूछा, ''क्या इन्होंने कोई खजाना ढूँढ़ा है?'' मैंने कहा, ''नहीं, ऐसा कुछ भी नही है।'' लेकिन खजाने की यह बात धीरे-धीरे फैलने लगी थी। एक दिन माँ ने कहा, ''चलो आज तुम्हारे पिताजी से मिलने चलते हैं।'' उस दिन मैं माँ को लेकर मेंटल हास्पिटल आ गया। वहाँ जाकर मैं अपने पिताजी से मिला जहाँ पर उन्हें एक अकेले कक्ष में रखा गया था। मुझे देखते ही मेरे पिताजी उत्साहित होकर बोले, ''आ गया मेरा अमीर बेटा। तुमने वह ख़जाना निकाला की नही। कोई और उस ख़जाने तक तुमसे पहले पहुँचे तुम वहाँ पर पहुँच जाओ और खजाना निकाल लो। तुम दुनिया के बादशाह हो। ऐसा कहकर कभी वह जोर से हँसने लगते तो कभी चीखने लगते। पिताजी की ऐसी स्थिति देखकर अचानक माँ को दिल का तेज दौरा पड़ा। चूँकि मेरी माँ ब्लड प्रेशर की पेशेंट थीं इसलिए ऐसा होना स्वभाविक था। मैंने माँ से पूछा, ''माँ, आप ठीक तो हैं ना।'' उन्होंने दिल पर हाथ रखा और दर्द से कराहते हुए कहा, ''मेरी दवा घर पर ही छूट गई है।'' मैंने कहा, ''आप फिक्र न करें मैं अभी उसे लेकर आता हूँ।''

ऐसा कहकर मैं तेजी से घर की तरफ दौड़ा। जब मैं वापस आया तब तक बहुत ही देर हो चुकी थी। मेरी माँ ने दम तोड़ दिया था। अब मैं पूरी तरह से बेसहारा हो गया था। मेरी माँ हमेशा के लिए इस दुनिया से जा चुकीं थीं और मेरे पिताजी पूरी तरह से पागल हो गये थे। मेरी सीधी-साधी अच्छी चल रही जिंदगी को ग्रहण लग चुका था। अब मुझे समझ में नही आ रहा था कि मैं कहाँ जाऊँ। उस किताब को जिसमें ख़जाने के बारे में पूरी जानकारी थी मैंने जला दिया क्योंकि ख़जाने वाली बात तेजी से फैल रही थी। उस किताब को मैंने पढ़ लिया था। इसलिए मुझे पता था कि ख़जाना गुप्त कक्ष में छुपाया गया है। आखिरकार मैंने भी उस गुप्तकक्ष को ढूँढ लिया जहाँ पर ख़जाना छुपा हुआ था। उस खज़ाने

के कक्ष में मैं भी चीख रहा था पर मैं पूरे होशोहवाश में था। मेरी आँखों से आँसू गिर रहे थे। दिल में गहरी वेदना थी और मन में तेज गुस्सा फूट रहा था। मेरे लफ़्ज स्वतः ही निकल रहे थे।

मेरे पिताजी कहते हैं तुम दुनिया के सबसे अमीर हो क्योंकि तुम इतने बड़े खजाने के मालिक हो। पर मुझे लगता है कि मैं सबसे गरीब हूँ क्योंकि मेरा असली खजाना तुमने मुझसे छीन लिया। अब मैं नफरत करता हूँ इस खजाने से और उन सभी बेकार पहेलियों से जिन्हें सुलझाना कभी मुझे अच्छा लगता था। तुमने मेरा सब कुछ छिन लिया। मेरा सारा बचपन, मेरे सारे सपने, मेरी सारी जिंदगी और मेरी सारी खुशियाँ। तुम एक हैवान हो, तुमने इंसानों से उनकी आज़ादी छीन ली। अपनी चमक से उन्हें गुलाम बना दिया। मैं तुम्हें कभी भी माफ नही करूँगा। कभी भी नही। उस गुफा में सिर्फ मेरी ही चीख और तड़प गूँज रही थी। वहाँ से जब मैं लौटा तो मेरा मन हताश और उदास था। मैंने अपनी डायरी लिखनी शुरु कर दी। पहली लाइन पर ही मेरी स्याही खत्म हो गई थी फिर भी बिना इसकी परवाह किये हुये मैं गड़ा-गड़ा कर लिखता जा रहा था। मेरे आखों से आँसू बहते जा रहे थे। जब मैं आखिरी पेज लिख रहा था। तभी तीन लोग आये और उन्होंने मुझसे पूछा, ''ख़जाना कहाँ है ?'' मेरी माँ की मौत के बाद और पिताजी के पागल होने की वजह से ख़जाने वाली बात काफी फैल चुकी थी।

मैंने उनकी ओर कोई ध्यान नहीं दिया। उनमें से एक ने फिर पूछा, ''बताओ, खजाना कहाँ है?'' मैंने कहा, ''मुझे नहीं मालूम! और मेरे हाथ चलते जा रहे थे। उनमें से एक मेरे घर का सामान उलट-पुलट करने लगा तभी अरस्तु की स्वर्ण प्रतिमा उनके हाथ लग गई। वह व्यक्ति जिसके हाथ वह स्वर्ण-प्रतिमा लगी वह खुशी से पागल हो चुका था। तब उन तीनों में से एक ने कहा, ''मुर्ख हो तुम, असली खजाने के बारें में सिर्फ इसको मालूम है उसके आगे यह सोने की प्रतिमा कुछ भी नही। उनमें से एक ने कहा, ''आखिरी बार पूछ रहा हूँ, बताओ वह खजाना कहाँ पर है?'' मेरे आखिरी शब्द...

ढूँढ़ कभी ना पाओगे,
जब तुम मुझसे टकराओगे।
सिर्फ मौत को ही गले लगाओगे,
ख़जाना तो दूर, उसकी छाया को भी न छू पाओगे,
जिंदगी बन जायेगी बद से बदतर।।
जब ख़जाने के लिए, पहेलियों को सुलझाओगे।।

अनन्या ने कहा, ''इस तरह से उन्होंने उसे गोली मार दी। उसकी अतृप्त आत्मा अरस्तु की उस स्वर्ण-प्रतिमा में जा समाई और इसी के साथ एक कार्ड

बाहर आया होगा।'' अभिनीत ने कहा, ''चूँकि इन पहेलियों ने तीन कीमती जिंदगीयाँ तबाह कर दी, इसलिए मेरे ख्याल से वह हर पहेली का हल ढूँढ़ने के लिए तीन दिन का वक्त देता है।'' अनन्या ने कहा, ''उसके मन में गहरा प्रतिशोध था, शायद इसीलिए वह कोई भी मौका नही देता।'' प्रोफेसर ने कहा, ''उन तीनों ने इस कार्ड की अवहेलना की होगी या फिर इसे हल्के में लिया होगा इसलिए तीन दिन के बाद उनकी मौत हो गई होगी और इसी के साथ पहेलियों का अटूट सिलसिला चल पड़ा होगा। तो संक्षेप में इस तरह से पहेलियों की शुरुआत हुई। वह बुरा नहीं था बस उसे लालची इंसानों से नफरत थी।'' इस कहानी के खत्म होने पर सभी की आँखों में नमीं थी। अरमान की आँखें नम थी और चेहरे से आत्म संतुष्टी का भाव दिखाई दे रहा था।

13 पहेलियों के सौदागर की मुक्ति

प्रोफेसर ने कहा, ''अरमान, लगता है तुम्हें आखिरी पहेली का जवाब मिल गया।'' अरमान ने कहा, ''माता पिता अर्थात पैरेंटस, इसी चीज़ की कमी उसे सबसे ज्यादा खल रही थी।'' अभिनीत ने कहा, ''यही था आर्यन की ज़िंदगी का ख़जाना या फिर हम सबकी ज़िंदगी का ख़जाना जो वाकई में किसी ख़जाने से भारी है।''

अनन्या ने कहा, ''शायद यह हर किसी की जिंदगी का सबसे बड़ा खजाना है। ताज्जुब है, कितना आसान था आखिरी पहेली का हल।'' प्रोफेसर ने कहा, ''जिस पहेली का हल ढूँढ़ने में दो जिंदगियाँ दाव पर लग गई हों। कितनी कठिनाईयों तथा मुश्किलों का सामना करना पड़ा हो यहाँ तक पहुँचने में। ऐसे में उसका जबाब आसान तो नही हो सकता।'' अरमान ने कहा, ''तब फिर मैं जाता हूँ आर्यन को उसकी आखिरी पहेली का जबाब देने।'' अरमान ने कहा, ''ओ पहेलियों के सौदागर

मैंने ढूँढ़ ली आखिरी पहेली का जबाब,
कर दो अब तुम मुझको आजाद।
फिर उजली और काली छाया प्रकट हुई।

पहेलियों की दुनिया में तुम्हारा स्वागत है अरमान। तुम्हारे चेहरे के आत्मसंतुष्टि के भाव बता रहें है कि लगता है तुमने आखिरी पहेली का हल ढूँढ़ लिया है। अरमान ने कहा, ''हाँ, ''माता-पिता'' यही है आखिरी पहेली का हल आर्यन। मैंने तुम्हारे बारे में सब कुछ जान लिया है आर्यन। इस पहेली में आते ही मेरी माँ ने मुझे हमेशा के लिए छोड़ दिया क्योंकि उन्हें यकीन था कि कोई भी इन पहेलियों को नहीं सुलझा सकता। मैंने भी अपने माँ को खो दिया है। वह मुझे बार-बार समझाती रही पर मैं उन्हें कभी भी नही समझ पाया। आज जब वह मुझसे दूर हैं तब जाकर मुझे उनकी अहमियत का पता चला। पता नही वह कैसी और किस हाल में होगीं।

पहेलियों के सौदागर ने कहा,
तुमने सुलझा लिया सभी पहेलियों का हल,

लगते हो तुम बद्धिमान।
बन जाओगे तुम एक दिन महान,
पूरी हो गई आशा मेरी, इच्छा पूरी कर लो एक अधूरी।।
अरमान ने कहा, ''दे दो मेरे पिताजी की जिंदगी का दान,
माँगता हूँ मैं तुमसे वरदान।।''
पहेलियों के सौदागर ने कहा,
जाओ, पूरी हो गई तुम्हारी अभिलाषा।
फलो-फूलो यही है मेरा आशीष।।

मुझे इस नरक से छुटकारा दिलाने के लिए तुम्हारा धन्यवाद। मुझे खुशी है तुम ख़ज़ाने से विचलित नही हुये वरना तुम इस आखिरी पहेली का हल कभी नही ढूँढ़ पाते और तुम उस स्मृति-चिहन् के सही हकदार हो। तुम्हे तुम्हारी जिंदगी मुबारक, अलविदा अरमान। इसी के साथ पहेलियों का सौदागर अर्थात आर्यन हमेशा के लिए मुक्त हो चुका था।

कुछ ही देर के बाद अरमान के पिता उसके सामने थे। अरमान ने कहा, ''पिताजी, मैंने आपके बारे में सिर्फ सुना था अपनी माँ से। आज पहली बार मैं आपको देख रहा हूँ, यकीन नही होता कि आप सचमुच मेरे सामने खड़े हैं। माँ आपको देखकर बहुत ही खुश होंगी। अरमान के पिता विशाल काफी भावुक हो गये थे। आओ, पहले मेरे गले मिलो। अरमान तुरंत अपने पिता के गले लग गया। विशाल ने आँसू पोंछते हुये कहा, ''मुझे तुमसे मिलकर बहुत खुशी हुई अरमान और मुझे तुम पर बहुत नाज़ है। मैं तुम्हारी माँ का गुनाहगार हूँ पता नही वह मुझे माफ भी करेगी या नही।'' अरमान ने कहा, ''नहीं! वह आज भी आपको बहुत याद करती हैं। आपको देखकर वह बहुत ही खुश होंगी। आइये मैं कुछ और लोगों को आपसे मिलवाता हूँ। उनके बगैर मैं शायद यहाँ तक कभी भी नही पहुँच सकता था।'' इधर अनन्या अभिनीत और प्रोफेसर आपस में बात कर रहे थे। प्रोफेसर ने कहा, ''अभिनीत, तुमने मुझसे पूछा था न कि खजाना श्रापित था या श्राप का इस्तेमाल ख़ज़ाने को सुरक्षित रखने के लिए किया गया है। अब मुझे उस अभिशाप का सही मतलब समझ में आ रहा है।'' अनन्या ने कहा, ''मैं इसे सुनने को उत्सुक हूँ। बताइये उस अभिशाप का क्या मतलब हो सकता है?'' प्रोफेसर ने कहा, ''मेरे ख्याल से जब बिना किसी मेहनत के आपको ढेर सारी दौलत या सोना मिल जाये तो अक्सर इंसान उसे नही पचा पाता है। नकारात्मक शक्तियाँ तेजी के साथ हावी होने लगती हैं। इसलिए इसकी ज़्यादा संभावना होती है कि अंजाम बुरा ही होगा। ये उनकी दूरदृष्टि और दूरअंदेशी थी इसलिए उन्होंने वहाँ पर ऐसा लिखवाया कि ख़ज़ाने को बुरी नजर से देखना एक अभिशाप है।

अनन्या ने कहा, ''आप बिल्कुल सही कह रहे हैं प्रोफेसर।'' वहाँ पर सभी अभी आपस में बात ही कर रहे थे कि अरमान अपने पिताजी को साथ लेकर आ गया। अरमान ने कहा, ''ये हैं अभिनीत और अनन्या इन्होंने पहेली के हर मोड़ पर मेरे साथ चट्टान की तरह खड़े रहे और ये हैं प्रोफेसर समीर अग्रवाल, एक मौसम विज्ञानी इनके बगैर पहेली में एक कदम आगे बढ़ना मुश्किल था। इन्होंने हर वक्त हमें संभाला, जब हमारी पूरी आशा टूट चुकी थी। उस वक्त जब हमारे सारे उम्मीद और हौसले पस्त हो चुके थे या हर उस पल जब हमें यह लगा कि हमारा सफर खत्म। तब भी प्रोफेसर आगे बढ़ते रहे शायद इसलिए कि इन्होंने रुकना कभी सिखा ही नही। सच कहूँ तो आज हम तीनों इन्हीं की बदौलत जिंदा हैं। अरमान के पिता ने प्रोफेसर साहब का आभार व्यक्त किया और सभी का शुक्रिया अदा किया। अब सभी दोस्त एक दूसरे से गले मिल रहे थे। अभिनीत ने कहा, ''मुझे तो अब भी यकीन नही हो रहा है कि हम पहेली से सचमुच में बाहर निकल गयें हैं। वो अनोखा चिहन् जो तुम्हारे चेहरे पर था वो भी गायब हो चुका है।'' अरमान ने कहा, ''हाँ, अब सब कुछ ठीक हो चुका है।'' अनन्या ने कहा, ''कुछ ठीक नही हुआ है अभी, आखिरी पहेली अभी भी मेरे दिमाग में बसी हुई है।''

आसमान में खो गये जो तारे,
वो लगते हैं कितने प्यारे ।
ना कोई दोस्त ना कोई यारी,
एक खजाना सब पर भारी।।

इस पहेली ने हमें काफी कुछ सिखा दिया जिसे शायद हम अपनी साधारण सी जिंदगी में कभी भी नही सीख पाते। अरमान ने अनन्या की आँखों में आभारपूर्ण दृष्टि से देखा और कहा, ''एक बात तो माननी ही पड़ेगी अनन्या, डरते-डरते ही सही पर तुमने मेरा साथ कभी भी नही छोड़ा। अनन्या ने मुस्कुरा कर कहा, ''अगर छोड़ देती तो ''ट्रिपल A'' में से एक '।' कम हो जाता।'' अरमान ने अपनी आँखें नीची कीं और कहा, ''हाँ, शायद।'' प्रोफेसर ने कहा, ''मेरे ख्याल से हमें यहाँ से जल्दी निकलना चाहिए। पता नही तुम्हारी माँ का क्या हाल हो रहा होगा इस वक्त?'' सभी वहाँ से वापस अरमान के गाँव कन्नौजपुर पहुँचते हैं। जैसे ही अरमान गाँव स्थित अपने घर पर पहुँचता है। उसने देखा की घर पर ताला लगा हुआ था। अरमान और उसके पिता घर पर ताला लगा हुआ देखकर भौच्चके हो जाते हैं। घर के आस-पास काफी लोगों की भीड़ जमा हो जाती है। गाँव के लोग अरमान और उसके पिता को आश्चर्य भरी निगाह से देखते हैं। उनमें से एक ने अरमान से पूछा, ''तुम और तुम्हारे पिता तो मर चुके थे। ये कैसे हो गया कि तुम और तुम्हारे पिता अभी भी जिंदा हैं।'' अरमान ने कहा, ''मैं जिंदा कैसे हूँ यह बताने के लिए बहुत वक्त है। पर मेरी माँ, दादा और दादी कहाँ पर हैं?'' इस पर उन लोगों ने कहा

कि तुम्हारी मौत की खबर सुनकर सभी आहत थे। पायलजी ने अपनी नौकरी छोड़ दी और अपने सास-ससुर को लेकर कहीं पर चलीं गईं। कहाँ गई इसके बारे में कोई भी नही जानता। अब तो अरमान के पैरों तले जमीन खिसक चुकी थी। दिल धक् से रह गया था। सभी की आँखों से उस मौत की पहेली से बाहर निकलने की खुशी अचानक से छू मंतर हो गई थी। अरमान सिर पकड़ कर बैठ गया था। प्रोफेसर और सभी ने मिलकर अरमान को संभाला। घबराओ नहीं सब कुछ ठीक हो जायेगा।

अभिनीत ने कहा, "मेरे ख्याल से जब आंटी ने नौकरी छोडी होगी तो अपना इस्तीफा अपने बॉस को जरुर सौंपा होगा। क्यों न हम उनके बॉस से मिलते हैं?" अनन्या ने कहा, "हाँ, यह ठीक रहेगा। अभिनीत सही कह रहा है। आंटी इस वक्त कहाँ हो सकती हैं? इसकी जानकारी उनके बॉस से मिल सकती है।" अरमान ने कहा, "लगता है मैंने देर कर दी। मेरे साथ भी वही हो रहा है जो पहेली में आर्यन के साथ हुआ। मैं ही इन सबका ज़िम्मेदार हूँ।" अरमान के पिता ने उसके क्रंधे पर हाथ रखकर उसको तसल्ली दी। धैर्य रखो सब कुछ ठीक हो जाएगा। प्रोफेसर ने कहा, "खुद को संभालो अरमान। चलो दिल्ली जाकर पता करते हैं।" वहाँ से सभी पायलजी की तलाश करते हुये दिल्ली पहुँचते हैं, जहाँ पर पायल पहले काम करतीं थीं। वहाँ जाकर सभी पायल के बॉस शिवकुमार से मिलते हैं।

पायल के बॉस शिवकुमार ने कहा, "मैंने सुना था कि उनका बेटा मर गया इसी गम में वह उदास रहतीं थीं और एक दिन उन्होंने नौकरी छोड़ दी।" अरमान ने कहा, "मैं ही हूँ उनका बदनसीब बेटा! मेरी वजह से ही उन्होंने नौकरी छोड़ दी और उनकी इतनी बुरी हालत है।" प्रोफेसर ने शिवकुमारजी से पूछा, "क्या आपको पता है इस वक्त पायलजी कहाँ पर रहतीं हैं?" शिवकुमारजी ने कहा, "वैसे मुझे इसकी जानकारी है तो नहीं है पर कोई रहीम है जिसकी मुलाकात अभी पायलजी से कुछ दिन पहले हुई थी।" अनन्या ने पूछा, "यह रहीम हमें कहाँ पर मिलेंगे?" शिवकुमारजी ने कहा, "आप सभी यहाँ पर बैठिए, मैं अभी फोन करके उन्हें बुला देता हूँ।"

थोड़ी ही देर में शिवकुमारजी ने फोन करके रहीम को बुलवा लिया। प्रोफेसर ने रहीम से पूछा, "क्या आपको पता है पायलजी आजकल कहाँ पर रहती हैं?" उस व्यक्ति ने कहा, "पायलजी आजकल अपने सास-ससुर के साथ अल्मोड़ा में रहती हैं। यह उनका पता है। अनन्या ने उस पते को नोट कर लिया। अब सभी वहाँ से अल्मोड़ा पहुँचते हैं जहाँ पर पायलजी एक पेड़ के नीचे कुछ अनाथ बच्चों को पढा रहीं थीं। अनन्या, अभिनीत प्रोफेसर और विशाल कुछ दूर पहले ही रुक गये थे। अपनी माँ को अनाथ बच्चों को पढ़ाता हुआ देखकर अरमान की आँखों

में आँसू आ गये थे। अरमान कुछ समय तक एकटक अपनी माँ को पढ़ाता हुआ देखता रहा। अचानक सहज ही पायल ने अपनी दृष्टि ऊपर की और उनकी निगाह अरमान के ऊपर टिक गई। सहसा अरमान को अपने सामने देखकर उन्हें अपनी आँखों के ऊपर भरोसा नही हो रहा था। उन्होंने अपनी बाहें अरमान की तरफ फैलाईं।

अरमान तेजी से अपनी माँ की तरफ दौड़ा और अपनी माँ के गले लग गया। पायल ने रोते हुए कहा, ''मेरा बच्चा, मेरा बेटा, कहाँ था इतने दिन तक? मेरी आँखें तुमको देखने के लिए तरस गईं थीं। अब वैसी गलती कभी मत करना, जिससे तुम मुझसे हमेशा-हमेशा के लिए दूर हो जाओ।'' अरमान ने कहा, ''नहीं माँ, अब कभी नही। मुझे माफ कर दीजिए मैंने आपका बहुत दिल दुखाया, आपने सही कहा था कि मैं नादान हूँ और मुझमें अनुभव की कमी है। मेरी शरारतें एक दिन मुझे किसी बड़ी मुसीबत में फँसा देगीं।''

अरमान को पायलजी से मिलते देखकर अनन्या अभिनीत और प्रोफेसर सभी की आँखें नम थीं। अरमान ने कहा, ''आप मुझे अक्सर जंगल में बिताये गये खौफ और दहशत के बीच उस दस घंटों का जिक्र किया करती थी पर मैंने आपकी उस कहानी में कभी भी दिलचस्पी नही ली। दरअसल में वह कहानी नही बल्कि आपकी असल जिंदगी थी जो कि आपको बहुत प्यारी लगती थी। पर आज मैं आपको अपनी कहानी सुनाऊँगा। कैसे मैंने, मेरे दोस्तों और प्रोफेसर ने मिलकर इन मुश्किल भरी पहेलियों का सामना किया। ये मेरी अपनी कहानी है जो मुझे बहुत ही पसंद है।'' पायल ने कहा, ''मैं जरूर सुनूंगी तुम्हारी कहानी।'' अरमान ने कहा, ''मैं पिताजी से मिला।'' पायल ने पूछा, ''कैसे थे वो?'' अरमान ने कहा, ''बहुत अच्छे! वह हमारे साथ आयें हैं।'' पायल ने कहा, ''क्या?'' तभी विशाल पायल के सामने आ गये। विशाल ने कहा, ''समझ में नही आता कि मैं आपका सामना कैसे करूँ? एक झिझक सी हो रही थी मुझे आपके सामने आने में। मैं जानता हूँ आपको मुझसे बहुत सी शिकायतें होगीं। पायल की आखों में आँसू आ गये। पायल ने आँसू पोंछते हुये कहा, ''बस आप आ गये इतना ही काफ़ी है। मेरी सारी शिकायतें दूर हो गईं। मुझे कोई गिला शिकवा या शिकायत नही है आपसे।'' इतना कहकर पायल विशाल के गले लग गई। बाहर रोने धोने की आवाज सुनकर अरमान के दादा और दादी भी बाहर आ गये थे। सभी मिलकर खूब रो रहे थे। यह आँसू गम के नही बल्कि खुशी के थे। अरमान ने अपनी माँ से कहा, ''आइये मैं आपको मिलवाता हूँ प्रोफेसर समीर अग्रवाल से बिना उनके शायद आज मैं यहाँ पर नही होता। मेरे दोस्त अभिनीत और अनन्या इन्होंने आखिरी साँस तक मेरा साथ दिया। पायल ने प्रोफेसर को नमस्ते किया और उनका शुक्रिया अदा किया। पायल ने

हाथ जोड़ते हुये कहा, ''मैं आपका आजीवन ऐहसानमंद रहूँगी और आपकी हर मदद के लिए मैं कृतज्ञ हूँ। आपने मेरी सारी खुशियाँ मुझे लौटा दी।''

प्रोफेसर ने कहा, ''नही, यह तो मेरा फर्ज़ था। वैसे मेरी भी जिंदगी काफी सूनी-सूनी कट रही थी। जब तक कि मैं ''ट्रिपल A '' से नही मिला। अब तो ऐसा लगता है मैं सिर्फ अभिनीत का अंकल ही नही बल्कि अरमान और अनन्या से भी मेरा करीबी रिश्ता हो गया है।'' विशाल ने कहा, ''चलो वापस दिल्ली चलते हैं। फिर से एक नई शुरुआत करते हैं। अब कोई पहेली नही। अब सब कुछ ठीक हो चुका है।'' प्रोफेसर ने कहा, ''अरमान, अब तुम्हें तुम्हारी मंजिल मिल चुकी है।'' अरमान के चेहरे पर खुशी के भाव उभर आये थे। ''हाँ प्रोफेसर, ईश्वर करे जल्द ही आप भी अपने मकसद में कामयाब हो जाए।'' प्रोफेसर ने कहा, ''जरुर होऊँगा। आप सभी लोग दिल्ली जाइये। अब मैं चलता हूँ वापस विशाखापत्तनम। अरमान ने प्रोफेसर से पूछा, ''परी के दिये इस स्मृति-चिन्ह का क्या करना है?'' प्रोफेसर ने कहा, ''ये तुम्हारा तोहफा है। इसे संभाल कर रखो। हो सकता है भविष्य में यह हमारे किसी काम आये।''

अभिनीत ने प्रोफेसर से कहा, ''जब भी आपकी याद आयेगी मैं आ जाऊँगा आपसे मिलने। मैं आपको बहुत मिस करूँगा।'' अरमान और अनन्या ने कहा, ''हम भी प्रोफेसर।'' इसी के साथ प्रोफेसर वापस विशाखापत्तनम चले जाते हैं। इधर विशाल सभी को लेकर वापस दिल्ली आ जाते हैं। दिल्ली पहुँचने पर अनन्या ने कहा, ''मैं सोच रही थी। उन मुश्किल भरी पहेलियों को सुलझाने के बाद आखिरकार हमें क्या मिला?'' अरमान ने कहा, ''परी का एक तोहफा और एक अच्छी सीख।'' अभिनीत ने कहा, ''अरमान की जिंदगी सही सलामत है जो किसी खजाने से बढ़कर है। और हमें क्या चाहिए?'' अनन्या ने कहा, ''यह सोचकर आश्चर्य होता है कि क्या वाकई में शैलचित्र के अंदर इतना कुछ छुपा हो सकता है?'' अरमान ने कहा, **''इसीलिए तो शैलचित्र को बचाने का मतलब है इतिहास को बचाना, और एक अनकही और अनसुनी कहानी को बचाना।''**

अनन्या ने अपनी बाहें मरोड़ी और अंगड़ाई लेते हुये कहा, ''बहुत दिन हो गया कालेज में गये हुये। अब तक तो कालेज में ''ट्रिपल A'' का वर्चस्व भी खत्म हो गया होगा।'' अभिनीत ने कहा, ''कोई बात नही फिर से बना लेंगें। एक बात तो है पहेली से बाहर निकलने के बाद कुछ भी अच्छा नही लग रहा है। अरमान ने कहा, ''तो क्या इरादा है फिर से पहेलियों की शुरुआत हो?'' अभिनीत ने कहा, ''हाँ, इरादा तो कुछ ऐसा ही है।.......।''